意想不到

袁世云 ◎ 著

陕西新华出版传媒集团
太白文艺出版社

图书在版编目（CIP）数据

意想不到 / 袁世云著. -- 2版. -- 西安：太白文艺出版社，2017.9（2021.1重印）
ISBN 978-7-5513-1226-4

Ⅰ．①意… Ⅱ．①袁… Ⅲ．①长篇小说－中国－当代 Ⅳ．①I247.5

中国版本图书馆CIP数据核字（2017）第180225号

意想不到

作　　者	袁世云
责任编辑	曹　彦　杨佳惠
整体设计	汇丰印务
出版发行	陕西新华出版传媒集团
	太白文艺出版社
经　　销	新华书店
印　　刷	三河市华东印刷有限公司
开　　本	787mm×1092mm　1/16
字　　数	360千字
印　　张	27.5
版　　次	2017年9月第2版
印　　次	2022年1月第2次印刷
书　　号	ISBN 978-7-5513-1226-4
定　　价	68.50元

版权所有　翻印必究
如有印装质量问题，可寄出版社印制部调换
联系电话：029-81206800
出版社地址：西安市曲江新区登高路1388号（邮编：710061）
营销中心电话：029-87277748

一、群众围堵

　　数百上访者围堵市委机关的消息如同重磅炸弹在沉静的夜空突然引爆，轰动了宝山市，吸引了国内外媒体，引起了上级的关注。虽说当年群体上访事件风起云涌、司空见惯，但此次上访却不同寻常，使人震惊。之所以不同寻常、让人震惊，是因为其宏大的规模、严密的组织、马拉松式三天两夜的持久；而且，组织者口气大、条件高、十分任性，压根儿不认信访办等维稳组织，非要和市委书记对话。

　　就在上访持续到第三天晚上十一点，维持秩序的警察们精疲力竭、上访者们横卧竖躺昏昏欲睡、组织策划者们骑虎难下时，市委书记在信访办主任的陪同下风尘仆仆地赶到市委第二会议室，要与上访者——宝山市第六建筑工程公司的代表们对话。年轻的信访办主任殷勤地向市委书记介绍围坐在会议桌旁拘谨不安的代表："这位是市建六公司的经理周岭南。"

　　"咱们是老熟人了，一个多月前我去六建搞调研，咱们打过交道。"市委书记同被介绍者亲切握手，笑着说。

　　"这一位是六公司工会主席丁惠仁，那一位是公司副经理顾名利。"信访办主任又介绍了其他两位。

　　"都认识，都认识，都是在那次搞调研时认识的。人常说，熟人好说话，大家就别客气了，请坐，请坐。"市委书记热情、客气地招呼恭至今政绩平平，问题依然，面临摘牌兼并。当听到市委书记的话锋由兼并重组转到公司的干部配备上，他突然看到了一丝曙光，看到了六建存活的希望。为了不节外生枝，他一改以往的处事风格，要委曲求全、丢卒保车，宁可失信于下属，让顾名利对自己有看法，也不能向建总开炮，辩解在班子配备问题上的是非。因为，六建一旦被兼并，连自己的去向、升降都成了问题，何谈党委书记的归属？留得青山在，不怕没柴烧，还是识时务地先保住六建为妙。周岭南看了黄剑屹一眼，对邢书记说："啥不正之风，丁主席的话有些上纲上线了。依我看呀，领导的出发点都是好的，举贤不避亲嘛，谁不想用自己熟悉、了解、忠心耿耿的干部？我举荐顾名利，也是因为他跟了我多年，合脾气、听话、好合作；丁主席极力推荐涂晔晖上来，也是因为彼此熟悉，在一间办公室坐过嘛。依我的观点，这三人谁当六建的党委书记都行，由上级决定。作为六建经理，咱跟谁都能搭班子，关键是要快点定下来，让该来的人赶紧就位。因为，公司目前的思想问题太多了，我和丁主席已经黔驴技穷、无能为力了，这回群体上访更是火上浇油、雪上加霜，让人头痛。"会议室出现了长时间的沉默。面对丁惠仁的炮口向上，激愤直言；面对周岭南不但放弃了让顾名利上的意见，还四面讨好，八面逢迎的突然变脸，黄剑屹心里很复杂，但却不觉反感，并在同情怜悯之余增加了几分理解。他心里明白，虽然他们腔调各异，意见相左，甚至言不由衷，但目标是共同的、明确的，就是为了六建不被兼并摘牌。黄剑屹有诸多心里话要说，但市委红头文件赫然，白纸黑字清清楚楚，市委书记就坐在面前，他不能重复"思想要走在行动之前，就像闪电要走在雷鸣之前"的经典，更不能班门弄斧，给市委书记讲稳定的重要性，讲改好一个企业只是点亮了一盏灯，改乱一个企业等于乌云遮住了一片天……

"小黄，六建的情况你比我熟悉，谈谈意见吧。"黄剑屹正在犹豫、迟疑，举棋不定时，邢书记要求他表态。

"周经理、丁主席为振兴六建确实尽了力，但一年来六建变化不

大，这里原因很多，班子长期缺员便是其中之一。这个责任在建总党组，在我。市委若能再给六建一次机会，我相信，他们一定会倍加珍惜，创造出奇迹。建总保证半月之内为他们任命一位理想的党委书记。"黄剑屹恳切地说。邢书记站起身，在会议室踱步沉思良久，郑重地对黄剑屹说："你们抓紧时间，认真在六建搞一次民意测验，尽快将结果报上来，以便市委重新研究讨论六建的问题。"

"行、行、行，我明天就亲自带人下去。"黄剑屹满口答应。邢书记又对喜形于色、恭敬站立的周岭南、丁惠仁说："经过建总测评，若真像你们讲的，广大职工期盼通过自身努力拯救六建，你们班子也有决心，市委一定支持，但必须是市委研究后。当务之急是，你们得辛苦辛苦，让大门外的职工尽快回家，几十个小时了，大家一定累坏了。"周岭南连连点头，痛快答应。丁惠仁也一改刚才的义愤填膺，含笑对邢书记、黄剑屹表示感谢。

二、故人归来

涂晔晖坐在归乡的列车上，透过车窗，遥望一晃而过的河流、湖泊、池塘、农舍，绵绵山峦、葱茏的庄稼地、一片片高楼大厦，浮想联翩、思绪万千、激昂奋发、踌躇满志。虽然同坐一列火车，但与五年前狼狈落难时的心境却迥然不同。当年是下海、流浪，今天是作为人才被建总"三顾"，胸怀非凡使命，怀揣工友们的期盼回归阔别五年的宝山。随着列车的轰鸣，故乡愈来愈近，涂晔晖的心绪更加复杂，不经意间对二返宝山、"吃回头草"产生了疑团，闪现出问号。瞬间，这些疑团、问号又被一张真诚朴实、热情泼辣的脸庞淹没。五年不见了，她还在等他吗？她还好吗……这些疑问、思念曾经纠缠着他，折磨着他，让他魂牵梦绕、食而无味、夜不能寐。科学家发现了地球对物体的吸引力与磁铁对金属的吸引力，然而，把一个活生生、置身千里之外的男人能牢牢粘住的,却是比地球引力与磁铁更有魔法和更具魅力的女人。涂晔晖又想到建总黄剑屹书记、六建丁惠仁主席连打两次电话,专程来海口请他出山的情景,想到六建差点被兼并重组的危机,想到他对他们的铿锵拒绝。五年前,涂晔晖失意、失落,丢下心爱的她,只身漂泊异地他乡,受尽折磨,吃尽苦头,刚闯出一片蓝天,咋能放着福不享,去竞争那个让他伤透了心的六建党委书记?当年,六建将他拒之门外,建总领导欺骗他,让他与公司党委书记擦肩而过;现在六建走上了绝路,突然又想到了他。别人把驴偷了,让他去扮贼;别人把福享了,让他去下苦流汗,实现振兴大业。现在,企业实行经理负责制,企业党委的职能已变为所谓的保证监督,面对开明的经理还好一点,面对权力膨胀的经理,党委书记将寸步难行。党政不和是必然的,而因为不和,背过的往往是书记。涂晔晖太了解当今国有建筑施工企业的体制了,太了解建总领导的作风和六建的现状了。更重要的是,六建让他的鸿鹄之志变成了背井离乡的下海,伤了自己,也伤害了亲爱的人,使他多年愧疚、思念、痛苦,至今无法释怀。涂晔晖曾发狠誓,不在外干出点名堂绝不见江东父老,不见六建的同事、朋友,包括政敌与爱人。然而,距成功一步之遥时,铿锵誓言化为乌有,而让他改变初衷、幻化誓言、屈服投降的竟是亲爱的她——比地球、磁铁更具魔力的郑芬芳。

  两天前,黄剑屹、丁惠仁一下飞机就直奔涂晔晖的办公室,来不及享受香气扑鼻的工夫茶就开始了心理战。二位带着乡音、远道而来的领导几乎不约而同地将目光投向宽敞明亮、阔气典雅的办公室,投向西装革履、衣着得体、殷勤热情、志得意满、忙忙碌碌接待他们的涂晔晖,投向豪华老板桌上的电脑、打印机等办公用具,最后将目光停在老板椅背后玻璃镜框内的条幅——"天行健,君子当自强不息"上。丁惠仁记得,当年,是它陪伴涂晔晖辗转于工地、施工队、工区,作为座右铭和精神动力,使其奋发有为,积极向上,快速进步。现在,他又把这宝贵的精神财富带到了这里,作为座右铭,犹如当年把青春

奉献给六建，今天，要为它的主人倾其所有。丁惠仁似乎听到了涂晔晖婉拒的声音。为了在十五天内为六建配上不负众望的党委书记，兑现对市委书记的承诺，黄剑屹不带身边的人，而是选中自己作为帮手来特区说服涂晔晖，一下飞机就风尘仆仆直奔这里，足见其重视与急切。丁惠仁同时明白，自己表面是帮手，黄剑屹却把全部希望寄托于他，深感肩上担子的沉重。当看到眼前的一切，他意识到完成任务的艰难程度：聪明人谁愿意离开福窝去蹚六建的浑水，收拾那个谁见了都头痛的残局？但丁惠仁是个讲义气、重信誉的人，他不能让黄书记失望，不能失败而归，决心发挥思想政治工作方面的专长，想方设法，说服志得意满的涂晔晖。

"小涂呀，你的办公环境比咱那儿市长都阔气。"看着涂晔晖的下属陆续离开，丁惠仁情不自禁地悄声赞叹。

"工作需要，工作需要。"涂晔晖给黄剑屹杯内添满茶水，又道，"说粗俗点，这叫扎势；说文明点，又叫包装。在特区，商家特别讲究这些。商品差点，只要包装精致、有特色，照样有人要，还可卖个好价钱；而商品再好，包装粗制滥造，不仅卖不出好价，还会滞销。如果讲艰苦朴素，像这样排场的办公环境确实有些浪费，但依照现在人以貌取人的世俗心理，你真的艰苦朴素了就会被人瞧不起，失去信任。"涂晔晖环顾一眼办公室继续说，"当然了，除装点门面外它们还是有一定的实用价值。譬如说这电脑，有了它，工作起来就简单方便多了，相反，你的视野就会比别人窄，手脚就会比别人慢，工作效率也会比别人差。"

"黄书记，我们在基层，六建又是困难企业，不敢和特区攀比，你在建总机关，又是领导，也得把办公室武装武装。"丁惠仁以羡慕的神色对黄剑屹建议。

"像这笔记本电脑，整个建总只有一台，由卞总保管，我只借用过两回。咱和特区人不能比呀！"黄剑屹笑着说完又充满自信道，"我相信，用不了几年，咱内地，咱宝山，一定会发展到这般水平。"黄剑屹再让组织骗一回。"黄剑屹此来已做好了被抱怨、受挖苦、遭拒绝的精神准备，因为，他确实对不起这位当年热情似火、真心实意想组织一班人扭转六建乾坤的实在人。他清楚地记得，自己拿着考察结果只等党组通过，但上会后，卞福民却说他另有人选。在那个一言堂盛行、一把手个人说了算的建总机关，组织只能是个包装，开会更是个形式，考察结果理所当然地被否定了；黄剑屹的一番苦心自然付之东流，涂晔晖被骗已是必然。黄剑屹理解涂晔晖此刻的心情，不怪其尖刻的回应、生硬的态度，含笑说："小涂，我完全理解你的感受，更同情你的遭遇，如果不是当年那档子事，你也不会背井离乡，生活发生如此大的变故。你凭借个人努力、聪明才智打拼出了一片天地确实可喜可贺，难能可贵，但这不是你的初衷，更非你真正追求的人生目标。你的根脉在宝山、在六建，你的人生目标是通过努力使六建兴盛发达，并在这一过程中体现个人价值，绽放青春之花，生命之火。如果我没记错的话，这是咱俩当年首次见面时你对我讲的原话。五年过去了，六建班子走马灯似的调整多次，现已到了生死边缘，你的这些肺腑之言，至今在我耳畔回响。"黄剑屹看了丁惠仁一眼继续说，"我理解，你担心这回再次被骗，因为，上次骗你的人已从组织部长升为建总党组书记。但请你放心，我当着丁主席的面打保票，这次绝不会重蹈覆辙，再让你受委屈。原因很简单，这次是经过市委邢书记同意的。"涂晔晖听到自己竞选公司党委书记得到了市委书记的首肯，以疑惑的眼神向丁惠仁求证。

"黄书记说的是真话。"丁惠仁看了眼黄剑屹，又以自豪、夸赞的语气道，"邢书记当时还把卞福民总经理硬塞给六建的人挡了回去，并再三要求，今后企业党政一把手的任用要经过职工民主推荐，赞同度不过半的不能用。"听了丁惠仁的话，涂晔晖感到一阵轻松，心想，国企职工终于有了话语权、自主权，倘若这一天早来五年，自己也不至于败逃于此。然而，他沉思片刻，轻松被忧虑代替，乐观被怀疑淹没。多年来，政企分开的呐喊声此起彼伏、满天价响，企业自负盈亏、自

主经营的红头文件铺天盖地,当年,广大职工拥戴的班子就是在这种呐喊声中,在这些文件堆里被当权者轻而易举地否决了,这回只不过是市委书记的一句话,分量多重可想而知。涂晔晖瞬间又回到了刚才愤懑不屑、看破红尘的原点。他扫视了一眼两位不速之客,不冷不热地说:"二位不远千里来这儿让我参与六建书记竞选,说明领导瞧得起,组织没忘咱,小涂深感欣慰。但,好马不吃回头草,咱下海多年,不想再爬上岸,干那些徒劳无功的事情。再说,我对现状很满意,不想朝三暮四,朝秦暮楚。虽说现在给人打工,并非主人,既发不了财也没干部级别,但老板对我很好,很信任,咱可以说是一人之下千人之上,不愿想入非非另攀高枝。"涂晔晖点着烟,狠狠吸了一口,继续道,"还有,这么多年咱习惯了在外闯荡的生活,已受不了国企那些条条框框的约束。什么政治学习、民主生活、写读书笔记,还有党委会、支委会、党员大会等等,现在一想起这些就受不了。再说,六建七千之众,藏龙卧虎、人才济济,少了咱地球照转。所以,我诚心建议二位领导还是另请高明吧!"听了涂晔晖拒绝的话,黄剑屹站起身向外走去,同时向丁惠仁投去了无奈的目光。拒绝,在预料之中,也在情理之中,不管咋说,自己五年前骗了他,由于那场骗局,迫使他背井离乡,失去了爱情、亲情与钟爱的事业,让本该雄浑嘹亮的凯歌变成了苍凉忧伤的悲歌。现在,人家的伤口刚刚愈合,要重新扬帆起航时自己来了,送来了花言巧语,投下了迷人的诱饵。黄剑屹突然感到十分愧疚,在随波逐流比坚持真理、伸张正义更凸显其智商与才能,绝对服从比实事求是更为有用的年代,在涂晔晖的任用上,他选择了随波逐流与绝对服从,给六建带来了灾难,对涂晔晖造成了伤害,却为自己由组织部长通向建总党组书记的道路铺上了红地毯。这回若不枉此行,让涂晔晖这匹好马回头,他将再度出彩,仕途会更加光芒四射。所以,黄剑屹虽感愧疚,却依然不能放弃,不仅未雨绸缪、周密部署、认真谋划,还要发挥资深政工干部的专长,以情动人,攻心为上,一把钥匙开一把锁。他千里迢迢,亲自出马,体现了对这匹"好马"的重视与钟爱；引用对手的励志之言，以褒奖其忠勇可嘉的品德；请丁惠仁做外援，可使这次冰冷的交易、充满积怨的旅行变得温情脉脉；公开检讨当年过错，突显出组织的真诚与磊落……然而，一个上午将要过去，他已口舌费尽，对手不仅未上钩，而且怒气更旺，怨气更深，拒绝的声调更高。无奈之下，黄剑屹只好将接力棒交给外援丁惠仁。他相信这位经历风霜雪雨大半生的老政工，相信他的忠诚、智慧和能力。假若他再年轻五岁，定是六建党委书记的最佳人选，自己也不会兴师动众，舍近求远，躬身来特区强人所难。

丁惠仁从黄剑屹的目光中体察到了他的苦衷、无奈与信赖，欣然握紧接力棒，并信心百倍地要以百米冲刺的速度达到终点。丁惠仁同时相信涂晔晖的善良与仗义，相信他绝不会眼睁睁看着六建被市场经济的浪潮吞没，更不会不给他面子，不会不念及他们之间不同寻常、父兄般的情谊。涂晔晖二十二岁大学毕业就和丁惠仁在五工区共事，他是涂晔晖走出校门后的第一位领导，涂晔晖冒雪去郑芬芳那儿报到，正是拿着他亲手写的介绍信。虽然当时丁惠仁是工区党总支书记，涂晔晖是施工队的政工干事，但丁惠仁的长者风范、慈父样的关照，使这位家在农村、举目无亲的年轻人倍加感激，即使后来与郑芬芳确立了恋爱关系，与丁惠仁之间的友谊也从未淡化、间断。毫不夸张地说，涂晔晖从一位名不见经传的大学生数年间跃上工区领导的位子，三十岁出头便成为六建党委书记候选人，现又成为市委书记首肯的党委书记的竞争者，除了其个人天赋、勤奋、努力外，与丁惠仁的培养教育、潜移默化、极力举荐不无关系。这次丁惠仁能有幸作为黄剑屹的外援来说服涂晔晖，原因也在于此。见到涂晔晖之前，丁惠仁是极力举荐其作为六建党委书记候选人的人，并信心百倍，志在必得。当看到涂晔晖风生水起、轰轰烈烈的事业，丁惠仁突然感到很矛盾，很纠结，不知如何完成领导交办的使命，尽管他拿过了接力棒。有人说过，诚实比一切智谋更好使，因为，它是所有智谋的先决条件。丁惠仁的见识、学识、口才、辩才及其智慧也许不如黄剑屹，地位、威力更不能

与建总书记相提并论，然而，其诚实、敦厚、善良，足以使熟知他的涂晔晖回心转意，心悦诚服地"吃回头草"。但，因为内心的矛盾、纠结，他不愿勉为其难，更不愿用父兄的身份、报恩的思想使这个有头脑、特立独行的人屈从就范。在使命与友情之间，丁惠仁当然倾向友情，设身处地为涂晔晖着想。因为，五年前的"骗局"不仅使涂晔晖遍体鳞伤，也使丁惠仁感同身受，愤慨不平，谁敢保证这一回不会有阴谋出现，有特权作祟呢！下福民念念不忘的"人才"，不能不让他心存芥蒂。丁惠仁经过一番思想斗争，决定实话实说，顺其自然，叫涂晔晖凭借个人的智慧与经验去判断、去选择，就像当年的下海一样。

"小涂啊，自己的主意还要自己拿，千万不要顾及我。看得出，你在这儿混得不赖，可不敢为了芝麻丢了西瓜。"丁惠仁看着黄剑屹远去的身影，又语重心长地说，"经验是什么？经验就是教训的结果，使你能在遇到同样错误时识破它。"黄剑屹离开后，涂晔晖的思想一下子变得复杂起来，五年前的教训使他不能相信黄剑屹的花言巧语，并毫不犹豫地做了回绝，但如何应对情同父兄的丁惠仁，让他感到纠结、为难。涂晔晖一直遵从仁者无敌、有恩必报的做人理念。现在，坐在他面前风尘仆仆、不远千里登门的就是一直引领、鼓励他步入仕途的恩人，如何像拒绝黄剑屹那样驳回他的面子呢？意想不到的是，丁惠仁并未替上司帮腔，而是为自己着想、替自己说话，这让他矛盾、纠结的内心平添了几分不解。

"小涂啊，六建完了，外债上了亿，八成以上的人下岗，十几个基层单位撤的撤、并的并，只剩下一半了。五大工区也成了空架子，只剩下十多个人守摊子，靠出租办公楼维持……"

"下岗工人的工资咋样发？有了工程谁来干？"涂晔晖吃惊地打断了丁惠仁的诉说。

"还发工资呢，连生活费也没有。"

"那下岗职工如何生活呀？"涂晔晖忧心地问。

"咋样生活？八仙过海各显其能，自己救自己呗。说实在的，幸亏大部分人有手艺，只要肯下苦都不会饿肚子，苦就苦了一些没一技之长的人，像咱这些党群干部。这批人一直搞思想政治工作，瓦刀、抹子拿不起，没挣钱的本事，只能受艰难，吃儿、吃女、吃老人了。这几年，我看到的困难职工太多了，大部分是咱们党群干部。"丁惠仁看着神情庄重，满脸忧伤的涂晔晖又说，"你刚说工人下岗了揽到工程谁来干。现在呀，能抡瓦刀、抹子的民工满街都是，听说谁家揽到活了，民工队长们成群结队吃抢食。这些丢下锄头、镰刀，远离家乡的农民工都相当了得，多层高层都能拿得下，再复杂的工艺也难不倒，而且肯吃苦、能打硬仗。咱们的职工们彻底被淘汰了，主体干不了，只能干些修修补补的活，就像十多年前的民工，在工地打打下手，当个辅助工。当然，这种情况不只是六建有，整个建筑行业都是这样子。"听了丁惠仁的介绍，涂晔晖不仅忧伤，而且沮丧、悲哀。丁惠仁讲的情况在特区比比皆是，他却熟视无睹、置若罔闻、毫无感觉，因为，这里没有同事、工友和爱人。而这些情况发生在六建就不一样了，那里是他的故乡，是他成熟、成长的摇篮，是他的母体单位，生活着与他并肩战斗多年的工友，相濡以沫、相亲相爱的恋人。涂晔晖似乎看到了他们身披雨具，脚蹬自行车，背着工具袋，风雨兼程奔波谋生的身影；看到了他们蹲在劳务市场的人群中，苦苦等活的悲苦景象；特别是那些曾兢兢业业、任劳任怨，宣传党的方针政策、弘扬企业文化，从事政治思想工作的同事们"吃儿、吃女、吃父母"的惨状，让他心痛、难过、悲伤。

"一星期前，市委、市政府决定要对六建兼并重组……"

"六建要被兼并？！"涂晔晖像被谁捅了一刀，惊愕地瞪大了眼睛，下意识地打断了丁惠仁的话。涂晔晖清楚，改革进入攻坚阶段，企业关门、倒闭、被兼并是每天发生、随处可见的事，但堂堂的六建，拥有着六七千名职工，四五百名工程技术人员，数亿资产，为宝山的城市建设立过汗马功劳，曾荣获过十多个鲁班奖的国家一级建筑施工企

业也会遭此厄运？这使他深感震惊。刚才黄剑屹说教时曾流露出这一信息，他根本没当一回事，认为是危言耸听，引他上钩。此刻，从诚实、忠厚的丁惠仁口中讲出，他不能不信。

"我说的全是真话，这是一周前发生的事。"丁惠仁看着涂晔晖惊疑的神情，确定无疑地重复了一遍继续道，"当时，职工从不同渠道得知这一消息，想不通，急了，不约而同地拥向市委要讨说法。一时间，市委门口聚集了上千人，光维持秩序的警察就来了二三百。相持了三天两夜后，市委书记接待了我们几个代表，答应给六建一段时间，重打鼓另升堂，一年后再没起色六建便从宝山消失。"听到六建又活过来，涂晔晖从愕然与悲伤中走出来，长叹了口气说："六建走到今天完全是建总有关领导认人唯亲、用人失察的结果，他们却毫发未损，不承担任何责任，依然高高在上。真是可悲啊！"丁惠仁听得出，涂晔晖迄今仍为五年前的遭际心存不满，耿耿于怀，但有啥办法，谁让人家上头有人呢？丁惠仁理解涂晔晖，却很无奈，想说几句宽慰的话，只听他又道，"恶有恶报，善有善报，为什么现实生活中常是恶得善报，善遭恶报，甚至越作恶越红火呢？"涂晔晖狠狠抽了几口烟，流露出茫然与困惑，继续说："现在又畅销一个观点，叫'来世报'，让人一听就更玄了：人死了，灵魂升天、肉体消灭，来世的事情谁能晓得？"听了涂晔晖愤愤不平的话，丁惠仁想到当年他英姿勃发、斗志昂扬、意得志满地要进入公司领导层，要六建扭转乾坤。没想到只有一步之遥时却遭到了卞福民的无情阻挠，使勃勃雄心变为虚幻，让不懈追求化为乌有，落了个远走他乡的可悲下场。丁惠仁哪里知道，在下海的征程中涂晔晖所经受的艰辛、吃过的苦头。在社会巨变，奇迹日日出现、神话处处上演的特区，对他这个新闯入者就是一个险象环生的未知世界，如同唐僧师徒西天取经一路上遇到的各类妖魔鬼怪，涂晔晖不止一次被白骨精、黄袍怪等现代妖魔鬼怪欺骗、蚕食。最艰难时，他曾经连续半月一天只吃一顿饭，口袋内只剩下几块钱，流落街头，夜宿候车室、澡堂子。一个偶然的机会，涂晔晖路过这家凯旋宾馆，碰见如果把涂晔晖比作具有七十二变的孙行者，那丁惠仁便是法力无边的如来佛祖，他以真诚、真实的本质在不经意间冲破了涂晔晖的恩怨情仇、看破红尘等防火墙。这种与人为善、充满感情色彩的计谋，不仅使涂晔晖戒备森严的"军事区"变为"非军事区"，还诱发了他争强好胜、不甘认输的性格；这一招胜过黄剑屹居高临下的说教，甜言蜜语的许诺。丁惠仁从涂晔晖倔强、坚毅的脸上看到了他的不屑与不服，看到了他久久积蓄的爆发力，这种力量将物化、裂变，以排山倒海之势演绎出惊世骇俗、可歌可泣的动人故事；是喜剧、正剧还是悲剧他不得而知，但可以断言，它一定是精彩、感人的。然而就在这一刻，黄剑屹出现在玻璃墙外的走廊里，涂晔晖的思维一下子被拉回到五年以前的骗局中，产生了怒火中烧的情绪，由跃跃欲试，要一展其才变为又一次响亮的拒绝："要我掂量，当然要维持现状，留在特区了。"回绝，使丁惠仁感到意外、不解、失望，不知如何让谈话继续下去。

"这么多年你跟小郑有联系没？"无意中，丁惠仁看到了涂晔晖办公室里间套房的单人床，并通过房中的布置意识到他并未成家，依旧单身。在丁惠仁看来，像涂晔晖这般年龄、学历、相貌、收入、地位，又身处改革开放的前沿，整日异性蜂拥、美女如云，早该结婚生孩子了。难道他还想着那个大他两岁，只有初中文化的姑娘郑芬芳？难道五年的沧桑岁月还没有让他忘掉和那个施工队书记的恋情？难道他还不知道她早已下岗，结婚，有了孩子？丁惠仁怀着对徒弟个人问题的关心，提及本不该提及的隐私。听到"郑芬芳"三个字，涂晔晖脸上流露出痛苦、愧疚与无奈，沉思良久，叹了口气说："刚到特区时我们还有联系，半年后就再也联系不上了。当时听说公司大裁人，我很担心，打电话到她家，家里说也联系不上她。记得为这事我还给您打过几次电话，您也没打听到准确的消息，只说她下岗了，跟人合伙做生意。再后来，我这儿的情况也不理想，四处飘零、居无定所，就再也无法联系了。"听着涂晔晖悲伤、深情的诉说，看着他眼圈发红、双目

含泪的模样，丁惠仁把快到嘴边的话咽了下去，以宽慰的口吻说："你也不用太替她操心，公司下岗职工成群结队，小郑又能干，还带着手艺，肯定饿不下。"说话间，黄剑屹进门了，丁惠仁接住刚才的话茬儿继续道，"如果你能随黄书记一块回宝山，说不定能设法见到她……"

"丁主席，你跟小涂谈得咋样？"黄剑屹屁股未挨椅子，急不可耐地问。丁惠仁递给其一个乐观的眼神说："这是小涂人生的又一个十字路口，向东还是向西，让他慎重选择吧！"他将目光转向涂晔晖又道，"还是刚才那句话，我和黄书记亲自登门说明组织对你的信赖、重视，六建几千人对你的殷切期待，你若能回去率领工友们度过这个坎，对大家、对小郑都是好事。"对涂晔晖而言，丁惠仁刚才的激将法使他选择的方向有了改变，黄剑屹的身影又使他产生了偏离，而郑芬芳这个一直牵动他神经的名字不仅纠正了"偏离"，还勾起了他的思乡情怀。五年来，无论身处逆境还是顺境，她都占据着他的心，让他魂牵梦绕、夜不能寐，恨不得飞回宝山，跑到她的身边，投入她的怀抱。然而，久有的怨恨、强烈的自尊、失败的耻辱使他不仅忍受了感情的折磨，克服了前行中的艰难困苦，取得了辉煌耀眼的成就，也淡化了思念。丁惠仁反复提到她，不能不使他心潮起伏、思绪万千，让选择的方向更为清晰、明确、坚定。但，当他看到落座的黄剑屹，立即变得警觉起来，耳旁响起了丁惠仁刚刚讲过的话："经验是什么，经验就是教训的结果，使你能在遇到同样错误时识破它。"前车之鉴，后事之师。第一次上当怪别人，第二次上当怪自己，涂晔晖不能不识破可能出现的"错误"，更不能再次上当。他要未雨绸缪，讲条件，讨价还价。这不仅是丁惠仁的警示、提醒，更是五年前的失败，特区的艰辛经历打磨出来的见识，是漫漫人生路上的惊人巨变，是学生腔、单纯心、悍直性格被商人价值观取代的标志。

"丁主席、黄书记，咱是个胸怀坦荡、不记前仇的人，但也不能好了伤疤忘了痛，放着安宁不安宁硬朝火坑里跳，说句秋后算账的话，组织如果认为我是个所谓的人才，也不至于逼得我走投无路，漂泊于此。"涂晔晖不紧不慢、不急不躁地说。黄剑屹发现涂晔晖的冷嘲热讽与丁惠仁投递的信息大相径庭，疑惑地看了其一眼没有作声。丁惠仁也感到纳闷，经过数次反复，他已准确无误地发现了涂晔晖的心路历程，咋能突然又变了呢？不仅让他在上司跟前丢面子，还感到始料不及，束手无策。丁惠仁活了五十三岁，从事思想政治工作数十载，自以为他这把万能钥匙可以打开任何生锈的锁，今天却出了意外。法律的作用是强制，纪律的作用是约束，思想政治工作的作用是心服。要做到心服，就要透视对手的灵魂，调控其心理，采用以柔克刚的方法和语言艺术晓之以理、动之以情，使其心悦诚服，进入你事先设好的套子。丁惠仁没有夸大其词、自吹自擂，几分钟前，他对涂晔晖使用的各种招法、战术，可谓是精妙绝伦、无与伦比，其中不仅有以柔克刚，还包含了虚与实，假与真，拉与推；激将法的运用更彰显出他炉火纯青的超群技艺，不经意间利用徒弟对失败的愤懑，绘声绘色地描述六建惨象，使其在悲天悯人的同情中流露出沾沾自喜，不知不觉进入自诩高明的误区，萌发、催生了充当救世主的念头。平庸的说客面对此种情况往往以为水到渠成，会极力鼓动、激励，使其将跃跃欲试、志得意满变为坚定不移、当机立断的行动。这种急于求成的做法，貌似见机行事，其实适得其反，很容易使对手洞察动机，从而前功尽弃，满盘皆输。丁惠仁技高一筹，对对手显露出的豪情壮志视而不见，充耳不闻，并以己所不欲，勿施于人的善心建议其谨慎行事，不能莽撞，使其表现欲更加强烈，救苦救难的意志更为坚定。郑芬芳出现在他们的谈话中绝非丁惠仁的阴谋，因为，真诚厚道的师傅不会为了不辱使命，为了六建班子，为了徒弟重回昔日的轨迹而使用美人计。但是，它却确实产生了美人计的效果。"郑芬芳"三个字搅得涂晔晖心海浪涌、情河奔流、双眸含泪、声音哽咽，最终回心转意，答应回宝山参加党委书记的竞选。然而，涂晔晖毕竟是上过当、吃过亏，又在特区磨砺多年，必须给自己上双"保险"，避免再度受骗。他在丁惠仁感到丢面子，黄剑屹茫然不解时突然收住激愤，表现出少有的平静，并

以商人的精明不慌不忙道:"按理说我的选择是继续在此打工,享受逍遥自在、独往独来,一个人吃饱全家人不饿的单纯与快乐。但是,二位领导远道而来,丁主席又是我情同父兄的师傅,带着六建众多兄弟姐妹的信任,我不能太绝情,不给面子,更不能只图个人安生、享福,置他们于不顾。不管咋说,他们五年前曾举过拳头,相信、支持过咱,这份人情债至今未还。所以,我可以考虑回宝山,但,得有条件。"听了涂晔晖的话,丁惠仁感到了柳暗花明,黄剑屹也显得十分欣喜,却不知道他要提出的条件是什么,没有贸然表态。沉默片刻,黄剑屹向丁惠仁投去了让其出马的目光。丁惠仁干咳了两声,笑容可掬地说:"啥条件?讲出来叫我听听。"涂晔晖点着烟,缓缓吸了两口,语气坚定地说:"第一,我不竞选副职,不管是经理还是书记;第二,倘若再出现五年前的情况,必须按公司正职对我进行安置;第三,假若让我当书记,必须保证班子三年的稳定期,不能三月、半年就要求公司旧貌换新颜;第四,你们来特区的目的要在凯旋酒店保密,不能八字没见一撇先断了我的后路,让我一头蹬脱,一头拉脱……"

三、借酒探秘

在丁惠仁、黄剑屹去特区游说涂晔晖的几天里,周岭南也没闲下。他除了同一些骨干们庆祝六建复活的胜利外,依然在如山似海的事务圈子内周旋、忙碌,在门庭若市的办公室迎来送往,在层层包围中向争先恐后的人们道歉、承诺、释疑解惑。多日来,周岭南最头痛的就是进办公室,只要迈入就如同进了牢房,连上厕所都有人尾随,怕他借故逃避、怕有人插队加塞。虽然六建已经复活了,但外界却不相信,不看好。债户们依然像疯了一样,潮水般涌来,挤满了楼道、挤破了门,好像来晚一步他们的账就无处清算讨要了。这些人绝大多数是讨债的材料商、索要工钱的民工、拖欠工资的职工、要求上岗的工人、日子过不下去要求救助的特困者、要报销药费的离退休人员，还有税务部门催税的官员，官司败诉前来执行的法官……周岭南最期盼的就是下班、天黑，因为，人们再急迫、疯狂，总得有个极限，遵守一个习惯，有上下班之分。只有天黑了，下班了，他才能享受一天中难得的宁静，才能精神放松地歇息下来。周岭南甚至不敢、不愿回家，喜欢独自一人坐在办公室，泡一杯热茶，慢慢喝着，让强装的笑脸恢复原形，让思绪停止狂纵，心平气和地整理思路，小结一天的收获，判断、分析第二天可能出现的情况，谋划如何度过另一个工作日。论年龄，周岭南刚满四十六岁，而无情的岁月已使他头发稀疏，腰身佝偻，皱纹密布，看上去已五十开外。幸亏他身高体壮，不失威武，加上宽阔的额头、明亮传神的黑眸子，还称得上是一个人物。周岭南说话和气，性格温和，但在和气、温和中潜藏着固执与倔强；在貌似坚韧、强悍的外表下隐匿着软弱与怯懦。这种天性，决定了他在学校一直是个好学生，在家里是个好孩子，在单位是个好职工。这种乖巧、安分、循规蹈矩、不惹是生非的性格，老师喜欢、家长省心、领导赏识，乍一看是优势，实际上却影响了他的进步与发展。大学毕业进入六建，他一直默默无闻，不显山露水，毫无建树与成就。当工长、队长，当工区主任，均非领导赏识，而是论资排辈硬轮到了他，或是当权者需要、利用了他。两年前提拔为副经理，一年前成为经理便是如此。当时，六建已在建总领导们七大姑八大姨抢滩表演、镀金练手中风雨飘摇，大势已去，垮台倒闭的风声越来越紧；公司经理、书记们犹如解放战争中吃了败仗的蒋军将领，有失身份地寻找替身，化装潜逃。就在这个节骨眼上，身为五工区主任兼书记的周岭南意想不到地晋升为公司主管生产的副经理；数月后，又被任命为公司经理。他是一个乖孩子、好干部，听话的中共党员，不讲任何价钱地接受了连续升迁的现实，接受了命运的摆布，在阴谋诡计中迈进了这间办公室，坐到了这把椅子上。也许因为周岭南祖坟上没有做经理的风脉，也许因为他的头小脖子细无法承受经理这顶乌纱帽，上台不到一年便接到了官方

通知，让清产核资，接受兼并。一个几乎与共和国同龄的国有企业，一个由几十个灰斗子、上百把铁锹、二百多人组成的建筑社，历经几代建筑人的不懈努力，已发展成为数亿资产，六七千员工，宝山唯一的国营建筑施工企业，竟然要"死"在自己手里。周岭南痛心疾首、寝食难安，甚至背着人落泪。他自认为运气不佳，给公司带来了霉气、带来了灭顶之灾，后悔沽名钓誉，当了这届经理。周岭南哪里明白，眼前的不幸并非是他运气不佳、命不硬，头小承受不起经理这顶乌纱，而是因为个别当权者的操弄和阴谋，是他们要金蝉脱壳才使他这个乖孩子、好学生，听话的干部充当了替罪羊，成为被六建人诅咒、唾骂的对象。

　　常言道，兔子逼急了也会咬人，绵软人要开脾气比常人更疯狂，老实人玩开阴谋比一般人越发阴险可怕。周岭南这个绵软的老实人，善良听话的兔子，经过一天一夜的自闭苦思，矛盾纠结，犹如破茧成蝶的蜕变，孙猴子挣脱五行大山五百年的镇压，一举突破了好干部、乖孩子的禁锢，一改半生的谨小慎微、唯唯诺诺，吼了一声秦腔，决心要玩一次狂放。他未向班子任何人透露，丢下所有工作，满怀"风萧萧兮易水寒，壮士一去兮不复还"的豪情壮举，深入浅出，凭借二十余年积蓄的人缘威望，活动于工区，策划于工地，组织起了那次声势浩大、轰轰烈烈、震撼宝山、影响三秦的群体上访。在周岭南不短不长的人生阅历中，因为乖娃、好人的性格没少吃亏受屈，但他始终信奉吃亏是福的信条，从未跟人红过脸、上过气。这回，公司遭难，吃亏的不是自己，而是数千名风雨同舟的工友、数千个家庭。身为经理，他没有理由被人操弄、利用而麻木不仁、无动于衷，不能面对职工的怨声载道与愤怒而视而不见、充耳不闻，不能眼看着六建将死而不去拯救。更重要的是，周岭南当上这届经理虽属意外，并意识到是个阴谋，但还是怀揣一腔热血，将其作为神圣的使命去完成。就是现在，这腔滚烫的血还在奔流，还在沸腾……

　　正当周岭南在黑暗的办公室激情荡漾，心潮澎湃，忆往昔峥嵘岁月时，传来了轻轻的叩门声。他随手拉亮了办公桌上的台灯，缓步过去开门，准备面对意想不到的麻烦。自从周岭南当了经理后，人缘突然比过去好了起来，朋友与日俱增，晚上串门拜访的络绎不绝。周岭南智商不低，情商却不高。当经理前，除了与几个聊得来的同学、同事来往外，没有其他交往，面对忽然间的"高朋满座"显得很不适应。他心中清楚，这些人花着时间，浪费着情感，说着奉承话，甚至还投入了碎银，肯定有事相求，有忙要帮，很讨厌却又不得已。但时间一长，家里人受不了了；蜗居之家，放个响屁人人都听得到，他的接待工作自然影响到妻儿老小的休息。为此，他宁愿坐在办公室也不肯回家。然而，有些聪明人很快摸清了他的底细，找到了他的藏身地，在办公室外排队等着见他。被逼无奈，他只能摸黑坐在办公室。这一招还真灵，他十分难得地安宁了几个晚上。今天，又是谁识破了他的机关、破坏了他的宁静呢？门一开，顾名利乐呵呵地出现在他面前。周岭南像当年地下工作者见到了接头人，闪身放其进入，警觉地迅速关门。

"你咋知道我还没走？"周岭南不解地问。

"咱是谁？咱就是诸葛亮，能掐会算。"顾名利自鸣得意地说着，将塑料袋内的东西如数家珍般取出来，一样一样摆在桌上。周岭南看着满桌的凉菜、啤酒，高兴、满意地说："还是我兄弟聪明，不仅知道我躲在这儿，还能猜出我需要啥。不错，不错。"听了周岭南的赞扬，顾名利心里乐滋滋的，嘴里却谦恭地说："咱这算啥聪明，是笨人用了个笨办法，守株待兔呗。咱中午就把东西买好了，四点多就在传达室等，看您一直未闪面，知道您还在办公室。"在顾名利看来，下级在上级面前显示聪明是最不聪明的，而装傻才是聪明的表现，要真正让领导满意，除了装傻，还得投其所好，把事干漂亮。他今天全做到了。更不容易的是，顾名利今天的表现并非偶然，而是多年来做人的缩影，聪明智慧的延续。顾名利家住陕县山区，初中刚毕业就随堂兄、堂弟们冲出山门，来六建当上了一名合同工。数年过去，大浪淘沙，堂兄

顾战胜离开六建当了个体户，堂弟顾明亮仿效堂兄遭到失败又厚着脸皮返回六建，顾名利却从一而终地留下来，入了党，第一批转正成了正式工。后又晋升为工区副主任，公司最年轻的副经理，现又作为公司党委书记的候选人，进入建总后备干部队伍，进入广大党员、职工的视野，踌躇满志地要和涂晔晖一决雌雄，竞争公司党委书记。顾名利在短短十多年间以惊人速度发展到目前地步，与其乖巧、聪慧、有眼色的行事法则脱离不了关系，与其勤奋、上进、坚守、谦恭分不开，更与周岭南这个贵人的帮助不无关系。周岭南在哪个工地，他就在哪个工地；周岭南在哪个工区，他就在哪个工区。今天，周岭南成了六建的法人代表，他又如影随形地来到身边，当上了副经理。周岭南是顾名利感恩戴德的伯乐，顾名利是为周岭南牵马坠镫的小兄弟、左膀右臂。只要有顾名利在身边，周岭南将像在施工队当队长、工区当主任、组织职工群体上访，无往不胜。这次上访，周岭南虽未将意图透露给任何班子成员，但顾名利凭借其聪明的天赋，透过蛛丝马迹，猜到了其意图，不动声色、密切配合，安排车辆、疏导交通，划分区域、准备饮水食物，积极宣传、秘密动员，使此次行动大获全胜。无人违规，无人越位，有理有节，秩序井然。要说美中不足，就是周岭南在市委书记和黄剑屹面前没有据理力争，使顾名利的书记梦产生了悬念。对这一重大事件，顾名利虽一直被蒙在鼓里，却凭着聪明的脑瓜，依据几天来周岭南对他有意回避以及丁惠仁的突然失踪已猜到了几分。但，顾名利不生气、想得通，理解周岭南的苦衷。"皮之不存，毛将焉附"，顾名利学识不高，但这个浅显的道理不会不懂。周岭南不以牺牲自己向上级让步，六建将不复存在；六建完了，他的书记梦自然也就完了，连周岭南也将失去经理的头衔。所以，周岭南丢卒保车的策略只能是智慧、聪明的表现，无奈的结果。再说，丁惠仁举荐的涂晔晖也不一定回来，人家当副总、拿高薪，吃香的、喝辣的，在人人羡慕的花花世界里享受生活，哪有情趣回到这风雨飘摇的六建，争夺这把有职无权的冷板凳？即使他回来，鹿死谁手还是个未知数。顾名利未

意想不到

与涂晔晖共过事，所了解的内容也只限于听说。但，不管他本事有多大、智商有多高、人缘有多好，已离开公司多年，时过境迁，谁还能记得他呢！尽管如此，顾名利还是觉得要与其单打独斗没有必胜的把握，心有余悸，非常需要周岭南这座靠山。只要周岭南出来替他"站台"，谁敢不在"顾名利"三个字下画钩！顾名利这么晚了不辞辛苦地提着吃喝，煞费苦心地等待，就是为了表达孝心与忠诚，让过去的友谊更加牢固，让靠山更加坚强有力。

顾名利摆好菜，对准备开灯的周岭南说："甭拉灯，大灯太显眼。我刚看见几个退休的人去了家属院，肯定又找你这个老主任去了，小心在家找不着又来办公楼。"顾名利小心地放下临街的窗帘，将桌上的台灯调到最佳亮度，接着道，"这下咱就放心吃、大胆喝，绝对没人打扰。"周岭南坐在顾名利搬来的椅子上，接住其双手捧着的酒杯，听着奉承宽慰的话语，心中一阵温暖，周身的疲惫、满腔的烦恼一扫而光，甚至有一种春色明媚、晴空万里的感觉，弥补了桌上台灯混浊暗淡的不足。周岭南看着顾名利忙碌的身影，虔诚、恭敬的笑容，听着娓娓动听的吉言善语，十多年前的一幕在脑海中浮现。

那是一个隆冬的早晨，风啸雪飞，大地白茫茫一片，气温降到了历史最低。施工队的劳资员破门而入，对正在翻阅图纸的周岭南说："周队长，工区给队上调来五个合同工，四个分下去了，这娃各班组嫌小，都不要，您看咋办？"

"咋办？退回工区不就完了。"周岭南眼睛未离开桌上的施工图，果断地说。

"要退就得全退，这是工区主任的原话。主任还说，这是招工时那个乡长讲的，他也没辙。"劳资员说。

"难道这娃有后台？"周岭南说话间抬起头，看到了劳资员身后的"娃"。他犹如半空中随风飘零的枯叶，又好似疾风中摇曳挣扎的蒿草，瘦骨嶙峋，弱不禁风，简直就是稚气未消的半大小孩。他瘦小的双脚趿拉着一双裸露着大拇指的军用胶鞋，背上扛着个脏兮兮的铺盖

卷，一双大眼睛怯生生地看着周岭南。周岭南突然感到面前的娃很眼熟。对，想起来了，这不是电影《三毛流浪记》中的三毛吗？除了那头鸡窝般的黑发，其他各部位实在是太像了！劳资员看着惊异的周岭南笑了，轻蔑地说："狗屁前台后台，娃有后台也不会到这儿来，还没人要。"劳资员回头看了眼三毛，又以同情、怜悯的语气说，"这娃没妈没爸，村上干部嫌麻烦，不想管了，就让他堂兄带出来了。看这个头，最多十四五岁，村干部硬说十七岁半。看看，这么小，又骨瘦如柴，连铁锨都扛不动，咋样和灰、抢抹子呀？"

"你叫什么名字？"周岭南笑问。

"顾名利！"三毛响亮回答。

"腔口还蛮亮的。"周岭南夸赞道。自打发现面前的顾名利酷似三毛，周岭南就对其有了好印象，产生了恻隐之心。电影中的三毛聪明伶俐、吃苦耐劳、疾恶如仇、爱憎分明，是个深受人们喜欢的正面人物。周岭南相信，眼前的顾名利一定也具备这种美德。

"已经来了咋能让娃走呢？扛不起锨、上不了墙、没班组要就留在队部吧！在队部跑跑腿、打打杂，长两年以后再下班组。"周岭南因其酷似三毛，由同情变为喜欢，也给了顾名利一个机会。顾名利抓住这个机会，凭着个人的聪慧、乖巧、吃苦、勤奋，不仅两年后未下班组，还上了电大，当了干部，成了领导，现在正向公司党委书记的位子做最后冲刺，要同周岭南平起平坐。这种结果顾名利意想不到，周岭南同样想不到，但他们彼此都很满意。顾名利感恩戴德周岭南的收留、栽培与提携；周岭南满意顾名利的知恩图报，十多年来义无反顾地追随。面对顾名利此时的雪中送炭、殷勤表现，周岭南想到几天前在市委书记面前"丢卒保车"，对追随者的背叛，深感脸红。想到丁惠仁去特区请涂晔晖，他至今守口如瓶，未给其透露半点口风，更愧疚不安。周岭南虽然大器晚成，依然是相对人群中的佼佼者，性格坚韧，信念坚定，说一不二，一诺千金，是人们公认的侠士、君子；而"丢卒保车"却使他在做人的路上走了"麦城"，成了不折不扣的小人，几天来一直惴惴不安。虽说当时的表态事出有因，依然是欺骗朋友、不讲诚信的不义之举。周岭南明白，顾名利今天来，除了关心、看望自己，一定会问及书记人选的事。因为，丁惠仁、黄剑屹去特区几天了，他不会不产生疑问，猜出端倪。与其让对方煞费苦心地探询，不如不隐不瞒，不躲不闪，直截了当地主动告知，既显示老哥、上级的豁达、仗义，也会起到亡羊补牢，弥补背叛过失，减轻愧疚心理的作用。主意拿定，周岭南将满杯啤酒一饮而尽，抓起桌上的餐巾纸抹了把嘴，以真诚的语气说："名利呀，这几天我太忙了，未和你深谝，有件事没告诉你，今日你正好来了，趁这会儿还没喝开酒，就先透露给你一点，不要一会儿喝开酒忘了，喝高了走调变味⋯⋯"

"先喝酒，先喝酒，工作上的事，乱七八糟的烦心事以后再谝。您跟这伙货磨了一天嘴皮子，该歇息歇息了。"顾名利说着，从周岭南手中接过酒杯，斟满，双手递过去，又以无奈、同情的语气说，"看到您忙死忙活的样子，名利都感到心痛，想为您排忧解围又无能为力。唉，也怪咱人微言轻，本事不佳。"

"好、好、好，就依你，咱先喝，喝高了啥苦恼烦心的事都忘了。"周岭南言罢，接过酒一饮而尽。顾名利明白，周岭南要告诉他的，一定是丁惠仁去特区、党委书记竞选的事。这些事确实是让他坐卧不宁、寝食难安、急于想弄清的事。但，现在从周岭南嘴里说出的，多一半是官话、套话、虚话，而未说的另一半才是真话、实话、知心话。这一半对一半的比例必然会产生更多悬疑与不确定因素，会使自己更忐忑不安，更受折磨；而只有酒喝到一定程度，似高非高、晕晕乎乎，精神亢奋时，才会看到一个真实的、活生生的周岭南，而不是被岁月陶冶，被时光打磨，被清规戒律束缚，把假话、真话混说的周经理。这是十多年来顾名利同周岭南交往中总结出的宝贵经验，也是他这个被班组拒收的合同工能走到今天的收获之一。他不仅要凭它达到来此的目的，还要依靠它飞得更高、更远。

两个多小时过去，传达室的灯熄了，办公楼外大街上的汽车声已

经消失，古城墙上耀眼的彩灯也没有了刚才的炫丽。皎洁的明月穿过薄云向西游弋，天上的繁星更加晶莹透亮，整个世界万籁俱寂。这种宁静，使办公室推杯换盏的声音越发响亮，让狂饮者的热情更为高涨。眼看着两打啤酒只剩下两瓶，周岭南直抒胸臆的程度还未到来。顾名利忙不迭地拿过一瓶酒打开，斟满，端起自己的杯子，愤慨地说："周哥，咱不是酒喝高了咬谁的蛋……"

"有话尽管说，有意见尽管提，有哥在，你还怕他谁！"周岭南慷慨激昂地打断了顾名利的话。

"让我说呀，你整天忙的这些事大都是'维稳'，这'维稳'工作可都是丁主席的，他也该出面管一管了，不能让你一天到晚连轴转。"顾名利愤愤不平地说。听到顾名利的"咬蛋"，周岭南瞪着充满血丝的眼睛，得意地说："何止是连轴转，连拉屎尿尿的时间都没有。不过这也没啥，能者多劳嘛！再说了，大家也是各有各的事，都没闲着嘛。"顾名利想知道丁惠仁干啥去了，以证实推测，了却心事，消除纠结，却未得逞。他偷觑了眼满脸通红的周岭南，话锋一转道："说心里话，丁主席这个人还是蛮不错的，一直跟您合作得不赖，特别是这一回静坐……"

"说到静坐，我想起一桩事，这事在我心里憋了好几天了，刚才想说，只顾喝酒了，现在我一定要讲出来，要不就太对不起你老弟了。"周岭南接过顾名利斟满的酒杯，潇洒地倒进嘴里，继续道，"这件事是……"正当顾名利竖耳静听时，周岭南突然打住了，极不自然地欲言又止，把顾名利想听的秘密咽了回去。尽管周岭南是因为充当替罪羊才成为六建经理，但，他二十五岁当施工队长，在中层领导的岗位干了十多年，受党的教育几十载，起码的组织观念还是有的，像公司党委书记竞选这样的大事，绝不能向当事一方透露，弄不好会惹出乱子，影响自己的前途命运不说，还会违背公正、公平的竞选原则。

"唉！不说了，不说了，以后有机会再聊，今日先借酒给老弟提前道个歉。"顾名利发觉已到嘴边的秘密被咽回去，又听到什么提前道歉，越发不安，更想探寻个究竟。顾名利抽着烟，眯着眼，在昏暗的灯光下偷偷观察着周岭南，发现他虽脸色赤红，双眸依然有神、清澈，话语虽多，却字正腔圆、逻辑清楚、毫不含混。他突然明白，周岭南自从当了经理，酒量今非昔比，已不是在工区时七瓶好、八瓶倒的水准了。他用眼睛盘点了一下酒，只剩一瓶半了，不仅有些失望，后悔自己忠诚有余，多喝了两瓶。顾名利哪里明白，在现实生活中，往往是十瓶酒不醉人，一口酒醉人。正如一个愚人，饥饿至极，连吃十个馒头却不解其饿，当第十一个馒头吃到一半时突然有了饱意。他非常高兴，认为这个馒头神奇、了不起，半个胜过前边十个，决定将其收藏起来。顾名利也许是想到了这个可笑的愚人，一时间灵醒了，明白也许这醉人的一口酒就在剩下的一瓶半中，就看他如何推销了。果不其然，那半瓶酒刚见底，就产生了立竿见影的效果。只见周岭南将空酒杯朝桌上一蹾，挽了挽衣袖，大声说："名利，倒……酒。咱今日就……来……个不醉……不归。"顾名利听到周岭南含混不清的命令，看着他痴痴游弋的眼神，心中窃喜，慌忙打开最后一瓶酒，小心翼翼地斟满，殷勤地附和道："好、好、好，听老哥的，不醉不归。"并随手端起自己的杯子。随着两个酒杯的响亮碰撞，周岭南的话匣子终于打开了。

"名……利呀，咱俩已不……是一天两天的关系了，你说老……哥哪一回说话没算过数。"周岭南断断续续地说着，又去抓酒杯。顾名利赶忙抢过酒杯说："您说话，让我倒酒。"他不敢让周岭南再喝了，再喝，他煞费苦心安排的这场戏就失去了意义，会一无所获。因为，周岭南在酒场上有"四部曲"的美誉。第一部曲，酒杯端起，称兄道弟；第二部曲，酒过四两，豪情万丈；第三部曲，酒到八成，掏心掏肺；第四部曲，酒过十成，默默无语。现在正是第三部曲，是掏心掏肺的阶段，顾名利一直苦等的就是这个度；只有到了这个高度，他才能如愿以偿，得到需要的东西；再喝，他就呼呼大睡，神仙也无法让他开腔了。顾名利将抢到手的酒杯悄悄放到阴暗处，点着一支烟递了

过去。周岭南接过烟，贪婪地吸了几口，继续说："但是这……这一回不一样，市委书记发……发了话，咱不……不能犟，再犟公……公司就毕了，就叫人家吞并了，甭说你当书……书记，就连我……我这个经理也没……没影了。常言说，识时务者为……为俊杰，我只能屈……屈从了，还望老弟理……理解。"周岭南停顿了会儿，想吸烟，烟已灭了，顾名利忙打火点着，听话地说："理解、理解，老弟理解。"顾名利只有初中文化，虽说业余时间完成了电大学业，但与周岭南这位正儿八经的本科大学生相比就有差距了，但对人世间的事情比周岭南看得清、想得开。人常说："夫妻本是同林鸟，大难来时各自飞。"夫妻在大难来时都各顾各，更何况上下级，异姓哥们儿。顾名利连声"理解"确实是真心话。

"那两位书记的意思呢？"顾名利趁机问。

"黄……书记在这事上没资格表……态，市委邢书记一言九鼎，把事全拿了。咱……从未和市委书记零距离接触，这一……回算是见识了，人家就……就是有水……平。"周岭南将未抽完的半截烟丢到地上，打了个饱嗝，整个办公室的酒精浓度骤然升高。他用迷离的眼神看着急切等待的顾名利大声说，"你……猜，人家是啥……啥招法？"顾名利点着一支烟，双手递过去，茫然地摇了摇头。周岭南狠狠地吸了两口烟，以十分钦佩的语气说，"人家首先枪毙……了咱下总举荐的那个能人，肯定了咱……咱推荐的人选。"顾名利一听，立即由茫然、忧心变得喜形于色，忙将藏于阴暗处的酒杯放于周岭南的眼皮下，以防其酒劲过去，再坚持他的"原则"。

"当然，咱……推荐的人中还……还有涂晔晖。"听到涂晔晖三个字，顾名利的喜色消失了，浓浓的愁云笼罩了瘦削窄长的脸。随着周岭南泄洪般的掏心掏肺，滔滔不绝的"泄密"，顾名利觉得这位老哥在为自己料理后事。在这之前，顾名利曾想到过涂晔晖这个对手，却心存侥幸，比如人家是否回来，是否会赢等等。此刻从周岭南传递出的信息让他感到对手已站到面前，并将自己打败了。但顾名利就是顾名利，他虽沮丧、失望，却表现出誓不服输的坚韧，如同高手过招，用意念攻防搏击，认真客观地权衡着他与对手的利弊优劣。实事求是地讲，涂晔晖虽远离六建五年，但其耀眼程度远高于顾名利，不说选拔干部的"四化"标准，光人生轨迹、个人阅历，顾名利就差之千里，望尘莫及；特别是涂晔晖五年前几乎进入六建班子的那段历史，使六建人人念念不忘，对其失败愤愤不平，为他的出走同情、惋惜。而顾名利出身卑微，现有的满身光环都是由一名班组拒收的合同工演变而来。在其漫漫的演变过程中，经历了千年蛇精蜕变为人的苦苦修炼，由施工队的杂工变为工区小车司机，再由司机成为干部，直至有了电大文凭，积攒了厚厚一摞荣誉证书，晋升为公司副经理。但，这一切的取得多半归功于周岭南这位贵人。如果没有周岭南的保佑，他早就回陕县山区了，最好的结果也是个下岗工人。这与凭着个人奋斗、一步一个脚窝、一个脚窝一支歌的涂晔晖相比，顾名利显然是风声鹤唳，只能招架无力还手。然而，假若经理周岭南出手，结果就无法预测了。

"怕……怕啥呢，只要有老哥……天大……天大的事也能搞……搞定，党委书记的事更……是小菜一碟。"看到顾名利经过利弊权衡后的颓丧情绪，周岭南大声鼓励着。周岭南掏心掏肺的这些大话、俗话、真话，顾名利耳熟能详，倍感亲切。十多年来，每当自己到了人生的十字路口，最困难、最困惑时，他都要在酒精的作用下呈现这种豪放与仗义，激励自己，让自己振作振奋、精神抖擞地面对生活，并力挽狂澜，扭转乾坤。合同工转固定工是这样，转干入党是这样，提拔工区副主任、公司副经理更是这样。

"名利呀，你……你说现在六建姓啥？"正当顾名利对周岭南的丰功伟绩如数家珍、念念不忘时，听到了这个奇怪的问题，蒙住了。六建，正儿八经的国企，当然姓公了。

"姓公。"顾名利脱口而出。

"姓公是表象，实际上是姓……姓周，姓周——"周岭南听了顾

名利的回答，嘿嘿嘿地笑着说，还对后边俩字使用了长长的拖腔，像是唱出来的。顾名利还未反应过来，周岭南又十分豪迈地说："既然六建姓……姓周，咱……咱就是主宰，人人都得听……听咱的。现在，谁都知道咱……咱们的关系，谁敢不识时务，不在你的名字下画钩……"

四、故地遐思

涂晔晖一下火车便和丁惠仁、黄剑屹分了手。已是傍晚时分，黄、丁二人要回建总汇报"招安"结果，以便尽快落实市委书记的指示。平常情况下，像选配基层书记的事，耽搁个俩月、仨月都是家常便饭。作为一个企业，只要配好经理，一切工作都会正常进行，有无党委书记无足轻重。现在是以经济建设为中心，是经理负责制。然而，六建千人于市委门前静坐上访，震撼宝山，影响"三秦"，究其原因，竟然是有关部门工作不力，未及时为企业配备党委书记，使国务院关于国有企业"三驾马车"的理论大打了折扣，使党委的保证监督落了空，影响了经理负责制的效果。市建总党政一把手作为直接责任人，能不紧张异常、如临大敌、脚下生风、前后长眼？党组书记黄剑屹携"外援"前往特区"三顾茅庐"，总经理卞福民不仅放弃了自荐的干部，还一天两次电话了解"招安"情况，面授机宜，答应其所有条件。他们在活生生的事实面前认识到，政治思想工作虽非经济工作的生命线，却并非可有可无、无足轻重，一切无视政治思想工作的行为不仅会使企业乱象丛生、衰败死亡，还会让更多的人受牵连、遭惩戒。正如这次事件对他们的威胁，正如六建衰败对六建人的影响。所以，虽早已下班，卞福民依然率领建总班子破天荒地延长工作时间，恭候黄剑屹、丁惠仁的归来。

"小涂啊，五年没回宝山，可不敢迷了路、找不到家了。还有，上

楼前先买瓶润滑剂，锁子生锈了得渗一渗。"出了站，丁惠仁半认真、半开玩笑地说。

"小涂啊，抓紧时间把家里的事安排好，千万不敢远离，手机也不能关，耐心等候通知，两三天内咱们还会见面。"黄剑屹也笑着、认真地说。涂晔晖干脆地答应着。黄剑屹望着涂晔晖汇入人流，感到高兴、欣慰。高兴的是，涂晔晖不计前嫌，丢了西瓜跟自己回来捡芝麻，他把人人都认为办不成的事办成了。欣慰的是，五年前六建职工信任、赏识、认同的干部历经风雨坎坷又回来了，还将被委以重任。这不仅是众望所归，也实现了自己一桩心愿，了却了数年来一直隐藏心底的愧疚与心事。然而，周岭南一直要求与顾名利搭班子，顾名利也使出浑身解数上下周旋；卞福民因自荐的人选被否定，对六建书记人选采取了消极、冷淡的态度，要求公投，以得票多少取舍。这样，涂晔晖必然处于下风。因为，尽管他有过辉煌，有过人气如潮的历史，但毕竟是五年以前，在人走茶凉、功利思想氤氲弥漫的今天，涂晔晖的胜算能有多少实在令人担忧。这还未考虑周岭南的个人因素，非组织行为的作用。对这一态势，涂晔晖、丁惠仁均心知肚明，却始终泰然处之，浑然不觉，满不在乎，这更让黄剑屹忐忑不安、心有余悸，担心五年前的悲剧再度上演。若真是那样，六建完了，涂晔晖将遭受更大的打击，自己也会万劫不复，处于尴尬境地。他唯一能做到的就是凭借市委书记的"尚方宝剑"，当机立断、快刀斩乱麻，以迅雷不及掩耳之速度完成"竞选"，不给对手留下拉票的机会。建总班子挑灯夜战、加班加点的主意就是他出的。

涂晔晖肩扛手提，随着摩肩接踵、拥挤不堪的人流艰难地出了火车站广场，挡了辆出租，放好行李坐上车，长长叹了口气，心想，真是好出门不如赖在家啊！涂晔晖同时觉得心绪不宁，不知道五年漂泊悄然归来，是衣锦还乡还是无功而返。想到凯旋酒店老板真诚地挽留，同事们说他朝秦暮楚、没记性、重色轻友等奚落、调侃，勾起了他对特区无尽的依恋，心中泛起淡淡酸楚。那湛蓝的海水，温暖的沙滩，

满大街永不变色的椰子树，漫山遍野的棕榈林不时在眼前浮现……它是中国改革开放的前沿，温湿美丽的乐土，可爱难忘的又一故乡，更是他失意、落魄时的归宿，抚平创伤的伊甸园。今天，为了昔日的理想，为了亲人、爱人及众多工友，不得已背叛、抛弃了它，实在是无情无奈的不义之举。涂晔晖透过车窗，看到了天翻地覆、既熟悉又陌生的解放路、北大街、大南门，听到窗外飘来的不绝于耳的乡音，车内广播传出的耳熟能详的秦声、秦韵。他兴奋、激动、温暖，不禁想起贺知章的《回乡偶书》："少小离家老大回，乡音无改鬓毛衰，儿童相见不相识，笑问客从何处来。"自己鬓毛未衰，却已五载未归；容颜未改，却是花格子上衣，棕色尖头皮鞋，油光发亮的港式头。这种装扮与这座高楼林立、超市密布，却依然保留着古朴文化特色的宝山格格不入。涂晔晖在温暖、激动、兴奋之余感到了一丝悲哀，这种悲哀冲淡了大海、沙滩、港口、码头、椰子树和棕榈林，甚至怀疑自己当时是如何离开脚下这片热土，这座让他魂牵梦绕、朝思暮想的古老城市的。当想到心爱的郑芬芳，他更想不通当时为什么要选择逃离。有人说，欺骗是世界上最伤人的一种行为，而当年欺骗他的还是组织、领导。那天下午，组织谈话拟任他为六建党委书记，但第二天开会宣布的却是别人。他是在六建人怀疑的目光下、窃窃耳语声中，当机立断，义无反顾，凄然踏上了漂泊流浪之旅的。愤怒可以使人失去理智，冲动这个魔鬼又会引发出人意料的行为，涂晔晖终于想通了当时为何逃离，并心平气和地再次审视"吃回头草"的动机。他承认，这回是怀着赌一把的决心，要用在特区五年修炼的成果证明能力、洗刷耻辱，报答曾经拥戴、支持并因他受到株连的工友、爱人。他永远也忘不了对郑芬芳的庄重承诺——你等着，我一定会回来的。今天，他终于回来了，已站到了这块土地上，看到了雄浑古朴的城门、城墙，听到了熟悉而又亲切的秦韵乡音，他多么急切地想见到她啊！

涂晔晖未回五工区家属院他们的住处，直接让司机将车开到九里湾郑家庄，郑芬芳的老家。

意想不到

九里湾距离宝山市中心九里，是享誉"三秦"的菜农区，郑芬芳的老家，也是他们相识、相知、相恋的地方。虽然五年未归，这儿的一草一木，一砖一瓦至今记忆犹新，历历在目；这里的每一条路上都留有他们的足迹，每一块菜畦都飘荡过他们的欢声笑语。这里居住的三十多户人全姓郑，都是未出五服的同族，这里的每个人涂晔晖都认识，都知道他是郑家的女婿。这里是涂晔晖的第二个故乡，是撒播幸福、揭开"爱情"神秘面纱的风水宝地。五年过去了，不知她变成何等模样，不知和自己梦境中的景象是否相同。涂晔晖急不可待地透过车玻璃，左顾右盼，一路搜寻。

"先生，九里湾到了。"出租车司机停下车，客气地说。

"小师傅，你没有弄错吧，这儿哪像是九里湾呀！"涂晔晖拉开车门，站在道沿上，环视周围，以极不信任的语气说。司机下了车，上下打量着穿戴别致的涂晔晖，客气地说："您一定是外地人吧……"

"这儿不是九里湾，绝对不是。那一畦畦菜地呢？一道道篱笆墙呢？还有那个小巷、那条石板路？"涂晔晖打断了司机的话，把怀疑具体化。年轻的司机一听笑着说："你要问那菜地、篱笆、小巷跟石板路呀，早让这城市吃了。"

"让城市吃了，这古老的城市能有那么大胃口？"涂晔晖轻蔑地说。涂晔晖在特区闯荡五年，绝非抱残守缺、思想僵化之人，深知中国城市化风起云涌、摧枯拉朽、势不可挡，毁田造城，使大片农村淹没于城市之中。但那是特区，是"总设计师"画过圈的地方！而脚下的土地是偏远落后的北方古城，是中央扶持、支援的西部，城市的膨胀速度绝不会如此疯狂。涂晔晖记得，远在八十年代初，这里曾被城市"咬过"一口，郑芬芳就是在那一次变迁中"农转非"，由菜农成为一名建筑公司的职工。但那时政府只动了几户人家，整个庄子完好无损啊！以后多年，这种现状始终未变，不少年轻人想借城市扩张变为工人却难如愿。而自己离开五年后的今天，这儿竟沧桑巨变，面目全非，无法辨认。房舍、院落、菜畦、巷子被一栋栋高层建筑覆盖，

只剩下九里湾、郑家庄这个徒有虚名的符号。涂晔晖透过群楼缝隙眺望远处,映入眼帘的是拆迁得残破不全的村庄、农舍,荒芜的原野。树木、青草、禾苗可怜颓丧,气息奄奄,静静伫立,像是等待更凶猛的城市化浪潮的到来,等待另一个城中村的落成。

"宝山呀宝山,你变化得太出人意料了。"涂晔晖终于相信了年轻司机的话,打心里发出感慨。

涂晔晖在陌生、如林的高楼间穿行,打听着郑芬芳及郑家人的消息,寻觅着破碎了的郑家庄。时间随着他急切的心情、匆匆的脚步快速逝去,不知不觉,太阳暗淡,夜幕降临,街灯不约而同地亮了,发出昏黄的光。月亮也随之冉冉升起,将冰凉的银光投向大地。心急如焚的涂晔晖浑身发瘆,感到了故乡初春夜晚的寒意。他按照特区气温穿着单衣单裤,而宝山的气温要比特区低七八度,而且早晚温差很大。他想换身衣服,行李却在出租车上,加之晚上敲门叫户找人多有不妥,只好回到车内,让司机将车开往住处——五工区家属楼。

四层高的五工区家属楼建造于 20 世纪 50 年代末,结构、布局都是地道的苏联模式,登上楼梯,便是延伸左右,火车车厢般的楼道。由于采光、通风不理想,楼道里黑咕隆咚,充斥着生活垃圾排放出的污浊气体。但,这还不是这种苏式建筑的致命弱点,它的致命弱点是住户两家共用一个厨房、厕所。在宝山,在六建,居住在这栋楼房的两邻大多有矛盾、不和睦,甚至争吵、打架,为争夺如厕、入厨权益结仇积怨。有些住户因受不了这种折磨,宁可在外租房,在父母、子女处栖身也不愿到这个闹心的是非之地居住。依照六建的规矩,像涂晔晖这样的资格,这类未婚青年,只能住在工区办公室楼上的单身职工宿舍,根本无权享有这奢侈的单元房。幸运的是,五年前他与郑芬芳紧锣密鼓地筹备结婚,一对姓吴的老夫妇因与邻居无法共处,硬是搬到女儿家,将这套房子让给了涂晔晖。涂晔晖刚把房子收拾好,准备登记、领证时,建总宣布了他仕途失败的决定。愤怒使这位血气方刚的汉子失去理智,为了逃避,为了面子,为了一个男人的尊严,丢

下即将与他走向婚礼殿堂的郑芬芳下海去了特区。

与这栋苏式筒子楼毗邻，还有一座建筑，它就是五工区机关的三层办公楼。这栋楼与筒子楼历史相同，结构简单，布局一般，貌不惊人。半个世纪前，在这农舍密布，周围全是庄稼地的城乡交界处，这两栋今天看来极不起眼的建筑，却如同北京的紫禁城，华盛顿的白宫，让当地人羡慕、嫉妒、心驰神往。从楼里出出进进的那些吃着商品粮的工人、干部，更让他们尊敬、倾慕、向往。涂晔晖就是从这栋楼里拿着盖有红色印章的通知去郑芬芳那儿报到的，并在多年后成了这栋办公楼的主人，坐上了工区总支书记的宝座。这里是涂晔晖的母体单位，人生起步、青春绽放、追梦筑梦的地方；这里有他抛洒的汗水，不懈的追求，未竟的事业，未了的心愿，还有爱人与众多工友；这里的一切让他魂牵梦绕、自豪骄傲，使他归心似箭，望眼欲穿。今天，终于踏上了这块熟悉的热土，站到了这栋办公楼旁，他心潮起伏，思绪难平，要比刚下火车，在群楼间寻找"郑家庄"更为兴奋、激动。涂晔晖迫不及待地下车，伫立于两楼之间，望着繁华的街市，络绎不绝的人流、车流，想起贺敬之《回延安》中的诗句："多少次梦里回延安，双手搂定宝塔山……"涂晔晖的眼圈潮湿了，心脏打鼓般的狂跳。诗人《回延安》中饱含着浓浓的乡情、亲情、友情，而他除了这些情怀外，还有痴痴的爱情，还有与他热恋多年，给过他诸多帮助的郑芬芳。涂晔晖漫步到筒子楼与办公楼交界的花坛边，揉了揉湿润的眼睛，举目眺望。呈现眼前的是一条宽阔、笔直，在霓虹灯照耀下通往飞机场的水泥路；路对面是高楼林立、灯火通明、喧嚣热闹、正在建设中的经济开发区；机场路沿途，是一眼望不到头的彩灯缠绕的商厦、酒楼，灯红酒绿的娱乐城。在这一片恢宏建筑物的包围下，筒子楼、办公楼如蚯蚓、蜗牛般蜷缩，穷酸，渺小，可怜巴巴。这就是涂晔晖心目中高大耀眼、引以为豪的圣地，这便是曾让当地人倾慕的母体单位！今天，它的雄浑、霸气、吸引力哪儿去了？涂晔晖激动、兴奋、豪迈的感觉不见了，产生了一种难以说清的悲哀、苍凉与茫然。

改革，使这座古老的城市旧貌换新颜，六建却仍处在水深火热之中，与飞速发展的宝山格格不入，成为这座城市阴暗的角落、贫穷落后的标志，成为他要努力填补的空白，奋斗、创造的目标。然而，这片不大不小的空白，并非考卷上的试题，一两个小时就可完成；那个"目标"也非一蹴而就，轻而易举就能实现；它是坎坷难行的山路，波涛汹涌的海河，想达到彼岸、登上顶峰，需要聪明智慧，更需要阴谋诡计，还得有一次次失败成功的轮回，无私无畏的献身精神。涂晔晖在初春之夜的冷风中暗下决心，不管前面的路如何崎岖坎坷，也要义无反顾地走下去。因为，他的双脚已踩到了这块土地上，心已融入了它的肌体，绝不能胆怯、摇摆、退缩，宁可头破血流、粉身碎骨，再遭失败。

"先生，这是您的行李。"出租车司机停好车，从后备厢取出皮箱、背包，放到涂晔晖身旁客气地说。

"这儿的变化太大了，叫我连行李都忘了，实在对不起。"涂晔晖如梦初醒，带着歉意说完，从口袋抽出三张百元票子塞到司机手中又道，"这是给你的报酬，如果少了可以再添。"

"三百元，太多了，太多了。"出租车司机连连推辞，拿出两张要退还，"三百元，几乎是一天一夜才能挣到的钱啊。"

"一踏上故土就遇到你，这就是缘分，请留下电话，也许这段时间还会劳驾到你，如果这些钱有多余，就算是预付款吧。"涂晔晖挡住其拿钱的手，诚恳地说。

"我叫王秋生，您如果要用车就打这个电话，咱保证随叫随到。"司机不再客气，从腰袋里取出一张名片说。涂晔晖接过名片装入口袋笑着道："附近有夜宵吗？快十点了，你一定饿了，我请客。"

"要吃饭？那儿就是食堂，是我郑姐开的，保证让你吃好喝好。"王秋生指了指办公楼亮灯的方向，热情介绍。

食堂离他们站的地方有十步之遥，王秋生扛着涂晔晖的皮箱，边走边大声喊："郑姐，有客人到。"话音刚落，只见一个胖大的中年女

人从亮灯的门面房出来,接住王秋生肩上的皮箱,对紧跟其后的涂晔晖殷切招呼:"先生请,先生请。"王秋生陪胖女人簇拥着涂晔晖进了饭馆。

"郑姐,你招待客人,我有生意了。"王秋生不经意间看到公路对面开发区方向过来两个提箱背包的人,对胖女人说。

"生意,你的生意在哪儿?"胖女人望着门外问。涂晔晖也把好奇的目光投向远处,果然发现有两个人向停车的地方走去,并对急急赶过去的王秋生说:"去火车站。"出租车渐渐离开了涂晔晖的视线,消失在霓虹灯闪烁的夜色里,而王秋生的精明、热情、敬业却使涂晔晖感慨万千。在世俗眼里,司机是卑微的,出租车司机更低人一等,但生命却没有因为王秋生的身份烙下这般印记,反而因为他的聪明机灵放射出灿烂光芒;更可贵的是他除了热情、敬业,还能用第六感觉判断事物,真是行行出状元啊!

"啊!郑师,你啥时开起食堂来了?"涂晔晖目送出租车离开,回头发现迎接他的胖女人竟是工友郑芹英。

"涂书记,原来是你,这些天就听说你要回来,我还不信,你还真的回来了。难道你真要争那个书记,太让人想不通了。这不是穿着白生生的鞋袜硬朝泥坑里跳嘛。你知道不,六建已不是你在时的风光了,已经不行了、快完了,你咋能跑回来背这个黑锅呢……"郑芹英保持着心直口快的本色,絮絮叨叨,说个不停。涂晔晖看着郑芹英,就像见到了亲人,但却不愿听影响、挫伤他锐气的抱怨;再说,他苦苦寻觅郑家庄的人,现在郑家庄的人就在眼前,哪有心思听这些与郑芬芳无关的话。

"郑师,我刚从九里湾过来,那儿已经拆得面目全非,连一个熟人也没有了,没想到在这儿碰到你,真是太好了。"涂晔晖硬是见缝插针,打断了郑芹英的絮叨。郑芹英是六建唯一一个与郑芬芳同村的人,也是当年一块被招工的"农转非",是受过涂晔晖诸多关照的弱势群体。乍一看,她身高体壮,结实健康,却患有严重的腰病,不能干爬

低上高的重活，时任工区总支书记的涂晔晖硬是把她从一线班组调到了工区职工食堂，让她学会了厨艺，为下岗后开食堂、当老板奠定了基础。虽说涂晔晖和郑芬芳属自由恋爱，但对外，郑芹英还充当着媒人的角色。在这个古老的现代都市，传统的爱情婚姻观依然占着上风，没有媒人的恋情是会受到指责的，涂晔晖和郑芬芳都是六建榜上有名的人物，自然要循规蹈矩，顾及影响，"媒妁之言"不能缺少。所以，郑芹英不仅是郑芬芳家族中的人，还是涂晔晖的知己、媒人，更是寻找郑芬芳的唯一线索。涂晔晖忘记饥饿，失礼打断她的话，就是为了尽快得到亲人的消息。

"你从九里湾来?!"郑芹英惊疑地看着涂晔晖继续道，"对，那里拆迁，建城中村，庄上人都投亲靠友、租房过渡去了，两三年后才能回来，我也好久没回去了。"这时，服务生端来了饭菜，涂晔晖心不在焉地吃着，却一心想听到郑芬芳的消息。郑芹英突然一改絮叨的毛病，默不作声，目不转睛地盯着涂晔晖的行囊。数秒钟后，她将目光从其行囊上移开，端直问："你还没成家?"

"成家，和谁成家?"听到郑芹英的问话，涂晔晖把夹起的菜重新放入盘子，愕然地说。郑芹英胖脸上流淌出满意、兴奋的神情，从吧台拿过两瓶啤酒打开，蹾到涂晔晖面前爽快地说："你慢吃慢喝，这顿饭算我为你接风洗尘。让我把那两桌客人打发走了咱再好好谝。"涂晔晖看着神情怪异的郑芹英，品味着从她嘴里吐出来的每一个字，似乎看到一丝曙光、一线希望，静静吃着饭，等待着。半个多小时过去，客人们已经走光，涂晔晖吃饱喝足，餐厅里只剩下了准备关门打烊的两个服务生。

"你们郑老板呢?"餐厅墙上挂钟的时针只走过了半圈，涂晔晖却好似过了几小时、几年，急切地走向服务生打问，并产生了柳暗花明的预感。

"老板正在后院打电话。"服务生回答。一听郑芹英在后院打电话，涂晔晖更是喜上眉梢，心想，说不定她不仅会带来好消息，还可

能把人叫来，让他们相会，了却五年的思念之苦。

正当涂晔晖充满希望、沾沾自喜时，郑芹英眉飞色舞、兴致勃勃地回来了，身后跟着一个人。但，她不是涂晔晖期盼的人，却也是老熟人——五工区现任书记韩素清。韩素清40多岁，曾是涂晔晖的下属，还是同住筒子楼的邻居。郑芹英在后院打电话，她在办公室调解筒子楼两户人家的纠纷，不期而遇，听说涂晔晖回来了，便跟了进来。寒暄过后，韩素清上下打量着涂晔晖对郑芹英笑着说："真是环境改变人，短短五年，咱宝山的土八路就被特区改造成'港澳'同胞了。"

"不仅穿戴变了，人家连腔调也变了。"郑芹英伙同韩素清调侃着。

"为了生活，入乡随俗，实在是迫不得已。二位请放心，明天咱就会全部复原，让南腔北调变成纯正的秦腔，让花格子上衣、火箭式皮鞋变成红卫服、千层底（布鞋）。"一阵哄笑后，涂晔晖好奇地问韩素清："韩书记，人家郑老板通宵达旦是为了赚钱，你为啥现在还没回家？"

"唉！还不是筒子楼厨厕共用惹的麻达。过去，这种麻达也有，但人们还顾忌点面子，相互谦让、容忍。现在呀，社会进步了，手里稍微有了点钱，脾气更大、火气更旺了，动不动就出口伤人，甚至动手。咱这栋楼上的治安问题啊，在当地派出所都挂号了，我这个书记大部分时间都忙在这些琐事上了。"韩素清诉苦说。

"要我说呀，公司早就该把这栋楼拆了。拆了就都安宁了，像我们庄上的乡党们，四处'过渡'，想见都见不上。"郑芹英也是筒子楼的住户，只不过因开食堂，多在外少在家，遇的麻烦不多而已。聊了会儿筒子楼的事儿，俩女人几乎同时将话题转到涂晔晖身上，转到了公司党委书记的竞选上。

"涂书记，这两天大家都在议论，说你不远千里回宝山，想跟顾名利争书记。我们虽然不信却很高兴，今日见到你，相信了，也有了希望。我们支持你，相信你能赢，也巴望你赢，能像过去在工区那样，

让职工不下岗，按时领到工资，天天有个好心情。"韩素清说。

"我不同意韩书记的意见。公司快垮了叫你回来，这明明是挖好坑让你跳嘛！人家把牛牵走了，让你拔桩、落贼名，千万不敢上当。"郑芹英反驳韩素清。

"旁人把牛牵走了不假，咱会经过努力再给空桩拴匹马。咱们应该相信涂书记的本事。"韩素清说着，看看郑芹英，又看看涂晔晖，忧心忡忡地接着道，"我担心的是涂书记争不过顾名利。"

"小声点，隔墙有耳。"郑芹英低声提醒韩素清。因为，顾名利的堂弟顾明亮就在后院住着。

"你说顾家老三，他为了躲避刚才那两家的矛盾早就去了战胜酒楼，这会儿不回来今晚就不会回来了。"韩素清说。

"顾明亮不是早就下海了，什么时候又回工区了？"涂晔晖不解地问。

"你离开工区的第二年他就回来了，开始是给接替你的周岭南当生产主任，后来工区没工程，周岭南又去公司当了经理，他便成了留守主任。朝里有人好做官，有堂兄顾名利在公司当副经理，封个工区主任不是跟耍一样。"韩素清以不平的口气说。最后，他们又聊了会儿工区、公司的一些人和事，已凌晨三点，不得不分手。涂晔晖虽然旅途劳顿十分疲惫，却依依难舍，五年过了，有多少人和事需要了解，特别是郑芬芳的消息还未得到。他看着兴致盎然的郑芹英，几经努力却始终没有勇气开口，因为，不管咋样这是他与媒人之间的秘密，不能让第三者知晓。

涂晔晖快快回到阔别五年的筒子楼，打开户门，拉亮灯，将行囊搬进屋，准备清扫房子。久违了的屋子恐怕早已积满尘灰，蛛网密布，一片狼藉了。他清楚地记得，自己出走时行色匆匆，被褥未叠、沙发未盖、地未打扫，留下了败逃的纷乱与苍凉，已做好了今夜不眠的思想准备。涂晔晖关好户门，走向客厅，进入卧室，感到诧异。只见整个屋子窗明几净，整洁有序，别说是蛛网、尘灰，连一根头发都难以找见。涂晔晖怏怏的情绪一扫而光，站在这轿车车厢般的狭小空间，如同置身于富丽堂皇、雕梁画栋的豪宅，舒适、敞亮、温馨、心旷神怡。不用猜他就知道，这是心爱的郑芬芳的杰作。她天天盼他归，却又不知何时归，便不定期地清扫房子，一坚持就是五年。功夫不负有心人，今天，他终于回来了，并体会着它，欣赏着它，享受着它。涂晔晖心潮澎湃，热血奔涌，眼前浮现出她青春、健美、生气勃勃的身影，冥冥之中觉得她正不知不觉向自己走来。

郑芬芳从小生活在九里湾郑家庄一个菜农家庭，1985年政府征用庄上的土地，初中毕业刚满十六岁的她就"农转非"招入六建，被分配到五工区三队当了一名油漆工。由于勤奋好学，知礼懂义，又有些文化，三年学徒期未满她便入了党、提了干，后又晋升为该施工队的党支书记。郑芬芳担任施工队书记的第二年，涂晔晖大学毕业来到了三队。那天，天空飘着大片大片的雪花，寒风发出瘆人的尖叫，整个建筑工地银装素裹。那是入冬以来的第一场雪，来得突然、凶猛，让人猝不提防。工地上，人们除了用紧张的劳作驱赶寒冷外，就是围在匆匆生着的火炉旁取暖。郑芬芳正给办公室的炉子内添煤，门吱呀一声被推开。抬头一看，门口站着位衣着单薄，身材修长，文气十足，学生模样的年轻人。他的行李卷、军用挎包，连同满头的秀发全被落雪覆盖，身后的风雪仍穷追不舍，尾随而至，使室内的温度骤然下降。

"你找谁?"郑芬芳欠身，看着"雪孩子"般的不速之客，用火钳将门关上，客气地问。

"找郑书记。"来人努力控制着哆嗦说。

"我就是郑芬芳，你有啥事?"

"你就是郑书记?"他眼神中流露出疑惑。

"咋，不像吗?"郑芬芳边给炉膛内添煤，边笑着说。

"不、不、不……"来人嘴里不承认，但依旧感到确实不像。她留着两条充满乡土气的麻花辫，一张胖乎乎的脸颊红扑扑的，不大的眼睛单纯、憨厚、慈善；一身洗得发白的工作服包裹着丰满、结实的

身体，同刚见到的那些搬砖、砌墙的工人没有任何区别。让涂晔晖不敢相信的另一个原因就是她太年轻了，超不过二十三岁。涂晔晖想象中，管着一二百号人的施工队书记绝非这般年纪、这般平凡、这般不起眼。

"咋，还不相信我就是你要找的人，再不信就到其他办公室找去。"郑芬芳开玩笑说。

"小兄弟，现在啥都有假，这郑书记可没人敢冒充。"围坐在火炉旁的一位长者忠告说。

"我不是不信，只是觉得书记太年轻了。"涂晔晖终于相信她就是自己要找的人，边解释边从挎包内取出介绍信，恭敬地递过去。郑芬芳看过介绍信高兴地说："你就是涂晔晖，欢迎，欢迎！前一阵就听工区丁书记说你要来，咋拖到现在了？"郑芬芳说着，从门背后的脸盆架上拿了条干毛巾递给涂晔晖。

"在公司整理了阵档案，昨天结束，今日就来了。"涂晔晖在郑芬芳热情的欢迎声中没有了刚进门时的拘谨，轻松高兴地回答。围在炉旁烤火的几个人听说涂晔晖是公司、工区安排到施工队从事政工工作的大学生，感到新鲜、高兴，忙接过行李卷，腾出位子，让他坐下取暖。在他们的印象中，施工队常有分来的大学生，但都是"工民建"专业，从未有政治思想工作专业的，涂晔晖的到来，简直是大姑娘上轿，凤毛麟角的稀奇事。他们都是队上的党群干部，兴奋、自豪是自然的。涂晔晖在热情、高兴、欢迎的声浪中刚坐下，一个工人闯进门大声说："郑书记，党支部的安全宣传栏被风刮倒了，楼顶的宣传横幅也被风刮飞了。"听到这个消息，整个办公室除涂晔晖外全都紧张起来。对建筑人来讲，安全，从来都是人命关天、重于泰山的大事情，为了搞好安全工作，全市掀起了轰轰烈烈、扎扎实实的安全月活动，郑芬芳所在的三队工地还是市上抽查的单位之一。作为施工队党组织，对此中心工作义不容辞，除了大会小会、饭前饭后利用广播宣传外，他们还耗费了一周时间，制作了这个长五米、高二米的宣传专栏，竟

· 51 ·

然被这场突如其来的风雪掀倒了。犹如奉命死守的阵地被敌人占领，郑芬芳带头冲出门外，要夺回阵地，复原被风雪破坏了的宣传栏，要使其巍然耸立，警示、提醒在风雪中作业的工友、民工兄弟，重视安全，珍爱生命。大家紧随郑芬芳冲出办公室。尽管涂晔晖未意识到事情的严重性，当看到郑芬芳和师傅们不顾一切冲入雪海，也勇敢地投向呼啸、刺骨的风雪，顾不得只穿着难御风雪严寒的单薄衣裤。

经过两个多小时的艰苦搏斗，失去的"阵地"被重新夺回，壮观醒目的宣传栏以更美的雄姿巍然屹立于风雪之中；高悬于楼顶的横幅如同一面鲜艳夺目的战旗，在风雪中猎猎作响；"安全为了生产，生产必须安全"的大字夺人眼球。郑芬芳他们回到办公室洗手洗脸，当看到涂晔晖的红卫服被落雪染白，乌黑发亮的秀发上挂满雪团，整个人已变成漂亮的白头翁时，都非常满意。郑芬芳尤为满意，满意这位天之骄子、新来的大学生的卓越表现，并神不知鬼不觉地萌发了一丝爱意。这种爱不是领导对下属、同事对同事，而是男人与女人之间的那种。

涂晔晖刚报到便得到了同事的赞誉，赢得了书记的芳心是幸运的，但也付出了几乎是生命的代价。因为寒冷，他患上了重感冒，回到办公室就发作了，四十度的高烧使他处于半昏迷状态。队上卫生员来了要求输液，但工地条件太差，连个暖和、有床铺的房间都没有。上医院，工地地处荒郊野外，距医院又太远。正在大家无计可施时，郑芬芳灵机一动，产生了一个大胆的想法，那就是抬着涂晔晖到她家去。她家虽不如医院，却比工地条件好得多，也比医院近得多，就在离工地不到两站路的九里湾。就这样，涂晔晖在昏迷中被抬进了郑芬芳的闺阁，躺到了那张舒适、柔软、温馨的闺床上。一天二十四小时有人陪护，打了两天两夜吊针，度过了甜美的四十八小时，并与床的主人结下了不解的情缘，拉开了爱恋的序幕。自那以后，涂晔晖便成了郑家的常客，并在郑书记的栽培、呵护下茁壮成长，入了党，得到提拔；先是在郑芬芳麾下当工会主席，后又去工区担任总支副书记、书记，

二十八岁时便成了公司最年轻的中层正职，郑芬芳的直接上司。但，这种上下级的关系并未影响他们的恋情，干扰他们的交往。像诸多恋人一样，他们悄无声息地演绎着神秘、浪漫的爱情故事，享受着花前月下卿卿我我、令人羡慕的幸福时光。正当涂晔晖、郑芬芳在爱河里沐浴、爱海中畅游，筹划结婚时，遇到了涂晔晖的升迁，使他们陶醉于双喜临门的狂欢之中。然而，欢歌的余音未尽，喜讯变为噩耗、升迁变为免职，涂晔晖也由成功、幸福的峰顶跌入一败涂地的深渊。他愤怒至极、悲伤至极、无奈至极，胸中冒出了无数个问号、惊叹号。他初出茅庐，没有足够的人生阅历，这种瞬息万变、冰火两重天的咄咄怪事叫他不可理解，无法接受，茫然得如同一只迷途羔羊。涂晔晖哪里晓得，哪能悟透，无论什么组织均是由人组成，只要人的因素渗入其中就不可避免地会出现邪恶、贪婪、阴谋、权术与成见。不巧的是，这个不幸让他碰到了，使他成为这种政治垃圾的牺牲品。他无力改变这种不幸，却有权不与这些政客们为伍，替他们卖命，决定另辟蹊径，下海谋生。他的这一决定就是在这间屋子做出的，就是在爱人郑芬芳的怀抱里决定的。涂晔晖至今还记得，当时，她比自己更激愤、悲怆、伤心。泪水像断了线的珍珠，滴到了他的头发上、脸颊上。她诅咒那些魔鬼般的政客，并凭借多年搞政工练就的口才想让他振作，想把他留在身边，东山再起，从头再来。然而，涂晔晖海市蜃楼般的憧憬，单纯善良的心已被残酷的现实无情击碎，出走的意志坚定得如同坐落在不远处的巍巍秦岭，无法撼动，难以改变。

　　就在那个初春时节冰冷的夜晚，他们在被窝里相互依偎，相互搂抱，依依惜别。这是他们相恋多年，第一次肆无忌惮、心照不宣地享受男欢女爱的巅峰，感受爱情碰撞出的灼人火花。尽管他们情绪沮丧、悲伤，却毫无保留地宣泄了彼此的情怀，享受了人生第一次。这个人生第一次，原本是留在结婚、拜堂那天的，但涂晔晖要远走高飞，他们只能提前。这种提前，是对海誓山盟的一种验证，也是相爱多年的一种结果，更是对那个悠悠过程的一种庄重祭奠。他们彼此都很清楚，性，还会引发信任危机，结果不堪设想。其次是运用此计得有帮手、有步骤，帮手要可靠知己，步骤要严密隐蔽。顾名利脑海中自然而然地出现了一个人，一个最值得信赖又聪明绝顶，保证愿意帮他的人。这个人不是别人，正是堂兄顾战胜。

顾名利看了看表，已是子夜时分，但还是毫不犹豫地拨通了顾战胜的电话。顾名利了解堂兄这样的私企老板，他们都是上午睡觉，下午办公，晚上搞社交，不到天亮不上床。果不其然，两声忙音过后，电话里传来了熟悉的乡音："名利，你咋这会儿还没睡。"

"想大哥你了，睡不着呀。"

"睡不着就过来，我这儿客人刚走，茶具还没撤呢。说老实话，你今日不找我说不定明日我还要找你呢。"

"有事？"

"当然是有事了。"顾名利想问啥事，未等开口只听对方道，"至于啥事，电话里不好说，你过来咱再谝吧。"对顾名利来讲，顾战胜不仅是乡党、堂兄，还是引领他走向大千世界的向导，改变穷苦命运的又一位恩人。无论啥时候，只要顾名利有事，他总是有求必应、两肋插刀。顾战胜曾在六建待过两年，出去闯荡也是盖楼，现在还是六建的房客，六建历届领导都跟他很熟，吃过他的饭、喝过他的酒、接受过他的小恩小惠。因为周岭南与顾名利的特殊关系，他们之间更是亲上加亲。但，当碰到与六建谈生意的事，顾战胜都要事先与顾名利密谋、沟通，达成共识后才上桌面子。他们都信奉：打虎要靠亲兄弟，血，浓于水。

初春凌晨的宝山，虽残留着冬的气息，却无法改变春天的本质，挡不住春天的脚步，遮不住春天的容颜。泥土中冒出的嫩芽、嫩叶，树枝上露出的胚芽、花蕾，在林荫道上、护城河旁、城墙脚下显现、闪光。出租车在尚未熄灭的街灯下，宽阔的公路上放纵狂奔。顾名利坐在温馨的车内，心情愉悦、平静，几天来的焦虑不安，如铅似铁的心理重压被希望取代。这个希望就是即将见到的顾战胜。在顾名利眼

里，堂兄的功力就如同他的名字，战无不胜。再难的事，到了他手里只是小菜一碟，再不容易破解的谜团对他来说，只是皱一皱眉头而已。

顾战胜四十岁不到，中等身材，浑身上下被肥肉包裹；头大脖粗，身长腿短，肚皮下垂，走起路来就如同电视连续剧《水浒传》中的宋江。但人不可貌相，海水不可斗量，别看他貌相蠢笨平庸，说话还夹杂着浓重的乡音，其本事可用"精英"二字定义。他如斗的脑壳内是取之不尽、用之不竭的阴谋诡计，厚肉包裹的肌体中隐藏着无穷的活力，其辉煌成就不仅可用战无不胜来量化，还得用"奇迹"来形容。十多年前，他和顾名利一样，只是六建五工区某施工队的一名合同工，由于不满足现状，离开六建单打独斗。短短几年间，他如同变戏法，由身无分文的打工族成为千万富翁，宝山市声名显赫的暴发户、农民企业家。然而，顾战胜也有弄不懂的事，那就是堂弟的凌云之志、名利观、以名获利的逻辑。不知道堂弟虚心谦恭、甘当学生的目的是要超越老师，当哪天老师失去价值时会毫不含糊地抛弃、远离，甚至反目。啥叫智者千虑必有一失，顾战胜因顾名利险遭牢狱之灾就是最完美的诠释。当然这是后话。

顾名利和顾战胜相约在一个城中村的五层小楼内。这类城市化的村子在宝山市星罗棋布，大有发展蔓延之势。它是社会进步的标志，也是千年古城返老还童的象征。它如同一尊尊天人合一的浮雕，让一个个村庄在现代化的都市站立起来；让一畦畦菜地、一片片麦田、一道道水沟、一座座农舍变成摩天大楼；让一群群纯朴的村姑变得花枝招展、千娇百媚、仪态大方；让成千上万的农村人成为城市居民。它如同童话、传说、寓言，又如同梦魇、幻觉、变戏法，让人刮目相看，难以置信，犹如涂晔晖不认识九里湾的郑家庄。科学研究认为，这种人类居住的快速演变、聚集，为社会带来了各个方面的变化，如思想、行为、贫富、道德，等等。人类的思想来自彼此的兼容、影响与启发，城市的日益浓缩，将人与人之间的距离挤压得如同幼儿园的孩子摩肩接踵，从而形成了密集的思想。这种密集，让人的智慧、创造力得到前所未有的激发、聚合。这种"激""聚"，呈现于鳞次栉比，如林、如柱的楼群中，如鏊、如织的公路上，充斥在城市的每个角落，并神秘而不屈不挠地纠缠、渗透、蔓延。使贪婪的人们赢得机会，有了温床；使诚实、聪明、奸诈、阴谋鱼龙混杂。顾战胜正是在其混杂中高瞻远瞩，大展拳脚，凭借欺诈与阴谋摆脱了贫穷，获得了成功，成为暴发户。并利用城市的扩延、施工方的有利条件，在广袤村落的偏僻一隅谋下了这块土地，建起这栋两千二百平方米的五层简式楼，作为"战胜"公司的娱乐场所，招待重要客户、政府官员、高朋厚友，以贪婪催生贪婪，以阴谋协助阴谋，攫取更大的利益、更高额的利润。顾战胜依托城市拓荒、打拼，风雨兼程十多年，成就赫然，光环耀眼，不只是因为他顺应潮流、不抱残守缺，充当了中国社会变型期掠夺财富的勇士，更因为他的锱铢必较，精于算计。他每支出一块钱，就要换取一百块钱的回报。他看似大方、挥金如土，实际上却有着极强的针对性，要使每一块扔出去的铜板发出震耳的声响。他的财富就是在这不绝于耳的响声中积累而成的。顾战胜挖空心思、不惜重金、见缝插针地在宝山首个城中村埋伏下这栋低矮的五层楼，正是为了让扔出的金币声更为响亮，使不等价的交换更不等价。数年前，顾战胜从财务报表中发现，每年的招待费支出占去了整个利润的一半以上，假如在不影响公关的情况下将这笔可观的支出降低一半，那将是一笔何等可观的收入啊！在高额利润的诱惑下，他建造了这栋吃、喝、玩一条龙的招待楼。一楼茶秀，二楼餐饮，三楼棋牌室，四楼KTV练歌房，五楼是员工休息室。依据五层楼的不同用途，顾战胜做了周密设计、精心装修，无论档次、风格、情调均独具特色，堪称一流，可与五星级宾馆相媲美；特别是专程到日本购置的音响、训练有素的男女招待，更是这座古老城市的唯一。

　　顾名利来到战胜酒楼已是凌晨四点，整个城中村悄无声息。红火了多半夜的五层楼终于歇息下来，静静伫立在几栋高层楼房的剪影中。服务生们上五楼睡觉去了，顾战胜在一楼茶秀等待顾名利的到来。四

点刚过，顾名利悄然进门，像在自己家里一样，将手提包朝吧台一扔，就近坐在一张桌子旁。顾战胜不慌不忙地从吧台里的椅子上起身，走近摆满茶叶的货架，轻声问："想喝啥？"

"老哈数，大红袍。"顾名利说罢，接过顾战胜扔过来的一包软中华，取出一支衔在嘴角，点着，慢条斯理地抽着。顾战胜给镀着金色图案的茶壶内放好茶叶，取出两个漂亮的青花瓷杯放到桌上，将电热壶中翻滚的开水倒入壶内，盖上壶盖，轻轻摇了摇，挨着顾名利坐下，笑问："咋，又遇上咬手事了？"顾名利未吭声，只是认真地点了点头。顾战胜用开水烫了烫两个青花瓷杯，将烫过的水倒入桌旁的一个器皿内，给杯内斟满茶水，吮吸了阵袅袅升起的茶香后，将茶杯推到顾名利面前，眼含慈祥与自信说："给哥说说，是啥咬手事，能让你等不到天明。"顾名利喝了口热茶，掏出手机看了看时间，说："心烦，睡不着。等到天亮就是哥睡觉的时间，神仙也找不到您了。再就是这回的事不仅咬手，还火烧眉毛。"顾战胜挪了挪肥屁股，瞪着如炬的环眼，警觉地瞥了眼堂弟，没有说话。顾名利明白，自己的开场白已引起了堂兄的重视，便详细介绍了这次竞选公司党委书记的前前后后，特别是周岭南的轻敌、自以为是，自己要"暗度陈仓"的求助。

"若不是半路杀出涂晔晖这个程咬金，六建书记的位子兄弟肯定是坐上了，到那时，哥哥你到公司说话的底气就更足了，别说要扩租五工区办公楼，就是把整个楼全给你也不会有啥麻达。"顾名利真诚、自信地看着顾战胜又说，"不是吹牛，周经理跟咱的关系铁得很，说不上言听计从，拿他一半事绝对没问题。咱一旦当上书记就跟他一般高了，左右他就跟耍一样。"顾名利吸了口烟，喝了口茶，又以轻蔑的语气继续说，"你别看他比咱多上了几天学，多识几个字，是正儿八经的知识分子，但为人处事瓷锤着呢，咱把他卖了他还帮着数钱呢。"顾战胜听完堂弟的话，沉思片刻，端起面前的茶杯，声音响亮地抿了口，认真地问："你刚说跟你争书记的那小子叫啥名字？"

"涂晔晖。"

"涂晔晖，这名字蛮耳熟。"

"就是五工区原来的总支书记，那年公司班子大调整，还差点当上党委书记。"

"噢，我想起来了。"顾战胜恍然大悟地拍了拍自己的大头接着道，"我听说那老几早就下海，去了深圳，还混了个大酒店的老总……"

"不是老总，是副总。"顾名利不屑地打断了堂兄的话。

"副总也不赖呀，总比待在这要死不活的六建强。"顾战胜对和他同类的人总是有好感，以不可理喻的语气接着道，"这个涂晔晖脑子真是进水了，放着阳关大道不走却要走独木桥，跟兄弟你争这个有职无权的书记。哼！他五年不在六建，认识的人早把他忘了，不认识的更不晓得他是光脸还是麻脸。和你争，那不是鸡蛋碰石头嘛！"顾战胜高谈阔论，为堂弟壮胆打气。

"你说得在理，也是事实，但我总觉得心里不踏实。你不知道，一听说涂晔晖要回来，不少人像打了鸡血一样给他评功摆好。更可恶的是，五工区一些人还四处活动，打舆论战，说公司党委书记的位子五年前就应该是他的，如果那时涂晔晖当了书记，公司也不至于弄成现在这样子。"顾名利看了一眼顾战胜接着说，"说心里话，周经理确实想让咱上，却看不清形势的严峻，轻敌麻痹满不在乎。"顾名利说着，点着一支烟深深吸了一口，吞出一串串烟圈，又轻轻将其吹散。在缓缓散开的烟雾中，神情抑郁、忧心忡忡，以恳求的语气说，"我总觉得在周经理这一棵树上吊着不行，求您指条路。"看着顾名利可怜兮兮的样子，顾战胜为其斟满茶说："兄弟放心，从古到今有钱能使鬼推磨，朝里有人好做官，市上、省上咱两眼一抹黑，这建总咱还是有俩熟人，保证让你把这个书记的位子坐上。"听到堂兄的承诺，顾名利的面部表情松弛了许多，却依然满怀心事地说："这一回建总没权，市委书记亲自上手了。"

"市委书记直接插手？"顾战胜惊讶地问。

"是的，市委书记要职工民主推荐，不能像过去，几个人说了算、个别人说了算，把六建当成练官场、干部转运站。"听了堂弟的话，顾战胜眨巴着眼皮，略露难色自语道："民主推荐，职工说了算，几千人，巴结谁啊！有钱也花不出去呀！"

"不会让七千职工都参加，按以往的规矩是选代表。选上谁谁有资格开会，有权举拳头。"顾名利说。

"能选多少代表？"

"最多二三百人。"顾名利说。

"二三百人也不好操控啊！"顾战胜依然认为这是个难事。顾名利很失望，在这座城市，他的靠山只有两个，看来这两座山都靠不住了。他心灰意冷、神情沮丧、不知所措，默默地一根接一根地抽着烟。顾战胜不愧为大哥，经过风雨，见过世面，面对眼前的死结，虽略有难色却不言放弃。他慢条斯理地抽着雪茄，借助尼古丁的作用思考着，寻找破解之策。顾战胜和顾名利同姓、同族、同血缘，由于同在一个城市生活，又使这种血缘注入了利益元素。在顾战胜看来，自打把堂弟领入这座城市，他已不知不觉地成为自己的作品，顾名利越成功，他这个作者就越优秀、越光芒四射，在乡党中的口碑就越好。他决心想方设法让堂弟如愿以偿，成为他更为精彩的"力作"。几十分钟过去，两根雪茄、半盒中华烟已化为灰烬，烟雾已使他们难以看清对方的眉眼，顾战胜被呛得咳声不断。顾名利拉开窗帘，打开窗子，将尼古丁放入黎明前的黑夜，顷刻，屋内的空气清新了许多。顾名利回到座位，再次把希望的目光投向苦思冥想的堂兄。又是几分钟过去，顾战胜突然掐灭正抽着的雪茄，胸有成竹、兴致勃勃地说："有办法了，有办法了。"他看了眼闷闷不乐的堂弟又若有所思地说，"就是有些太阴损了。"顾名利茫然地瞪着堂兄，不解其意，下意识地念叨道："阴损，啥阴损？"顾战胜并未理睬堂弟，沿着自己的思路继续说："阴损就阴损吧，咱就算实践了一回'厚黑学'。"

"'厚黑学'啥意思？你越说越叫人犯糊涂。"顾名利依然不得其

解。顾战胜自鸣得意地站起身，在茶桌周围踱着企鹅步。大约两分钟后，他忽然站住脚向堂弟发问："假如你的对手那天没到场，将是啥结果？"

"不可能，他绝不会弃权。他不远千里赶回来干啥？就是为了和我争！即使碰个头破血流也会到场。我们虽未共过事，但他的臭毛病还是有所耳闻的。别说不到场、弃权，就是迟到都不可能！"顾名利十分肯定地说。

"咱没法让他弃权，却有办法让他不到场。"顾战胜重新坐下，沉浸在得意之中，继续说，"假如出现这种情况，上司会是啥看法，职工代表们会咋想。我敢断定，支持他的人会有一大半倒向你，你不就不战而胜了。"顾名利一下子茅塞顿开，心想，堂兄就是堂兄，姜还是老的辣。但，咋能不让对手到场或者迟到场呢？顾名利心存疑虑却不愿深究。因为，他相信堂兄在玩阴谋方面的天赋，别说自己望尘莫及，就是整个宝山也很少有人与之争锋。这也许是人口密集的城市在聚集智慧的同时也在聚集阴谋的一个佐证吧，这种阴谋伤害着善良的人们，也锤炼着善良的人们，并使下面的故事更加跌宕起伏，惊心动魄。

六、竞选路上

涂晔晖回宝山三天，除了二十四小时开机等待上级消息，就是早出晚归完成重归故里的第一心愿——寻觅郑芬芳。她是涂晔晖在这座城市唯一的亲人，也是这次"吃回头草"的原动力，他必须利用这难得的间隙，马不停蹄、千方百计地寻找到她，完成心愿。一旦竞选开始或走上工作岗位，他将如同战士上了战场，无暇顾及儿女私情。然而，尽管昼夜奔波，走访所有关系，重复所有足迹，并同郑芹英进行了一次长谈，依然无果。难道她真的人间蒸发，失踪了？这个想法一露头就被他否定了。因为，窗明几净的房间，屋内独特的气味证明了

她就在这座城市，就在距筒子楼不远的地方。涂晔晖再次鼓起勇气，下定决心，就是挖地三尺也要找到她。正在这时，手机响了，一看墙上的挂钟，已是零点。是谁这么晚了还打电话？他很快按了接听键。电话里传来丁惠仁的声音："这两天让你等急了吧？"丁惠仁关切地说。

"不急，不急，国有单位办事程序多，很正常。"涂晔晖的思绪不得不离开郑芬芳。

"理解就好，理解就好。不过，建总的通知终于来了，明早九点钟在公司五楼会议室召开职工代表大会，你准备一下按时参加……"放下电话，涂晔晖思忖：准备一下，准备什么，又不是竞选总统，还要演说、拉票。同时，他的脑海中蹦出了诸多演讲内容，那是多年前就烂熟于心，五年来一直在胸中激荡，并在特区打拼中完善、成熟的东西。但，他不愿在这次推荐会上曝光，不愿王婆卖瓜自卖自夸。他要独出心裁，独居匠心，做到此地无声胜有声。要凭多年的人脉，靠下海打拼的辉煌征服人心，证明未来、证明能力、证明人们期望的一切，让人格的力量赢得"点赞"。因为，他在六建人的心目中并非一张白纸，而是一张图画，一张经过十多年风霜雪雨历练、打磨，浓墨重彩、栩栩如生的人生彩画。画中有他与工友、同事们的同舟共济、肝胆相照，有和他们一起拼搏、奋斗的感人故事。他相信，大家一定会和自己一样铭心刻骨，一定能做出明智的选择。然而，涂晔晖哪能知道，再光明的地方也有黑暗，再公正的社会也有阴谋，再公平的比赛也有诡影；而且，这些诡影正一步步向他逼近。

第二天早晨，涂晔晖不到六点就起床了。洗漱完毕，狼吞虎咽地吃完早点还不到七点。只需要一个小时的路程，他足足准备了两个多小时。这是他的习惯，每遇大事，最重视的首先是时间。今天的会，是决定他人生命运的关键，对时间的重视程度就更不用说了。在外漂泊多年，又回到熟悉的同事、工友中间，再次接受他们的筛选、评判，他激动得夜不能寐，却绝不能迟到，哪怕是一分一秒。涂晔晖出门下楼，楼道里静悄悄的，只有郑芹英家的门开着，她和丈夫整装待发，要去菜市场为饭店购买食材。涂晔晖向忙忙火火的夫妻俩打了声招呼向楼下走去。出了楼洞，拐过楼角不到二百米就是熙熙攘攘的菜市场，穿过菜市场，就是直通六建的8路公交车站。这条狭窄、幽长的小巷，虽被当地人约定俗成为菜市场，实际上是名不符实的。这里除了街口有几家菜铺外，更多的是其他交易场所，如，古玩、玉雕、石刻、字画，还有摆书摊的、算命的、说书的、帮人写状子打官司的……从这里经常出入的人更是鱼龙混杂、良莠不齐。有学者、教授、作家；有下岗职工、打工族、离退休人员；还有流浪汉、讨乞者、瘾君子、小偷等等。这里是方圆数十里的"上海滩"，是宝山的"八仙庵"。多年前，涂晔晖在五工区当总支书记常到此地，印象中这儿就是一个荒凉破败、不堪入目的脏乱小巷，除了两家小卖部外毫无商业气息，全然不像今天这般商贾云集，人流如潮，繁华兴旺，处处商机。特别是在这春暖花开的时节，要穿越这条小巷还真得费点劲。涂晔晖身穿黑色衬衣，蓝的卡筒裤，精神抖擞，神采飞扬，碎步侧身，在摩肩接踵的人流中穿行。

正当涂晔晖要出巷口时，从路旁的古玩店出来一人。此人三十出头，长得如麻秆般瘦高，怀里抱着一个约莫五十厘米高的青花瓷瓶，疾步走来。与涂晔晖擦肩而过时，只听"哗啦"一声，花瓶掉落地上，掉到涂晔晖脚下，变成一堆碎片；如万花筒般的玻璃块在旭日的照耀下光怪陆离，让人眼花缭乱。涂晔晖吃了一惊，正为持瓶者惋惜时，只见"麻秆"连那堆碎瓶片看也未看一眼，打开两条蚂蚱腿，横到涂晔晖面前冷冷地说："小子，你说咋办！这可是我家祖传的明代官窑的青花瓷瓶，刚才古董店老板开口给十万我没出手，没想到让你给报销了。你说，是赔钱还是见官。"涂晔晖感到愕然，瞪大眼睛不知所措。他走南闯北见多识广，却从未遇到过这种事、见过这样的人。

"咋，还装聋作哑，你快说，咋样赔我的宝贝吧！""麻秆"声色俱厉。涂晔晖终于听明白了，明白这个让他同情、惋惜的人竟然是要

敲诈自己的"碰瓷"者。涂晔晖经常听到有关"碰瓷"的故事，却从未见识过，今天总算遇上了，瞬间紧张慌乱之后很快镇定下来。涂晔晖察言观色，知道对手是个老手。老手狡猾、老练，定有劣迹，便义正词严地说："这位朋友，你刚不是说要见官吗？好，我马上打电话报警。""麻秆"并未吭声，两只小眼珠骨碌碌乱转，上下打量着涂晔晖，心中嘀咕，这儿原本是生养自己的地方，别说是警察，就是三岁小孩也知道他是干啥的，真后悔一开口就说错了话。打量了会儿正气凛然的对手，他终于有了对策说："好，好，好，你打电话，你报警，你打了省得我费神。"涂晔晖急着要去开会，本想用报警吓退"麻秆"以便尽快脱身，没料到人家还不领情，只好公事公办，掏出手机拨通了"110"。没想到的是，"麻秆"趁他接听之际，突然袭击，一把抢走电话，并狡黠地笑笑说："你打不如我打。"说着，将手机装入口袋，又道，"甭紧张，你这手机绝对值不了十万，我建议咱们到对门茶馆，边喝茶边算账，茶钱由我掏。""麻秆"显得十分得意。

这会儿，涂晔晖的身旁已围满了人，巷子口已被堵实。在场的人们谁都知道是怎么回事，但谁也不愿出头主持公道，替他这个受害者说话。人们明白，大凡这种"碰瓷"的，后面总有几个接应者，像这种要价十万的高码，接应的会更多，谁愿自找麻烦甘冒风险。正当"麻秆"得意忘形、围观者为涂晔晖失去手机叫苦时，人群里出现了一位胖大妇人，她不是别人，正是采购食材的郑芹英。她拨开前面的人，不动声色地来到"麻秆"身后，用小簸箕般的大手拍了拍其瘦削的肩头说："快把手机还给人家！"她的声音沙哑、威严，彰显出绝对的权威。"麻秆"煞有介事地回头一看，嚣张与狂妄瞬间消失，表现出羞涩与尴尬，语无伦次地说："给朋友帮个忙，给朋友帮个忙……"

"麻秆"叫陈民娃，是六建的下岗职工，因为不是五工区人，当然不认识涂晔晖。刚下岗时，他生活困苦，经常去郑芹英的饭店混吃混喝。郑芹英是个乐善好施的人，不仅不讨厌他，还在人手紧张时让他帮厨，并发给他报酬。就是现在，她依然帮助着这位"闲人"。他们之间是姐弟、是主仆还是上下级，谁也说不清，但有一点是肯定、公认的，那就是陈民娃可以不听他妈他爸的话，却把郑芹英视作神灵，言听计从，从不违命。陈民娃虽不务正业，却是个遵守江湖道义的人，那就是兔子不吃窝边草，从不在家门口作案。但是，昨晚有人掏大价钱雇他，并答应无论生意成不成，只要将人缠住两个小时就算完成任务，分手时还加了二百块的购瓶费。二十块钱一个瓶子，光购瓶费他就净挣了一百八十元。没想到，大水冲了龙王庙。陈民娃是个聪明人，自知生意砸了，慌忙将手机还给涂晔晖，口中念念有词："大水冲了龙王庙、大水冲了龙王庙……"念叨中，仓皇逃离，消失在人群里。

"谢谢，要不是你，今天的会就受影响了。"涂晔晖望着离去的"麻秆"，真诚地对郑芹英说。

"没啥，没啥，谁让我买完菜多走了几步路碰上了呢。赶紧开你的会，说不定我一会儿也就赶来了。"郑芹英客气地说。涂晔晖目送郑芹英胖大的身影汇入人流中，转身出巷口向八路车站赶去。

八路车是辆二十四座的中巴，早已停在站牌旁的路边。涂晔晖上去，车内只有两名乘客，他坐在一个靠窗的座上，好奇地向外眺望。八路车的线路虽比菜市场宽阔不少，也只是两车对开的宽度。路面上虽无商贩、摊点占道，却因沿途是居民密集区，路上的机动车与非机动车、自行车与行人竞相进退，乘车和徒步的速度不差上下。在涂晔晖的印象中，这里应当是人烟稀少的荒蛮之地，没料到竟和菜市场一样人满为患。涂晔晖暗叹宝山发展变化之快，不得不焦虑地打开手机看时间，期盼着中巴快点满员。因为，只有人坐满了，车才能开动。然而，不管涂晔晖多么焦虑着急，司机依然不慌不忙地抽着烟，通过倒车镜，观察着车内的状况。终于，有人发出了怨言。司机却揶揄道："嫌耽搁事就下车打的去。"涂晔晖确实萌生过打的的想法，但一留意，十几分钟过去，路上连个出租车影子都见不到。半个小时后，车厢终于满了，急不可耐的乘客们总算听到汽车的马达声、离合器的吱呀声。中巴随之蠕动起来，在人海中"浮游"。涂晔晖再次掏出手机

看了看时间，焦虑的心松弛了许多：不怕慢，就怕站，车只要动起来，再慢也是一种进步。他神情悠然，兴致盎然地观赏着窗外的景致，欣喜地望着一排排林立的高楼从眼前缓缓滑过；楼上晶亮的玻璃饰品与朝霞相辉映，斑斓、多彩、闪烁，如同彝族姑娘金光闪闪的裙裳头饰。一群群信鸽在霞光中飞翔，从群楼间穿过，响亮的哨声如天籁之音，在蓝天白云之间回荡，涂晔晖一时间被这诗情画意陶醉。八路车踽踽到第五站的一个拐弯处，车前突然出现了一位拾荒老人，拉着一辆破板车穿街而行，朝阳将他的影子拉得很长、很长，车轮转动时发出的声响刺人耳膜。干瘪的车胎、寒酸破烂的形象同嘹亮的哨声、群飞的信鸽、朝霞中的高楼极不和谐。板车行至路中央突然踯躅不前，让司机产生误判，紧刹车慢刹车，车头还是掀翻了板车，拾荒老人随车倒在地上，车上的饮料瓶、废报纸、破纸箱等破烂天女散花般撒了一地。中巴剧烈地颠簸着，全车人都被这突如其来的车祸惊呆了。司机手忙脚乱地打了110。涂晔晖惊恐之余感到了绝望，他要耽误开会了，要迟到了。五年前被欺骗、愚弄，壮志未酬、追求受阻、尊严蒙羞，今日的意外更让他感到苍天无眼，有负于他的一腔忠诚。涂晔晖哪里知道，也许永远也不会知道，这不关苍天的事，而是竞争对手的阴谋。他走下中巴，看着手机，距开会只剩二十分钟了，如果打的还够用，否则非迟到不可。不行，绝不能输在起跑线上。他左顾右盼地寻找出租车。但，望眼欲穿也不见车影。正无计可施时，他突然想起几天前那个出租车司机给他留下的电话，赶忙取出名片，不加思索地拨通。电话里传来熟悉的声音。涂晔晖做了自我介绍，讲了需求。

"您在哪个路段？"对方热情地问。

"我在南二环通往六建八路车的线路上……对，对，在商厦门口。"

"真凑巧，我去开会，就在八路车的线上，距商厦不到两站路。你等着，我几分钟就到。"不一会儿，一辆绿色夏利车出现在涂晔晖身旁。车门开了，从驾驶室下来一位西装革履，脖子上扎着紫红色领带、

神采飞扬的年轻人。涂晔晖先是一愣，立马认出来了，他就是前两天为他服务的那位热心司机，不过是崭新得体的西装代替了工作服，刮了胡子、理了发，旧貌换新颜而已。

"呀！你让我差点认不出来了。"涂晔晖显出惊讶的样子。小伙子客气地让涂晔晖上车后自豪地说："不好意思，今日要回单位开会，化了个装，换了身新衣服。"进了驾驶室，发动车后他继续道，"下岗三四年了，第一次回单位，总不能像平时那样邋邋遢遢。现在的人都是势利眼，以貌取人，你混背了就甭从他眼前过，不小心碰见了，人家就赶紧躲，像怕朝他们借钱似的。"小伙子透过倒车镜，看了眼后排的涂晔晖又说，"咱就是再穷也不会向那些人张口，就是要饭也不到他们门前去要，更何况咱凭这双手混得还不赖，不比上班的人差。现如今，只要能吃苦就有扬眉吐气的日子，只要不懈努力就会有希望。"小伙子的话，让涂晔晖想起了在特区打拼的往事，想起那一个个苦难的日子。"只要能吃苦就有扬眉吐气的日子，只要不懈努力就会有希望。"这不是自己一直坚持的理念，这不是生活的真谛、人生的隽语箴言吗？涂晔晖不禁觉得与眼前的年轻人惺惺相惜，肃然起敬地问道："小师傅，咱已有两面之缘了，还不知你的尊姓大名呢！"

"咱姓王，秋天生的，我爸图简单，就取了个名字秋生。这个名字我喜欢，好写，好记。"王秋生回过头看了一眼涂晔晖，又以开玩笑的口气说，"您说我变了，我感到您也变了，由'港澳'同胞变成咱宝山人了。"

"宝山人不喜欢花里胡哨，咱就投其所好呗，也算是回归自然吧。因为，咱原本就是宝山人。"涂晔晖下意识地摸了摸自己的黑衬衣笑道。

"老板是宝山人？贵姓？干哪一行？"王秋生疑惑地问。

"咱姓涂，不是什么老板，跟你一样，下岗职工。"涂晔晖认真地说。王秋生急速翻动眼皮，通过倒车镜向后看了一眼，转动方向盘会过两辆车，以毋庸置疑的口气说："您绝不会跟咱这倒霉蛋一样，据我

观察，您不仅是老板，还是从海外回来的老板，咱拉那些人拉得多了，不过他们都没您出手大方。说老实话，您那天给我那三张红票子是我平时一天一夜才能挣到的，如果不是老父亲住院，单位没报销药费手头紧了点，我一定要退给您两张。给您只有手机号的名片也是为了找机会还您的情。没想到机会来得这么快，咱们的方向还一样。"

"方向一样？"涂晔晖自语。

"我今日不运营，要回六建开会。你也去六建，咱不是一个方向？"

"你也去开会？"涂晔晖再次发出疑问。

"是啊！公司组织部和工会昨天发了个联合通知，内容是今日上午召开职工代表大会，推举公司党委书记。通知送到我们车队，我蛮纳闷，咱又不是党员，凭啥推举公司党委书记？送通知的人却说，书记是公司几千职工的领导，又不只是那几百党员的领导，你们当然有发言权了。"王秋生目不转睛地看着前方，全神贯注地转着方向盘说。

"你是职工代表？"涂晔晖好奇地问。

"不是，咱从来没当过啥职工代表。四年前，我爸退休让咱接班，上班不到半年就下了岗，下岗不到半年工区就散了。办公楼全租出去了，只剩下十几个人在后院平房守摊，凭租房生活，其余的人八仙过海各显其能，工区连会都开不起咋样选代表呀。前一阵子，上头要让公司倒闭，经理急了，号召大家到政府闹事，折腾了快一星期才召回去几百人。我也被叫回去了，闪了个面又走了。咱走一天车就得停一天，车闲着这保险、养路费、管理费还都得交，损失太大，挨不起。哪能像人家上班的，按日头算钱，即使工资拖欠，总会补发。"汽车拐了个弯，进了六建所在的巷子后王秋生又说，"听说这回开会没人数限制，来多少算多少，来的都是代表，都有权举拳头。"涂晔晖认真听着王秋生的讲述，越听越觉得他讲的是六建的故事，便大胆地问："你讲的像是六建的事。"

"是六建的事儿，别的单位哪敢在市委门口闹事。"王秋生回头看

了眼涂晔晖又道，"您真聪明，佩服，佩服。"

"不是我聪明，我也是六建人。"

"你也是六建的?！"王秋生犹如哥伦布发现新大陆，本能地刹住车，吃惊地回头看着涂晔晖，好像要从其身上找出六建的标识。王秋生不能相信，他拉的这位出手大方的"港澳"同胞竟是工友，六建的下岗职工。

"咱真的是六建人，叫涂晔晖，跟你一样，下岗多年，今天来参加推荐会。"王秋生更吃惊了，吃惊之余，表现出友好与钦佩，把车停到路边说："原来你就是涂书记。我一到单位就听不少人谝到您，谝您多能干、多好，还说如果您不走，工区工人也不会一批批下岗。您这次是专程从特区回来竞选书记的吧！放心，我一定投你一票，其他人咱谁也看不上。"王秋生神秘地望了望车外络绎不绝、前去开会的工友，又真诚地说，"咱还有办法让更多的人投您的票。咱没其他方面的本事，但和穷哥儿们的关系都铁着呢，不管是下岗的还是上岗的，也不管是机关的还是基层的，只要打声招呼，保证投您的票。"涂晔晖感激地看着眼前这位真诚、热忱的小伙子，心潮起伏，感慨万千，认真、郑重地说："谢谢大家还记着我，谢谢秋生的信任、支持。至于推荐书记，你信得过谁就推荐谁。咱们快走，开会的时间就要到了。"

七、竞选会上

距开会还有二十多分钟丁惠仁就来到了会场，他虽然是公司党委领导下工会组织的头儿，但党委书记缺员，周岭南这个挂名的兼职副书记不仅不懂党群工作，也不屑这种婆婆妈妈的事儿，所以，一些火烧眉毛的党委工作自然落到了他的肩上。这次选配党委书记他当然成了主角，成了推荐会的策划、组织者。黄剑屹一再强调，这次推荐会一定要严谨、低调，不拘一格，有广泛性，要体现广大职工的意志，

保证大家的话语权；要通过举荐，遴选出众望所归，广大职工、党员拥戴，有能力、有智慧，能率领六建人走出低谷的党委书记。昨天一大早，丁惠仁便组织公司机关的党群干部对空闲、冷清的五楼会议室进行了彻底清扫布置。虽然墙上没有标语口号，空中无醒目的横幅，台前少了彩旗鲜花，但窗明几净、清新敞亮的会场氛围足以表达出它的意义，昭示着破败、苍凉、衰落的公司将有大事发生。丁惠仁从事党群工作多年，组织百人以上的大会不计其数，像今天这样不限制人数的会还是第一遭。为了达到上级"广泛性"的要求，他只能这样做。现在，公司开个大会比登天还难。为了去市委上访，经理周岭南身先士卒、亲自上阵，在岗人员倾巢出动，忙了一周才勉强组织了五六百人，号称千人。今天的会，仅给了一天半时间，只有公司机关的七八个党群干部骑自行车、乘公交走街串巷通知人，难度多大可想而知。所幸，公司工会备有特困、下岗职工档案，有其住址、电话，尽管不能全部联系上，却也方便了许多。丁惠仁站在主席台上，看着三百五十二个座位忧心忡忡，感到"座无虚席"这一成语神圣而高不可攀。他不奢求座无虚席，只要三分之二的座有人就是成功。自古以来流传着人生的几怕：请客的人怕设好的筵席没人光临，组织会议的怕摆好的座位没人坐。丁惠仁最怕今天的大会冷场，达不到上级要求的广泛性。为了实现上级要求的目标，他除了尽力而为，就只能暗自祈祷。

丁惠仁还有一件头痛的事，那就是涂晔晖在这场角逐中的输赢。按理说，涂晔晖担任六建党委书记是众望所归、顺理成章的事，没这个把握他也不会顶着压力，冒着得罪顾名利、周岭南的风险极力向上级举荐；不会陪黄剑屹千里迢迢去特区；更不会煞费苦心、违背良知地耍心眼、玩阴谋、施美人计。如果涂晔晖在这场竞技中落败，他将无地自容。丁惠仁长得慈眉善目，温文尔雅，待人和气，胸怀悲悯之心，看到别人受罪就心中难过，看到影视中的血腥场景便目不忍睹，遇到蚂蚁怕踩踏也要绕道而行。然而，他的经历却坎坷、悲惨得近乎

意想不到

残酷。丁惠仁出生于宝山市一个工人家庭，天资聪慧，好学上进，十八岁高中毕业考上了音乐学院民乐系，二十岁时已成为蜚声宝山的二胡演奏高手，赢得了该院校神童的美誉。但，就在毕业那年，一场意想不到的灾难降临了。当时，校方为了配合上级的路线教育，开展忆苦思甜活动，组织学生去外县参观一个地主庄园。参观结束，师生们在打麦场等待校车时，当地贫下中农听说他们是音乐学院的，便要求露一手。领队的老师欣然答应。因为他们是专程参观、接受教育的，只有几个人带着乐器，其中就有丁惠仁。丁惠仁痴迷专业，从来都是二胡不离身，并喜欢即兴演奏。难得今天有这么多观众，有这么好的机会，他当然不能错过。其他几个同学演奏完后，他认真、严肃地演奏了最拿手的二胡独奏曲《金蛇狂舞》。这首原本经典的曲子，在他蝶飞凤舞般手指的上下弹拨下，在银波荡漾般的弓弦与黑色胡弦的摩擦碰撞中，发出了清澈响亮、悦耳动听的旋律，描绘出一幅鸟语花香、龙腾虎跃的欢乐画面。耳熟能详的经典乐曲，在他激情奔放、娴熟老练、如醉如痴的表现下赢得了经久不息的掌声。这也许是丁惠仁在神圣的音乐殿堂寒窗苦学多年、面对如此众多观众的第一次表演，犹如少林武僧潜心修炼，突然走出山门，登上擂台，使一个个对手倒在脚下，不敢相信这就是自己。丁惠仁就是那个沉醉忘情的武僧，不相信雷鸣般的掌声是因他而响。他，成功了。但，这个成功并未为他带来锦绣前程，招来的却是厄运、灾难。在回城路上的校车里，就有人心怀嫉妒、窃窃私语，说他在忆苦思甜，参观地主庄园的时间节点选择如此欢快的曲目不合适，有悖路线教育。回校三天后，他遭到了批判，而且无限上纲，认为他立场有问题，是阶级斗争的新动向。无数次批判、隔离审查之后，他被校方除名。身背处分回家后，丁惠仁默不作声，背着悲愤的父亲和泪水涟涟的母亲把所有乐谱、教材、书籍付之一炬，并忍痛将爱不释手、形影不离陪伴他多年，为他带来无限欢乐和希望的二胡砸碎，发誓今后再不接触音乐。后来，命运让他进了六建，经过数年奋斗，当上了施工队工会主席、工区工会主席、书记，

公司工会副主席、主席。一年前，五十四岁的丁惠仁临危受命，进入周岭南组建的新班子。几十年的风风雨雨，已冲淡了一曲《金蛇狂舞》引发的悲剧，但少时的伤痕还残留于心，不时隐隐作痛，难以释怀释然，无法忘却焚书砸胡时的誓言。几十年来，他从未触摸过简谱、五线谱，从未哼过曲子，更未动过任何乐器。尽管工会离不开吹拉弹唱，不能不触及使他伤心的音乐，他却硬是噤若寒蝉地将这样的工作交于副主席。丁惠仁怎能忍心为涂晔晖制造悲剧，使其在背水一战中失败，无路可退呢？必须让他赢，只有他赢了，才能挽回五年前的失败，公司班子才能得以加强，公司的形势才能逆转；输了，他们将同时陷入难堪、被动、无地自容的境地，公司也会再次面临绝境。这是一场只能赢不能输的擂台赛，对丁惠仁来说，压力之大可想而知。然而，咋样才能赢呢？他犯难了。按理说，这次活动他有着得天独厚的条件，是"导演"又是"制片"，是上司依靠、老百姓信任的人，无论对上还是对下，只要挤挤眼，就能让天平倾斜，就会使涂晔晖不战而胜。然而，不能啊！因为，他内心有一杆秤，那就是公平；肩头扛着两个神圣的字，那就是"责任"；头脑中有一个信念，那就是忠诚。忠诚于组织，忠诚于六建，忠诚于广大的与会者。丁惠仁明白，顾名利对公司党委书记的位子觊觎已久，并凭借与周岭南的私交和在职的优越条件露骨地活动着，这对千里迢迢赶回宝山，连公司大门都没进过的涂晔晖是极为不公的，等于发令枪未响先输了半步。丁惠仁更不晓得在他视线以外涌动的暗流，"明修""暗度"的阴谋。然而，有一个情况谁也估计不到，包括丁惠仁和顾名利，那就是与会者的不确定性。为了体现民意、保证人数，此次大会采取了开放式，来多少人算多少人；到底能来多少人，都会来谁，谁也无法知道。所以，尽管顾名利机关算尽，效果会有多大，也只是个未知数。还有，涂晔晖巧遇王秋生，这个"活动家"会把竞赛引向何方更让人扑朔迷离，难以捉摸。

通知九点开会，不到点会议室三百五十二个位子就已经坐满，与

意想不到

会者依然潮水般涌来。没有座位,有的人只能站在走道、墙角。刚到开会时间,整个五层楼的走廊、楼道已人满为患。丁惠仁兴奋、激动的同时意识到了问题的严重性,知道自己错误地估计了形势,赶忙组织人打开了三楼小会议室和所有办公室的门,搬来所有能坐的东西。然而,人们依旧络绎不绝地从大门外拥入,楼梯已不能上了,只能站在院内的停车场。丁惠仁在人群中穿梭,楼上楼下跑,累得满头大汗,忙得不可开交。他除了让与会者坐有位子,站有地盘外,还让电工安装了大喇叭。他不停地向与会的熟人、生人,男的、女的,老的、少的点头问好,招手示意,为安排不周、委屈大家致歉。实际上,前来赴会的人们并未觉得委屈,更未生气,还为组织对他们的信任由衷的高兴。过去,像这种政治待遇,只有少数人享有,他们只能旁观;今天,他们也成了幸运的人,成了职工代表,咋能因找不到座位而生气呢?再就是听说公司又活过来了,想看看是否属实,并要借开会之机见见故交老友,嘘嘘寒、问问暖,互通各自的近况,交流创业自救的心得体会。他们不管坐在会议室还是办公室,站在楼道还是楼下的停车场,也不管平日生活艰辛与否,此时此刻均喜形于色、兴致勃勃,开心地聊、尽情地笑,沉浸在各自的欢乐世界,整个办公楼被这从未有过的一千多人的豪情和狂热氤氲、激荡。

八点四十分,顾名利一迈进办公楼就感受到了这种异乎寻常的热烈气氛,内心升腾起一股无与伦比的自豪。是啊,这些趋之若鹜,蜂拥而至的人们是奔他这个党委书记候选人来的。一会儿,这潮水般的人们将手捧印有顾名利字样的推荐票,认真、庄重地做出选择。人生在世有两大喜事,其中之一就是金榜题名,顾名利在短短几年中不仅一次有过这种辉煌时刻。八年前由一位名不见经传的小车司机升为施工队副队长、队长,五年前由施工队长晋升为工区副主任,一年前又由工区副主任荣升为公司副经理。这一次次进步都让他兴奋、骄傲、自豪,却从未像今天这样让他欣喜若狂,豪迈激动。过去的一次次进步只是一个人或几个人举拳头,这回是轰轰烈烈,兴师动众,有这么

多人隆重参与。顾名利不经意间想到了失败，心中不禁一紧。如果失败咋办？他又回到几天来忧愁、焦虑的状态中，而且比以往更甚。他甚至怨恨这回选配书记的过程太漫长，太大张旗鼓、热烈庄严，使原本不咋吸引人的书记的位子一下子变得炙手可热，如同皇上的龙位，神圣、诱人、金贵，一旦失败就等于失去了一切，会令人痛不欲生，天塌地陷，无法活人。顾名利情不自禁地想到几天来的运筹帷幄，种种阴谋诡计，暗笑在堂兄那里萌生的妇人之仁，恻隐之心，认为"碰瓷""拦车"太阴毒下作，担心充当反角太可耻，太遭人骂。顾名利透过办公室的窗玻璃，看着工友们虔诚、认真地找笔、吸墨，准备行使各自的权利，觉得在漫漫人生路上，在命运转折的关键时刻扮演一次坏人不仅值得而且很有必要。当一次坏人可以换来几十年的好人，人上人啊！顾名利突然之间对"无毒不丈夫"这五个字有了新的解读。

距开会只剩几分钟了，顾名利忙带上钢笔、笔记本迈步出门，饱含讨好、谦恭的微笑向一张张熟悉的、不熟悉的面孔频频点头示好，穿过拥挤不堪的人流走向五楼会议室。一进会议室，顾名利迫不及待地将目光投向主席台。他清楚，涂晔晖今日好赖算个主角，只要人到了，肯定会被请上台。主席台上只有丁惠仁与周岭南，他悬着的心落了下来，又将目光投向第一排、第二排的椅子，并在整个会议室反复扫荡，依然不见其踪影。他一阵窃喜，隐约感到胜利在向他招手，成功距他更近了一步。顾名利虽与涂晔晖未共过事，却知道他是个十分守时的人，这会儿不到场足以证明"暗度陈仓"的计谋已经成功。顾名利心宽气爽，迈着轻盈的步子登上主席台，坐到周岭南身旁，用食指潇洒地从"芙蓉王"烟盒里弹出一支烟来，递过去，用老板牌打火机帮其点着，自己也点着一支，叼在嘴角，悠然自得地抽着。顾名利一系列的动作得体、自然、流畅、洒脱，一气呵成，犹如影视剧中的演员，在演绎新的寓言故事——狐假虎威。顾名利透过氤氲的烟雾，扫视全场，希望人们将目光聚焦到主席台，聚焦到他和周岭南身上。

因为他对自己的表演太满意了。这种满意，使他脸上的骄傲、得意更为夸张。

正在顾名利忘乎所以时，建总的首长们来了，为首的是党委书记黄剑屹。以往，像为基层班子配书记这样重大的事情，他充其量只是个传声筒，真正掐五坐六的是总经理下福民。这回因有市委书记的尚方宝剑，他一下子成了主角，底气十足，信心满满，魄力无限，一改过去说话吞吞吐吐，做事瞻前顾后，表态举棋不定的风格。昂首挺胸，使原本魁梧的身材变得更加高大。他的身后是组织处正、副处长和两个年轻的干事。这种组织处倾巢出动来基层选拔、考察干部的情况对六建来说是罕见的。六建人使五层办公楼达到饱和，甚至要撑破楼顶的气势也让这些干部们意想不到，大开眼界以至喜形于色。这种人气，烘托出了他们工作的伟大、神圣，彰显出六建人的尊重和顺从，激发了他们的责任感和使命感。如若选不出众望所归、让大家满意的公司党委书记，他们就对不起这些风尘仆仆、满怀期许的与会职工啊！这些人大多数是下岗、待业、退休人员，热切期盼着上级能为他们选配一名合格的党委书记，好使公司起死回生，兴旺发达，让他们有事可干，有病能医，老有所养……

未等丁惠仁、周岭南起身相迎，黄剑屹已健步跨上了主席台，并向主人们伸出了热情有力的大手。宾主们在主席台握手言欢时，谁也未注意到，在黄剑屹他们身后还站着个人，一个让丁惠仁、周岭南，特别是顾名利意想不到的人。他不是别人，正是顾名利的竞争对手涂晔晖。周岭南想不到这个五年前就风传要当六建党委书记，后突然销声匿迹的人真的回来了，还世故地跟建总领导混到一起，真是人不可貌相啊！丁惠仁知道涂晔晖肯定会来，但绝不会和黄剑屹同路。几年前所受的伤尚未痊愈，几天前他们还唇枪舌剑地斗嘴呢。在三个人中，最意想不到的当数顾名利。当第一眼看到涂晔晖时，他几乎不相信自己的眼睛。岁月的打磨，涂晔晖确有变化，但绝不会使其认不出来。他之所以产生这种错觉，只能是因为对自己的阴谋太相信了，对堂兄

顾战胜太迷信了，从而忘了中国那句古语：人算不如天算；忘了坏事中往往有好事存在的马列主义辩证法则；忘了"塞翁失马"的故事。顾名利更不会想到"碰瓷"的手段虽然高明，却能被郑芹英破解；拾荒老人恪尽职守、成功制造了交通事故，却招来了王秋生；而且他正在楼上楼下游说，帮对手拉票。顾名利还未想到，涂晔晖不仅提前赶到会场，竟与黄剑屹同台亮相，使他这个原本就有亮度的金子借助黄剑屹这颗太阳更加熠熠生辉、光彩照人，比他演绎的狐假虎威强过十倍、百倍……

八、趁火打劫

六建推荐党委书记的大会终于以民主、开放、进步等诸多亮点落了幕，建总的大员忙不迭地整理好推荐票，既不清点，更不宣布，黄剑屹只留下"等候通知"四个字便匆匆离去。这不仅让与会者余兴未尽，更使当事人感到悬念依旧，在失望与希望之间继续等待纠结。涂晔晖怏怏地回家去了，顾名利会一散便托人打探结果。对他来讲，这太重要了，哪怕是失败的结果。他实在不愿继续在成与败之间艰难度日。中午刚过，消息来了，八百二十五票对五百四十三票，他几乎以三百票的差距落败。顾名利傻眼了，如同泄了气的皮球。尽管他第一眼看到对手就萌生了失败的想法，已有了心理准备，当失败真的到来时依然难以承受。他把自己锁在办公室，关了手机，谁叫门也不开，只是一根接一根地抽烟。他百思不解、难以想通的是，自己一个堂堂的副经理，竟然拜倒于一个在六建人视线中消失了五年的下岗职工手中。他多年来为六建所做的贡献、所积累的政治资本哪儿去了？他一直恪守中庸之道形成的人缘哪儿去了？周岭南的影响力又在何方？常言道，一分耕耘，一分收获，而他任劳任怨，努力工作，认真做人，竟成了东流之水。顾名利清楚，这次民意测验虽非选举，但票数绝非

意想不到

无足轻重、毫无意义,更不会像以往,只是为了做样子。失败已成了铁板上的钉子。然而,再失败也得活下去呀!但,如何冲破失败的阴霾,重新振作,东山再起,重新活下去呢?顾名利坐在办公桌前的老板椅内,被浓浓的烟气笼罩着,通过窗玻璃,望着同事们匆匆回家的身影,楼下停车场工友们聚集过的痕迹,以及满地的晚霞,感到时间过得太慢了。如果是冬天,这会儿天早黑了,他可以将失败、沮丧、窘态掩藏在暮色里,赶回家上床,用美梦冲洗落败的耻辱,让时光治愈这剜心之痛。为了战胜自我,顾名利想到了贫穷的家史,想到当年没有班组收留的窘境,想到今非昔比、权重位显的地位,想到他依然是最年轻的副经理,在经理面前说一不二的人物。但,"人往高处走,水往低处流",这是古训,也是规律,更是志向高远者的正当追求,自己虽非人中豪杰,却非胸无大志,咋能眼看着铺平的官道不去走,唾手可得的位子不去争取呢?上中学时老师讲过的知识他也许全忘了,但"天高任鸟飞,海阔凭鱼跃"十个字依然铭心刻骨、记忆犹新。他就是鸟,就是鱼,就是要在高远的天际间飞翔,在无垠的大海中遨游。更何况,贪婪是人的本性,堂兄顾战胜不贪咋能成为宝山的暴发户、农民企业家?周岭南不贪,咋能冒险组织那么多人上访,巩固经理的位子?他们俩的区别是,一个为了钱,一个为了权,但都是积极向上令自己佩服的人,都是楷模和榜样。榜样的力量往往是无穷的,自己绝不能躺在失败的泥淖里止步不前,要见贤思齐,向榜样请教,向榜样学习,再度起航,从头再来。顾名利果断地拨通了周岭南办公室的电话。

"你也没走啊,没事上来吧,这儿还坐着你一位乡党。"电话里传来周岭南的声音。真是心有灵犀,自己想见面,对方就发出了邀请,而且那儿还坐着位老乡。他是谁呢?自打顾名利当了副经理,原本就有老乡缘的他老乡缘更浓了,常来的几位周岭南全都认识。

"我老乡,是谁呀?"顾名利丢下心事好奇地问。

"你快上来,上来就知道了。"周岭南笑着卖了个关子。顾名利放

下电话，锁了门，三步并作两步向三楼周岭南办公室奔去。门开了，开门的竟然是他亟待想见的另一个榜样——堂兄顾战胜。这个顾战胜，不仅是顾名利的堂兄，也是众多老乡中周岭南最熟悉的一位，最要好的朋友与合作伙伴。不仅是从事建筑施工的同行，还租赁着五工区办公楼的几间门面房搞童装批发。

"听说推荐大会的结果不咋的，想过来谝谝，去你办公室门关着，手机又没开，就到周经理这儿来了。"顾战胜边关门边对顾名利说。

"咱实在想不通，有的人在外面享福、挣大钱，五年不见人影，公司有位子了回来啦，竟然有那么多人拍马屁。咱本事不大，没啥贡献，但忠诚于六建，热爱六建，没抛弃过六建。"顾名利无奈而有气无力地说着，坐在周岭南办公桌旁的圈椅内。这是他在这间办公室的专座，不管有多少人在这里，也不管是上级、同级还是下级，只要他在，其余的人都会约定俗成地远离这间房子的主人，坐到靠墙的沙发上。顾战胜也不例外，知趣地将椅子让给堂弟，拿上办公桌上的雪茄、打火机，端起茶杯坐到了一边。他虽是顾名利的堂兄、恩人，财大气粗的重量级人物，但这是六建，顾名利是这块地盘上的副经理，自己还要凭借他捞金。再说了，是他的失算导致了他的失败。尽管如此，"腾座"还是多少给顾战胜带来了不快，他对心安理得坐进圈椅内的堂弟说："不是人家稀罕六建书记的位儿，而是有人犯贱，三顾茅庐。"

"三顾茅庐？啥叫三顾茅庐，我咋没听说过。"周岭南不以为然地说。得知民主推荐结果后，周岭南就开始惴惴不安了，预感到今后的搭档已非言听计从的顾名利，而是有个性，有主见，自命不凡，自以为是的涂晔晖，并和顾名利产生了同样的挫败感，而且极不甘心。推荐期间，他始终如一地站在顾名利一边，通过电话，利用牌场、酒场为其做了大量的舆论宣传工作，并在推荐票上为顾名利画了钩。但叫他意想不到的是，参加会的人竟那么多，淹没了他精心谋划的效果。对这次失败，周岭南宁愿落个轻敌、未尽力，也不愿落个黔驴技穷、江郎才尽。周岭南不是担心人们会把顾名利的失败当作他的失败，而是怕落个低能、让人瞧不起，以后难与那位闯荡江湖的新搭档相处共事。大凡一个国家，一个团体，一个企业，怕就怕领导班子驴踢马跳不团结，特别是党政一把手。这样的结果只能是两败俱伤，企业受损，职工受罪。前车之鉴，后事之师，六建从辉煌到衰败的历史雄辩地证明了这一真理。周岭南是个上进、聪明、有事业心的人，临危受命成为六七千人的统帅，虽然在书记缺员的情况下不懈奋斗并无建树，还差点被兼并，但班子是团结、和谐的，自己一把手的地位是稳固的。涂晔晖来了将会如何呢？总不能文件未发、人未上任就怯阵，让其高出一头。周岭南对顾战胜抬举涂晔晖的"三顾"之说表示了怀疑与不屑。实际上，顾战胜"三顾"之说原本是针对对他不敬的堂弟顾名利的，没想到堂弟没反应却刺激了周岭南，不禁为歪打正着暗自高兴。顾战胜不想内斗、内耗，和堂弟计较，要借题发挥，将计就计，再下猛药刺痛周岭南，赶在新书记到来之前拓宽生财渠道，实现扩租五工区办公楼的夙愿。为了实现这一目标，他曾多次让堂弟通融，拉托，请吃，请唱，请赌，将五层招待楼尝试遍了，但得到的回答依然是："那里是雷区，万万动不得。"眼看着一块香气扑鼻的肥肉，垂涎欲滴却吃不到嘴里，而掌控这块肉的还是堂弟和胜似兄弟的周岭南。这让顾战胜耿耿于怀，心有不甘。顾战胜闯入这座城市，搏击商场多年，见多识广，有定力、有毅力、有耐力，相信时间可以改变一切，相信好事多磨。但，一旦新书记上任，六建将不是周家的一统天下，经理的权力会因为党委的监督、制约而削弱、受限，他煞费苦心培育的环境，用银子铺平的道路将失去意义。他不得不抓住这一难得有限的机会，说服周岭南认清形势，看在多年的交情上、看在堂弟的面子上尽快点头。他正琢磨咋样开口，周岭南对"三顾茅庐"的激烈反应提供了切入正题的契机。顾战胜对周岭南的质疑没有急于辩解，而是从包里取出两包软中华香烟，欠身递给周岭南与顾名利，又从茶几上的雪茄盒中抽出一支点着，狠狠吸了一口，从肥厚的嘴唇内慢条斯理地吐出一个灰色烟圈。望着袅袅升起，悠悠扩大、弥漫的烟圈，他卖了个

关子说:"周大经理真的没有耳闻?兄弟不信。"周岭南贪婪地吸了口软中华,从鼻孔中喷出两股青烟,显出不屑的神态认真说:"不知道,真的不知道。"并把探询的目光投向顾名利。

"咱从未听说。战哥,你是从哪儿得来的?"顾名利肯定地回答完,怀疑地看着堂兄。顾战胜显得十分得意,把冒着青烟的雪茄搭在烟缸沿上,搓了搓胖手,端起茶杯有滋有味地喝了两口,看看顾名利,又看看周岭南扬扬得意地说:"甭看咱是局外人,但,对六建的事儿比你俩清白,就连建总那些根根筋筋也逃不过咱的法眼。"周岭南看着在烟雾笼罩下忘形的顾战胜,心中实在不是滋味。说老实话,他压根就瞧不起这个自吹自擂、故作姿态,一没文化,二没知识,三没品位,更没吃苦精神,连个合同工都当不好的乡巴佬、暴发户。他也就是凭着大舅子在市政府当秘书的势,投机钻营,坑蒙拐骗,从一个山民摇身一变成为"战胜公司"的法人,成了先富起来的那部分人,有什么了不起!如果不是顾名利的面子、公司与其有点业务关系,像周岭南这般清高孤傲、不善交友的人,绝不会与其称兄道弟,同室而坐、同席而饮、同桌而赌。周岭南是什么人?正儿八经建筑系的本科大学生,二十五岁当工长,三十岁任队长,三十五岁便是工区主任。假如将顾战胜的执着与贪婪匀给他一半,早就飞黄腾达,成了建总下福民那样的角色。今天,为了钟爱的事业,为了兑现上台时对广大职工的承诺,为了对付即将到任的党委书记,为了了解事情真相,他不得不捂着鼻子同这位"土豪"打交道,容忍其一个又一个"关子"。人的一生有诸多的无奈,而最大的无奈就是和不愿交往的人交往;人生又是一个大舞台,为了活着,并要活得有色,有声,有意义,就得学会表演。周岭南看不惯顾战胜的表演,而自己捂鼻子忍耐不也是表演吗?顾名利那讨好的微笑,恭维的姿态,夸张的无邪天真难道是真情实感的流露吗?说穿了,大千世界,人人都是演员,又都是观众,只不过是演技不同、口味不同、角色不同罢了,谁也甭笑话谁。

顾战胜烟缸内的雪茄已自燃了两厘米,周岭南、顾名利也点着了

意想不到

第三根软中华,二十多平方米的办公室被烟雾笼罩着,浓度超过隆冬时节宝山上空的雾霾,严重影响了呼吸和能见度。三人相互对视,感到模糊,甚至产生了幻觉。顾战胜由于肥胖,首先出现了不良反应,无法自抑地发出连续不断地咳嗽,不得不停止了故弄玄虚的卖弄,不得不将自燃的雪茄掐灭,不得不连续地喝水。咳嗽终于止住了,他揉了揉发酸的双眼,终于得意地说:"前一阵,咱那大舅子领着几个朋友到招待楼潇洒,其中有一个姓卞的,长得跟咱一样'苗条',酒喝高了大谝,我无意间听到了'三顾'涂晔晖的内幕……"顾战胜刚讲到兴头上,又被不停地咳嗽声打断了,连喝了几口茶水也没止住。听得入神的顾名利那个急呀,赶紧掐灭了正抽着的软中华,快速打开了办公室的所有窗子,他要让堂兄尽快恢复正常,继续讲下去,以解心中之谜。霎时,一股股青烟穿过窗纱冲向窗外,被初春的凉风撕碎,撒向傍晚时分的蓝天白云之间。室内空气得到了置换,三个烟筒停止了喷放,顾战胜终于止住了咳嗽,以解嘲的口气将大煞风景的咳嗽归结为肥胖后接着说,"听姓卞的讲,一开始是建总书记黄剑屹以组织的名义打电话请人家回来,被拒绝后又让丁主席以私交劝说。结果,电话打了半个多小时尿都没顶,人家还是不回来。"说到这儿,顾战胜喝了口茶又咳了起来。因为,凉茶刺激了嗓子。顾名利忙过去端杯子到饮水机下接了水,双手递过去。顾战胜喝了热水,不咳了,却没有接着讲下去,而是发起了议论,"放到我也不会回来。深圳,多特色的地方,灯红酒绿、花花世界,只要有票子,年轻漂亮的姑娘随便睡。听人讲,那儿还有个'人肉'市场,专门供应女人,只要你身体能挨起,想睡多少有多少。再说了,人家的收入比咱这儿也高得多,一个月最少五六千元。在宝山,你堂堂的六建法人撑死一千元。唉!宝山和特区的差别就相当于我们山村跟宝山的差别,简直是一个天上一个地下呀!"顾战胜讲到这儿,看了眼急不可耐的俩听众,十分抱歉地说,"唉,扯远了,扯远了,咱就是这臭水平,话一说长就跑题。"顾名利直勾勾地看着堂兄,不知是被他描绘的花花世界陶醉了,还是一

心想得到谜底，咽了口唾沫，以夸赞的语气说："说得好，说得好，继续、继续。"顾战胜抿了口茶水，润了润嗓子接着道："这结果咱们都知道了，姓涂的被黄、丁二人生拉硬拽地押回来了，把我名利的好事瞎咧，也给你周老兄树了个敌。"顾战胜直愣愣注视着面无表情的周岭南，又以杞人忧天的口气说，"名利是你一手栽培的，一旦上来，保证像过去一样听你使唤，当你的马前卒。姓涂的来就难说喽——他当年在公司时就不是个省油的灯，现如今又在特区扑腾了多年，见了世面、添了见识，能把你周经理放在眼里？咱不是兽医却能摸到驴肚子里，姓涂的只要在公司站稳了脚，用不了一年，这六建法人的椅子就是他的。"顾战胜从小生活在远离现代文明的山村，勉强读完了初中。然而，改革开放、市场经济的大环境如同一座没有围墙的大学，使他有机会在智慧聚集的宝山吸收养分，与形形色色的人物交往，和不同特色的社会精英切磋，同各路英雄豪杰博弈。这些人中有教授、政府官员和企业家，有无赖、小偷和"碰瓷"的。这些人都是他的老师、陪练和教官，使他这个山里人在潜移默化中进步、提高，青出于蓝而胜于蓝。使他成为智者、阴谋家、千万财富的拥有者，成为这个社会的所谓名流，有资格在周岭南办公室五马长枪、侃侃而谈、即兴表演。他以周岭南最不屑、最最关注的"三顾"开场，既显示出信息灵通、关系宽广、后台坚韧，又一针见血地道出涂晔晖是对手、劲敌、危险人物，先入为主地使其嫉妒、心存芥蒂，为今后共事埋下隐患，撒播下矛盾的种子。顾战胜深知，六建经理的位子对周岭南来说就如同命根子，他为此卧薪尝胆，默默奋斗了二十多年，今天终于如愿以偿，咋能遭到挑战，得而复失？

　　顾战胜分析得不错，周岭南老几辈人均为布衣，从未当过官。他开了先河，创造了奇迹，成了正儿八经的县团级领导，七千人叩拜的经理。涂晔晖要来了，他的光辉将被遮掩，权力将被削弱，根基将被动摇，地位将受到威胁，甚至会被取而代之。顾战胜为了达到扩租五工区办公楼之目的，这般肆无忌惮，明火执仗地挑拨离间，正是出于对周岭南深层次的了解，知道他有知识、有文化、有智慧、有魄力，却天生单纯、轻信，心机重。周岭南不幸被言中，不仅将对涂晔晖到来的心路历程暴露无遗，并由噤若寒蝉变为严阵以待的备战。精明的顾战胜通过其眼神、表情发现，自己前面的铺垫已经奏效，挪了挪肥臀，摆出师爷的架势继续说教："现如今当官要凭啥？政绩！"他自问自答，毋庸置疑，叫人不信也得信。周岭南发挥一心二用的特长，一边心猿意马地想着心事，一边捕捉琢磨顾战胜声情并茂地表演。顾名利凝视嗡合着厚嘴唇、肆意表演、火上浇油的堂兄，如入十里雾中。他想不通，堂兄为什么要在他们失意、失败时讲出这些危言耸听、令人丧气的话，使倍受打击的他雪上加霜，使周岭南情绪受挫。顾名利一直以为他是堂兄肚子里的蛔虫，堂兄讲前面他就知道后边的内容，今天，却实在弄不清堂兄的葫芦里装的什么药，不晓得他为啥变本加厉地给自己和周岭南心中添堵。难道忘了他们之间的交情，忘了他还要倚仗周岭南和六建发财吗？顾名利偷觑周岭南，发现其变颜变色、如坐针毡，真想让堂兄住嘴。顾名利清楚，自己的书记梦破灭，失败已无法挽回；失败，不仅伤了自己，也打击了周岭南，不想让堂兄往其鲜血淋漓的伤口上撒盐，影响其自信心，不想让这种趁火打劫、不够朋友的表现给他们的关系投下阴影。一个"顾"字分不开，一旦阴影出现，定会影响与周岭南十多年建立起的关系，动摇他六建"二把手"的地位。

"战哥，你再甭说那些晦气话了……"顾名利见缝插针，诚恳地发出了规劝。

"咚、咚、咚！"周岭南像法官敲惊堂木一样，用拳头砸着厚实的桌面说："名利、名利，你让顾老板把话说完。"顾战胜犹如第一次登台的演员赢得了掌声，兴致勃勃地继续道："所以，我以为，周兄应在姓涂的到来之前抓紧干件大事，弄些钱，给大家补发几个月工资，给退休的那些老汉、老婆们报销些药费，收买收买人心。"顾战胜讲到这儿，没有再继续，而是取出一根雪茄，贪婪地闻着，眼睛却凝在周岭

南不动声色的脸上，像七八岁的孩子得了"双百"等待家长的奖赏。周岭南、顾名利几乎同时取出一支软中华，点着、抽着。烟抽到一半时，周岭南透过弥漫的烟雾，无可奈何地自语道："干件挣钱的大事？嘿，哪儿有嘛！现在银根紧缩，一分钱也贷不出来，国家建设项目又不断削减，公司连个公厕都揽不上，哪儿有挣钱的好事嘛！如果有，早就干了，还能等到今天，在职工面前作秀、讨好？"

"是啊！现在哪儿有刀下见菜、能弄大钱的差使，除过天上掉馅饼！"顾名利看着满脸失望的周岭南附和说。顾战胜终于将一直放在鼻子下的雪茄点着了，怕再度咳嗽，战战兢兢，小心翼翼，轻轻吸着。瞬间，在他面前立即出现了数个由大到小，排列有序的灰色烟圈，烟圈在静谧的空气中悠悠浮动，飘向周岭南，飘向顾名利，伸展、放大，扶摇直上，幻化为一个个圈套。

"我这儿有个弄钱的路子，不知周经理想干不想干？"顾战胜望着飘浮于周岭南头顶的烟圈，以雪中送炭的语气说。周岭南望着眼前一个个烟圈变幻为薄薄的烟雾，将疑惑的目光凝在顾战胜那令人琢磨不透的胖脸上，没有作声。顾名利更加诧异，不解地看着顾战胜，根本不相信这个依靠国企发家，精于算计的堂兄能把挣钱的好事送给六建，不相信只认钱不认人的堂兄会在六建危难时伸出援手。

"咋，你不信!？"顾战胜停止了制造烟圈，认真严肃地说。周岭南、顾名利相互对视，露出一丝苦笑，依然无语。

"你看你看，你让那个姓涂的都弄糊涂了，连老弟都不信了。哎，我就明说吧，只要你周哥今日点个头，我立马给你账上打五百万！"顾战胜言罢，将冒着青烟的雪茄丢进烟缸，从皮包里掏出一张银行卡，潇洒地朝茶几上一甩道，"看准，钱就在这儿。"听到五百万这个惊人的数字，凝视茶几上那张精致漂亮的银行卡，周岭南犹如正躺在床上想女人的汉子突然遇到一位投怀送抱的少妇，喜出望外，跃跃欲试。说来可悲，周岭南坐上经理位子的一年里，公司财务账上从未出现过五百万这个数额，现在账上仅有的两万元，是应急用的，谁也不敢动。

意想不到

涂晔晖说不定哪天就到任了，他不想用如此糟糕的经济状况迎接这位潜在的对手，授人以柄，丧失法人代表的尊严。他终于被顾战胜讲的"好事"吸引，明知和这个唯利是图的"朋友"打交道如同与虎谋皮，但还是想探究下去。

"顾老板，有啥好事就快说，别卖关子了。"周岭南隐藏着内心的急切，不咸不淡地说。

"周经理胆子小，冒险的事可不干。"顾名利以对经理负责的口气说。顾战胜发现银行卡显了神威，心中窃喜。为了解除其后顾之忧，他看了一眼堂弟，带着浓厚的江湖气说："我和周哥是谁跟谁呀，能让他去抢银行、违法乱纪？我讲的好事是周经理职权内举手之劳的事。"

"具体什么事你就明讲，在咱们之间，你得把卖关子的毛病改一改了。"周岭南以厌烦的口气说。

"对对对，是啥好事你就直截了当地说，再甭像南山里头的葛条，绕来绕去的。"顾名利紧随周岭南嗔怪堂兄。

"实际上，这事儿我早就向周哥提说过……"顾战胜说着停顿下来，又抽开了他的雪茄。办公室变得出奇地安静。望着悠悠飘浮的青烟，顾战胜凭着第六感觉发现了周岭南的焦躁与不满。他要的就是这种效果，就是要吊吊对手的胃口，这是生意场上的常规武器。正当周岭南不耐烦，要发躁时，顾战胜恰到好处地亮出了所谓好事。

"事情不算新鲜，就是扩大咱五工区办公楼的童装批发市场。"听到顾战胜一个多小时含羞露涩、故弄玄虚的好事，周岭南一下子像被人从烈日炎炎的盛夏抛入白雪皑皑的严冬。这哪里是雪中送炭的好事，完全是乘人之危的打劫呀！真乃山水好移，本性难改，无论是谁，再好的朋友，若想让顾战胜危难时拉一把，简直是痴人说梦、日出西方。周岭南轻蔑地瞥了一眼顾战胜，嘲弄道："这也算是好事？这样的事你甭说给我五百万，就是一千万我也不敢干！"周岭南点着一支烟抽了两口，将目光转向顾名利挖苦说，"名利，你战哥当年租楼时是咋说的？现在又得寸进尺了。"看着顾名利尴尬难堪的面孔，周岭南又对顾战胜

说,"顾老板,名利当年为把那几间门面房租给你差点把官丢了,去年提拔时有人还抓住那件事不放,不是我硬顶着,他也许还在五工区受罪呢。顾老板啊!你好赖在公司干过两年合同工,应该清楚,现在的职工不好惹呀!紧哄慢哄都出事呢,还敢干伤害他们利益的事。过去,五工区办公楼是个染缸,谁插手,谁被染黑,永远洗不干净,就像名利。现在,那儿已由染缸变为雷区了,谁若踩上就得粉身碎骨。"顾战胜小心地吸着他的雪茄,默默地、心平气和地听着周岭南的说教,寻思着应对的办法。他是一个商人,只有一个目的,那就是赚钱,追求利益的最大化。为了这,他连原子弹的冲击波都不怕,还怕什么染缸、雷区?顾名利听到"好事"更为惊讶,真佩服堂兄的好胃口,吃进的砖头还未消化又要啃石头,不免想起数年前五工区办公楼上发生的那场风波。

五工区办公楼建造于20世纪50年代初,几乎与六建同龄。大楼破土动工时,方圆数十里还是庄稼遍野、荒草一片的古老村镇。随着时间推移,时代变迁,城市的急速膨胀,孤伶冷落的办公楼有了邻居,并形成了漫漫长街。由于这些年改革步伐的加快,城市化进程的提速,漫漫长街拓宽、延伸,与宝山城内的主干线连接,成为享有盛名的迎宾大道,独一无二的机场路,车流量最大的一条交通线,使这块数十年无人问津的郊区成了城市的一部分。两年前,政府又在这里建起了开发区,越发给这块昔日的庄稼地增添了现代色彩,使其商贾云集,繁花似锦,开放诱人,成为这远近闻名的所谓红灯区、小香港。地价、房价以几倍,几十倍的速度飞涨。然而,五工区作为六建的一部分,其惨相与莺歌燕舞的外部环境形成了强烈反差:工区职工几乎全部下岗、下海,没有工程、没有工地;门前冷落车马稀。时任工区主任、副主任的周岭南、顾名利率领十余名留守人员,作为第一道防线给公司领导"挡枪""挡弹",维护一方平安,守护着这栋三层办公楼。工区兴旺时,楼内的数十间办公室座无虚席,现在却桌闲椅空,蛛网密布,冷落苍凉。周岭南他们守着冷清的办公楼,却常因公司不按时拨发经费工资拖欠。在岗人员拿不到工资可以忍耐，而那些需要救济的特困职工拿不到钱就无法生活……"决不能端着金饭碗讨饭吃！"周岭南决定出租办公楼。除了留下几间平房办公外，其余四十五间办公室全部出租，出租对象为下岗职工，夫妻双下者优先。就在职工们为租房争得头破血流时，顾战胜通过主管此项工作的副主任顾名利硬插了进来。他当时正筹备童装批发市场，万事齐备却因没有营业场地无法领到营业执照，发现这块风水宝地后，志在必得。但是，他并非六建职工，更非五工区下岗职工，当然被拒之门外。然而，顾战胜就是顾战胜，他利用和顾名利的关系采取了先下手为强的手段。一天晚上凌晨时分，周岭南被敲门声惊醒。顾战胜在顾名利的引见下，请求睡眼惺忪的周岭南给其帮忙，要将一卡车布料暂存于将要出租的两间房内，保证两天后搬走，并大方地预付了一千元的存放费。当时，周岭南和顾战胜只是认识，却碍于顾名利的面子答应了。顾名利放心地将四十五间房子的钥匙全部交给了顾战胜，自己回家睡觉。顾战胜将一卡车布料天女散花般地撒进了十间最好的房子，从此"刘备借荆州，永借不还"，严重影响了周岭南为下岗职工要办的好事。尽管其余三十五间房子租出去了，解决了一些职工的困难，但还是受到了指责、唾骂。庆幸的是，顾战胜曾在工区干过几天合同工，大部分人以为他也是下岗职工，最后不了了之。当然，顾战胜也做了大量工作，利用"酒杯一端，政策放宽""壶里乾坤大，酒中日月长"等社会"潜规则"，使"规定"产生了弹性，让政策发生了变化，将十间金不换的房子一租就是数年。现在，这个冒牌下岗职工、暴发户，竟然异想天开地要吞并下岗职工正在苦心经营的其余三十五间门面房，要租占整个办公楼。这咋能不让周岭南咋舌。顾名利在请求"暗度陈仓"的那天夜里已隐约听到此事，已经深感不解不爽。现在堂兄在自己失败、失意，周岭南忧心、不悦时提及此事更觉不合时宜，不够朋友。周岭南看了一眼哭笑不得的顾名利，将愕然的目光久久停留在顾战胜的胖脸上，不知说啥好。他想到"人心不足吞蛇象"的寓言，眼前的顾战

胜不就是那条贪婪、疯狂、可恶的蛇吗？然而，让周岭南百思不得其解的是，这条山沟里的蛇，为什么一次又一次吞象成功，连自己也不知不觉地充当了帮手。没有几年前的无原则让步，十间门面房怎会成为其童装批发市场，又咋会演绎出今天叫人不可思议的趁火打劫。几分钟后，周岭南终于以无奈、嘲讽的语气说："顾老板，你真敢想啊！"

"1958年'大跃进'时有句口号——敢想，敢说，敢干！一个大活人，七尺汉子，连想都不敢想咋行？老弟今日想出来了，也讲出来了，成不成就看你周哥给不给面子了。假若不给面子，就当老弟瞎想白讲。"顾战胜并非听不出周岭南在嘲讽调侃，却故意满不在乎，装聋卖傻。

"不是给面子不给面子，而是这栋楼的管理权在五工区，更何况，租房合同未到期，各家的经营状况又都不错，谁愿放手丢掉钱匣子……"周岭南说着拒绝的话，并将埋怨的目光投向顾名利。顾名利清楚周岭南目光里包含的内容，红着脸劝说道："战哥，周经理说得不错，这事确实弄不成，咱不要为了今天，把过去那些陈芝麻烂谷子拉出来。真到了那个地步，我跟周经理也就捂不住了。"顾战胜没有理顾名利，也未理会他的话，知道他是自己人，在演戏，如果当初不是这个自家人，他咋能弄到十间房；如果六建没有他这个堂弟，自己又咋敢开这个口。敢想、敢说、敢干得有前提条件，否则，就只能是瞎想、胡说、蛮干。顾战胜当然不是这种愚蠢的人。

"周哥，你把这事想得过于复杂、严重了。"顾战胜点着早已灭火的雪茄，怕咳嗽，象征性地吸了两口，胸有成竹地接着说，"三楼单身职工宿舍的事咱已全部摆平了，不需要你们出面；工区的俩头儿咱也说好；三十五家租房户已有三十四家基本谈妥，只剩芹英饭店那个姓郑的。"顾战胜瞥了眼不动声色的周岭南继续说，"从古到今，有钱能使鬼推磨，只要你把钱花到了，再难的事也会变得易如反掌，这也是咱在宝山折腾了十几年总结出来的经验。你们国企为啥越来越不行，

毛病就出在这儿，把市场经济这个新名词没搞清，不敢花钱。现在的社会是有钱大家挣，你不花钱别人咋能挣钱？人家不挣钱咋能给你办事，让你挣钱……"周岭南对顾战胜有关"花钱"的理论并不认同，他在国企当领导多年，保持着清正廉洁的美德，守身如玉，未越雷池半步，但却对顾战胜的工作效率很是钦佩。他竟然以非组织形式做通了那么多人的工作，只剩下芹英饭店，距垄断、独霸办公楼的雄图大略只有一步之遥。周岭南了解芹英饭店，也了解饭店老板郑芹英，她的饭店是整个办公楼租房户中生意最好的，也是最不愿放弃那块风水宝地的，当然也是块最难啃的硬骨头。顾战胜，一个大老粗、暴发户，当年的合同工，竟能使那么多租房户臣服，作为六建堂堂的经理，难道就不能说服郑芹英吗？想到新书记要来和公司拮据的经济状况；回味着顾战胜的慷慨许诺，凝视茶几上那张熠熠闪光的银行卡，周岭南心动了，眼红了，要挑战自我。但，当蠢蠢欲动的目光不经意间从顾名利精明的脸上掠过时，四年前的"存布阴谋"浮现眼前，终于罢了性。顾战胜瞪着环眼，注视着警觉的周岭南，感到了失望。但，他并未放弃。他坚信，只要有钱，总有一天会降服这只老狐狸。

九、一箭多雕

正如人们预料的那样，涂晔晖在推荐大会一星期后便走马上任了。上任的仪式简单、低调，参加会的只有公司党政班子成员和中层正职，连三楼小会议室也未坐满，跟推荐会宏大、热烈的场面相比，简直是天壤之别。与会者的情绪也显得低落；公司隔三岔五地调班子，大家已变得麻木，没有了反应。虽然这次上任的书记是民主推举出来的，但谁也不敢保证自己的眼光会有多准，更不相信领导班子增加一个党委书记便能扭转乾坤、改变公司濒临倒闭的现状。再说，当时是二选一，局限性很大，只能是相对的有限选择。还有，多数人选择涂晔晖

都是五年前的印象，现在是啥表现还是个谜。其次是过去他管理着一个工区，现在却是一个公司，而且企业的外部环境、困难程度、人们的精神面貌也发生了变化。更要命的是，人们选择涂晔晖已挫伤了顾名利的积极性，违背了周岭南的意志，无疑会在班子内部埋下不团结、不和谐的隐患，为涂晔晖今后的工作造成困难，可能出现往届班子同样的诟病——党政不睦，"鸡犬之声相闻，老死不相往来"，让下属无法站队，无所适从。

然而，周岭南、涂晔晖今天的表现却出乎大家意料。五年前，他们同属中层，却不在一个基层单位，工作性质也迥然不同。一个是三工区的主任，一个是五工区的书记，只是认识而已。一周前的推荐大会上，也是相逢一笑，敷衍握手，各怀心事。今天见面，各自的脸上竟然堆满了笑，表现出令人意想不到的热情与亲近。涂晔晖走进会议室时，周岭南以最快的速度离座，迎上去，伸出热情的双手，真诚地说："欢迎，欢迎你的到来！"涂晔晖也善解风情地紧紧握着对方的双手，十分客气地回应着："谢谢，谢谢！"他们手牵着手，坐回各自的座位，肩并着肩，相互递烟，嘘寒问暖，亲切交谈，像一见如故的新朋，似久别重逢的老友。与会者瞬间活跃起来，会议室出现了欢声笑语，不少人嘲笑自己半夜看"三国"——替古人操心，以小人之心度君子之腹。然而，他们哪里晓得，高手博弈通常不会表现在脸上、嘴上，而是隐于灵魂深处，局外人察觉不到的地方，绝不会在上级宣读文件的会上把阴谋流露出来。

任命文件宣布当天，涂晔晖就开始了他的工作。在等待任命文件的几天里，他义无反顾，四处奔波，辛苦寻找，将全部精力放在郑芬芳身上，却依然无果。虽然二返六建的原动力是郑芬芳，是因为对其的万般牵挂、百般思念，但，他又是公私分明、顾全大局的人，不会感情用事，因私废公。更何况，坐上党委书记的交椅不仅是成功，是多年苦苦追求的目标的实现，也是爱人郑芬芳一直的期盼与向往。为了使这一期盼、向往更灿烂辉煌，他必须尽快转变角色，毫不犹豫地

由矢志不渝的情痴变为勇敢忠诚的勇士，竭尽全力，倾其所有，为扭转六建颓势、改变六建命运鞠躬尽瘁。

涂晔晖在公司组织部长的引领下迈进党委书记办公室。这是他二返六建首次跨入属于自己的工作空间。它同三楼周岭南办公室的布局、面积一模一样，简陋、窄小，超不过二十平方米。办公室内配置着不知服务过多少届党委书记的老板桌，竹圈椅，双人沙发，老式木椅，与特区凯旋酒店的办公环境相比，属于两个世界。涂晔晖环顾这个毫不起眼的空间，竟然有一种美国新总统入驻白宫的兴奋与自豪。他默吟墙上挂着的有关思想政治工作的条幅，看着镶嵌在镜框内的《党委书记责任制》《党委会工作制度》倍感亲切。这些久违了的文字、信条，使他产生了一种责任感。想到责任，涂晔晖由兴奋、自豪、意满志得变得心事重重。一周来的基层之行让他对六建有了进一步的认识，产生了陌生感。除去离退休职工、下海下岗的干部工人，公司的在岗人员只剩三百多人；五个土建工区完全丧失了施工生产能力，只有主任、书记领着十多位留守人员作为第一道防线，守护着"安静祥和"的局面；像动力站、设备安装队等基层单位，竟然在公司的建制中消失了；有几个项目经理部勉强"活着"，却已变为私人性质，以挂靠外来工程为生命线，尽管这种经营模式给公司带不来任何经济效益，并要承担质量、安全、债务等风险，却是第六建筑工程公司名副其实、不可或缺的标志与象征。更为可悲的是，大批的下岗、下海党员分散在城市的角角落落，漂泊于四面八方，他们只晓得自己还是个党员，只记得入党宣誓时的激动、庄严，却已找不见组织，忘记了誓词内容和缴纳党费，他们唯一的模范作用就是生产自救，不给组织添麻烦。两千六百八十六名离退休职工中的二百三十六名党员更是处于无组织状态，他们散落于公司十七个家属区或遥远的农村老家，多年来无人问津，当然谈不上发挥先锋模范作用。涂晔晖不时翻阅着厚厚一沓党员花名册，凝望着墙上《党委书记责任制》中关于"党要管党""加强党的基层组织建设"等内容，感到脑子很乱，不知道如何履行职责、

找到工作的突破口。涂晔晖哪里知道，他面临的最棘手的矛盾并非这些，而是稳定人心，让职工尽快从萎靡中振作起来；是班子的团结和谐，让大家对他真正的信任……

正在这时，办公室的门被推开，一群离退休职工潮水般涌进来。瞬间，所有的沙发、椅子全部坐上了人，二十平方米的空间达到了饱和。人们依然在向内拥挤，房间几乎要裂爆。一开始，涂晔晖还迎过去招呼大家，慢慢地，人流将他挤到办公桌旁，使他动弹不了。面对这些白发苍苍的前辈、颤颤巍巍的耄耋老人，看着他们相互搀扶、相互倚靠、七嘴八舌地发出诉求，涂晔晖既受宠若惊，又心有余悸。这是他走马上任以来见到职工最多的一次，也是进入他办公室的第一批来访者。他们的光顾是对他这个新书记的认可、看重与信赖。他必须以百倍的小心、千倍的耐心接待，尽力满足他们的诉求。涂晔晖透过人缝，仔细、认真地扫视着一张张沧桑、憔悴、病态的脸，这些人，最年轻的也在六十五岁以上，年纪最大的超过八十岁。平时，他们如同空气让人视而不见，却都是六建的创建者、开拓者，为宝山的城市建设做出过杰出贡献的人。宝山的每一栋高楼大厦都抛洒着他们的汗水，保留有他们的足迹。今天，他们理应坐享清福、安度晚年，享受国家的离退休待遇，按月拿到养老金，按规定报销医药费。然而，因为公司经营不善，朝不保夕，使他们颐养天年的生活大打了折扣，养老金遭受拖欠，医药费不能按时报销，生活紧巴艰难，甚至有病难医。他们找过公司离退休管理部门、找过公司有关领导，甚至找过经理周岭南，但除了解释还是解释，除了哭穷还是哭穷。就在他们无助、无奈时，有人振臂一呼，号召到公司上访，他们无不响应，不顾孱弱的身体、交通的不便赶了过来。涂晔晖暗暗抱怨组织者缺乏常识，为了目的不顾后果。这些老同志冒着炎炎烈日，经历车马劳顿，又拥挤于这窄小的空间，通风不好、氧气不足，如患有心脑血管疾病，可是危险而致命的。正在涂晔晖为这些老同志的健康忧心时，公司维稳办公室主任老晋满头大汗地从人缝中挤过来，艰难站立在他面前，十分抱歉地说:"涂书记,实在对不起,这些老同志本来要找周经理,周经理不在就到您这儿来了。"在那个特殊的历史时期、改革的攻坚阶段,国有企业最忙的部门已不是生产、经营、安全等科室,也不是组织部、宣传部和纪委,而是维稳办公室。改革是动力,稳定是基础,没有改革,社会不会进步;没有稳定,改革就无法顺利进行;大刀阔斧地改革又会衍生出这样那样的不稳定,维稳办正是在这种现实中应运而生的。它既要为改革架桥铺路,还要为改革拾遗补阙、打扫战场。像六建这类险些被改革浪潮淹没的企业,职工长期对企业失去信心与耐心,对既得利益尤为在意,只要有机会便趋之若鹜,不遗余力,不择手段。这些离退休老人,面对摇摇欲坠的企业,唯恐养生、救命的待遇随着企业的消亡而泡汤,一旦有人召唤,当然会风雨无阻,蜂拥而至,哪顾得年老体弱、生命之忧,更不管企业困难、经理闲忙。只要来公司,就要以功臣、前辈自居,理直气壮地要求对话、解决问题,副经理接待不够资格,必须经理出面。经理一旦现身,便是那些亘古不变的话题:"养老金""医药费""儿子下岗""子女下海""居住条件不理想"等等,使你无法脱身。周岭南十多天来已接待了五次之多,每一次都被搞得焦头烂额、口干舌燥、精疲力竭。周岭南也是从"奴隶到将军",由白丁一步步成为经理,同情、理解这些前辈们的难处,认可他们的诉求,每次都认真听取、详细记录、一一解答。但,这些日积月累的"顽疾"不是一蹴而就,不是一天两天、一月俩月就能解决的,特别是有关钱的问题。再说了,经理还有其他工作,还要揽工程、挣钱、搞社交,还要设法让企业恢复元气、起死回生,不可能有求必应地陪着他们无休止地许愿、承诺,鼓劲、打气,谈理想、论未来……涂晔晖上任十天来虽然天天下基层,但还是见识过前辈们上访的盛况,只不过是无缘接待而已。周岭南虽然忙得团团转,一见上访者就挠头,逃离,却不愿把其推给涂晔晖,他知道新书记刚到任,不了解情况,无法处理这些棘手矛盾;更重要的是"己所不欲,勿施于人",不愿将自己不想管的难题转嫁给搭档,以体现友善姿态。按理

说，维稳办是书记主管的部门，主任老晋却从不向涂晔晖汇报、反映这方面的工作，不忍心新书记凳子没暖热就陷入矛盾的旋涡不能自拔，导致"滑铁卢"，影响其威信。因为，化解这些矛盾不是凭嘴，而是靠钱。没有钱，即是有苏秦、张仪的口才也无济于事，咋能把这些明知不能为的事推给新书记呢？自己不是成了糊涂、无知的下属吗？老晋咋能知道，书记今天是铁了心要蹚这摊浑水。涂晔晖不理会老晋的暗示、解围，而是让他快点打开办公室所有的窗子，以使空气流通起来，避免因室内缺氧而引发意外。老晋穿越人墙，打开窗子回到涂晔晖跟前，想再度暗示……

"晋主任，能否让大家选出两个代表留在这儿，其他人可到会议室休息。"涂晔晖对老晋说。老晋当即将"暗示"变为大声吆喝："各位师傅，请安静！涂书记讲了，让大家推选俩代表留下来跟他谈，其余同志到会议室。那儿凉快，还有座儿，省得大家站着受累。代表一会儿会把和书记商谈的结果告诉大家！"在一阵七嘴八舌的喧嚣声中，有人喊出了两个名号。其余人在嚷嚷的声浪中，挤出会议室，如落潮的海水涌向悠长的楼道。

"潮"退了，老晋随着人流去了会议室，党委书记办公室又恢复了开始时的平静，不大的空间只剩下三个代表和涂晔晖。涂晔晖边热情、客气地让烟、倒水，边不时打量着三个对手。涂晔晖觉得他们都很眼熟，似曾相识，就是想不起是哪个单位的，姓啥叫啥。让他奇怪的是，三个代表中有一位很年轻，超不过四十岁。他下意识地将目光停留到他的脸上。

"书记一定觉得新鲜，认为我这么年轻咋就成了退休职工！"年轻代表看透了涂晔晖的心思，不冷不热地说。涂晔晖的确很纳闷，却不能点破。因为，只要是下岗职工就等于打入另册，除了享受公司的养老、失业、医疗保险外，其他待遇一概没有。有些人为了提前退休，领到国家发放的养老金，寻情钻眼，不择手段，改年龄、变工种无所不用其极。企业领导为了分流职工，减轻负担，转嫁矛盾，睁一只眼闭一只眼，甚至会合伙造假。涂晔晖自然不能妄下结论，贸然说话。作为党委书记，只能同情、怜悯这些弄虚作假的弱者，咋能揭其疮疤，刺痛其伤口呢？

"老实讲，您怀疑得很对，像我这样的年龄也有退休的，但咱不在其中。因为，咱不会做假。咱是地道的下岗职工、失业人员，因为看不惯公司领导接二连三地哄骗这些前辈，打抱不平，替他们代言。众所周知，没有这些前辈就不会有六建，更不会有现在的经理。翻开六建的历史，哪一页上没有他们精彩的故事？会议室满墙、满柜的奖状、奖杯，哪一块、哪一樽没有他们的汗水？满城的高楼大厦，哪一栋没有他们砌的砖、抹的灰？这两位叔叔就是当年的工长、工区主任。今天，他们退休了，连起码的生活保障都打了折扣，能不叫人伤心、同情吗？所以，我心甘情愿为他们当义工，出头代言。当然，我也有所求，想让公司报销拖欠我父亲的医药费，不过数额不大，比二位叔叔少多了。"年轻代表讲完，同情地看了眼坐在身旁的老者。

"这次大家到公司来带头的是我俩，与小石无关。小石他爸也是退休工人，腿脚不利索不能来，他代替他爸跟来了。"其中一位老人为小石开脱。

"说实在的，这次大家来公司还多亏了小石这娃，要不是他就出大事了。刚在公交车上，老翁的心脏病犯了，是小石背着他去医院抢救，还打电话叫来了他的儿女。"另一位老人为小石评功摆好。

"小石，你叫啥名字，下岗前在哪个部门工作？"小石的坦诚、谈吐与口碑引起了涂晔晖浓厚的兴趣。

"石文化，石头的石，文化的文，变化的化。下岗前是一工区总支副书记。三年前工区散伙了，主任、书记留了下来，咱这个副职下了岗。"甭怪石文化言辞犀利，讽刺挖苦不失文雅，他原来是搞政工的文化人。

"石文化？"涂晔晖情不自禁地叫出了他的名字。石文化惊异地看着涂晔晖，以挑衅的语气道："咋咧，书记认为咱的名字有毛病，名不

符实?"

"不，不，不，恰恰相反，不是名不符实，而是名副其实，不愧为一名老政工。"石文化一听，脸上露出了阳光说："跟您相比，咱只不过是个半文盲而已。您是堂堂的本科生，咱是半路出家，电大毕业。说到学历，咱至今觉得愧对老父亲。老父亲认为他没文化，一辈子抡瓦刀，寄希望于咱，硬是给咱取个文化名，想让咱考上大学，改变门风，吃碗轻闲饭；不料想，咱不争气，差几分没走进大学的门，只能接班进了六建，继承了他的瓦刀。但，每当站到墙头、爬上脚手架，总觉得不甘心，惦念着老父亲的心愿，想着那张大学文凭。适逢当时自学成风，咱也被卷了进去。三年中，咱啥业余爱好都禁了，除了上班就是专心苦读。功夫不负有心人，咱终于有了一张大专文凭。虽然是电大，依然吃香，拿上文凭的当年就转干了，后又当上了施工队书记、工区总支副书记。当时咱春风得意，父亲也心情舒畅，身体健康。但好景不长，两年前，咱意想不到地接到了下岗通知，老父亲也因儿子失业、心理压力太大生病了。真是祸不单行啊！"说到这儿，石文化没有了刚才咄咄逼人的气势，情绪低落，神情黯然。

"下岗了，工人有一技之长，瓦刀一提，抹子一拿好歹能挣碗饭吃；业务干部更是值钱的香饽饽，私企老板们争相聘请，还都是高薪；咱政工干部，一无技术，二没盖楼的专业知识，就是能耍个嘴皮子，出了公司的门谁能请咱去组织理论学习、发展党员、上党课、做思想政治工作。咱真后悔当时为了当干部把学了三年的瓦工手艺丢了。半个月前，两位叔叔打电话，联络老父亲到公司讨要工资、药费，老父亲腿脚不便，推荐了我。我也乐意为大家维权服务，至少是发挥专长、体现个人价值，比整日闲在家里有意义。"听着石文化苦涩的诉说，强装出来的洒脱，涂晔晖眼圈发热，一阵心酸，石文化下岗后的境遇和自己独闯特区是何等相似。同是天涯沦落人，相逢何必曾相识，一种惺惺相惜的同情感油然而生。但，同情归同情，他们此刻仍是对手、矛盾的双方，石文化是上访者忠诚的代言人，自己则代表着公司、代表着组织。如若战胜不了对手，会直接影响公司的稳定，党委的威望，个人的威信。必须首战告捷。但如何打赢这一仗呢？涂晔晖的脑神经急速活动着。

涂晔晖大学毕业进入六建一直从事党群工作，和形形色色的人打过交道，处置过错综复杂的各类矛盾，练就了教父一般的性格。即使对手如风暴狂涛、冥顽不化，他始终是春风化雨，和颜悦色，晓之以理，动之以情，润物无声，不显强势，不用语言威胁对手。在下海五年艰难岁月的打磨下，他超越了传统，超越了自我，具有了尖钻与狡猾，让人们欣赏其通情达理的同时，又可以领略到诈术与阴谋。在离退休职工群访难以平息的持久战中，在公司无法满足他们诉求的困境下，涂晔晖不经意间接住了这个难解的疙瘩、烫手的山芋，让他有了首次亮相的机会，成为万众瞩目的焦点人物。主管离退休职工管理中心的副经理顾名利在暗中窥视；机关的一百五十名党员干部拭目以待；经理周岭南也不时打电话询问对事件的处置情况……涂晔晖看似平静如水地领教着三位代表坚定不移的铿锵锐气，倾听他们理直气壮的要求与凄惨诉说，心里却波起潮涌，焦虑紧张。他知道，这次群体上访已成为公司的热点难点矛盾，稍不留神就会冲出六建，闹腾到社会上，其危害程度、负面影响不亚于一个多月前的围堵市委。涂晔晖比谁都清楚，广大党员、干部会把对这一热点、难点问题的处置视作六建衰落还是发达的晴雨表，当成本届班子执政能力的试金石，决心不遗余力、坚持"黑猫白猫，逮住老鼠就是好猫"的理论，不择手段地解决好这一难题。

"小石，今年多大了？"涂晔晖没有沿着石文化的思路讲话，而是以拉家常的方式试图缩短彼此之间的距离，缓和剑拔弩张的气氛。

"三十二岁。"看得出，他已没有了刚才的尖酸。

"这么小的年纪就有如此复杂的人生阅历，真不容易啊。苦难是人生的一笔财富，凭着这笔财富，加上你的无私与善举，聪明和智慧，前途将一片光明！现在是功利的社会，谁愿意为谁白效劳？而你不仅

白效劳,还冒着很大的风险。就说背那位犯病的老人去就医吧,万一当时附近没有医院咋办?万一老人未带救心丸咋办?万一出了意外咋办?万一老人的子女不理解又咋办?我虽然置身局外,一想到这些万一就很后怕呀!"涂晔晖为了达到目的又不伤和气,连珠炮似的使用了褒贬混搭的辞藻,并在众多假设里隐藏了危言耸听,表明了组织、发动这次群体上访的不理智与危害。两位老人当然听出了书记的弦外之音,有些后怕却满不在乎,因为,既得利益高于一切,老哥儿们的信任大于危言耸听。他们相互交换了一下眼神,其中一位不客气地说:"公司不亏欠我们大家就不会来,万一出了事自有大个子顶着,这个大个子就是他周岭南。"

"对着呢,小周哄了我们两三回了,这回再不上他的当了。不解决问题我们决不离开公司。"另一位老人捋着胡须,以决战的口气说。石文化在涂晔晖的恭维下显得沾沾自喜,眼神中没有了刚才的挑衅、悲愤与怨气,却未被恭维、策反冲昏了头脑,临阵倒戈,而是恪尽职守,和两位前辈保持了高度一致,附和道:"俩叔讲得没错,这次群体上访起根发苗在公司,出现任何不良后果当然由公司承担。中国有句成语叫童叟无欺,意思是儿童、老人从古到今属弱势群体,应受保护,不能欺负、欺骗。公司久欠离退休老人的救命钱不给,还三番五次地搪塞、敷衍,这不是欺负、欺骗吗?你们欠谁的钱也不能欠他们的呀!"石文化不仅旁征博引而且很煽情,连涂晔晖都眼圈发热,受到了感动,两位静静倾听的老人更是热泪盈眶。涂晔晖真佩服石文化的心理战、宣传战、感召力。要说他刚才的夸赞是一种虚伪和阴谋,这会儿的感受却是实实在在、发自内心的。庆幸的是,这种煽情是在小范围,如果在所有上访者面前,将会引发爆炸,为解决矛盾增添更大的难度。他确实是个人才啊!涂晔晖不动声色地注视着这个瘦小、干练、长相俊朗的石文化,从内心发出感叹。这样的人才为什么长期流失、浪费,以至于成为上访者的雇佣军?为什么不大胆启用,让他为六建复兴一展其长呢?涂晔晖突然产生了一个大胆的想法——"招安"石文化,让他从下岗职工的队伍中回来，回公司重操旧业——当离退休职工管理中心的书记，占领这个被历届领导忽略了的阵地，填补这块拥有数百党员却未设党组织的"空白"。在共产党执政的中华大地上，哪里有人群，哪里就该有党员；哪里有党员，哪里就应建立基层党组织。但，在六建却不是。一个管理着两千五百多名离退休职工，有着二百多名中共党员的离退休职工管理中心，一直以来没有党组织，使这些党员的组织关系散落在十七八个基层单位，使党员管理教育工作流于形式。离退休职工管理中心的五个干部只负责给大家发工资、报销医药费、办理丧事，从不过问党员的事。由于没有党组织，党员的先锋模范作用无从发挥，不少党员混同于一般老百姓，甚至不如一般老百姓。在这次群体上访的一百多人中，党员占了多一半，三个代表都是中共党员。离退休职工管理中心成了公司政治思想工作的死角，成了维稳的重灾区。形成这种局面的原因固然很多，但最最重要就是因为缺组织从而缺了应有的沟通与温情，缺了关心，缺了释疑解惑，缺了对他们切身利益和生存状况的关心。这也是涂晔晖多日下基层的一种发现，一块心病，一个谜团，一个要解决的难题。针对这一难题，涂晔晖几次想与周岭南沟通、商讨，却因为经理有更重要的工作，要揽工程，要筹集工资，只能轻描淡写地谈谈而已。今天，他有幸与上访者"遭遇"，与"代言人"邂逅，有了灵感，产生了想法，那就是"火线"解决离退休职工管理中心的问题，达到一箭双雕，一箭多雕。

战争年代或非常时期，常有火线入党、火线提拔干部的事情发生，这种组织行为的特征是因情况危急，将相对复杂的程序简单化。现在是和平年代，老百姓群体上访司空见惯，当然不能算非常时期。但，数百人马拉松式的没完没了的纠缠，已使公司经理厌倦、疲惫、望而生畏、避之不及。上访者中不仅有叔叔、阿姨，还有师傅、领导，更有德高望重、功勋卓著、曾在六建舞台上叱咤风云的人物，他们的诉求既合情又合理，早就应该解决。虽然这些欠账是冰冻三尺非一日之寒，属历届领导累积，不是一蹴而就、说解决就能解决的，但，这些

通情达理的前辈已给了周岭南一年多时间。一年，十二个月，三百六十五天，如此悠悠漫长。这期间，有的人已经逝去，钱对他们已经毫无意义；有的人已经久病不起，没有能力再见到自己的经理。而周岭南却态度依旧，答复依旧："公司资金困难，希望大家理解、谅解，请相信我周岭南，相信这届班子一定会竭尽全力满足大家的要求……"这些话放在一年前也许会起作用，会让大家同情并满怀期待地等下去。而现在听到这些，只能愤慨、对立、誓要讨个说法，甚至要上街，求助新闻媒体和上一级组织。这意味着周岭南围堵市委后，他也将被职工包围，六建将再次成为宝山市不稳定的典型，又一次面临考验。而今天就是事态升级的拐点、关键时刻。从这个意义上讲，这就是火线，就是非常时期。这种严重程度涂晔晖看得出，周岭南也十分清楚。他一大早出门，马不停蹄地奔走、求人，有回避、难以自圆其说、怕丢面子、无颜面对大家的因素，更是在采取实际行动，筹集资金要兑现承诺，避免事态升级。

然而，六建声名狼藉，周围荡漾着被兼并重组的涟漪，别说向兄弟单位开口、向银行贷款，就是十分利的高息也没人肯交易。周岭南不得不来到顾战胜的五层招待楼碰运气。顾战胜热情、殷勤，依然是正宗的武夷山大红袍、软中华香烟，并答应一定帮忙，但前提条件是扩租五工区办公楼，让周岭南赶走郑芹英。这种携剑经商，单方毁约的事周岭南做不来，更重要的是郑芹英是他的工友、下属，夫妻双方下岗才以此求生，这还是他当主任时实施的温暖工程，是至今被传为佳话的仁心善举。他能顺利当上经理，这些民心起到了相当的作用，咋能在这些光彩亮点上涂墨抹黑呢？周岭南同二十多天前一样，理所当然地拒绝了顾战胜，并做好了承受离退休职工上访升级、自己被"包围"的心理准备。这无疑给涂晔晖创造了需要的"火线"和非常时期。

这时，涂晔晖和三位离退休代表在恭维、寒暄之后开始了再次交锋。

"小石，涂书记那样夸你，咋不安排你上岗呢！娃呀，放灵醒点，还是操心把咱今日的事办好，一二百人在会议室等着呢。"白须飘然的前辈含着笑，警觉地提醒石文化，要他保持清醒的头脑，不要被书记的几句奉承话搞昏了头。石文化听话地由放松式的姿势变为正襟危坐，清了清嗓子，以公事公办的口气说："周经理曾多次承诺要给离退休职工补发俩月工资、报销百分之五十的药费，期限早过了，大家却分文未见。大家今日来就是想问问周经理，他的承诺到底算不算数？如果不算数，大伙就不找他了，会有人找他。"涂晔晖明白，石文化所谓的"有人"是指新闻媒体、建总领导、市上领导，说明人们对上访趋势的预测是准确的。涂晔晖不想解释，更不想摆困难、讲道理，为经理开脱，他要抓住这次难得的非常时期，利用"火线"化解今天的危机，解决离退休管理中心党组织设置等问题，彻底改造这个被历届领导遗忘的角落。

"二位前辈还有啥要求都讲出来。"涂晔晖客气地说。

"没了，小石是我们的全权代表，他讲的就是我们的意见。"

"好，请三位稍微等一会儿，我打电话将各位的诉求转告周经理，争取给大家一个满意的答复。"说完话，涂晔晖转身出了办公室，来到党办，安排党办主任通知党委委员到一楼小会议室开会。党办主任出门后，他随即拨通了周岭南的电话："周经理，我是涂晔晖，有件事想和你商量一下……"走投无路的周岭南正打算离开顾战胜的招待楼，打开手机一看是涂晔晖的电话，急不可待地问："情况咋样？听说这伙人还要上街、去建总、联系新闻媒体，你一定得好好劝劝，让他们千万不要那么干，否则，公司就完了。今日就辛苦、难为你这个搭档了。"涂晔晖听懂了周岭南所讲的每一个字，包括语气中流淌出的迫切、无奈与焦虑。这是他上任以来第一次听到经理的求助声，而且首次把自己亲切地称为搭档。涂晔晖很受感动，宽慰道："请放心，我会竭尽全力，绝不会使事态升级到那一步。不过，有位下岗职工咱们得安排一下。"

"行、行、行，只要不花钱能把矛盾解决了，安排个人是小事。你说，安排谁？我马上打电话给劳人科，让办手续。"周岭南表现出从未有过的慷慨大方。

"这个人你肯定认识，他叫石文化，下岗前是工区的总支副书记。"听到石文化三个字，电话那头没声了。涂晔晖耐心等待着。周岭南的慷慨、沉默、踌躇甚至反对都在涂晔晖的预料之中，但他断定，正常情况下周岭南不能答应的事，在这个"非常"时期一定会答应。

"这个人你了解吗？我想，他今天一定又来凑热闹了。年纪轻轻的，啥事不能干，非要跟一群老汉、老婆搅和在一起，上蹿下跳，逞能出风头，太不像话，就是让公司所有下岗职工全返岗也不会轮到他。"果然不出涂晔晖所料，周岭南沉默、踌躇之后终于爆发了，恼怒激动地发表了坚决反对的意见。涂晔晖没有表态，而且很平静，他要用短暂的无声让周岭南冷静下来。十几秒钟过去了，未听到回应，周岭南似乎意识到了他对正在"火线"上全力替自己解困、解围的搭档的态度过于生硬、偏执，忙以和缓、追问的语气道："石文化他爸曾是我的第一任队长，启蒙的师父，老人家是多么善良受人尊重啊！你石文化不看僧面也要看佛面，就凭咱和他爸的关系也不能在公司最困难的时候挑头闹事啊！这不是乘人之危、趁火打劫吗？"涂晔晖一听对方的态度有所缓和，见缝插针接住其话茬说："也许因为石师傅把忠厚、善良的美德遗传给了儿子，石文化才有资格被这帮前辈聘为代言人，不计报酬，随叫随到，尽心竭力，倾情为他们服务。要不是他的热忱服务，这几百人一窝蜂拥到公司，我们想沟通、对话找谁呀？这些七老八十的前辈们不是这儿有病就是那儿有病，万一出个啥事还是咱们的责任。对了，我想起来了，今天还真的出了件叫人后怕的事。他们来公司，在公交车上有位师傅心脏病犯了，口吐白沫，两手抽搐，幸亏石文化在场，背着病人到附近医院抢救。否则，就是人命官司，公司将永无宁日。还有，石文化假若真如你说的，组织离退休职工与公司作对、与你周经理作对，咱也可借此机会分化瓦解他们。《水浒》

中朝廷能招安水泊梁山的草寇、土匪，咱们就不能'招安'一位与公司作对的石文化吗？就不能化消极因素为积极因素吗？说实在的，我现在不是担心咱同意不同意石文化返岗，而是担心人家愿不愿意返岗为咱所用。因为，咱让他返岗是有条件的，那就是动员上访的老同志回家，不能再出现类似情况，以后大家有啥诉求由石文化全权受理。"为了节约时间，涂晔晖以较快的语速，言简意赅地表达了自己的意见。

"行，只要他能答应咱的条件，就按你的意思办。"周岭南略加考虑后，欣然答应了。周岭南是个聪明人，知道在没完没了的上访中潜伏着诸多危险，特别是安全问题。不管石文化的动机如何，他今天能把犯病的老人背到医院救治，总是做了件天大的好事，避免了一场灾祸的发生。周岭南后怕之余打内心感谢他，理所当然地改变了初衷。

"我建议把石文化安排到离退休职工管理中心筹建党总支，把离退休人员中散布在各单位的党员集中管理，再根据……"

"小石原来是搞政工的，返岗后干啥、咋干，你是书记，你说了算，我没意见。"周岭南打断了涂晔晖的话，十分大度地说。

"还有，我让党办通知党委委员开会，研究以上议题，你在外忙着就不用参加了，但得把意见留下。"涂晔晖说。

"你的意见就是我的意见。"

"还有顾副经理，他和你在一起，也得有个意见。"

"他能有个啥意见，还不是跟咱俩一样。他如果真有啥妙招也不会把离退休职工管理中心弄成这样子，搞得公司机关跟集市一样，逼得我这个经理不敢回办公室。"顾名利主管离退休职工管理中心，这些人上访给公司造成的麻烦他难辞其咎，加上顾战胜让轻易不求人的周岭南吃了闭门羹，周岭南抱怨顾名利，实际是旁敲侧击、指桑骂槐，让这个心硬如石的暴发户听。

涂晔晖刚挂了电话，党办主任就进门来告诉他，除周岭南和顾名利外，其他党委委员都到了。

"让大家稍等。你把石文化请过来。人在我办公室。"涂晔晖对党

办主任老郭说。不一会儿，石文化来了。老郭老练地关了党办的门，去了一楼会议室，党办只剩下涂眸晖与石文化。由于刚才只顾应对这位语言犀利的对手的"进攻"，涂眸晖没有留意其长相，现在冷静下来仔细打量，还真让他眼睛一亮。他，白杨树般的身板，白净面皮，明亮的黑眸子给人以清爽、干练、精神、气宇非凡的感觉。也许是生活的压力让其过于操劳，他的眼圈黑黑的，眸子里透出一丝疲惫、倦怠，宽阔的额头爬满了细细的皱纹，原本玉树临风般的身材稍显佝偻，难怪给人以退休职工的印象。

"请坐，请坐。"涂眸晖对一直站着供他欣赏的石文化说。石文化毫不客气地坐在涂眸晖对面的椅子上问："周经理回来了？"

"没有，他在外面忙钱的事。"涂眸晖淡淡地说。

"我就知道他不会回来，不好意思见大家。他食言的次数太多了，已经没人相信了。他曾经是我的老领导，一直是一言九鼎说一不二啊！"在涂眸晖的印象中，周岭南的确如石文化讲的，是个一口唾沫一颗钉，言而有信的人，只因这些老同志没完没了的纠缠使他不能正常工作，出于无奈，只能用一次次空洞的承诺敷衍大家。他也想努力兑现诺言，却屡屡出师不利，徒劳无功，希望成空，就如同今天被顾战胜趁火打劫一样。伟大领袖毛主席说过"人定胜天"，人能改变客观世界，殊不知，客观世界也在改变着人呀。顾战胜由一个敦厚、善良的农民变成利欲熏心、贪得无厌、无所不用其极的奸商；顾名利从一个老实、忠诚、一贫如洗的合同工变成为了功名利禄不择手段的政客；涂眸晖更是由一个厚道、实在、循规蹈矩的老政工演变为善于交易的商人、实用主义者，正在利用离退休职工"大兵压境"要达到一箭多雕；周岭南的变化既合情合理，又紧跟潮流，当然无须指责。

"咱先不谈周经理回不回，也不谈兑现与否……"涂眸晖自然为周岭南遮掩。

"那谈啥？"石文化着急、温和地打断了涂眸晖的话。

"谈关于你的事，你的工作问题。"

· 105 ·

"我的工作……"石文化愕然地看着涂晔晖。

"是的,谈你的工作。我刚跟周经理商量过了,想让你返岗,干老本行,搞党务工作;去向是离退休职工管理中心,职务是党组织负责人,职责是筹建离退休职工管理中心党总支。"石文化终于相信了涂晔晖的话,明亮的双眸饱含激动的泪水,放射出兴奋、欣喜的光芒,但却担心地说:"现在公司正精简机构、裁人缩编,这个时候让我返岗,合适吗?"

"啥事都得实事求是,讲辩证法,都应从实际出发,按客观规律办事,绝不能一刀切。压缩、裁人的单位是因为现有的编制对企业渡过难关不利,对公司搏击市场没价值,譬如你原来所在的工区,没工程、没生产能力,就守了栋办公楼,要那么多人干啥?只能缩水、减人、改变性质。而离退休职工每年大幅递增,管理中心现有的职能、编制已远远不能适应客观实际,成了公司思想政治工作的死角,不安定因素的聚集地、突发事件的多发区。六建要振兴,要走出低谷,要进入市场争夺、竞争,必须得有一个祥和、稳定的内部环境。而一二百离退休职工隔三岔五地聚集于公司,没完没了地要安抚、要对话,每次都要求经理亲自接待,经理哪有精力、时间组织人搏击市场,抢滩占地,为公司创造生存空间?还有,看到公司如此混乱的局面,建设单位还能放心地把工程交给咱干吗?所以说,离退休人员管理中心这块阵地必须稳住,必须加强。要加强,首先要建立党组织,发挥其战斗堡垒作用,发挥离退休党员的先锋模范作用。而筹建党组织,稳定离退休职工队伍非你莫属。这是我和周经理的共识。你年富力强,又是老政工,一定有能力、有心志不负重托,不辱使命。"涂晔晖看着石文化认真、严肃的神态,抽了口烟,以夸赞的语气继续说,"你还有一个旁人不具备的、得天独厚的条件,就是热爱这项工作,喜欢为这些老同志服务,又深受他们的信任和喜爱。"为了打动石文化,让其心悦诚服、满怀信心地接受这一任务,涂晔晖滔滔不绝地阐述了意义、要求、职责和信任,为下来的交易——平息眼前的事态做好了铺垫。涂晔晖

凝望眼含泪花，神情肃穆、庄重的石文化，瞥了眼腕上的表接着说，"我想，离退休的师傅们听到你要去管理中心为他们长期服务一定很高兴，也一定会听从你的劝说尽快离去。只有看着大家安全离开，我才能安心下楼参加党委会，把刚才对你讲的用会议的形式确定下来，形成红头文件，好下午去'管理中心'宣布。"听到返岗的喜讯，石文化已异常兴奋，再加上书记的长篇大论，更让他感受到政治思想工作、政工干部的价值和意义。

石文化，1996年下岗。和其他党群干部一样，他也有一段艰难曲折的谋生自救经历。在漫长艰辛的谋生路上，他凭借聪慧、热情、坚韧不拔和十多年搞政工的积累，于下岗的第二年就以较小的成本创办了"小石家政服务公司"。虽说是个公司，员工却只有他和爱人。由于夫妻俩年轻、勤快、有文化，加上诚信、热情和周到的服务，生意越做越好，越做越大。数年间，已由原有的夫妻店发展成有着三十五名员工的公司。他虽算不上先富起来的那部分人，却已是衣食无忧的私企老板。然而，面对难得的锦衣玉食，石文化却一点也高兴不起来，念念不忘在单位搞政工时的生活——组织大家周三学习，召开政治思想工作研讨会，参加领导班子民主生活会，组织新党员宣誓……石文化曾在党旗下宣过誓，也给不少新党员领过誓，那一个个激动人心的时刻迄今耿耿在胸、记忆犹新：我自愿加入中国共产党，承认党的纲领，遵守党的纪律……如今，大多数党员下了岗、退了休，没人关心、无人问津。那些令人振聋发聩的誓言，那些激动人心的场面，只能作为孤独、茫然、困惑时的一丝美好回忆。一个月前，不少离退休的叔叔、阿姨到家政服务公司找到他，要求代言维权，并愿付服务费。他欣然应允，但只做义工，分文不取，而且随叫随到。石文化这样做的目的之一是出于对这一弱势群体的同情、支持，更是为了反证企业困难时期，政治思想工作的极端重要性，不能说是经济工作的生命线，也绝非可有可无。以警示当权者加强这方面的工作，两手抓、两手都要硬，有朝一日能使自己重操旧业，再展宏图。新任书记不仅看穿了他的心思，还意识到了加强离退休职工管理中心组织建设、政治思想工作的重要意义，紧迫性、必要性，并让自己如愿以偿，而且立马开会研究，下午便要宣布。这就是说，自己将结束为了赚几个油盐酱醋钱而整天婆婆妈妈、东奔西跑的生活，可以重温入党誓词，专心致志地为叔叔、阿姨们服务，为六建的振兴出力流汗了。现在，书记要求叔叔、阿姨们尽快散去，自己焉能推辞、拒绝、讲价钱。即使是一种交换也要完成，出色、圆满地完成，决不让领导为难、失望。

"感谢涂书记的信任，我马上劝说大家离开。"石文化激动、郑重地回答。

"如果有困难、需要我出面吭一声，我在一楼会议室开会。"

"没问题、没问题。您刚才在办公室讲的那番话他们已经想通了一半，谁都害怕有意外发生；剩余一半就是大家对咱的信任了。还有，大家知道我要到离退休职工管理中心为他们效劳心里会更踏实，会更好做工作，您就放心开会吧！"石文化信心百倍、胸有成竹。

石文化没有食言，不仅劝说上访者很快离去，还在以后的日子里创造了离退休职工三年零上访的记录，创造了离退休党员管理、教育、救助网络化的经验。这当然是后话。

十、连锁反应

一二百离退休职工一个月的群体上访悄无声息地结束了，公司竟未花一分钱，甚至连经理也未出面。这般违背常规、出人意料的结局作为特大号外，在六建引起了轩然大波。人们弄不清，上任仅一个月的党委书记涂晔晖用啥办法，使主管副经理噤若寒蝉，让经理周岭南伤透脑筋，马拉松式的群体上访不经意间摆平了。在建立和谐社会、稳定高于一切的大背景下，只要有人挑头，死缠烂磨、坚持不懈向公司发难，没有不大获全胜的。在这里，除了要求上岗。因为，职工下

岗是司空见惯的常态，是不可逆转的社会潮流，下岗职工几乎家家有；谁要求上岗，就如同电影演完蜂拥散场，有人却急匆匆奔向银幕那样反常、可笑，不通人情、不可思议。人们在议论、猜测、探究中发觉，原来新书记用了交换的方法，用石文化的重新返岗换取了上访浪潮的退去。尽管人们十分理解新书记的良苦用心，知道他是为了化解矛盾、加强对离退休人员的管理，但却是对公司"只出不进"规矩的突破，是不拘一格的"妄为"。这种"突破""妄为"既体现了一切从实际出发的灵活性，也为下岗职工打开了一扇希望之门，推开了一扇圆梦之窗，并一石激起千层浪，在下岗职工中引发了连锁反应。漂泊、流浪的众多下岗者中，有一位参加工作刚半年便惨遭下岗的女大学生，躁动之心尤为强烈。她在石文化返岗的启发诱导下，经过深思熟虑、悉心谋划后，决心用平生所学和个人优势，从打开的"窗""门"进去，争取属于自己的位置。她不是别人，正是年仅二十五岁的肖雯婕。

　　肖雯婕，出生于建筑世家，但父母却不是提瓦刀、玩抹子、搭设脚手架的建筑工人，更非有职有权的哪一级领导，而是忠厚老实、一心只读圣贤书，人称书痴的西京建筑学院的本科毕业生，在宝山六建玩了几十年图纸、计算器、定位仪的肖工夫妇。几十年里，他们的足迹踏遍了宝山的大街小巷，近郊、远郊，六建建造的成百上千栋楼上都凝聚着其智慧、忠诚、辛勤与汗水。然而，除了审阅图纸，技术攻关，保证工程质量外，他们未给女儿带来一丝一毫的优越，更未给女儿策划、安排好锦绣前程，直至退休。从这个意义上讲，他们的确不是一个好父亲、好母亲。但，他们却有着自知之明，从小就告诫、教育肖雯婕，要努力学习、自食其力、自创前程，不要依赖无能的他们。肖雯婕至今还记着上学前班时父亲对她所讲的这些话；在以后的日子里，更是常听到这耳熟能详的教诲。肖雯婕不孚重望，从小就挑起了自创前程的重担，听话、勤奋、好学，像一个小大人。小学六年，她一直在全班、全年级领跑；中学三年，一直稳居全班前五名；初中毕业，又以优异的成绩考入重点高中，被编入重点班；高中毕业，以高于录取分数线四十五分的成绩考入了西京建筑学院工业民用建筑专业，成了父亲同专业的校友，开始了短暂而快乐的大学生活。大学四年，是她才华横溢、魅力无限、青春之花绚丽多彩的季节，也是她人生中最辉煌耀眼、光芒四射的阶段。她的优雅、娇艳、美丽让男生崇拜、仰慕、追捧；她的优秀、进取、男生缘让女生们嫉妒。她是全系、全校公认的系花、校花，她百灵鸟般清脆悦耳的嗓音、一口标准流利的普通话，使她成为学院广播站的播音员。每天中午，全院师生员工们都会端着饭碗，聆听她播报的本院新闻，欣赏到她朗诵的诗歌、散文。她虽然每天都要晚吃饭半个小时，却使自己的声音变得耳熟能详，成为整个校园不可或缺的旋律，给大家传播欢乐的源泉。她的学习跟小学、中学、高中时一样出类拔萃，名列前茅。不管是绘图、计算、力学原理还是英语，都是同学们心目中的佼佼者、偶像，更是每次考试"纸团"的制造者，准确答案的发源地，学友们考前巴结、试后感谢的对象。

忙碌的人会感到流年似水，出彩、幸福的人往往会把漫长缩短为瞬间。四年，一千四百六十个日日夜夜，不知不觉悄然逝去。随着毕业的临近，肖雯婕春风得意的火红年代在悄无声息地淡化，优势也渐渐失去。最后一学期的最后三周，她已由主角降为配角，甚至被大家遗忘。广播站停播，终考结束，不再有人欣赏、巴结；加之同学们像疯了似的忙分配、搞自荐、寻找接收单位，她变得默无声息，销声匿迹，孤独冷落。

有人讲过，人生的道路虽然漫长，但紧要处常常只有几步，特别是当人年轻的时候。毕业分配，正是学子们"紧要处"的那几步。十六年寒窗、十六年苦读，十六年耕耘、十六年播种，成败在此一举，收获在此一刻。同学们趋之若鹜地拥向主管分配的老师，挤入各种洽谈、签约现场；有的学友数月前就开始活动，请外援、搬救兵。这些外援、救兵，不论是冲在前台还是躲在幕后，都在拼尽全力塑造当代好父亲的形象。不管是农村学生，还是城市学生；也不管男生还是女

生，他们一夜间统统变成了外交家、社会活动家、公关专家、推销自己的商家。他们由笨嘴拙舌、不善谈吐突然变得口若悬河、舌似利刃，能说会道；由读一百遍也记不住一个英语单词的笨蛋变为思想睿智、举一反三的智者；由妄自菲薄、木讷老实的乡巴佬变得趾高气扬、意气风发。他们手捧录取通知、录用协议，像举着一面面鲜艳夺目的旗帜，招摇过市、自我炒作，出入教室、宿舍、食堂、操场，炫耀着成功，标榜着胜利。

众所周知，新中国成立不久就诞生了一条让全国女性欣喜若狂的法令，那就是男女平等，男人和女人一样有选举权和被选举权，一样有参加工作、参加社会活动的权利。这无疑是社会的一大进步，人类文明的体现。然而，在大学生分配过程中，却给这一文明蒙上了厚厚的阴影，使亿万妇女兴奋不已的法令在实施中打了折扣。用工单位无一例外地歧视女生、排斥女生，以种种借口将其拒之门外；有幸录用的只不过是例外，是"好爸爸"的作用。在这里，成绩单显得苍白无力，如同秋风吹飞的一页废纸片，无人问津，无人顾及。

离放假还有三天，校园已变得冷清、空旷。用工单位的代表先后撤走，教职工们进入了度假状态，所有的教研室、办公室、教室几乎全部上锁，贴上了封条。低年级的学生如同打开笼子的小鸟，飞向向往的森林；毕业生们带着胜利果实，荣归故里，休养生息，准备步入社会，开始新的生活。不少收获了爱情果实的恋人，更是比翼双飞，翱翔于蓝天白云之间。在这热闹非凡、繁花似锦的背后，在冷清寂寥的校园一隅，在空空荡荡的女生宿舍内，有两个人还在孤苦伶仃地坚守着，她便是建工系一百五十名毕业生中至今未联系到接收单位的肖雯婕，陪伴她的是一个外县山村的女孩。这位女孩的父亲是目不识丁的老实山民，无法充当孩子的外援；肖雯婕的父亲近在咫尺，却有言在先，他无职无权没关系，女儿的命运自己把握，女儿的前程自己开创。肖雯婕十六年一路走来，没有让父母费神操心，没有使父母失望；但，面对毕业分配这一人生的重要一步，却是无能为力的笨小鸭、听天由命的懦夫、无所适从的书呆子、无可奈何的失败者。十六年寒窗苦读，她从未接触过"公关"这门课程，更未接受过这方面的能力教育，老虎吃天无法下爪。她迄今不离开校园，就是要做最后的坚守，等待奇迹的出现；就是为了不让父亲失望、伤心。肖雯婕的执着与不屈虽不像解放战争中塔山阻击战那般惨烈、艰苦，需要流血牺牲，却依然要付出常人无法容忍的代价；要像战败者在人群广众中手举白旗，张扬失败，要像被对手击倒、无力爬起的拳手，被观众怜悯、嘲笑。肖雯婕首先遭受嘲笑的是一批批胜利离校的学友。他们中有的是同班、有的是同舍、有的是同桌、有的还向她示过爱、献过殷勤，此时却统统露出鄙夷不屑、幸灾乐祸的神情；就连一直关系不赖、笑容可掬的班主任，偶遇时也一反常态，表现出一种冷漠与轻视；令人难以容忍、气愤至极的是打饭的炊事员，竟凶巴巴、像扔手球一样将馒头从窗口扔到她手里……这一系列无情打击，虽不像塔山阻击战中的勇士们要付出生命的代价，但从精神层面上讲，却是有过之而无不及。战士们身上在流血，肖雯婕的心上在滴血。肖雯婕从小学开始就是同学们的榜样，老师的得意门生，出类拔萃的人尖子，今天却成为众人眼中的笑柄，被人嘲弄的对象。这可是天与地的落差呀！面对这种落差，她在冷冷清清的宿舍里，背着唯一的同伴哭了。对女人而言，眼泪可以使其变得坚强，特别是像肖雯婕这样尚未出道的姑娘。在整整一下午的哭泣中，在眼泪哭干之后，她终于收拾好东西，背起简单的行囊，望了眼躺了四年的架子床，迈步出了宿舍。

　　这是放假前的最后一个黄昏，夕阳播撒的最后一片光芒把萧条、冷落、沉寂、闷热的校园装扮成一派血红，和四年前肖雯婕踏进校园时的神圣、神秘、庄严判若两个世界。肖雯婕途经教学楼，情不自禁地仰首看到了自己的教室。在那间普通的房间里，老师们曾挥汗如雨地讲课，她聚精会神地聆听；在那里，她做过眼保健操，虔诚地喊过老师您好；在那里，她经历过多次考试，并以优异的成绩受到同学们的追捧、老师的表扬……现在，这一切都已成为过眼云烟，只能作为

美好的回忆，跟未来、前程、毕业分配风马牛而不相及。当肖雯婕收回视线时，夕阳悄然退尽，周围清冷了许多，她焦躁不安，沮丧伤悲的心绪竟然也发生了一丝变化，自信、不屈的心理不经意间复原。肖雯婕觉得自己没有错，没有荒废四年的光阴，没有悖逆当代大学生的一切戒律，没有让父母、老师与社会失望。自己虽未像其他同学一样签约、联系到就业单位，却以优异的成绩完成了学业，享受了四年大学生活的辉煌过程。肖雯婕突然重新昂起了头，挺起了胸，决心回家后不在父母面前掉眼泪，不给他们增加精神负担。

回家后，肖雯婕向父母淡化了失败，隐瞒了屈辱和泪水。然而，电视机这一现代传媒工具，早已报道了在尊重知识、尊重人才的大背景下，用人单位进驻各大专院校招聘人才的壮观场面，并列举了一系列喜人的数据，展示了人事制度改革，大学生毕业分配市场化、双轨制的丰硕成果，而这一成果中并没有学习一直领跑的女儿，自然引起了他们的疑虑、苦闷与不安，使家中布满了愁云。当看到女儿憔悴的容颜、疲惫不堪的精神状态，他们明白了，明白女儿已经尽了力。为了不使脆弱的女儿雪上加霜，他们努力将怜悯、心疼的泪水隐藏起来。

"雯雯，没事，去学校的用人单位眼睛没水，不要泄气，咱还有人才市场，还有国家人事部门。"肖雯婕的母亲讲得没错。当时，应届大学生分配实行双轨制，学生除接受用人单位选择，还有人才市场的招聘。如果这两个机会都未抓住，就只能去当地人事部门接受分配。这种分配完全是组织行为，是别无选择的；即使有选择，也是有限的，还得有人际关系作为支撑。否则，就只能认命。为了不被逼到硬性分配的死角，肖雯婕在回家的第二天便抱着一线希望随母亲来到宝山最大的人才市场。

阳历八月，正是宝山地区最酷热难熬的时候，39摄氏度的气温使足球场大小的人才市场如同蒸笼一般。人们摩肩接踵，如潮水般涌动着，往返于一圈圈盘龙式的办公桌前，寻找属于自己的机会。肖雯婕母女用了半个多小时，费了九牛二虎之力，终于在茫茫人海中，在一

意想不到

排排办公桌上看到了要找的桌签,看到了招聘工民建专业人才的招牌,看到了牌子下、办公桌前涌动的青年男女。他们个个汗流浃背,奋勇当先,拥挤于人流中,向鹅一样伸着脖子,争先恐后地要和傲慢至极的工作人员搭腔。肖雯婕紧随母亲,怯生生被涌动的人流推搡着,浓郁的汗臭味熏得她快要窒息,几次想打退堂鼓,离开这污浊不堪的空间。但一想到那些浅薄的学友、老师和打饭炊事员轻蔑、鄙夷的目光,想到父母可怜巴巴的眼神,便又有了勇气,并告诫自己一定要坚定,顽强地坚持。人,一旦有了信念,就会奇迹般地产生力量,这股力量,终于让肖雯婕勇气十足地穿越一道道人墙,挤到了桌前,递上了自荐表。然而,接待她们的人比学校聘人单位的代表们更狂傲不屑,看着气喘吁吁的肖雯婕母女,翻了翻眼皮,不耐烦地说:"不行、不行,建筑行业就没女生干的事。"并将自荐表、毕业证硬塞回她们手中。肖雯婕的一线希望再次化为泡影,悲哀无奈地看着母亲。母亲想与接待的人说话,人家已扬长而去。

"哼,瞧不起女人!没有女人咋会有你们这些无知的男人。"肖雯婕的母亲生气地嘟囔着。看着生气、无助的母亲,望着她瘦骨嶙峋的身体在人群中艰难地蠕动,肖雯婕的眼泪唰地流了出来,与满脸汗水混杂一起,滴到了连衣裙上。父母生她、养她,供她完成学业,已耗尽了大半生的精力,现已年迈退休,理应享受生活、安度晚年,却还要为她的前程操心、受累、生气、艰难奔波;肖雯婕深感愧对他们,决心从今以后自己的事自己做,不再拖累二老,给他们平静的晚年生活平添波澜。

在苦苦等待了一个月后,肖雯婕终于收到了市人事局的分配通知,分配去向是市建筑工程总公司,和父母属一个系统。有了单位就会有工作,有了工作就会有工资,有了工资生活就有了保障,就不会再靠父母的养老金生活,还将对家庭有所贡献。十六年的寒窗苦读总算结出了果实。这是生活的改变,更是人生的转折,她已由孩子变成了大人,由学生变成了社会人。肖雯婕手捧分配通知,流下了兴奋、激动

的泪水。这些内涵丰富的眼泪,既是对她成熟的祝贺,对未来的期许,更是对毕业以来艰难岁月的完满小结。肖雯婕的父母得知这一喜讯更是高兴得不得了,当时就去超市买了瓶红酒,晚上做饭多炒了两个菜,以示庆贺。杯酒下肚,肖雯婕的母亲跃跃欲试,要陪女儿一块去报到,要看看女儿的新单位,和女儿分享快乐。肖雯婕婉拒了母亲的好意。她听同学们讲过,虽然有人事局的分配通知,但世事难料,依然存在变数,用人单位不认人事局的情况时有发生。因为,宝山建筑施工企业大多不景气,人浮于事,职工成批下岗。在如此困境下,人家咋能顺顺当当接收新人?更何况她还是女生。肖雯婕高兴之余产生了不祥的预感,不愿母亲像在人才市场那样,看到自己失败。再说了,她已长大成人,不能再让父母操心劳神,提心吊胆。

  第二天,肖雯婕穿上自认为漂亮得体的粉色连衣裙,一大早出发,来到宝山市建筑工程总公司的办公楼下。宝山建筑工程总公司是几年前市政府精简机构时被剥离出去的建筑工程管理局,它是本市唯一一家政府直辖的建筑施工企业,下有十八个基层单位,职工人数超过七万。虽然改革使它变性,由政府机关成为企业,然而,如同一条没有修成正果的蛇精,依然承担着政府的职能,大部分人仍保留着国家公务人员的身份;与十八个基层公司相比,它有着得天独厚的优越性,相当于皇宫,人人向往的天堂圣地。肖雯婕的人事档案已经转到了这里,如果按成绩录用,她确定无疑会被留下,如果以长相为标准,那更是板上的钉子,如若渗入人际关系的因素,就不容乐观了。肖雯婕这个在毕业分配上饱受磨难,善良、无邪、幼稚的灰姑娘,是有幸入驻皇宫享福、还是下到哪个基层单位受苦,或是被拒收、将档案退回人事局,答案就在眼前。

  肖雯婕进入宝山建总办公大楼时正好八点,守时的员工们有的手提暖水瓶,有的端着脸盆,打开水、抹桌子,呈现出慵懒、倦怠、忙忙碌碌的模样。肖雯婕很快找到了劳动人事部。门开着,她小心翼翼地走了进去。一位正在桌旁整理文件的中年男人漫不经心地打量着她,

翻动眼皮问："有事吗？"

"有事。"肖雯婕怯生生地回答，同时掏出人事局的通知，双手捧给他。中年男人停下手中的活，接过看了一眼，将通知还给她说："新分来的大学生。这事部长亲自办理，你等着吧，她一会儿就到。"肖雯婕接过通知，收好，听话地坐在靠墙的木制沙发上。

"你认得我们部长？"好事的中年男人边整理文件边问。

"不认识。"肖雯婕实话实说。

"你在建总有熟人？"

"没有。"

"没熟人你进这个行当干啥嘛……"中年男人还想再说啥，一位儒雅慈祥的中年女人走了进来。中年男人慌忙住嘴，手提暖水瓶出了门，临出门，趁中年女人不注意，向肖雯婕使了个眼色，意思是那就是部长。肖雯婕会意，忙跟着部长进了里屋一间办公室，殷勤、恭敬地将人事局的"通知"递过去。女部长把漂亮的黑披肩、时髦的手袋挂在办公桌旁的衣柜里，接过"通知"扫了一眼，又从身后的铁柜中取出一个档案袋，坐下来，打开，认真仔细地翻阅着。阅后，笑容从慈眉善目中流淌出来，夸赞道："小肖，你一定是个刻苦认真的学生，我们今年招收的二十三个大学生中还没有像你这么好的成绩。"女部长说到这儿，接过中年男人打回的开水，泡了一杯龙井，用杯盖捂了会儿，又很快掀开盖子，呷了口，带着深深的遗憾说："可惜咱建总机关已满员，相对好一点的基层公司人也招够了，只能委屈你到困难较多的单位去了。"女部长看了眼稚气十足的肖雯婕，又以主教式的语气道，"事物都是一分为二的，困难单位也有困难单位的好处，那就是能历练人，能让人变得不惧怕困难、有承受力。像你这样的高才生，在底下摔打十年八年，一定会成为建总的栋梁之材。"肖雯婕望着女部长慈祥的面容，听着娓娓的赞誉之词，虔诚、虚心地含笑点头，一股暖流在胸中涌动。两个月来遭遇的所有轻视、屈辱和不快已在这时终结。特别是"小肖"这一亲切的称谓，使她意识到这位贵妇人般的女部长

已把她当同事对待了。顷刻间，她打消了一切担忧和恐惧，深信自己已告别了稚气的学生时代，已进入社会、步入成年人的队伍。肖雯婕激情难抑，竟对着这位女部长发出感慨，背诵开了父母昨晚教给她的台词："部长，您讲得太好了。小肖一定不会辜负您的殷切期望，把困难当作动力、当作磨刀石，以苦为乐、以苦为荣，发扬在学校背诵英语单词、解析数学难题的精神，干好领导、师傅们交给的每一项工作。虚心学习，努力实践，使不完全的书本知识尽快变为完全的知识，让自己早日成才……"在激情、铿锵的誓词中，肖雯婕从女部长手中接过去宝山六建的调令。

来到宝山六建人事科，肖雯婕顺利拿到了派往第四项目经理部的调单。就是这块小小的、巴掌大的纸片，决定了她的命运走向，使她演绎出了凄美离奇、动人心弦的故事。

怀揣调单走出六建大门已是中午时分。阳历十月的正午，晴空万里，骄阳似火，肖雯婕的心情如同天气，清爽宜人、暖意融融。"第四项目经理部"几个字在教科书里、在教室的黑板上、在老师的讲课中从未听见、看到，让肖雯婕茫然不解。在人事科师傅的解释下她明白了，所谓项目部经理部，就是施工队解体后应运而生的施工单位。但，她要去的这个项目部却不同于六建其他十六个项目经理部，它除了土建施工外，还拥有着公司大量的资产，掌管着十几台施工电梯、十几部塔吊和所有的运载工具。虽然项目部近年来未揽到工程，却因拥有如此雄厚的家当，和其他兄弟单位相比还是肥得流油。然而，辩证法告诉我们，任何事物都有两面性，第四项目部肥得流油是好事，项目经理胡奎勇却由于肥而趾高气扬，目空一切，得罪了周岭南，使他面临危机，心有余悸。尽管项目部人浮于事，不少人下岗，公司分配来大学生却不得不接收。单纯、实在的肖雯婕并不晓得这些可能影响她生存状况的客观现实，只听说这是六建最好的基层单位，管理着各类大型施工机械，这又是她十多门课程中最有兴趣、成绩最好的。施工电梯、推土机、装载机、塔吊……这些耳熟能详的词汇，她几乎每天都能在课堂上听到,在教科书上看到,它们的功能、特征、结构以及在施工生产中的作用更是烂熟于心,连同那些零部件都如数家珍,可倒背如流。四年苦心钻研、耳濡目染,它们不仅是她最最喜爱的专修课程,更是倾注心血、汗水研究的对象,三千字的毕业论文几乎全部是它们的身影。肖雯婕毕业实习时在工地曾见过其尊容,欣赏过它们的精彩表演,体验过它们无与伦比的功能。现在,她将与故友重逢,长期相处,兴奋激动不言而喻。

六建机关距肖雯婕的家只有两站路,她却来不及把工作落实的喜讯告诉父母,匆匆吃了碗凉皮、喝了碗稀饭,便心驰神往、急不可耐地直奔去项目部的公交车站。

常言道,办事和走路一样,一步顺利,步步顺利。肖雯婕一早去建总,不仅看到了好脸,听到了好话,还达到了好的结果——干脆利落地拿到了去六建的通行证。到了六建,又是一帆风顺,畅通无阻。赶到去第四项目部的公交车站,刚站稳,车就到了,上了车竟然还有位子。肖雯婕买了票,坐在靠窗的座位上,望着外面的世界。夏末初秋的风被骄阳温润着,从半开的窗外挤进车内,吹拂着她乌黑发亮的秀发,轻抚着她清纯、鲜嫩的脸颊,使她感到温馨、惬意、心旷神怡,内心升腾起一股由衷的兴奋、欣喜、自豪与满足。这不仅是因为今天出师顺畅,天气迷人,更因为从现在开始,她彻底结束了让父母养活的历史,将拥有自己的工资,不再需要父母按月发给零花钱。尽管调单上呈现的工资数额不高,只有区区的三百五十五元,但对她这个穷学生来说已经是巨资了……

公交车在肖雯婕的遐想中驶出了城内平坦、宽阔的街道,把雄浑伟岸的古城墙抛向身后,渐渐模糊不清,直至消失。二十分钟后,车窗外出现了绿油油的菜畦,裸露的、一望无垠的麦茬地。排排农舍、座座村落在明媚的阳光下,在光秃秃大地的尽头静卧着,加上一片片绿色植物的点缀,神奇、静谧,如陶渊明笔下的桃花源。穿过数个村庄后,汽车突然像漂浮在大海深处的一叶小舟,猛烈地颠簸、摇晃起

来。车上的乘客们本能地抓住前座靠背，双臂用力撑着，抬起屁股以减轻震动。司机早有准备，从容镇静、有条不紊、熟练快速地摆弄方向盘，推拉手刹，摇动离合器，想尽力让车保持平稳。肖雯婕是车内三四十位乘客中相对年轻的，完全有能力承受因恶劣路况带来的折磨，但这一切打碎了她美好的心境、甜蜜的憧憬，使她举一反三、未雨绸缪地想到了以后。想到每天都要从此经过，都要艰难跋涉这段凹凸不平的45度长坡、逢雨积水的低洼地带。这一如同湖泊般的湿地，虽被骄阳暴晒数日，依然如河似江地漫在公路上，像一道天险，考验着来往的车辆、行人，锤炼着每一位驾驶员。肖雯婕以后的代步工具应当是自行车，她要么以超人的车技与胆量将自行车当作冲锋舟闯过去，要么脱鞋、扛车蹚水。倘若阴雨连绵，说不准还要游泳泅渡。肖雯婕实在想不通，人生的道路坑坑洼洼，为什么上班之路也如此难行？但，当她想到求职的艰辛与泪水，心里又慢慢平舒了，信心也有了。上班艰难算什么，有多少人还没班可上呢！

汽车终于乘风破浪，穿过半米深的水潭，喘着粗气爬上陡坡，又行驶了两站路后停到第四项目部门口。肖雯婕下车，遥望着拖着尘灰、扬长而去的远郊客车，环视着荒凉冷清的原野，看着横在眼前孤零零的黑色大铁门，心中一阵发紧。肖雯婕几乎每年都要去秦岭春游，那儿虽人迹罕至，荒凉冷清，但却满目葱茏、生机盎然。而这里，除了骄阳下疾风扬起的漫天沙尘，就是麦秸密布、满目萧条的裸地，黑乎乎的大铁门。在肖雯婕眼中，这儿就是美国西部大片中犹太人的决斗场，荒芜、凄凉、阴森可怕。肖雯婕本能地将目光投向公路对面，急速寻找返程的远郊车站。看到了返程的站牌，她的心总算踏实了一些，转身向黑铁门走去。

刚接近铁门，一条黑狗突然从门后的小屋窜了出来。也许发现她这个"来犯者"并不威猛高大，甚至表现出恐惧、柔弱，它没有张牙舞爪，只是从容不迫地后爪着地、昂头伸舌，蹲在门道中央发出不紧不慢的吠声。看到冷不丁窜到面前的狗，肖雯婕大惊失色，本能地哎

意想不到

呀一声，慌忙后退。当发现狗并未攻击，甚至毫无恶意时，她狂跳的心渐渐平静下来，凝视眯眼注视着她的黑狗，听着不紧不慢的吠声，不知如何是好。正当肖雯婕进退维谷时，一位低矮干瘦的中年男人从大门后的传达室出来，和狗站在一起，一只手摸着狗头，一只手拿掉衔在嘴角的烟卷，正色道："你有啥事？"肖雯婕发现来人虽语气生硬、凛然，长相却憨厚、和善，精神放松了许多，忙自报家门："我是新分来的大学生，来报到的。"听说她是分来的大学生，来人拍了拍狗头说："黑子，回去。"看着黑子伸着长舌头，低头摇尾绕过铁门钻进传达室，来人热情地招呼肖雯婕说："姑娘，快进来，快进来。"看着肖雯婕小心翼翼、胆战心惊的样子，他继续道，"这狗看着凶，实际乖着呢，只要不惹它，从来不咬人。"

"我躲都躲不及呢，还敢惹它。"肖雯婕心里说。

"姑娘，你一个正儿八经的大学生，啥地方不能去，咋跑到这烂厌单位来了？"来人注视着文雅、漂亮、苗条、时髦的肖雯婕，遗憾地说。肖雯婕经过一路跋涉、颠簸，已隐约感到建总女部长励志说教中饱含着虚假与谎言，却绝不会退缩、怯懦。因为，艰难的求职教育了她、磨砺了她、激励着她，她只能前进，不能后退，只能忍受，不能忍无可忍。再说，现在只是伸进来一只脚，另一只脚并未进来，是陷阱、是花园，是祸、是福还是个谜。更何况，自打从女部长手中接到了调令，肖雯婕就做好了卧薪尝胆、脱皮掉肉、脱胎换骨的心理准备，当然不可能理会眼前这位好心人的惋惜、遗憾和规劝，而是大方地自我介绍道："我叫肖雯婕，您贵姓？"肖雯婕生硬地岔开话题，不只是不愿听到他的劝说，而是想尽快了解首位相遇的同事，以便早日融入这个大家庭。不管这个家庭是穷还是富，是苦还是乐，她都要毫不彷徨、毫不迟疑、义无反顾地融入进去，成为他们中的一员。

"我姓林，双木林，原来是干瓦工的，因为年纪大了腿脚不灵便，加上项目部一直没工程，就看门当传达了。你初来乍到，人生地不熟，以后需要帮忙就吭一声。"老林是位热心人，问一答十。

"林师傅，现在我就需要您帮忙。"肖雯婕掏出公司劳人科的调单，双手捧到老林面前继续道，"这份调单应该交给谁？"老林未接调单，只是眯着眼，凑过去，借着西斜的阳光看了看说："你把这交给劳人股，劳人股的人会把你领到胡经理那儿……"

"老林，快点，该你走棋了。别一见漂亮女娃就傻不动了。"老林还想说下去，铁门旁的传达室传来了呼喊声。老林连忙丢下肖雯婕奔向棋盘。肖雯婕道了声谢谢，迎着西斜的骄阳，向院内办公室走去。

进门一百多米，肖雯婕脚下出现了一片低洼地带，洼地的尽头是一道三米高的围墙。紧靠围墙是二十多间低矮、破旧的瓦房。瓦房上青苔密布，瓦缝间生长着不知名的植物，叶茎分明，随风摇曳。瓦房屋面与围墙衔接处横七竖八地铺满了油毡，每块油毡的边沿压着数量不等的青砖。瓦房门口潮湿的地面上生长着密密麻麻的小草，这些小草和房上的青苔、植物相辉映，给人以阴湿、冰冷的感觉。这便是项目部的办公室，是肖雯婕将要工作、生活的地方。肖雯婕将失望、悲凉的目光从湿地、瓦房移开，放眼院落深处，一片无垠的荒草地进入视线。半人高的蒿草、枣刺，枝繁叶茂、郁郁葱葱，随风起伏、波起浪涌，加上阵阵蛙声，不绝于耳的鸟鸣，其景象可与呼伦贝尔大草原媲美。呼伦贝尔大草原是风吹草低见牛羊，这里却是风吹草低见塔架、见轮胎、见车厢。十几辆废弃的汽车卧在蒿草里，庞大的高塔躺在荆棘中，使这片绿地一下子失去了草原的特征，让人想到的不是美丽迷人的呼伦贝尔，而是电影《三大战役》中国民党军溃败逃离时恢宏战场上遗弃的军车、坦克、大炮等辎重。这些"辎重"虽已变为废弃的铁疙瘩，却记录着它不同凡响的历史，凝聚着第四项目部经理胡奎勇的心血。它们是公司动力站撤销时，胡奎勇费了九牛二虎之力争取到的"摇钱树"。在以往的岁月里，它们可是为该项目部增了不少光，添了不少彩，为胡奎勇成为全系统的优秀项目经理、六建赫赫有名的"财神"立下了汗马功劳。就是现在，仅凭可运转的两台塔吊、三部施工电梯，足以让项目部的二十名上岗职工衣食无忧、吃喝不愁。建

意想不到

筑工程机械行当有句口头禅：机子一响，黄金万两；机子一转，银子满罐。聪明灵醒、号称能人的胡奎勇为什么会将揽金拾银的几十台大小机械变成国民党军溃败时丢弃的"辎重"，变为无用的"铁疙瘩"呢？其中最重要的原因是隔行如隔山，没有机械管理方面的专门人才。项目部的主业是"土建"，整日接触的是砌墙、粉墙、绑扎钢筋、浇灌混凝土，胡奎勇又是瓦工出身，不认识各类机械的零部件，只知使用，不知维修、保养，导致其完好率、利用率下降，短短一年时间，使大部分机械纷纷躺倒起不来。在这片惨不忍睹的"战场"上，除了横躺竖卧的"辎重"，还有作为陪衬的三四棵椿树，它们繁茂笔直、高耸入云，健壮得能经得起塔吊吊杆的靠压，汽车的碰撞。这些饱经沧桑大树的枝权之间，架着无数个乌鸦窝、麻雀巢，树下枝繁叶茂的草丛中，生长着野鸡、野兔、蛇、蝉等动物。在这片动物的乐园里，蝉是最活跃、最具表现力的。也许因为夏去秋来，末日将至，它们不失时机地疯狂表现，独唱、对唱、合唱、领唱，不分白天黑夜。作为蝉的邻居——在这里工作的项目部的职工，面对这毫无节制，无休无止的噪音，却能无动于衷，泰然处之，正常工作。偶遇雨天，蝉鸣骤停，他们竟不习惯，还渴望着所谓"蝉噪林愈静，鸟鸣山更幽"的境界。然而，对刚进入这座院落的大学生肖雯婕来说，这绿森森的丛林，幽深的荒草地，悬于树权上黑乎乎的老鸦窝，还有出没于荒草中的土蛇、野鸡，横躺竖卧在草丛中的"辎重"，让她感到阴森恐怖，不可思议。特别是满天价响、不绝于耳、聒噪不休的蝉鸣，刺激着神经，冲击着耳膜，使她心烦意乱，无法接受外界的信息。这就是十六年寒窗苦读换来的工作单位，这就是以后数十年为之奋斗、奉献青春智慧的场所。肖雯婕难以想象以后的岁月如何度过，咋样让智慧、让所学在这儿闪光发亮；难以理解林师傅他们是如何在这里乐呵呵地长期坚守。肖雯婕失望、茫然、无所适从，意识到建总那位伪善的女部长哄骗了她。肖雯婕又将目光转向低洼处湿地上那一排低矮破旧的瓦房，攥着调单的手下意识地微微发颤，一股怒气涌上心头，"把这块破纸片

退回去，退回去！"她本能地在心中发出了呐喊。但转念一想，退回去又能如何呢，那不是又回到了原点吗？不等于竹篮打水一场空吗？肖雯婕再次想到了学校的招聘会，想到人潮涌动的人才市场，想到那些鄙夷不屑的目光……她犹豫了。犹豫中，眼前出现了母亲以她瘦小的身躯顽强、艰难地拥挤于人才市场的人流中，她，不就是为了找到一个能容得下女儿的单位吗？这里虽凄凉、恐怖、荒芜，也算让母亲如愿以偿了。肖雯婕虽是用人单位不欢迎的女大学生，却是孝敬父母的女儿，她不能重回原点，从头再来，让二老再受煎熬。肖雯婕想到临近毕业，同学们在笔记本上互写的赠语——"天高任鸟飞，海阔凭鱼跃"，不禁流露出悲伤与无奈。啊！这里就是自己的大海和蓝天。以后，她将在这儿飞跃。肖雯婕回想起十六年求学路上那一场场妙不可言的梦，正是这些梦，激励、鼓舞着她去努力、去追求，去攀登一座座巅峰；年年以优异的成绩让父母高兴、满意，让同学们妒忌，让邻居羡慕。今天，这些梦随着手中的调单，随着惨不忍睹、苍凉惊悚的办公环境变为海市蜃楼般的幻影，要使幻影变为现实，将是痴人说梦。肖雯婕无奈地将调单收好，定了定神，迈开坚定的步子，走向那排瓦房。

报到的手续很简单，劳人股的齐师傅看到公司劳人科的调单，二话未说，把肖雯婕领到隔壁经理办公室。经理胡奎勇客气、热情地表示了欢迎，只是讲了诸多困难。譬如项目部没工程、没工地，职工下岗、工资拖欠、机械老化闲置，以及接收她这个女大学生也是为了落实党的知识分子政策、替政府分担责任等等。传递出的信息是，让她不要抱啥奢望，做好卧薪尝胆、迎接更大困难的思想准备。肖雯婕是个响鼓不用重敲的人，对领导的提醒当然心领神会，表示了真诚的感谢，决心向老师傅们学习，和他们风雨同舟，患难与共，发挥专业优势，为项目部奉献微薄之力。随后，她被安排到了生产股。

当肖雯婕随老齐进入生产股办公室时，再次产生了雪上加霜的悲怆，真正领略了啥叫破败不堪。那斑驳陆离、灰皮脱落的墙面，黄黑相间、如云团般的石膏板吊顶，还有从地面砖缝中钻出来的青苔，刺鼻而让人窒息的霉味，让人一下子想到二十世纪二三十年代，宝山市贫民区的大众澡堂。老齐不小心在办公室桌上摸了一把，立即出现了一片深深的印痕，忙不好意思地说："牛股长长时间在工地，桌上的灰都能栽花了，只能让你这个大学生打扫了。"

　　肖雯婕清扫完办公室已过了下班时间。胡奎勇、老齐他们陆续离开了，二十多间办公室只剩下蓬头垢面的她。整个院落除了传达室狗的吠声，就是草丛中啾啾啾的鸟叫，蝉鸣，风吹蒿草、树叶的沙沙声，哗哗声。太阳跌入西山，夕阳骤然消逝，天际间阴暗了许多，广袤的草地由翠绿变为墨绿，半埋在荒草中的"辎重"也变得模糊不清。生产股办公室经过肖雯婕两个多小时的清扫变得窗明几净，却阴冷了许多。早晨出门穿连衣裙还略显燥热，这会儿竟感到冷森森的。肖雯婕通过敞开的窗户，纵观院落，感到苍凉而恐怖。如果不是老林为排遣寂寥偶然吼了几声秦腔，她真不敢一个人待在这里。看到旧貌换新颜的办公室，肖雯婕突然生产了一种成就感，劳动能创造世界、创造幸福、创造一切，真是不假。她虽不记得这一格言的出处，却悟出了劳动的价值和意义，使黯然的心情变得晴朗起来，萌发了披荆斩棘、战胜千难万险的豪情壮志。决心以这间散发着霉味的小小空间作为港口，扬帆起航，劈波斩浪，驶向人生的彼岸。

　　上班以后，肖雯婕就把所有的专业书籍和相关资料带到办公室，她要用四年寒窗苦读学到的知识，使躺在蒿草中的铁疙瘩复活，哪怕是一辆翻斗车，一台推土机。她还要为项目部办理施工电梯拆装资质。她从林师傅那儿得知，积贫积弱的项目部由于长时间揽不到工程，现在的收入来源就是几部施工电梯的租赁费，却因无拆装资质，一遇机械迁移，往往和拆装单位扯皮、讨价还价，使机械不能按约定进场，花冤枉钱不说，还严重影响合同履约与公信度。然而，办理这些复杂的事除了需要人手，还得花钱。项目部已拖欠了大家三四个月工资，肖雯婕上班快两个月了还没见过工资表，胡奎勇咋能批资金让她干这

些暂时看不见效益的事。她的美好愿望当然变成了泡影。让肖雯婕更加伤心的是,在她的美好愿望破灭不久,初恋男友来项目部看她,被这如唐僧西天取经般的旅途、荒凉偏僻的办公环境吓住了,就在这间发霉的办公室断然提出要与她分手。肖雯婕没有伤心,也无抱怨,她知道世界上很少有纯洁无瑕、海枯石烂心不变的爱情,只有一时冲动、等价交换的男欢女爱。自己工作单位不好,砝码变轻与对方失去平衡,爱情自然不复存在。幸运的是,自己还年轻,有颜值,完全可以从头再来。但,肖雯婕总归是肉体凡胎,有情感世界,有事业追求,有女人天生的脆弱,失意让她失落、无为、无奈,失恋使她心酸、心痛、难过。然而,对她打击最大、最沉重、最致命的还远不止这些,而是意想不到的下岗失业。

  阳历1月25日,还有十天就是春节。那天,空中飘着大片大片的雪花,西北风呼啸着刮个不停,第四项目部后院椿树上的枯枝败叶不时随风落下,跌入凋敝的草丛、干黄的蒿草里;酸枣树被落雪压弯了腰,在风雪中挣扎着,在荒草中摇曳着。办公室灰色的瓦沿上吊着长长的冰凌,粗壮结实,像一把把暗器飞镖;从一个个窗棂间伸出的一根根烟筒,如同"炮管",一股股浓烟从"炮管"中冒出,刚一露头便被西北风撕得粉碎,消失在天际间。工友们躲在各自的办公室,围着火炉取暖,艰难地打发着时光。肖雯婕正坐在火炉旁看书,劳人股的老齐进来了,面无表情地将一页纸放在办公桌上说:"小肖,这是胡经理让给你的。"肖雯婕还未来得及看纸上的内容,老齐已转身匆匆离去。肖雯婕闭门,合书,翻开那页纸,让她意想不到的几行文字出现眼前:"肖雯婕同志,兹因项目部长期没工程,机械闲置,人浮于事,请你为项目部分担困难,从明日起暂离岗位。离岗期间的'三项保险'由项目部交纳。"落款是宝山市第六建筑工程公司第四项目经理部。当肖雯婕看到最后几个字时,视线已经模糊,泪流满面,心脏剧跳,脑子一片空白。她真想大哭一场,将心中的委屈、悲伤、痛苦尽情宣泄。但,为了面子、尊严,为了不使隔壁的胡奎勇小瞧,她硬是

意想不到

咬破嘴唇，强忍着剧痛没哭出声。自打迈进那扇黑铁大门，身处这荒芜冷清、阴森潮湿的院落，肖雯婕遭遇过失意、失恋、工资拖欠等不幸，她都以刚毅、坚忍的意志硬撑了下来。作为新时代的大学生，她信奉从一而终的传统美德，相信劳动可以创造一切；相信坚持、坚守就会迎来柳暗花明；更相信凭着能力和知识会创造足以养活自己、奉献社会的价值；相信六建这个拥有着六七千员工的国有企业会容下她这个大学生……现在，她相信的这一切已化为乌有，她将成为六建的弃儿，像院内随风摇曳的枯叶，找不到方向，没有着落。肖雯婕手握那页盖着红色印章的纸片，痛苦，难过，觉得整个身体轻飘飘如一根鸿毛，在寒风中飞来荡去。她将回归原点，从零开始，甚至产生了负值。毕业分配时虽然到处碰壁、屡屡失败，总还有人事局作为最后的希望、唯一的救命稻草。现在，什么也没有了，连一丝希望也看不到，咋能不使她精神失常，失重空飘呢？肖雯婕明白，这些生理反应是因为心中太憋屈、太压抑、太纠结，最有效的办法就是宣泄，就是放声大哭一场。她冲出办公室，奔向黑铁大门，顾不上看一眼不停向她摇尾亲热的黑子，如同突然犯了哮喘病的人急不可待地要找到救命的药丸，奋不顾身地横穿公路，扑向寒风凛冽的雪野，躺在冰冷刺骨的厚雪上号啕大哭。哭声伴着呼啸的北风、大片的雪花飘向远方，眼泪在无垠的天际之间流淌，在脸颊上凝结成冰……随着哭与泪的倾泻，她失重、轻飘的身体与灵魂渐渐回归到了地球上，失常的神经恢复了原样。她想起了托尔斯泰的名言："对于障碍，不应该怀着苦恼的心情往里钻，而是要以昂奋的心情飞过去。"先贤的智慧使她猛醒，她奋力、艰难地从雪地里爬起来，拼尽全力要从失意、失恋、失业的重重包围中冲出去……

下岗六个月后的一天，肖雯婕得知了石文化被公司党委书记看中，不但上岗，还委以重任的消息，不禁灵机一动。她，虽非共产党员，也不是党群干部，但却是有着专业知识和一技之长的本科大学生，是块熠熠发亮的金子。常言道，是金子总会发光，肖雯婕不能使自己这

块金子永远埋在厚土里。她要冲破土层，绽放光芒。肖雯婕想到在岗时的两大设想——让躺在草堆里的"铁疙瘩"复活，办理施工机械拆装资质。她相信，公司党委书记绝不会像胡奎勇那般短视，一定会赏识这一可以拯救第四项目部的设想，一定会通过它发现她这块金子。肖雯婕如此充满自信还有一个原因，那就是她的性别、年龄、漂亮与魅力。她参加过党委书记推荐会，知道公司党委书记是位走南闯北的人，他们虽互不认识，但总还有一面之缘，推荐会上不仅见过，还将宝贵的一票投给了他。人常说，缘分是命运的一部分，这一面之缘也许会为她带来好运，消除霉气。肖雯婕决定利用自己的优势和这一面之缘毛遂自荐，使她这块深埋的金子重见天日。

十一、毛遂自荐

为了让毛遂自荐产生效果，肖雯婕除了认真撰写自荐书，畅谈设想，论证其可行性、实效性、重要性外，还对自己进行了精心包装。她将浪漫、随意的披肩发弄成了干散利落、青春四溢、神采飞扬的马尾辫；把黑亮的辫子用一条花丝巾扎着，在头上挽成了个鲜艳、漂亮的蝴蝶结；微微烫过的刘海垂于额前，飘逸迷离，如同一道飞流直下的黑色瀑布。为了收到更佳的效果，她还谎称公司团委搞活动，向父母借款一百元，买了件双排扣的蓝尼子短大衣。尽管这种衣服款式过时、颜色老气、早不时兴，但，她追求的是与众不同的特色，而不是千篇一律的时尚、千人一面的雷同。人，因风格而存在，要使你不消失在芸芸众生中、埋没于茫茫人海里，就必须有属于自己的独特风格。肖雯婕，这个初出茅庐的女大学生，为了生存，为了学有所用，争取到应有的生存空间，独出心裁地毛遂自荐，既是出于无奈，体现智商与勇气，更像选择穿着，为了体现特立独行的风格。

5月28日，阳光明媚，春风拂面，肖雯婕身着得体的服饰，迈着

意想不到

自信、轻盈的步子跨入六建大门，径直上楼，寻找党委书记办公室。肖雯婕虽然是有着一年工龄的六建职工，但因长期在第四项目部那个偏远、荒芜的角落，上班不久又下了岗，连同第一次报到拿调单，总共来公司机关三趟，而且从未上过党群干部聚集的四楼，更未光顾过党委书记办公室。今天首登四楼，觐见书记，要亮相，要把烂熟于心的台词和精心编排的内容展示，达到声情并茂，不免紧张、心跳、脸红。来的路上有多少回头率她不知道，也不以为然；满楼道的注目礼、赞叹声她充耳不闻、视而不见，只是全神贯注、一心一意地想着心事，寻找着目标。她终于在众目睽睽下站到了党委书记办公室门口。门虚掩着，人一定在，肖雯婕毫不犹豫，轻轻叩响了门。她怕犹豫动摇决心，失去机会。

"谁呀，请进。"屋内传来了响亮客气的声音。肖雯婕应声开门进去，小心翼翼地掩上门。由于空间有限，办公桌距门较近，涂晔晖刚放下正阅的文件，肖雯婕已端端正正地站到了办公桌旁，出现在他的眼前。涂晔晖抬起头，顿觉眼前一亮；进入视线的竟然是一副鲜活生动、美丽迷人的靓景，甚至连办公室的空气也被置换了，一股令人沉醉的香气扑面而来。涂晔晖失去了固有的矜持与含蓄，毫无忌惮、如醉如痴地欣赏着亭亭玉立于眼前，潇洒大方中不乏羞涩，活泼浪漫中不乏庄重，兴奋激动中不乏忧郁，白杨树般挺拔，芙蓉花般靓丽的肖雯婕。涂晔晖只记得闭月羞花、沉鱼落雁这些形容古代美女的文字，从不相信人世间会有如此的绝世佳人；如果真有，也是因为其惊天动地的行为成就了其流传至今的美誉。但，当看到近在眼前的来访者，他相信了古人的赞美，相信了造物主的能量，相信了美若天仙是个并非夸张的形容词。来访者的美并非源于那身得体而与众不同的双排扣猎装和那双略带忧郁、迷离、深邃的眸子，更非脑后展翅待飞的蝴蝶结，而是她非凡的气质。一个真正能征服世界的女人，不光要靠闭月羞花的容貌和沉鱼落雁的姿色，更要凭借超凡脱俗的气质。只要插上气质的翅膀，就会变得鲜活、立即飞起来，就会使其潜在的内涵、底

蕴得到淋漓尽致地展现。眼前的姑娘具备了这一切。她深沉里隐含着强烈的表现欲；冷艳、忧郁的外表下是熔铁化钢的热情；精心伪装中流淌出的是发自内心的真情；不同凡响的气质修饰下是真真实实、血肉丰满的外貌。肖雯婕不经意间发现，面前这位平易近人、斟茶让座、热情招呼她的男人不仅儒雅沉稳、温情脉脉，还是一位清新俊朗、柔情依依、可拨响她爱的琴弦的男人。这种反应是她在所有接触过的异性中从未有过的，包括已经分手的初恋男友。他身着一身笔挺的银灰色西装，洁白的衬衣，健美的肌体，玉树临风的身材，还有脖子上那紫红色的领带，犹如一篇佳作最后一行文字后面那个完美的句号。他热情的眸子里透出一丝节制，拘谨的神色里流露出贪婪，从容不迫中略显手忙脚乱，彬彬有礼的双目不时瞄向她隆起的胸。作为堂堂的公司党委书记，这些蛛丝马迹也许是一种邪恶，一种离经叛道、遭人唾骂的下流，但，作为当事人的肖雯婕却求之不得，心花怒放。她精心打扮，超级大胆登门，要的就是这个效果。如果他对她的到来无动于衷、冷若冰霜；如果他对她动人的脸蛋、丰满的胸部熟视无睹，就无法实施自荐计划，还可能让处心积虑的"阴谋"失败。更何况，他还是唯一一位能让她心动的异性，从地球上突然冒出的心仪爱人，其越轨的眼神，贪婪的表现正中下怀。肖雯婕一下子放松了许多，大方地坐在涂晔晖办公桌前的椅子上，伸手接住他递过的茶杯，不失时机、善解人意地呷了口，又将茶杯小心地放到桌上。

"你是……"涂晔晖为了掩饰无端殷勤与神不守舍，取出一支烟，点着抽了两口，想让这位迷人的不速之客自报家门。肖雯婕未及时自报家门并非疏忽，她是想考考这位眼观六路、老成持重、又不失机智的书记是否还记得曾经给他投过一票的她。看到他欲言又止，她知道他把自己忘了，或许就没看到过自己。因为，那天来投票的人确实太多了，她又坐在离主席台较远的后排。肖雯婕突然觉得自己多此一举的试探很愚蠢，应该尽快切入正题，否则，如果有人进来就可能失去这难得的时机。

意想不到

"我叫肖雯婕,是一年前分到第四项目部的大学生,工业民用建筑专业,精通建筑工程机械管理,半年前下岗……"肖雯婕以极快的语速,恨不得把编排好的内容全部倾吐出来。为了这场表演,她三天前就做了精心构思。她要介绍家世,炫耀学业,诉说毕业分配的曲折经历,畅谈回项目部的设想,以及失意、失业……为了言简意赅、声情并茂、引人入胜,肖雯婕努力使语言简洁、流畅、动人,并拿出在学院广播站播音的水准。半个多小时后,肖雯婕讲完了自己的全部故事。在几十分钟的讲述中,涂晔晖不仅认真、耐心倾听,还不时地为她添茶加水。当听到她接到下岗通知时的痛苦、失态、失重,涂晔晖的心脏产生了战栗。当听到她下岗后既要瞒着父母,又要四处奔波、辛苦求职的苦难经历,涂晔晖感同身受地流露出怜悯与同情。特别是她超凡的语言表达能力,甜美的嗓音,一口标准流利的普通话,更让涂晔晖耳目一新,印象深刻,认定她确实是位难得的人才。六建每况愈下,失去竞争能力,除了历届班子观念陈旧、抱残守缺外,就是人才大量流失。古往今来,不管是行业竞争还是区域竞争,或是国与国之间的竞争,说到底,就是人才的竞争。美国之所以能在短短的百年历史中称雄世界,经久不衰,正是因为在它那里聚集了成千上万不同种族、不同肤色、不同国籍的精英。肖雯婕的故事一讲完,涂晔晖就动情地说:"我也下过岗,有过跟你一样的经历,你讲的每一句话、每一个字都是生动感人的。辩证法告诉我们,任何事物都是一分为二的,下岗也一样。它让我们吃了不少苦,流了不少泪,蹉跎了不少岁月,却使我们变得坚强、有生存能力,真正知道了什么叫生活;并让我们更加珍惜眼前的生活、手中的工作。"看了一眼庄重、严肃,像小学生聆听老师讲课般的肖雯婕,涂晔晖又笑着客气地说,"我给你这个大学生讲这干啥,在理论方面,你这个才出校门的高才生一定比我懂得多,要不,我们为啥要更新知识,更新观念,与时俱进呢?"

"我是个初出茅庐的学生,除了懂一些专业知识,其他什么都不懂,更甭说辩证法、社会实践了。"肖雯婕受宠若惊,接过涂晔晖的

话说。

"社会实践？你刚所讲的故事其实都是社会实践，有些已经被你上升到理论的高度了，已经把它由单纯的书本知识变成了完全的知识。作为人，你的知识越丰富，进步就会越快，适应能力也就越强。咱们公司正在振兴之中，正需要像你这样的人才。"听到涂晔晖把自己称作人才，肖雯婕底气充足了许多，自信心上升了不少，她把包内捏了几次的自荐书终于拿了出来，站起身，双手捧到涂晔晖面前说："涂书记，这是我经过认真思考，对第四项目部工作提出的一点建议，不知行不行。如果行，我请求上岗，亲自实施；如果是闭门造车、纸上谈兵，我继续下岗，继续历练，积累经验，以后公司需要时再回来效力。"涂晔晖接过自荐书，认真翻阅。肖雯婕坐下，静静地看着涂晔晖，看着他全神贯注地翻阅自己人生的第一部作品，紧张得如同一位青年作家呕心沥血多年完成了首部长篇，等待编审回音。又好似一名囚徒在肃穆森严的法庭上等待法官宣布判决。二十平方米的办公室静悄悄地，只有稿纸被不时翻动的声音。肖雯婕通过翻阅稿纸声，能知道涂晔晖看到了哪一页。第十页稿纸翻过，肖雯婕紧张的情绪已经达到顶点，心提到了嗓子眼，她不知道当年毛遂自荐时的心情是否和自己一样，却知道毛遂自荐的动机和自己迥然不同。自己贸然模仿古人完全是为了一己私利，是为了结束下岗流浪的生活。至于说拯救第四项目部、振兴六建，那只不过是漂亮的标签、无奈的伪装，是一层精美的外壳。因为，她还不是一个高尚的人，无私的人，脱离了低级趣味的人，而是一个在社会最底层讨生活、苦苦挣扎的年轻大学生。自荐书上那些华丽的辞藻、肉麻的表白，如同自己额头上微卷的刘海，脑后美丽的蝴蝶结，脸上涂抹的胭脂粉，统统属于装饰。涂晔晖面对这位年轻大学生、六建的新生代、漂亮出众的姑娘，流露出惊叹与倾慕。他想到自己刚踏入六建时，遇见的泼辣大方、热情奔放的郑芬芳，眼前的姑娘虽无郑芬芳的火热与豪爽，但，她勇敢、高雅、稳健、深邃，以及从自荐书中流淌出的智慧与文化底蕴让他刮目相看。她提出的两大设想，办理施工电梯拆装资质，让躺在荒草中的"铁疙瘩"复活，都是科学可行、切合实际的。假若如同自荐书中所讲，把十辆废弃的汽车经过拼装复活可产生十多万元的价值，再加上施工电梯拆装节约的费用，就是一大笔收入啊！他打算让肖雯婕如愿以偿、美梦成真，结束流浪生涯。涂晔晖这样做还有一个原因，那就是他与她有着共同的下岗经历，有一种同病相怜、惺惺相惜的情愫。然而，他虽然身处党委书记的地位，要让一位刚下岗不足半年的职工返岗也非易事。她没有石文化那个"非常时期"、那个"火线"，也没有与众不同的理由，即使勉强办成将后患无穷。因为，下岗职工中想上岗的人实在太多了！让石文化返岗，不仅仅是因为非常时期，更重要的是交换，与石文化交换、与周岭南交换，而眼前的肖雯婕又有什么呢？涂晔晖反复翻阅着自荐书，想从中找出足以服人又与众不同的内容。他把十三页稿纸上密密麻麻的文字连看了三遍之后，终于在最感动人的地方发现了任何人无法做到的内容："我如果未在规定的时限内办理好拆装资质、复活两辆汽车，将如数退还项目部所付的报酬，并再度下岗……"涂晔晖的目光第三次落到这儿时，停住了，他被其无比的真诚打动了，被这极不合理的契约感染了，并看到了其中包含的自信、无奈与真诚，彰显出她不向命运低头、不向世俗屈服巾帼英雄般的风骨。与其说这是一种赌博，不如说是一场置之死地而后生的拼搏。涂晔晖终于抬起头，将钦佩、同情的目光投向她，与其期待的目光相碰撞时，心脏不由自主地再次产生了震颤。肖雯婕从涂晔晖复杂的眼神中无法猜到"判决"结果，涂晔晖却从肖雯婕那双晶亮的黑眸子里看到了期待与急切，更加深刻地意识到做人不易，做女大学生更不易。一年前，她还在校园里过着天真无邪、无忧无虑的生活，憧憬着海市蜃楼般的美好未来，卿卿我我的谈情说爱，在父母、老师的庇护下圆着自己的梦。是那张梦寐以求的文凭让她不得不离开校园，命运又拐弯抹角地将她投向这个破败不堪、荒草遍地的穷乡僻壤，并突如其来地遭遇了下岗。为了改变生存状况、学有所用，她仿效先贤毛遂自荐，以极不平等的

"条约"做最后一搏。涂晔晖自谓命运不济，经历坎坷，但与肖雯婕相比又幸运了许多。他首先是个男人，没有被歧视，没有经受大学生分配时的曲折与屈辱；进入社会，走进单位就遇到了泼辣、热情、侠肝义胆的郑芬芳；不幸流落时又遇见了知人善任的凯旋酒店的蔡老板，使他免受了不少的磨难。而眼前的肖雯婕，人生刚起步磨难就接踵而至，机遇对她来说太重要了，必须为她提供帮助。涂晔晖迎着肖雯婕怯生生、期待的眼神，拨通了胡奎勇的电话。

"喂，你是胡经理吗，你现在在哪儿？"

"我在生产科。"肖雯婕听到了让她下岗的顶头上司的声音。

"你有空到我办公室来一下。"

"行、行，我十分钟后就到。"对方欣然答应。听到胡奎勇一会儿就要到这儿来，肖雯婕首先想到的是离开。她虽然涉世不深，却知道胡奎勇看到自己在这儿定会产生想法，以为她在打小报告、告他的状，会带来更大的麻烦。再说，书记看完自荐书还未曾表态……正在肖雯婕忐忑不安时，涂晔晖放下电话高兴地说："小肖，看了你的自荐书，我认为你的想法很切合实际，很大胆。我虽然不懂建筑施工机械管理，但去过第四项目部，了解过你们的情况，知道你们在机械完好率、利用率方面存在的薄弱环节。还有，施工电梯拆装的技术含量并不高，我们的技术工人大量下岗，为什么还要花钱求人呢？这些，你在自荐书里都提到了，还有解决的办法，非常难能可贵。"涂晔晖摇了摇手中的自荐书，看着情绪松弛了许多的肖雯婕又说，"不过，你对自己有些过于苛刻，近乎自虐。你的心情可以理解，但也不能不近人情，更不能有失公允，不管咋说这是个契约，应该是平等的，比如报酬。我请你胡经理来就是想三头对案地谈谈这事。"涂晔晖给肖雯婕杯内添满水，发现她忧心忡忡，又笑着说，"你胡经理尽管不是行伍出身，也不是机械方面的专家，但管理机械多年，应该不是外行，一定会支持你的。一会儿他来了，你有什么要求就大胆提出来。"肖雯婕没有作声，内心在斗争、纠结着。她知道胡奎勇是出了名的自以为是、刚愎自用、

意想不到

不可一世的人物，一年前就否定了她的"设想"，还说自己是空头理论家、书呆子，是闭门造车、纸上谈兵。他那不屑一顾的神情迄今仍在眼前浮现。他如果看到自己把当年的"设想"变为自荐书，变为返岗的筹码又会是什么嘴脸呢？肖雯婕突然觉得毛遂自荐这步棋很臭，是愚蠢之举、冒失之举。肖雯婕虽然只上了半年班，但对胡奎勇还是有所了解。他确实应该划归六建的能人之列，但这个"能"不是表现在工作上、业务上、公共关系和市场竞争上，而是局限在对付领导上。惯用的伎俩也很单一，那就是投其所好，领导爱听什么说什么，领导爱好什么满足什么，领导喜欢谁他就亲近谁，领导讨厌谁就远离谁。他讨好领导还有一招，那就是突出重点不计其余，谁的权力最大就巴结谁，谁最有用就拿下谁。尽管这些全是处理人际关系上的常规武器，效果却好得惊人。十多年来他陪过五届经理，每一届经理都把他捧为红人、座上宾。在六建人眼里，他就是个不倒翁、常青树、代代红，可望而不可即的能行人。这届班子刚组建，他竟变戏法似的同过去关系很一般，又不善交际的经理周岭南成了无话不说的铁哥们儿，成了如同顾名利一样的牌友、酒友、中坚分子。由于后台不断，他在第四项目部一直是我行我素个人说了算，奖谁罚谁由着性子来，让谁下岗只是他的一句话，连给项目部书记、副职通气的习惯都没有。而眼前的公司党委书记刚上任，他能认吗？依照肖雯婕的愿望，涂晔晖应当像为石文化办事一样，直接通过经理周岭南，不应与胡奎勇这个难缠的人交涉。肖雯婕不仅为自荐的成败担忧，更替信得过的党委书记操心。假若胡奎勇断然拒绝、不给面子，他将如何下台收场，还当着自己的面……肖雯婕正苦于无法提醒涂晔晖时，办公室的门被推开，胡奎勇出现在眼前。看到肖雯婕，胡奎勇不禁一愣，瞬间又恢复了笑眯眯的样子，看着涂晔晖说："小肖也在这儿呀。"涂晔晖客气地让胡奎勇坐在肖雯婕身旁的椅子上，从容地说："肖工（肖雯婕的父亲）昨晚给我打电话，说小肖针对第四项目部的机械管理写了点想法，让我给把把关。我想，年轻人下了岗还关心着单位的事，应该提倡支持，

就答应了。刚一看，内容全是机械维修、保养方面的，太专业了。你知道，我一直在工区搞政工，土建业务、机械使用还略知一二，对修理、养护一窍不通，只能把你这个专家请来了。"涂晔晖的话不仅打消了肖雯婕的担忧，也消除了胡奎勇的顾忌。胡奎勇虽是跟上司交友的高手，关系网如同网络世界接天通地，但毕竟是个文化层次不高的势利小人，也有软肋，也有怕的东西，最怕谁背后捅刀子，更怕部属越级反映项目部的情况。他参加工作近二十年，一直在项目部从未挪过窝，自然不会冰清玉洁、一尘不染，今天这个碎女子出现在新任书记面前，不能不使他心有余悸。听了涂晔晖的话，他的顾忌消失了，笑容一下子变得真实、灿烂起来，以长辈般的关切对身旁的肖雯婕说："让你暂时离岗确实是出于无奈，公司不给工程，汽车、机械躺倒了一大片，就凭几部施工电梯，咋能养活项目部的几十号人。与其让你一月一月拿不上工资、困在项目部，还不如放长假，自奔前程，自谋出路。"胡奎勇看了眼涂晔晖，又豪气十足地说，"小肖，请你放心，只要有了新工程，第一个返岗的人就是你，有涂书记作证，咱决不食言。"对胡奎勇如诗如歌的表白、许诺，肖雯婕嘴里说着感谢的话，心中却十分冷静，她已不是刚出校门那阵儿，易轻信，易激动，易上当。她清楚，胡奎勇的花言巧语都是让涂晔晖听，纯属欺世盗名的谎言。肖雯婕甚至不相信这些暖融融的话是从这个整日昂首挺胸，趾高气扬，欺下媚上的上司口中喷出。在肖雯婕的记忆里，自己上班半年多，胡奎勇未与她说过十句话，就连下岗这么重大的事，也是让劳人干部送来一纸通知了事。如此冷血的人，突然变得这般知书达礼、人情味儿十足，实在让人难以置信。肖雯婕把目光投向涂晔晖，看着他不慌不忙，为胡奎勇端茶倒水，像刚才招呼自己那般热情真诚，感激之情油然而生。他用假话消除了自己的担忧，解除了胡奎勇的猜疑与戒备，还躬身招呼这位并不看好的下属。肖雯婕对涂晔晖由敬重变为钦佩。父母、老师从小教育她，要忠诚老实，不能说假话；童话故事《木偶奇遇记》里的匹诺曹因为说谎话变成了长鼻子；而涂晔晖当着自己的面，从容不迫地编造出了匪夷所思的谎话，解了围，避了嫌，免除了误解与难堪。这是需要多么大的勇气啊！肖雯婕哪里晓得，涂晔晖导演这场戏绝非杜撰"肖工托他把关"这么简单，人常说，解铃还须系铃人，让肖雯婕下岗的是胡奎勇，要让其返岗，还得是他。尽管涂晔晖对肖雯婕很赏识，尽管肖雯婕设想大胆、科学、实用，能为第四项目部带来效益，却在一年前被胡奎勇否定了；现在，要让其出尔反尔地认可、支持，谈何容易呀！更何况，胡奎勇还是个有恃无恐，有尊严，有性格，连周岭南都要让他三分的"能人"。

胡奎勇擅长攀上风，而且攻其一点不计其余。按理说，他有周岭南遮风挡雨完全可以不认涂晔晖这个新任书记，不会这么听话顺从，但聪明的胡奎勇经过观察、琢磨发现，涂晔晖上任以来公司的风向正在发生变化，周岭南的话语权不经意间在削弱，权威被挑战。公司一些悬而难解的热点问题，只要涂晔晖插手便冰消雪融，否则便是难解的死结。在戏剧舞台上，聚光灯总是对着少剑波、杨子荣这样的主角，在人生的舞台上、在六建，人们的视线总是聚焦在有所作为，为民请命，为大家造福的领导身上，涂晔晖不正是这样的人吗？这样的人也正是胡奎勇用得着的，不管是今天还是以后。头脑灵活、目光敏锐的胡奎勇当然要未雨绸缪及早投靠，免得临时抱佛脚影响灵应度。所以，他一接到涂晔晖的电话便及时赶到，还喜出望外、诚惶诚恐，连在他手里下了岗的肖雯婕也月亮沾了太阳的光，享受到了笑容可掬、吉言善语。这些隐秘肖雯婕当然不得而知。她只觉得胡奎勇变了，由狂傲不羁的豺狼变成了一只温顺的羔羊，由天寒地冻的严冬变为烈日炎炎的盛夏。难道人同动物世界里的老虎、豹子一样，弱肉强食、一物降一物？她倏忽间想起狐假虎威这一成语，自己不就是那只狡猾的狐狸吗？肖雯婕觉得可笑，暗想，如果自己早点变成狐狸，也省得走那么多弯路，吃那么些苦头。肖雯婕认真地看了眼涂晔晖，意识到自己已拥有了使狼和豹子害怕的老虎，那就是这位让自己心动的党委书记。

"小肖，你明天就来项目部上班，主要任务就是完成你的设想。需

要人、需要钱吭一声。"肖雯婕正在天马行空地胡思乱想，胡奎勇双手捧着她的自荐书，慷慨果断地说。

"明天……"肖雯婕喜出望外，不敢相信自己的耳朵。

"是的，就明天。"胡奎勇看了眼涂哗晖，重复道。

"谢谢胡经理，谢谢涂书记！"肖雯婕显出感激涕零的样子。尽管她心里只感谢一个人，从嘴里讲出来的却是两个人，而且还把不该谢的人放到了前边。因为，她已不再是从前的肖雯婕，已经会以假乱真了。兴奋之余，想到一年前她把抄得工工整整的"设想"递给他，他看也未看便将其扼杀在摇篮里。她百思不得其解，不知道涂哗晖用了什么魔法将"狼"变为"羊"，将"冰"变为"火"，又是用了哪一把钥匙打开了胡奎勇这把生了锈的锁。肖雯婕不由自主向他投去了感激而顶礼膜拜的目光，并在生命中多了一个梦想，一份思念，一些精彩。

十二、停水风波

"六建又出事了！"大街小巷充斥着以此为题的议论声。市维稳部门的领导奔向六建；新闻媒体纷至沓来；黄建屹坐卧不宁，寝食难安；六建的党群干部们如消防队员面临冲天烈焰；周岭南更是焦头烂额、手忙脚乱。按照班子分工，党委书记是"维稳"的第一责任人，经理只是敲敲边鼓、帮帮忙而已，可是，涂哗晖去市党校参加一年一度的党委书记培训，还有半个多月才能回来。其次，这次突发事件是因为五工区出租的办公楼、筒子楼停水引起，周岭南自然脱离不了干系。七月份正是关中平原一年中最炎热的时候，在这个节骨眼上数百人没水吃、人们不闹事才不正常呢。这回闹事的形式是人们在事发地静坐。乍一看，它要比前不久围堵市委温柔、文明了许多，但，其政治影响力却比围堵市委大得多。

意想不到

　　实事求是地讲，闹事者并非没有荣誉感，不知道这样做的严重后果，但他们在39摄氏度的高温下十多天没水喝，实在是太难熬了。为了能喝到水，他们多次找公司、找建总，都是一推六二五。后来，五工区主任顾明亮终于出来管事了，但他比上访者还厉害，满嘴歪理，摆出了诸多困难。什么水管坏了没钱修，"三夏"期间没水工……一下把全市人民的眼球吸引了过来，让停水事件由无人问津变成了各级过问，由悄然无声演变为满城风雨，电闪雷鸣。这种满城风雨、电闪雷鸣的紧张形势可苦了建总与六建。以黄剑屹、卞福民为首的建总领导几乎住在六建督战；六建的政工干部们倾巢出动开赴事发地；周岭南如泰山压顶，惶惶不可终日，还因为办事不力被亮了黄牌，再无所作为将领受红牌。也就是说，周岭南为之奋斗了多半生的前程将毁在这次停水上。

　　为了延续政治生命，为了宝山的荣誉，为了让静坐者尽快有水吃，晚上九点了，周岭南还在主持召开班子会。会早结束了他还坐在办公室分析判断，苦思冥想。水的问题长时间解决不了根子是五工区主任顾明亮态度消极、无为不为，要尽快解决停水，就必须快刀斩乱麻，采取组织措施，庸者下，能者上。能者倒是现成的，但如何让庸者下呢，周岭南下不了狠心。因为，人情文化主导着他的思想，关系网束缚着他的手脚。他宁愿受委屈，也不愿伤朋友、伤下属。人常说一个朋友一条路，而顾明亮这个所谓的朋友不是代表一条路，而是两条路：他是副经理顾名利、暴发户顾战胜的堂弟，要打罚顾明亮，就等于断了这两条路，周岭南实在下不了手啊！然而，不对顾明亮下手，上级可是要对他下手呀！周岭南真是在风口浪尖、刀锋利刃上数着分秒过日子啊！让周岭南倍受折磨还有一个原因，那就是请不请涂晔晖回来帮忙。周岭南明白，只要一个电话，即使党校的假再难请涂晔晖也会回来。只要涂晔晖回来，他就成了是甩手掌柜，壁上观的后台，绝不会再受这般煎熬。他相信他处理突发事件的才能，相信他会真心实意、竭尽全力地帮助自己渡过难关，就像数月前摆平离退休职工群体缠访

一样……

　　正在这时，风尘仆仆、疲惫不堪的顾明利敲门进了办公室，一屁股坐到办公桌旁的"专座"上。周岭南递给他一支烟，没有作声，只是投去了询问、期待的目光。顾名利没有参加晚上的班子会，专程去了五工区。这几天他特别忙，也特别耀眼、引人关注，甚至超越了周岭南，成了六建的灵魂人物，成了雨露阳光，救苦救难的活菩萨。因为，他的堂弟顾明亮是五工区的主任，是解决停水事件的关键人物。

　　顾明亮也是当年同顾战胜一起走出大山到六建的合同工，顾战胜离开六建，顾明亮、顾名利留了下来。顾明亮虽比顾名利小两三个月，个头却比顾名利高出许多，只因文化水平低，不求上进，又有一根筋的怪脾气，始终没能像顾名利那般官运亨通，大红大紫，而是沦为下岗职工。顾名利当了工区副主任、公司副经理后，将堂弟从下岗人员的名册上删掉，让其成了五工区三层办公楼的房东，一年有上百万元的收入，同当年的第四项目部一样，是大块吃肉、大碗喝酒的富户。现在，第四项目部由于没工程、机械利用率低下，已由富变穷，顾明亮领导的五工区便成了在六建这片广袤、贫瘠土地上唯一的一块土肥水壮的福地，顾明亮也成了呼风唤雨、傲视群雄的老大，连经理周岭南也不放在眼里。数月前，顾战胜趁火打劫，以五百万为诱饵想扩租办公楼被周岭南拒绝后，并未死心，利用盛夏酷暑，教唆堂弟顾明亮隔三岔五地停水，企图迫使租房的商户们让步。这些商户均为"双下"家庭，他们租房是当年工区领导的关心与照顾，是生存之道、是为了活命，咋能被那些雕虫小技吓倒。顾战胜一看小打小闹无效，便采取了大动作，让堂弟以筒子楼上几户人家的水管破裂为借口，在宝山最炎热的时候突然停水，制造了《上甘岭》电影中志愿军遭受的那种水荒，从而引发了静坐示威。顾名利虽未参与此次阴谋，却心知肚明，只因血浓于水，一个"顾"字分不开，不愿说真话、透实情。他三番五次做工作、走过场，只是以谎言遮掩真相，用"三夏"期间没劳力搪塞上级与传媒，哄骗周岭南。丁惠仁等班子成员均发现其中的猫腻，并提出质疑，周岭南却深信不疑，或已看出问题而不愿点破，致使事态升级。让人们意想不到的是，这些被水荒所困，求助无门的弱势群体扬言拦挡贵宾车，请求解决停水，一下子将无人问津的"小事"放到了显微镜下，成为建总、六建谁也扛不起的重负。为此，市委除了派人在事发地掌握动态外，还紧盯建总；黄剑屹除了多次亲临现场，派员蹲点，还一天数次的打电话催促督办。随着外国总统到访日子的逼近，周岭南心中的弦日趋紧绷，顾名利更是紧张得要命：事情真的弄大了，堂兄、堂弟吃不了兜着走，他本人也难辞其咎，至少得背上知情不报、办事不力的罪名。看到顾名利一筹莫展，愁眉苦脸，周岭南脸色冰冷，神情严肃地抱怨道："我当初就说明亮这个犟驴不能用，你非说能行，还替他打保票。你看看，他把工区弄成啥了？"

"我前前后后、来来回回去了工区十来趟，该说的也都说了，人家就是一句话，水电安装队的水工都回老家收麦去了，没劳力，得等。"顾名利无奈地说。

"都火烧眉毛了还能等吗？等到水工收麦回来咱们早就下台了。"周岭南没好气地说着，瞅了顾名利一眼又以讽刺、自嘲的口气继续说，"当然喽，你是副职，不会有事，倒霉的只有我了，谁让咱想当这个经理呢？"看着周岭南悲凄、可怜的样子，听着他自嘲的话，顾名利真想把两兄弟的阴谋和盘托出。但，血浓于水的亲情很快打消了他的念头，他决心继续欺骗、隐瞒下去，并要嫁祸于人，用阴谋掩盖阴谋。

"周经理，您不要忘了，五工区静坐示威可是维稳方面的事，书记可是维稳的第一责任人呀！"顾名利发现新大陆似的说。

"书记是维稳第一责任人不假，但人家全脱产在党校学习，总不能给人家硬搁事吧？再说了，职工闹事的原因是停水，停水是物业管理方面的内容，物业管理可是行政上的事。"周岭南抽着闷烟，驳斥道。

"停水是行政上的事不假，但不管咋说，职工静坐是思想问题，能与书记无关吗？至于说脱产学习、人不在单位，让他请假回来不就完了。公司出了这么大的事，他也能在教室里坐得住？"顾名利反驳中带

着不满。周岭南两天来曾多次萌生过请涂晔晖回来的念头，却被强烈的自尊、好胜心抵消了。现在，停水超过十天，职工静坐示威持续了三四天，自己绞尽脑汁、办法想尽，几次亲临现场效果全无。顾名利的话提醒了他，危情战胜了好胜与自尊，周岭南决定请涂晔晖回来共担责任。

"名利，你在党校学习过，假好请不？"办公室沉寂了一根烟的工夫，周岭南突然发问。顾名利一听，既高兴又兴奋，经理终于从谏如流，采纳他的建议要让涂晔晖回来了。只要涂晔晖回来，经理将不再步步相逼，自己也会金蝉脱壳冲出困局，实现嫁祸于人的目的。

"假好请、假好请，特别是因公请假。"顾名利连声说。

"那你就辛苦一下，去党校请涂书记回来。"周岭南说。

"现在？"顾名利抬头看着墙上的挂钟发出疑问。

"就现在。事情已经到了火烧眉毛的时候，不敢再耽搁了。"周岭南果断地说完，又对起身离开的顾名利叮嘱道，"把人接到这儿，我等着呢！"

晚自习已下，学员们都回宿舍去了，涂晔晖还未离开教室。他凝视着课桌上《厂长（经理）负责制给企业党委带来的新课题》的教材，在日光灯的吱吱声中想着五工区停水、职工静坐的事，为回不回公司与周岭南共同面对这一突发事件纠结。回去，可能是雪中送炭，深受欢迎，也可能是多此一举，挫伤经理积极性，落个自作聪明、哗众取宠、不相信行政领导的误解。两天前，筒子楼上的邻居郑芹英、韩素清专程来找过他，要求出面解决大家的吃水问题。他耐心做了说服工作，并请大家相信周经理会尽快解决问题。然而，两天过去了，大家依旧吃不上水，事态继续升级，已成为宝山街谈巷议的热点，成为市委书记亲自过问、媒体连篇报道的"今日关注"。刚才，党校学员们纷纷议论此事，涂晔晖听到后脸红心跳、无地自容，觉得愧疚、不称职。为了迎接外宾，全市人民满怀拳拳之心、火一般的热情不辞辛劳地整理市容、打扫卫生，忙得不亦乐乎。外国总统途经的街道、景点更是张灯结彩，欢迎的标语满天飞。整个宝山蓝天绿地，清新干净，就像被洗了一遍。然而，六建职工却因为水荒，在外宾途经的咽喉要道静坐示威，这不是一种极大的讽刺吗？它不仅给宝山抹黑、丢六建的人，也是给中国人的脸上抹黑呀！面对可能发生的严重事件，作为六建党委书记，绝不能因脱产学习、不在单位而置身事外、无动于衷，作壁上观，更不能揣度经理的感受，将企业党委工作的理论教条化，为无所作为制造借口。想到这儿，涂晔晖当即收拾好课桌上的学习用具和教材，要去党校教务处请假，要连夜返回单位。

正在这时，教室的门被推开，顾名利在涂晔晖同宿舍一位书记的陪同下进来了。

"涂书记，这么晚了还在用功呀！"顾名利脸上堆笑，恭维着。

"谈不上用功，只能是笨鸟先飞。"涂晔晖拎着文具袋，起身，紧紧握着顾名利的手，又高兴地问，"这么晚了咋有空到这儿来？"上任数月来，涂晔晖除了开班子会与眼前这位副经理偶有交流外，平日很少来往，面对意想不到的深夜到访，当然异常高兴，分外热情。顾名利目送那位领他来的书记离开，压低声音神秘地说："周经理请您马上回去，有要事商量。"涂晔晖关灯锁门后，正想细问，只听顾名利又以极度紧张的口气继续道，"郑芹英领着五工区一帮人闹事，已经好几天了，谁劝都不听，连建总的黄书记都不认。周经理让我请您回去商量解决办法。"顾名利发现涂晔晖对他的话反应很一般，又火上浇油道，"如果不下硬手，这些人非闹出乱子不可，说不定公安局还要插手逮人呢！"顾名利明白，自己即将金蝉脱壳，把烫手的山芋推出去，故意危言耸听、无限上纲、大肆渲染，制造紧张气氛。涂晔晖虽不知其用意，不知顾家兄弟的阴谋诡计，却因为通过郑芹英他们对事件的前因后果有所了解，未被其错误的信息误导，请完假，坐上车，从容不迫地说："走，去五工区。"

"周经理专门交代，让您去他的办公室，他还等着呢！"顾名利说。

凌晨时分，涂晔晖走进周岭南办公室。周岭南又是搬椅赐座，又是泡茶递烟，格外殷切热情。自打涂晔晖上任以来，这位性格内敛、面目冷峻的经理还未如此热情地对待过这位搭档，今天意想不到的热火，连他本人都感到别扭、不好意思。涂晔晖理所应当地发现了这种意外，却不动声色地喝茶、抽烟，接受款待、倾听诉苦，并真诚地说："我在党校学习，你一个人要面对这么些矛盾，够辛苦了。"

"辛苦顶啥嘛！还不是下面起哄，上面不满，如临火山，如坐针毡，还……"周岭南看见进门的顾名利，欲言又止。顾明利是个聪明人，知道自己在这儿会影响两个一把手谈话，加之巴不得尽快脱身，离开这是非之地，知趣地对周岭南说："把书记请回来了，没其他事我就走了。"

"你走，你走，忙活了几天，也该回家歇歇了。"周岭南巴不得让其离开，痛快地答应。看着顾名利出门的背影，听着渐渐远去的脚步声，周岭南接住刚才的话题继续说，"还有，就是个别人为了达到一己私利，目无组织、不顾大局、搞小动作……"为了解决五工区的水荒，周岭南数次亲临现场，虽屡屡碰壁难如所愿，却发现停水的真正原因不是"三夏"缺劳力，而是有人故意捣鬼，企图使租楼的职工因长时用不上水、没法做生意而放弃权益，为顾战胜独霸办公楼扫清障碍，铺平道路；主管此项工作的顾名利碍于乡情、亲情，丧失原则，编造谎言，欺哄世人，欺骗公司班子，导致事态升级。看到涂晔晖吃惊的目光，周岭南又补充道，"当然，这是有些人的一面之词，真正的原因还得深入调查。"涂晔晖数月来与周岭南交往，深知他是一个中庸思想浓重，遇事喜欢让大家都高兴，不愿惹人、伤人，更不会整人，忍功深厚的好好先生，所以，随声附和道："我的意见是，只要水荒解除了，停水原因也就无关紧要了，让大家在今后的工作中去自我反省吧。"

"今日请你回来，绝不是想弄清停水的原因，而是商量咋样尽快通水，让大家再甭在这么热的天，静坐大街，丢人现眼。"周岭南赞同地说。涂晔晖和周岭南搭档以来，凡事都是他主动前来商量、沟通，看到的是一成不变的冷峻面孔，听到的是公事公办，简洁精练的一问一答，从来没有今天这般轻易赞同、这般和颜悦色，这让涂晔晖倍觉新鲜，很是高兴。这种党政之间的融洽是他一直期盼的，"水荒"把这种久久的期盼变为现实。

"你说，通水需要我做什么？"涂晔晖果敢、慷慨地说。

"党校的假好请不？耽误了课咋办？咱这事摊上了可不是一天两天能抖利的。"

"这次培训就是为了让书记们更新知识、与时俱进、领取上岗证，给大家通水是解燃眉之急，比那重要。再说了，通水的事也用不了多长时间，也不能用太长时间，听党校校长讲，那位外国总统两天后就到，给咱的时间最长也就四十八小时。"听了涂晔晖的话，周岭南显得非常高兴，不好意思地说："你是五工区的老人，和郑芹英这帮人比较熟悉，又在同一栋楼上住，做这些人的工作比我有优势。我虽然也在五工区待过几年，但已经是后期，他们都下岗了，所以……"周岭南欲言又止。

"周经理，你就不要客气了。你日常工作多，这事就交给我吧。"涂晔晖发现周岭南不好意思，真诚、认真地说。周岭南很受感动，再次从中华烟盒内抽出一支递过去，以关切的语气说："咱们那帮人都不好说话，一边说'三夏'大忙缺水工、没劳力，一边说'三夏'天吃不上水，影响生意折磨人，要示威。公说公有理，婆说婆有理，不好调解呀！"听了周岭南的话，涂晔晖意识到，为了尽快平息事态，他们必须就有关问题达成共识，以免中途出现分歧、扯皮，影响效率。他看着略显倦怠的周岭南说："这不是公公婆婆这么简单的事，更非公公婆婆的关系，而是各司其职，共同遵守约定的问题，更是仆人要为主人服务好的大是大非。先说职工和工区领导的关系。咱们口口声声说，'职工是企业的主人，领导是为职工服务的仆人。'尽管职工下岗了，但这种主仆关系并未改变；现在，主人在'三夏'天、炎炎烈日下遭

受水荒,仆人应该怎么办?是恪守职责,急主人之所急、尽快消除水荒,还是推三阻四、故意刁难?其次,这些租楼的职工按时交着房租,工区为什么要违约、长时间停水?至于说'三夏'没水工、缺劳力,这完全是借口,根本不能作为违约的理由。所以,我们的主攻目标是顾明亮,而不是郑芹英和那些静坐的职工。我想,只要有水吃了,郑芹英他们绝不会冒着烈日坐在大街上,他们还要忙各自的生意呢!"听了涂晔晖的话,周岭南恍然大悟、茅塞顿开。一周来,他一直把停水、静坐当作家庭矛盾来对待,当作两股职工之间的争斗来调解,没有意识到这是主人对仆人服务不到位,更不明白这是甲乙双方的责权关系,是非曲直应以租房合同为准。周岭南将正抽着的半截香烟丢入烟缸,拨通了顾明亮的电话。电话通了,在一阵乱糟糟的猜拳行令声中传来含混不清的怒吼:"你有病了是……不……是,啥……啥时候了还……打屎电话!"

"快叫顾主任接电话。"周岭南忍受着对方的酒话。

"你……是谁呀?顾主任还忙……忙着呢。"

"我是周岭南,你让顾明亮放下酒杯。"

"顾主任,周经理叫……叫你……""周岭南"仨字使对方瞬间清醒了一些。然而,话筒里却是另一个更醉的声音。

"周哥,你有啥……啥指示?"

"快把酒摊散了,涂书记一会儿有事找你。"

"咱又不是党……党里的人,他找……咱有……有啥事?"对方不屑地说。

"啥事?给大家通水的事。"周岭南没好气地说。

"没办法,没劳……力,通……不成。"

"你这叫违约,事情闹大了是要吃官司的!"周岭南生气地恫吓着。

"嫌违约立马走人,他们走了咱的房照样有人租,房价还比他们高。"顾明亮突然酒醒了,不结巴了,清楚无误地道出了心声。周岭南还想说啥，对方已挂了电话。周岭南无奈地放下电话，红着脸，不好意思地对涂晔晖说："咱这个经理当得太窝囊了。唉！怪就怪咱心太软了。"涂晔晖心里清楚，周岭南同顾家三兄弟有着根深蒂固、扯不断理还乱的关系，别看他们吵闹，但吵过、闹过，依旧是情同手足的兄弟。就如同刚才，一个亲切而内涵丰富的"周哥"，会使凶神恶煞、面冷如铁的周岭南十分无奈、无法。但，对顾家兄弟而言，啥事都可以和稀泥、称兄道弟，在重大利益上决不会含糊让步，不会看周岭南这个酒肉朋友、异性兄弟的颜面，顾及、理解他的艰难处境。这就是他们多年来形成的只可意会不可言传的神秘关系，常人不愿触撞的关系网，周岭南正是在这种网络的束缚下，稀里糊涂地承受着上下、左右的挤压。幸亏他想到了搭档涂晔晖，否则就真成了孤家寡人，被"情"所困的可怜虫。

"在我的印象中，顾明亮就是个柏油工，什么时候去五工区当主任了？"涂晔晖意识到，顾明亮将是他此次挂帅出征的对手，要战胜对手就必须先了解对手，知己知彼才能战无不胜嘛。

"前年，我离开五工区时提拔的，提拔时也是费了一番周折。不是看在名利的面子上，十八层毛毛雨也轮不到他。提拔前，他甜言蜜语、拍胸顿足、信誓旦旦，说得天花乱坠，位子坐上了就不认了，你看刚才那态度。唉！这事也怪我，怪我当时耳朵根子太软了。"

"副主任韩素清的能力咋样？"涂晔晖未雨绸缪，要为万一换"将"打基础，要知道周岭南对他心目中"二梯队"的基本态度。

"韩素清，人不错，在女流中也算人尖子。她过去一直在队上搞工会工作，不知道是哪一年，丁主席到公司后她顶了缺，我到公司后让她当了副主任。明亮头脑简单、鲁莽任性没文化，让她弥补一下不足。"

"周经理，万一明亮不上道，像刚才那态度，让这个人顶上来行不？"发现周岭南对韩素清印象不赖，涂晔晖以突然探询的方式，讲出了蓄谋已久的话。周岭南看得出，涂晔晖为了摆平停水事件已做好了

下硬茬的准备，惊讶地看了他一眼，迟疑了会儿，终于说："有啥不行呢，现在工区没工程、没生产任务，相当于劳务站、物业公司，用房租养活十来个在岗职工，几十个困难户，只要有耐心、会安抚，谁都会当这个主任。不过，让女人当基层单位的一把手还没先例，是不是有点冒险？"周岭南在肯定的同时流露出疑虑。

"有人说过，无论你在哪一条路上追赶，总发现前边永远有人；要走在所有人的最前边，就得另辟蹊径，开创新路，这就是创新。女人当基层一把手没有先例，咱今天就破破例，创创新，改变一下鹦鹉学舌、人云亦云的常规。"涂晔晖为了打消周岭南的疑虑，严肃认真地说。看着周岭南略带尴尬、不自然的神气，涂晔晖又以柔和的语气表达了坚定的态度，"当然，我刚讲的只是一种可能，绝非平白无故地要让韩素清取代顾明亮，更不是为了出新。但，如果顾明亮还像刚才对待你的那种态度，咱就不得不让韩素清顶上去了，否则谁也无法解开五工区这个疙瘩。"周岭南明白，涂晔晖出征前不仅在打预防针，还在讲条件、索要"尚方宝剑"。如果不答应要求，他完全可能像顾名利那样，随便编出一个理由敷衍一下，然后再去党校挣他的上岗证。周岭南同时理解这个精明的搭档，理解其难处，他马上要面对的是蛮不讲理、有恃无恐的顾明亮啊！这个人，连自己这个赐给他官位的经理哥都不放在眼里，还能认初来乍到的新书记涂晔晖吗？他必须有万全之策，做好采取组织措施的准备。组织措施虽是每个领导都不愿采取的，惹人、伤人、得罪人的终极手段，也是不得已时必须使用的撒手锏。周岭南了解，涂晔晖在工区当书记时就是个只讲规矩不讲人情的铁腕人物，不像自己，有那么多的人情包袱。为了平息旷日持久的停水，他完全有可能采用它。周岭南偷觑了一眼神色冷峻的涂晔晖，下意识地替那个不识时务的莽汉顾明亮担心。周岭南虽然人情味十足，不愿伤兄弟情分，但假手他人还是做得出的。因为，顾明亮确实是个枉顾人道、逆天行事、骄横乡里、天怒人怨的家伙。停水已酿成了政治事件，严重影响了六建、宝山以至国家的形象，动摇了他经理的位子，他已对其寒彻骨髓地失望了。周岭南终于果断、干脆地表示："涂书记，你去五工区不是代表个人，而是代表组织、代表公司党政班子，在用人问题上有生杀大权。用谁不用谁可根据情况自行决断，事后给班子成员打个招呼、补个手续就行了。"

第二天八点钟，涂晔晖带着组织部宋部长、维稳办主任老晋，乘坐着周岭南的"皇冠"前往五工区。五工区在东郊的城乡接合部，距六建机关不足八公里，四十分钟就赶到了。一下车，他们径直来到顾明亮办公室。门锁着，人昨晚喝高了未回来，也许仍在醉梦中。到隔壁韩素清办公室，门开着，人被郑芹英几个租房户叫走了。涂晔晖让宋部长和老晋在韩素清办公室联系顾明亮，自己去芹英酒店找韩素清。出工区大门向左不到五十米，便是工区办公楼临街的一面。这里，曾是涂晔晖工作、生活过的地方，每一间办公室都留有他的足迹；特别是中间的大会议室，是工区召开大会、给党员和积极分子们上党课的地方，当时的激情演讲迄今历历在目，荡漾于胸。二三楼是单身职工宿舍，每天晚上的欢声笑语让人怀念、向往。斗转星移，物是人非，随着建筑市场竞争的日趋激烈，六建的不断缩水、衰落，职工流落四方，昔日的热闹景象已不复存在，成为历史，成为遥远的过去。现在，这三千多平方米的建筑已变为商铺，成了部分下岗职工谋生、养家糊口的地方，成为正义与邪恶抗争的舞台，成了宝山人关注的焦点。涂晔晖上任伊始曾到过这里。当时，也是上午九点钟，这儿到处是忙着上班的当地人、匆匆赶路的外地人、成群结队去对面工地干活的民工。他们不约而同、络绎不绝地在这里进餐，几十间门面房，除了顾家的童装店外全部门庭若市，人满为患。虽然这些店铺、餐馆经营的均为家常菜、地方小吃，品种雷同，但却特色各异、味道不一，让食客们垂涎，解决了众口难调的矛盾，形成了一日早、中、晚三个揽金的高潮。然而，由于长时间停水，这里的商铺、餐馆已统统停业，凋敝冷清，生意全无。门口全是静坐求水者的凉席、塑料布、废纸板。这时，他们正三三两两，有气无力地走出各自的店铺，如同上班、完成任务，

努力地拉起横幅、挂起标语牌，开始了诉求抗争的一天。多日的静坐已使他们疲惫不堪，十多天的停水已使他们十分艰难、损失惨重。这种在希望与失望间的苦苦挣扎、坚持已让他们麻木。但，他们还得坚持，别无选择地坚持。因为，他们要生存，要依赖水延续生命，要谋生挣钱、养活老婆孩子。忙碌中，他们看到了涂晔晖，却面无表情、熟视无睹。静坐示威以来，市上、建总、公司的头头脑脑一拨一拨、一批一批，不知来过多少，但，水依然流不到店里、家里。为了解渴，他们只能到公路对面的开发区，甚至更远的地方挑水、买水，一个上任数月的党委书记又能如何呢？涂晔晖在大家冷漠的面孔中走向芹英酒店，循着一声声质问和怒斥看到了两张熟悉的脸。这两张脸，他曾在那天归来的晚上见过，却全然不是现在的模样。怒形于色的郑芹英正指着缸内几条奄奄一息的甲鱼向韩素清吼叫着："你们再不通水我的这些宝贝疙瘩就死了！今日叫你来是为了做个见证，以后得连我们的经营损失一块儿赔！"工区书记兼副主任韩素清已没有了那天晚上的风采，当时，她虽然为调解邻里纠纷工作到深夜，却神采奕奕、自豪充实，哪像现在，看着工友的脸，挨着邻居的骂，焦头烂额，狼狈不堪，有力没处使。她是工区领导，是顾明亮的搭档和副手，对顾家兄弟的阴谋看得最清，但，只能意会不能言传。一旦说破，对受害者等于火上浇油，对自己有害无益，对事件的解决更会起到副作用。顾明亮朝里有人，没人会相信她的话。她只能忍辱负重，在骂声中做些力所能及的工作。面对邻居、朋友郑芹英的训斥，她只能脸上堆笑，边记录损失边和颜悦色地说："停了这么长时间水，各家的生意都受到影响，这些损失咱们可以坐下来细算，可以在每年的房租中递减，这都是小事，不算啥。我最操心的是通水，听说一会儿涂书记要来专门解决这事。"

"从市维稳办到公司维稳办，来解决问题的头头脑脑没有一个营也有一个连，都被顾老三（顾明亮）哄走了，水照样通不了，但愿涂书记甭受骗上当。"一听涂晔晖要来，郑芹英的态度温和了许多，边从刚买来的一桶水里舀出一茶杯向张着大嘴、伸着长脖子的甲鱼身上泼洒，

边抱着一丝希望接着道,"涂书记来了,也许我的这些宝贝就死不了了。"因为水荒,其他水产品她都贱卖了,这些甲鱼是她这个小饭店最珍贵的食材和宝贝疙瘩,舍不得处理,整天买水养着。

"我说素清呀,这么些天来你一直当老好人,我们都理解,今日涂书记来了,你可不敢再和稀泥了,得实话实说,揭穿顾家兄弟的阴谋,要不咱就更没机会了。"郑芹英突然停止了洒水,严肃、认真地乞求着。

"你放心,我知道咋样做。"韩素清压低声音坚定地说。

正在这时,一辆红色出租车在店外停了下来,一位年轻人下车进了芹英酒店。他不是别人,正是下岗职工王秋生。王秋生虽然在工区待的时间不长,因为曾在三楼单身职工宿舍里住过,和郑芹英、韩素清都比较熟悉。加之下岗后受到郑芹英的关照,常在芹英酒店就餐,他们已远远超过了工友之间的关系,王秋生见了郑芹英不叫郑姐不说话,郑芹英一见王秋生也亲昵地称为兄弟。几天来,王秋生一直关注着停水事件的进展,今天来,就是要给他郑姐帮忙,要整治那个蛮不讲理的顾老三。

"郑姐,你就甭指望工区、公司了,我认识一位人民日报的记者,他听到咱这儿停水的事很感兴趣,你如果同意我就请他来,把停水的事曝曝光。只要叫《人民日报》一曝光,保管叫这帮欺负咱老百姓的头头脑脑统统回家卖红薯去!"王秋生热心、真诚、充满自信地对郑芹英说。

"行、行、行,你快去请那位大记者来,我第一个接受采访!"郑芹英把洒水的茶杯向桌上一蹾,大声说。

"你俩再甭胡来了,涂书记一会儿就来解决问题,你请记者不是给他难看、添乱嘛!"韩素清着急地制止。

"涂书记不是在党校学习吗?"王秋生不相信。

"他一定是因为我们前两天去党校找他,在教室坐不住了……"正在这时,涂晔晖进门,三个人同时迎了上去,先后握手,如同久别

重逢的老友。王秋生想到了数月前的邂逅，雪中送炭的三百元钱。韩素清、郑芹英也不约而同地回想起那个深夜，他们在这张餐桌前的畅聊。王秋生高兴地抢先说话："您当上公司书记了，也该请请咱们这些举过拳头的人了，特别是郑姐两口子，丢下生意去公司为您投票。"

"请，请，一定请。"涂晔晖真诚认真地承诺。他们虽然偶遇，但不解的情缘，一来二往的交道，已使司乘变为推心置腹、无话不谈的朋友。特别是党委书记推荐大会上王秋生的杰出表现，热情义举，让涂晔晖万分感动，念念不忘。

"在党校就把苦诉了，你回来了，总算叫我们没白跑路，就看今日你咋样解决咱的问题了。我还是那话，如果再见不到水，我们就真的让那位外国总统帮忙了。"郑芹英把涂晔晖让到餐桌旁的椅子上，从饮水机内倒了杯矿泉水递过去又说，"这么热的天，让你连自来水都喝不上，实在不好意思。"

"真正不好意思的是我们这些无所作为的领导，让大家这么热的天喝不上水，这么好的生意却关门停业。"涂晔晖道完歉，环顾这个不算大的餐馆，感到自豪而不可思议。在不少人心目中，"老建"是仅次于农民的三等公民，"老建"中的下岗职工更是被瞧不起的下等人。然而，郑芹英却在坎坷艰难的人生路上一个华丽转身，凭着建筑工地练就的吃苦精神，凭着对人的真诚、热情，穷则思变，不经意间成了方圆数十里生意兴隆、日进斗金的芹英酒店的老板，并因良好的信誉、可观的利润被人嫉恨，内外串通要横刀夺爱。乍一看，这个只有十来张桌子、十二名员工的餐馆根本无法和宝山那些豪华酒店相比，但整洁、温馨的环境，真诚、热情的服务却给人以宾至如归的感觉。尽管因为停水已歇业数日，门前冷落，无人光顾，但左右两面墙上的几十面锦旗证明了它昔日的荣耀与辉煌。突然，正面墙上一幅工整、苍劲的楷书吸引了涂晔晖。它不是诗词，也非歌赋，而是芹英酒店的经营理念："汇天下之美味，用真诚制作每一道菜，为您打造一个满足的食欲空间。用心品尝吧，美味在舌尖上蝶变。你会发现，食物与食物、付出与收获的真谛。它是心与心的交流，情与情的对接。这，绝非口腹之欲，每一口品尝，都饱含了作者对您的关怀，经营者的轩昂气度。我们提倡的食亦有道，是心的理解，情的付出，让您有一个家的感觉。"读完这篇理念，涂晔晖将目光投向高大魁梧的郑芹英，不仅产生了一种意想不到的陌生感。这些文字也许不是出自她的手笔，却是她的真情与心声，是这间餐馆兴旺发达的秘诀，使下岗职工嬗变为当地富婆的金钥匙。然而，她还是她，还是那般胖大、声如洪钟，只不过是劳动布工作服变成了毛料西装，齐耳的短发变成了擦肩的卷发，一筹莫展的自卑变为乐观、开朗与自信。尽管最近以来她不断遭受挫折、遭到暗算、酒店停业，但自信、开朗、乐观的情绪依然未变。

"涂书记，你在特区的私企酒店当过老板，一定知道停水歇业的厉害吧，其他不说，光人脉方面所受的影响就特别要命。再红火的生意，一断人脉就像曾经断过气的人，长时间缓不过来，甚至会彻底衰落下去。"郑芹英说着，拍了拍王秋生的肩头继续道，"秋生兄弟，你赶紧想办法请那位记者朋友来，保准让他写出好文章。叫他顾老三再也猖狂不起来。"

"涂书记就是解决问题来了，咱可不能添乱呀！"王秋生看了涂晔晖一眼，笑着说。

"通水是大事，通水是大事！甭看你现在这么歪，水一通，一忙开生意，再大的仇气也就烟消云散了。涂书记来店里肯定是找我，你跟小王聊，我们走了。"韩素清认真说完向门外走去。涂晔晖向郑芹英、王秋生道了别，跟着韩素清出了店门。

回到韩素清办公室，顾明亮依然没来上班。看到涂晔晖生气的神色，宋部长无奈地说，"我和老晋打电话没人接。"

"他平时也是这样吗？"涂晔晖由生气变为愤怒。

"平时他吃住在办公室，晚上很少离开过，昨晚和周经理通完电话后就跟着顾老板（顾战胜）走了。"韩素清说。

"打电话，问他在哪儿，叫他马上回工区。"涂晔晖果断地对韩素

清说。韩素清赶忙拨电话，连拨了三次，依然没人接。韩素清又把电话打到战胜酒楼，打给顾战胜，依然关机，无人接听。这完全是挑衅，狂妄的挑衅，涂晔晖脸色铁青，胸中怒涛奔涌。他是一个政治思想工作者，二十八岁担任施工队书记，后又担任工区书记、私企老板，是个有涵养、有耐性的人，但面对这种无知无礼、不顾大局、狂傲放肆的人，不得不动气。涂晔晖同时意识到，昨晚与周岭南的"交易"不是小气，更非多此一举。因为，那个"万一"终于发生了。涂晔晖毫不犹豫地向放下电话的韩素清发问："韩师，五工区的主任让你干，你行吗？"韩素清愕然地抬起头，看着神情严肃的涂晔晖、略显惊疑的宋部长和老晋，不知说啥好。老晋和宋部长相互交换了一下眼神，意思是，书记太生气了，只是说说、出出气而已，决不会在急需用人时换将。再说，依照六建干部管理程序，像顾明亮这一级干部的变动，需要考察、谈话、民意测验，需要两个一把手沟通，还要召开党政班子会，时间来不及呀！还有，十多天来，经理多次来工区多次失望，如果能换将早就换了，何必等到今天这个十万火急的节点。涂晔晖当然看出了三个下属的意思，却并不理会，重复道，"五工区这副担子让你挑你敢吗？"韩素清从书记再一次发问中听出这不是气话，也不是恐吓，而是胸有成竹地决定。她终于充满自信，勇敢果断地回答："有啥不行，就是十多个人的摊子，闭着眼睛也不会闯下这么大的乱子，让这么多人这么长时间吃不上水。"

"好，你先去郑师的餐馆，我一会儿就到。"看着韩素清出了门，涂晔晖对宋部长说，"老宋，你和老晋按程序对韩素清进行考察。考察要全面，一定要有租房户的意见。"宋、晋出门执行任务，涂晔晖拨通了周岭南的电话，"周经理，顾明亮昨晚就没在工区，打电话没人接听，没办法与他联系，通水的事没人牵头。时间紧迫，我们必须换人，马上换人，好给新主任留下通水的时间，再耽误下去，就是神仙也不可能如时通水了。按照咱们昨晚商量的方案，我已跟韩素清谈了，她满口答应，信心很足。我以为，看一个干部不仅要看平时的表现，还要看关键时刻能否冲上去,攻关克难,解决问题。咱们就让韩素清展示一下吧,如果她把停水事件如期平息了,考察结果也不错,咱们就大胆使用!"

"你的意见我完全同意,在非常时期才能分辨出谁是英雄,谁是狗熊。我现在和建总黄书记在一起,他有话要对你说。"周岭南兴致勃勃地讲完,把电话交给了黄剑屹。

"小涂啊,市委邢书记指示,外宾车队明天下午途经宝山,要求我们在明天下午三点以前必须平息事态。我已在领导面前立下了军令状,下来就看你的表现了。还有,你刚给周经理讲的我都听到了,很好,很有魄力,我完全赞同,你就放心大胆地干吧,我们等着你的佳音。"黄剑屹与周岭南的全力支持使涂晔晖底气十足,信心大增,放下电话,小跑着来到芹英酒店。时不待人,他要争分夺秒、群策群力,打破"三夏"期间缺劳力的瓶颈,克服请不到水工的困难。事实上,涂晔晖压根就不相信顾明亮缺水工的谎言,现在是市场经济,重赏之下必有勇夫,大把的钱放在面前还有请不到水工的道理?也许真如郑芹英反映的,顾明亮在用谎言掩盖阴谋。为了尽快粉碎顾明亮的阴谋,戳穿其谎言,按领导的要求通上水,他必须当机立断,双管齐下。

"韩书记,从现在起,你就是五工区代理主任,可以全面行使主任的权力,全盘负责给大家通水的工作。"涂晔晖对兴高采烈、严阵以待的韩素清说。听了涂晔晖的话,韩素清非常高兴,点头答应。

"郑师,你作为房客代表,监督、帮助代理主任通水,动员大家做好配合工作。还有,对面工地你肯定有认识的人,现在就过去出高价,把他们的水工挖过来,有多少要多少。"

"没问题,几栋楼的项目经理都常在咱这儿吃饭,全认得,我立马就去。"郑芹英说完话,从吧台的柜子里拿了两包好烟,一阵风冲出店门,穿过公路,奔向开发区工地。就在郑芹英冲出店门时,韩素清也拨通了公司水电安装队的电话。过去,凡遇停水联系水工的外交活动全由顾明亮把持,其他人不得插手,韩素清当然不敢过问。现在,她

已被书记宣布为代理主任,全权负责通水,要做的第一件事就是联系水工,打破通水的瓶颈。

"喂,您是水电安装队的李队长吗?我是五工区的韩素清,有件事请帮忙。"

"啥事,你说,能帮的忙咱一定帮。"李队长慷慨地说。

"就是工区筒子楼、办公楼换水管的事儿。活不多却十万火急,大家为这事已闹腾了好多天了。"

"唉,只听说你们工区静坐示威,原来是为了这事,你咋不早说?咱们的水工成天闲着没事打牌呢。你说,需要多少人?"

"就是筒子楼和办公楼四十五间门面房的上水管,不拆只装,你看得多少劳力。活不多,也不复杂,但工期很紧,明天下午三点以前必须完。"

"时间确实太紧了。不过,把人上硬不会有麻达。还有,咱把丑话说到前头,我的活儿没麻达你的钱也不能卡壳。"

"只要按时完工,钱的事你说了算。"韩素清大方地说。

"那你就安排人清理现场,我的人半小时内赶到。"李队长很高兴。

"听说你们的人都回家收麦去了,劳力不会有问题吧?"韩素清不放心地问。

"唉,那都是哪年哪月的事了,现在都是掏钱雇收割机收麦,谁还回去亲自动手呢!你们的思想跟不上时代了,甭怪职工静坐闹事呢。"李队长半开玩笑说。放下电话,韩素清高兴之余无奈地摇了摇头。涂晔晖明明白白地听到了他们的对话,露出了苦涩的笑,心想,咱们这些观念陈旧、不懂行情的人统统被顾明亮给耍了。

不到半个小时,水电安装队和对面工地的二十五名水工全部赶到,韩素清安排他们分片包干,工区的干部一齐动手,连静坐的人也不计前嫌,搬运管子、套丝、打下手,一场"赶工通水"的战役迅速打响……

十三、鸿门宴

旷日持久的停水风波终于平息了，黄剑屹受到了市委书记的表扬，周岭南也转危为安。但，顾明亮、韩素清的任免文件却迟迟得不到宣布，五工区处于群龙无首。涂晔晖处理完停水就匆匆赶回党校，五工区主任新老取代的事他当然不得而知。

两星期后的一个下午快下班时，涂晔晖怀揣"党委书记上岗证"兴冲冲地来到周岭南办公室，告知搭档，自己的学业已满，可以马上投入工作。周岭南见到涂晔晖如同老友重逢，高兴、亲切、热情，诚惶诚恐；离座远迎，紧紧握住其双手，充满感激地说："学习结束了，祝贺、祝贺！请坐、请坐！"说话间，拉着涂晔晖坐到办公桌旁顾名利的专座上，又忙不迭地泡茶、递烟。面对周岭南超常的热情与亲近，涂晔晖并不感到奇怪，他二返六建坐上党委书记的位子，已给这位焦头烂额、四面楚歌的经理帮了诸多的忙，泄了诸多的洪，平息了诸多风波，作为有血有肉有感情的周岭南，理应有所表示。然而，涂晔晖哪里知道，周岭南过度亲热除了有血有肉、有情有义，还有一个让他意想不到的原因。涂晔晖傻乎乎地坐定，将装有《企业党委书记必读》等教材的挎包放到桌上，抽了口烟关切地问："最近公司情况怎么样？五工区……"一听到"五工区"几个字，周岭南像被弱电击中，忙岔开话题说："先抽烟、喝茶，工作上的事改天再说、改天再说。"下面的谈话便被周岭南掌控着，在热情友好、和谐欢快的气氛中进行，一旦涉及"五工区""静坐停水"这些字眼，总会被周岭南偷换概念，巧妙引开。

"周经理，如果没其他事我就上楼去了。"涂晔晖发现自己要说的话对方一概不感兴趣，想问的问题也得不到解答，只好告辞。周岭南一看涂晔晖要走，忙按住其挎包，看了眼墙上的挂钟说："甭急着走、

甬急着走，差几分钟就下班了，今日是周末，难得有空凑在一起，咱出去找个安静的地方痛痛快快喝几杯，也算是老哥为你学习归来接风洗尘，为你拿到书记上岗证表示庆贺。"在那个酒文化盛行，酒场泛滥成灾的年月，只要大小是个官，酒局绝不会缺，而且官越小吃喝的机会越多（这里当然不包括班组长）。"自己的工资基本不花，自己的衣服基本不穿，自己的老婆基本不用，自己的饭基本不吃"的顺口溜就是对这一现象的写照。涂晔晖大小也算个官，当然不缺酒喝，但周岭南请他喝酒还是大姑娘上轿第一次。中国有句成语叫"鸿门宴"，它告诉人们酒场的诡谲与可怕。涂晔晖深知其怕，大凡有人请，总要三思而后行，掂量这场酒能不能喝，敢不敢喝。"鸿门宴"让他明白，酒文化在中国历史悠久，源远流长，人们在长期的实践中为它注入了诸多酒以外的元素，使原本交流思想、传递友谊的文化现象变成了交易、获取利益的手段，变成了玩阴谋、耍诡计的武器。周岭南苦心设计的这场酒是友谊、交易，或是阴谋，涂晔晖不得而知，但却凭着本能和习惯在选项斟酌。是友谊？完全不可能，因为，他们只是同事，是心存芥蒂的同事，是一纸文件将他们捆绑在一起的同事，只有一个共同目标，那就是对上级负责、对职工负责，迅速使六建崛起。他们之间暂无友谊可言。是阴谋？更匪夷所思，一百个不可能。周岭南对自己的到来虽不欢迎，却绝不会形成仇恨，使用阴谋，玩"鸿门宴"。如果用排除法，否定以上两个不可能，这场酒就只能是交易了；古人云，礼下于人必有所求，周岭南的执意宴请只能适合这一条。然而，让涂晔晖不解、不懂的是，作为大权在握、人气旺盛的经理，有啥事需要与他这个椅子还未暖热的书记交易呢？

"走吧，走吧，犹豫啥呢。反正你回家也是一个人，不如出去陪老哥喝两杯。"周岭南语言真诚、亲切，不允许他再分析、判断，而且用了江湖言之——"老哥"。涂晔晖也许意识到"老哥"二字的分量超越了同志、同事与搭档，克服、粉碎了思想深处固有的煞有介事和警惕，产生了不论是友谊、交易还是阴谋均无所畏惧的凛然气概，本能

地松开了抓包的手,友善地看了周岭南一眼,算是答应。

在周岭南的导向下,他们驱车来到了一个城中村的酒楼。酒楼不算大,只有五层,每层不足一千平方米,是众多高层楼房间隐藏的一座极不起眼的建筑物,与其说是一栋楼,还不如说是一座碉堡。别看这栋小楼外表一般,好似小矮人,里边却雕梁画栋,金碧辉煌,漂亮豪华,内容丰富。一楼是茶秀,二楼是餐厅,三、四、五楼是KTV、按摩房和员工宿舍。周岭南、涂晔晖到时刚七点,正好是饭口,餐厅内却悄无声息,餐桌几乎全空着,只有几个头戴白帽、身穿蓝色工作服的服务生整齐列队,目不斜视,严阵以待。见到周岭南和涂晔晖进门,这些貌若天仙的姑娘们带着久经训练、统一整齐的微笑齐声问好,并簇拥着他们上二楼,进入一个光线柔和、古香古色的包间。包间不大,餐桌也比外边的小,最多只能容纳五个人,接纳他俩当然是绰绰有余了。看见周岭南、涂晔晖落座,姑娘们如天女散花,提水、泡茶、递烟,介绍菜系,调试空调温度……这一切,让在外饱受酷热的涂、周二人感到神清气爽,心旷神怡。涂晔晖在特区当过副总,经营过酒店,算得上见多识广,但这座酒楼的装修、布局,硬件、软件都使他耳目一新。特别这些如花似玉、恪尽职守的漂亮姑娘,一看就知道是经过专业培训、精心挑选的。涂晔晖暗叹宝山发展变化之神速,深信这座古老的北方城市总有一天会超越特区,成为改革开放的后来居上者。

"来瓶五粮液吧?"六盘热凉、荤素搭配的菜上齐了,周岭南以征询的口吻说。

"行,行,这么高雅的环境,清香扑鼻的菜肴,再配上五粮液,真是珠联璧合的最佳享受。"涂晔晖欣赏着色香味俱佳的菜肴,大加夸赞。一位姑娘应声将酒拿来,打开,殷勤斟满,恭敬地放在相对而坐的客人面前,温柔地道了声"请慢用",轻轻关门飘然离去。屋内只剩下周岭南和涂晔晖。看着满桌丰盛的酒菜,感受着周岭南的真诚与热情,涂晔晖兴奋地端起酒杯,反客为主,充满激情地说:"感谢周经

理的宴请。来，为咱们有缘'搭档'干杯。"周岭南也愉快举杯，说："来，为咱们的合作顺利干杯。"瞬间，两只精美透亮的玻璃杯轻轻碰撞在一起，发出打击乐般的悦耳声。两个人同时一饮而尽。周岭南拿过酒瓶，给两个杯子斟满酒，以感激的口气说："为老弟给咱摆平了停水再干一杯。"话音一落，俩人不约而同，欢畅淋漓地将酒倒入口中。在热烈、祥和的气氛里，他们边吃边喝，相互致谢，相互恭维，融洽、和谐、友好，不知不觉瓶中的酒已下去了一大半。周岭南的脸开始泛红，说话激情洋溢、显示出江湖气。他将一块清蒸鳜鱼夹到涂晔晖的吃碟，又豪气十足地说："老哥今日请你的主要原因是为了道歉，为五工区的事道歉。"

"道歉，为五工区的事？"涂晔晖放下酒杯，自语着，感到纳闷。一小时前在办公室，自己一再询问五工区的情况，对方就是避而不答，这会儿却反复主动地提及，并要道歉！看着涂晔晖疑惑的神情，周岭南继续说，"老哥言而无信、卸磨杀驴，对不起你跟韩素清。"涂晔晖终于明白了，明白周岭南的所谓道歉一定与韩素清、顾明亮的任免有关，顿然没有了酒性食欲，放杯停箸认真严肃地听着。

"说心里话，我也不想那样做，因为，明亮惹了那么大的祸，让他继续当主任确实不合适。但是，你回党校后发生了好多事，我实在是顶不住啊……"周岭南说着，将杯中的酒倒进嘴里，好像只有喝了这杯酒才有勇气把下面的故事讲下去。

"涂书记，现在是人情文化泛滥成灾的年代，谁来说情都得给面子，否则就会四处碰壁，就会寸步难行。为了六建以后少遇麻烦，顺顺当当，我只能当小人，出卖朋友了。"说话间，周岭南抓过酒瓶，给自己杯内斟满酒，愤然灌入口中，以豁出来的神气继续道，"说明了吧，顾明亮和韩素清的任免文件没有宣布，就在我的包里。刚才在办公室，我一直不好意思说，现在借着酒劲儿讲出来，你有啥意见就放开提，就是骂我我也认。"涂晔晖听着周岭南真诚、恳切的忏悔，注视着他如囚徒等待判决般的凄然神情，明白了他为何破天荒地要请他客。

就是想急切听到原谅与宽恕,让那张未曾问世的任免文件作废。涂晔晖与周岭南同在六建十多年,因为不同的工作性质,共事机会很少,了解也有限,但却知道他是个面善心软、信奉中庸之道、缺少杀伐决断的和事佬。一年前,他雄心勃勃当上了经理,踌躇满志地想干一番事业,造福六建、名垂青史,却因其致命弱点,影响了他的执着与坚持,甚至失去了是非标准,公平正义。一年多政绩平平、毫无建树,还差点丢了六建的牌子,威信一落千丈。但是,令涂晔晖无法理解的是,他竟然敢在原则问题上出尔反尔,将党政班子研究决定的干部任免文件长期揣于包内不予宣布,试图作废。这种"坐洋蜡""下软蛋"的事如何对得起关键时冲杀出来,为公司排忧解难的韩素清?如何给其他班子成员解释?涂晔晖心里窝火,一百个不高兴。但,面对"老哥"情真意切的表白,可怜兮兮的道歉忏悔,他能说啥呢?他不能埋怨,不能批评,更不能发怒、泄愤。然而,他是党委书记,党委书记的职责不能不恪守、原则不能不坚持,做人的良知与诚信不能没有。涂晔晖清楚,书记与经理之间既有分工又有合作,既要融洽团结,又要相互监督,而且还要互补。所谓互补,就是用一方的优势弥补对方的不足与缺失。在涂晔晖看来,周岭南身上有诸多优于自己的东西,如忍耐、宽容、大度、灵活等等。但是,他心太软,人情味太浓,这种"软"与"浓"往往会突破原则的壁垒,导致有恶不惩,有善不扬。涂晔晖更清楚,包围、战胜、俘虏周岭南的不是别人,正是顾名利和顾战胜。

涂晔晖分析判断的不错,五工区停水风潮平息,他匆匆返回党校后,顾战胜便伙同顾名利使出浑身解数对周岭南进行重重"围剿"。经过几个通宵赌场、酒场的激战,周岭南最终被降俘,答应撤销对五工区俩人的任免决定,并设法说服"搭档"。涂晔晖同周岭南一样,是个俗人,并非不食人间烟火、不懂人情世故、不顾及经理的面子,但却不能忘记停水给上百住户、几十家商铺造成的严重损失,给宝山市带来的负面影响;不能忘记自己奔赴工区解决问题,顾明亮不仅不

将功补过、亡羊补牢，竟消极对抗、避而不见，企图让自己知难而退，让停水继续。让涂晔晖更难以忘记的是韩素清的杰出表现。她不仅临危受命、通宵达旦、身先士卒冲在一线，为了打破顾明亮的经济封锁，她还拿出自家仅有的两万元积蓄，买料、付工钱，使通水工作按时完成。在这诸多难忘里，叫涂晔晖铭心刻骨的是他对这位有功之臣的承诺！即使在搭档的道歉、忏悔声中，在香醇的酒气里，在丰盛的筵席上也无法淡化，更无法让他退让、反悔，哪怕搭档误解。看着涂晔晖脸色阴沉，停箸放杯，默默不语，周岭南不再抒情狂饮，无声地抽着烟。

"我理解你的难处，你把文件给我吧。"两三分钟过后，涂晔晖轻声说。周岭南打开放在身旁的皮包，取出装在牛皮信封中的文件，交给涂晔晖。涂晔晖接过文件，展开、凝视着。那些简单的文字凝聚着他的谋略、智慧和心血，经过了一道道程序，代表了决心、意志、信任，体现着人心与正义；鲜艳夺目的红色文头，像一团火炙烤着涂晔晖。他手捧文件，认真、郑重、深情地对周岭南说："这份文件代表了公司党政班子成员的意见，代表了五工区众多职工的意愿，不能说作废就作废，即使真的要作废，也得重新走完应走的程序。但，平心而论，有这个必要吗？如果在干部任免这样重大的问题上都朝令夕改，我们这届班子还能取信于广大职工、取信于社会吗？谁又能跟着一群不堪信任的领导走呢？还有，咱们这般出尔反尔是对不起韩素清的，她为了平息停水事件可是冒过风险，出过力的呀！这样做不仅对她不公平，还会让她难堪、无地自容的。"涂晔晖望着沮丧、不悦的周岭南，狠狠吸了两口烟继续道，"如果我没记错的话，五工区换人的事建总的黄书记也在场，他知道咱反悔，不仅会批评咱奖罚不明，还会认为咱们执政能力有问题。"一听这话，周岭南由沮丧、不悦变得忧心忡忡。因为，他号称胆子大、线条粗、勇往直前，处事不计后果，实际上最瞻前顾后，左顾右盼，特别是惧上、害怕领导。涂晔晖不经意的一句话，歪打正着，刚好击中其软肋，他的态度随即软了下来，慌乱

中带着尴尬说："还是你的理论水平高，让我心服口服，不过……"周岭南欲言又止。

"周经理，咱俩谁跟谁，有话就直截了当。"涂晔晖见周岭南突然改变了态度，很是高兴，慷慨地说。

"你知道，名利跟我多年，他堂兄顾战胜又和公司有着生意来往……"周岭南停顿片刻，不好意思地继续道，"这些亲上加亲的关系确确实实把我咥住了，要不，我咋能反悔，把文件揣在怀里装哑巴呢？"周岭南再次出尔反尔，想把文件作废演变为金蝉脱壳。

"我理解你的苦衷，这事你就别管了，下周一我和宋部长去五工区宣布就是了。"涂晔晖果敢地说。

正当涂晔晖和周岭南求同存异、皆大欢喜、无忧畅饮时，周岭南的手机响了。是顾名利打来的，让他下一楼说事。周岭南让搭档稍等，迅速来到一楼见到顾名利、顾战胜，介绍了说服涂晔晖的结果。顾家兄弟一听周岭南临阵倒戈，当然不高兴。顾战胜冷冷地对顾名利说："名利，一会儿让周经理上三楼打牌，你陪涂书记喝酒，按第二套方案来。"顾明利点头答应。周岭南不知道第二套方案是什么，却为自己得以解脱如释重负，忙依照顾战胜的要求与涂晔晖周旋。

酒瓶见底时，包间的门被推开，涂晔晖抬头一看，是副经理顾名利。

"顾副经理，你咋知道我俩在这儿，快坐，快坐。"涂晔晖感到诧异，热情招呼、让座。

"这家酒楼是我堂兄开的，周末没事过来看看，在一楼听到你俩说话就上来了。涂书记第一次来，我代表我哥表示欢迎，今日这桌酒菜算我哥请客……"顾名利欣然坐下。但话未说完腰间的手机响了，接完电话，他不悦地嘟囔道，"实在不凑巧，楼上三缺一，催我'支腿子'。"他为难地看了眼周岭南，以遗憾的语气接着说，"难得和涂书记在酒场上碰面，喉咙痒得厉害……"

"名利，你陪涂书记喝酒，我上三楼'支腿子'！"为了让顾名利

和涂晔晖喝酒，周岭南主动请缨上三楼"支腿子"。

"不行，不行，我咋能影响二位领导的雅兴呢！"顾名利十分客气地说。

"不存在影响，我俩该聊的都聊完了，也该轮到你和涂书记聊聊了。"周岭南说。

"那就恭敬不如从命，我替您陪涂书记，你替我上楼'支腿子'。"顾名利言罢，向服务员喊道，"给这儿添俩下酒菜，再拿一瓶五粮液！"

周岭南走了，服务员换了套新餐具，顾名利坐到了周岭南的位置上。

别看顾名利的地位、文化程度、综合素质不如周岭南和涂晔晖，但聪明、灵醒程度，外交手腕，酒场经验及其酒量却有过之而无不及。他今天虽以堂兄的一枚棋子现身，但除了发挥棋子作用外还有自己的阴谋。为了争夺党委书记的位子，顾明利煞费苦心，无所不用其极，不仅以失败告终，还和涂晔晖结下了梁子。虽说都未显山露水地表现出来，却相互提防、相互淡漠，信任危机有目共睹。不说其他，就说喝酒，数月来，涂晔晖与班子其他成员，不论是"双边"还是"单边"，都同桌共饮过，唯独与顾名利没有。常言道，官大一级压死人，顾名利与涂晔晖只差半级，照样让他喘不过气。最近，涂晔晖又频频插手他的工作——解决退休职工群访，平息五工区的停水风波……可以说是出尽风头，赢足了好评，严重影响了他一年一度的政绩，降低了威信，动摇了经理"军师""参谋"的地位。这样继续下去还有他的活头吗？顾名利决定用堂兄的酒弥补缺失，消除积怨，化干戈为玉帛，在与党委书记的关系上来一个华丽转身。在涂晔晖看来，比他年轻五岁的顾名利是个让人琢磨不透的人物，他身为党委书记，初来乍到，一心想与班子成员友好往来，以诚相待，和睦相处。为了这一目的，他曾主动靠近顾名利，有意套近乎，得到的却是同性相斥。今天，顾名利主动接近要一块儿喝酒，他当然求之不得，热烈回应，不加任何前奏地开锣登场,进入角色。顾名利殷勤地为涂晔晖斟满酒,也为自己斟满,举起杯子,郑重、真诚地说:"酒场上一定要讲公道,您和周经理已经喝了一瓶,这瓶酒咱们不能一对一,应该一对二,你喝一杯,我陪两杯;喝完了,就继续上,醉倒了,四楼有的是床。不啰唆咧,我先干为敬。"顾名利兴致勃勃,咋说咋做,连干两杯。涂晔晖不甘示弱,不动声色地喝光了杯中的酒。顾名利给双方斟满酒,夹了口菜放进嘴里说,"涂书记,我最近才知道,咱是这个世界上最蠢、最笨的人。"

"你顾副经理如果笨,世界上就没有灵醒人了。六建谁不知道你年轻能干,聪明绝顶。"涂晔晖笑着说。

"书记真会夸人,"顾名利将一杯酒倒入口中,不好意思地继续道,"如果兄弟真像您夸的那样,也不会不知天高地厚地跟书记您争。"

"人往高处走,水往低处流,谁不想志存高远,层楼更上?再说,周经理又那么器重你,精心栽培你,你有更高、更远的追求就更正常了。"涂晔晖诚恳地说。

"您能这样看待兄弟的痴心妄想真让咱想不到,就凭这一点,您当这个书记就比我合适……"如同高手对决,一交锋就亮出了各自的绝活,顾名利、涂晔晖一开腔便敞开心扉,露出了各自心灵深处最为隐秘的东西。就这样,你一言,我一语,他们聊得如同竞选时那般酣畅淋漓、专心致志,忘记了吃菜、喝酒,不知不觉两个小时悄然过去。零点的钟声敲响后,顾名利放在桌上的手机跳起来,翻开盖子一看,是顾战胜的信息。顾名利恍然大悟,为了与对手拉和,竟然忘了堂兄安排的任务。顾名利很善变,变化之多超过了孙猴子,但有一点绝不会变,那就是血浓于水的亲情。为了亲情,别说是涂晔晖,就是恩人、贵人、号称异性兄弟的周岭南也会出卖、背叛。他必须奉旨行事,完成灌醉涂晔晖的使命。顾名利发现,涂晔晖不仅在工作中表现出理性、沉稳,酒场上也理性十足,有自控力,并以说话、聊天代替喝酒,连

陪两个所谓的酒仙却毫无醉意。顾明利后悔为了"拉和",为了个人的小阴谋,错过了实施大阴谋的机会。怎么办?人家是领导,不能过分劝酒、不能强迫,那样会失礼、露出破绽,会使两个多小时的"拉和"付之东流,还可能旧仇加上新恨。顾名利神经紧绷、挖空心思、绞尽脑汁、焦虑异常。如同暴风雨来临前群蚁蜂拥寻窝,地震将至群鼠疯狂觅巢……夜,已很深了,窗外大槐树上的蝉停止了鸣叫,那些端庄漂亮的服务员也没了精神,失去了挺拔的身姿,并不时有失风雅地张嘴、打哈欠,这时候涂晔晖只要说走,谁也无法挽留。那样,堂兄的妙计将无法实施,堂弟五工区主任的位子将彻底失去,堂兄童装城的雄图大略更会化为泡影。在以往的岁月里,顾名利搞过诸多阴谋,从未像今天这般艰难、伤神、无计可施……突然,唰唰的雨声从窗外传来。顾名利循着雨声,透过玻璃窗,看到了黑漆漆的夜空,灵机一动来了主意。有一首诗中写道:"失意的人沉睡于黑夜中,失重的人沉睡于风雨中,失恋的人沉睡于酒精中。"他已经走投无路了,为何不抛出郑芬芳这张牌呢?竞选书记前夕,为了打败对手,顾名利曾下功夫调查过这个人,试图发现她与涂晔晖在男女关系上的破绽,但"情报"有了,却没有价值;叫顾名利意想不到的是,过去的"垃圾信息"竟然可解今天的燃眉之急。

"涂书记,有个私事不知道能不能谈?"顾名利看着毫不在乎的涂晔晖,又以关切、知己的口气说,"不少人私下里议论,说您一直在打听郑师的消息……"面对这一隐私,涂晔晖虽无忌讳,却表现出沉闷、无语。他除了上任前苦苦寻找,几乎利用所有假日打听她的消息,却依然无果。在与他接触的所有人里,没有一个人当面提及"郑芬芳"三个字,包括丁惠仁。特别是郑芹英,真假也算个媒人,除了那天晚上答应帮他联系外,不仅再无下文,而且一涉及"她"便闪烁其词。今天,顾明利竟然提到她,涂晔晖虽感意外、耳生,却乐意听到,并想一吐苦水。

"名利,今日既然提到郑师,我也就不想隐瞒了。不怕你笑话,我

意想不到

这次回来一下火车就开始找她，现在还在找，至今杳无音讯。"涂晔晖毫不隐讳地说。看到涂晔晖略带失落失望的模样，顾名利沉默了。他同情眼前的男人，并对其刮目相看。在霓虹灯闪烁、身旁美女如云的花花世界，他呼风唤雨，叱咤风云五年，却因为一句空洞的承诺至今守身如玉，孤身一人，还苦苦追寻。他咋能想到自己心中的女人已成为别人的老婆，并有了孩子，而所有知情者均对他守口如瓶。正如一个男人被老婆戴上了绿帽子，周围的人都知道了，只有他被蒙在鼓里。顾名利除了同情还感到深深的怜悯，怜悯他的痴傻与愚忠；假如不是为了堂兄、堂弟的利益，他绝不会以如此残忍的手段对待面前的情痴，看着他痛不欲生。

"半年前，我听五工区有人讲，他见过郑师……"为了"使命"，顾名利还是狠心地实施其要灌醉对手的阴谋。涂晔晖未等顾名利说完话，一扫沮丧、失望，精神振奋，急切地问："那人叫啥名字？他在哪儿见过？"

"那个人叫啥、姓啥由于时间长了已记不清，但见人的地方我隐隐约约还记着。"顾名利佯装思索模样。

"在哪儿、在哪儿？"涂晔晖掐灭正在抽的半截烟，摆出要立即出发寻找的架势。

"噢——我想起来了，好像在青川市，青木县。郑师在那儿开了个超市，名字好像叫'晖晖'。"顾名利终于说。涂晔晖一听，两眼放光，摩拳擦掌，兴奋异常，嘴里反复念叨着："青川市、青木县、晖晖超市，青川市、青木县、晖晖超市……"生怕忘掉一个字、记错一个字。

"还有一个消息，我说出来您可千万别往心里去，不管咋说，咱只是听说而已，真假与否不保险。"看到涂晔晖激动、兴奋、跃跃欲试的样子，顾名利要亮出底牌了。

"有啥你就敞开讲，只要消息确凿，其他都无所谓。"涂晔晖被兴奋与幸福笼罩着，显得无所畏惧。

"听说她早已结婚了，还有一个五六岁的娃。"顾名利说完这话，眼睛斜视门口，不忍心看到涂晔晖发作。听到她"结婚"而且有了孩子，涂晔晖先是不相信自己的耳朵，刹那间，如同晴天霹雳、山崩地裂，一下子由兴奋的峰巅掉入悲伤的深渊。他直愣愣瞪了顾名利好一会儿，失态地大吼道："我不相信，你在胡说，肯定在胡说！她不会结婚，绝不会！还有五六岁的孩子，太滑稽了，简直是天方夜谭……"顾名利发现，涂晔晖已被他的阴谋彻底击倒了，失去了原本的儒雅、坚强、自信与大度，露出了脆弱、率性与自私。顾名利哪里明白郑芬芳在涂晔晖心中的地位。她是他的唯一，是回归六建的动力；不是为了追寻她，他决不会丢弃特区舒适的生活，千里迢迢回到宝山，与他们这些人斗智斗勇，纠缠怄气。

　　"唉！不就是个女人嘛！我们山里头有句话：女人就是套在脚上的袜子，脏了、烂了，一扔再买一双。凭书记的人品、才气、地位跟年龄，女人有的是。您如果愿意我明天就……"

　　"名利啊，你太年轻，太不理解男女之间的感情，太不了解我俩了。天下的女人多如牛毛不假，但要找到像你郑师那样的人，实在是难于上青天。我听说你是'闪婚'，当然缺乏恋爱经历，不了解、不理解我们风雨多年的感情，相濡以沫的故事……"顾名利的"信息"使涂晔晖痛苦、痛心、伤悲，破天荒地打开了感情的闸门，使美如诗画的往昔变为情话奔涌而出，幻化为生动的影像在脑海中浮现。报到那天办公室的相遇；风雪中并肩"抢救"宣传专栏；闺床上打吊针、养病；无数次的窃窃私语，海誓山盟；离别夜为祭奠爱情的人生第一次……然而，她为什么要移情别恋，为什么要另求新欢；为什么要忘记誓言，无情背叛……这无数个为什么让涂晔晖百思不解，无法找到答案，发出一连串追问。追问中，他发现了自己当年顾此失彼的疏忽，过度自信与无为。无为，使他心中充满了悔恨。涂晔晖虽然聪明、坚强、有智慧，却依然是个俗人，为了减轻悔恨与心痛，为了安抚滴血的灵魂，无法逃脱男人借酒浇愁的规律，更不知道这是顾名利设下的

司机摇下车玻璃，伸出头客气地问。

"解放路。"涂晔晖凭假话顺利上了车。快到"目的地"时，涂晔晖突然说，"师傅，对不起，我想去青川市、青木县……"未等涂晔晖说完话，中年司机猛一个急刹车，停了下来，毋庸置疑地说："出市的活咱不干，对不起，请下车。"涂晔晖早有心理准备，不急不躁地从包里掏出"党委书记上岗证"，上岗证上有他的近照，还有市委党校鲜红的印章。

"这么晚了，去那么远的地方放到谁都不跑。但请放心，我绝不是坏人，因有十万火急的事才劳驾你。由于走得急未带身份证，请看看这个。"说话间，涂晔晖将"上岗证"递给中年司机。中年司机接住，打开车顶灯，看了好一会儿，又扭头瞅了瞅坐在副驾驶座位上的涂晔晖说："兄弟，不是咱不放心，是因为社会上的坏人太多，不得不防啊。我有个伙计，为了多赚几十块钱晚上跑了趟长途，车被抢走不说，还差点丢了命。"中年司机将"上岗证"还给涂晔晖继续道，"就凭这证件，我绝对相信你不是坏人，但……"中年司机欲言又止。

"有话你就直说，这么晚了，咱们能碰到也算有缘。"

"这么远的路，让我跑单趟有点划不来。现在汽油价格连涨，还有……"

"说实话，是单趟还是来回我也说不准，不过请放心，不管单趟还是来回，我都会按来回付钱，只要能尽快把我送到目的地。"涂晔晖诚恳大方地许诺。

"我一看你就是个大方人，好人。出发了！"中年司机满意高兴地说着，一松手刹，轻踩油门，夏利车缓缓起步，瞬间加速，风驰电掣般在空旷、宽阔的水泥路上飞驰。大街两旁的高楼、店铺、霓虹灯和林荫道疾速后移。涂晔晖摇下车玻璃，在凉风的吹拂下酒劲儿散尽，头脑也完全清醒了，再次想到顾名利告诉他的噩耗，坚信不是真的、是以讹传讹。他不知顾家兄弟的阴谋，还为在按摩室的呕吐感到可笑，觉得有失身份，有失颜面；他哪里晓得，如果不是有失颜面的呕吐，

他将掉入陷阱、卷入丑闻，后果不堪设想。涂晔晖又想到他与周岭南针锋相对的谈话，想到信封中的任免文件，下意识地打开包，发现文件还在，暗暗告诫自己，周岭南迫于人情压力已延误了宣布时间，他不能有一分一秒的耽搁，必须在周一上午完成这一使命，让五工区远离阴谋，长治久安，让公平正义、奖与罚得以体现，让广大职工知道六建是有公理、有希望的。涂晔晖凝视方向盘旁的里程表，掐算着时间。他清楚，如果不是郑芬芳，不是因为那段无法释怀、牵肠挂肚的感情，他也不会回到六建。但是，不管是何原因，他已回来了，并坐到了党委书记的位子上，有了重于泰山的责任和神圣不可侵犯的使命。公司的事、职工的事，再小也是大事，自己的事再大也是小事，绝不能因私误公，因小失大。他决心快刀斩乱麻，在有限的时间内处理完感情纠葛。涂晔晖打开手机，看了看时间，已是凌晨四点半。即使一路顺利，赶到青木县也在八个小时之后，再加上找人、吃饭，最快也得到第二天傍晚时刻。老天留给他的办事时间太有限了。他再次将目光凝在里程表上：时速一百三十五公里！他不能再向司机要求什么了。涂晔晖闭上双眼，头枕靠背，打算眯一会儿，以便养精蓄锐，精力充沛地投身情感的旋涡，享受欢乐或是承受打击。

"兄弟，精神点，前面马上就是进山的盘道，陪老哥谝谝，别让我打盹儿。"涂晔晖刚迷迷糊糊进入梦乡，中年司机大声提出了要求。他慌忙振作精神，并取出两支烟先后点着，递给中年司机一根，自己留下一根叼在嘴里，狠狠吸了一口。浓浓的烟雾立即被窗外的山风冲散。因为烟的刺激，风的凉意，他睡意全无，精神了许多。陪他谝谝，谝啥呢？涂晔晖思忖着。

"师傅，看你开车的娴熟、老练劲儿，驾龄一定不短吧！"看着中年司机嘴角叼烟，神情悠然，目不斜视，双手轻松转动方向，使身下的车沿着蜿蜒曲折的绵绵山道平稳攀爬，涂晔晖奉承道。

"驾龄不长，也就是八年光景。"中年司机客气地说。

"您肯定是半路改行。改行以前在哪儿高就？"为了陪聊，涂晔晖

意想不到

没话找话。中年司机刚要说话，前方拐弯处冒出一辆卡车，他神情专注地会了车后说："谈不上高就，在一个区办厂当过几天车间工会主席。八年前，厂子不景气裁员，先拿党群干部开刀，咱第一轮就下来了。"中年司机把早已燃尽的烟蒂吐出窗外继续说，"咱十八岁进厂搞工会工作，除了访贫问苦，组织职工吹、拉、弹、唱，打球、照相，没啥能赚钱的手艺，想自谋生路，难啊！"司机又会了辆车后，以自豪、得意的口气继续道，"好在当时咱还年轻，三十岁出头，上级工会组织又拉了一把，咱学了开车。说来也算运气好，刚拿上执照就有人请，一上手就是开出租。开始是挣月薪，后来包车，两年前买了这辆车。"中年司机带着无法自抑的豪迈与欣喜，拍了拍方向盘又说，"现在，国家政策好，允许八仙过海各显其能，只要人勤恳、能吃苦，都不会饿肚子，耍得好了还能发财呢！"

"您真不容易，更了不起。"涂晔晖静静听着中年司机的创业故事，回想起特区闯荡的日子，心灵相撞，产生了共鸣，饱含深情与敬慕，夸赞道。听到赞扬，中年司机显得十分兴奋，扭头看了眼涂晔晖不服气地说："有些人看不起咱们这些党群干部，认为咱是'万金油'，能止痛、止痒却治不了病。其实呀，这都是偏见，是戴着有色眼镜看人。老邓说过，实践检验真理。事实证明，咱们这些党群干部拉出来哪个都不是平地里卧的，都是响当当硬邦邦的汉子。咱凭着两只手几年时间挣了辆新夏利，很满足却也不算啥，还有更厉害的呢！"中年司机瞅了眼默不作声的涂晔晖，又滔滔不绝道，"前一阵，东郊有个单位，几百名职工因停水闹事、挡贵宾车，要求解决吃水问题，给政府办难看。当时闹得是沸沸扬扬、满城风雨，做工作的一伙一伙、一群一群，跟赶集似的，连市上的领导都被惊动了。但是，水还是通不了，事态继续升级。后来，那个单位的书记出差回来了，三锤两棒子把问题给解决了。"中年司机努力地转动着方向盘，翻过一座六十度的山头后不好意思地继续说，"老弟，说心里话，不是通过上岗证知道你是个企业党委书记，我绝对不会应这趟活，硬着头皮答应也是因为咱

都是万金油、同行，也是出于对那位平息闹事风波书记的钦佩。"涂晔晖认真仔细地听着中年司机有关企业党群干部的高论，听着他对五工区停水一事的评价，感到十分欣慰。深深意识到，老天有眼，将人世间的事看得一清二楚，无论是谁，无论他做了啥好事，都会一丝不苟地记录在各人的史册上。这就是一分耕耘，一分收获，就是众口皆碑。这个老天就是芸芸众生，就是咱老百姓。涂晔晖欣慰之余又深感愧疚，因为，停水事件的处理还不尽人意，还留有尾巴，包里的文件尚未宣布，赏罚没有兑现，五工区仍处在群龙无首中。

"师傅，您的消息真灵通，这些事您是怎么知道的？"涂晔晖好奇地问。

"甭看咱这车档次一般，却整天拉龙载凤，和三教九流的人打交道，加上进大街、出小巷哪儿都得去，自然就有了千里眼、顺风耳，成了消息灵通的'路透社'。还有，就是我们同行之间经常沟通、交换信息，我刚讲的停水故事，就是从我徒弟王秋生那儿听来的……"

"你认识王秋生？"这个世界简直是太小了，在这黎明前的秦岭里，在这普通、窄小的出租车内竟然能听到王秋生的大名，涂晔晖惊讶地打断了中年司机的话。

"当然认识了，不但认识，他拿到执照第一天上路咱还是他的陪驾呢！他见了咱不叫师傅不说话……"中年司机说着说着突然关了话匣子，减速、靠边、停下车，打开顶灯，端详了涂晔晖数秒钟后说，"您一定就是秋生讲的那个党委书记，一定是。不说了，有秋生这层关系，咱们又是同行，今日这车就由你调度了。兄弟你说跑哪儿咱就跑那儿，说跑到啥时候咱就跑到啥时候。也甭说车费，只要给个油钱就行……"

涂晔晖，这个称职的"陪聊"使司乘之间的关系愈来愈投机，愈来愈密切，愈来愈深入，甚至到了互掏心窝、无话不谈的程度。通过攀谈涂晔晖了解到，中年司机叫彭生善，是新城区石棉厂的一位工会干部，下岗后当上了出租车司机。他凭着精明、认真、勤劳、吃苦和优质的服务，成了拥有一名雇员的车老板，有了属于自己的房子。虽

意想不到

不算十分富有，却也吃穿不愁、衣食无忧。彭生善自然也了解到了涂晔晖的底细，知道了他的奋斗历程，清楚了他夜奔青川市、青木县的目的。当然，一些个人隐私涂晔晖并未告诉他，譬如和郑芬芳的一夜情，为了郑芬芳才二返六建等等。但不管怎么说，他们已成了一见如故、相见恨晚的朋友。这种旅途逢知己的愉快冲淡了长途跋涉的劳顿，没有了翻山越岭的艰险。天刚放亮，他们就冲出了阴冷、昏暗的山口。夏利车拐过山角，一幅柳暗花明的景象呈现眼前。天高云淡、风清气爽、绿草茵茵。两排郁郁葱葱的垂柳沿着笔直的柏油路齐刷刷延伸向天的尽头，路基下被公路划开的麦海坦荡无垠，绿中泛黄，在晨风的吹拂下波起浪涌，涟漪层层，浩瀚壮观。一轮红日从地平线上冉冉升起，将柔美的光撒向广袤的大地，撒向金浪滚滚的沃野。麦海中波光粼粼，滔逐浪涌，美不胜收，让人心旷神怡。晨露在泛黄的麦叶上滚动，在草丛中荡漾；黄鹂在麦浪间翻飞、徜徉；绿色的夏利在麦海与麦海间穿越，在麦浪中浮游……坐在车内的涂晔晖情不自禁地停止了陪聊，丢下了寻亲的心事，摇下车窗玻璃，目不暇接地享受着这天然丽景。他多想让车慢下来、停下来，跨出车门、扑向麦海，与这如诗如画的大自然融为一体。无意中，他触摸到了包里的牛皮信封，里边装着五工区班子的任免文件，一种紧迫感、使命感油然而生，他赶忙收回视线，看着仪表盘上的时间，恨不得立即飞到目的地。现在已是星期六早晨七点钟，他还在距离青木县三百公里以外的山口，后面的路还很遥远，过程也许更曲折复杂，他怎能自由自在地观赏景色、享受闲情逸致？涂晔晖暗下决心，不管此行的结果如何，都必须在星期一上午之前赶回宝山，务必把压了半个月的文件公之于众，以免夜长梦多，再添变数。周岭南是个经不起策反的人，说不定哪天又变卦，让他苦口婆心地说服动员付之东流。那时，再做工作就难了。涂晔晖看了眼里程表，不好意思地向彭生善提出了要求："彭师，能不能加速？"

"行，没麻达。出了山，为了让你观景，我有意放慢了速度。"说

话间，他猛踩油门，里程表上的指针霎时窜到了一百四。当夏利如入无人之境，超越身旁所有车辆行驶至距青川市五十公里的地段时，意想不到的状况出现了。一辆辆大吨位的拉煤车犹如一座座五颜六色的小山，簇拥在绵绵数十里的公路上。彭生善无奈地摇下车窗玻璃，仰望如怪兽般的庞然大物，看着水桶般粗壮的排气管喷射出的阵阵浓烟，叹息道："毕咧，毕咧，咋碰上了拉煤的高峰期。"

"没事，没事，只要安全到达，返回时避开这个时段就是了。"看到如此严重的堵车，涂晔晖焦虑异常，却以乐观的口气安慰彭生善。听了涂晔晖的安慰，彭生善呷了口自备的白开水，屏气凝神片刻，充满自信地说："咱不能活人叫尿憋死，叫我下车侦察侦察，看有没有其他办法。"彭生善下车，通过煤车之间的缝隙向前走了上百米，之后坐上车兴奋地说，"天下事难不住咱共产党人，你就瞧瞧咱老彭的手段。"言毕，他松开刹车，手搬离合，轻踩油门。夏利缓缓启动，小心翼翼，摇头摆尾，犹如一叶扁舟在万吨级航船间游弋，似一只兔子在大象旁漫步……人常说，不怕慢就怕站，夏利的辛苦穿越虽不像无障时那般潇洒、尽兴、欢畅，却冲破了重重围困，离开了拥堵路段，进入了青川市。青川，这座中国西北最大的煤城，不仅地下有取之不尽、挖之不竭的煤源，地上也全是煤的世界。路旁堆的、空中飞的、风中飘的统统是煤。就连人们赖以生存的空气中也充斥着煤的分子。由于煤的熏陶，使人失去了黄种肤色，就连太阳也没有了原本的灿烂与光辉。尽管这"黑金"世界并不亮丽、迷人，尽管昼夜赶路让涂晔晖十分疲惫，但他与彭生善依然兴奋、高兴，精神饱满。再过一个多小时就要到达青木县，如果顺利找到晖晖超市，天黑之前就可见到久盼的郑芬芳，揭开让他纠结难熬的谜底，咋能不使他精神抖擞，心气高涨？彭生善当然也不枉此行，不仅结交了位同行，还不经意间给这位萍水相逢、一见如故的同行帮了忙，了结了一段情缘。

出了青川市区，夏利一路狂奔，下午四点多就到了青木县城。县城不大，人口不足三万，坐落于漫漫十公里的山道旁。它依山傍水，

意想不到

风景秀丽,古色古香,一点也不像大城市那般繁华、浮躁。这儿没有高层建筑,没有豪华的酒店,没有货摊如山的商厦。也许是统一规划,这里的楼房均为多层,造型、结构、颜色百花齐放、百家争鸣,排列有序、层次分明。由于外装修讲究、有档次,座座楼房色彩绚丽,独具匠心,与青山绿水相辉映,使整条长街活像一艘停泊于蓝天白云、青山绿水之间的巨型龙舟。这里也许是沾了青川"黑金"的仙气,原本清冷、贫瘠的山沟沟几年间成了政通人和、漂亮富庶、秀丽迷人的桃花源。涂晔晖对这座花园式的小城熟视无睹,毫无感觉,心中只有一个念头,就是尽快找到朝思暮想、魂牵梦绕的郑芬芳。眼中只有一个目标,那就是晖晖超市。只要看到超市就能见到她,就能破解二十个小时以来让他无法安神定心、纠结难耐的谜团。夏利车以蜗牛蠕动的速度在这条笔直、整齐的长街上已打了三个来回,所见超市十八家,就是看不见"晖晖"二字。涂晔晖下车打问,依然无果。这时,西方的晚霞已被大山遮挡,秦岭的阴影笼罩了整个县城,街灯不约而同地亮了,临街商铺门头上彩灯斑斓、熠熠生辉,为这座古老的山城平添了几分浪漫与现代色彩。涂晔晖从一家店铺老板口中得知,再过一个多小时,所有店铺将全部关门。这里不是大城市,人气旺盛、夜生活丰富,商家当然不会延长营业时间。也就是说,老天给涂晔晖留下的寻亲时间只有一个多小时,一个小时过去,即使找到那家超市,人家已关门,要见人得到明天;而明天他就得离开这座山城,赶回去完成周一的使命。涂晔晖坐在车内,计算着、谋划着,不时打开手机看时间,焦虑万分。当他再一次打开手机时,灵机一动有了主意。凡是超市都有固定电话,通过114查号台这一难题不就迎刃而解了?涂晔晖收回视线,拨通了114。热心的查号员很快以记录速度告知了"晖晖"超市的电话。涂晔晖念叨着电话号码,很快拨通,轻而易举地得到了超市的准确地址。

"彭师傅,沿街直开到山口,晖晖超市就在山口的坡坎上。"涂晔晖放下电话,兴奋地对彭生善说。彭生善一听十分高兴,脚踩油门,

手把方向，一根烟工夫就赶到了山口的高坎下。在高出地面的陡坡上，果然坐落着一家超市，它就是晖晖超市。涂眸晖心急火燎地打开车门，下车，凝神抬首，看到了彩色灯带包围着的灯箱，镁光灯照射下的四个红色大字：晖晖超市。通过宽阔、敞开的超市大门，涂眸晖看到了货架上琳琅满目的商品，看到了来回走动的导购，手拎货筐的顾客，听到了超市内的说话声。涂眸晖高兴、激动、兴奋，忘乎所以，心脏无法控制地狂跳，脚步本能地跨上高高的青石台阶，一阵风似的上到坡顶，迎着嗖嗖的山风，疾步走向超市。然而，在距超市大门五十多米的地方他停住了脚步，踌躇起来，由忘乎所以变得冷静胆怯，由不顾一切变得战战兢兢、心障重重。顾名利有关郑芬芳结婚、生子的话语在心中激荡，在脑海中翻腾，搅碎了他所有的美梦。假如真像顾名利所讲，自己的贸然光顾不就是第三者闯入吗？不是会给其美满的婚姻投下阴影，埋下了隐患吗？涂眸晖的脑海中再度出现了诸多问号：为什么当时她莫名其妙地失踪？为什么她会隐身于这穷乡僻壤？为什么连媒人也闪烁其词……这一连串的问号只能说明一点，那就是为了隐藏什么秘密，躲避什么人。秘密当然是结婚生子，躲避的人只能是他涂眸晖。涂眸晖陷入了极度痛苦的纠结之中，是进还是退，无所适从，举棋不定。也许老天也为他难受、伤神，突然之间变了脸，冰冷的山风携带着细雨扑面而来，浓浓的乌云遮住了朦胧的月光，山间的流水声哗哗作响，替他呜咽，为他哭泣。涂眸晖在如丝的雨帘下、冰冷的山风里、哗哗的涧水声中久久伫立，凝望晖晖超市，凝望超市上空飞扬的细雨。它们在灯光的照射下晶莹透亮，潇潇洒洒，如诉如泣。满载而归的购物者兴致勃勃地走出超市，被风雨吹打着，不约而同地缩脖耸肩，加快脚步，与涂眸晖擦肩而过，走下青石台阶，消失在风雨夜色里。他们是最后一批顾客，他们的离开使超市乃至整个世界安静了许多。涂眸晖依然进退维谷、迟疑不决。因为，他虽执着却不失理智；虽一往无前却行事谨慎从不莽撞；虽与郑芬芳爱如潮水，情深似海，但那只是过去。随着岁月流逝，他痴痴不懈的追求也许已成为一厢情愿。尽管爱情是自私的，尽管他对她忠贞不渝，但为了爱不择手段的粗暴掠夺却有悖涂晔晖的做人准则，他千里迢迢、翻山越岭来这里，就是为了那一线希望，更是因为信任，想弄个究竟。他在进退之间权衡着利弊，艰难选择着……

"妈妈，我到外边开汽车去了！"随着一声稚嫩的童音，一辆色彩斑斓、彩灯闪烁的玩具汽车从超市大门内冲出来，紧跟其后的是一位五六岁的小女孩。玩具车行驶在超市门外的空场上，借着坡度，加速向涂晔晖的脚下冲来。涂晔晖因神不守舍反应迟钝了一些，弯腰拦挡却没有拦住，玩具汽车哗啦啦一头栽到青石板台阶下的山道上。涂晔晖拦住飞奔而来的小女孩，疾步走下台阶，捡起玩具汽车，送到她手里。

"谢谢叔叔。"小女孩感谢完，双手抱着玩具汽车跑向超市。

"娜娜，别疯了。你在和谁说话，快过来，咱们马上回家。"也许是玩具汽车摔下台阶的声响惊动了大人，超市内传来亲切、耳熟能详的声音。循着说话声，涂晔晖看到了一个熟悉的身影出现在超市门口。虽然风遮雨罩，霓虹灯闪烁，光线忽明忽暗，涂晔晖依然认得出，她就是郑芬芳，是五年来日日盼、夜夜想的人；是数月来苦苦追寻的人；是费尽周折、翻山越岭急于要见的曾经的爱人。涂晔晖刚刚平静下来的心打鼓似的狂跳起来，像要冲出胸膛。他真想跑过去，扑进她的怀中，紧紧地依偎在一起，让五年的思念、苦盼变为熊熊烈焰，尽情燃烧。然而，那活泼可爱的小女孩，他们一来一去的对话验证了顾名利传递的信息，自己充其量只是个初恋男友，是让人噤若寒蝉，多余、讨厌的第三者。涂晔晖的希望在艰难的选择中彻底破灭了。尽管他做好了充分的思想准备，依然感到五雷轰顶、肝胆俱裂。只说是彩虹就在眼前，没想到是梦幻一场，涂晔晖感到天旋地转，整个身体在空中飘浮着，没有了意识，失去了知觉……几分钟后，他终于凭着自身的坚强回到了大地上，回到了现实里，恢复了思维。他尽力稳住咚咚狂跳的心，调控着急速奔流的血液，试图施展海纳百川、有容乃大的胸

怀……还是情不自禁地向她投去了恋恋不舍、悲切无奈的目光，并固执地认为眼前的事实不是真的。认为她并非晖晖超市雍容华贵的老板，而是历尽沧桑、成熟淡定、泼辣大方的郑芬芳。然而，涂晔晖总归是马克思的信徒，是唯物主义者，深知客观事实是不以人的主观愿望和想象改变的，不得不从虚拟的世界里跋涉出来，他由依恋不舍变为迷茫、委屈、愤慨、憎恨，回到被欺骗、被愚弄、被抛弃的现实里。他从遥远的特区回到宝山，数月来不懈追寻、昼夜兼程翻山越岭赶到这里，迎接他的却是一枕黄粱，一场空灵。涂晔晖久有的爱情观被无情的现实彻底颠覆了，并对梁山伯与祝英台的化蝶故事、王宝钏苦等薛平贵十八载的经典产生了怀疑，认为那都是无聊文人的瞎编杜撰，是欺世盗名的谎言。他站立风雨中，打心里呐喊：爱情啊爱情，你绝非人们口口相传的那般圣洁、永恒、坚不可摧，你只是男女之间的一时冲动，经不起时日的昙花，受不了阳光照射的霜雪，耐不住潮水冲击的沙器。涂晔晖在愤慨、憎恨与呐喊中，为多年辛苦筑建的爱情圣殿的倒塌流下了痛苦、悲伤的眼泪。山风伴随着他的悲伤越吹越疾、越刮越紧；山雨伴随着他的痛苦越下越大，越来越猛。涂晔晖在风雨之中远望黑黢黢的秦岭，听着奔流的溪水声，心如刀绞，泪水和着雨水，滴答、滴答地落在石板地上。涂晔晖出生在一个普通的农民家庭，由于兄妹多，从小缺吃少穿，饥寒交迫，却从未像今天这样悲苦交加；即使五年前流浪特区街头，夜宿候车室、澡堂子，也没有如此狼狈、凄惨、无力自拔……

"就是这位叔叔帮我捡到了汽车。"正当涂晔晖悲苦至极、如梦如痴时，耳旁传来了小孩的说话声。借着朦胧的路灯，涂晔晖再次看到了那个可爱的小女孩，紧随其后的是打着花雨伞、步伐稳健、亭亭玉立的郑芬芳。

"这位先生，雨这么大，快到前边超市避避吧。"郑芬芳客气地说着，同涂晔晖擦肩而过。尽管光线很暗，又是在风雨之中，涂晔晖从零距离的接触中依然看清了她。她还是那样健美、挺拔、富有活力，

意想不到

只不过比五年前富态了；粗壮的麻花辫变成了披肩长发，潇洒、浪漫、成熟取代了朴实无华；他还闻到了从她身上散发出的熟悉的淡淡香味。可惜的是，她牵着小女孩一晃而过，下台阶，消失在风雨蒙蒙的夜色里、山道上。感受着与郑芬芳母女擦肩而过的情形，望着她们消失在夜色中，听着她真诚、客气的关切，他虽因紧张没有回应，心中的怨恨却减少了不少。涂晔晖明白，她的真诚关切完全是对陌生人的，足以证明五年的光阴尽管漫长，但并未改变她善良的本性，正如当年把他这个萍水相逢的下属硬接到家里精心救治、悉心照料一样。

"涂书记，雨太大了，回车里吧，小心感冒。"彭生善不知何时站到了涂晔晖身旁。他是过来人，也是个聪明人，坐在坡下距涂晔晖近在咫尺、距超市不足百米的车里，耳闻目睹了台阶上发生的一切，看到了眼前这位痴情男人的失败、失落与痛苦。作为朋友、同行，他必须让他从沮丧、挫败中解脱，重新振作，开始新的生活。然而，他对他的到来熟视无睹，毫不理睬，只是目不斜视、痴痴地、忘情地、有失风度地望着坡下的山道，望着她们远去的方向……

"人家走远了却把痛苦留给了你，你可不敢太傻了。天下的好女人多得是，何必要在一棵树上吊着，更何况那棵树已栽到别人的院子里了。"彭生善拉着涂晔晖冰冷的手，安慰说。

"痛苦，没啥可痛苦的。"涂晔晖似乎有了知觉，有了意识，坚强地说。涂晔晖没说假话，强装硬汉，是因为那个最痛苦的阶段已经远去，它就是顾名利告知的那一刻。从那时到现在已过了二十个小时，二十个小时虽不算漫长，却历经酒的冲刷、失态地宣泄、心理适应等自救过程，他已缓过气来。正如一个跳崖者，在空中从一层层树的枝干上掠过，即使坠入崖底，由于一路缓冲，也绝不会直接坠地摔死。涂晔晖挣脱彭生善搀扶的手，回头看了眼正打烊关门的晔晖超市，迈着僵硬的双腿走下青石台阶。

"走，找个下榻的地方，正儿八经吃顿饭，再好好睡一觉，明天避开拉煤车早早回宝山。"涂晔晖心平气和地安排着行程，好像啥事也未

发生过一样。他之所以如此淡定，除了那些"缓冲"外，还因为心里不仅装着儿女私情、装着朝思暮想的郑芬芳，同时装着更加神圣、伟大的目标，那就是尽快改变六建的落后面貌，体现人生价值。现在，一直困扰他、让他牵肠挂肚的感情问题已尘埃落定，事业将成为他的唯一。涂晔晖回到车内，触摸着包里的任命文件，思绪又回到了工作中。

十五、激情演讲

　　宣布五工区班子任免决定的会开得既艰难又顺利。所谓艰难，就是被免的原主任顾明亮始终玩失踪，使应该走的程序无法走到。犹如一名罪犯拒到法庭接受判决，虽无碍于法律的威严与神圣，总是美中不足。涂晔晖明白，顾明亮拒绝到场不是慑于"红头"文件的威力、无颜面对下属，更不是惧怕与涂晔晖直接交锋，而是认为他不到场涂晔晖就不敢宣布，就如同两周前拒不到场，使"通水"变得群龙无首，只能由党委书记直接指挥一样。顾明亮还有一个幻想，就是将宝押在顾战胜的阴谋上，押在按摩床的裸照上。沉醉于酒精中的顾明亮哪里知道，老天有眼，让涂晔晖逃过了那一劫，没有掉入他们设下的陷阱。所谓顺利，就是涂晔晖根本未把顾明亮作为救命稻草的组织程序当回事，未追求完美无缺，毫不犹豫地在五工区所有职工面前庄重、严肃地宣布了公司党政班子的决定，宣告了在五工区这个小世界里，顾家王朝的结束，韩素清时代的开始。

　　下午三点左右，顾明亮像往日一样回到工区，下属们已经对他视而不见。来到门面房，迎接他的更是一副副冷若冰霜的面孔。人，一旦失去了头上的光环便变得黯然失色，顾明亮的光环正是主任的头衔。今天，那张任免文件最终见了天日，他的头上已没有那道可使他作威作福的光环，有谁还会对他强装笑颜、虚假热情呢？依照他平日的作为，大家没有"纸船明烛照天烧"就算客气了。还是新任主任韩素清念及搭档情分，不愿看到他倍受冷落、惨遭唾弃的狼狈，把他叫到办公室悄声说："上午，涂书记带着公司组织部的宋部长来过了，宣布了公司的任免决定……"

"没找我谈话他就敢宣布，我要上告——"顾明亮闪闪发光的秃顶上沁着汗珠，牛铃般的黄眼珠几乎要蹦出眼眶，未等韩素清说完话便咆哮起来。

"当时，宋部长四处寻你……"

"当时，当时我有事！"气急败坏的顾明亮再次打断了韩素清的话。

"有事你为啥不开机，不请假？"

"开机，请假……"顾明亮理屈词穷。

"人家没法子，只能宣布了。"韩素清理直气壮地抱怨着。顾明亮怒气冲冲，却无言以对，沉默良久，终于问："你上来了我咋办？"

"回公司，另行安排。"韩素清模仿着宋部长的口气说。

"我才不去那个光让干活拿不到工资的公司呢！另行安排？安排老子也不干，看他把老子咋办！咱骑驴看唱本走着瞧，日后有姓涂的难受的时候。"顾明亮咬牙切齿，恶狠狠地说完，把办公室门上的钥匙朝韩素清桌上一摔扬长而去。他要找堂兄顾战胜商量对策，他是为了他才丢了官，他还寄希望于按摩床上的照片，要依靠它扭转败局，实施复仇计划。

顾明亮在五工区歇斯底里大发作时，涂晔晖正参加公司上半年的职工思想工作分析会。这样的会虽每年两次、雷打不动，却由于多年来只注重形式不注重实效，成了一种与职工思想不搭边的过程，纯粹的指标完成。只要过程有了就算达到了目的，至于作用、意义，没人关心，无人问津。今天的分析会却与以往大相径庭，迥然不同。原因很简单，六建从兼并、摘牌的险境中死里逃生，每位职工，特别是党群干部们不约而同地有了危机感，工作比以往认真、负责了许多。其

次是公司井喷式的突发事件如乌云笼罩头顶——退休职工缠访，五工区停水，工资拖欠，债户临门，工程奇缺，公司信誉下降……让人们看不到阳光，看不到前途与希望；对公司失去了信心，对领导失去了信任，对未来感到迷茫，悲观沮丧，犹如霜打的茄子提不起精神。职工们满腹的牢骚如鲠在喉，想倾吐、要发泄却没有机会和渠道，听说这次分析会实行改革，只要报名举手即可说话，还倡导知无不言，言无不尽。与会者也不局限于党群干部，不管是谁，只要有拯救公司的良策妙计都可参加。这次分析会还有一个亮点，就是公司党政领导都参加，并要把大家的意见、建议归纳整理，在"中心组"学习时进行讨论。由于"政策"变了，原计划四十五人参加的分析会，一下子来了一百多人，使狭小的会议室达到了饱和，创下了几十年单次接待与会者最多的纪录。

这次会仍由公司宣传部部长、职工政治思想工作研究会副会长黎晓光主持。黎晓光是一位工作认真、业务精湛、资历深厚、五十岁出头的老政工，工龄三十六年，光在宣传部那张已经磨光油漆的办公桌旁就坐了三十四个春秋，在宣传部长的位子上陪伴了十六任党委书记。他主持一年一度的职工思想分析会不计其数，却从未经历过像今天这样的会议规模，这般一针见血、触及灵魂、不留情面、万炮齐轰般的发言。而且，发言者大多为业务干部，其直抒胸臆的率性，高屋建瓴地剖析，让党群干部们汗颜。会议上，不仅一般干部和中层们争先发言，班子成员也不甘落后，破天荒地参与其中，各抒己见，侃侃而谈。如经理周岭南、工会主席丁惠仁等。按议程，分析会五点结束，但六点多了，发言还络绎不绝、争先恐后地继续着。黎晓光几次向涂晔晖请示结束会议，均未得到默许。快八点了，大家依然兴致盎然、精神头不减。为了不影响与会者回家乘车，会议终于轮到最后一个议程——公司领导发言。由于周岭南等领导会议中途已发了言，经验丰富的黎晓光把目光投向了顾名利。他是坐在主席台一长排领导中唯一一个该说话而未说话的领导。看到主持人的目光，顾名利会意，却摇

头，摆手，拒绝。

"说两句吧顾经理，你一直是行政领导中最支持咱政研会的，今日这么宏大的场面，可不能不说话。"耿直、真诚、热情的黎晓光实心邀请。他是位忠诚于本职工作的人，有着追求完满的好胜心，希望公司领导们都能参加他精心组织的会议，发言、做指示，而顾名利又是行政领导中最关注党群工作，具备即兴发言能力，有表现欲的人。厚道的黎晓光哪里明白，人家以往的表现纯属有的放矢，是为了觊觎已久的党委书记的位子，现在，位子已被别人坐了，怎能再装腔作势，劳神费力。黎晓光更想不到，顾名利今天道貌岸然地坐在主席台上，不是被自己开拓创新、史无前例的"分析会"吸引，而是醉翁之意不在酒，对新任党委书记涂晔晖"情有独钟"。涂晔晖，一个浪迹天涯的下岗职工，不费一刀一枪、轻而易举地抢走了他垂涎已久的位子，这让顾名利耿耿于怀，一百个想不通，一千个不服气。今天，公司召开如此规模的大会，他要大睁双眼，瞧瞧这个打败了自己的人有何真才实学，自己又与他差在哪里？除此之外，顾名利还有一个更大的好奇心，就是要看看在他提供的"信息"打击下的涂晔晖的狼狈相。在顾家三兄弟中，顾名利虽不及顾战胜的魄力、智商与手腕，却要比醉生梦死的光头顾明亮强出许多，他嗜酒而不醉，好色而不贪，始终保持着清醒的头脑、敏锐的洞察力。顾名利清楚，那晚意想不到地没有获得"鸳鸯照"，却知道涂晔晖下了按摩床、离开酒楼连夜去了青木县。青木县，一个弹丸之地，要找到晖晖超市易如反掌；找到超市必然会见到郑芬芳，了解到其结婚、生子的真相。失恋、背叛保准使他狂傲不羁的心滴血，让他颓废、倒地，一蹶不振。顾名利在主席台上如坐针毡数小时，就是要见识见识对手是如何流着眼泪振振有词、激扬文字、高谈阔论的，他要叫涂晔晖明白，失败不只是顾名利的专利。黎晓光请他讲话时，他正心不在焉、一脸茫然地想着心事，当然要一反常态地推辞了。

"黎部长，顾副经理客气就算了，让我再补充几句。"看着顾名利

推来让去，周岭南瞅了一眼会议室墙上的挂钟说。周岭南破天荒地参加今天的职工思想分析会，一坐到底，两次发言，这可是谁也想不到的奇迹。周岭南虽说挂着公司党委副书记的名，却从不过问党群工作，当然不会把职工思想分析会当一回事，认为那是搞形式，走过场，应付上级的事。今天，他虽坐在主席台上发言，这种观念并未改变。周岭南是个有良心、知恩图报的人，党委书记数月来积极参与行政工作，有求必应、直面矛盾，为他排忧解难帮了不少忙。为了投桃报李，他必须支持党委工作，即使再忙，对今天的会再有偏见也要参加，还要积极发言，做好表率。然而，众多与会者的发言却剑指行政工作，甚至明目张胆、指名道姓地批评他软弱徇私，执政能力差，思想跟不上时代。语言尖刻、犀利程度可用口诛笔伐来形容。这不仅给他美好的愿望投上了阴影，还使情绪大受影响，不得不再次发言进行辩解："同志们，今天的会火药味很浓啊！让我开了眼界，长了见识，受到了启发教育。对大家的高谈阔论我已发表过意见，但觉得不够，还想再啰唆几句。"会场静寂无声，连苍蝇展翅飞翔的声音都听得特清，大家似乎嗅出了经理再次发言的味儿，竖耳捕捉下文。周岭南阴沉着脸，没有继续讲下去，而是取出一支烟，点着，一口接一口地吸着，委屈、冤枉的样子让人同情。他从百忙中抽出时间参加党委组织的职工思想分析会，想营造一个党政配合、关系密切的效果，却遭到了同仇敌忾、万箭穿心般的痛击，这使他意想不到，无法接受。周岭南是一个在赞扬声中成长、成熟起来的干部，从未听到过如此尖锐、刻薄的意见，受过如此恣意妄为的批评。即使每年的班子民主生活会，偶有杂音与批评声，大家也是用递进、转折等语法修辞，把批评隐藏起来，甚至不知不觉演变为表扬、褒奖。今天的与会者似乎觉得公司到了最危险的时刻，不得不发出最后的吼声，毫无忌惮，铁面无私，谁也不顾及经理的承受能力，让"怒吼"改头换面；更不理会这一声声怒吼、呐喊会触及其灵魂，伤害其自尊。这时，会议室的一百多双眼睛齐刷刷聚焦到了周岭南的脸上，等着他沉默后的暴发。但是，周岭南点着的

意想不到

烟已短了一半，依然没有说话的迹象。正当寂静被窃窃私语声打破时，周岭南猛然将掐灭的烟丢入面前的烟缸内，苦笑着说："我周岭南天生就是一个愚笨的人，要不咋能睁着眼向火坑跳、当这个出力不讨好的经理呢！但是，我还没笨到连好坏话都听不出来的程度。美其名曰职工思想分析，分明是对我周岭南的分析。是的，公司没工程、缺资金、职工下岗、工资拖欠、声誉下降……但，大家别忘了，为了保住六建的牌子，我差点挨了处分，丢了党籍。"讲到这儿，他有些动情，眼睛红红的，顿住了。黎晓光见缝插针，给周岭南的杯内加满水。周岭南喝了口水，稳了稳情绪接着道，"我也知道大家对经理的要求不只是保住公司，还要振兴公司、发展公司，让职工有活干，有饭吃，有房住。这些，我都没做到，应该向大家赔罪，接受大家的批判。但，有一点我做到了，那就是忠诚、卖力、不屈不挠、不向命运低头。现在，建筑市场深不可测，残酷无情，压根就不信咱、不认咱，连建个公厕的机会都不给。还有，就是垫资，不少工程一接触有门儿，一听要垫资，门开得再大也不敢进，为啥？咱没钱呀！"说到这儿，周岭南的怨气消了不少，扭头看了眼身旁的涂晔晖、丁惠仁又笑着说，"我从小就喜欢看古典小说《薛仁贵征东》，书中说唐王要征东却苦于没人才，晚上做梦有人送来四句诗：'家住逍遥一片红，飘飘四下影无踪。三岁孩童千两价，保主跨海去征东。'通过诗，唐王找到了薛仁贵这个人才，完成了东征伟业。我也想做个梦，梦见高人给咱指条路，让六建尽快揽到工程、早日振兴……"周岭南讲到兴头上，猛一看时间，抱歉地说，"算咧算咧，天太晚了，我也就不痴人说梦，占用涂书记讲话的时间了……"

涂晔晖在一百多双好奇、期盼的目光下开始发言，这是他上任数月来第一次在这么多职工面前讲话，面对的又是干群互不理解、怨天尤人、精神萎靡的复杂状况。他是公司政治思想工作研究会的会长，必须通过总结性的发言化解干群矛盾，消除相互误解，理顺各种关系，激励、鼓舞大家振奋精神，团结一致，同心同德，为公司的振兴奉献

各自的力量。有人说，一个人能否成功的关键之一就是口才，"言而兴邦，言而丧邦"嘛。涂晔晖虽因失恋的打击心力交瘁，神情黯然，眼圈发黑，面色苍白，然而，重于泰山的责任，至高无上的使命，一双双期待的眼睛使他忘记了一切烦恼、痛苦与伤心，他要精神集中，心无旁骛，要用语言的力量，政治思想工作的功能，架起干群相互理解的彩桥，撑起激发斗志的杠杆，播撒冲刷心灵的雨露。

"同志们！刚才大家饱含对六建的忠诚与深情，以吹毛断发的语言，抽丝剥茧的剖析，恣肆放纵的阐述，旗帜鲜明、一针见血、毫无保留地指出了职工思想方面存在的问题，令人振聋发聩，耳目一新。大家还围绕职工思想这一命题，毫不留情地指出现任班子存在的不足，更是勇敢、进取、明智的表现。拿破仑说过，'默认自己无能，实际是给失败制造机会，津津乐道不足与无能，为的是给成功创造条件、开辟航道。'我们对曾经的过失不包庇、不隐瞒、不原谅、大曝光，就是为了向上、向前！有句谚语'承认自己的无知只表现为一次无知，企图掩饰自己的无知就得表现多次无知。'我们今天大摆问题，承认无知，就是为了以后不再重复无知。这是勇士的精神，也是智者的作为！"涂晔晖看着一副副虔诚、洗耳恭听的面孔从容不迫，继续道，"这些年来，六建一直多灾多难，现已发展到登峰造极的程度，大家从生理、心理上已无法承受。倾诉、发泄是必然的，也是可以理解的。但，光凭发泄、倾诉还远远不够，还得正确面对，保持一个健康、良好的心态，不悲观、不颓丧、不怨天尤人。因为，怨天，天不会回应；尤人，更无济于事。唯一有效的办法就是众志成城、勇敢地冲上去，坚定不移地战胜它。常言道，困难是弹簧，你弱它就强，你强它投降。战胜困难，六建人有着得天独厚的条件。因为，我们不仅有着一颗忠诚于企业的心，还具有超人的勇气与耐力。我们历经磨难，不屈不挠，饱尝风霜雪雨而巍然耸立；我们的生命坚不可摧，而坚不可摧的生命是战无不胜的……"在大家的热烈的掌声中，涂晔晖接着讲，"鲍狄埃在《国际歌》中写道，'从来就没有什么救世主，要创造人类的幸福，全靠我们自己。我们要夺回劳动果实，让思想冲破牢笼……'要创造人类幸福为什么要靠我们自己呢？因为，在这个世界上最可靠的不是别人，只有我们自己。如果我们勇敢、坚强、独立，别人就会高看、信赖，把工程交给我们干，否则，就是今天的现状，连个公厕也揽不上。所以，我们必须自强不息，自信进取，塑造一个完美的自我，提高社会知名度，改变人们一贯的看法。只有这样，我们才能在激烈、诡谲的建筑市场上创造出属于自己的领地。'让思想冲破牢笼'就是要求我们要解放思想，与时俱进，用大胆、科学的思想带动勇敢的行动。"涂晔晖扫视了一眼鸦雀无声的会场，情绪昂扬、感情充沛、继续讲，"同志们，我们面前不仅有困难、有挑战，更有机遇和优势。这个优势不是别的，正是壮怀激烈、满腔热血写春秋的六建人，价值连城的隐形资产，一级建筑施工企业的资质。而机遇又是什么呢？它就是建筑市场即将发生的巨变。"当听到涂晔晖铿锵有力的"巨变"二字，与会者不约而同地流露出好奇与惊疑。

"大家不要怀疑，我讲的机遇、巨变虽没有红头文件作为支撑，却非空穴来风。"涂晔晖呷了口茶水，润了润嗓子，以自信、雄辩的语气接着说，"我们都知道，建筑行业的最大特点是技术含量低、管理粗放、劳动密集、投入较小。只要会玩瓦刀、抹子，有几把洋镐、铁锹，就能组建一支施工队伍，成立个公司，就敢进入市场承接工程。为此，建筑公司如雨后春笋漫山遍野，经理、老板成群结队满世界都是，形成了建筑市场的泥沙俱下，鱼龙混杂。其结果是质量问题层出不穷，豆腐渣工程随处可见，楼房坍塌之声四起，用户们怨声载道。有的工程使用数日裂损，有的正建着垮塌，有的未验收便遭报废……令国人震惊的是今年1月4日，重庆綦江彩虹桥一声巨响，桥身整体垮塌，四十条鲜活的生命丧身桥底。人们悲悯、哀悼死者的同时感慨万千。过去，我们积弱积贫，先辈们用粗糙的材料，用目测、肩扛、手砌建造了历经数百年风雨的工程；今天，我们用高科技、用先进的机械设备，却上演了如此人间惨剧。彩虹桥的巨响，使相关的当事人受到了

法律的制裁，当地政府从监管不力中猛醒，将掀起对建筑市场矫枉过正、严加整顿的风暴。不够资质等级的建筑公司将淘汰出局，建筑市场会变得相对有序；我们这些名副其实、久经考验的一级建筑施工企业将枯木逢春，赢得机遇。同志们，从现在起，我们就应该精神抖擞、信心百倍地做好准备，准备拥抱这一千载难逢、鲜花盛开的季节，迎接建筑行业春天的到来。一切机会永远属于有备而来的人们……"又是一阵经久不息的掌声，连周岭南也一改愁眉，加入了鼓掌的行列。顾名利的情绪同与会者截然相反，显露出从未有过的尴尬、难堪、沮丧。他一心想看到的结果并未出现，呈现眼前的是一个气吞山河、激情飞扬的涂晔晖。

十六、六建之歌

职工思想分析会结束，涂晔晖回到办公室已经八点多，他的思绪依然停留在掌声雷动的气氛之中。尽管他煞费苦心的讲演激发了与会者的情绪，但要从根本上解决大家的思想问题，要树信心、鼓勇气，消除颓唐、茫然心理还有一段更长的路要走。因为，人的身体倒了可以瞬间爬起，精神倒了是需要费大力气才会振作的。如何才能让大家振作起来呢？涂晔晖陷入了深深的沉思之中。正在这时，办公室的门被推开，工会主席丁惠仁走了进来。

"我们几个人在对门快餐馆吃饭找不见你，打手机也不接。都这会儿了，你也不饿呀！"丁惠仁关切地说着，把一个肉夹馍、一袋豆浆放到涂晔晖面前。

"刚才开会把手机调到了振动，没听见。"涂晔晖说着，拿起肉夹馍吃起来。他确实饿了，急需补充能量。从周五晚上酒醉到现在，他一直处在艰难爬坡的状态里，心灵遭受着打击，思想承受着压力，胃口一直不佳，全凭面包、饼干等零食应付饥肠辘辘的肚子。为了招待彭生善，在青木县下了唯一一次馆子，却因为心境太差，只象征性地吃了几口。幸亏时间这剂良药让他减轻了失恋的痛苦，连轴转的工作让情感危机退至从属的地位，他才觉得有了食欲。再说，他还要设法解决六建人的信念缺失、精神饥荒，要挑灯夜战，必须吃饱肚子，保证体能。看到涂晔晖狼吞虎咽、津津有味的吃相，丁惠仁很高兴，也很欣慰。他凭借私人关系，硬是把涂晔晖从特区拽了回来，其中还巧妙利用了他与郑芬芳的恋情，隐瞒了郑芬芳结婚的事实。尽管因为不相信才斗胆隐瞒，但事实证明这是真的，顾名利刚吃饭时告诉了有关细节。这说明他确实欺骗了他，欺骗了这位忘年交的朋友。丁惠仁是位实在、厚道的人，为自己的欺瞒深感懊悔、歉疚，虽然是为了六建，为了报答黄剑屹的信任，却无法改变欺骗的本质，不能不称之为阴谋。丁惠仁送馍、关心是借口，想解释、说明，减轻愧疚才是目的。

"丁主席，通过这几个月的观察、大家的反映，我以为公司工会工作搞得蛮不错；把过去的吹、拉、弹、唱，打球、照相转变为帮助职工牵线搭桥、就业谋生，为特困职工排忧解难送温暖上，不仅解决了职工的实际问题，也替公司化解了矛盾。很好，值得宣传推广。"涂晔晖边吃馍、喝豆浆，边饶有兴致地说。丁惠仁看似在听，其实却心不在焉，想见缝插针说明、解释。

"丁主席，你对今天的分析会有啥看法？"未等丁惠仁开口，涂晔晖问。

"看法……"丁惠仁想着心事，哪有心情谈啥看法，只能含糊其辞地应付。

"我确实想了解了解大家对今天职工思想分析会的看法，你是大家公认的家长，职工的代言人，最有资格发言。我始终认为，政治思想工作就如同大夫给人看病，首先得知道病人患的啥病，然后才能找病因、寻病根，对症下药。六建经济不景气，人心涣散、精神萎靡，病根在哪儿？病因在何处？这是当前政治思想工作的切入点、突破口，是党委迫在眉睫要解决的问题。"看着涂晔晖急切期待的神情，丁惠仁

只能将心事搁置，搜肠刮肚，寻找答案。

丁惠仁比涂晔晖年长十八岁，亲眼看着涂晔晖由一位普通的大学生成长为堂堂的六建党委书记。上任数月来，他以超常的魄力，凭着多年积累的思想政治工作经验，化解了许多难解的矛盾，受到了职工的普遍好评。特别是刚才会上的总结发言，不仅扭转了干群相互指责、抱怨的悲观颓丧情绪，还以巧妙的方式把周岭南和与会者吸引到了大家最最关注的六建的未来上。但是，公司的现状"冰冻三尺非一日之寒"，职工对经理丧失信心、失去希望，领导班子妄自菲薄、无所作为、当一天和尚撞一天钟，这一切非一朝一夕形成，更非一蹴而就、凭一两次讲话、一通谈天说地就能奏效。这些问题到底该怎样解决，如何将散沙一盘、毫无战斗力的哀兵变为勇士，自己也是一头雾水、一筹莫展，没有妙计良策。丁惠仁突然发觉自己老了，再也不像年轻时无所不精、无所不通、无所不能，再也没资格充当涂晔晖的师傅、智囊了，对他提出的命题只能应付、敷衍。

"唉！六建人永不认输、战无不胜的历史早结束了，精神已垮，失去目标，积重难返呀！要重振旗鼓，把大家的豪气调动起来，谈何容易？反正我是黔驴技穷，没辙了。"丁惠仁说到这儿，看了涂晔晖一眼，突然改变话题好奇地问，"你刚讲话咋想到引用《国际歌》了，现在这可是倍受冷落的东西。"音乐，曾是丁惠仁的专业、最爱，因为命运的捉弄，不得不忍痛割爱丢弃了它，但出于本能和对音乐的钟情，他发现了涂晔晖巧妙引用《国际歌》赢来的满堂喝彩，重新体会到了音乐的疗伤作用，引发了他对音乐的眷恋。听到丁惠仁的问题，涂晔晖兴致勃勃、双目放光。因为，他喜欢这个话题。涂晔晖虽不像丁惠仁一样是音乐方面的专门人才，但因为对音乐的喜欢、热爱、情有独钟，丁惠仁的命题打开了他的宣泄之门。

"音乐像一座千年古堡，有许多神奇而妙趣横生的门，无论打开哪一扇，你都会为之惊叹、敬畏，并将你牢牢吸引。"涂晔晖看着洗耳恭听的丁惠仁，情绪高涨，继续道，"音乐更是陶冶情操，洗涤灵魂，抒发、宣泄感情的良药，好的音乐实际是心声、心曲的自然流露。音乐还与时代的发展密不可分，作为时代的最强音，它会影响到社会的进步文明，甚至成为社会进步、人类文明的标志性东西。一个能够推动人类历史车轮前进的伟大时代，必然会产生让人耳目一新、振聋发聩、流芳百世的音乐作品，出现让人民喜爱的音乐天才。这也许是我在特区五年中最大的收获之一，是我从音盲变为喜欢音乐、热爱音乐、会唱歌、识谱的唯一原因吧。在日新月异、洋溢着现代气息的特区，如果不识谱、不会唱歌是会被人瞧不起的。那里，人们最普通的业余活动就是品茶、唱歌，最有效的公关手段就是请人唱歌、听音乐会，陪人唱歌、听音乐，就如同咱们这儿请人喝酒、打牌。"听到涂晔晖口若悬河，滔滔不绝的长篇大论，丁惠仁不仅意想不到，而且对其刮目相看。丁惠仁确实想把音乐的话题聊下去，想把几十年来对音乐的钟爱尽情抒发，但，他不能好了伤疤忘了痛，不能忘却几十年来的戒忌。他生硬地改变了话题，说："我以为，你的发言确实对大家触动很大，教育很深，今后，像这样的教育活动还是要多搞。因为，气可鼓而不可懈。鼓舞士气的话讲得多了，总会产生正能量。"此刻的涂晔晖似乎忘记了丁惠仁的存在，对他的话更是充耳不闻，依然如痴如醉地沉浸在音乐世界里，头脑里飞扬着《国际歌》《义勇军进行曲》《黄河大合唱》等雄壮嘹亮、振奋人心的旋律。这些脍炙人口、耳熟能详、穿越时空、影响了几代人的音乐旋律，使他激奋、热血沸腾，竟情不自禁地哼唱起来："起来，饥寒交迫的奴隶，起来，全世界受苦的人……""风在吼，马在啸，黄河在咆哮……""起来，不愿做奴隶的人们，把我们的血肉筑成我们新的长城……"丁惠仁看着涂晔晖陶醉的模样，知道他已投入到音乐王国难以自拔，并要在那里找到他需要的东西，找到改变职工思想状况的秘密武器。五年前，他在工区任总支书记，为了解决一些棘手的矛盾经常通宵达旦、废寝忘食，今天也许会故伎重演。丁惠仁打消了说明、道歉的念头，掩门悄然离去。

　　涂晔晖对丁惠仁的离开熟视无睹，依然不厌其烦地哼着那些他最

喜欢、最激荡灵魂的旋律,像丁惠仁猜测的那样,要从其中挖掘出灵丹妙药、济世良方。对不懂音乐的人来说,这种企图也许是匪夷所思、痴人说梦,但涂晔晖却在哼唱中越来越深刻地领悟到音乐的魅力和音乐的美,领悟到它能把无法容忍的东西释放的功力,和"乱石穿空、惊涛拍岸、樯橹灰飞烟灭"般的能量。一首《国际歌》将全世界不同肤色、不同语言、不同国度的无产阶级团结在一起;一首《黄河大合唱》以其排山倒海、气吞山河的气势,调动起了千千万万的老百姓,打败了日本帝国主义;一首《义勇军进行曲》,让四万万同胞用血肉筑起了新的长城,让六万万人民意气风发,建设起了新中国,让十三亿华夏儿女昂首阔步迈向了中华民族的复兴之路。音乐,同样会像惊雷,使沉睡、沮丧的六建人猛醒、振作、奋起,拼搏竞争、开拓进取,勇攀时代高峰。涂晔晖终于找到了让六建人奋发向上的秘密武器,那就是创作一首歌曲,唤醒六建人,激发调动他们的创造力、积极性,让他们统统成为周岭南梦寐以求的"薛仁贵"。然而,填词谱曲需要专业知识、创作经验,对涂晔晖来说完全是陌生的领域,而他仅有的只是识谱、热情、执着和生活。人们常讲,"生活是创作的唯一源泉"。涂晔晖就是要凭借这个源泉,加上识谱、执着与热情完成歌曲创作。涂晔晖开始在耳闻目睹,亲身经历的生活中寻找出路、发掘灵感。他的眼前出现了暴雪里、风雨夜、烈日下,师傅、工友们露宿荒野、艰苦卓绝、奋战工地的壮观场景;出现了他们转战南北,将人迹罕至的沙滩、荒原奇迹般改造为城镇,将冷清、落后的广大农村童话般变为繁华都市的壮举;出现了电视大厦、省政府办公大楼,一个个城中村、开发区……在那些曾经的不毛之地,在那些星罗棋布的摩天大楼上,无不留存着六建人的足迹,凝聚着六建人的智慧、汗水,甚至是鲜血与生命的代价。六建人是城市建设的功臣、英雄,当代最可爱的人。在汹涌澎湃的改革大潮中,六建人也面临着困惑、迷茫与艰辛,面临着工资拖欠、下岗失业、被铺天盖地的民工兄弟取代的危机。他们悲苦、无奈、无助,急需挺起腰杆,让思想冲破牢笼,重新奋发,劳作的艰难历程，辛酸困苦的生存现状……"丁惠仁不愧为音乐方面的专家，品评起歌曲滔滔不绝、一套一套，让涂晔晖耳目一新，大开眼界，倍受鼓舞。尽管涂晔晖在歌曲创作方面是门外汉，全凭热情与生活，没有刻意追求什么凝练、深刻、抒情、进行曲之类的高度，但丁惠仁的品评使它富有了这些内涵，这让涂晔晖信心倍增，坚定了用歌曲呈现六建精彩、重塑六建形象、呼唤六建人精神的意志和决心。也许这种奇思妙想、剑走偏锋会引发众多质疑与不解，他都要坚定不移、义无反顾地走下去，因为，他信奉鲁迅先生"地上本没有路，走的人多了也便成了路"的名言。

"涂书记，你把曲谱给我吧，我先让工会组织职工学唱，再在公司举办一次以《六建之歌》为主题的歌咏比赛，既是对大家的教育、鼓舞，也为9月底建总组织的建国五十周年歌咏大赛打打基础，做好准备。"丁惠仁胸有成竹地说。丁惠仁积极主动地请缨让涂晔晖满意、兴奋、激动。在六建，他最了解的人就是丁惠仁，最知己的人也是丁惠仁，最信任的更是丁惠仁。丁惠仁的人品、忠诚，以及组织领导能力都是涂晔晖的楷模、表率和榜样，特别是音乐天赋、专业知识，六建绝无仅有，当然是传播《六建之歌》的最佳人选。但是，他曾经因为音乐受过伤，几十年来余痛未消、耿耿于怀、谈乐色变、心有余悸，今天却毅然决然地要拿起曾经刺伤过自己的剑，不能不让涂晔晖同情、忧心。

"丁主席，你重操旧业嫂子那儿……"

"为了企业，哪管得了她的感受。再说，时过境迁，过去的伤口已结疤了、钙化了、痊愈了。话再说回来，即使这辈子不离开音乐、不离开曲谱，她也回不到声乐系，成不了歌唱家；即使成了'家'，现在年轻的'星星'满世界，她也该退出舞台了。至于我，更无后顾之忧，一大把年纪，工会主席已经到顶了，没啥奢望，唯一追求的就是对得起良心，无愧为职工赋予的'家长'这个称号，甭让六建在咱这届班子手里垮了。"涂晔晖被丁惠仁的淡定、豁达、忠诚深深感动，并

对其不幸的人生经历抱以莫大的怜悯与不平,特别是丁惠仁的爱人。丁惠仁因演奏《金蛇狂舞》受批判、被开除那年,她正上大四、迎接毕业分配,因受到牵连,被分到一个偏远山区当了一名小学音乐教师,后又几经改行,去年从一家企业病退回家。

"你放心,有这首贴近生活、质感强烈、辨识度很高、反映六建人生活的歌,再加上咱六建人自己演唱,定会唱出水平、唱出感情、唱出精神,说不定还会在全系统国庆演唱会上出彩、夺魁。不过,必要时还请你亲临指导。你是词曲作者,对演唱定会有独到见解。"说话间,丁惠仁充满自信地摇动着手中的曲谱,像摇动着一面鲜艳的旗帜。

"行、行、行,我一定随叫随到。"涂晔晖慷慨答应。

十七、并非豪赌

肖雯婕二次上岗后心情好多了。由于心情的变化,眼前的一切也与从前有了迥然不同的感受。那条曾让她发愁的坎坷、曲折、遥远的上班路,而今是那样笔直、平坦、近在咫尺;后院那片隐兔、藏蛇、苍凉、阴森的荒草地在今天竟成了"天苍苍,野茫茫,风吹草低见牛羊"的美景;就连大门口汪汪狂吠的黑子也不再让她惧怕、生厌,而是感到可爱。当然,变化最突出的还是经理胡奎勇。他对她的热情、尊重、客气前所未有,如同换了一个人。在他的率领下,其他同事几乎一声令下全部变脸。不再扎势、摆谱、欺生,还时不时地嘘寒问暖、攀谈、聊天、拉家常;个别年长的女职工听说她失恋了,竟主动要为她介绍对象;曾经给肖雯婕送下岗通知的那位劳资员,三番五次要请她吃饭,以示赔罪。胡奎勇除了态度发生巨变外,还对肖雯婕委以重任,让她全面负责施工电梯拆装资质的办理,担任塔吊、汽车组装的技术总监,并邀她从事一些涉外活动,参与请客、吃饭、唱歌等方面的应酬。今天中午又要请客了,胡奎勇还礼贤下士,屈尊来到肖雯婕

办公室提前打招呼。

"小肖,今日中午甭安排啥事,有个应酬咱一块参加"。肖雯婕放下手中的活,站起身,显出受宠若惊的样子。在肖雯婕的印象中,这个只有小学文化,连"凤"和"风"、"梁"和"渠"都分不清,仅凭砌墙、"把大角"外加见风使舵、善于变脸行走江湖的胡大经理,是人所共知的狂徒,别说过去,就是二次返岗后,他也从未踏入过这间潮湿阴冷、民工工棚般的办公室。难道今天太阳从西边出来了?胡奎勇似乎看出了肖雯婕的惊疑,坐在靠墙的椅子上,点着烟抽了口,对恭敬站立的肖雯婕笑了笑,卖着关子说:"你知道咱今日请谁吗?"

"不知道。"肖雯婕坐下摇了摇头轻声说。胡奎勇显出很得意的样子,深深吸了口烟,用舌尖娴熟地从满是黑牙的嘴里吐出一串串烟圈。望着袅袅上升、慢慢消散的烟圈,又神神秘秘地说:"咱今日要请的人也是你最想请的人。"

"我最想请的人……"肖雯婕更加糊涂了,不解其意,自语着。

"他就是给你帮过忙的涂书记。"胡奎勇将未抽完的半截烟随手丢到砖地上,终于揭开了谜底。听说要请涂晔晖,肖雯婕一阵窃喜,甚至流露出兴奋和激动。涂晔晖确实给她帮过忙,没有他的帮助,她绝不可能二次返岗,拥有如此安静和谐的工作环境;也不可能一展其长,凸显个人价值,赢得同事们的尊重和认可,让胡奎勇刮目相看。实事求是地讲,二次返岗数月来,肖雯婕也确实尽了力,没有给为她说过话的涂晔晖丢人。短短数月,兑现了自荐书上的全部承诺,办好了施工电梯拆装资质,使一台塔吊、一辆东风翻斗车复活。近日来,她除了因报恩想见到他外,还有更深层次的原因,那就是一位妙龄少女隐藏心底的秘密——仰慕、好奇、朦胧的爱。这种爱从那天办公室邂逅之后就有了,她却不敢相信,以为是因感恩滋生的心血来潮。又要见到他了,肖雯婕突然觉得那种反应并非奇思妙想、虚无缥缈;更非一时冲动,心血来潮,而是实实在在、不能示人的隐私、秘密。这种隐秘中饱含着一种奢望、期盼和思念,只能意会不能言传,不能让多事

的上司察觉。他是个无风也能掀起三尺浪的人，如若有风将掀起狂涛巨澜。肖雯婕一步入社会就与这位所谓的精英交往，不仅对其十分了解，还长了不少见识，她不会显山露水，让其发现心路历程，淡淡地说："涂书记是看在我爸面子上才给您发了话，要感谢，也是他们之间的事。咱们今天只代表第四项目部。"

"对、对、对，你我都是代表项目部，不牵扯任何私交。"胡奎勇发现从肖雯婕嘴里套不出啥有价值的东西，只得随声附和。实际上，胡奎勇跟肖雯婕一样，对这次请客同样怀着不可告人的目的。表面上是因为涂晔晖为项目部推荐了人才、创造了效益以表谢意，内心深处却是为了联络感情，寻找新的靠山。像胡奎勇这种不符合"四化"标准、全凭巴结上司过活的干部，一天也不能离开靠山。本来，有拜把子兄弟周岭南就够安全了，但随着涂晔晖的到来，他不知不觉产生了危机感，总觉得原有的靠山随时都有撑不住、倾倒的危险，必须另辟蹊径，再投明主。胡奎勇越来越发现，涂晔晖是个不动声色"吃人"的抿嘴老虎，不像周岭南，整天张牙舞爪就是下不了口，整天打雷就是不下雨。最叫他心有余悸的就是五工区主任顾明亮的被免职。顾明亮是何等人物啊，是上通天、下接地，天地不怕的生生货，周岭南一直想动却不敢下手，文件装在口袋就是不敢宣布。涂晔晖却不声不响，在失恋的痛苦中让其滚蛋了。他，一个以给主人摇尾巴过日子的宠物，有朝一日落到这个人手里能有活路吗？胡奎勇庆幸自己眼亮，有求必应地安排了肖雯婕，否则便和这个人结下了梁子，后怕之余他决定宴请涂晔晖。为了使宴请达到最佳效果，除了内容、档次外，当然离不开肖雯婕的参与。尽管涂晔晖和肖雯婕都说他们是因肖工的关系才相识，胡奎勇却认为事情绝非那么简单。所以，肖雯婕便成了今天这场戏里谁也无法替代的角儿。

涂晔晖一大早刚上班就接到了胡奎勇盛情相邀的电话，依他的习惯和自律度，像这样的宴请是不会参加的。因为，酒场和牌场一样，是双刃剑，既是联络感情、增进友谊的场合，也是破坏友谊、交恶反目的地方。牌场的本质是赌输赢，按照当年六建的档次，每场牌下来都会有千元上下的得失，如果手气背，两场牌打下来就把一个月的工资输光了，再好的朋友，几场牌打下来也就生分了。而作为同事式的牌友，又往往会把牌场的情绪带到工作上，所谓牌越打越远就是这个道理。至于喝酒，危害性就更大了，酒、色、财、气是人的四大"杀手"，而且酒排第一。更不幸的事，不少人把酒场当战场、当会场、当宣泄感情的场合。醉翁之意不在酒，借酒泄愤、借酒发飙，甚至恶语伤人、拳脚相向的大有人在。所以，宴请者趋之若鹜涂晔晖却很少参与。如若参与，必须弄清宴请的由头、范围、人员等，以免带来不必要的麻烦。胡奎勇宴请，涂晔晖不加审察地答应当然归功于他盗用了肖雯婕的名字。肖雯婕三个字在涂晔晖的脑海中已成了无法磨灭的符号，特别是在失恋之后、在无法自拔的痛苦中。她的靓丽、文雅、气质、谈吐都让他挥之不去、念念不忘。昨天晚上，他还想到了她，并将她和一句名言联系在一起："要结束失恋的折磨，必经开始一段新的恋情。"当时，他还觉得这是匪夷所思，是幻想、童话，接到胡奎勇的宴请电话，听到肖雯婕的名字，立即使幻觉与童话具有了现实的元素。让涂晔晖不设防、不审查的另外一个原因是肖雯婕全面兑现了自荐书上的承诺，为项目部创造了可观的经济效益。她确实是个人才，工作与长相一样漂亮，值得一见，应该一见。涂晔晖欣然赴宴还有一个原因，就是关心着《六建之歌》的普及、认同程度。在丁惠仁的努力下，这首励志的歌曲已在公司唱响，获得了一定的好评，丁惠仁还想凭它在全系统国庆五十周年歌咏比赛中夺魁，他要利用这个酒场，听听肖雯婕的意见，她是刚走出校门的大学生，观念新、品位高，一定有独到的鉴赏力。

中午十二点整，涂晔晖准时赶到怡仙酒楼。这座宝山市数一数二，集吃、住、玩为一体的四星级酒楼。层高三十，气势恢宏、富丽堂皇，尽管涂晔晖有在特区闯荡的阅历，曾是星级酒店的高管，依然被这巍巍如山，雄浑如城的壮观、新潮所震撼。上电梯到二十一楼，在服务

生的热情引领下来到"爱莲阁",迎接涂晔晖的是恭候多时的胡奎勇。让座、递烟、斟茶、寒暄,胡奎勇与服务生争先恐后地招呼着。涂晔晖坐下,心满意足地抽烟、喝茶,问:"小肖呢?"

"出去有点事,立马就到。女娃讲究多,哪像咱们男人,简单、零干。"

"女孩子也该讲究讲究,要不,在咱们这粗行当待久了会变成兵马俑的。"涂晔晖说。

"对着呢,对着呢,咱已成了兵马俑,也不能让小肖跟咱一样。"胡奎勇满脸堆笑,殷勤地讨好、附和。说话间,涂晔晖环顾"爱莲阁",被其独具匠心的装饰吸引——清新淡雅的基调,浅蓝色的丝绸软包墙,草绿色的踏花地毯,晶莹透亮的水晶吊灯。还有大厅中央餐桌上用不同色彩的布料做成的造型,栩栩如生,活像朵朵花蕊漂浮水面。涂晔晖正欣赏其独出心裁的创意时,阁门开启,服务生领着一个人进来,她不是别人,正是涂晔晖一心想见的肖雯婕。肖雯婕的出现让涂晔晖眼前骤然一亮,并下意识地将她同"爱莲阁"联系在一起。这不是一株真实灵动、亭亭玉立、出淤泥而不染的莲花吗?她身穿一件淡绿色连衣裙,裙子下摆刚过双膝,使修长笔直、如玉性感的小腿裸露在外。连衣裙领口大小恰到好处,使人可以欣赏到那白皙、细嫩的脖颈、浅浅的乳沟。连衣裙的胸围似乎略小了一点,使前胸形成了两樽高高的、富有弹性的峰峦,并随着她轻盈的脚步微微颤动。虽说胸高乳丰,却依然未影响到她白杨树般的身材,婀娜多姿的曲线,就是正人君子也不得不偷觑几眼。她的出现,一下子填补了爱莲阁内有水、有叶、有蕊而无花的缺憾。也许因为见到涂晔晖有点紧张,肖雯婕白皙鲜嫩的脸上泛着红晕,像涂抹了淡淡的胭脂,明亮闪烁的眸子里充满着清纯、矜持、真诚与歉意。犹如瀑布的长发飞流直下,从肩头延伸腰间,其中所散发的香气在整个阁内氤氲,向涂晔晖款款走来时不经意间轻甩秀发,犹如仙女下凡,给人以无法抵挡的诱惑。肖雯婕的举手投足,靓丽气质,与这间绿水碧波的爱莲阁交相辉映,相得益彰,

意想不到

构成了一幅美轮美奂的芙蓉出水图。涂晔晖走南闯北，见过不计其数的女人，从未遇到过像肖雯婕这样能拨动他心弦，让他心醉的姑娘。涂晔晖原本是个清心寡欲，有着相当免疫力的正人君子，但此时此刻，面对仙女下凡、飘然而至的肖雯婕却春心大乱，目光贪婪，邪念顿生。幸亏有胡奎勇这个第三者，他才未忘矜持，有所收敛，要不，也许会更加有失君子风范。肖雯婕看着涂晔晖热烈如火的目光，感到了无与伦比的自豪、自信与满足。她仅有两年工龄，阅历很浅，感情上只经历了几天的初恋，但一年多的下岗、求职生活，让她碰见过不少心怀叵测的男人，看到过不知多少像涂晔晖这样的目光，却从未有过任何感觉，并凭着高度的警觉、坚定的信念和聪明智慧，出淤泥而不染，保持了冰清玉洁，总结出了征服男人的经验，知道如何通过短暂的接触让男人念念不忘。肖雯婕以为，男女之间第一印象最为重要，可以先入为主，让其一见钟情。虽说她与涂晔晖有过一面之缘，但当时是在办公室，自己怀揣心事、一味炫耀的只是工作能力，没有展示女人独有的东西——美貌、优雅、气质与温柔。为了弥补上次的缺憾，她接到胡奎勇的通知后便丢下手中的活，赶到服装专卖店，花光了身上所有的钱购置了这身行头。当然，这是对瞧得起的男人的一种挖空心思的表现，否则，就会使用另外的应对方法，在这里当然不便一一揭秘。

"涂书记，您好！我有点小事耽误了会儿，迟到了，实在对不起。"在温柔的道歉声中，涂晔晖紧紧握住了肖雯婕的手，柔软，滑腻，如绸似缎，使他不愿丢开。

"没事，没事，我们也是刚到。"涂晔晖恋恋不舍地松开手说。

"社交场合虽不是在单位开会，也不能让领导等当兵的，这叫没规矩。不行，一会得罚酒。"胡奎勇瞪着姗姗来迟的肖雯婕，半认真半开玩笑地说。在胡奎勇看来，肖雯婕应以传统的出土文物形象出现，穿着学生装、扎着马尾辫，绝不能像现在这样，收拾得花里胡哨，这不是明摆着在招蜂惹蝶、勾搭书记嘛！如果真让这碎女子得了手，自己

在第四项目部这个独立王国中不就有了领导的卧底吗？胡奎勇不愿看到这种结果，而且断定他们之间的关系非"肖工"衍生出来。胡奎勇真后悔将这个有野心、不安分的碎女子领出来陪涂晔晖。但是，为时已晚，不能把她撵走，只能将计就计，利用她来使这场宴请达到最佳效果。

酒菜很快上齐，为了便于交流，在胡奎勇的导演下，肖雯婕在左，胡奎勇在右，三人以涂晔晖为核心，簇拥在一米见方的圆桌旁。

"本该早就要请书记，您日理万机，太繁忙了，所以拖到今日。"胡奎勇边为涂晔晖倒酒边带着歉意说。

"都是自己人，谈什么'请'。再说，现在基层单位都很困难，让你们破费实在是于心不忍啊。"涂晔晖真诚地说。

"困难归困难，请书记吃顿饭的钱还是有的。再说，您一个建议叫我们开了窍，产生了那么多效益，哪能是一次'请'能回报的。更重要的是您把我们丢失的人才找回来咧，小肖，你说对不？"胡奎勇是个粗人，却硬装出文绉绉的模样。

"胡经理说得好。上次在办公室，我只觉得小肖很内秀，今天发现，不仅内秀还十分外秀。换句话，就是才貌兼备。胡经理还说咱六建人不讲形象，是出土文物兵马俑，你瞧瞧，咱如花似玉、美艳夺目的小肖能是兵马俑？简直就是影视明星、当代的西施。"涂晔晖看着坐在身旁的肖雯婕夸赞着。他的夸赞不是奉承，更非迎合，而是发自内心的。

"小肖，快，就凭书记对你的夸奖也该敬杯酒。"胡奎勇隔着涂晔晖，把斟好酒的杯子递给肖雯婕说。"男女混杂，干活不乏"，是说在以男人为主导的社会里，女人对男人的支配性与影响力。眼前这位花枝招展、相貌出众的姑娘并非一般女人，她被一位男人既利用又提防，让另一个男人如痴如醉、想入非非、试图填补失恋空白，其影响力当然非同一般。肖雯婕也许是为了更好地展示支配性、影响力，欣然接过胡奎勇的酒杯，站起身，举案齐眉，看着涂晔晖深情地说："涂书

· 203 ·

记，您是小肖在短暂的人生旅途中遇见的最好的人，最善良的领导。是您给了我二次就业的机会，让我重新回归第四项目部，我十分感激，万分感谢，敬您一杯以表心意。我先干为敬了。"说完，肖雯婕仰起脖子，豪气十足一饮而尽。这种豪情壮举与她温文尔雅，柔美绵绵的外表形成了强烈的反差，不仅让涂晔晖咋舌，也让胡奎勇刮目相看、不可思议：这种"酒风"，与她往日陪人喝酒的扭捏、客气、耍滑全然不同。胡奎勇哪能理解酒逢知己千杯少的古语，往日的扭捏、耍滑、客气是因为未遇到知己，今天的慨然豪气是因为遇到了知己。为了知己，才使她如此真心实意，豪爽异常。涂晔晖当然很感动，也很激动，连续与肖雯婕碰杯五次，喝光了五杯酒，使筵席的气氛骤然高涨起来。以往，凡是第四项目部请客，不管请谁，胡奎勇始终是主宰，左右着酒场的走向。今天，这个规律竟然被打破了，打破这一规律的竟是一个乳臭未干的碎女子。胡奎勇咋能允许这种现象的存在，接过涂晔晖手中的空杯子说："涂书记，在公司班子里，我最佩服的一个人就是您，您是一条汉子，顶天立地的汉子。就说退休职工闹事吧，闹腾了一个多月没人能降住，您一出手，三锤两棒子搞定了。就凭这，老哥敬你一杯。"两只杯子碰在一起，双方一饮而尽。主导权终于回来了，胡奎勇以胜利者的姿态边斟酒边继续说，"还有，那就是五工区的停水，您不费吹灰之力就把顾明亮拿下了马。顾明亮是何等人物啊，外有财大气粗的顾家老大顾战胜，内有顾家老二公司副经理顾名利，他本人又是个天不怕地不怕的二杆子。古代，咱这儿出了个能降服红鬃烈马的薛平贵，在六建，能降服顾明亮的就是您涂书记；姓薛的是古代英雄，您就是当今六建的英雄。来，我敬英雄一杯。"胡奎勇为了达到目的，竟然附庸风雅，引经据典。涂晔晖虽然走南闯北，浪迹天涯，深谙人世冷热，依然是芸芸众生中的一员，有着大家共同的嗜好——喜欢被人奉承、吹捧。尽管他觉得胡奎勇的比喻很臭，依然表现出沾沾自喜，忘乎所以，丢下肖雯婕与胡奎勇狂欢在一起。看着胡奎勇狂傲、自负、春风得意的神气，肖雯婕打心里不悦、不服，决心与其争

争风头。自从一年前离开第四项目部进入下岗队伍，肖雯婕就对这个只有小学文化程度的上司有了很深的成见，虽然已经再次上岗，有了施展才华的机会和舞台，却从未把功劳同姓胡的联系在一起，而且更加瞧不起他。瞧不起他的小人作风，瞧不起他的粗俗无知，瞧不起他的媚上欺下、趋炎附势。她要挫一挫这个狂妄之徒的嚣张气焰，让他明白，肖雯婕除了才华、脸蛋，还有谋略。肖雯婕熟视无睹两个男人之间的纠缠与热络，不动声色地从包内取出笔记本，那里面有她抄写的《六建之歌》。肖雯婕翻开本子，轻声哼唱着，歌声荡漾在爱莲阁，压倒了两个男人猜拳行令的声响，传进了涂晔晖的耳朵。涂晔晖如同哥伦布发现了新大陆，停止了斗酒，猛回首，抓过肖雯婕的笔记本惊奇地问："你这儿怎么有这首歌？"

"我是《六建之歌》培训班成员，当然有这首歌了。"涂晔晖看着熟悉的词曲，聆听耳熟能详的旋律，感到亲切、得意，如同一个初出茅庐的歌者，去KTV听到有人点他的歌，高兴、激动。

"你连歌词都能背过！"涂晔晖赞叹说。

"能背过，但还不太熟。"肖雯婕说完，又大声高歌起来，"春意浓，春潮涌，我们是六建的职工……"熟悉、嘹亮、悦耳的旋律在酒桌上空飘荡。这是涂晔晖第一次听到《六建之歌》被人演绎、传唱，尽管有些生疏，个别地方音准不理想，感情色彩也不太浓郁，却深感欣慰，赞不绝口地说："不错、不错，唱得不错。"他把本子还给肖雯婕，又热情耐心地指点道，"如果演唱时注意一下有休止符的地方就更符合音准要求了。"肖雯婕虚心地点着头，恭维道："没想到涂书记还会作曲，真是才华横溢呀！"

"不算啥，不算啥，有感而发而已。愤怒出诗人嘛！"涂晔晖嘴上客气，心里却热乎乎、美滋滋的，萌生了一种希望。因为，女人的好感往往是从崇拜开始的，而友情、私情、爱情又源于好感。看看肖雯婕清纯、真诚、热忱的神态，涂晔晖好像怀里揣了只活蹦乱跳的小兔子，并使刚刚萌生的希望升华为异想天开的欲念。这种欲念不是友情、私情，而是爱情、恋情，是为了结束失恋痛苦想要追求的目标，是要把痛苦嬗变为幸福的向往。这种追求、向往在涂晔晖的心中从未出现过，即使在特区，在美女如云、声色犬马的花花世界里也从未出现过。那是因为他与郑芬芳的约定，是对以往感情的依恋与坚守。现在，这个约定已成为骗局，坚守也变为徒劳，变为自作多情和愚忠，变为过眼云烟。他应该找到新的归宿，从头再来，重新开始。涂晔晖再次凝视身旁的肖雯婕，她是那样鲜嫩、迷人，如同含苞欲放的花蕾，活力四射，又如同朝霞普照大地，温暖着他的心……在肖雯婕强大的优势面前，涂晔晖突然觉得自己是天狗吃月亮——痴心妄想，做梦娶媳妇——空欢喜。唉！还是让思想回归现实，接受下属拥戴、满足一下虚荣心吧。他认真告诫自己。这时，被冷落多时的胡奎勇似乎听懂了他们说唱的内容，装模作样道："想不到咱涂书记还蛮有音乐细胞，还会写歌。这个包间就有卡拉OK，喝完酒，咱就让涂书记亮亮嗓子。小肖，你也发挥发挥大学生的特长，陪书记唱唱、跳跳。"一听这儿可以跳舞、唱歌，肖雯婕忘记了与胡奎勇的恩怨与争宠，异常兴奋地表示赞同。她还是上大学时随同学们一起去过歌厅，二次返岗随胡奎勇涉足过几次，只是点歌、服务的角色，更重要的是，她正操心酒后的分别，"相见时难别亦难"，她和涂晔晖的攀谈还未尽兴，煞费苦心的精心打扮也未完全发挥作用，对胡奎勇的安排除了赞同并连连表态："胡经理请放心，小肖一定按你的要求陪好涂书记。"涂晔晖此刻的心情也很矛盾，在六建，请他喝酒、吃饭、打牌的大有人在，却从未有人邀他唱歌，今天，胡奎勇竟开了先河，让他不仅享受富有情趣的生活，还有优雅、漂亮、热情的姑娘作陪。但出入KTV算是高消费，在特区，一瓶在外面价值几元的啤酒、饮料，在那里就是几十元；唱歌更昂贵，一首歌几块、几十块。涂晔晖虽说爱好唱歌，却认为这是挥霍、过度消费，不忍心让胡奎勇破费。

"涂书记，您就放心大胆地唱吧！唱几个小时歌是花不了几个钱的。咱这儿是兵马俑的家乡，不是特区港、澳。"胡奎勇似乎看出了涂

晔晖的顾虑，认真解释着，并从靠墙的柜子里拿出一本怡仙岛酒店的"服务指南"，翻开价目表念道："KTV 包房唱歌每小时三十元。咱最多唱三个小时，加上几十块钱的一壶茶，总共也就一百多元。啤酒、饮料太贵咱可以不要。"胡奎勇从餐桌上拿过一瓶啤酒笑着继续说，"这是咱们筵席上的漱口酒，藏着，一会儿唱歌润嗓子。"涂晔晖听着胡奎勇的介绍，翻阅价目表，如释重负地说："咱们内地的卡拉 OK 真便宜。"

"之所以便宜是因为咱这儿是吃饭的包间兼 KTV。一会儿餐桌一撤，靠墙的柜子一打开，唱歌的家伙就都亮出来了，而且是最高档的音响，最现代的点歌器，三十五寸的高清晰度壁挂电视，进口的麦克风。"听了胡奎勇的介绍，涂晔晖完全放心了，流露出满意的神色。他们把剩下的白酒均分喝完，草草打扫完残羹剩菜，囫囵吞枣地吃了碗油泼面，服务生将餐桌挪到一个角落，打开靠墙的柜子，一个崭新的环境出现了。

涂晔晖、肖雯婕、胡奎勇三位"上帝"坐在柔软、舒适的布艺沙发里，品着茶，看着忙碌的音响师，兴致勃勃、跃跃欲试，等待着下面节目的开始。他们要利用歌唱锦上添花，实现各自的目标。胡奎勇的目标很简单，就是让书记高兴，建立互信，寻求保护，使项目经理的位子更坚固、牢靠。肖雯婕当然是为了进一步接近、亲近、了解这位曾帮过自己，并使她心动的男人，决心用柔美将其征服，用真诚进入其心海，用智慧成为他的阳光、雨露和空气，使自己有一个安全的空间，上升的阶梯。在三个人中，涂晔晖目标最为绚烂、浪漫、虚无缥缈，或者只是一串串问号、一个个必然。但，正是这些问号与未知让他有了由必然王国迈进自由王国的坚定信念。尽管达到这一目标很难、很辛苦、很冒险，他也决心奋斗下去，冒险下去。因为，他已占据了今天的舞台，瞄准了猎物，并通过那双明亮的眸子得到了鼓动、激励，从虚无缥缈中看到了希望、增强了信心与勇气……

忽然，爱莲阁屋顶那盏晶莹透亮、小太阳般的吊灯熄灭了，隐藏于吊灯四周、石膏板缝隙间的一圈彩色灯带一哄而起，若明若暗、闪烁不定，如海水在骄阳下荡漾。墙上的壁灯也眨巴着五颜六色的眼睛来凑热闹，向怀揣梦想、心存欲望的客人召唤。倏忽，音乐响起来，电视屏幕上出现了男人、女人、草原、经幡和众多虔诚的、五体投地的朝圣者。这是那首耳熟能详的《青藏高原》，粗犷豪放的旋律回响包间，三个人却谁也不愿拿起话筒。双手抱着啤酒瓶不断漱口的胡奎勇吆喝道："小肖，唱啊，你陪着涂书记一块儿唱，多好听的歌。可惜咱五音不全。"肖雯婕未作声，她不是不会唱，而是无心唱。她全神贯注地思考着一个问题，那就是如何在胡奎勇这只老狐狸的监视下与涂晔晖交流、交心、深化关系。涂晔晖环顾暗淡、柔和的包间，注视着神不守舍的肖雯婕，心猿意马、思绪万千，哪有心思关心荧屏上的歌。胡奎勇看到一首首动听的歌曲空转过去，觉得是浪费，把半瓶啤酒一下子灌进嘴里，放下空瓶，抓起话筒。刚要开口，那首歌放完了。他有点扫兴，向肖雯婕大声命令："小肖，给我点首歌。"

"行、行，你想唱哪首歌？"肖雯婕知道胡奎勇已经喝高了，忙拿起点歌器问。

"就点那些有味儿的，有劲儿的，唱着过瘾的。"胡奎勇吼叫着。肖雯婕曾给胡奎勇点过歌，知道他的所爱，很快点了几首歌。

"妹妹你大胆地向前走啊！向前走，莫回头……"随着胡奎勇大嘴的翕动，一阵阵聒噪、放荡声在这三十平方米的空间冲撞、激荡、震耳欲聋，包间外的服务生赶忙关了门，肖雯婕也下意识地捂住了耳朵。第一首歌唱完，胡奎勇兴致不减，又吼起了《纤夫的爱》。较前一首歌，他的感情更投入，表现更疯狂，把民歌演绎成了不伦不类的摇滚，当唱到"让你亲个够"时，更有一种歇斯底里的陶醉。正当肖雯婕被一首首"摇滚"折腾得几乎要逃离时，吼叫声戛然而止，只剩下了单调的音乐声和电视里一幅幅变幻不定的画面。

"胡经理，怎么不唱了？"肖雯婕看着将话筒放在茶几上，斜躺着的胡奎勇问。

"不行了，不行了，有点反胃……"胡奎勇有气无力地说。

"服务生，快来杯白开水。"涂晔晖关切地凑过去喊。服务生很快端来一杯白开水，胡奎勇喝了口，痛苦地说："不行了，不行了，叫我躺一会儿。"涂晔晖和肖雯婕同时起身，仅能容纳三个人的布艺沙发被胡奎勇不太高大的身躯占完了。涂晔晖从墙角搬过两把椅子，和肖雯婕紧挨着坐在胡奎勇身旁。胡奎勇在醉酒的折磨下并未忘却"目标"，后悔为了出风头、表现潇洒，一下子把那半瓶啤酒干了，弄得大煞风景，无力尽地主之谊不说，还叫领导坐上了硬椅子。他叫住将要离去的服务生说："你陪我到楼下醒酒室去，甭叫我一个老鼠坏了一锅汤，影响了领导的兴致。"临出包间时，他又叮咛道，"小肖，这儿就交给你了，你可要招呼好书记。"肖雯婕知道楼下所谓的醒酒室实际上是洗脚房，是专为酒醉者或饭后休闲、谈事的客人设置的，胡奎勇应当是那儿的常客。

"胡经理，你就放心休息，我保证把书记招呼好。"肖雯婕跟随涂晔晖将胡奎勇送到门外，满口答应。

胡奎勇离开了，包间的门闭上了，播放器盲目地工作着。音箱内不时传来清澈婉转、缠绵悠悠的音乐声。在音乐的滋润下，涂晔晖、肖雯婕两颗火热的心不约而同地在胸中激荡，却又羞涩地蜷缩在感情的深处，辗转、游弋、踌躇不前。他们多么期盼音乐声更刺激、更浪漫一些，期盼着对方改变矜持与拘谨，行动起来，扑向自己，让他们尽快进入角色，置身于温馨、迷人、浪漫之中，相拥而舞。但是，他们依然在充满渴望的情绪中保持着矜持、拘谨，在羞涩、尴尬中无声地等待着。这时，音箱中传出了《萍聚》。那优美、动听的旋律再一次使他们躁动不安。"不管以后将如何结束，至少我们曾经相聚过"的歌词深深触撞到了肖雯婕心中最敏感柔软的地方，她情不自禁地把目光投向涂晔晖，希望他能有所表现。涂晔晖心领神会，再也无法矜持下去，果敢地拿起点歌器。一首诙谐幽默、激情荡漾的情歌在爱莲阁唱响："我像一朵雪花天上来，总想飘进你的情怀，可是你的心扉紧锁不开，让我在外孤独徘徊……你可知道雪花坚贞的向往，就是化作水珠也渴望着爱……"这首经典的爱情歌曲在涂晔晖充满深情的演绎下，浑厚、嘹亮、动听、感人，回肠荡气。歌声未了，肖雯婕再也无法按捺火辣滚烫、热切狂跳的心，扑了过去，不由分说，拽着涂晔晖来到包间中央。他们勾肩搭背，亲密无间，疯狂旋转，一曲接一曲，一首连一首……随着极富感染力的乐曲，他们之间的距离愈来愈近，心跳也愈来愈快，终于，不约而同地放缓了脚步，紧紧地、紧紧地搂抱在了一起。一股暖流融入彼此的身体，两颗狂跳的心像要蹦出胸膛。他们激情难抑，热血沸腾，似乎音响无声，荧屏无影。他们如痴如醉，伫立不动，身心交融……此刻，肖雯婕完全失去了抵抗能力，趴在他的肩头，沉醉在从未有过的幸福之中。然而，肖雯婕既是一个认真、执着、多情的姑娘，又是一个理性的人，明白今天的投入将意味着什么，也许只是《萍聚》中唱的："不管以后将如何结束，至少我们曾经相聚过。"但他总归是能点燃爱火，让她激情燃烧，过目不忘的人，而且还是今后的靠山、保护伞、安全网。肖雯婕经历了毕业分配、下岗、返岗的三部曲，见识了"拼爹"的全部内容。毫无竞争能力的爹是无法选择的，她却有权利、有能力选择男友与情人，以弥补"拼爹"的不足。因为她年轻、漂亮、优雅，魅力无限，特别是那双多情、明亮的眸子，婀娜多姿的身材，凡是男人都会被吸引，被征服。有人说，爱是一颗心遇见一颗心，而不是一张脸遇见一张脸，但，在肖雯婕看来，心与心的相遇非常遥远，是无法触摸的无形物，需要时间作为桥梁，而优雅的风度、俊美的容貌、落落大气的体质才是爱的优选法和浓缩剂，一见钟情就是例证。涂晔晖对她，她对涂晔晖都是如此。因为那偶然难得的一面，才有了流连忘返、朝思暮想的今天，才有了心灵的撞击，感情的共鸣。也许肖雯婕此刻的投怀送抱是盲目而缺乏准备的一时冲动，因为，她只晓得他未婚，并不晓得其漫长的感情经历，更不了解郑芬芳的存在。她之所以在诸多不晓得的情况下义无反顾，不仅是源于执着、认真的性格，还有能打败一切情敌的自信，即

使与婚姻毫无关系也要投入的坚定信念。因为，除了好感她还要报恩，答谢让她二次上岗的帮助。肖雯婕面对涂晔晖的猛烈进攻不但表现出坦然、从容、惬意、激动，更有一种无法自已的兴奋。当涂晔晖深情依依捧脸凝视时，她已无法忍受那种强烈刺激，停下零乱、不协调的舞步，丢开柔情似水的音乐旋律，以守为攻，紧紧搂住他的脖子狂吻起来……那样忘情、疯狂，如入无人之境，如娇艳的花朵在蓝天下怒放，似六月的阳光喷射的灼人光芒，服务生破门服务竟毫不察觉。在如胶似漆的缠绵中，肖雯婕突然感到自己的连衣裙被悄然掀开，一只大手正偷偷向大腿间游弋……她忙撤下炽热的唇予以抗拒，并喃喃着："您太坏了……"此时的肖雯婕虽如痴如狂，却未失去理智；虽然下注，却非豪赌；虽然肆无忌惮，却有底线；深知，一位成熟的姑娘，可以十次失恋，不能一次失节。"您太坏了"是胡奎勇离开包间后出现的第一声客气，一个"您"字是对他们之间关系的定位，也是对涂晔晖的提醒——她依然把他当领导，他们如火如荼的热络是有底线的。涂晔晖的心头猛然遭到冷水的浇灌，一下子从头顶凉到了脚跟，深知急于求成冒犯了对方，后悔因忘乎所以导致的放纵与轻狂。他轻轻松开她，边整理头发、衣服边说："咱们休息会儿，喝口水吧。"

"好吧。"肖雯婕轻声答应着。他们坐下，在音乐声中端起了各自的茶杯。

十八、歌声飞扬

斗转星移，时间如梭，不知不觉已到了1999年的9月下旬，距国庆五十周年只剩不足十天时间。按照上级的通知、媒体铺天盖地的宣传，10月1日，中央政府要在天安门广场组织百万人大游行，向世人展示中国改革开放二十年来的丰硕成果、祖国翻天覆地的变化。为了配合中央政府的庆祝活动，各级政府、事企业单位，农村、军队和学校都要行动起来,八方共庆,歌舞升平。宝山建总为此召开了专题会议,要在国庆前搞一次规模空前,数千人参加的歌咏大赛,对获奖单位除在报上发消息外,还要通过电视、网络进行宣传。六建党、政、工领导对此非常重视,公司党委开会做了详尽安排,公司工会全力以赴,公司行政在资金极度紧缺的情况下拨款支持。各基层单位根据公司党委的要求,将此项活动列为爱国、爱企的活动之一,进行广泛深入的宣传动员,动员对象不仅有上岗人员,还有下岗、离退休职工。整个公司形成了谈歌、练歌、唱歌的热潮。这种热潮冲刷着人们因没工程、少资金、工资拖欠、住房困难等等带来的不快,淡化了长久以来形成的郁闷、颓丧与无所作为。对包括周岭南在内的众多参与者来说,练歌、唱歌就是为了庆祝国庆,抒发爱国情怀,完成上一级党组织交办的任务,至于拿名次、争前三,连想也不敢想。涂晔晖和丁惠仁就不一样了,不仅要庆祝祖国的生日,还要凭着《六建之歌》改变大家的精神面貌,解决此起彼伏的不稳定问题,并要在歌咏大赛上夺魁,叫人们重新认识六建、评价六建、信赖六建,使六建走出"麦城"、走出阴影,一展昔日雄风。丁惠仁不仅理解《六建之歌》的深刻内涵与现实意义,并"让思想冲破牢笼",强忍昔日伤痛,从几十年的禁忌中挣脱,培训骨干,教唱歌曲,充当总导演。为了实现夺魁的愿望,争取好成绩,他未雨绸缪,精心策划,赛前要在公司内部搞一次规模空前的选拔赛,为参加建总的大赛选拔人才。为了使各基层单位的代表队均有一个良好的表现,达到普及基础上的提高,确保选拔效果,丁惠仁专程到阔别已久的母校制作了《六建之歌》伴奏带,每个代表队各一盘。为使参赛队员们能深刻领会歌曲精髓,唱出感情,唱出六建人的精神,体现原创初衷,丁惠仁还在赛前邀请涂晔晖一同前往各基层检查指导。依据先远后近的路线图,第一站便是第四项目部。第四项目部远在郊区,涂晔晖很少顾及,最近却有些反常,无时无刻不在惦念、关心着它。原因很简单,也只有他清楚。今天丁惠仁相邀前往,当然求之不得。

过了那片"沼泽",便是一望无际的玉米地,透过翠绿茫茫的青纱帐,可以望见第四项目部的黑铁大门。几分钟后,面包车来到门口,黑子狂叫着在铁门下来回奔跑,欢迎不速之客。小个子老林小跑着开门,提着一长串钥匙向进入大门的面包车行注目礼。面包车进入院内十多米,项目部党支部书记常思军颤颤巍巍地迎了过来。涂晔晖、丁惠仁赶忙下车、走上前握手寒暄。

"你有病就在家安心休息,大老远地来这儿干啥嘛!"丁惠仁紧握常思军瘦骨嶙峋的双手,真诚地说。

"丁主席说得对,您这么大岁数了,身体又不好,有啥事给胡经理打个电话就行了,何必亲临呢?"涂晔晖关心道。

"五十大庆,十三亿人都在行动,咱咋能袖手旁观嘛!"常思军挪着老态龙钟的脚步,让面包车过去。怕闻到汽油味,他用手帕捂着鼻子。看着汽车开远了,他继续道,"其他事可以让小胡他们代办,这事,我一定得亲自出面。咱项目部人少,不像公司机关跟工区,人多势众。但咱也要努力呀,争前三不行,决不能当后三啊!"常思军虽然身体孱弱、病态明显,却有着老当益壮、老骥伏枥的精神头儿,快言快语,斗志昂扬,军人作风不减当年。常思军从小梦寐以求想穿上绿色军装,当一名光荣的解放军战士。那一年,接兵的连长住在他家,他的真诚、机灵与殷勤让他如愿以偿地成为中国人民解放军的一员,从营部通讯员开始,一直到班长、排长、连指导员;1979 年,已是营教导员的常思军转业到了六建,担任基层书记至今。常思军是一名合格、忠诚的战士,但随着年龄的增长,肌体的老化,已力不从心,甚至艰难生存;两年前他就该退下来休养,却因几十年前谎报年龄,白纸黑字的档案如影随形,已经六十二岁了,依然无法进入退休职工队伍;虽多病缠身,却无一符合病退规定,只能三天打鱼两天晒网硬撑着。

"涂书记,没想到你还会写歌,了不起,不容易。当兵时,我也喜欢唱歌,特别是军歌,唱起来带劲儿,给人以力量。离开部队几十年,军歌声远了,连调儿都想不起了。这几天,听项目部的年轻人唱《六建之歌》，亲切、带劲儿，有进行曲的味道，猛地觉得军歌又回来了，禁不住也学会了。"常思军说着说着竟放声唱起来："春意浓，春潮涌，我们是六建的职工，多少年风雨兼程……"常思军不愧为军人出身，虽然年事已高，多病缠身，嗓音依然浑厚、圆润，铿锵嘹亮，丁惠仁禁不住为他鼓掌。对涂晔晖而言，常思军是比丁惠仁更有资历的前辈，他在施工队当综合干事时，常思军已带着二十年的工龄在六建当书记多年，是响当当的正科级，经验丰富的基层领导，也是涂晔晖尊敬、崇拜的前辈之一。涂晔晖担任公司党委书记半年来，常思军虽一直在家休病假，却始终如一地关注着公司党委的工作，关心着公司的变化。加之涂晔晖专程登门看望过他两回，更使他无法在家静养，要以绵薄之力为公司做些事，报答六建对他这个老兵的收留，党委书记对他的关怀。适逢公司举办五十大庆歌咏赛，他毅然带病出山。

"常书记真是英雄不减当年，嗓音可与蒋大为媲美，第四项目部有您这位导演一定会取得好成绩。"涂晔晖称赞道。

"这两天我一直操心着'四项目'，担心你不在会影响到咱这个老先进的牌子。为了保你这个老先进，今日专门把《六建之歌》的作者请来了。你出山了，我就可以把重点转移了。"丁惠仁接住涂晔晖的话高兴地说。

"重点不能转移。人常说，先进都是培养出来的，重点转移了谁来培养先进呀！涂书记来了，一定得多指导，留下真经……"他们边走边聊。进入院内，一阵歌声传来，循声望去，低矮的平房前站满了手捧歌页的人。

"这都是咱项目部的人？"丁惠仁问。

"当然是项目部的人了。"看着丁惠仁怀疑的神色，常思军继续道，"难道是从左邻右舍借的不成？你瞅瞅隔壁两邻，不是公路就是庄稼地，想借也没处借呀！"

"据我所知，咱们项目部充其量超不过三十人……"

"好我的家长呢，你甭忘了，咱还有上百下岗职工呢。"常思军打

断了丁惠仁的话，接着说，"这些同志听说公司搞活动，都要求参加，一松口，一下子来了七八十。大家都是丢下手中的活回来的。"看着涂晔晖、丁惠仁疑惑不解的样子，常思军又说，"原因很简单，大家虽然下岗了，但爱国热情还在，十三亿人都在庆祝，谁愿落单、旁观？还有，大家都想唱唱咱们老建的歌，追往忆昔，抒发情怀，这种感情、热情，咱挡不住，也不能挡。大不了让小胡（胡奎勇）多破费，增加百八十套服装。说句良心话，小胡在其他方面抠门、斤斤计较，对这次唱歌却很支持，每人一件蓝裤子、白衬衣，来者不拒，要求只有一个，就是把歌练好，甭给项目部丢人。"听了常思军的话，涂晔晖心潮起伏，激动万分，为大家的爱国、爱企情怀欣慰不已，为《六建之歌》产生的激励效果兴奋、满意，打心里感谢丁惠仁、常思军，感谢站在荒凉的院落，低矮、潮湿的平房前虔诚认真、纵情高歌的同志们。

在这上百人的合唱队伍里，涂晔晖看到了她的身影，看到了一月来搅动心海、慰藉心灵、昼思夜盼的肖雯婕。她站在台阶上，精神抖擞地指挥大家唱歌。她也看到了他，神情显得很不自然，指挥棒偏离了节奏，连唱歌的工友都感到诧异。那天与涂晔晖分别回家后，她一直心绪不宁，夜不能寐，重温着他的热情，回味着他的冲动，追思着他的一举一动。他们虽未进入男欢女爱的最高境界，却依然让她感受到了他的火热与疯狂，享受到了从未经历过的激情与爱抚。她多么想继续、永远地躺在他的怀抱，枕在他的肩头，但酒店打烊了，胡奎勇酒醒了，他们不得不分离。在离别的日子里，肖雯婕无数次想与他联系，嘘嘘寒、问问暖、聊聊天，以弥补那天沉迷于肢体交流而没有语言交流的缺憾。但一拿起话筒又犹豫了，她必须保持一个黄花闺女应有的矜持与自尊，不能太主动，即使内心再向往，再念念不忘。今天，他竟然送上门来，就站在面前，咋能不使她平静的心中泛起涟漪，咋能不使手中的指挥棒离弦走板？

"小肖，让大家休息一下，喝口水，一会儿正儿八经练一遍，让二位领导提提意见。"正当肖雯婕紧张无助、不知所措时，常思军的话给

她解了围。她忙停下指挥棒，跨下台阶，向涂晔晖、丁惠仁问好。

"不错，比我上次来唱得好多了，大老远就听出来了。歌词都记住了，音准把握得也不错。"丁惠仁松开肖雯婕的手继续道，"但是还要努力，要尽量唱出辨识度，唱出特色，叫人一听就知道是我们六建的歌。还有，演唱时不仅要有节奏感，还要根据情感需要有所变化……"

丁惠仁不愧为专业人士，滔滔不绝地指导让常思军大开眼界，让肖雯婕耳目一新，其他工友也都好奇地围拢过来。看到大家兴致盎然的表现，丁惠仁很满意，接过肖雯婕手中的指挥棒，又讲了一些音乐指挥方面的要领和技巧。涂晔晖站在人群里，认真虚心地听着丁惠仁所讲的每一句话，注视着执棒演示的每一个细节，望着他满头的华发，饱经沧桑的脸庞，不仅为之悲哀、遗憾。他到建筑公司当工会主席确实是投错了门：他应该是明星，是音乐方面的专家。涂晔晖遗憾、悲哀、感慨的同时再次升腾起成功的希望。有丁惠仁这样的专门人才，《六建之歌》定会出彩成功，产生效应，成为激励六建人前进的鼓点，改变六建命运的动力，一定会在大赛中取得好成绩。这种如霞似虹、如花似锦的憧憬，使近在咫尺、朝思暮想的情人变得遥远而模糊，让汹涌澎湃的心海变得风平浪静。当丁惠仁让他这个词曲作者发言时，他如梦初醒，从美丽的遐想中慌张跳出，激情满怀地说："同志们，丁主席是音乐方面的专家，是咱们这次活动的导演，他的话既专业又实用，只要大家按他的要求认真、刻苦练习，就一定能取得好成绩。我要与大家交流的是，我们为什么要在企业如此困难时兴师动众、大张旗鼓地唱歌，还要比赛？答案很简单，当然是为了五十大庆。但，对六建而言，他还有更深层次的内涵。那就是要借庆祝祖国生日的东风，让六建绝处逢生，冲出死亡之谷，重现昔日风采；就是要让六建以崭新的形象进入人们的视野，进入建筑市场。为了这一目的，我们必须付出超常的、双倍的努力，用优异的赛绩证明能力，证明我们是无往而不胜的……"在大家热烈的掌声中，涂晔晖看了丁惠仁一眼继续讲道，"在歌曲演唱方面，大家除了记住丁主席的要求外，还应依照旋律

唱出跌宕，唱出沧桑，唱出豪情，唱出情操与理想……"讲完，涂晔晖几乎未顾上看肖雯婕一眼，便匆忙离去。他要奔赴下一站，要去五工区，要趁热打铁，让大家将如火如荼的热情变为熊熊烈焰，扩展延伸，幻化为一种勇攀高峰的精神。面包车开动了，常思军、肖雯婕在车旁挥手告别。涂晔晖坐在副驾室，通过倒车镜看到了她，看到了她依依不舍的神情、眼眶内潜藏的泪花，心中一阵酸楚。他决心在建总歌咏大赛结束后以百倍的热情予以补偿。

五工区离第四项目部不算远，只有半个小时的路程。面包车开到筒子楼时，阵阵歌声从芹英酒店传来。涂晔晖明白，五工区除了给十多个在岗人员留了几间办公室，其余房子全部租出去了，偶遇开会或下岗职工群访，都是在主任、书记办公室凑合。现在要练歌，韩素清十多平方米的办公室肯定容纳不下；想像第四项目部在院子练，更不行，原本很宽敞的院子已被众多的租房户分割成块，停车的停车、堆货的堆货，属于工区的一席之地还在楼与平房之间的夹道里。郑芹英高风亮节，让饭店上午停业供大家练歌。涂晔晖、丁惠仁走进桌椅全无的餐厅，看到的全是人，是站满餐厅、放声高歌的人。黑压压一片的歌者面前，放着一个石礅，上边站着满头大汗的指挥，他不是别人，正是下岗职工、出租车老板王秋生。前面我们提到，六年前王秋生顶替退休的父亲，由宏安县的农民成为五工区的一名瓦工，但刚穿上工作服不到半年就下了岗，后几经周折、多番努力，成为一名出租车司机。数月前，涂晔晖与顾名利龙争虎斗、争夺六建书记，若不是他因一面之缘帮了涂晔晖一把，也许不会有《六建之歌》的问世，更不会有如此轰轰烈烈的歌咏比赛。作为王秋生，虽说上班不足半年就惨遭下岗厄运，却毫不记恨，无怨无悔，认为那是大势所趋，潮流所向，依然把六建当作自己的家，当作成长、成熟的摇篮，情义如山，念念不忘。用他的话讲，即使自己当了省长、县长还是六建人。王秋生天生不喜欢音乐，更无音乐细胞，但为了唱好《六建之歌》，他虚心拜丁惠仁为师，学会了识谱、用气，掌握不少音乐常识，成为五工区一百五十人合唱队的教练兼指挥。为了掌握指挥技艺，除了请教丁惠仁外，他还挖空心思地在电视上寻找合唱节目，认真模仿，照着镜子苦练。胳膊累了、痛了、肿了浑然不觉，只有一个心愿，那就是用准确的指挥调动情绪，叫大家唱好歌，让五工区在公司内部的选拔赛中取得好成绩，让更多的工友能被公司合唱团选中，参加全系统的歌咏大赛。王秋生正指挥大家唱歌，发现涂晔晖与丁惠仁进来，忙跳下石礅，热情招呼、握手问好。前不久，他通过车队的彭生善知道了涂晔晖失恋的事，很同情但又不好明问，只能用这普通的方式，表示一下特别的关切、安慰。王秋生还通过《六建之歌》重新认识了这位书记，觉得他不仅是党委书记，还是位才子，不仅有文凭、有文化，还能让七个阿拉伯字母变为曲谱，变为朗朗上口、悦耳动听的旋律，述说着建筑工人的事儿。这使王秋生不仅敬佩、刮目相看，而且倍感神奇，觉得跟这样的人交朋友是一种荣幸。未等王秋生松开涂晔晖的双手，韩素清从唱歌的队伍里疾步过来，将其双手"抢"过去，热情洋溢地说："欢迎涂书记来五工区光临指导！"这位不善言谈的工区主任兼书记，只能用这句官话表达对涂晔晖的欢迎与谢意。自打她艰难地当上五工区主任后，一直想对这个言而有信、帮过工区、帮过自己的领导表示一番心意，却苦于没有机会。他们虽同住筒子楼，但涂晔晖早出晚归，一直难以碰上，今天，她要用紧紧的握手、俗不可耐的官话答谢他对工区的支持，感谢他坚持真理、不惧阴谋、敢于担当，使自己如愿以偿。韩素清文化程度不高，不懂音乐，却组织了这么庞大的参赛队伍，除了主任、书记的职责所在外，就是在以报恩的思想支持公司党委工作，支持党委书记涂晔晖。韩素清正努力地想说些什么，却被一副结实有力的臂膀挤到了一边，挤她的人正是浑身挂满肌肉的郑芹英。郑芹英虽为女流之辈，却有着坚韧不拔的性格，男子汉般的高大与豪气，还与涂晔晖有着不解之缘。尽管涂晔晖已经失恋，却从未抱怨过面前的女强人、挂名的媒人，也没把失恋的事告诉她，并与她一如既往地保持着亲近如初的关系。让他们亲近如初还有另一个原因，

那就是涂晔晖为郑芹英解决了久拖不决的停水问题，免去了顾明亮的工区主任，粉碎了顾战胜阴谋吞并芹英饭店、独霸办公楼的野心。这次工区组织合唱队，郑芹英不仅积极参与、还动员其他工友参加，不惜受麻烦、影响生意，硬是将餐厅腾出来作为"练歌房"。

"咱虽说五音不全，但嗓门好，一吼能穿透十道墙。咱参加合唱队保证让全世界都能听到涂书记写的《六建之歌》，'为了祖国建设，我们用汗水谱写人生，谱写人生——'听，咱的嗓门咋样？"郑芹英挤走娇小的韩素清，说话间冷不丁地拣了句最高音，用她那沙哑、厚重、略带沧桑的嗓子吼了起来。她的激情与豪放自然引起了满场的喝彩。郑芹英显得异常兴奋，从上衣口袋掏出歌页抖动着，对簇拥在周围的工友们大声说："姐妹们，你们看咱书记写的这首歌中哪一句最嫽？"

"都嫽！"大家嬉笑着喊。

"你们等于没说！我问最能惹我们心酸的是哪一句？"郑芹英认真重申道。大家你瞅瞅我，我瞅瞅你，谁也说不清是哪一句。

"我认为是第三句——多少年风雨兼程。"郑芹英轻轻唱着，微闭双目，呈现追忆、痛苦的模样，并继续道，"每当唱到这儿，就由不得叫人想起在风雨中，咱们披着雨衣，戴着草帽，揣着饭盒，一大早起来，急急忙忙赶往工地的情景……"说着说着，竟然流下凄悲的泪水。她想到了大自然带来的"风雨"，想到了生活中的"风雨"，想到了下岗，想到了开办饭店的艰辛，想到了不久前的停水与静坐……周围的姐妹们默默无语，以各自的经历诠释、解读着"风雨兼程"四个字。尽管她们的现状各不相同，但都经受过下岗、创业、自救的考验；尽管大部分人都和郑芹英一样，凭借辛劳的双手过上了丰衣足食的生活，却不会忘记曾经遭遇的"风"和"雨"。

"我认为郑姐的理解不准确，'风雨兼程'绝不是刮风、下雨、赶路！"王秋生理直气壮地纠正着。他是工区合唱队的指挥、导演，不允许有人错误地理解歌词，影响歌曲的情感表达，降低演唱水平与效果。看着大家不解、郑芹英不服的目光，王秋生耐心解释道，"原来我跟郑姐理解的一样，前天，丁主席来工区，说我的理解是狭隘的。依他的说法，'风雨兼程'四个字表达的意思很广，它概括了我们六建人几十年的奋斗史，包括现时的失业、下岗、差点儿被摘牌子。所以，我们唱到这儿时必须有复杂的情感，要尽力地表现出沧桑、奋发、坚韧。"为了让大家信服，王秋生上前一步，站到丁惠仁跟前补充道，"以上可是丁主席的原话，咱只不过是热蒸现卖。谁想原汁原味，就向'家长'请教。"大家的目光刷地一下投向了丁惠仁。丁惠仁非常高兴，不是因为自己的观点深入人心，而是觉得大家认真的劲头、精益求精的探索精神实在难能可贵，他们已全身心地投入到歌曲里，就像当年创建"鲁班奖"工程。为了保护大家的积极性，他大声说："秋生说得很对，但那都是理论。我们毕竟是在唱歌，是用旋律诠释歌词、抒发感情，只有欢迎词、曲作者演唱一遍，大家才会有一种切身、具体的感受。"在热烈、响亮的掌声中，涂晔晖清了清嗓子，豪情满怀、放声高歌："春意浓，春潮涌，我们是六建的职工，多少年风雨兼程，七千儿女无愧英雄……"歌声在餐厅内外回响、激荡，驾着骄阳，穿越楼群，在蓝天白云间飞扬……

十九、如愿以偿

9月29日下午，宝山市第六建筑工程公司划时代的一刻来到了。在人们视线中销声匿迹多年的六建突然出现在公众面前，代表它的是二百六十名全副武装的合唱队员。他们精神抖擞、豪情满怀，列队进入恢宏、豪华，富丽堂皇的五一大剧院，参加建总系统纪念中华人民共和国诞辰五十周年歌咏大赛。为了这一天，涂晔晖煞费苦心、绞尽脑汁，苦苦准备了一个月。夺魁、重塑六建形象是他辛苦努力的全部意义，正如《六建之歌》中唱的："我们用汗水谱写人生……七千儿女无愧英雄。"在一个月的辛苦排练中，工会主席丁惠仁消除"一朝

被蛇咬，十年怕井绳"的心病，冲破几十年与音乐割袍断义的禁忌，身先士卒，高标准、严要求，刻苦排练，精心编导。周岭南除了在资金极度紧张的情况下为演出拨款购置服装、培训乐队外，还在百忙中学歌、练歌，欣然成为合唱队的一员。还有带病上阵的常思军，无私支持工区排练的郑芹英，丢下生意踊跃参与的下岗职工王秋生等。这些精彩、动人的花絮，使涂晔晖激动、感动、信心十足，渴望争第一的心情更加迫切。看着雄赳赳、气昂昂进入剧院的六建人，他意满志得，激情洋溢，豪情万丈。他们都是各基层单位合唱队的佼佼者、精英，是经过丁惠仁在公司的竞赛中精心挑选的，他们中的每一个成员涂晔晖都能叫出名字，而且个个放心。根据丁惠仁对其他兄弟单位排练情况、演唱阵容的了解，六建夺第一存在悬念，争前三稳操胜券。这种迹象说明，六建面临的对手很强势，而且不止一家。严峻的形势提醒六建，要取得佳绩不仅凭赛前的排练，还要靠临场发挥。这是对合唱队的考验，更是对涂晔晖的考验。因为，他是指挥，是合唱队的灵魂，他的一举一动，甚至一个眼神都将影响到整个团队的表现力和演唱效果。排练时，涂晔晖一直主张让丁惠仁挑起指挥重担，他具备专业知识、临场经验，但却遭到了拒绝。丁惠仁的拒绝不是推卸责任、怕承担风险，而是认为自己年纪大，缺乏指挥应有的爆发力；再说，他还要组织、协调乐队、负责化妆等事务。涂晔晖年富力强，风华正茂，又是公司书记，在队伍面前一站便会产生主心骨的效应；更重要的是他身为《六建之歌》的作者，对歌曲内涵吃得透，理解得深，情感把握无人取代。这无疑给涂晔晖带来了难题。因为他不懂指挥，凭的仅是悟性、吃苦精神，像王秋生那样刻苦学习，自我强化。胳膊肿了、痛了强忍着，遇到难题向丁惠仁请教，就是不能让指挥影响夺魁、拖合唱队的后腿。为了提高实战水平，出发前，合唱队在公司办公楼下的停车场进行了最后一次彩排，涂晔晖把讲了无数遍的注意事项又庄重、严肃地重复了一遍："同志们要特别记住的一条是，只要演唱开始就决不能停下来，天塌地陷也不能停下来，包括我的指挥失误……"

意想不到

还有十分钟比赛就要开始,六建包括乐队在内的二百九十五名参赛者,安安静静地坐在规定的区域,神情专注,以极大的好奇心环视气势恢宏的剧场,豪华宽阔的舞台,还有悬挂于舞台上方那苍劲醒目的横幅——隆重庆祝中华人民共和国诞辰五十周年歌咏大赛。幅额下方,两千二百人的座位上全是浓妆艳抹、花枝招展、热情洋溢、跃跃欲试的参赛者。他们比六建人抢先一步来到赛场,熟悉着环境,满足着好奇,抒发着豪情壮志,彰显着自信与实力,一点也不逊于披挂整齐、严阵以待的六建代表队。整个剧场充满了欢声笑语,燃烧着火一般的热情。然而,有头脑的人们会发现,在这貌似热情奔放的气氛下充满着杀机,潜伏着你死我活的争夺,大有"本是同根生,相煎何太急"的残酷与无情。输赢难料,鹿死谁手谜团重重。五十大庆,五十年一遇,各家都有拳拳爱国情怀,烈烈忠肝义胆,均使出浑身解数要让忠爱之心得以体现,让企业精神通过歌唱予以展示、传播。你六建有《六建之歌》,有丁惠仁这一才华横溢的人物,而一建、二建这些老先进,也各有出奇制胜的法宝,要不,他们"擂主"的位子咋能保持多年无人撼动呢?所以,六建人纵有凌云之志、好胜之心,想一鸣惊人,如愿以偿,谈何容易!尽管涂晔晖有着静水深潭、波澜不惊的心理素质,依然情绪异常,心存忐忑,并将这种紧张与不安挂在了脸上。幸亏他坐在后排,光线幽暗,要不,会传染给大家,影响到军心。时间老人没有因涂晔晖的忐忑而停下脚步,比赛更未因他的紧张而推迟,大幕在欢声笑语、人声鼎沸中徐徐拉开。剧场内的灯光瞬间熄灭,绚烂、亮丽、宽阔的舞台出现在人们的眼前。风度翩翩的男女主持人站在华美、宽阔的舞台中央,站在耀眼的聚光灯下,带着甜美的微笑,以圆润、清亮的嗓音,热情奔放的情绪,介绍正襟危坐于主席台两侧严肃、冷峻的评判,他们中有市委宣传部的领导,市音协的专家,还有宝山市德高望重的歌星。为了公平、公正,建总没有派员参与评判。两位主持人宣布了比赛规则及十八个单位的出场顺序后,比赛正式开始。六建第十七个出场。这一排序对六建是双刃剑,有利有弊。有利

因素是，前边单位的精彩表现可以借鉴，取长补短；不利因素是，前边单位的精彩可能影响到士气，动摇夺冠的目标。这就要求六建人不仅要有必胜的信心，还得有淡定的心态、坚定的意志，不将争夺名次变为心理包袱。涂晔晖突然意识到，他平时将输赢看得太重，以至于成了精神负担，必须在上场前调整好心态，以使轻装上阵、纵情发挥。就在涂晔晖焦虑、纠结、自省时，历经上场、退场的轮回，第四个单位列队现身。涂晔晖的思想、目光、注意力骤然回到了舞台。因为，它是如雷贯耳的"擂主"——这场比赛夺魁的热门单位宝山二建。赛前有"情报"显示，其演出阵容不足二百人，演出内容除必唱歌曲《没有共产党就没有新中国》外，另一首歌也是大家耳熟能详的《长征组歌》——过雪山草地，指挥是刚退居二线的原公司党委书记。然而，大幕拉开时，涂晔晖傻眼了，二百五十多人的演唱队伍不亚于六建，前两排全是清一色的二十岁上下的年轻人，一看就是训练有素的外援。他们身穿20世纪30年代的红军服，八角帽上的红星熠熠闪光，褐色的牛皮腰带让人们穿越历史，回到了那腥风血雨、艰苦卓绝，吃草根、啃皮带的战争年月。音乐未响、演员未开腔，已赢得了满堂喝彩。令涂晔晖更为瞠目结舌、意想不到的是，他们的指挥竟是前天宝山市文学艺术界庆国庆文艺晚会上的合唱指挥，是几天来充斥荧屏的音乐节目中涂晔晖最为崇拜的指挥之一。正当涂晔晖惊愕而百思不得其解时，丁惠仁神情紧张地从后台方向过来，附耳道："二建出高价从音乐学院请来了大四一个班的学生作为压舱石，又从市文化馆请来专业指挥充当助推器，建总领导明知却默认，评判们只看演唱水平不管演唱者成分，更不坚持建总不准请外援的规定，这对咱们这些听话的老实人不公道啊！"涂晔晖在昏暗的灯光下，看着丁惠仁愤愤不平、极度失望的神色，将已到嘴边的附和硬是咽了回去。他艰难地平抚着不平、忧心的情绪，谋划着如何将平日苦练的水平发挥到极致，弥补与他们之间的比差。想到自己的秘密武器——接地气、鼓士气的《六建之歌》，他从容、平和地对丁惠仁说："请不请外援是他们的事，咱们自力更生决不仿效,更不眼红。告诉大家,不要受干扰,只要把训练时的水平发挥出来了,拿什么样的名次都是胜利。再说,咱还有《六建之歌》。台上虽然坐着专家、评委,但台下坐的却全是老建,他们的共鸣、掌声一定会影响到台上评委们手中的笔。"听了涂晔晖的话,丁惠仁由不平、失望变为心平气和。他清楚,《六建之歌》不仅是六建人几十年艰苦创业的写照,更是千千万万建筑工人奋发图强、辛苦劳作、默默奉献的颂歌,就是对手,也一定会拍手称快的。尽管如此,丁惠仁还是感到很懊悔,懊悔没打探到二建这个"擂主"的确切情报,没想到他们会上演"蒋干盗书",利用假信息哄骗他这个老实人。否则,他定会建议涂晔晖也请外援,别说请一个班,就是请两个班、三个班也没问题。音乐学院是他的母校,尽管几十年物是人非、沧桑巨变,但他的二胡声依然在校园飘荡,在学弟、学妹中流传。然而,到了这一时刻,懊悔也于事无补,只能接受现实,依照涂晔晖的安排去做稳定军心的工作。

　　丁惠仁走了,涂晔晖的注意力又回到了如火如荼的舞台,将目光凝聚在各演唱队的指挥上。因为,除了二建,其他参赛队伍的指挥也全是外援。他们风格迥异,却全是一流的水平,都让涂晔晖倾慕、佩服。指挥是一个合唱队的灵魂,指挥的气宇轩昂、自信、风格、准确与力度,直接影响着每个演唱者和乐队水平的发挥。自打接受了指挥的任务后,涂晔晖从未停止过训练,但由于条件有限,除了向丁惠仁请教外就是通过电视荧屏模仿学习,再无其他途径提高。今天,各路指挥高手云集于此,均拿出看家本领,竭尽全力,纵横捭阖,这种在实践中提高的机会比教授讲课更有效果,比在荧屏上模仿强出十倍百倍,千载难逢,机不可失啊。涂晔晖十分感谢丁惠仁抓阄的手气,感谢倒数第二的出场为他留下了难得的学习、借鉴机会。他排除干扰,心无旁骛,宁神静气,目不转睛,聚焦着台上的每一位指挥,捕捉每一个动作,博采众长,将其精彩、精华铭记于心、融入血液,变成自己的东西。这些点点滴滴、瞬息间的积累,让他空虚的心渐渐充实起

来，摇摆不安的灵魂慢慢有了着落，并使参赛的动机发生了变化，将重在参与的理念渐渐上升为对理想、名次的追求；这种追求是他的初衷，更是改写六建历史、改变六建命运的关键与契机。宇宙中的万物，存在、生成、博弈、争斗，其终极目标是为了达到平衡，只有平衡才能和谐、和平、平静，一旦失去了平衡就会倾斜、坍塌、毁灭。涂眸晖面对意想不到的不利因素所产生的自我安慰、对"名次"的淡泊，是为了不让心理失衡、不让精神坍塌，影响潜能发挥、影响比赛成绩；而信心的回归、精神的振奋、对胜利的渴望，为实现初衷想奋力登顶，同样是在寻找平衡。

"下一个演唱单位是宝山六建，请到后台准备。"广播里传来主持人清晰、洪亮的声音。六建人像久久隐蔽在壕沟里的战士突然听到了冲锋的号声，兴奋、紧张、激动，沿着早已选准的通道，匆匆奔向后台。

大幕缓缓落下，六建合唱队按照编排的顺序，快速，悄然，各就各位，二百六十个人瞬间形成了整齐壮美的扇形画面。丁惠仁急步过来，站到队伍前面，庄重、严肃地扫视着"扇面"，感到十分满意。这是他离开乐坛三十年后的又一杰作，是一个多月来夜以继日、废寝忘食、呕心沥血、殚精竭虑的结晶。三十多年前二胡蜚声校园，那只是成名成家思想支配下的个人奋斗，今天却是为了危难中的六建，为了六建数千人的命运，他压力之大、负担之重前所未有。一分钟后，他的作品将接受台下数千名观众的检阅，经受台上十几位专家、学者的评判。他真想再向大家讲讲要求和激励的话，哪怕只是一句或者一个字。然而，时间已不允许，给他的机会只能是紧握双拳，在空中重重地挥舞一下，以示心志。

出场的铃声响起，大幕徐徐拉开，一支人数空前的扇形队伍，一幅前所未有的壮美画面出现在舞台中央，亮相于聚光灯下。整齐划一的紫红色领带，雪白的衬衣，湛蓝的裤子，简洁亮丽，俊朗精神；一个个挺胸昂首，面含微笑，英姿勃发，充满豪情与自信的形象使台下的喧嚣、谈笑声戛然而止。人们将惊艳、好奇、期待的目光聚焦台上。在人们的期待中,在明亮的聚光灯下,涂晔晖迈着轻松、自信的脚步矫健地走向指挥台,向观众躬身施礼后,向乐队挥手示意。随着他潇洒、轻快、明晰,略带爆发力的手势,六建人在电子琴、大提琴等乐器的和声中放开歌喉,纵情欢唱。二百六十个人发出同一个声音,抒发着同一个情怀,唱响同一个旋律。悦耳动听的旋律如涓涓溪流、暖人的春风,洋溢在剧场上空。"没有共产党就没有新中国……"这首被前边参赛队伍反复了十六遍的必唱歌曲依然引发了全场的轰动,因为,表演者是今天最庞大、最壮观的团队,是十八支队伍中唯一没有外援的。然而,这还不是六建夺魁的撒手锏,也非他们的最佳表现,他们的拿手好戏、"尖端武器"是自创歌曲《六建之歌》。"春意浓,春潮涌,我们是六建的职工。多少年风雨兼程,七千儿女无愧英雄……"一声声清新、流畅、雄壮、悠扬的旋律,一句句亲切、质朴、沧桑、昂扬的歌词,真实生动地描述、诉说、再现了"老建"的沧桑经历和动人故事。那悦耳的歌声、壮美的画面让台下的"老建"心灵震颤。他们回想到那些如火如荼、激情燃烧的难忘岁月,回想到下岗、再创业的风风雨雨,他们流泪、感动,并将这种情绪化为潮水般的掌声和疯狂的呐喊。这种疯狂与热烈相互感染,快速聚集,形成排山倒海的声浪,在整个剧场冲撞、回荡。台上的六建人当然感受到了台下的激情与火爆,像得了双百的小学生,把兴奋、激动化为力量,化为更加专注忘情地表现,将辛苦排练洒下的每一滴汗水、每一份辛苦凝成"盛宴",一丝不苟地奉献给热情的同行、领导和评委。涂晔晖虽然背对观众,同样感受到那种熔铁化钢的激情,震天撼地的狂热。此刻的他,已如入无人之境,顾不上兴奋、高兴、激动,像一架机器人,按照预先设定好的程序疯狂运动,以与众不同的指挥风格让二百六十名歌者纵情高歌,倾吐心声,抒发满腔豪情……最后,在他力拔泰山、铿锵磅礴的挥手之间,雄壮的旋律戛然而止。台下瞬间沉寂后,再次掀起了气吞山河的掌声,震耳欲聋的呐喊与喝彩。这种疾风暴雨般的

热烈场面是两个多小时的比赛从未出现过的,是对六建人勇攀高峰精神的肯定与褒奖。人类也许就是凭借这种精神才使一个个必然王国变为自由王国,才从刀耕火种的原始社会一步步进化到了今天的信息时代,才有了游太空、登月球、开发宇宙的壮举。它是涂晔晖、丁惠仁这些默默无闻的党群干部们的荣耀与成功,更是六建七千儿女的荣耀与成功,它并非产值、利润与金钱,却在改写六建历史,改变六建命运,成为六建走出低谷、攀登高峰的力量源泉、精神动力,并引发出更多曲折离奇的故事。这只是下文,我们还是先将比赛结果告诉读者。

六建代表队演唱结束,大幕并未落下。正当涂晔晖汗流浃背,气喘吁吁,无所适从时,主持人匆匆来到台前,面对观众对他作现场采访:"涂书记,《六建之歌》产生了如此火爆的反响,请问您为什么要创作这首歌?"

涂晔晖在聚光灯下,在数架摄像机面前显得有些紧张。他对指挥工友们唱歌可能出现的突发情况有着充分的思想准备,但对现场采访却始料未及。因为,比赛无此议程,前边参赛者也无先例。幸运的是,对方所提问题他胸有成竹,烂熟于心。他擦了把汗,缓了口气,以问一答十的耐心、简洁明晰的语言讲述了《六建之歌》创作的背景、意义后深情地说:"失败对一个人、一个单位并不可怕,可怕的是精神萎靡,失去自信,失去当代人勇攀高峰的拼搏精神。我就是要通过这首歌告诉社会,宣示世人,六建是有着光荣传统、辉煌历史的企业,虽然暂时落于人后,依然有信心、有勇气急起直追迎头赶上。因为,我们是英雄好汉,精神永不垮、意志永不衰。我们要用文化这种软实力唤起硬实力,要用今天的舞台证明明天,证明未来,证明六建是值得信赖、有能力攀登高峰的……"涂晔晖广告式的精彩发言,再次博得了热烈的掌声。大幕落下,评委们给了六建代表队101.5的最高分,以超过擂主宝山二建2.5分的优异成绩取得第一。六建人终于以独特的方式洗刷了落后单位、问题公司的耻辱,用不争的事实证明了潜藏的能量、战必能胜的实力。这一切,通过现代传媒——广播、电视、

意想不到

网络、报纸，撒播、渗透于宝山的大街小巷、小区、院落和工地。饱受歧视、压抑的六建人终于挺起腰杆扬眉吐气了！他们欢呼雀跃，奔走相告，与亲人、朋友分享这一幸福时刻。多少年来，无论精神文明还是物质文明，不管大赛还是小赛，六建从未离开过倒数一、二名的位置，今天，这种历史颠倒过来了，他们咋能不欣喜若狂？

五一大剧院的赛事早已结束了，六建人却迟迟不愿离开，他们沉浸在领奖时的欢乐气氛里，拍照、留念；爱不释手地抱着精美的水晶奖杯，抚摸、亲吻，像慈母面对刚刚降生的孩子，像初出茅庐的作家手捧散发着油印味的处女作。一直被誉为吝啬、"铁公鸡"的周岭南竟然破天荒地大方起来，亲自招呼大家不要离开，要请客。他太激动、太兴奋、太高兴了，这是他作为六建法人代表以来第一次这么高兴，而让他高兴的是涂晔晖、丁惠仁等一大批党群干部用汗水与歌声赢得的胜利，就是公司经济再拮据也要庆贺、犒劳大家。听说经理要请客，大家当然求之不得、乐此不疲，虽然已是晚上七点钟，近三百人竟无一缺席。他们余兴未尽，激情难平，需要狂欢，需要释放，需要继续享受胜利的喜悦。

为了方便起见，他们在五一剧院附近寻找饭店。这里虽有餐饮一条街之称，却没一家饭店有能力一次性接待这么多不速之客。折腾、寻觅了半个多小时后，终于有一位精明的饭店老板舍不得这笔大生意，硬是把餐厅扩大到了楼梯间、员工办公室，并临时派人采购食材，把休假的厨师、服务员招回来，才让这些浓妆艳抹的食客离开大街，有了归宿。按照周岭南每人五十元的标准，三百人就是一万五千元的消费，相当于这个规模有限的饭店半天的营业额，这不是天上掉馅饼、遇到了大财神嘛！笑逐颜开的饭店老板、老板娘亲自挪桌搬凳，端茶倒水，热情有加。这三百位客人中，大部分是下岗人员、未见过世面的青工，他们不仅参与了拿奖杯，还能和平日难得一见的公司领导同桌进餐，享受饭店老板的亲自服务，心里不知有多么惬意、高兴。平时不爱说话的突然变得伶牙俐齿，能说会道，不仅叽叽喳喳、滔滔不

绝，还游走于其他餐桌，穿梭于人流之中，呼朋唤友。那些活泼、外向的人更是一展其锐，如燕子飞来飞去，像喜鹊惹人开心、引人注意。在这谈笑风生、欢声笑语的人群中还有更高兴、更激动、更居心叵测的人，他们不是别人，正是公司党委书记涂晔晖、第四项目部的肖雯婕。六建实现了夺魁之梦，涂晔晖一时间被掌声、赞美声包围，陷入花团锦簇之中。看着欢欣鼓舞的同事、热情奔放的工友，多日来心中的一块石头终于落了地，他感到从未有过的兴奋、激动。常言道，无事生非，没了思想压力和精神负担，他忽然间想入非非。想到了肖雯婕，想到了那天在爱莲阁的缠绵、依偎、轻歌曼舞；想到去第四项目部检查练歌，她那火辣辣的眼神；想到站在合唱队第一排放声歌唱时的虔诚与娇美；追悔着那天的匆匆离去……虽然多日来他们几乎天天碰面，却无暇沟通表白，更没心思、没机会趁热打铁将那天的激情延续下去。为了今天的胜利，他们每时每刻都处于极度紧张的状态，无法分出精力投入到那片浪漫、柔情的境地。现在终于如愿以偿，赢得了胜利，公司自上而下都在狂欢，没人留意探测他的心路历程，寻思他们的行踪，正好是重温旧梦，鹊桥相会的良机。然而，她现在在哪儿呢？他在熙熙攘攘的人群中扫视，搜索，找寻。

　　肖雯婕并未在一楼，她被人流卷携着上了二楼，和第四项目部几个同事坐进了一间临时收拾出来的包间。看着同伴们嬉笑打闹的欢乐场面，一个熟悉的身影不时在头脑中闪现，抹之不掉、挥之不去，使她心猿意马，无法融入欢腾的激流。这个搅得她心绪不宁的人就是这场欢乐的制造者之一涂晔晖。进门时她在走道里瞥见他，未来得及驻足多看一眼就被挤上了楼。肖雯婕貌似欣赏着同伴的狂欢，心早就跑了，跑得很远很远。跑到了那天的酒桌旁，跑到了他的身边，接受亲吻、拥抱、爱抚。她甚至后悔那天拒绝了他的贪婪和野心，打心里埋怨胡奎勇酒醒得太快了，酒店打烊太早了，将他们的幸福扼杀到了摇篮里，让甜蜜过早地画上了句号。肖雯婕甚至讨厌这次歌咏比赛，紧张的练歌使那天的热络、快乐没有得以延续，也许他早就把它忘了。

肖雯婕太年轻，不懂得男人，却听过女人重情男人重性的说辞。他们之间并无性关系，他一定记不得那档子事了，练歌每天碰面，从未发现他对自己有啥与众不同，甚至连一个特别的眼神也未给过。肖雯婕每次练歌都非常卖力，就是想引起注意，让他多看一眼或给一个轻描淡写的微笑，却始终未能如愿。肖雯婕失望、懊丧的同时断定他忘了那天的事，忘记了那个激情燃烧的时刻。正当肖雯婕心烦意乱、胡思乱想时，菜来了，酒来了。同事们端杯执盏，跃跃欲试，大有一醉方休之架势。肖雯婕跟他们相比，年龄轻、阅历浅，但却经历了人生诸多磨难、起落沉浮，下过岗、失过恋、碰过壁、受过骗。期间，她除了夜深人静时流泪、哭泣外，就是借酒消愁，从未出校门时的滴酒不沾，到对酒情有独钟。多少回，是酒减轻了痛苦；多少夜，通过酒进入梦乡。如果不是酒，也许那天没勇气与他热络"搓二步"，更不会有这会儿的期盼、揣度与伤感。让她意想不到的是，庆祝胜利、宣示成功也需要酒。但，她与同事们的推杯换盏、开怀畅饮，目的、意义迥然不同。同事们在庆贺，她却借酒壮胆，把蠢蠢欲动变为实际行动，要重温旧梦，让多少天来的心愿得以实现，让感情之舟有一处停靠的港湾，让人生的路来一个转变。肖雯婕知道，交换是当今社会的规则，她一贫如洗，没有任何有价值的交换物，唯一可交换的就是父母造就的聪慧与美丽。她决心利用好它，做到物有所值、一箭多雕，既要找到感情归宿，又要插上飞翔的翅膀。这也是经历了毕业分配、下岗、二次就业后她对自己命运的谋划、安排，她的不安与期待正是为了践行这种安排与谋划。

在同事们狂热的声浪里，在肖雯婕心事重重、想入非非时，包间的门被推开，公司党、政、工三巨头来为大家敬酒。因为肖雯婕一直心不在焉，目不离门，第一个发现了他们，看到了苦苦期盼的涂晔晖。他已经喝了不少酒，脸上红彤彤的，眼睛中透出异样的光，这种眼光肖雯婕见过，并刻骨铭心。它是一个信号，是专门为自己发出的信号。不出所料，在混乱中，涂晔晖越过两个同事，将端着的酒杯伸向了她，

两只杯子咣啷一声,两颗剧跳的心产生了强烈的碰撞。肖雯婕高兴、满足、欣慰,知道他并未忘记爱莲阁内所发生的一切,没有忘记那天的热吻与亲昵……肖雯婕正欣喜异常时,只听涂晔晖公然向满桌的同事讲道:"这一回小肖确实为咱合唱队增了光、添了彩,歌声嘹亮,形象靓丽,胜过兄弟公司请来的外援。"看着略带嫉妒的同事他又补充道,"当然,大家的表现都不错,要不,咱们咋能拿第一呢。来,我敬大家一杯!"言毕,慷慨激昂地扬起脖子,喝光了酒。在大家杂乱无章的回应声中,他神不知鬼不觉地将一张纸条塞入肖雯婕手中。周岭南和丁惠仁分别给大家敬过酒后,三位领导出了包间,肖雯婕紧攥纸条匆匆来到卫生间,强忍着剧烈的心跳,迫不及待地打开纸条,一行文字呈现眼前:"一小时后出门左拐,第二根电线杆下见。"肖雯婕明白,他怕在呐喊与猜拳行令的噪音中手机无法接听,采取了原始的联络方式。这种方式虽然老旧、无法得到对方的答复,却有逼迫对方就范的意味。肖雯婕当然不存在逼迫,而且求之不得,并奢望用这次相约扩大结果,延续关系,倾其所有,豪赌一把,使他如同瘾君子,永远离不开自己这个"毒品"。她彻底消除了多少天来的困惑,释然、放松、情绪高涨,将纸条重阅一遍装入包内,看了看表,补了补妆,轻松自如,兴高采烈地融入狂欢的人群。

二十、风雨彩虹

夜已经很深,欢庆的浪潮终于退尽。有的同事已经说开醉话,有的不顾颜面地趴在餐桌上昏昏欲睡,有的斜卧在沙发上打起了呼噜,有的怕回家搭不上车悄然离开,有的呼朋唤友约"腿子"打牌……在纷乱嘈杂的气氛中,肖雯婕强忍噪音,已看了不下二十次表。在她第二十一次抬头时,墙上挂钟的时针总算走完一格,约定的时间终于到了。她背上包,向几个清醒的同事打了声招呼,匆匆下楼,出门左拐,直奔第二根电线杆。拐弯处距电线杆最多两站路，却使她脱离了熙熙攘攘的街区，进入了一条曲径通幽的小巷。已是晚上十点钟，这里车罕人稀，与两千米外的繁华街区形成了迥然不同的两个世界。肖雯婕站在电线杆下，透过幽暗的街灯，望着影影绰绰、稀稀拉拉、匆匆赶路的人影，享受着喧闹嘈杂后的清凉与宁静。柔和的晚风吹拂着她长长的秀发，轻抚着细嫩、滚烫的脸颊，肖雯婕感到兴奋、紧张，打心里钦佩涂晔晖的未雨绸缪、煞费苦心、闹中求静，找了这个安宁隐秘的所在。环视神秘的夜景，悠长的石板路，肖雯婕兴奋之余有一种首战告捷的成就感。他们终于单独约会了，而且是在这么静谧少人的夜晚，不同于第一次办公室的邂逅，也不同于爱莲阁内的把酒言欢。当时的情景确实值得怀念、刻骨铭心，却只是邂逅、偶然，火力侦察、有限的试探。今天，是精心策划的隆重约会，不需要遮掩、揣度，不需要借他人之手，又有夜色的掩护。今晚将会发生什么肖雯婕不知道，但有一点是确定无疑的，它不仅会使往日的关系延续，还将有一个崭新的开启……

正当肖雯婕猜测、憧憬、想象时，涂晔晖从巷子口急匆匆地走了过来。看到渐行渐近的他，她虽激动紧张却故作平静，不动声色，矜持伫立。他终于站到了她面前，十分抱歉地说："对不起，让你久等了。我从人缝里看见你出来了，想离开，硬是被周经理他们缠住，分喝了瓶内的酒才脱身。现在他们都走了，赶场子打牌去了，只留下丁主席招呼喝高了的人。"

"没事，没事，你们当领导的应酬多，能理解。"肖雯婕十分大度地说完，望了眼巷子口又低声道，"他们不会也进这条巷子吧？"

"不会，不会，绝不会。他们都在等司机、打的、坐公交。这条巷子是步行街，禁止汽车通行，你没发现巷子口路中间那个石碾子，那是专门用来挡汽车的。"涂晔晖兴致勃勃，指了指南北巷口说。

"领导约会，司机咋办？"肖雯婕半开玩笑问。

"小乔送政工部门的人早就走了。"涂晔晖说着，上前一步，拉着

肖雯婕的手继续道，"别站着，咱们边走边聊。"肖雯婕机敏而善解风情地抓住伸过来的手，随着他的步子缓缓向前，就像那天跳舞，努力配合、亲密、默契。由于享受肢体触及的快感，她不再问，他不再答，俩人之间出现了冷场，显得有点尴尬。

"涂书记，咱们今天的表现太出色、太出人意料了。您的指挥和平时判若两人，我们几乎认不出是您了。"肖雯婕"挣扎"着想打破沉寂。

"我也是热蒸现卖，临场发挥。这还得感谢兄弟单位请来的那些专业指挥，感谢丁主席抓阄儿抓了个倒数第二个出场，更感谢大家的全力以赴……"他们虽然手拉手，情侣般地散着步，讲的却都是官话、空话、套话，毫无温情，毫无色彩；特别是涂晔晖的长篇大论，像在做报告、演讲、发表获奖感言，简直是把刚才的庆功酒会挪到了这个不知名的小巷。他们似乎都感觉到了这种不伦不类的表现，很不协调的"牵手"带来的尴尬，不约而同地露出了自嘲的笑容，停止了白开水般的对话。曲径通幽的小巷内，除了蟋蟀欢快悠长、无休止地鸣叫，就是他们亦步亦趋、机械别扭的漫步声，谁都想改变一下这种让人窒息的气氛，但谁也不开第一腔。他们并非不想开口，也非难以开口，而是在搜肠刮肚、挖空心思地寻找恰当的语言。因为，恋爱虽是人类传宗接代的序曲，人人必具的技能，男女必经的路径，但它又是一门艺术，一种男女间柔软、神秘、细微的交流，是心海的互动、真情的表述，需要缤纷炫丽的画面，需要撩拨灵魂的语言，更离不开精准地揣摸、精确的判断。涂晔晖虽然有过漫长的恋爱史，但郑芬芳不仅比他年长两岁，还一直是他的顶头上司，他除了接受呵护、关爱，满足要求，执行命令外，几乎没有谈情说爱的话语权，当然难有丰富多彩的表现与实践。肖雯婕年轻、漂亮、有文化，追求她的男生可排成长队。但，由于传统的家庭教育，她几乎把所有时间和精力用于学习，没人有机会进入她的感情世界；大学临毕业，她奢望像有些同学那样有个感情归宿，而且得偿所愿，然而，毕业分配却使她心力交瘁，焦头烂额，无暇进入恋爱程序；那段短暂的"闪恋"不仅未给她带来这方面的技巧与经验，还让心头蒙上了厚厚的阴影，使"恋爱"浸入了交换的内容。迟迟进入不了角色的另一个障碍是，他们属同事、上下级，不小心便将谈情说爱变成了谈工作。正当肖雯婕感到无所适从时，涂晔晖终于提出了一个带"色"的问题："小肖，你谈过恋爱吗？"这个问题一下子触及了肖雯婕心中最柔软的部分，涉及了那段隐藏很深、鲜为人知，却早已淡去的"闪恋"。那天在办公室，为获得涂晔晖的同情，她很想谈及此话题，但还未涉及就把事办了。今天，她一定要谈，要打开心扉敞开谈。但目的不是获得同情怜悯，而是为了投其所好，满足好奇，将这次难得的约会由寡淡的清水变为浓浓的煲汤，有滋有味，有吸引力。

"有，有三个月的恋爱史。"肖雯婕不加思索，坦然回答。

"三个月，不足百日……"涂晔晖感到不能理解。

"是的，是三个月。"肖雯婕抬头望了眼阴云密布的天空，含着一丝苦涩继续道，"毕业前，同宿舍的六个女生，五个都有了感情归宿，他们常把男朋友领来，向我这个落单者炫耀。为了不被人小瞧，我很快找了一位，是外系的。可我们刚刚确立关系，毕业分配就开始了。我为联系不到单位日夜焦虑，他为自己的出路昼出晚归，谁也无暇花前月下，卿卿我我。恋爱三个月，我们总共见了五次面，见面后的唯一话题就是毕业分配，就是各自的出路，就是前途与命运。"肖雯婕说到这儿，停住了，流露出黯然的神色。

"后来呢？"涂晔晖同情、关切、好奇地问。

"我被分配到了第四项目部后他来过一次，被咱那破败不堪、荒草一片的办公环境吓住了，以单位派他常驻外地为由提出了分手。面对分手，我感到突然，但还是坦然接受了。因为，这不足百天的初恋并未给我们带来浪漫与甜美，当然没有什么可留恋的。要说收获嘛，就是有了那段人生阅历，有了被人抛弃的历史，使我明白了爱情并非甜言蜜语、信誓旦旦的表白，而是要看是否真心。真心有多重，爱就会

有多深。"肖雯婕心平气和地讲完，感到释然、轻松。她宣示了爱情观，阐述了"爱"包含着交换、功利与奉献。但，这不只是"闪恋"的"功劳"，而是残酷的现实生活给她的提醒，让她明白，没有奉献的爱情虽然纯真、无瑕、圣洁，却有缺憾、不等价、不实用。也许是出于同情或有机可乘，涂晔晖将相互紧握的手松开，挽住了她的胳膊。肖雯婕心中一颤，感到了莫大的满足，同时发出了新的信号，要作更深一步的探索："您有过恋爱史吗？"听到肖雯婕略带羞涩的探询，涂晔晖放缓了脚步，扬起头，遥望阴沉、黑暗的夜空，脑海中浮现出马拉松式的恋爱经历：五年的苦苦等待，几个月的不懈追寻，晖晖超市门前撕肝裂肺的一幕。那一刻，不知有多少悲情要释放，多少苦水要狂吐，多少委屈要倾诉？然而，统统被理智化作沉默。沉默啊沉默，不在沉默中死亡便在沉默中爆发，但，他没有选择死亡，也没有选择爆发。他明白，今天已不是孟姜女哭长城、王宝钏寒窑苦等十八载的时代，在没有婚约的情况下，为了寻求幸福，对方有权选择婚姻。自己的傻等只能是一厢情愿的自作自受，是迂腐，是笨蛋所为。悠悠岁月已使他青春不在，却恰逢壮年，他完全有本钱从零开始，从头再来。也许正是这种思想的支撑，才使他没有在沉默中死去，也没有在沉默中爆发，而是迅速休养生息，要用新的恋情治愈失恋的伤痛。肖雯婕借助小巷内昏黄的街灯，看到了涂晔晖的忧伤与悲哀，窥探到了隐于心灵深处的伤痕，迫不及待地想倾听他受伤的故事。沉默了几分钟，涂晔晖讲述了他和郑芬芳相识、相恋与离别，讲述了前不久翻山越岭、昼夜兼程前往青木县遭遇欺骗、抛弃的悲惨经历，却隐瞒了那难忘的一夜情。肖雯婕自打见到涂晔晖，就十分关切、留意他的个人生活，通过不同渠道搜寻其信息，对郑芬芳的事当然有所耳闻，却没有现在了解得完整、全面、悲惨、离奇。涂晔晖对爱的坚守，对情的看重，对背弃的宽容、淡漠与大度，使肖雯婕见微知著，明白了什么是男人的心胸，从而更加敬重、钦佩他，并打算矢志不渝地想方设法得到他。

"三步之内必有芳草，您应该果敢地从头开始。"肖雯婕真诚地劝

慰着。

"目前正是公司爬坡阶段，周经理、丁主席他们都在辛苦、努力，咱作为书记不能置身事外，更不能谈情说爱寻求幸福。再说，人的精力总是有限的，不可能鱼与熊掌兼得，那样，必将顾此失彼，还会让人说咱主次不分、不顾大局。"涂晔晖站住脚，看着肖雯婕纯情、动人的脸蛋无奈地说。肖雯婕听得出，涂晔晖诉苦的同时解释着那天歌舞后为什么表现冷淡，不见了下文，几次见面匆匆而过，连看一眼的机会都不给，忙以宽容、理解的口气说："我以为，今日的约会更有意义，它包含着胜利和喜庆、兴奋与欢乐，让人神宁气静，心无旁骛，纵情尽兴，无所顾忌。我非常满意，满足。"说话间，她不知不觉地靠到了他的胸前。涂晔晖心跳加快，顷刻间被幸福包围，兴奋、激动、难以自已，本能地将她紧紧搂在怀里，轻吻着她散发着诱人气味的秀发。歌舞之后，他一直梦想着这个美好时刻的到来，多少个夜晚都在想入非非，憧憬、绘制着一幅幅迷人温情的蓝图。今天，憧憬、蓝图、想入非非意想不到地变为现实。他不相信这是真的，以为在梦里。在狂颠的亲吻中，他本能地将手伸向了她光滑、细腻、绸子般的肌肤，伸向了那柔软的、暖暖的部位，并听到了她急促的喘息声，感受到她反守为攻的搂抱。涂晔晖终于明白自己不是在做梦，也不是海市蜃楼的幻觉，而是真真实实的客观存在。涂晔晖哪里知道，当他饱受相思之苦时，她也在昼思夜盼；当他夜不能寐时，她也在梦魇之中苦思苦念。这是心有灵犀，水到渠成，绝非轻而易举，唾手可得；更是前世的机缘，是精诚所至、金石为开，绝非偶然和运气。他们忘记了他是领导，她是下属，只清楚对方的性别，不顾一切、忘乎所以地扮演各自的角色……这就是热恋，这就是在这条寂静无声的小巷内熊熊燃烧的情火、爱焰，是任何一位作家、画家难以描绘、描写的精彩场面……

随着夜的深沉，小巷越发静寂，石板街两旁的屋舍不约而同地闭上了疲惫的眼睛。天上的浓云低垂着，街灯由昏黄变得昏暗。偶有路

人匆匆走过，不仅无视他们的忘情与贪婪，还在心里讥笑他们不顾风雨欲来的痴迷与热络。他们饱汉哪知饿汉饥，哪晓得肖雯婕与涂晔晖为了这一时刻的到来等待了多久，期盼了多久，必须分秒必争，全身心投入，即使风雨来袭……老天似乎在考验他们的真诚与勇气，在路人的嘲笑中，风雨真的来了。雨点很大，被疾风裹携着，如一块块硬币从高空坠落，砸在地上嘭嘭作响，落在身上鞭抽般的难受。涂晔晖、肖雯婕哪顾得这些，依然如胶似漆，顽强地坚持坚守。风，愈刮愈猛；雨，越下越大。在风雨的肆虐下，涂晔晖、肖雯婕浑身已经湿透，犹如在洗鸳鸯浴，但，他们依然激情如火，如同忘乎所以的情痴彰显疯狂和忠诚。然而，大自然的威力终究是无法抗拒的，秋夏之交，原本昼夜温差就很大，加之疾风强劲、大雨滂沱，他们虽胸中热浪翻涌，肉体却难以承受寒冷；演出服早已紧紧贴在身上，上下牙齿不由自主地嗒嗒作响、激烈冲撞，冰冷代替了快感、战栗冲淡了浪漫。他们不得不收心，手拉手奔出小巷，冲向大街，寻找回家的路。

　　大街已被风雨搅成了一团。悠闲、潇洒、风度翩翩的人们像突然听到枪声的兔子，慌不择路，四散而逃，纷纷将衣物、书报杂志作为雨具顶在头上，涌向屋檐、车站凉篷躲避风雨。汽车、摩的等运载工具像注入了兴奋剂，飞驰狂奔，车轮带起半人高的水柱，如同大雁塔广场的水舞。出租车的生意火爆无比，偶有空车，便被人们团团包围。公交车站人如潮水，已经饱和的客车拖着登上踏板却无法进门的冒险者，像舰艇在汪洋里疾航。临街的店铺早已关门，未来得及关门的已被落汤鸡般的避雨者占据。夜空中，密集狂泻的雨帘，发出不绝于耳的哗哗声，若明若暗的霓虹灯诡异幽幽，给人以《聊斋》电影中鬼魅现身时的恐怖惊悚。街道两旁的花草树木被风雨击打得东倒西歪，犹如失去神志的醉汉；鲜活的叶片，被风雨撕扯着离开枝干，跌跌撞撞地落在地上，随着雨水漫游于大街。涂晔晖挽着肖雯婕终于冲出巷口，望着杂乱无章、一片狼藉的大街，知道挡车无望，只能顶风冒雨，蹚水向回家的方向艰难前行。

"早知道有暴雨让司机留下多好。"涂晔晖靠近肖雯婕遗憾地说。

"如果司机在咱们早就各自回家了。啥事都是一分为二的，图了这图不了那。"肖雯婕抹了把脸上的雨水说。

"你觉得淋雨好还是早早回家好？"涂晔晖搀扶着肖雯婕，笑问。

"当然是淋雨好喽，不淋雨咋能听大书记的爱情故事？咋能……"肖雯婕省略了能做出却难以讲出的内容。涂晔晖几乎是抱着肖雯婕绕过一个大水潭，带着歉意说："你第一次跟我出来压马路就遇到了暴风雨，实在不好意思。"

"有一首歌唱得好：不经历风雨，怎能见彩虹？"肖雯婕站在水潭边，凝望着涂晔晖深情地接着说，"说实在的，透过这场风雨，让我看到了另外一个你，一个让女人信赖的你，一个温柔浪漫的你，一道五彩绚烂的彩虹。"涂晔晖被风雨中的情话感动了，再次紧紧搂抱着湿漉漉的肖雯婕狂吻起来。她也善解风情地搂着他。他们像一个人，像一尊雕塑屹立于暴风骤雨里，用炽热的肢体抗拒寒冷，海誓山盟，倾诉衷肠。几分钟后，涂晔晖松开手，环顾周围，十分自信地说："小肖，只要你愿意，咱们会马上离开风雨，见到彩虹。"

"只要咱们能在一起，再大的风雨也无所谓，如果脱离风雨仍能在一起，当然求之不得。反正明天是休息日，在家也是睡懒觉、看电视、玩电脑，既孤独又无聊，哪有咱们在一起开心。"

"你爸你妈能同意？"涂晔晖担心地问。

"自从大学毕业咱就成了自由人，干什么不干什么统统自己做主，不过，回家太晚还是要请假的。"

"好，那就跟我走吧。"涂晔晖胸有成竹地说完，拉着肖雯婕，蹚过马路中央漫过小腿的水潭，进了一家酒店。这是一家五星级酒店，虽然楼层不高，外表一般，档次却不低，而且吃住一条龙、昼夜营业，人性化服务堪称一流。当然这里的消费价位要比同等酒店高出许多，其他酒店标准间一晚三百元至四百元，这里就得六百元至八百元。当涂晔晖、肖雯婕进入富丽堂皇的营业厅时，吧台前已站满了人。他们

绝大多数是被风雨阻隔、慕名而来的客人，尽管个个西装革履，人人文质彬彬，却都带着风吹雨淋的痕迹，现出倦怠不堪的神色。他们急切等待，眼巴巴望着吧台，期盼着尽快拿到钥匙，打开房门，洗个温水澡，换套干净衣服，躺在舒适、柔软的席梦思床上做个美梦。涂晔晖和肖雯婕除了以上渴望外，还有与众不同的欲念，那就是让这场风雨继续下去，永远把他们阻隔在这里，拦挡在客房内，让他们有足够的时间共诉衷肠，宣泄情爱。尽管这儿是高消费，仅凭涂晔晖每月六百元的工资无法承受，但他有在特区五年打拼的积蓄，完全有实力让肖雯婕度过一段幸福、愉快的时光。涂晔晖摸着口袋里的银联卡，底气十足。肖雯婕怯生生地站在涂晔晖身旁，环顾璀璨夺目的营业厅，望着那些优雅大方、财气十足的先生、女士们，手足无措，紧张心跳，觉得所有人都在看着她，窥视着他们打算偷情的隐秘。其实，人们不经意的目光不是警觉窥视，而是因为肖雯婕的迷人、美貌，历经风吹雨淋，浑身湿漉漉、头发乱蓬蓬的沧桑、凄美，特别是被雨水贴在身上的演出服下高高隆起的胸，健美、性感、诱人，使女人妒忌，让男人垂涎，谁不想多看几眼？尽管肖雯婕心虚、紧张、不自在，只因心中有一团爱火在燃烧、一腔热情要宣泄、满腹情话要诉说、既定的目标要实现，加之看到涂晔晖泰然自若的神情，心虚、紧张、忐忑不安的情绪渐渐消失，唯一担心的是房子登记好、钥匙拿到手、房门一打开将会发生什么。肖雯婕虽无这样的经历，但凭着影视、书刊、道听途说和女人的本能与敏感，头脑中不时闪现出各种画面，赤身裸体的自己，粗暴狂野的他……然而，不管肖雯婕如何纠结、忌惮、心有余悸，涂晔晖还是浑然不觉、从容不迫地交了不菲的押金，拿到了钥匙，向忧心忡忡的她打了个响指，招了招手。肖雯婕像听话的孩子，顺从、茫然地随着他，被人群裹挟着进入电梯。电梯缓缓上升，到十楼时停了下来。他拉着她的手出了电梯，在寂静无声、幽暗空灵的长廊里找到了108房。房门打开，吊灯、壁灯、地灯全亮了，一股淡淡的香味，一丝轻柔的暖风迎面扑来，香到了心，暖遍了身，让肖雯婕神清气爽，心旷神怡，忧心不安荡然无存。她踩着软绵绵的地毯，环顾四周，看到了电视、沙发、电脑、消毒柜等高档用品。随着咣当的关门声，她看到了宽阔、漂亮的席梦思床，脑海中再次出现了那些带色的画面，肖雯婕的内心又一次产生了紧张、慌乱。涂晔晖关好房门，看着惊疑不定的肖雯婕，轻柔、关切地说："今天让你受苦了，在这儿弥补弥补。你坐在沙发上喝茶、休息，我给浴池放水，喝完茶泡个澡感觉一定不错。"看着肖雯婕听话地泡茶，涂晔晖换了鞋，去洗澡间放水。

　　肖雯婕坐在柔软的沙发上，呷了口滚烫的浓茶。茶的苦涩与香醇不仅消除了风吹雨打、辛苦跋涉的口干舌燥，并在不知不觉中产生了茶元素以外的东西。这些东西扩展、诱发了她的思维空间，对心理产生了制衡，对惯性思维产生的不安有了新的解析。这种解析、制衡使她突然意识到，自己谨小慎微、噤若寒蝉的心理导致了一个严重的错误——叶公好龙，竟然把几个月来梦寐以求的东西视为毒蛇怪兽，将鲜花与阳光用惯性思维丑化。苦涩的茶香使她发现，自己实际是一贫如洗的穷鬼，唯有这短暂的青春、充满渴望的生命才是有限的资本，只有适时、准确地将其投资，才能一本万利，由穷变富。肖雯婕一直认为自己的投资方向是对头的，既然方向对头，为什么还要彷徨犹豫、左顾右盼、畏首畏尾呢？再说，在他们之间除了交换，还有"爱"字和"情"字。肖雯婕在茶的作用下再一次战胜了自我，心平气和、神情专注地等候，等候着意想不到的故事的发生。肖雯婕竖耳听着哗哗的水声，偷觑他忙碌的身影，环视阔气得如同洞房般的空间，洞察着其中隐藏的恐怖与阴谋，重复着刚才在头脑中闪现的一幅幅画面。但，她已不再紧张、心慌、害怕，不再惴惴不安、忧心忡忡，而是像一位胆识过人的探险者，决心毫无惧色地迎接即将来临的急流险滩，暴风骤雨……

　　水声消失了，涂晔晖将肖雯婕领入洗澡间。与其说是洗澡间还不如说是卫生间的延伸，浴盆和淋浴头就在卫生间最里边的靠墙处，被一个漂亮的磨砂玻璃罩子罩着。玻璃罩子上有一个精致的门，人进入

浴盆可随手关闭，罩子里的人在外边人眼里只是一个轮廓、一个黑影；玻璃罩子上面是敞开的，人站在浴盆里可露出半个头。肖雯婕认真听完涂晔晖对各种设施使用方法的介绍后，小心翼翼地进了浴盆，并煞有其事地关了玻璃门。

"把脱了的衣服扔出来。"涂晔晖对着玻璃罩子喊。

"湿漉漉的衣服扔出去干啥？"

"酒店有洗烘服务，让他们洗净、烘干，总不能让你出浴后穿脏衣服吧。"涂晔晖殷切地说。

"现在只要有钱啥都能办到。"肖雯婕感叹着，难为情地将脏衣服扔了出来，里边包裹着胸罩。

"还有一件，也扔出来，别不好意思。"涂晔晖说。

"这件我自己洗，不麻烦人家了。"肖雯婕羞羞答答，就是不愿将内裤扔出来。

"人家也是用洗衣机洗，有啥不好意思。再说，咱也不是让他们白服务。"涂晔晖耐心地做着思想工作。

"实在不好意思。"肖雯婕虽然感到别扭，还是把鲜红的内裤扔了出来。

涂晔晖出了卫生间，来到客厅，脱掉自己的湿衣服，穿上酒店备用的睡衣，打电话叫来服务生。一切安排妥当后，泡了杯茶坐在沙发上品着。

他虽然感到有点累，却意满志得、兴奋不已，享受着双喜临门带来的快乐和幸福。今天是他最忙碌、辛苦、紧张的一天，更是战果丰硕的一天。歌咏大赛取得好成绩，将扭转人们对六建的传统看法，改变六建的社会形象；常言道，一千次空泛说教，不如一次真冲、真杀的实践，今天正是这种杰出、伟大的实践。另一个收获是他终于敲开了爱情的大门，打开了肖雯婕的心扉，让同事变为恋人，变为心灵相通、感情相融的情侣。也许这种恋情还只是一株幼苗，需要培育，有待成熟成长，但涂晔晖有信心、有能力使这株幼苗变为枝繁叶茂的参天大树。听着洗澡间哗哗的水声，涂晔晖很自豪，很满足。虽然首次相约就遇到了暴风雨，却让他有了大献殷勤的机会，有了开房的理由和勇气，有了让爱加速演绎、发展的土壤、阳光和雨露。涂晔晖将目光投向洗澡间，透过磨砂玻璃看到了一条宛如美人鱼般的轮廓。他有过恋爱史，并与郑芬芳发生了那种关系，但由于保守的传统观念，从未在光天化日之下欣赏过女人的胴体，这虽是守旧而缺乏见识的无知，却让他这会儿有了浮想联翩的空间，产生了心猿意马的遐想与不安。一种欲望在胸中涌动，在肌体膨胀。涂晔晖决心与时俱进，顺应潮流，该出手时就出手，使恋情更加缤纷浪漫，深入发展，并筑架起一条通向婚姻的彩桥。然而，如何将幻想变为现实，如何使朦胧的、一时的爱变为永恒，让幼苗成为参天大树还能开花结果，他茫然不知所措。这时，服务生送来了洗好、烘干的衣服。折叠整齐的女性内衣散发的淡淡香味使他越发想入非非，神不守舍。服务生离开不一会儿，洗澡间传来了肖雯婕柔情依依的呼唤声："唉，衣服烘好了吗？我洗完了。"这一声"唉"听起来似乎没有礼貌，却让涂晔晖倍觉亲切、胸热、心动，它完全、彻底地将上下级关系变为平等的恋爱关系，让他拨云见日，心潮荡漾。

"好了，早好了，马上送过去。"涂晔晖走进卫生间，打算将衣服从玻璃罩上端递进去。让他意想不到的是，玻璃门开了，肖雯婕从容不迫地伸出胳膊，露出半个身子拿走了衣服。涂晔晖透过氤氲、飘浮的水蒸气，看到了她洁白、细嫩的大腿，高隆的肉胸，诱人、性感、刺激。尽管只是一瞬之间，依然使他心中一颤；尽管玻璃门已经关闭，他的双目依然凝聚在那里。涂晔晖带着激动、遗憾，怏怏地退出了卫生间。当再次看到她时，已是穿戴整齐，脸色红润，秀发披肩，风韵楚楚的另一番模样。她浑身散发着淡淡的香皂味，脸上洋溢着舒心、惬意、甜美的微笑，比刚才的半裸更迷人，更让人魂不附体。涂晔晖真想扑过去，搂抱住她发泄满腔的激情，释放深藏于心的情爱。但，当透过墙角的穿衣镜，看到蓬头垢面、邋遢至极的他，自惭形秽，不

敢靠近，怕玷污了她圣洁的躯体，污染了那扑鼻的香气。涂晔晖收住脚步，打了声招呼，进了玻璃门，站在喷洒着热水的龙头下，心依然在她那天使般动人的脸蛋上，饱含人体香味的温馨中。那种欲念使他顾不得洗盆池，草草冲了个淋浴，穿上衣服、梳了头，匆匆出了卫生间。这时，肖雯婕正站在窗前，望着瓢泼的大雨给家里打电话："……我们早就比赛完了，得了第一名。"

"几个小时前就知道了，宝山新闻已经播了，我们还看到了你，你在第一排最中间站着。比赛完了你咋还不回来？"电话那头传来了肖雯婕父亲的声音。

"公司经理请客，我们几个人晚走了会儿，下起雨来了，挤不上公交，挡不上出租……"肖雯婕不自然地解释着。

"那咋办？现在雨越下越大了，你们还淋着？"肖雯婕的父亲紧张、关切地问。

"咋能呢，我们已经住进了宾馆，等雨停，最迟明天就回来了，您二老别惦记，安心休息吧。"

"好、好、好，你也注意安全啊……"肖雯婕挂了电话，将手机丢在床上，看着涂晔晖笑道："住着宾馆有啥不安全的，真是瞎操心。"涂晔晖未回应，却隐约感到肖雯婕家人的安全提醒是针对他，针对他对肖雯婕的心怀叵测。涂晔晖烈火般的激情一下子被无形的冰山冷却、凝固，并成了冰山的一部分，极不好意思地说："小肖，今晚你睡床，我睡沙发，咱们早早休息吧。"

"你不是说咱们要聊通宵吗？咋变卦了？"肖雯婕奇怪、不解地看着稳坐沙发、安然品茶的涂晔晖，并关窗拉帘，走向沙发，依偎到他的怀里……这是他们在那条无名小巷相亲相爱的继续，比在那里更无所顾忌、肆无忌惮、狂热火爆。小巷内有亮灯的屋舍，偶遇的路人，风雨的干扰；这儿，安静、暖和、安全，只有他们两人，又有雨声伴奏，华灯作陪。涂晔晖感受到了她的狂热，激情，刺激，与一分钟前的温文尔雅迥然不同的野性。这种熊熊烈焰将冰山化为奔腾的江河，使凝固的血液瞬间沸腾起来，将电话中的警示淹没冲跑。他们来不及转移阵地便迫不及待因陋就简地纠缠在一起。一阵疯狂过后，她喘着粗气，平躺在他的怀里，紧闭双眼如同熟睡的孩子。肖雯婕觉得，此时此刻，她就是世界上最最幸福的人，因为，她真正体会、领略到了被人爱的滋味，品尝到了爱情的神奇与魅力。肖雯婕在爱的大海中遨游、在情的伊甸园里徜徉、在其乐融融中沉醉，却并未失去理智。她要像生意人那样，在投入巨资时必须小心谨慎，认真考察对方是否为中意的合伙人，是否值得倾其所有。她偷觑涂晔晖，看到的是在办公室、在五一大剧院舞台上迥然不同的神采。他浑身上下，连毛孔里都写满了深爱，溢满了真情。肖雯婕又一次想到办公室他的真诚、侠义、睿智与"谎言"，风雨交加时他的呵护与关爱，判定他是一个好人，是个有抱负、重情义的人。"众里寻他千百度，蓦然回首，那人却在灯火阑珊处"。她初恋失败、苦苦追寻的、可终生陪伴的人不就是他吗？他五年中躲过了如云的美女，不就是专等她的到来吗？他失恋几天她便及时出现，这难道不是一种机缘、老天的刻意安排吗？她焉能因为老父亲的"安全警示"玩矜持、装懵懂、麻木不仁、无动于衷？肖雯婕再次由被动变为主动，由防守转为进攻，由道具变为对手，由安然享受幸福变为给爱人制造幸福。她挣脱涂晔晖的搂抱，站起身，抖落掉早已被解除的武装——演唱服与胸罩，甩了甩搭在额前的秀发，含情露色地拉起坐在沙发上的他，娇柔地说："咱们还是躺在床上吧，这样更舒服些。"涂晔晖被这飘逸灵动、风情万种、翩若惊鸿、婉若游龙，娇滴缠绵的柔美震撼、折服、陶醉，一改稳健、斯文，呈现出雄性的粗野与强悍，闪电般解除了她的全副武装，使其只剩下了一小块遮羞布。他抱起她，离开沙发，旋风般冲向席梦思，追寻那梦寐以求的风雨彩虹的境地……席梦思上下起伏，如风暴掀起的海潮，似海啸搅起的狂涛。一对如饥似渴的恋人，在潮水中搏击，在狂涛中翻滚……

二十一、明暗较量

　　花朵绽放需要忍受风雪交加的漫漫长夜，彩蝶展翅需要在黑暗的茧壳中等待破茧时刻。一个企业，要改变积弱积贫的局面，雄踞市场之林，不仅需要核心人物的自强不息，还要使下属心悦诚服地追随，形成摧枯拉朽、气贯长虹的凛然气势，展现生机勃勃的精神风貌，让世人看好，让市场接纳。宝山市第六建筑工程公司就做到了这一切，其契机是国庆五十周年歌咏大赛。见微知著，窥一斑而识全豹，人们通过舞台上二百六十个人的精彩表演，看到了这个饱经风霜雪雨的老企业焕发出的青春活力。特别是《六建之歌》传递出的精神境界与价值观，使人们看到了其施工水平、管理能力、诚信程度和国家一级建筑施工企业的形象。六建不经意间成了建筑市场热捧的对象，建设单位青睐的施工方，从门可罗雀、萧条冷落变得门庭若市、生意兴隆，洽谈工程的络绎不断、趋之若鹜、踢断门槛。数年来连个公共厕所都承揽不上的六建，不到三个月竟神话般地实现了两个突破——突破了几年来承揽工程零的记录，突破了自市场经济以来年承揽工程十万平方米的大关。为了适应这突如其来的大好形势，公司为负责承揽工程的部门——市场开发部增加了人力，经理周岭南也将主要精力转移到这方面来，亲自接待造访、登门者，亲自策划、谈判，亲抓市场开发部的工作。建筑公司的市场开发部相当于工厂的销售部，是企业的中枢，举足轻重的部门。一个工厂，无论生产能力多强，一旦产品积压、滞销，就会产生负效益，后果严重。作为六建，如果市场开发部这一中枢链条发生断裂，必然影响如火如荼、兴旺发达的大好形势，使公司倒退到被市场抛弃的年月，生产能力再强也是英雄无用武之地。周岭南关键时刻将精力投放于此，不失为高明之举。

　　这天，周岭南刚送走一拨客人回来，办公室的门不敲而开，进来

了一位不速之客。来人身高体胖，气宇轩昂，一看便非等闲之辈。他的出现，使这间不大的办公室越发显得狭小，宽大的布艺沙发也显得不够尺寸。

"六建经理的办公室不大名气可不小，报纸的版面叫你全占了，厉害呀周经理！啥时候把办公环境改变一下就更名副其实了。办公环境可是企业的门面啊！"来人洪钟般的声音使这个二十平方的空间产生了震颤，肥硕的屁股将沙发压得吱吱作响。一见来人，周岭南一下子变得矮小了许多，而且受宠若惊，赶忙离座，疾步来到沙发前，躬身握住其厚实有力的大手热情地说："贵客、贵客。郝主任，啥风把您吹来了？"

"甭客气、甭客气，坐下说话。"郝主任未起身，甚至屁股动也未动，喧宾夺主说。周岭南并未坐下，而是打开抽屉，把顾战胜送给他一直舍不得喝的"大红袍"拿出来，边开封边说："这是一位朋友从福建出差回来送的，一直舍不得喝，等着招待郝主任。"来人看着忙忙碌碌的周岭南，凝视茶几上青花瓷杯内悠悠浮动、慢慢绽开的茶叶，半开玩笑说："只要周经理不恨咱就烧高香了，能存着好茶等我来？不可能，绝对不可能！"

来人名叫郝亮，长周岭南两岁，原是建总生产处处长，五年前市上搞经济开发区，他被调过去负责工程发包。工程发包在经济开发区乃至整个宝山市都是炙手可热的美差，整天围在他周围的建筑公司老板、经理一圈圈、一层层，水泄不通。建总系统的公司更把他当作活菩萨，连卞福民、黄剑屹这样的人物也时不时躬身求助。郝亮是个重义气、讲感情的汉子，又是个讲原则、守规矩的人，宝山建总麾下的土建、土方公司几乎都受惠于他手中的权力，进驻开发区捞银揽金，唯独六建没这个福气。原因很简单，六建名气不好，公信度太差。周岭南上台伊始，曾雄心勃勃拜访过郝亮，依然吃了个闭门羹。谁愿将工程交给一个风雨摇摆、声名狼藉，将要被兼并重组的企业呢？现在，六建因为歌咏大赛威信骤然飙升，建设单位纷至沓来，这位不速之客

的到来当然是顺理成章的事。但是，他会为六建带来什么呢？周岭南表面上殷勤热情，心里却在盘算着。

"周经理，如果你不记仇，又有兴趣，就到咱们开发区来吧。我知道，六建最近签了不少合同，但那都是弹子工程，十个不及咱那儿的一个。"周岭南一听，别提多高兴了，又是添水，又是递烟，兴奋得找不见放在桌上的打火机。将队伍开进开发区，这是他一上台就梦寐以求的，然而，两年来该努力的也都努力了，却依然被拒之门外，这不仅是他的一块心病，更是一种耻辱。今天，郝亮亲自登门请六建进驻开发区，即使搭临建房、搞配套工程，哪怕一千平方米、两千个平方米也是奇迹、福音、美梦的实现。因为，六建终于在开发区有了一席之地，这个影响远大于经济效益，象征意义更是大于实际意义。按郝亮所讲，要让六建干的还不是一千、两千平方米，而是一个大工程，这咋能不让周岭南忘乎所以、丢三落四呢？

"不过，这个工程和以前的所有工程一样，需要垫资；垫资量不大，就基础部分，超不过一千万；垫资时间也不会太长，少则仨月，多则半年。"未等周岭南说话，郝亮说。听说要垫资，周岭南发热的头脑立即冷却下来，着急地问："这个工程到底有多大？"

"总造价两个多亿，还有后续工程。"郝亮抽着烟，不紧不慢地说。周岭南倒吸了一口凉气，心想，真是个大家伙。最近，他跌死绊活地签了那么些合同，加到一起也不到两个亿，这个工程实在是值得一干呀！但，一千万的垫资款从哪儿来呢？

"没问题，我们干，垫资一千万也干。"周岭南心里在犹豫、打鼓，嘴里却慷慨果断地答应着。这是天上掉下的馅饼，老天给六建翻身的机会，稍纵即逝，他焉能犹豫？像这么大的家伙，这么优厚的条件，在市场上就跟抢绣球一样，不知有多少对手伸展双臂，眼巴巴等着呢。

"郝主任，不知你们要求明垫还是暗垫？"看着郝亮满意的神色，周岭南抱着侥幸心理打听细节；如果是暗垫，他的心理压力就会减轻

247

许多。

"当然是明垫了。工程开标前必须把一千万一分不少地打到指定的账户上，否则，中标的就是其他公司。"郝亮用他浑厚的嗓门铿锵果断地说。周岭南听得出，在垫资问题上没有讨价还价的余地，只得答应并低声说："太感谢郝哥的关照了，中午不要走，兄弟请你喝两杯……"

"免了，免了，还是把谢意用在施工上。只要甭给咱建总丢人、甭给老哥脸上抹黑，就等于你把哥请了。"郝亮打断了周岭南的话，认真严肃地说。

"行、行、行，一切听您的。至于干工程，您就一百个放心，保管让郝哥满意，让开发区管委会高兴。"周岭南真心实意地做着保证。

"要干好工程首先得选一个拿得出手的项目部，配一个有经验、认真吃苦的项目经理。"郝亮说着，看了看腕上的表又叮咛道，"赶快派人带上介绍信去工程部领图纸，十五天后开标。"

周岭南热情、殷勤地把郝亮送出公司大门外，目送小轿车走远，派人去取图纸后，将自己关在办公室，享受着快乐、承受着煎熬。自从歌咏大赛拿到冠军，六建不经意间火起来，一桩桩谈成的工程等他去签约，一个个破土的工地等他去剪彩，郝亮带来的喜讯更让他兴高采烈、不亦乐乎。客观世界太现实，太爱憎分明，太冷酷无情了，真如古人所讲，"穷到街头无人问，富在深山有远亲"呀！半年前，濒临倒闭的六建冷清得如同棺材铺，路人退避三舍、冷眼旁观；今天，因唱歌夺冠，六建一飞冲天、红遍宝山，人们蜂拥而至、奉承声不断，呈现出另一副嘴脸。历经寒冬的人倍感春天的温暖，周岭南不仅深感春天的温暖，更知道它的来之不易，决心保住这迷人的春日，让它永远花团锦簇，阳光明媚。然而，摆在眼前的难题让他倍感焦虑，那就是一千万元的垫资。一千万，对兴旺发达时的六建是微不足道的。那时，每个工区、项目部的账上随时都有千万元的流动资金，毫不紧张地说，就是将全公司的钢筋头集中起来当废铁卖，也能凑够一千万。

但是，今非昔比，现在的一千万对六建来说已经是天文数字。建筑公司的收入来源就是盖楼，而六建多年来揽不到一个工程，收入一分没有，还得养活整个企业、数千名职工，困难程度可想而知；问题公司、滋事公司闻名遐迩的唯一原因就是一个字"钱"啊！"钱"是生命存在的基点，人的需求依赖于它，甚至存在其中。取之有道的财富不仅可以维系生命，让我们获得体面与尊严，更是六建人行走市场的通行证、改变恶性循环的绿灯。没有一千万，六建就进不了开发区，这不仅是人类依赖物质原则的佐证，也是周岭南难以逾越的残酷现实。为了六建的复兴，为了上台时的庄严承诺，为了延续六建好不容易赢得的春天，周岭南决心弄到一千万。然而，上哪儿弄去呢？去银行，目前国家银根紧缩，别说一千万，就是十万元也贷不出来；去兄弟单位伸手，更不可能，就是再好的朋友，哪怕割身上的肉给你，也不会将这般巨额的资金借给你，割肉只不过是受点疼、流点血、落个疤，把钱借出去，不仅是刘备借荆州，还会失去朋友；让职工集资付利息？公司拖欠了大家数月的工资，作为经理，实在无法启齿让大家掏腰包……周岭南走投无路时又一次想到了暴发户顾战胜，只要他愿意，肯定能帮上忙。然而，自从顾明亮被免，顾家兄弟一直耿耿于怀，尽管最终将账记到了涂晔晖头上，他们的关系却远不如从前。顾战胜再没登过六建的门，顾名利也不像从前那样殷勤，顾明亮偶然见到他，不仅不叫周哥，还目露凶光。当然，周岭南也是有个性的人，他从副工长一步步干到统领六七千人的六建经理，咋能把顾家三兄弟的变颜变色放在眼里，数月来老死不相往来，甚至连个电话也未打过。但，为了一千万，为了打进开发区，他只能仿效先贤，甘受胯下之辱，躬身登门去求顾战胜。"床头无金，壮士无颜啊！"周岭南很无奈，又不得不为之。

周岭南抬头看了眼墙上的挂钟，还差几分钟下班，拨通了顾名利的电话。求助顾战胜，必须拉上这个有着双重身份的人物，尽管他与顾战胜有着割不断的血缘关系，但总归是周岭南一手提携起来的公司

副经理，不能不为公司着想、替周岭南排忧解难。顾名利没让周岭南失望，二话不说，拿起电话联系到了顾战胜，转达了周岭南要聚一聚的意思。顾战胜竟然虚怀若谷、捐弃前嫌，热情邀他们去城中村招待楼。

  周岭南、顾名利乘出租车来到招待楼还不到六点，也许因为未到饭口，楼内只有衣帽整齐的门迎躬身微笑欢迎他们；一楼茶秀的八张桌子全空着，二楼也没有平时推杯换盏、猜拳行令声的喧嚣，整个酒楼空寂、冷清。顾战胜听到他们的说话声，从屏风后边出来，一如既往地高兴热情，并把他们安顿到通风透气、宽敞明亮的那张桌子上，从锁着的柜子里取出招待茶—大红袍。虽说武夷山的岩缝中只生长着几株这种珍奇的茶树，但大红袍却比比皆是，风靡全国，就连远隔千山万水的宝山也以此招待客人。人们明知其中多为赝品，却依然津津乐道，赞不绝口，聊以自慰，享受尊贵的礼遇。周岭南凝视煎水冲击下，在杯中翻滚、沉浮，慢慢绽开的叶片，闻着袅袅茶雾里的清香，没有了刚进门时的不安与拘谨，呈现出以往在这儿品茶时的理直气壮。不管你姓顾的多么财大气粗，总归是泥腿子进城、大字不识俩，凭着旁门左道发财，有啥趾高气扬、牛皮哄哄？再说了，你还是六建的房客，还得有求于六建。

  周岭南分析得不错，顾战胜虽因堂弟被免职对六建有成见，对周岭南耿耿于怀，忌恨其关键时下软蛋、不讲义气、不够朋友，辜负了他逢年过节的厚礼，隔三岔五地请吃请喝，不仅使扩租五工区办公楼化为泡影，还把"老三"的主任给搂了。依照顾战胜恃财犷悍、桀骜不驯的二屎脾气，早就与周岭南割袍断义、反目成仇了。可惜的是，他蓬勃发展的童装生意还在五工区的办公楼上，扩展的雄心依然未减；还有，由于建筑市场规范化，他的建筑施工资质已不能建造手里的工程，急需依托一个具有一级资质的公司，六建便是他最为理想的选择，倘若和周岭南翻脸、断交，除了出口恶气，百害而无一利。顾战胜虽为泥腿子、低文化，却天生聪明、善变，懂得放弃、能伸能屈，对周

岭南的到来当然是有礼不打上门客，捐弃前嫌，热情有加，并要以太极拳的特点，借力而为，看风使舵，成为最后的赢家。顾战胜还有块心病，那就是三弟顾明亮。顾明亮免职后死活不回六建，整天赖在酒楼吃、喝、玩乐，喝高了就耍酒疯、瞎搅和，打牌输了就从吧台拿钱，收银员干涉还瞪眼骂人。作为大哥，想将其逐出酒楼又怕他学坏，更重要的是，他是为了自己的童装超市才被撵出了五工区。为此，顾战胜几次想向周岭南开口，碍于面子与尊严拖至今日。现在，周岭南送上门来，他焉能错过机会？

"今日咋有空想起老哥了？"顾战胜招呼、孝敬完毕，皮笑肉不笑地说。周岭南已做好了受胯下之辱的思想准备，对其不阴不阳的态度当然满不在乎，从容大方地呷了口茶，以真诚的口气说："兄弟无时无刻都想与老哥喝几杯，只因闲事缠身，脱不开身，不信你问问名利。今天稍微有喘息的机会了，就赶紧让名利联系。"顾战胜鼓着大肚皮坐下，用牛铃般的眼睛盯着周岭南的脸，突然发现，眼前的周经理已非几年前的周主任，不仅会说假话，还把假话当真话说，想揭穿，话到嘴边又咽了回去。顾战胜清楚，当今社会，"朋友"二字已经变性，彼此间已不是真诚相待、相互帮衬，而是相互依赖、互惠互利、各有所图。"没有真正的朋友，只有真正的利益"的名言就是对其的准确诠释。顾战胜是个与时俱进的聪明人，当然不会被"朋友"迷惑，被周岭南的假话蒙蔽。

"周大经理，你的下属在我这儿混了三四个月了，你也不想个办法管管？"顾战胜看了顾名利一眼，正儿八经地对周岭南说。

"现在是改革年代，企业对职工早就放开了，下海、辞职、请长假，只要招呼一声就行，也不知道明亮想走哪条路。"听到周岭南的回答，顾战胜急了，想反唇相讥，被顾名利拦住了："大哥，明亮的事咱一会儿再说。"看着顾战胜气息不顺的神气，顾名利又说，"明亮的二杆子脾气你还不知道，病犯了谁都不认。那么热的天，整个工区十多天没水喝，谁受得了？我去了多少次不理不睬不说，连周经理的面子都不给。没办法，公司只能下硬茬儿，要不，就出大事了。那时，别说是明亮，我跟周经理也得招祸。"顾名利呷了口茶，对着顾战胜话中有话继续道，"战哥，周经理几个月没登门了，今日来肯定有事，咱还是先说正事，下来再说明亮的事儿。"顾战胜从顾名利说话的语气、眼神中觉察到了弦外之音，知道周岭南此来绝非闲转、品茶，一定有事相求，他一旦开口，明亮的事不就好办了？顾战胜懊悔的同时马上来了个180度的大转弯，笑着附和道："名利说得好，周老弟好不容易有空来散心，咱咋能给他添心事呢？对不起，实在是对不起。"他起身殷勤地为周岭南添满茶水，又热情有加地说，"老弟，你就跟往常一样，安安生生地抽烟、喝茶，这儿就是你的避风港，消烦解闷的地方，这杯茶喝淡了咱就上二楼喝酒，茶酒进肚咱就是神仙，啥烦心事也不会有了。"知道周岭南有大事要谈，顾战胜一心想结束品茶上二楼饮酒，只要见到酒，周岭南就会将心事和盘托出，自己也就能见机行事了。顾战胜之所以着急，不单是为了顾明亮的安置，还因为最近在工程上遭遇的危机，扩建童装超市的紧迫。透过顾名利的眼神，他冥冥之中感到化解危机的时候到了。顾战胜突然意识到，六建就是他的福地，十年前，他怀揣老婆卖鸡蛋的二十多块钱，带着两个连火车也没见过的兄弟来宝山闯荡，走投无路时，六建收留了他们。为了实现发财梦，他辞职离开六建，组建起宝山第一个民工建筑队，又是在六建捞的第一桶金。顾战胜打心里感激六建的宽厚与包容，更想知道周岭南葫芦里卖的啥药。顾战胜知道，周岭南虽然酒量不大，却时不时地喜欢抿两口，抿两口后就会演绎人所共知的"四部曲"，那样，他的阴谋就会得逞。所以，他做出停茶、饮酒的提议。意想不到的是，遭到了断然拒绝。

"一会儿要谈正事，不能喝酒。要喝，也得等把正事谈完。"周岭南郑重其事地说。

"行、行、行，先谈正事，先谈正事。"顾战胜与顾名利的目光相互碰撞了一下，异口同声地说。周岭南发现，自己是来求人的，却因

为以守为攻,依然处于主宰的地位,很满足。为了提高成效率,他开始使用激将法。

"顾老板,你可得有点承受力,不要等我把事说出来又把你吓跑了。"周岭南吓唬说。

"这你可是门缝里看人,小瞧老哥了,咱走南闯北快二十年,啥风浪没见过,啥时候孬过!"顾战胜很不服气,甚至有些生气。

"既然顾老板是条汉子、侠肝义胆的朋友,那我就说了!"周岭南卖着关子。顾战胜虽气壮如牛,当看到周岭南嘴唇要动时心里却直打鼓,害怕对方心太沉。顾战胜心里明镜似的,知道除了借钱不会有其他事让周岭南求上门来。

"十天内你给兄弟弄一千万,半年后分文不少地还你。"周岭南终于开出了价码。

"兄弟,你有啥不可开交的事要这么一大笔钱?"顾战胜瞪大眼睛问。

"你甭管干啥用,反正我急需这笔钱,一分也不能少。只要你肯借钱,有啥条件尽管提。"周岭南瞅了顾名利一眼,又把目光落到顾战胜的胖脸上,继续道,"老兄今日点了头,明亮的安排问题你就甭操心了,不想下基层就到公司机关,一般干部不愿干就封个科长。假如顾老板再像上次推三阻四,咱立马拍屁股走人。人常说,活人不能让尿憋死,只要六建忍痛割爱,把五工区的办公楼处理了,咋还不弄个几千万,到那时,就得麻烦顾老板给童装超市另找地方了。"听到周岭南硬挪挪的口气,特别是要处理五工区办公楼的恫吓,顾战胜软了下来。那里有童装生意,有扩展童装超市的梦想,为了将梦变为白花花的银子,他已回老家几次,组织了两个村的廉价劳动力;周岭南声称处理五工区办公楼,不是要断了自己的财路,粉碎了努力多年的梦境吗?如果把刚才的话放在半年前,顾战胜也许认为那是威胁、扎势,今天讲出来就不一样了,不仅是宣示、警告,说不定明天、后天就会成为现实。顾明亮撤职就是铁证,六建歌咏大赛引发的风生水起就是例子。

顾战胜焉能掉以轻心，马虎从事？

"有话慢慢说，有话慢慢说，何必动气呢！"顾战胜赔着笑脸道。

"你顾老板手里有多少银子旁人不知道我周岭南还不知道了，如果你拿不出一千万我决不会开这个口。上次借二百万你拒绝了，今天又不想给面子，你把老弟当傻瓜……"周岭南接过顾战胜点着的烟，吸了两口，板着脸乘胜追击。顾战胜静静地听着周岭南的数落，看了顾名利一眼，又不解地问："公司到底有啥事需要这么一大笔钱？"若是在几个月以前，像这个问题顾战胜不问周岭南都会讲出来，开口借钱总得要讲个原因、理由，以使对方掂量该不该借。但这回借钱的原因是垫资，不仅要赚钱，还关乎六建的兴衰存亡，而眼前的顾战胜既是唯利是图的朋友，又是名副其实的同行、对手，绝不会为了成全对手掏腰包，还可能掐住脖子敲诈勒索。还有，进驻开发区是商业秘密，周岭南连顾名利都没告诉岂能向顾战胜透露，一旦透露，完全可能被横刀夺爱，惨遭"截和"。

"你只说借还是不借，甭问我为啥借。但，请顾老板放心，咱绝不会拿着你的钱去贩毒，搞违法犯罪的营生。"周岭南看了顾战胜一眼，又以强硬的语气接着道，"借不借现在就给个痛快话，省得磨蹭耽搁我的下一步棋。"顾战胜询问借钱的用途并非想套取商业机密，而是试图缓和剑拔弩张的气氛，没想到适得其反，对方的强硬呛得他喘不过气，特别是"下一步棋"，更是充满着威胁意味。顾战胜偷觑一眼面无表情的周岭南，突然产生一种陌生感，这个原本极好打交道的人咋一下子变成了软硬不吃、难以对付的狂人了？顾战胜哪里知道，狂，往往是源于自信。数月前，六建危机频频、四面楚歌、职工上访、生意冷淡、公司面临倒闭……今天，职工思想稳定，生意兴隆，"问题公司"的帽子被摘，公司公信度空前攀升，并被甲方邀请进驻开发区建造两个多亿的大工程。尽管为了一千万正在求人，但那只是前进中的路障，冲锋路上的拼搏，是手捧金碗讨饭，贫中露富，贱中显威。周岭南当然不会像以往那般低声下气。然而，周岭南毕竟是聪明与理智集于一

身的人，知道屈尊到此就是要迅速弄到一千万，尽快参与投标、将队伍开进开发区，改写六建的历史，创造六建的传奇，耍歪、玩横只能是手段、阴谋，应适可而止见好就收。为了让顾战胜有机会与顾名利密谋，尽快下台阶，周岭南带着未消的余怒去了卫生间。

"姓周的今日咋了？吃枪药了？"顾战胜望着周岭南拐进卫生间的背影，收敛笑容，愤愤不平地对顾名利说。

"公司最近新开了几个工程，受到建总几次表扬，有点得意忘形，您还是忍着点。"顾名利望着卫生间的方向，悄声说。常言道，人为有钱的，狗咬穿烂的，顾战胜当然不例外。听了堂弟的简短介绍，他对这个一直瞧不起的周岭南刮目相看了，意识到，不仅童装生意需要这个狂人，国家整顿建筑市场带来的危机也需要这个狂人化解，看来还真得认真审慎地对待借钱的事。对，就在不影响效益的情况下用这一千万解开目前所有的疙瘩。顾战胜不愧为生意场上的佼佼者，不用加、减、乘、除，不用计算器，瞬间为一千万设定了理想的"标的"。

"大哥，你打算咋办，看来他今日非得要个结果不可。"顾名利鬼祟地望着卫生间，轻声提醒顾战胜。

"借。"顾战胜果断地说。

"你不怕刘备借荆州，肉包子打狗？"顾名利再次看了眼卫生间的方向，压低声音继续道，"六建是黄瓜楼（黄鹂）的窝，在空中悬着呢，说不定哪天再被兼并，到那时你向谁要这一千万呀！"

"这你放心，咱只要把五工区办公楼攥到手里，不管树缠藤，还是藤缠树，都会稳坐钓鱼台。"顾战胜胸有成竹地说完，呷了口茶又道，"按你刚介绍的，六建如今是莺歌燕舞，形势一片大好，一时半会儿绝对垮不了，半年后钱不会有麻达。"顾名利一直是顾战胜的卧底，人在曹营心在汉。特别是六建经历了兼并风波、他的书记梦破灭后，更是处处想着堂兄，对六建当然心存偏见，不会看好。听了堂兄的评价，他心里不是滋味，却不能说啥。这时，周岭南甩着湿漉漉的手出了卫生间。周岭南虽被周围人誉为头脑简单的君子，却能在关键时表现出两面性，突显出诡诈与狡猾。他去卫生间没办任何事，就是为了让对手借坡下驴，并窃听到了他们的谈话，已有了充分的思想准备。

"周老弟，你去卫生间名利批评了我，认为我见死不救、不够朋友。"周岭南屁股未挨凳子，顾战胜便迫不及待地拉开了阴谋的序幕，并有意为"卧底"打掩护，以使其隐藏得更深。看着周岭南向顾名利投去赏识的目光，顾战胜又发出了响亮、爽快的声音，"我觉得名利批评得对，咱一个农村娃，凭着六建历届领导的帮衬才混到今日，咋能忘了六建、忘了周老弟你呢？所以，这一千万我借了！一个子儿不少地借了！"顾战胜的仗义与豪气一下子让整个茶秀冰雪消融，云开雾散，鲜花盛开，阳光灿烂。周岭南反客为主，给顾战胜斟茶倒水，递烟点火，满脸堆笑连声道谢。顾名利也不失时机地附和着他的经理，提壶添茶，忙得不亦乐乎。

"不过，这个忙我不能白帮，因为，这笔钱不是你俩用，而是六建用；如果你俩用，咱啥条件也不会有，啥时候有了啥时还。六建用，就得有条件了，这一点周老弟不会介意吧？"顾战胜以友好、真诚、推心置腹的语气说。

"不介意、不介意，绝不介意。只要顾老板慷慨解囊，有啥用得上老弟，用得上六建的就尽管说。"周岭南爽快大方地说。顾名利将激励的目光投向堂兄，意思是让他无所顾忌地开价。顾战胜挪了挪钢椅上肥硕的屁股，狠狠吸了两口周岭南为他点着的雪茄，理直气壮地开出了价码："这一千万可是我压箱底的钱，跟人家有钱人相比，只是九牛一毛，对我却是几十年的血汗。今日这事只限于咱仨知道，决不能外传。一千万不是个小数目，我不想显摆、露富，招来不必要的麻烦。"顾战胜看着连连点头的周岭南，以警惕的语调继续说，"你公司人多口杂，千万不要告诉别人，特别是那个姓涂的。"顾战胜要绝对保密的不是这一条，而是下面几条，提防的也不是其他人，而是党委书记涂晔晖。以他的经验，眼前的周岭南虽然要歪要横，却已饥不择食，为了这一千万，什么条件都可能答应；涂晔晖就不一样了，不是他的搅和，

五工区办公楼也许早归他了，三弟顾明亮还会在工区主任的位子上，让他知道了今日的事，自己的计划肯定会泡汤。

"顾老板，你就把心放在肚子里，今天的事你知、我知、他知，绝不会让第四个人知道，更不会告诉涂书记。"周岭南信誓旦旦。他的信誓旦旦并非敷衍、阴谋，而是发自内心。周岭南是个事业心、好胜心都非常强的人，当经理两年未干出一件风光的事情，而涂晔晖上任半年多却连连出彩、处处露脸，特别是前不久的歌咏比赛，简直是光芒四射，风头出尽，成了六建的传奇。这一切对六建有利不言而喻，周岭南感激、佩服也是事实，但，在经理负责制的大背景下，他总觉得不是滋味。是嫉妒、不服还是怕经理的权威受到挑战？说不清，有一点却是明确的，那就是见贤思齐，要急起直追，尽快干成一两件漂亮事，让涂晔晖见识见识，让建总领导瞧一瞧，让大家看一看，赢得自尊，彰显能力。筹集一千万、揽到两亿多的大工程、进驻开发区，这是多好的机会、多么大的手笔啊！他要独占鳌头，决不能与他人分享。

"还有，一千万按银行利息的三倍计算，否则老哥就吃大亏了。因为，这笔钱不是闲钱，是做生意的资本，做成哪宗生意也比放贷赚头大。"顾战胜用他牛铃般的大眼瞅了瞅周岭南，又瞅了瞅顾名利。

"对，就得这样，该抠的就得抠。"顾名利打心里赞赏堂兄的精明，并用那双会说话的眼睛给了点赞。周岭南感到震惊、愤慨，再次领略到什么是为富不仁、贪得无厌，这简直是趁火打劫、落井下石嘛。但，他并未提出异议，只是表示了沉默，他要看对方还有哪些吃人不吐骨头的条件。再说，任何生意都是谈成的，只要答应借钱，自己有耐心与他周旋。

"第三就是工程上的事。"顾战胜继续抛出砝码。

"工程上的事，工程上有啥事？"周岭南和顾名利同时发出了疑问。

"你俩真的不知道？"顾战胜问。

"确实不知道。"周岭南茫然地摇了摇头。

"也许你们确实不知道，因为事不关己嘛！"顾战胜神情沮丧继续道，"四川綦江彩虹桥垮塌的事你俩应该知道吧？"

"知道、知道，年初发生的事，死了几十个人，法院公开审判轰动全国，还把主管城建的副县长跟建委主任给枪毙了。"周岭南说。

"就是因为那档子事，叫我才开的几栋高层，因为资质等级不够不准干了，要求找保护伞，不找就清场退工程。找谁呀！想来想去只能找咱六建，不管咋说咱也曾经是六建的人。不过，请周老弟放心，咱会按市场行情缴管理费的。"周岭南一听心中高兴，感谢政府对这些杂牌军的清理，就是这些没等级、没规矩的杂牌军把建筑市场搞乱了。他佩服涂晔晖在上半年职工思想分析会上对彩虹桥质量事故的分析判断，懊悔自己整天忙于事务，不读书、不看报，缺乏见识，孤陋寡闻，连这么大好的消息都不知道。他突然发现，今天是个吉祥如意的日子，如果战胜公司的三栋高层挂靠六建，不仅可增加一个多亿的产值、收获总造价2%的管理费，还会得到政府可观的劳保返还，按总造价3.6%计算，就是三四百万啊！正当周岭南沉浸在兴奋之中时，顾战胜又开始提条件了。

"这第四嘛——也是老生常谈的事。说白了，就是咱五工区的办公楼。老哥要扩大童装生意，你得把其他商户撵走。"顾战胜盯着一直不动声色的周岭南，又补充道，"其实，这件事也不难，我已和其他商户基本谈妥了，就剩下郑芹英。这个人软硬不吃，只要把她摆平，这件事就结了。我代表我们顾家沟九十五户乡亲感谢你，因为，扩大后的童装生意也有他们的利益呀！"尽管周岭南来这儿时已想到会有这档子麻烦事，心里还是咯噔了一下。五工区办公楼是公司最敏感的地方，不仅是自己的老巢，也是丁惠仁、涂晔晖的老巢，稍有风吹草动就会引发事端，就像顾明亮停水一样。特别是郑芹英，不仅是远近闻名的血脖子、惹不起的人，又同韩素清、涂晔晖同住筒子楼，关系密切，如同一家人，要触及麻烦很大。上次离退休职工群体上访来借钱，顾战胜提及此事他未答应，钱也没借到，这回如果再拒绝，不仅钱借不

到、进不了开发区，还会失去一个多亿的挂靠工程，损失数百万的劳保返还和不菲的管理费收入。立功心切的周岭南虽然顾虑重重，内心纠结，依然不愿错过这个千载难逢的机会，"明知山有虎，偏向虎山行"。顾战胜对这一霸王条款进行轻描淡写的阐述，就是怕对方再拒绝，这一条是他诸多条件中的核心，是一年多来的心腹之患，其他条件都可以让，这一条决不能让。当看到周岭南未像上次那样拒绝，他很是高兴，随即提出了最后一条——顾明亮的安置。

"顾老板，再没啥条件了吧？"看到顾战胜终于闭了嘴，周岭南把夹在两指间已经燃尽的烟蒂丢入烟缸，笑着问。

"没了，没了。"顾战胜得意地看了堂弟一眼说。顾名利用眼睛表示了满意与赞赏，并瞪着周岭周，看他有何反应。

"我一直认为，生意都是谈成的，并非简单的你一问我一答。所以，我以下的意见你也不必介意，更不要认为这就是拒绝或同意。"周岭南慢条斯理地说完，看了顾明利一眼继续说，"第一，你要的利息太高了，高得如同高利贷。朋友之间允许赚钱，但不能心太黑。如果按顾老板赚钱的逻辑，五工区办公楼的租金也得按市场行情上涨，甚至涨得让你租不起、租不成，你顾老板又不是六建的'双下'职工，为什么要享受如此低廉的房租？还有，对你想移交的半拉子工程我也可以狮子大张口，随心所欲地提条件。果真那样，我周岭南不就是踏住脖子割瘿，趁火打劫吗？这种利欲熏心、为挣钱不认朋友、玷污友谊的事我周岭南做不来。现在生意场上的规矩是互惠互利、是双赢而非单赢。如果单赢，不是敲诈勒索就是恩赐救济。双赢还有一层含意，那就是既要有利可图，还要顾及对方的感受，不亏待朋友，要'淡淡长流水，酽酽不到头'，不能竭泽而渔，一锤子买卖。"周岭南原本是个不善谈吐的人，今天的场合让他突生灵感，旁敲侧击，指桑骂槐，不仅使顾战胜很难堪、顾名利很窘迫，并使他们感到了一种威慑，一种即将面临的商业报复。顾战胜后悔将底牌亮得太早了，没有了后手，失去了回旋余地。

意想不到

"也许顾老板认为交给六建的三个半拉子工程会给六建带来利益,不错,它确实会给我们增加产值、获得劳保返还和管理费,但这可是双刃剑,在获得利益的同时也会带来麻烦与风险,而且利益有限,风险无限。四川彩虹桥垮塌就是血淋淋、活生生的例子。"顾家兄弟像小学生一样,聆听着周岭南的"授课"。他们不仅意识到了文化的力量,口才的魅力,更感到了无地自容的尴尬。是啊,欲望是追求成功的动力,是生命之火的助燃器,凭借这些能量的支持,顾家兄弟均成了成功人士。但如果将其用贪婪装饰,用无情武装,便会成为心灵的重负,成为鬼魅,吞噬身心,使自己陷入万劫不复的深渊,还会"城门失火,殃及池鱼",害了朋友和身边的人。当然,这只是后话,不必絮叨,以免影响周岭南此时的传道形象。

"五工区办公楼的情况很复杂,郑芹英坚持不腾房是有理有据的。人家同工区签的合同还有一年多才到期,饭店生意又一直不错,凭啥要中止合同、把地盘让给你?把地盘让给你就等于把权利让给你,把大把的票子让给了你,她能甘心?"看着顾战胜失望的眼神,周岭南又说,"好在郑芹英是公司职工、自己人,可以说服动员,让她重新上岗,或采取点行政手段,但这需要时间,得有耐心,心急吃不了热豆腐嘛。"周岭南看着被自己以攻为守降服了的顾战胜,停止了说教、恫吓,等着对手让步。已经停止营业、专供他们谈判的茶秀在唇枪舌剑之后出现了久久的沉寂。窗外草坪上宠物狗的叫声响亮、刺耳,偶然发生的撕咬更让人心生厌烦。顾战胜在犬吠声中不停地喝茶、抽烟,以掩饰内心的焦虑与不安。自打出道以来,他历经不计其数的商业谈判,都是"一壶浊酒喜相逢……都付笑谈中",今天要谈的也算是一笔决定命运的大生意,自己煞费苦心,使出了吃奶的劲儿,却毫无"笑谈"的感觉,而且有一种黔驴技穷的挫败。顾战胜在烟、茶的双重刺激下,认真仔细地回味着周岭南的话,感到不无道理,对自己精心谋划的五大条件产生了动摇。他想到了前景光明的童装生意,想到每次回家,乡亲们如同救世主般的敬重、眼巴巴的期盼……顾战胜拉

乡亲入伙首先看重的是那些廉价劳动力、实现利润的最大化，其次也是想为乡亲带来福音，不管咋说，加工童装总比冒险采药、采蘑菇、养鸡、种庄稼文明轻松得多，这也许就是周岭南刚讲的双赢吧？但这种双赢的生意却因为营业场地而无法实现。今天，周岭南为了借钱终于松了口，自己又何必为了微不足道的利益纠缠不休呢？顾战胜顿然醒悟，想到了让步。只有让步，才能拿到五工区办公楼，只有办公楼到手他就是赢家，就会柳暗花明。顾战胜同众多有志者一样，一生追求的就是一个字——赢，现在这个字就在眼前，只要点头，就会投怀送抱，就会在人生路上又树一块丰碑，再创造一个辉煌。

"算咧，啥都不说了，就按老弟的意思来，利息按银行算，管理费按市场行情走，明亮的工作最好安排到物业上，得空还能帮公司、工区处理五工区办公楼的事儿，给你俩领导减减负。还有，郑芹英尽管有理有据，但也不能得理不让人，软硬不吃，我以为她就是山里的核桃，要砸着吃。必要时，就按周老弟刚说的，采用行政手段，硬吃车！"顾战胜大度地说。顾名利觉得堂兄的态度变化太快了，太逆来顺受了，几次用眼睛劝阻、制止却无济于事。在忍无可忍的情况下，他明火执仗地跳了出来。

"周经理，我战哥这回可算是给咱六建帮了大忙。现在，全世界都在闹经济危机，咱在哪儿弄这一千万呀！我战哥弄到了，这可是汗马功劳啊！咱六建绝不能亏了人家。我战哥最最操心的是五工区办公楼的事，咱一定得抓紧呀！我认为咱应当落实责任，限定时间，采取些奖惩措施。"听了顾名利的慷慨陈词，周岭南感到可悲、伤心，自己辛苦提拔起来、形影不离、亲如兄弟的副经理，竟在关键时刻胳膊肘朝外拐，真乃血浓于水，一个顾字分不开呀！他强忍悲愤，将计就计。

"只要顾老板五日内将一千万打到公司账上，六建保证兑现全部承诺。名利，你全权负责这项工作。顾老板对咱的工作满意了，公司奖你五千元，不满意扣你的年终奖。"周岭南认真、郑重地对顾家兄弟说。听了周岭南的安排，顾名利愣了一下，想拒绝，却没开口，因为，

意想不到

他看到了堂兄期待的目光。

二十二、缓兵之计

就在一千万转入六建账上的第二天，五工区再度发生了震惊宝山的大事，其影响不亚于围堵市委、停水静坐。

这天，公司工会正召开六建下岗职工创业自救经验交流会，郑芹英正在台上发言："我叫郑芹英，今年四十岁，五年前从五工区下岗。这些年来，咱由一贫如洗的下岗职工成为有钱、有车、有生意的小老板，多亏了公司工会的支持、关照。咱的钱虽然不算多，生意不算大，车也只是个厢式货车，但，作为家无隔夜粮的下岗族已心满意足。回首刚下岗那会儿，娃小、没工作、没钱，几乎到了揭不开锅的份上；咱流过眼泪，干过临时工，捡过破烂儿，甚至想过死。是公司工会知道咱曾经当过炊事员，把咱介绍到市劳动局组织的厨师培训班，免费培训了俩月，拿到了厨师证，租赁五工区办公楼的三间门面房开了这个酒店……经过这么些年的创业，我最深刻的体会是：坚持是成功的基石，吃苦是成功的翅膀，苦难经历是成功的动力；再就是成功不能忘本，不能为富不仁，要尽力帮助那些还在苦难中挣扎的兄弟姐妹。为了做到这一点，我的酒店除了我和老公外，其余十三名员工几乎全是五工区下岗的姐妹。她们都非常出色，大部分人不久的将来也会成为老板……要成为老板实际很容易，关键是要瞅准机会、要坚持。只要机会瞅准又做到了坚持，在座的兄弟姐妹都会成为大大小小的老板……"

在郑芹英声情并茂的激励、感召声中，台下二百五十二名下岗职工代表以经久不息的掌声肯定了她艰辛感人的创业历史，回答了她精辟的人生感悟和真诚、美好的祝福。在热烈的叫好、呐喊声中，郑芹英春风得意、昂首阔步地走下主席台，坐到了王秋生身旁。王秋生也

是下岗职工创业队伍的佼佼者,也是怀揣经验、等待发言的人。

"郑姐,你讲得太好了。你啥时候积攒了那么些好理论、好词汇,也不给兄弟教教。"王秋生伸着大拇指,郑重、认真夸赞后又压低声音说,"你们酒店收银台的小吴刚给你打电话,你一直关机就打到我这儿了,听口气好像店里出了啥事,让你马上给她回电话。"郑芹英从包里取出手机,刚打开,电话来了。她赶忙走出会议室。电话里传来小吴惊恐的哭诉声:"老板,咱们的酒店被人砸了,强叔也被打伤了!"

"啥?你再说一遍!"郑芹英不相信自己的耳朵。

"咱们的酒店被人砸了,强叔也被打伤了。"小吴重复着。

"啥时间,谁干的?"郑芹英听清了,震惊地问。

"今天凌晨一点钟的事,领头的是公司物业上的顾明亮。"郑芹英一下子明白了,明白这是顾家兄弟停水骚扰等阴谋之后的又一阴谋,是企图逼走自己、独霸办公楼的又一毒招。郑芹英虽然心中有底,早有应对谋略,还是有些紧张、惊恐。事情发生得太突然了,简直是不宣而战,是偷袭,是违法犯罪。郑芹英的酒店由名不见经传变得生意兴隆、小有名气,历经了风风雨雨,特别是被顾战胜看中后,更是风云变幻,暗战明战不断。但,每次风雨来临时都有先兆,都是风雨欲来风满楼——说客登门、拉拢的穿梭,外加威胁与恐吓。而这次竟不动声色,拉大旗做虎皮,伙同公司物业突然袭击。这让久经沙场的郑芹英意想不到,始料不及,手足无措,更为老公担忧。

"你强叔呢,伤得重不重?"郑芹英提到的"强叔"是老公强波。郑芹英两天来一直在家准备今天的发言稿,酒店由老公打理。

"强叔被小叶他们送到医院了,正输血、打吊瓶。他阻拦顾明亮那帮人时被啤酒瓶子砸破了头。"听说强波为保护酒店被打伤住院,郑芹英紧张得几乎崩溃。酒店砸了可以重新开,钱损失了可以再挣,亲人有个三长两短却是永远也无法挽回的。郑芹英挂了电话,来不及请假,只告知了王秋生一声便匆匆赶往宝山市中心医院。来到急诊室,强波已被送到CT室拍片子,郑芹英在CT室门口找到了小吴和小叶他们,

了解了事件的全过程。

今早凌晨一点多，酒店送走了最后一拨客人刚要关门，顾明亮带着七八个人闯进来，自称是公司物业上的，要终止和郑芹英的租房合同，并勒令强波马上把酒店的东西搬走，否则就要动手。强波不肯，站出来理论。这帮人蛮横无理，根本不听，相持了一会儿后，便强行将吧台、餐桌、酒柜等家具向外搬，把烟酒打包。强波拼命阻拦，与他们发生了撕打，被人用啤酒瓶砸伤，血流不止。小吴、小叶要给郑芹英打电话，强波不让，怕影响她开会发言；送他上医院，更不答应，继续与那帮人撕扯，誓言要用生命保卫酒店、捍卫全家人赖以生存的命根子。但，终因寡不敌众，失血过多昏倒了，被小吴、小叶送到了医院。

"人没事吧？"听完事情的经过，郑芹英急切地问。

"输完血后人清醒了，就是呕吐、恶心，医生怀疑是脑震荡，要求检查。"小叶说。不一会儿，强波被推出了CT室，看到了郑芹英，流露出悲怆与懊悔。

"对不起，老婆，我没本事，没保护好咱的酒店……"话未说完，他像孩子一样大哭起来。如雨的泪水沿着眼角滚落在洁白的担架上。看着躺在担架上的丈夫，凝视着他苍白的脸、伤心的泪，以及浑身泥土、撕打的痕迹，郑芹英蹲下身，努力抑制着悲愤，安慰说："你不愧是咱家的男子汉，你已经尽力了，安心养伤吧。共产党的天下，不会叫这些坏蛋逍遥法外，你放心，酒店永远都是咱们的。"郑芹英的泪花在眼眶内打转，始终没有落下，最终被愤怒与复仇抑制。常言道，大丈夫有泪不轻弹，郑芹英不是大丈夫，却有着男人的坚强与铮铮铁骨，有着父母赐予她的比一般男人还要高大健壮的身体。半年以前，涂晔晖被顾家收买的"碰瓷"者纠缠，就是凭这身强健的体格和德高望重的人品解围。顾明亮这个老对手，就是乘她不在酒店才敢放肆、撒野、打、砸、占。然而，郑芹英即便是一把利刃，能劈开顾明亮的脑壳，让其粉身碎骨，却不能动摇他们盘根错节的势力，切不开那密不透风

的关系网。这是一场实力悬殊的较量、艰难困苦的搏斗，郑芹英在丈夫面前的信誓旦旦能实现吗？

郑芹英把照顾丈夫强波的事交给小吴、小叶，自己开着厢式小货车，踏上了维权、惩凶的征程。她驱车来到千辛万苦亲手开创的酒店时，已是中午时分。下了车，映入眼帘的是狼藉于酒店门口熟悉的吧台、酒柜、餐桌、餐椅。它们横七竖八、东倒西歪，静静地躺在落满树叶的砖地上。嗖嗖的秋风聚集起那些枯枝败叶将其团团包围，使这些记录着主人创业的物件可怜流泪，惨不忍睹。郑芹英将这些惨相用手机拍下，径直走向酒店。推开玻璃门，这里已是另一番景象，除了两扇写着"宾至如归"的玻璃门，已没有了酒店的任何印痕，能代表酒店的一切全被童裤、童衣、童鞋、童帽代替。只十几个小时工夫，她苦心经营了多年的酒店竟童话般地脱胎换骨，幻化为童装专卖店。这种变戏法般的幻化，只能证明对手的阴险狡猾、蓄谋已久，需要她无所畏惧、顽强不屈、坚韧不拔地不懈斗争。郑芹英在柜台内外众目睽睽之下，一丝不露地录了像、拍了照。现在是法制社会，要战胜邪恶必须拿起法律这一武器，而法律是以事实为依据的，有了这些罪证，就能斩断魔爪，击破他们的关系网，让那些大鬼小鬼们得到应有的惩罚。郑芹英来到派出所，报了案，并附上丈夫强波被打的诊断证明，相关的照片、录像。派出所距郑芹英的酒店只有一站的路程，干警们晚上加班、执勤、聚餐常光顾酒店，受到过郑芹英热情接待、周到服务，不算朋友也算熟人，她的报案当然受到了重视。派出所所长亲自带人到事发现场调查取证，传唤嫌疑人……顾明亮在郑芹英报案一小时后便从庆功宴上、从不绝于耳的赞美声里、从美女温柔的怀抱中被传唤到了派出所。这个平日横行乡里、狂傲不羁的"英雄"，见到铁面无私、严声厉色的警察一下子尿了，光头上滚着汗珠，怀中揣着惊恐，把夜砸芹英酒店的过程、前因后果来了个竹桶倒豆子。良好的坦白、诚实的交代使警方确认了事件的性质，使案件毋庸置疑地被定性为刑事案。顾明亮因打砸抢、强占他人财产、伤害他人身体的罪名失

意想不到

去了自由，案子由东郊派出所移交到了新城区公安分局。顾战胜、顾名利等多人先后被传唤。经过一个下午的审讯，又有两人被羁押，其中就有六建副经理顾名利；他虽未到打砸现场，却是负责这项工作的领导。幸运的顾战胜晚上十点多被放回，得到的警告是老实考虑问题，随叫随到。这位身价千万、有钱有势的土豪拖着肥胖的身躯、迈着沉重的脚步、可怜巴巴地走出刑警队时想到了周岭南。他拿走了一千万，该兑现的却未兑现，让郑芹英死死咬住不放，使两个兄弟身陷囹圄，让已开业的童装超市关闭，并要赔偿经济损失，背负雇凶伤人的罪名，面临失去自由的危机。顾战胜不得不找周岭南算账。

芹英酒店遭受打、砸、抢那天，正是六建经理周岭南欣喜若狂的日子。顾家兄弟被羁押、顾战胜被传唤时，他正大摆筵席，庆祝成功进驻开发区的胜利，答谢甲方及各方有功之臣。这是周岭南上台以来规模最大、规格最高的一次宴请，公司领导班子除顾名利以外都参与了。周岭南只顾高兴，当然不知道狂欢后边紧跟着危机，更不晓得制造这个危机的正是那位由自己一手提携起来的顾副经理。

几天来，顾名利一直在顾战胜的招待楼上班，负责协调、落实公司对其堂兄有关五工区办公楼门面房的承诺。让人意想不到的是，这个被誉为和事佬、滑头，会用眼睛说话的顾名利耍滑耍到了有着血缘关系的堂弟身上。他不愿、不敢找郑芹英提前终止租房合同，整日沉溺于美女如云、美食如山、美酒如海、声色犬马的战胜酒楼乐不思蜀，将提前终止合同的事交于顾明亮。顾明亮不会耍滑，却是个出了名的说话的巨人，行动的矮子，表面上气壮如牛，实际上胆小如鼠。五工区是他多年为官的地方，垮台之后竟没勇气故地重游，更甭说与号称男人的女人郑芹英交锋了，当然也在等待、享受。幸福、快乐的时刻总是过得特别快，转眼间，周岭南凭着到账的一千万已揽到开发区的工程。顾战胜也将除郑芹英以外的租房户摆平了，并准备好了货架、柜台、童装商品，万事俱备，只欠东风，只等郑芹英的三间门面房。但，等来等去却泥牛入海、不见消息。叫来顾名利一问，回答是："安

排给明亮了。"找来顾明亮,说安排给下面人了。都在安排却没人敢上场,没任何结果。最后,只能找出种种借口应付、敷衍,什么人不在、生意忙、没时间……顾战胜终于失去耐心发作了,破天荒地骂开了娘,闹得整个酒楼风声鹤唳,人人自危,鸡犬不宁。顾名利自知耍滑失职,心中有愧,情急之下悄悄拨通了周岭南的电话,以求帮助。谎称自己找了郑芹英多次,谈了多少回合,对方是茅坑里的石头又臭又硬等等。当时,周岭南正在座无虚席、气氛紧张的招标会上倍受煎熬,等待投标结果,哪有心思考虑顾名利的汇报,更不知道他的阴谋,极不耐烦地回答:"这事你看着办,再甭来回请示汇报了!"啪的一声,挂电话。顾名利刚挨了顿臭骂,现在又碰了一鼻子灰,心里窝火、恼怒,叫来垂头丧气的顾明亮说:"老三,你看咋办?"顾明亮闷着头,抽着烟,不吭声。顾名利忍着怒气又说,"这个郑胖子就是你的克星,几个月前把你从主任的位子上整下来,现在又要把你挤出酒楼。战哥的话你也听到了,弄不好咱俩都得走人。我走了还能回公司继续当副经理,你呢?"未等顾明亮开腔,顾战胜嘴叼雪茄,余怒未消地站在他俩身旁吼道:"一个臭婆娘就把你俩吓成了这厌样子!我看她就是核桃砸着吃的,不来点硬的就不知道马王爷有几只眼!再说,她这两天也不在店里,去公司介绍啥狗屁创业经验去了……"听了两位堂兄的话,特别是得知郑芹英不在酒店,顾明亮突然像打了鸡血,睁着牛铃般的大眼恶狠狠地说:"大哥、二哥,你俩等着,看我咋样收拾这个臭婆娘。我要让她知道咱姓顾的也不是好惹的……"

现在,捅下了娄子,周岭南还蒙在鼓里,沉浸在欢乐中。然而,随着顾战胜的到来,危机也随之而至。周岭南被顾战胜从筵席上叫出,来到没人处,垂头丧气地通报了噩耗。听到芹英酒店被砸、强波被打,顾名利、顾明亮被抓,周岭南十分震惊,预感到问题的严重性。顾名利是他安排兑现承诺的副经理,顾明亮是六建职工,也是他指派处理这件事的,他们的违法行为和自己脱离不了干系。但,人在危险来临之时有着自保的本能,周岭南庆幸将这件事交给了顾家兄弟,更重要的是那天晚上有言在先："要有耐心、要做工作，一个月内兑现承诺。"顾家兄弟为何提前下手？不就是为了童装超市早日运营，早日获利嘛。这不是自作主张、因小失大的愚蠢行动吗？周岭南唯一担心的是事前他在匆忙之中对顾名利说的话，按时间推算，完全可以判定为顾家兄弟是接了他的电话后才开始行动的。周岭南后悔的同时意识到了情况不妙，"夫妻本是同林鸟，大难来时各自飞"，顾名利和自己只不过是上下级关系，肯定会卖主脱责，力求自保。

周岭南分析得不错，顾明亮在第一时间就出卖了顾名利，顾名利理所当然地出卖了他，他便是下一个被传唤的对象。周岭南活了近五十岁，从未有过警方传唤的经历，忐忑、紧张，再也无心同大家享受进驻开发区的欢乐，再也不能隐瞒筹钱的"政绩"，要将实情告知党委书记涂晔晖，以便遭遇不测时能有个依靠，不使公司群龙无首、引发混乱，让刚刚扬眉吐气的六建再生乱象。周岭南打发走顾战胜，找了间包房，请来在大厅与民同乐的涂晔晖，详细叙述了向顾战胜借钱、芹英酒店被打砸的情况后说："请你来是想交代一下后事，说不定啥时候我也会被叫走，会像名利一样回不来，拜托你多担待，维持好公司的局面。"听了周岭南的介绍，涂晔晖非常震惊，特别是那些类似临终遗言的托付，使他预感到六建将随着周岭南的命运面临危难。涂晔晖的大脑翻江倒海，涛起浪涌，试图寻找摆脱危机的途径，找到让周岭南化险为夷的良策。然而，事情来得太突然，他身体中原本能够产生智慧的空间全被震惊占据了。他毕竟是和周岭南一样的凡夫俗子，没接触过官司，没有和警察打过交道，毫无这方面的阅历与经验。正在这时，周岭南的手机响了，一看是陌生电话，他犹豫片刻还是接了。果然不出所料，电话是新城区刑警队打来的，声音很大，很威严，完全是命令式，连涂晔晖都感到了震慑。

"是新城区刑警队，叫我立马过去。"周岭南挂了电话，显得无奈而平静。他已交代完后事，镇静了许多。周岭南在涂晔晖的陪伴下，悄然离开人声鼎沸、欢声笑语的庆祝现场，来到空旷、冷清的大门外。

"这件事一定要保密,不能告诉任何人,特别是名利被拘的事。"出了大门,周岭南不好意思地说。

"请放心,你走后我让大家马上散了。还有,我不离开酒店,就在刚才的包房等你。我有预感,你会回来,一定会平安回来。"涂晔晖真诚地说。

"谢谢你的吉言,但愿如此吧!"周岭南抬起头,望了眼若隐若现于薄云中的冷月,无限感慨地说,"金秋时节,天气又这么好,正是工地出活的时候啊!唉,如果真的像名利也好,能正儿八经地歇一歇。"言罢,转身,迎着萧瑟的秋风,走向夜的深处。涂晔晖静静地伫立在深秋的劲风里,望着周岭南渐渐远去的背影,耳旁依然回响着他无奈、绝望、豁出去的声音,产生了"风萧萧兮易水寒,壮士一去兮不复还"的悲凄。

送走周岭南已是晚上十一点多,涂晔晖回到大厅,打发走了客人,结束了庆祝。看着余兴未尽的人们缓缓散尽,他来到刚才的包房,一根接一根地抽着烟,回味着打砸芹英酒店的所有细节,寻找着为周岭南开脱的理由和依据。他绝不能出事,不能卷入所谓的"打、砸、占"案件中。如果那样,周岭南的仕途完了,六建也就完了,自己十个月来的努力将付之东流。十个月,在历史的长河中只是瞬间,在涂晔晖三十六年的生命中更是一个短暂的过程。但,这些数得清的日子里所发生的故事,远远超越了这一时间概念,意义空前深远。每一个情节、细节都与周岭南密不可分,都放射着国有企业党政班子珠联璧合的灿烂光辉。十个月里,有排斥、有防范,有磨合信任,有相互依存,更有今天的坦诚相见。这种关系不像夫妻"大难来时各自飞";不像朋友,"情感是外壳,内容是利益";这种关系就是俩字——同志,志同道合,荣辱与共,振兴六建。这一目标、追求让他们休戚相关,一荣俱荣,一损俱损,不会出卖,不会背叛,不会趁火打劫、落井下石。涂晔晖一包烟抽到一半时包房门外传来了扑沓、扑沓的脚步声。一定是他回来了,涂晔晖起身出迎。门被推开,确实是周岭南,

一身疲惫，满脸愁云，不像涂晔晖预想的那么理想、乐观。

"情况怎么样？还顺利吧！"涂晔晖边斟茶边关切地问。

"唉，谈不上顺利，说不定老鼠拉锨把——大头还在后头呢。"周岭南接过涂晔晖递过的茶，一饮而尽，忧心忡忡地说。

"我认为这事与你没有直接关系，更无直接责任。"涂晔晖同情地看着周岭南，安慰说。

"唉，咱错就错在借钱那天说要采取行政手段终止合同，出事前让名利看着办，不要再请示。人家把这叫指令，叫安排；不是你说的是领导责任，而是幕后黑手，递刀的人。这不明摆着是硬给咱搁事嘛。"周岭南接过涂晔晖递过的烟，点着，狠狠吸了口，又以追悔莫及的语气说，"也怪咱当时急等投标结果，心不在焉，说话欠考虑，落了个有理说不清。"

"事到如今你就甭悔恨自责了。作为经理，不可能事无巨细，把啥事都包揽了，要不配那么些副经理干啥呢。你安排到了应该算尽责了，没干好是他的事。"涂晔晖再次劝慰。

"你说的不错，但人家警方不这么认为，判定咱是'递刀'的，要求二十四小时开机，随时听候传唤。唉——现在是回来了，再让去就没这么幸运了。"周岭南长叹一声，头枕在椅背上，眼睛直愣愣地望着天花板，失望、悲哀、无奈，犹如接到了死刑判决书。

"我认为，事情远没你想象的那么严重，关键要看咱们如何运作。"涂晔晖这样讲不是安慰，更非匪夷所思、突发奇想，而是苦等周岭南数小时深思熟虑的结果，是十根"芙蓉王"刺激下产生的灵感与对策。

"运作，咋样运作？名利的口供把咱拴得牢牢的，咱就是有孙猴子七十二变的本事也脱不了干系。"周岭南已彻底绝望，根本不相信涂晔晖的话。

"周经理，请你相信，只要给我一周时间，说不定会化解眼前的危局。"涂晔晖自信、真诚的态度使周岭南将绝望的目光从天花板上移

开，投向他。他相信他的能力、智慧，相信他们十个月来建立起的友谊，更相信他的真诚与侠义。但，这毕竟是刑事案件，打伤了人、破坏了东西、占了房，对方咬住不放，疯狂告状！

"严格讲，这个案子界乎于经济纠纷与刑事案件之间。因为，起根发苗就是为了那三间门面房的使用权，至于打伤人，按伤情连个轻伤害都算不上，何谈刑事犯罪？所以，只要有人给警方递上一句话，再把郑芹英这个受害者安抚好，天平就会倾斜，案情就会逆转。只要将案子变性为经济纠纷，那就是花钱的事，人先不会吃亏。"看着认真听讲、情绪明显好转的周岭南，涂晔晖继续说，"在这里，安抚郑芹英尤为重要，只要她不告，后边的事将迎刃而解，警方绝不会没事找事，民不告官不究嘛！我以为，只要有诚心，郑芹英的工作也不难做，不管咋说，她是咱的职工，多年在一起共事，关系又不错，她不会六亲不认，没有同情心，非要警方抓人……"

"你说得太有道理了，真是人在事中迷，我咋没想到这一层呢？但问题是做工作需要时日，警方不会给咱留太多时间，说不定啥时候又要打电话让去。再去，恐怕就跟名利、明亮一样了，看守所可是好进难出来呀！"听了涂晔晖的分析，周岭南似乎看到了光明与希望，但还是表白了胸中的疑虑。

"你的话很有道理，所以，咱们必须用'缓兵之计'让警方无法传唤你。"

"这咋可能，谁有那么大权力？"周岭南以强烈否定的语气打断了涂晔晖的话。

"他们打电话联系不上你，不就等于无法传唤你吗？"

"人家再三要求二十四小时开机，咋能联系不上？"

"我有个办法，既让手机开着，又能使它永远处于无法接通的状态。"看着周岭南怀疑的神色，涂晔晖又补充道，"这办法是当年我在特区为躲避生意上的麻烦，又不失礼玩的小伎俩。"

"把手机放在地下室或深山里，那些地方没信号。"周岭南说。

·271·

"那不行，手机是随身的东西，那不等于画地为牢了吗？"涂晔晖说话间，顺手打开放在桌上的铁制茶叶筒，把自己的手机放入，盖上盖子，让周岭南拨打电话。周岭南连打数遍，电话里传递出的都是无法接通的信息。涂晔晖看着好奇的周岭南，笑着说："无法接通和关机是两码事，不算违背警方要求。只要不出现在视线以内，他们永远也联系不上你，这不就完成了缓兵之计吗？"

天色渐渐放亮，酒店完全处于沉睡之中，收银员在吧台内打盹，门迎靠着墙打呼噜。开了茶钱，周岭南、涂晔晖出门来到大街上。不知啥时候，老天变了脸，又是刮风又是下雨，气温一下子降了七八度。秋天，被文人们称为金色季节、收获季节，但对此时此刻的周岭南、涂晔晖来说却是秋风秋雨愁煞人。周岭南为了逃避传讯、实施缓兵之计，将手机装入高价买来的茶叶筒内要去未知的地方避祸，涂晔晖要去安抚郑芹英，设法给警方递话。两个人扛着重负，加上疲惫、寒冷、风吹雨淋，显得十分狼狈。

"你打算去哪儿？"等车时，涂晔晖关心地问周岭南。

"我……"周岭南欲言又止。他抬头望着茫茫夜空潇洒斜飞的秋雨，终于对跟自己一样瑟瑟发抖的涂晔晖说，"你最好别知道，联系不上我警方肯定要找你，省得给人家说假话。有事我会和你联系的。"涂晔晖明白周岭南的苦心，没有再问，放眼光秃秃的公路，搜寻着出租车。说来也怪，当你不需要时出租车一辆接一辆地在面前出现、缓行，甚至停靠，需要它时却不见踪影，偶遇一辆，也是风驰电掣一晃而过。半个多小时过去，虽望眼欲穿，却徒劳无功。周岭南真后悔把自己的专车放走了，但又一想，留下又能咋样呢？这次出行是避祸，是上不告父母、下不告妻儿的高度机密，当然不能让司机知道了。他感到苦涩，无奈，悲哀。当想到几小时前庆功宴上大家的恭维与赞扬，想到进驻开发区这一里程碑式的突破，想到公司将在他手里改天换地、扬眉吐气，周岭南心中坦然，宠辱皆忘，一下子将危机、冰冷置之度外……正在这时，一辆车终于停到他们面前。

"快上车。"涂晔晖提醒处在兴奋状态的周岭南。

"你先走吧，你今日的事多。"周岭南客气地说。

"别客气了，你的路远。"涂晔晖再次谦让。周岭南盛情难却，提着包，打开车门。包内有铁制茶叶筒，筒内是他心爱的手机，但却失去了应有的功能，囚禁于铁盒内作为应付警方的道具。周岭南进入车内，摇下玻璃，对涂晔晖真诚、感激地说："我一走，头疼的事就落在你一个人身上了，你就多辛苦、担待吧！"涂晔晖想说话，性急的司机一踩油门，车向前窜去，车轮激起的雨水溅到了他的脚上、腿上，冰瘆瘆的。望着疾驰而去的出租车，轮下荡起的水柱，还有那闪烁不定的血红色尾灯，涂晔晖内心比腿脚更冰冷，同情与悲伤油然而生。如果不是为了打入开发区借那一千万，周岭南绝不会面临如此危机，更不会在黎明时分、在人们的梦乡中顶风冒雨，背井离乡。涂晔晖感到肩上担子的沉重，他必须竭尽全力，立即行动，说服郑芹英，改变案件性质。

二十三、为了"双赢"

天刚放亮，风雨兼程的涂晔晖已到了战胜酒楼。当他这个不速之客携着一股冷风迈入酒楼大门时，顾战胜等七八个人全都愕然了。他们咋也想不到，涂晔晖此时此刻会出现在这儿，而且如此落魄、狼狈。在顾战胜心目中，涂晔晖就是不食人间烟火、和他们这些时代精英格格不入的异类，阻挡他们赚钱的绊脚石，难缠、难斗的宿敌，怎么会如此凄惨地闯入自己的领地，又是在这个特殊时刻。他的第一反应是周岭南背叛了誓言，将扩租办公楼的事告诉了这个呆子。他们不约而同地噤若寒蝉，睁大了警惕的眼睛。

"你们都在啊！"当听到涂晔晖不卑不亢的问话，顾战胜猛醒，慌忙起身，不失礼仪地发出寒暄："啥风把涂书记吹来了，真是稀客呀！"握着涂晔晖冰凉的手，看着其落汤鸡般的模样，顾战胜大声喊道，"财娃，快把三楼按摩房的睡衣拿来，让涂书记换上。"

"谢谢顾老板，出租车难挡，搭摩的过来。"涂晔晖不好意思地扫视了一眼围坐在茶桌旁神情异样的人接着说，"你们也都没睡呀！"听话听音，锣鼓听声，从涂晔晖漫不经心的话语中顾战胜发现，他不仅知道了"扩租"的事，还知道了名利、明亮被关，自己被传讯。他的到来肯定与此有关。顾战胜和他的智囊团们为此熬夜、伤神，至今未找到出路，来了位所谓的文化人，也许会释疑解惑，突破困境。他接过财娃拿来的睡衣，亲领涂晔晖到卫生间更衣后，打发走了其他人，泡了壶好茶，以最高规格接待这位"宿敌"。

"涂书记，你没来过老哥这儿吧？"顾战胜将一杯大红袍双手递给涂晔晖说。

"来过一次，好像是陪周经理来的。当时因为明亮的事只顾喝酒了，未曾拜访顾老板。"涂晔晖接过茶，呷了一口，若有所思地说。听到"明亮"二字，顾战胜突然觉得自己很愚蠢，为了打破僵局竟哪壶不开提哪壶。他永远也不会忘记那次阴谋失败后的痛苦。失败，使三弟失去了五工区主任的位子。假如没那次失败，也许不会出现今天的危机。仇恨将热情冲淡，他不知如何对待这位不速之客。

"上次没给周经理面子，免了明亮的职，那是因为你兄弟太犟了，让我们这些当领导的下不来台。几小时前听说他和顾副经理出事了，专程赶过来跟你商量如何将他俩捞出来，也算尽一个领导的责任，更是对过去的一种补偿。"听了涂晔晖的话，顾战胜为其率直、磊落而惊讶，并被他的真诚打动。"捞人""补偿"这些商品交换式的语言不该出自他的口。顾战胜的企业未有党组织，当然没有书记这一角色，在他的印象中，书记就是整天手拿报纸、文件，满嘴原则、政策，不讲人情世故的伪君子。令他意想不到的是，坐在对面的涂晔晖竟然讲出如此充满人情味、暖人心、没原则的话。顾战胜心中的积怨瞬间被化解，眼内闪着感激的光，动情地说："谢谢涂书记还惦记着我俩瓜兄

弟，一大早冒雨登门帮忙，可是，我却把你当……外人。"顾战胜把已到嘴边的"敌人"改成了"外人"。

"没啥，没啥，人与人之间总有个相互了解熟悉的过程嘛。好啦，陈年旧账不提了，咱就言归正传，从零开始。"涂晔晖以无所谓的口气说完，环顾了一遍刚刚空下来的椅子，继续道，"你们一定也一宿没睡，在商量对策吧？有个新情况你也许不知道，周经理也被传讯了，而且很可能再被传讯，甚至会像明亮和顾副经理失去自由。我们决不能坐以待毙，等着一个一个被叫走，有去无回。要想方设法，扭转这种局面。"

"我也想到这一层，但老虎吃天没处下爪呀！"听了涂晔晖的话，顾战胜为难地说。

"我以为，咱们首先得把努力的目标明确了。"涂晔晖看着面带疑惑的顾战胜继续道，"具体讲就是让案子变性，把现在的刑事案变为经济纠纷。只要案子的性质变了，咱们的人就会出来，其他人也就安全了。要达到这个目的，一是降温，做郑芹英的工作；二是通融，找关系让警方网开一面……"涂晔晖重复了刚才给周岭南讲的道理后又说，"降温的事交给我，通融的事得烦劳顾老板。我早就听说顾老板在上层有人脉，办这点事应该不成问题。为了防止夜长梦多，得立即行动，速战速决。顾老板，咱们再不能进去人了，再进去就全线崩溃了。那样，甭说你想垄断宝山童装行业、打入国内市场，恐怕连现在的生意也保不住。"涂晔晖庄重严肃，饱含危言耸听，为的是让顾战胜产生危机感，真正重视起来。特别是他左一声"咱们"右一声"明亮"，亲切、知己使顾战胜原本排斥的心理消失殆尽，使统一战线很快形成。

"涂书记的话让老哥拨云见日，茅塞顿开。放心吧，我会马上行动，立即行动，不惜血本把通融的事办好！"顾战胜态度诚恳、坚决、充满江湖气。他看了眼腕上的表又说，"现在是六点半，咱把正事谈完我立马出发。我就不信，功夫下到了还有办不成的事！"听了顾战胜捶胸顿足的表态，涂晔晖心里一块石头落了地，浑身轻松了许多。只要

· 275 ·

他的积极性调动起来了，就等于成功了一半，另一半得靠自己。涂晔晖穿上尚未完全烘干的衣服，匆匆告别顾战胜，出门去找郑芹英。

涂晔晖没回筒子楼，直接来到宝山市第一人民医院，郑芹英的爱人强波被打伤就住在这儿。涂晔晖买了香蕉、苹果之类的礼品，要以探病为由，敲开郑芹英的"门"。涂晔晖明白，如果郑芹英知道"打、砸、占"与顾名利、周岭南有关，怒气会更旺，敌意会更大，憎恨范围也将从顾战胜、周岭南、顾名利扩大至六建所有领导，包括他自己。所以，不能单刀直入，贸然行动，要以探望强波作为缓冲，再见机行事。涂晔晖买好礼品刚好八点，正是医院查房时间，这一时段是不允许探病的。为了节约时间，他只能连哄带骗，蒙混过关，偷偷潜入。强波住在一楼一号病区，涂晔晖潜入病房时查房医生刚走，病房内很安静。病人们悄无声息地躺着、坐着、服药、量体温，准备吃早饭。涂晔晖推开门，一眼就看到了头裹绷带的强波。强波也发现了涂晔晖，愣了一下，还是不失友好地让他坐在病床旁的一把小椅子上。强波是个性格柔弱、爱憎不太分明的善人，和郑芹英爱憎分明、疾恶如仇、热烈泼辣的性格简直是冰火之别，这次能冲锋陷阵，不惜流血保护酒店实属罕见，验证了兔子逼急了也会咬人这句名言。他的勇敢举动使一直瞧不起他的郑芹英刮目相看，也让涂晔晖感到意外，打心里钦佩，钦佩他不愧为男人。强波虽然对公司有成见，对领导有看法，但对涂晔晖却恨不起来，他是公司第一位看望他的领导，又是邻居，过去曾帮助过自己。

"你咋知道咱让人欺负了？"强波躺在床上，不冷不热地问。

"昨天晚上就听说了，想来，怕不方便。"涂晔晖说。

"真是马善被人骑，人善被人欺呀！咱从不招惹人却三番五次遭人算计，今日停水，明日停电，现在又是打、砸、占，真是欺人太甚了！"强波痛苦地诉说着满腔的委屈。

"我今天就是代表公司向你和郑师赔情道歉来了，请你消消气，放宽心，我们保证处理好这件事，给你一个公道……"

"公道当然是要给的，但我们不靠公司，不靠经理、书记。我们要靠法律，靠公安局。"病房的门被推开，一阵沙哑、粗壮的声音打断了涂晔晖的歉词。涂晔晖回过头，郑芹英高大魁梧的身影已出现在身后。未等他说话，郑芹英放好带来的食物继续道，"涂书记，我劝你再甭把白生生的鞋袜朝这潭泥中踏了！那回停水，真后悔听了你的话把这帮瞎厾饶了。上次如果叫公安局收了这帮坏蛋也不会有这回的事。"郑芹英把熬好的稀饭递给挣扎着坐起身的强波又说，"你看着，涂书记，这两天还要关人，说不定他周岭南就是其中一个。"

"再甭胡说了老郑，人家周经理也没惹咱，更没打人、占房……"强波说。

"你悄悄吃你的饭，他不点头提前终止租房合同这帮人能有那么大的胆？这叫'一女二嫁'，是违法的。"郑芹英愤愤不平、理直气壮地打断了强波的话。强波同情地看着涂晔晖，只得附和着老婆说："不得人家的好处咋能欺负咱们这些老实人，干这些缺德事？但这跟涂书记一点关系也没有呀！"强波不再说话，默默吃着饭。郑芹英转身对着涂晔晖说："强波说得对，这事跟你涂书记一点关系也没有。但是，你再甭给他们当消防队了，不值！我也绝不会听你的。涂书记，你想想，我好好的酒店被他们毁了、占了，你强师被打得头破血流住了院，我心中的气能消吗？火能灭吗？我俩离退休还有十几年，这十几年咋过呀……"郑芹英越说越上气，越讲越悲怆，哽咽，使她不得不停止了诉说。两天来，她逢人就讲，见人就诉，派出所、刑警队、亲朋好友。她要用这种不断地倾诉、呼吁、宣泄求得同情和支持。她的嗓子已用到了极限，声带受到了损伤，声音如同敲破了的锣。听着郑芹英的悲情控诉，涂晔晖突然感到自己丧失了一个党委书记应有的良知与天职。职工受欺负，他竟做工作让其忍辱苟安；职工权益受到伤害，他还要劝其忍耐、宽恕。这不是在助纣为虐吗？涂晔晖一路上挖空心思准备好的台词一时间化为乌有，头脑一片空白，不知道说啥为好。这时，他无意中看到了放在病床前的花篮、礼品，灵机一动说："郑师，你误会了,我既不是说客,也不是消防队员,是专程看强师来了。"郑芹英循着涂晔晖的视线看到了花篮、礼品,露出难堪的神色,不好意思地说:"涂书记,实在对不起,这两天我都被气神经了,请谅解。"

"没啥,没啥,家里出了这么大的事,难免想得多一些,很正常、很正常。"听了郑芹英真心实意地道歉,涂晔晖心中越发难受、愧疚,她竟然相信了自己的谎话。平心而论,如果不是实施缓兵之计,他压根儿也想不到这个被人打伤的下岗职工,更不会一大清早前来探望。唉!人的可耻与可悲在于整天生活在谎言之中,而这个接受、相信谎言的人还是曾在菜市场为自己解围的工友,是不惜影响生意、用自己的餐厅作为排练场,全力支持公司歌咏大赛的下岗职工。今天,自己不仅要用谎言欺骗她,还要用阴谋让她忍气吞声、理性退让,为六建的复兴再作牺牲。也许这种举动是正义的,郑芹英的牺牲是值得的,但此时此刻的涂晔晖却深受良心谴责,于情于理均无法找到一个合理的说词,让她心安理得、心悦诚服地接受牺牲。这时,强波已吃完了饭,郑芹英收拾着饭盒、碗筷,摆出要走的架势。涂晔晖明白,一旦离开医院,她必然继续其复仇计划,不是寻找扩大战果的证据,就是前往派出所、刑警队催案。说不定还要再来一次停水时的群众运动,让一个人的怒火变为众人的怒火,变为熊熊烈焰,让涂晔晖这个消防队员望火兴叹,束手无策。正在涂晔晖为编造新的谎言、为如何使其就范而焦虑时,郑芹英的手机响了。

"涂书记,你跟强波聊着,韩主任和小王在医院门口等我商量事,我得出去一会儿。"接完电话,郑芹英不好意思地说。

"我陪你一块去吧,好久没见他俩了,蛮想的。"一听韩素清和王秋生来了,涂晔晖恰似遇到了救星,急中生智说。

来到宝山市第一人民医院门外,涂晔晖和韩素清、王秋生握手寒暄后上了王秋生的出租车,来到五工区信访接待室。这间十五平方米的接待室本来是韩素清这个主任兼书记的办公室,是工区几经挤兑后留下的唯一一间临街的房子,也是工区"维稳"的首道防线。由于最

近公司接二连三揽到工程，不少下岗职工陆续安置，原本生意兴隆的接待室骤然冷清了许多。一见公司党委书记驾到，两个闲聊的工作人员知趣地去了后院办公室。韩素清沏茶、倒水，尽完地主之谊后指了指隔壁，讥笑说："顾家这两天乱套了，老二、老三被笼了，老大也不来了，童装超市刚放完炮又放羊了，抢占老郑的门面房等于闲着，真是划不来。"听了这些挖苦、讽刺、火上浇油的话，郑芹英睁着仇恨的大眼，瞪着三间门面房的山墙，恶狠狠地说："这回绝不能像停水一样，轻易放了这帮瞎尿，要让他们吃不了兜着走！"

"涂书记，这档子事与我们工区一点关系也没有。不是老郑昨晚到我家诉苦，我还以为他们两相情愿，说好了呢！没想到顾家是单边行动，还大打出手，真是太无法无天了。涂书记，这回可不能饶了这些恶人。"韩素清一改原本内向、不善谈吐的性格，不仅洗脱了自己，还煽风点火，替好友郑芹英叫屈。王秋生不像郑芹英、韩素清那般畅所欲言，他坐在墙拐角的沙发上，眨巴着明亮的小眼，察言观色、注视着涂晔晖的举动。他们在火车站萍水相逢，经历了竞选书记的拉票、平息停水事件、歌咏大赛，结下了不解之缘，关系已非同一般。但要和郑芹英相比，却相差很远。王秋生接班不几天父亲就回了外县老家，临行前领着王秋生来到芹英酒店，郑重请求郑芹英关照儿子。从那以后，芹英酒店便成了除去那个简陋的集体宿舍外王秋生的另一个家，郑芹英也成了他不是亲人的亲人、尊敬爱戴的郑姐。王秋生上班不到半年就下了岗，郑芹英自然成了他的保护伞、监护人，资助他参加了驾校学习，拿到了驾照，开上了出租车，开始了新的生活。虽然王秋生买了房、结了婚生了子、有了自己的家庭，却仍然依恋着芹英酒店，惦记着他的郑姐，不管有事没事，几乎每天都要来这里一趟。酒店遭遇不测后，他第一时间赶到医院看望了强波，对顾家欺行霸市，对公司背信违约的义愤胜过除郑芹英以外的所有人。他们今天相约到此，就是要运用各自的人脉，发动一次比停水静坐更大的群众运动，痛打落水狗，迫使警方及相关部门从重、从快惩办那些包括六建有关领导在内的不法分子，夺回芹英酒店，还郑芹英一个公道。然而，涂晔晖的出现让王秋生丈二和尚摸不着头脑。表面看，韩素清、郑芹英把他当"盟友"，但换来的却是一副永恒不变的笑脸，高深莫测的沉默。是朋友、对手还是说客？王秋生难以琢磨。

"小王，快把你的想法讲出来，涂书记在这儿，也可给咱参谋参谋。"韩素清催促一直冷静观察、一言不发的王秋生。王秋生瞟了一眼涂晔晖，又把目光投向死盯着那堵隔墙的郑芹英，不好意思地笑笑，仍不作声。率直、坦白的韩素清似乎觉察出了什么，看着涂晔晖流露出尴尬的神色，房子里一时间出现了久久的沉寂。面对三张义愤填膺、明显设防的面孔，涂晔晖觉得到了该说话的时候。尽管很纠结，很痛苦、很违心，他依然不能改变初衷、辱没使命，不能因个人情感、一时冲动丧失全局利益。因为，它关系着公司班子的完整、六建的前途与命运。涂晔晖在众目睽睽之下收敛笑容，以无限惋惜的语气说："前天发生的打、砸、占确实令人愤慨、痛惜，它不只是顾家兄弟所为，公司也有人参与。周经理曾表过态、点过头。"涂晔晖话音一落，三双警觉、疑惑的眼睛立即变得柔和而友善。王秋生不仅撤掉了设防，还热情地递去一支烟，帮忙点着；郑芹英的视线离开了隔墙，转向涂晔晖；韩素清再次表现出开始时的热情，为涂晔晖添茶倒水。屋内的沉寂被打破，恢复了开始时的和谐、融洽。

"这件事性质很严重，影响也很大。"涂晔晖由痛惜变为义愤填膺，义正词严地继续道，"说轻了是违法，说重了就是犯罪。现在，顾名利、顾明亮已被关了，周经理也面临进去的危险。杀人有罪，递刀更有罪，他在这件事上表过态、点过头。"涂晔晖近乎危言耸听的推断使郑芹英、韩素清、王秋生由胜利者的豪迈变为震惊、尴尬、难为情。他们报案，找关系走门路，目的是为了收拾顾家兄弟，报仇雪恨，维护合法权益，从来没想惩治周岭南，尽管对他有气、有意见。郑芹英永远也不会忘记，她三间门面房的租赁合同上签着周岭南的名字。当时，涂晔晖仕途失败下了海，周岭南由一工区调到五工区当主任，为

了解决"双下"职工家庭的困难，工区决定将办公楼租给他们。考虑到他们创业的艰难，房租低于市场许多。按现在的市场行情，郑芹英把三间门面房转租出去也有百分之百的赚头。顾战胜为什么会同其他租房户达成"吞并"协议，原因就在这里。而郑芹英为什么与众不同，死活不让呢？因为她酒店的生意太火爆了，每年的赚头绝不止转租所赚。饮水思源，周岭南总是有恩于她。尽管郑芹英有着男子汉的无畏与强悍，却并未悍到冷血，无畏到六亲不认，要叫恩人遭受牢狱之灾。然而，若顾及旧情、心存妇人之仁，又如何泄愤报仇，维护权益？郑芹英面临艰难选择。韩素清之所以加入郑芹英的复仇团伙是因为同住筒子楼，是多年的好邻居、好同事，其次是郑芹英牺牲个人利益全力支持工区工作，特别是歌咏大赛。今天，好邻居无故被人欺负，作为知己怎能熟视无睹，袖手旁观？还有，不管是约定俗成还是依照惯例，工区办公楼的租赁都应由工区处置，这回却一反常态，公司一竿子插到底，把她这个工区主任撂到了一边，至今也没人告知一声，这对心胸本来就不甚宽广的女主任来说真是是可忍孰不可忍。她不仅盼着天下大乱，还要亲自出马，兴风作浪，推波助澜。但，当她听到波起浪涌的结果会给周岭南带来牢狱之灾，内心产生了震颤。因为，这不仅会给公司带来损失，也会使自己陷入不仁不义的境地，她不能忘记自己这个绝无仅有的工区女主任的任命文件上有着周岭南的签名。韩素清一时间感到茫然而不知所措。王秋生刚刚接班就下岗，跟周岭南没啥牵肠挂肚的故事，但他的父亲有。王秋生的父亲是周岭南正儿八经的师傅，周岭南大学刚毕业到工地当技术员，陪伴的第一位工长就是王秋生的父亲，而且私交甚密；王秋生的父亲退休返乡时，是周岭南亲自用工区的双排座客货两用车将其送回宏安老家。这次公司接二连三揽到工程，不少工人返岗，周岭南首先想到的就是王秋生。王秋生虽然未答应返岗，但那份由父辈延续下来的情他还是领了。在王秋生心里，一边是父辈之间的关系，一边是亲如一家的郑姐，感情的天平应该向哪边倾斜呢？这位深明大义、侠肝义胆的汉子同样陷入了

艰难困苦的纠结之中。

"顾战胜想吞并郑师门面房的野心由来已久，托人不算，光亲自找周经理就不下十次，均未达到目的。而这次为啥能得手呢？因为周经理有求于人家……"

"你看让我猜对了吧？这里面果真有猫腻。"疾恶如仇的韩素清自诩高明，打断了涂晔晖的话。

"你着急啥呢？让涂书记把话说完。"郑芹英作为受害者、原告，太想弄清事情的真相了，对韩素清的莽撞很有意见。王秋生抽着烟，眨巴着犀利的小眼，认真倾听，想知道老父亲的爱徒到底能陷多深，来决定内心天平的倾斜方向。正在这时，涂晔晖腰间的电话响了，电话里传来经理办梁主任急促的声音，意思是开发区催要进驻项目部的资料，并要求三天内人机进场，参加开工典礼。

"咱们公司要进开发区了，多大的工程？"韩素清未等涂晔晖放下电话，发现新大陆似的问。郑芹英、王秋生也好奇、吃惊地等待着答案。多年以来，六建上上下下均以未进开发区为耻，以能进开发区为荣。今天，公司终于要进开发区，而且干的是十万多平方米的大工程，这可是神话呀！三位因复仇聚集在一起的人鬼使神差，不知不觉地离开了复仇主题，为公司这一意想不到的成就高兴。他们虽无缘为这十万平方米的工程增砖、添瓦，依然感到很荣耀、很自豪、很亢奋。因为，他们的根在六建，与六建荣辱与共、生死相依。正当欣喜、兴奋与自豪在房间席卷时，涂晔晖不失时机地再次发起了心理战。

"正是为了这个工程，为了一千万的垫资款，周经理一时糊涂、棋错一步，伤害了郑师，遭到了传唤，面临牢狱之灾。"涂晔晖的话使房间的气氛骤然紧张起来，三位复仇者一下子愣在那儿，大眼瞪小眼，急等下文。

"十万平方米，总造价两个亿的工程只垫一千万，多么优厚的条件啊！但却难倒了六建，难住了周经理。公司千疮百孔，债台高筑，上岗职工数月见不到工资，哪儿来的一千万呀！走投无路时，他不得已

向顾战胜开口。一开始，人家说啥也不肯借，最后答应借了，却提出了要扩租郑师的三间门面房。答应吧，明摆着是伤害郑师的事，不答应吧，十万平方米的工程就黄了，开发区的门当然要继续对六建关闭，六建依然是建总系统唯一未参与开发区建设的落后单位。考虑到政治、经济的双重影响，周经理无奈地答应了。现在，工程揽成了，郑师的酒店却关了，周经理也受到了牵连，说不定还有更大的灾难。如果真的坐了牢，他这一辈子就完了。"涂晔晖看着三位默默无语的听众，反问道，"你仨说，周经理这样干是不是太傻了，太不值得了？"回答是沉默，久久的沉默。

"你仨也许一直在猜测我的立场和态度，怀疑我立场不稳，态度暧昧，是说客。你们猜对了，我确实是说客，但不是顾家的，而是六建的。"涂晔晖发现三个听众毫无反应，继续道，"开始，我不能暴露身份、亮明观点，一旦亮明，小王有何反应我不得而知，郑师和韩主任肯定炸了。说不定我连这间房子都进不来，更别说话语权了。"

"你这就有些冤枉人了，我俩在气头上会发牢骚、使性子、抱怨，但绝不会不近人情不让你进门。"韩素清略带不服地说。

"我想也不会，咱们是啥关系？既是好同事又是好邻居。"涂晔晖乘机套着近乎。房子里突然又变得悄然无声，大家的目光不约而同地投向了郑芹英。她是受害者，是这台戏的主角，她的态度决定着事件的走向，决定着这台戏是喜剧还是悲剧。在场的都知道，郑芹英是个出了名的刀子嘴豆腐心，看似凶猛、火爆，实则善良仁厚，宽容大度。为了六建，为了周岭南，她可以咽下这口气，放顾战胜一马。但，伴随她多年的酒店毕竟是她的最爱，是全家人生活的依靠，安身立命的根本，没有了它，一家人如何生存？再说，舍己为人、一心为公只是提倡的东西，争取既得利益、一切向钱看依然主宰着人们的意识，是社会的主流。郑芹英是个凡夫俗子，不可能一时兴起，丢弃赖以生存的核心利益，就是任何人也不可能如此傻帽。

"为了六建，为了周经理我可以忍气吞声、吃哑巴亏，但我的酒店咋办？那可是我多年的心血，生活的依靠，全家人的饭碗呀！"郑芹英在久久沉默后，终于以苍凉、悲切的声音提出了堵在心里的问题。

"是啊，那郑师的酒店咋办？"韩素清随声附和。王秋生也严肃、认真地看着涂晔晖，等待答案。关于这个问题，涂晔晖事前并未与周岭南、顾战胜商讨，只是按自己的思路准备好了答案。这个答案不仅要让郑芹英接受，还得让顾战胜满意，不管咋说，人家借钱给了六建，周岭南又做了承诺，不能言而无信。面对三双期待、严肃的目光，涂晔晖毫不隐晦地说："要让顾家把门面房退给郑师有困难。因为，周经理跟人家有口头协议，人家借钱给了公司，公司也揽到了工程，兑现承诺天经地义。堂堂的国有企业，不能言而无信，坏了商场的规矩。至于郑师为公司做出的牺牲，当然也不能亏待，可以让他们两口返岗，干些力所能及的工作……"

"不行，不行，用上班换房绝对不行！我们这么多年懒散惯了，八个小时坐班坚持不下来。再说了，酒店里还有十几个工友，都是跟着我同甘共苦，风风雨雨多年的，我两口子上班了他们咋办？还有……还有……我不想多说了，反正上班这条路我不走。"涂晔晖听得出，郑芹英讲出的话都是借口，真正的内容在后边的省略号里。那就是要继续当老板、赚大钱，不想听人使唤，拿那仨核桃俩枣的干工资。

"还有一个选项供你参考，那就是将办公楼和筒子楼都拆了，像对面开发区一样建高层，一层、二层做门面房，上面几十层当住宅。你的酒店可以根据需要扩大，档次还可以再提高。"涂晔晖略微沉思了会儿说。

"你的设想不赖，但远水解不了近渴。还有，盖楼的钱从哪儿来？这可不是一点钱就能办成的事。"听了涂晔晖的宏伟设想，郑芹英眼前一亮，憧憬顿生。多年的创业使她不仅成了纯正的生意人，还怀揣梦想、胸有鸿鹄之志，但却顾虑重重，担心这是画上的饼，水中的月。

"我在特区时管过基建，三十多层楼，连办手续带施工两年主体保证完。主体一完你的酒店就可以装修开张。两年不算遥远，只要有耐

心。至于盖楼的资金，当然不会有问题，门面房，谁租赁谁垫资，作为预交的房租。上面几十层，可采取集资建房的形式。多年来，不少人一直为住房发愁，上访者不断，特别是隔壁的筒子楼，几户一厕，后遗症太多。高层建成就从根本上把这些矛盾解决了……"

"这个设想好，一旦真的实施，咱仨不就都成了拆迁户，再不用在筒子楼里受罪了。"韩素清一激动，竟无礼地打断了涂晔晖的说话。王秋生听了涂晔晖的设想，同韩素清一样高兴、激动，他凭着勤劳的双手虽进入有房阶层，却因为当时资金有限，房子不仅是二手，也只有三十多平方米，很不理想。他早就想换成大一点的，把父母从乡下接进城以尽孝道，还是因为钱，无法使理想变成现实，如果参加了公司的集资建房，夙愿就能实现。但王秋生是个非常理智的人，不愿袒露心路历程，要等郑芹英的态度。因为，这一宏伟蓝图是建立在她受伤的基础上，她不同意，自己绝不喊赞成，更不会争取。常言道，把幸福建立在别人的痛苦之上是不道德的，更何况她还是有恩于自己的郑姐。看着默不作声的郑芹英、面如止水的王秋生，韩素清意识到了自己的鲁莽，流露出不好意思，收敛了兴奋与激动。

"还有一个选择，你看咋样？"涂晔晖对犹豫不决、顾虑重重的郑芹英说。

"啥选择？你说。"郑芹英淡淡地问。

"把这间办公室同后院的几间平房全给你，面积不仅比原来的大，还会使你的酒店变成城市中的'农家乐'。这间办公室作为招牌，后边可做茶秀、餐厅。餐厅门前有院落、有绿色植物，既通风敞亮又幽雅安静。如果给院内的树上、墙上挂些红辣椒、玉米棒子，再加上凉皮、搅团、煎饼这些农家饭，不就是名副其实的农家乐吗？"郑芹英听完涂晔晖又一幅蓝图，被深深感动了，为了弥补自己的损失，他真是费尽了心思啊！她抬起耷拉着的眼皮，将目光投向韩素清，心想，这幅蓝图虽然美丽、诱人，但她绝不会接受。因为，它会伤害到五工区的新主任韩素清及其下属。办公楼出租后，他们的办公条件已经很差，

再雪上加霜把一半匀给自己，不是让他们更加难上加难吗？不行，就是一年能抱个金娃娃也不能答应，不能损人利己。

"如果按第二套方案，我和你强师基建期间的损失谁认？"郑芹英沉默了数分钟后，终于有了选项，也让涂晔晖看到了希望。

"基建期间你可以返岗，在基建办监督施工。收入和开酒店肯定有差距，但只有两年时间，损失不会太大，你也不要太计较。"涂晔晖认真、诚恳地说。

"顾家会接受吗？人家刚抢了房、响了炮，周经理能同意吗？这可不是搭个临建房，盖个车子棚。"郑芹英的问题很实际，也很尖锐，涂晔晖一时不知如何回答。经理负责制使经理在企业享有经营权、生产指挥权和资源配置权，像这样的重大决策，只有经理发话才能启动、实施。然而，让涂晔晖为难、顾虑，无法找到答案的不是周岭南。因为，在几个小时前的风雨中，他们曾探讨过这一论题，并达成了一定的共识，他担心的是顾战胜。从理论上讲，他已拥有了包括芹英酒店在内的办公楼的全部使用权，他不同意，这一方案无法实施，涂晔晖的蓝图当然也不能变为三十层的高楼。然而，这一方案的实施会使"打、砸、抢"案件得以平息，让闹剧、悲剧以喜剧结束，让顾家兄弟获得自由。涂晔晖虽然弄不清顾战胜对这一方案的态度，却知道他是一位精明的商人，孜孜以求的是实现利益的最大化，不仅把赢当作目的、唯一、享受，并对赢有诸多的解读，那就是通往赢的路并非一条，商场不是拳击台，最终只有一个冠军，双方都成为冠军才是真正的赢，才是商人寻找的利益交汇点，才是精明的商人要选择的路径，也是商场的流行语"双赢"。双赢不是方法，而是交际哲学，它需要正直成熟的品格，富足的心理，高度信任的关系。顾战胜虽然正直欠缺、身藏奸商习气，却有成熟、富足的一面，要不咋能从一个赤手空拳的合同工神化般地成为拥有千万资产的暴发户呢？再说，涂晔晖的方案不是双赢，而是三赢，不仅使他可以继续合法地履行同周岭南的口头协议，还可以将两个堂弟导演、炮制的闹剧、悲剧以喜剧结束，

这种千金难买的"赢",这样的好事情,他怎能迟疑、犹豫、反对?即使有讨价还价的空间,他也会尽力促成方案的成行。想到这儿,涂晔晖十分自信地说:"刚才谈的不只是我的个人意见,更不是突发奇想,是同周经理沟通过的。至于顾战胜的态度,老实讲,不得而知。但,依我的推断,他不会有异议,因为,这是对你、对他、对公司、对更多人都有利的事情……"

"哼!那人财大气粗,张得很,可得让他给个决断话!"韩素清担心地说。

"这是要掏腰包、花大钱,影响两年生意的大事情,顾老大当然得有个态度。"郑芹英也以提防的口气说。

"韩主任和郑姐说得对,确实得让顾老大有个态度。他是大户,他一坐蜡这事就黄了。"王秋生见郑芹英有了态度,终于表明了观点。

"大家担心、顾虑的有道理,我现在就打电话,让他给个明确的答复。"面对三张疑虑的脸,涂晔晖果断地拨通了顾战胜的电话。电话里,涂晔晖介绍了方案后毫不客气地说:"这一方案不是两全其美、三全其美,而是四全齐美、五全齐美。顾老板,你是个精明人,深谋远虑、目光远大,一定不会错过这个天赐良机。"涂晔晖似乎是强调、恭维,实际上是在暗示。告诉对方,只有这个方案才能使"打、砸、占"事件得以平息,才能使闹剧、悲剧变为喜剧。顾战胜当然心领神会,略加思索后痛快地说:"这个方案好,这个方案好,我这儿绝对没麻达,就看郑老板同意不?"

"郑老板这儿有我呢,你就放心抓紧筹款吧。你是大户,钱上可不敢卡壳,钱上一卡壳可就前功尽弃了。"

"涂书记,你就把心放到肚子里吧,咱就是砸锅卖铁也不会在这事上卡壳。"

"这就好,这就好,等把这头的'急事'办完了,咱们再就有关细节好好商量,形成个文字性的东西,以便实施。"涂晔晖看着洗耳恭听的三位观众,一语双关地说。

· 287 ·

意想不到

"行、行、行，'急事'办完咱也就安心了，就可以放开手脚大干了。"顾战胜连声答应。

二十四、唇枪舌剑

涂晔晖刚把和顾战胜的通话情况告诉三位听众，手机响了，一接听，神情骤然紧张起来。电话是公司经理办梁主任打来的，说人民日报社的记者昨天去公司核实芹英酒店"打、砸、占"的事。

"昨天发生的事怎么现在才讲？"涂晔晖十分生气地问。这是他作为党委书记以来第一次对下属发火。因为，这个不祥的消息迟到的时间太长了，使他失去补救的机会，可能使六建、建总再次陷入被动，使公司刚刚树立起来的形象遭到"毁容"，并给顾战胜的"通融"工作带来难度。涂晔晖将面对一个新的、更加难缠的对手。这个对手属于当今社会的无冕之王，知法懂法，有文化、有正义感，有推动法制进程的能力。如果被他们纠缠，受惩罚的不仅是六建、建总，还会牵连宝山市，伤害到市委邢书记。因为它是媒体，而且不是地方媒体，是人民日报社。能调动这位记者，或者说为记者提供素材的会是谁呢？这个人在他们中间吗？如果在又是哪位呢？涂晔晖放下电话，平缓内心的愤懑，打量着三个部属思忖。不可能，绝不可能是他们之间的谁，他们的身份、地位、文化层次以及社会关系决定了他们不具备这种能量。那到底是何方高人要与六建作对，为他设下如此难解的棋局呢？涂晔晖陷入了从未有过的焦虑之中。对，解铃还须系铃人，只要找到这位高人就会找到这位记者，就能求他笔下留情；只有笔下留情了，六建才能风平浪静，宝山、建总才会免受牵连。正在涂晔晖焦虑万分、无计可施时，一直眨着那对小眼，捕捉着他情绪变化的王秋生开了腔："涂书记，是不是报社的齐记者到公司去了？"

"齐记者，你怎么知道记者去了公司，怎么知道他姓齐？"涂晔晖

接连发问。

"为了收拾顾战胜,为郑姐夺回酒店,我们不但要靠警察,还要靠媒体,所以我请来了齐老师。现在,咱们和平解决了矛盾,可以让他的文章甭上报纸。"王秋生不紧不慢地说。涂晔晖惊疑地看着王秋生,看着这位名不见经传、小鼻子小眼、瘦小单薄、只有初中文化、从小生活在偏远农村的下岗职工、出租车老板,咋也无法把他与《人民日报》的记者联系在一起。20 世纪 80 年代末,科索沃爆发战争,两名中国记者不幸牺牲,世界震惊,国人愤怒,反美浪潮风起云涌,美国人道歉,赔偿,降半旗。自那以后,记者便成了十三亿中国人敬慕、崇拜的偶像和英雄,记者这一职业成了人们趋之若鹜的追求,媒体对社会的监督也愈加强势。而王秋生竟然调动齐老师,借助其强势给涂晔晖这位"消防队员"、维稳书记带来新的麻烦,这不是紧处加楔子,屋漏又逢连阴雨吗?

"那次顾明亮给郑姐停水我就想到了齐老师,您把水的问题解决了我就没麻烦人家。这回郑姐又被欺负,而且比上次更厉害,我太气愤了,想过动粗、动武。但咱个小力薄,无能为力,无奈之下又想到了齐老师。没想到这个人还把事当事,昨晚专门通知我,说采访结束、文章写好、六建也认账了,报社群工部领导审阅后就可见报。"王秋生瞟了涂晔晖一眼,看着郑芹英和韩素清又遗憾地说,"看来我的力算白费了。"

"你的力没白费,你齐老师的文章一见报,宝山将引发地震,六建也会惨遭厄运,周经理这个经理肯定是当不成了。"涂晔晖强忍心中怒气,以嘲讽的语气说。

"不可能吧,不就是一篇文章的事,报纸上每天都登这样的文章呀!"王秋生充满稚气地说。

"依我的经验,只要文章一见报,不仅六建完了,周经理肯定下台,甚至连建总领导、市上领导也会遭受牵连……"这时,涂晔晖的手机又响了,电话是建总黄剑屹书记打来的,也是关于齐记者写批评

意想不到

文章的事，并要求涂晔晖立即赶往建总商量善后事宜。放下电话，涂晔晖怒其不争地说："小王啊，你的好心办了坏事，齐记者的文章还未见报已闹得满城风雨了。这个电话是建总黄书记打来的，他说齐记者的文章将影响到宝山的形象，影响招商引资，已经惊动了市委刑书记。宝山发生如此目无法纪的事件，谁敢前来投资？宝山的治安状况如此恶劣，市委、市政府难辞其咎！"王秋生这才意识到问题的严重性，觉得实在对不起眼前的书记，对不起让他脱贫致富的这片土地，果敢地说："这把火是我点的，我陪你一块儿灭，决不能让它烧了您，烧了其他领导。"看着涂晔晖犹豫不决的神色，他又说，"你的车不在身边，叫司机耽搁时间，坐我的车吧！您从特区回宝山一下火车就坐我的车，去公司竞选还坐我的车，再坐一回吧！"王秋生的话使涂晔晖回想到他们的邂逅，想到去公司开会王秋生招之即来，想到为给自己拉票他奔跑、穿梭的身影……涂晔晖胸中的怒气被一桩桩平凡而充满真情的故事驱散，匆匆告别郑芹英、韩素清，上了王秋生的出租车赶往建总。

见过黄剑屹，出了建总大门，涂晔晖忧心忡忡地对王秋生说："咱在黄书记面前夸下了海口，能尽快摆平这件事，有把握吗？咱至今连齐记者在哪儿都不知道啊！"

"您就把心放在肚子里吧！找人、牵线有我呢，保证不会让您失望。"王秋生摇下车窗玻璃，扔掉烟蒂，潇洒地打了把方向盘满不在乎地说。涂晔晖没有作声，心里却犯嘀咕：是啊！你王秋生可以把心放在肚子里，我涂晔晖不行啊！我不仅心里装着建总领导、市委领导，还装着经理周岭南。他避祸、流浪于某一个角落等着消息，齐记者不收回文章，警报不能解除，他就无法闪面，公司的工作也无法正常运行，郑、顾之间的矛盾还可能出现反复。

"小王，你说话这么口满，你跟人家齐记者到底是啥关系嘛？现在办事一凭银子，二靠关系，咱没带银子，可就全靠你的关系了。能靠得住吗？"涂晔晖情急之下把藏在心底的悬疑毫不客气地讲了出来。

"我俩跟咱俩一样，是乘客跟司机之间的关系。不过，跟他认识的

过程和咱俩相比更特别、复杂一些。"听了涂晔晖的疑问，王秋生从容自然、目视如流的车辆说。穿过蜂拥而过的车流，绕过一座立交桥，汽车驶入笔直的主干道后王秋生接着道，"两年前一个深冬的早晨，我送一个客人去外县返回途中，发现一辆新闻采访车停在高速路旁，车上落了厚厚一层雪，一只轮胎丢在路边的雪地里。出于同情和同行相亲的职业道德，我停下车走了过去。没想到车主像遇见救星一样热情、感激。说他的车已坏了一个多小时，一直向路过的人们求救，但人家熟视无睹，几十辆车没有一辆停下来。正当他心灰意冷、放弃求救时，我不请自到。这个车主就是齐记者。"王秋生透过倒车镜，看了眼认真听他讲述的涂晔晖，喝了口茶水，又删繁就简地说，"我不单是帮他修好了车，而且凭咱的车技和本市人轻车熟路的优势追回了耽搁的时间，让他按时完成了一个十分重要的采访。从那以后，我们便成了非常要好的朋友，只要他来宝山，就一定要找我喝两杯；只要用车，就打电话让我去。他有文化、懂得多，教给我不少东西，我称他为齐老师。"听着王秋生轻描淡写的讲述，涂晔晖再次回想起他们在车站的偶遇，想起他的诚恳与热情，想起在郑家庄、夕阳下漫长而耐心的等待……他只是个因下岗而改行的出租车司机，也许除了开车再无其他本事，然而，凭着善良、热情、诚恳和乐于助人的品格，成了人们心目中的天使和永远信任、惦念、感恩的朋友。涂晔晖不仅彻底消除了他为自己要平息的事件火上浇油的怨恨，并对他再伸援手心存感激，对寻找齐记者充满希望。

"咱们这会儿是去哪儿？"夏利车穿小巷、过短桥，在茫茫人海中行驶了半个多小时，涂晔晖忍不住问。

"去《人民日报》记者站。他手机关着，这会儿一定是在'爬格子'，怕人打扰。""爬格子"这个只能从文字工作者口中讲出的词，竟被王秋生娴熟运用，足以证明这位齐老师对他的影响力。

"'爬格子'就是写文章，这是齐老师常说的。"王秋生见涂晔晖没反应，以为未听懂他的话，解释着。

意想不到

"你真的有把握，肯定他就在记者站？"涂晔晖为调动王秋生的积极性，运用了激将法。

"咱不敢百分之百打保票，但，请涂书记放心，即使他不在站上、回报社了，咱也要去北京找到他。"

"只要你小王有这话我就放心了。"

夏利车终于到了记者站，闪着银光的电动门自动打开，王秋生停好车说："您坐在车里歇着，我上楼找人，找到了给您打电话，人不在也省得您跑冤枉路。"说完，快步走向楼洞。不到五分钟，王秋生气喘吁吁地回来了，一头钻进车里，脸上挂着沮丧，两手拍着方向盘说："真没运气，人不在，昨晚就回北京了。"真是人算不如天算，涂晔晖暗暗叫苦。他原打算今天就能摆平这件事，使周岭南尽快安全返回，安排开发区进人的事，齐记者不在，彻底失算了。涂晔晖心中黯然，一时不知下一步棋该如何走，更不知用什么话来安抚情绪低落的王秋生。

"咋办？"瞬间沉默后，他们几乎同时向对方发问。数秒钟后，又不约而同地回答："走，去北京！"说完这句话，他们都忍不住笑了，带着苦涩与无奈。

"秋生，去北京的路你熟悉吗？"涂晔晖担心地问。

"去过两趟，轻车熟路。首都啥都好，就是立交桥太多了，不小心就转糊涂了，会走冤枉路，还容易违章，挺烦的。"为了安慰涂晔晖，王秋生话锋一转又说，"这不是啥大事，为了争取时间咱可以把车停在郊外，打的进城，简单又省事。"

"现在出发啥时候能到？"

"水加满，油上饱，俩人换着开明天八点以前准到。一个人开就难说了。我的意见是为了抢时间再找个司机。"

"不用，我有驾照，可以给你当助手。"看着王秋生惊疑的神情，涂晔晖又说，"在特区，你当个大小领导都得会开车。那些吝啬、精明的老板们绝不可能浪费资源，给咱们这些高级马仔配司机。"王秋生一

听书记要当助手，当然高兴，本能地坐正身子，边踩油门倒车边感慨地说："社会不敢再发展了，再发展下去，开车这些粗活让你们这些灵醒人捎带着就干了，我们只能失业了。"

"秋生，你记着，无论社会再发展，善良、勤奋、聪明的人永远都不会吃亏，更不会失落、失业、受穷。你，就是这种人。我第一次做你的乘客就有这种感觉，现在就更不用说了。"涂晔晖认真、诚恳地对王秋生说。

"涂书记，我觉得你蛮像齐老师，说出的话让人爱听，叫人长精神。"夏利车驶向笔直的公路，王秋生透过倒车镜看着正襟危坐的涂晔晖夸赞说。然而，使王秋生意想不到的是，这两位资质相像的人即将为各自的追求展开一场鏖战，一场针尖对麦芒的交锋。

涂晔晖和王秋生被首都的出租车送到人民日报社大门口已经是第二天上午十点多。涂晔晖和周岭南分手到现在已两天两夜未合眼，面目憔悴、精神萎靡、倦意浓浓，但当看到挂在门柱上人民日报社的牌子，精神不禁为之一振，倦意顿时消失。中南海的指令就是通过这儿传播，改革开放的号角就是从这儿吹响，推动新中国历史进程的重大事件就是从这儿开始。涂晔晖到过首都多次，都是来去匆匆从未到此，今日前来，瞻仰雄姿，回顾其丰功伟绩，心潮澎湃、热血沸腾、感慨万千，不禁对素未谋面、即将见到的齐老师产生了一丝敬畏。这时，去传达室打探消息的王秋生兴冲冲地跑过来说："齐老师昨晚值班，早上九点就回家了。前边不远处的小楼是报社招待所，专供来报社办事的外地人休息，只要报社内部有人担保就可住宿，而且房价很便宜。招待所还有报社工作人员的信息，包括家庭住址、住宅电话。咱让齐老师担保先住下，你休息，我请他出来说事。"

"咱的事急，不管和齐记者谈得咋样，晚上都得赶回去，没必要住宿。"涂晔晖看了一眼招待所方向说。王秋生不再勉强，走进招待所，打问到了齐记者的固定电话和住址。

在如林的高楼中，他们用了半个多小时，找到了A80#楼，并在楼

意想不到

下拨通了齐记者家的电话："……我是宝山的小王，王秋生，我就在你家楼下……"王秋生打完电话，将手机挂到腰间，高兴、得意地对涂晔晖说："齐老师让咱们别动，他要下楼接咱们。还说咱们从宝山远道来北京，理应下楼迎接。"王秋生从涂晔晖手中拿过从宝山带来的两塑料袋特产又说，"这些由我提着，您堂堂的公司书记，不能给年龄小的人送礼，就是求人也不能。"王秋生理直气壮、信心十足。这时，齐记者出现了，穿着睡衣，趿拉着拖鞋，戴着副白片近视镜，头发蓬乱，一副睡眼惺忪、慵懒不堪的模样。

"欢迎、欢迎远道而来的客人。"齐记者浑厚、响亮的声音与懒散的精神状态形成了强烈反差。

"齐老师，给您介绍个新朋友，我们公司的涂书记，过去我常常提起。"王秋生把涂晔晖让到齐记者面前，热情、诚恳地说。

"如果我没猜错的话，涂书记千里迢迢登门一定是为了那篇文章吧？秋生，如果真是为了这事，还是奉劝涂书记免开尊口。文章，已作为内参在传阅之中，一周内便可见报。"齐记者又对着涂晔晖道，"听秋生讲，涂书记的水平很高，口才很好，但是，不管是谁，他纵有苏秦、张仪的辩才，也不能让我把文章撤下来。因为，这个权已不在我手里，在我们部领导那儿。"齐记者热情地握着涂晔晖伸出的手，却毫不客气、一针见血地说。涂晔晖活了三十六岁，阅人无数、求人无数，却从未见过如此直截了当、开门见山、不留情面的人，一时语塞，将精心堆积于心的台词一个字也说不出来。

"有话到家再说，有话到家再说嘛！"机灵的王秋生迎上前，拉着齐记者走向楼洞，使涂晔晖摆脱了窘境。齐记者和王秋生一前一后紧挨着，爬楼、叙旧，似乎涂晔晖压根就不存在。涂晔晖和他们隔了一层楼的距离，望着其亲密的背影，听着爽朗、惬意的笑声，思忖着如何对付这位横眉冷对、清高孤傲、目空一切的"齐老师"。涂晔晖经过瞬间的自我调整，迅速从刚才的窘境中解放出来，并把齐记者的"见面礼"视为幼稚、狂妄、不成熟。涂晔晖下海五年，经历了艰辛

难熬的流浪生活，受过穷、挨过饿，面对过诸多的白眼，从未颓唐、灰心、退缩、倒下，并把其当作磨刀石，使得他这把剑变得更加锋利，可吹毛断发，面对这位比他小七八岁的齐记者的无礼、狂傲，当然承受得住。"无论前边迎接我们的是鲜花，还是大炮，我们都要跨过这道山峰。"想到拿破仑的名言，涂晔晖不仅信心倍增，还对刚才的方寸大乱感到可笑。他整理好思路，不再打算循规蹈矩设计台词，要见机行事，以静制动，以不变应万变。因为，对手是个不按常规出牌的人。

齐记者的家在六楼顶层。进门，穿过窄小的客厅便是书房。书房不大，很零乱。书柜、书桌、沙发床毫无秩序地排列着，占去了四分之三的空间，再挤入三个大活人，几乎达到饱和。齐记者让客人坐到床沿，抱歉地对王秋生说："刚从宝山赶回就去社里开会，会开完又回来改稿子。说实话，别说收拾房子，连烧开水的时间也没有。"

"我师母呢？"王秋生问。

"你师母在郊外上班，一周回家一次，孩子我父母看着，这儿就是没有服务员的客栈。"齐记者拿起保温瓶摇了摇，无奈地放到外间的餐桌上，弯腰从书桌下的纸箱内取出两瓶北京啤酒，左右手各提一瓶，咬掉瓶盖，潇洒地将瓶盖吐到地上，用脚将一把椅子勾到王秋生、涂晔晖面前，把喷着气泡的啤酒瓶蹾到上面接着道，"不管咋说这也是北京特产，解渴、解乏还解饿。"涂晔晖发现主人把他与王秋生以礼相待了，表现出诚惶诚恐，投其所好地提起酒瓶，咕嘟、咕嘟一气子喝下去了一半，并随声附和道："确实是好东西，比龙井、大红袍都解馋。"齐记者对涂晔晖的豪爽、附和十分满意，竟然放松警惕，忘了他是找上门来企图阻碍新闻监督的说客，再次取出一瓶啤酒蹾在椅子上高兴地说："涂书记的豪放我喜欢。啤酒咱这儿多的是，喝完了再拿。"说着，从书桌上拿过正喝着的半瓶酒，仰头一阵狂饮后，用手抹了一把嘴继续道，"有时候熬到深夜，饥肠辘辘，来上几口还真能充饥；夜不能寐时，它还能帮助人进入梦乡；今天，它又能当茶水招待朋友。真是无所不能啊！难怪当年曹孟德对它情有独钟，大加赞赏，

'何以解忧，唯有杜康'！"

"你们当记者也有夜不能寐的时候？"涂晔晖借题发挥，想把话题引向"文章"。

"现代社会，瞬息万变、包罗万象，再睿智、冷静、理智的人也有忧郁、困惑、难以自省的时候，何况咱们这些舞文弄墨、凭玩文字吃饭的记者。但让人无法理解的是，有不少人对记者心存偏见与误解。从理论上讲，记者不仅要褒扬现实的光明，还应揭示现实的阴暗，要怀揣正义，为弱者说话。而有些人却把我们污蔑为狗仔，说什么防火、防盗、防记者。鲁迅先生说过，'中国自古以来就有为民请命的人，舍身求法的人'。我们身为记者，理所应当地担当这样的角色，不辱使命、铮铮铁骨，'舍得一身剐，敢把皇帝拉下马'。"齐记者将书桌上喝干了的啤酒瓶推到一旁，欠身再拿出一瓶，咬开盖子，挪了挪鼻梁上的近视镜，扬起脖子喝了一大口，眯着双眼，凝视着涂晔晖继续道，"涂书记，我知道你跟秋生远道而来就是为了那几百字的文章。说实话，文章刚一脱稿就在宝山引发了轩然大波，市委办公厅的田主任、建总的黄剑屹书记都找过我，请我吃过饭、喝过茶；市委邢书记还亲自打过电话给我。他们的目的只有一个，就是不想让文章见报。我就想不通了，各位领导如此费心劳神地拦截文章见报，为什么不把这些精力、心思用在阻止这一事件的发生与善后上呢？为了你远道而来，为了咱们的萍水相逢，我可以委屈自己，改变初衷，听听你对文章的见解。如果理由充分，我可以说服部领导不予发表，否则可别怪我不给面子。"齐记者又把目光转向王秋生问，"小王，你认为呢？"王秋生瞟了涂晔晖一眼，爽快地回答："行、行、行，齐老师咋说就咋来。"齐记者的突然让步并非看面子、示弱，而是出于绝对的自信。他从宝山里三层、外三层的说客中舌战群儒，奋力拼杀，使对手理屈词穷、心悦诚服，以大获全胜的战绩冲出重围，怎能在乎这位资历浅薄、找上门来的不速之客？还有，王秋生多次吹嘘他的书记如何如何，正好见识一下。涂晔晖对齐记者大开绿灯感到异常兴奋，决心不失时机

地阐发自己的观点,让"大炮"变为"鲜花"。为了使辩论有一个良好的外部环境,他笑着对王秋生说:"秋生,咱不能光让齐老师喝酒,快把咱宝山的特产拿出来。"王秋生会意,赶忙从身旁的塑料袋内取出印有"清真"字样的纸包,放在椅子上,打开说:"我来时专程去'坊上'买了两斤腊羊肉,它是宝山小有名气的特产,就和咱北京的烤鸭一样。"随着纸包的打开,香味扑鼻而来,连两位客人都垂涎欲滴,更别说早已饥肠辘辘、很少品尝到这种地方美味的齐记者了。在氤氲的香味中,齐记者毫不客气地撕下一块放到嘴里,边嚼边赞不绝口道:"香,真香。"在赞扬声中,他又问王秋生,"咱多次吃泡馍,咋没品尝过如此的美味?"

"这东西一般清真食堂没有,只有'坊上'有。'坊上'远离闹市,又是步行街,像你这样来去匆匆的大忙人根本没空去。"王秋生喝着啤酒解释说。齐记者狼吞虎咽地吃着肉、喝着酒,自觉不好意思,看了两位客人一眼说:"你们是远道而来的客人,理应由我坐东吃顿饭,一高兴全忘了,只能当店里的臭虫吃客了。"

"这是小王专门孝敬老师的,谈不上吃主吃客。"涂晔晖笑着说。

"对、对、对,这是小王孝敬老师的,与客主无关,与文章无关。"齐记者严肃机警地说。

"无关无关,肯定无关,全都无关。咱这是 AA 制,你的啤酒,小王的羊肉,互不相欠。"未等王秋生说话,涂晔晖抢答。齐记者如释重负笑了笑说:"咱大学毕业步入社会六七年,除了舞文弄墨没其他本事,但从不无功受禄、从不欠债,特别是人情债。咱吃肉归吃肉,但丑话说在前头,你讲得有理文章不发,算我这些天白忙活了,否则,可别怪我不够朋友。"齐记者言罢,从一摞稿件中抽出两页递给涂晔晖,继续说,"这是内参底稿,你看看,有何高见尽管谈。"涂晔晖双手接过,神情肃穆认真阅读。房子里静悄悄的,只有三个人轻轻的呼吸声、偶尔翻动稿纸的声音。齐记者严阵以待,静候对手的质疑、提问。涂晔晖全神贯注,反复翻阅,认真思考,暗叹齐记者对事件深入细致的调查，入木三分的剖析，无懈可击的逻辑推理，及其对善后工作的热切期许，对受害者的同情与关切。作为一名读者，涂晔晖深受感染、感动，振聋发聩。即使是对手、批评家，硬从鸡蛋里拣骨头，也无法找到对其否定、减色的借口。但是，他带着使命而来，这种使命所激发、激活的能量与智慧不仅要求他要在文章本身找毛病，还要在文章以外发现问题，用情与法的双重理论让对手屈服让步，改变初衷，放弃文章见报。

"齐老师的文章字字如刀，句句似剑，辛辣、犀利无懈可击，酷似鲁迅先生的文风，但又充满着真情与温暖。"面对赞扬，齐记者很冷静，警觉地竖耳静听着赞扬之后的"然而""但是"下面的内容。然而，他失望了，听到的却是另一番话。

"齐老师刚引用鲁迅先生的名言很有意思——'中国自古以来就有为民请命的人，就有舍身求法的人'。如果我没记错的话，在这两个分句前边还有两个分句——'就有埋头苦干的人，就有拼命硬干的人'。"齐记者当然知道鲁迅先生的这句话确实是由四个分句组成，为了更有针对性、更精练，他未完全引用，但这与文章有何关系呢？他流露出不屑与不解。

"在我看来，为民请命的人，舍身求法的人确实应该歌颂，而埋头苦干、拼命硬干的人更值得赞扬。人类社会正是因为有了这些实干家才发展进步，国家正是因为有了这些实干家才兴旺发达，改革开放也是因为有了这些人才翻天覆地、硕果累累。但，这些埋头苦干的人往往会犯错，甚至犯罪，这也许就是你们媒体常讲的'代价'与'学费'吧。这种'代价''学费'应当越少越好，但不能没有。改革开放是亘古未有的伟大事业，需要探索、冒险，需要几代人的不懈努力。因为，我们不是神话传说中无所不能的人，更非童话世界里百战百胜的英雄。"涂晔晖凝视齐记者白片近视镜后疑惑闪烁的眸子，终于揭示了主题，"齐老师笔下的主角之一周岭南就是这种埋头苦干、拼命硬干的人。你做过认真、深入的采访一定很清楚：如果不是为了振兴六建、

揽到开发区的工程，如果不是为了那一千万的垫资款，他能将办公楼的三间门面房'一女两嫁'，引发后面的故事吗？"

齐记者犹如一位久久瞄着前方的狙击手，好不容易发现了目标，不失时机地扣响了扳机："我们是个讲法制的国家，任何一个团体或个人都应在法律规定的范围内活动，否则将视为违法，理所当然地要受到法律的制裁，决不能因为你埋头苦干、拼命硬干而网开一面、不予惩罚，更不会因为你改革、第一个吃螃蟹，辛苦了、冒险了就以法容情。众所周知，法律是为改革保驾护航的，人人都应一丝不苟地遵守，不能越雷池半步，那些埋头苦干，拼命硬干的人更应该明白这一点。周岭南将三间门面房同时承租给两家，并实施打、砸、占，像这等目无法纪的行为全社会都应当零容忍，作为媒体，更应当旗帜鲜明地予以谴责，以儆效尤；当事单位与当事人应当心悦诚服地付出代价，交纳学费，以使更多的人敬畏法律的尊严，不重蹈覆辙。"齐记者很满意自己的长篇大论，卸下近视镜，掏出手帕，慢条斯理地擦拭着，眯着眼，注视对手的反应。涂晔晖依然是那副永恒的微笑，并未表现出对手想要的那种理屈词穷。

"齐老师的理论水平不仅很高，而且有说服力、感染力。但是，我要请教的是，你煞费苦心写文章的目的何存？难道就是为了披露、曝光，杀鸡给猴看，以儆效尤吗？如果没有那只'鸡'呢？"涂晔晖在强大的攻势面前不仅未露出败象，还先扬后抑，在"但是"后面尾随了三个问号，迫使对手解答。

"目的？目的当然是为了教育。教育肇事者，教育更多无视法律的人。所谓杀鸡给猴看就是为了震慑与呼吁，在震慑的同时呼吁社会帮助、同情受害者，还他一个公道。没有'鸡'咋办？这个问题很有意思。毋庸置疑，谁都希望有一个夜不闭户、路不拾遗的桃花源式的社会、现代版的贞观之治，那样，我们这些讨人嫌的栽刺者就会改行去栽花，或者当护花使者。"齐记者手捧啤酒瓶，痛快淋漓地喝了几口，看着涂晔晖，一脸严肃地继续道，"请放心，我们的报纸固然需要吸引读者、需要有看点的新闻，但绝不会无中生有制造新闻。说穿了，如果不是小王打电话，我还不知道芹英酒店被砸、被占，郑老板被欺负。还有，作为记者，绝不是为了发表文章才撰写文章，而是为了帮助当地政府平息矛盾、解决纷争，为人民呐喊、替弱者说话。如果你们这些当事单位、当事人把事情摆平了，把矛盾解决了，我的文章可以不发……"

"齐老师说话算数？"一直洗耳恭听两位文化人高谈阔论的王秋生终于抓住了说话的机会。他是系铃人，能否解铃、让批评文章不见报是他与涂晔晖共同的目标，更是几十个小时以来的心病。因为，文章是他请齐记者写的。在涂晔晖和齐记者相互设伏、唇枪舌剑的较量中，他无法插言帮助自己的书记，当听到齐记者的承诺，便急不可待地打断了他们的争论，要不失时机地夯实它，让承诺成为不变的誓言。

"咱从来都是一滴唾沫一颗钉，说到做到。只要涂书记一周内将矛盾化解了，文章绝不见报！"齐记者放下酒瓶，拍打着柔弱的胸脯说。王秋生看着心领神会的涂晔晖，不再吭声，把话语权留给自己的书记。

"齐老师，咱们实际上是同行，都是教育人、做思想工作的，不同的是你以手中的笔做武器，以报纸为阵地，我凭的是两条腿、一张嘴，还有我们的基层组织。当你驱车采访、通宵达旦地撰文时，我也在马不停蹄、黑明连夜地做着调解工作。目前，不仅风平浪静，皆大欢喜，还塞翁失马，将坏事变为好事，使以邻为壑变为以邻为伴。矛盾三方已达成共识，由公司牵头，顾家投资，把现在的三层办公楼连同旁边的筒子楼拆迁改建为三十多层的综合楼……"涂晔晖畅谈完六建的宏伟设想，看着齐记者温和、满意的目光，又严肃真诚地说，"齐老师，你的文章虽未见报但目的达到了，效果有了。它使受害者郑芹英感到了媒体的温暖，使当事人得到了警示、受到了教育，使我们这些求情的人感到了震撼。它将使我以及更多的人受用终生，如同海明威讲的——生活总是让我们遍体鳞伤，但后来，那些受伤的地方一定会变为我们最强壮的地方。"

"涂书记，咱们确实是同行，以后千万别称我老师，您才是真正的老师……"齐记者看着远道而来的不速之客眉开眼笑地说。

二十五、秋生打官司

地球在不知不觉中运动，世界在不经意间变化。自从芹英酒店"打、砸、占"被涂晔晖北京之行画上句号后，六建悄然恢复了正常。周岭南结束了流浪，顾名利、顾明亮得到了自由，多数人竟然不知道经理"避祸"、副经理"囚禁"等惊心动魄的故事。宝山人耳闻目睹的是，六建人打进经济开发区，接二连三揽到新工程，并大兴土木、拆旧楼盖新楼……

2000年春节刚过，正在建设的综合楼的基础工程已经完成，收缴集资款的工作在紧锣密鼓地进行中。集资建房虽然是为了平息"打、砸、占"芹英酒店事件，却也是六建班子对广大职工一直呼吁的住房困难的回应，体现了他们顺应潮流、摆脱了几十年福利分房束缚的开拓创新精神。公司对申请要房的一千八百九十六户人家经过层层筛选，五百零八户有集资资格。但，收款期限已过，交钱的却只有二百五十户，剩余的二百五十多户竟宣布退出。这些人退出的原因纷繁复杂、千奇百怪，却不外乎以下三种：一，对福利分房心存幻想；二，手头拮据，认为借钱买房不值得，不划算；三，对公司不信任，担心公司挪用集资建房款，使他们辛辛苦苦几十年攒下的血汗钱打了水漂。虽然集资文件上写着集资款专款专用，谁敢保证领导就一定能恪守这些白纸黑字的承诺呢？万一他们将集资款发了工资、还了债，楼盖不起咋办？即使打官司，公司穷得叮当响，拿啥偿还大家？社会上这样的事太多了，逼得人跳楼的都有。心存顾虑的人中不仅有一般职工，还有中层、领导班子成员，顾名利就是其中之一。顾名利的经济条件虽不如一些下海经商发了财的职工，却比普通的上班族强得多，属于能交得出集资款的人家，却因为上述原因率先退出。面对几乎一半人的退出，为了不使集资建房这一新生事物"流产"，公司决定放宽集资条件。条件一放宽，像王秋生这样的青工，部分住房不太困难却有钱、有胆、有眼光的人便有了机会。他们深知，真正的财富除去黄金就是房地产，毫不犹豫、蜂拥而至，在很短的时间内填补了"空白"，解决了公司的难题。王秋生当然是志在必得。但，他不是为了集攒所谓的财富，而是为了完成将父母接到宝山、一家人生活在一起的梦想。他在放宽政策的当天就递交了集资建房申请，第二天晚上便接到了五工区主任韩素清要他去公司交款的通知。王秋生兴奋极了，几乎一夜未合眼。他算得上下岗职工中的佼佼者，先富起来的那一部分人，而且拥有了三十多平方米的二手房。但是，要买一套像样的商品房谈何容易。王秋生是个懂得孝道的孩子，一直想把远在老家的父母接来一起居住，只因买不起一套像样的大房难以如愿。参加公司集资建房，同样面积的房子还带着电梯，要比商品房便宜一半，机会难得，何乐而不为呢？更何况，公司要建的房总面积一百多平方米，是他现在住房面积的三倍。啥叫安居乐业，接来父母大人，住进这样的楼房才算安居乐业，几年前的蜗居只能算过渡。王秋生躺在床上浮想联翩，忆往昔创业的艰难，憧憬着美好的未来……

天刚放亮，王秋生便从床上爬起来，洗漱完毕，蹑手蹑脚地出门、下楼，在早点摊买了个菜夹馍，给"夏利"挂上休业的牌子，坐在驾驶室吃完馍，摸了摸腰袋里的十八万元，开车径直来到公司。公司的大铁门关闭着，门前空无一人。王秋生打开手机一看，刚七点，距八点上班还有一个小时。他无奈地笑了，笑自己被喜事冲昏了头脑，失去了时间概念。王秋生停好车，百无聊赖地踱着步，不知不觉来到环城公园，欣赏着晨练者的刀光剑影，聆听着大妈大叔们悦耳嘹亮的歌声，浏览着玩鸟人的悠然自在、遛狗者的闲情逸致、乒乓球台前的你争我夺……王秋生被眼前的景象吸引、陶醉、感慨万千，为自己是一名城里人骄傲、自豪。在羡慕这些男男女女的同时，王秋生萌发了一

丝遗憾，他到这个城市已有七个年头，无数次地路过这里，竟然不知道古城墙下、护城河畔这片荒芜的林子已改造为温馨、漂亮的公园。王秋生叹息孤陋寡闻的同时感到悲哀，七年里，他把生命的每分每秒都用于工作、赚钱，为朋友们排忧解难，从未想过休闲，更未踏入这片乐园。王秋生突然冒出了一个奢望，打算买到新房、把父母接来，也让他们到这里，汇入这些欢乐的人流，享受这种清福。这时，太阳从地平线上冉冉升起，温暖的阳光笼罩了整个公园，使蛰伏了一个冬天的河水、花草、树木焕发出无限生机，努力挣脱羁绊，以不同的方式宣告春的到来，装点春的世界。不经意间，他发现了河堤上的树林中一种熟悉的植物，鹅黄的花色、垂展的枝条、娇嫩的花瓣、淡淡的花香，这不就是生长在家乡沟坡、岸畔，房前、屋后，一丛丛、一片片，黄灿灿、香喷喷，随处可见的迎春花吗？在广袤无垠的乡间，在万花丛中，它是那样平庸无奇、无声无息，不被人们注意。在这里，在城市，久违了的它竟是那样耀眼夺目，一枝独秀，率先报告着春天的信息，呼唤正在孕育绿芽的花草树木。王秋生为家乡的花能在这座美丽、古老的现代化城市中绚烂绽放而感到豪迈，深深意识到，这次在公司买到新房，将父母接来，宝山就真正成了他的家，他将不再是这座城市的过客，而是主人。王秋生圪蹴在一片花丛旁，正饶有兴致地遐想时，邮电大楼的古钟带着沉重的回音响了起来——公司上班的时间到了。他赶忙收住奔腾的思绪，迅速离开公园。

王秋生已有七年工龄，但到公司机关的次数屈指可数，准确地说，只有三次。第一次是到劳资科办理接班手续，第二次是拉着涂晔晖参加举荐公司党委书记大会，第三次是参加工会组织的创业经验交流会，这一回是他第四次来公司。虽然这里的环境较前几次没啥变化，但热闹、繁荣程度却迥然不同。人们络绎不绝，脚步匆匆，擦肩而过，像是在赶路。就连素有往来、令他敬重有加的丁惠仁主席，也只在他跟前停留片刻便如风而去。王秋生明白，公司的生意愈来愈红火，工程越来越多，大家都在忙着各自的工作。他不再左顾右盼，流连忘返，

意想不到

径直来到五楼分房办公室领取交款通知（当时之所以将掏钱买房冠以分房，是因为集资建房比买商品房便宜得多，包含着福利的因素，具有一定的分配性质）。领通知的人不少，排成了长长的队伍。终于轮到王秋生了，女办事员翻着厚厚一沓花名册说："对不起，名单里没有你。"

"为啥没我？工区通知要我来交钱呀！"王秋生瞪着小眼质问。

"工区通知又能咋，这里没你的名字我也没办法。"女办事员抖着花名册，理直气壮地说。

"我问你为啥？为啥没我！"王秋生见办事员不仅不回答为啥，还气壮如牛，有些发怒了。

"名单是分房委员会提供的，我照名单发通知，不清楚为啥。要知道为啥就到分房委员会问去！"女办事员并不示弱，甩着羊角辫蛮横地说。王秋生知道自己的急躁惹恼了办事员，想致歉、破解僵局，好尽快弄清不发通知的原因。刚要开口，从里屋走出一位中年男人，他让女办事员接待后边人，把王秋生叫到一边低声说："为啥没有你只有领导能回答，你就甭难为她了。"

"领导？公司这么些领导，我找谁呀？"王秋生为难地说。中年男人警觉地看了看周围，向楼下努了努嘴道："顾……"王秋生心领神会，向中年男人投以感谢的目光后下楼来到副经理顾名利的办公室。敲门进去，顾名利正跟几个人喜笑颜开地聊天，看到王秋生这个满脸怒气的不速之客，其他人知趣地走了，只留下了主人。顾名利因"打、砸"芹英酒店被关了两天，不仅未吸取教训，还趾高气扬以功臣自居，比以前更油滑老练了。看到阴沉着脸的王秋生，他已猜到了其来意，忙离座，倒水，递烟，把王秋生让到沙发上，挨着坐下，摆出了促膝谈心的架势。

"韩主任通知我领交款通知，为啥名单上没有我？"王秋生并不理会他的热情，开门见山地质问。

"噢——原来是这事。"顾名利的眼珠在眶内转了两圈后继续道，

"名单上没你是事实,但这是分房委员会集体研究决定的……"

"姓顾的,我六年前被你的三句好话骗得下了岗,今日又想来这一套。今日咱就把话撂明了,不给个说法你就甭想出这个门!"王秋生咬牙切齿、恶狠狠地说。

王秋生之所以敢对这个堂堂的副经理放出如此狠话,绝非名单上没有名字那么简单,而是有着根深蒂固的历史渊源。

六年前的一天,上班不到半年的王秋生被工区主管劳资的副主任顾名利从工地召到办公室,并受到了热情有加的烟茶招待。就在王秋生受宠若惊时,顾名利开口了:"小王啊,你接班以来表现不赖。虚心好学、尊敬师傅,不怕苦、不怕脏;技术上有钻劲,工作上有闯劲,上班几个月就能砌墙把大角了,比我强啊!我也是从农村来的,一来就在队上打杂,烧水抹桌子,至今都提不起瓦刀。"顾名利以羡慕的目光看着王秋生,又深深感叹道,"后生可畏,不服不行啊!"

"顾师,您是领导,吃轻省饭的,咋能跟我们这些下苦的比蛮劲呢。"王秋生谦虚地说。

"没想到小王还蛮虚心,就凭你这灵醒劲儿,到什么时候都不会饿肚子。"顾名利奉承着。

"咱们都是正式工,生老病死有单位呢,绝不会没饭吃、饿肚子。"王秋生天真自信地说。

"小王啊,你说的那是老皇历、是历史,现如今不行了。国家改革开放,单位自负盈亏,你是个聪明娃,没看公司最近都成了啥咧?你在工地闲了一个多月了吧,为啥?没工程。还有,你有几个月没拿工资了?有两三个月了吧。"顾名利说到这儿,点着烟吸了两口,又郑重严肃地说,"所以,工区班子经过研究,并请示公司,要给一部分人放假。"王秋生预感到情况不妙,警觉地抬起头。

"小王啊,你甭紧张,第一批放假的人中确实有你,但不就是放假嘛!放了假,你还是咱工区的人,一旦有活,顾叔保证第一个叫你回来。"

· 305 ·

"顾叔,我爸退休刚回家,我一个人在城里人生地不熟的咋弄嘛……"王秋生悲悲切切地央求着。

"不行呀小王,我给你开了绿灯其他人咋办?再说了,你有这么好的手艺,人又年轻吃苦,保险饿不下。如果真的挨饿,就说明你偷懒了。"顾名利优哉游哉地抽着烟,毫不动摇地坚持着原则,最后一句话里还隐含着不屑、轻蔑。似乎王秋生是个好吃懒做的人,怕挨饿才不敢离开工区、接受放假的现实。顾名利确实看走了眼,王秋生虽然年纪轻、没资历,刚由农村踏进这座城市,但却是个自尊心极强的血性男儿,他看了眼冷血的"顾叔",不再幻想、哀求,正气凛然地说:"我服从工区决定,但不能不明不白地走,工区得给我个手续,省得以后说不清。"

"有啥说不清的,工区放了那么多人,都是一句话的事,还要啥手续?"顾名利偷窥一眼满脸不屑的王秋生,又补充道:"你要是不放心就自己去劳资股办个手续。"王秋生是否去劳资股办手续顾名利并不晓得,也无须晓得,他当时的任务是把人打发走,创造政绩,总结出属于自己的经验。然而,血气方刚的王秋生却被刺激、伤害、污辱,刻骨铭心,并以其为动力,克服了下岗后的千难万苦,赢得了尊严,有了属于自己的一片蓝天,也使当年的仇恨发芽、开花、结果,不仅让顾名利的书记梦破灭,还叫顾老大的阴谋一次次失败。常言道,宁欺老别欺小,欺负小的记到老。顾名利目光短浅犯了忌,得罪了王秋生,被复仇之火烧得焦头烂额,损失惨重。然而,报仇雪恨虽然解馋、痛快,却是双刃剑,伤人的同时也会伤了自己,冤冤相报何时了嘛!眼前,顾名利、王秋生之间的矛盾冲突就是对这一复仇理论的有力证明。

此时此刻,顾名利对王秋生的怒发冲冠、恶言相向表现出少有的冷静与耐心,胸有成竹、不卑不亢。

"小王呀,这些年你在外头发达了也有了脾气。我劝你甭上火,有话慢慢说。还有,你刚撂话,不给你说法咱俩就别出办公室。行啊,我保证奉陪。"顾名利说完,起身,打开身后的柜子,接着道,"这是

我准备的干粮，保管咱一星期、两星期挨不了饿。小王，我还想多说一句话，你想知道为啥交款名单中没你，首先要冷静，要心平气和……"

"集资建房文件白纸黑字清清楚楚，只要没在公司分过房、工龄五年以上的职工都有权参加集资，我的情况你又不是不了解，为啥被拒之门外，能叫人心平气和吗？"王秋生怒吼着打断了顾名利的话。

"你的心情我理解，但你今日来是想发泄、耍歪，还是想知道原因？"顾名利依然不慌不忙。

"我当然是要原因了。"王秋生铿锵有力地回答。

"原因是现成的，不过你先喝杯茶，消消气。"顾名利伪善地微笑着，并将茶杯推向王秋生。王秋生看了顾名利一眼，想急于弄清原因，不得不接受对方的"善意"。顾名利看到气急败坏的王秋生终于安静下来，很得意，显出更加亲热的样子恭维道："在下岗职工中，你小王是混得最好的，要钱有钱，要车有车，还买了商品房。现在又要参加公司的集资建房。你就不操心哪天周经理把你的钱挪用了，让你的梦想变为水中月、镜中花、画上的饼？"

"那我也愿意，就当玩股票套住了，打牌输了。再说，参加集资建房的有几百户，人家不怕我怕个屁？"王秋生怒气未消地说。顾名利听得出，王秋生的"火"已被熄灭，该是亮底牌的时候了，摆出推心置腹的姿态，温和、耐心地说："小王啊，为了搞好集资建房工作，公司对职工队伍进行了一次清理，对下岗、待岗、停薪留职、吃劳保、请长假和旷工的进行了认真、细致地甄别，对少数旷工的按国务院的有关规定做了除名、开除处理，当时还登了报。难道你没看到？"

"我们这些下岗的，整天忙得团团转，哪有时间看报？"王秋生无奈地说。

"难怪你刚才发那么大的火，原来你没看到报纸上的通告啊。"顾名利惋惜、遗憾地说着，起身拉开办公桌的抽屉，拿出早已准备好的《晚报》，放到王秋生面前，指着报纸的一角说，"你看看这就明白了。"王秋生随着顾名利的手指，看到了两个显赫的黑体字——"通告"。下面的几行字虽然很小，却让王秋生差点晕了过去。那是六建被除名人员的名单，共二十一人，排在第一位的便是他王秋生。

"为啥？为啥要除名我！"数秒钟后，王秋生恢复了神智，大叫道。

"你无视有关规定，长期不上班又不办任何手续，依照《国务院国有企业职工处罚条例》，连续旷工三十天就要除名，按时间计算，你应该被除名几十回了。"顾名利犹如一位至高无上的法官在宣读判决，得意而狂傲。

"我是正儿八经的下岗职工，还是你给我谈的话。"王秋生并未被所谓的《条例》吓倒。

"你说的对着呢，但下岗职工也是职工，应该隔三岔五地到公司来一趟，汇报汇报思想、行踪，总不能几年几年狗吃麸子不见面。其他下岗职工就跟你不一样，人家经常来工区、公司。"

"你再甭哄人咧，他们来公司、工区是汇报思想吗？不是的，人家是来要工作，要补助，找麻烦。我在外辛苦打拼，一不要补助，二不找麻烦，倒落了个旷工、违纪！你们大会小会号召下岗职工要生产自救，要和公司同舟共济，现在全忘了、不认了……"王秋生据理相争。

"小王啊！你讲的对着呢，但这都不能掩盖违纪的事实。我理解你在外打拼辛苦、忙，但是，也不能几年几年不到公司、工区应个声呀！"

"我确实比那些常找麻烦的人来得少，但公司、工区有事咱再忙也没请过假，比如那次选书记、去年的歌咏大赛，咱把生意停下也没缺席。"王秋生真是聪明一世糊涂一时，他极力证明遵守纪律的两件事，正是顾名利最忌恨的，如果没有这两件事，他也许不会被列入除名人员的名单。顾名利本想再安慰、哄劝哄劝王秋生，听到两个"例证"，怒火一下子上来了，脸一吊，公事公办地说："你要问的我已经答复了，再没啥事我还忙着呢！"王秋生听到逐客令，一时语塞。集资收款

由顾名利负责，除名人却是经理和工会的事，王秋生冷静片刻，决定撤退，要找父亲的爱徒周岭南。他从未求他办过一星半点的事，即使当年下岗也未找过他。

王秋生上三楼来到周岭南办公室。办公室的客人很多，周岭南只顾忙于接待竟未发现一直怯生生站在门后的王秋生。一个多小时过去了，到了吃午饭时间，客人们陆续离去，周岭南发现了他，嘘寒问暖很是热情。当提到被除名的事，周岭南很吃惊。集资建房前，公司班子决定对职工队伍进行一次清查，对违纪人员进行处理，周岭南因为忙，把此项工作交于主管劳资的顾名利。春节前，在一次宴请建总领导的酒席上，顾名利拿着份违纪职工除名名单向他汇报，由于当时忙于招呼客人，他轻描淡写地嘱咐顾名利按规矩看着办，没想到，除名人员中竟然有王秋生。王秋生是师傅的孩子，而且表现一直很好，节前几个工地缺少干部，他还打算提拔他，怎么就被除名了呢？尽管周岭南感到突然、纳闷，但木已成舟，顾名利是按公司班子的决定办事，事前又做了汇报，自己也点了头，咋能因为师傅的孩子就求全责备，甚至"翻案"呢？周岭南默不作声，抽着烟纠结了会儿，终于遗憾地对王秋生说："节前让你回公司上班你硬是不愿意，如果当时回来也就没这事了！"

"确实不能回嘛！我回公司上班那辆车就没人管了。再说，咱还在车队当了个小头目，拍屁股走人实在是张不开口。人家在咱落难时收留了咱啊！"王秋生真诚、耐心地做着解释。周岭南继续抽着烟，半晌不说话。王秋生面对信赖的周叔，看着他千难万难的模样不想再勉强，收起悲悯与愁容说，"周叔，您有为难就算咧，我想别的办法。"

"秋生，你能不能找找丁主席，听听他的意见。"周岭南望着王秋生弱小、低矮的背影，轻声建议。

"知道咧。"王秋生头也未回地答应着，心里嘀咕道："找工会，这还用你来提醒吗？"

出了周岭南办公室，穿过静静的楼道，王秋生上四楼去找丁惠仁。

但是，到门口时却犹豫了。他不想带着悲伤、委屈、难过面对曾帮过自己并对自己寄予厚望的恩人。为了给父亲争气，不给单位添麻烦，他自强不息，辛苦打拼，却落了个违纪除名的可悲下场。周岭南作为父亲的爱徒、当年的五工区主任，和顾名利通通一体让他下岗不说，竟面对除名的冤情连一句公道话都没有。王秋生突然感到难过、委屈，觉得对不起父亲。为了让自己接班、离开黄土地，他未到退休年龄便离开了钟爱的工作岗位，自己却把这来之不易的工作丢了。王秋生眼圈发热，真想大哭一场，却强忍住了。他明白，眼泪感动不了顾名利，也感动不了"周叔"，还会被他们讥笑、瞧不起。他拼命地咬着嘴唇，让疼痛取代难过，强迫泪水不要溢出，并决心宁愿丢面子也要找工会，求助丁惠仁，请律师、打官司，讨还公道。王秋生是位热心、侠义、乐于助人的人，曾经帮助过诸多的弱者，此刻，他遇到了困难，却感到从未有过的孤独、无助、茫然。竟然连一直尊重、信赖的"周叔"都怕沾污带泥而退避三舍。丁惠仁能靠得住吗？他会不会像"周叔"一样官官相护呢？尽管王秋生思想斗争很激烈，还是下意识地叩响了门。

"谁呀？请进。"正当王秋生为叩门后悔时，屋内传来了温和、热忱的声音。王秋生迟疑片刻走了进去。

"是小王啊！真是稀客，快快请坐。"看到王秋生，丁惠仁放下手中的笔，摘下老花镜，离开办公桌，将站在门口的王秋生硬拽到办公桌前的椅子上继续道，"如果没记错的话这是你第一次进我的办公室吧？"

"就是的，没事不想打扰领导。"王秋生说。

"是怕耽误了跑车、赚钱吧？"丁惠仁看着不好意思的王秋生，把泡好的茶水递到他手里，回到座位上继续道，"努力挣钱是好事，没那种执着、拼搏精神咋能成为小老板，咋能给咱下岗的工友们介绍经验呢？你那次介绍的经验很实在，很生动，使不少工友受到了教育。"

"咱文化程度不高，总结不出啥东西，只是随便谝谝。"王秋生没

有了刚才的拘谨，谦虚地说。

"谝谝！但你谝得生动、实在、可信，不少与会者都这样评价。"丁惠仁递给王秋生一支烟又说，"听说你年前上北京帮涂书记摆平了《人民日报》曝光公司的事……"

"您咋知道的？"王秋生很得意，打断了丁惠仁的评功摆好。

"这么大的事，公司谁不知道。你可真给公司办了件大好事啊！要不，哪有今天的大好形势。"丁惠仁真诚、热情地夸赞着。也许有人会对堂堂的公司工会主席如此热情对待一名普通下岗职工感到诧异、不解、质疑，但他们哪里知道，这就是被六建职工亲切称为"家长"的丁惠仁的职业"病"、基本功。"家长"能对久别归来的家庭成员视而不见、打官腔、摆架子吗？更何况，眼前的下岗职工是工会一手扶持起来的创业典型，自强不息的标杆，是"家长"心目中的佼佼者，就更应当亲切、真诚、热情有加了。

"周经理知道我跟涂书记上京的事吗？"王秋生突然板着脸问。

"当然知道啦！我们在一块时他几次提到此事，对你评价很高。"丁惠仁高兴地回答。

"那都是虚情假意，千万甭信。"王秋生怨气十足。

"虚情假意？"丁惠仁诧异地看着王秋生。

"不是虚情假意咋能把我除名了呢！"

"把你除名了！听谁说的？"丁惠仁十分吃惊地问。

"顾名利亲口讲的，还登了报。"王秋生用他那干裂的嘴唇抿了口茶水，更加气愤地接着说，"我刚找了周经理，他说知道这事，不愿帮忙，让找您。工会是职工之家，您是大家公认的家长，给咱评评这个理，咱下岗后不找公司、工区麻烦，反倒成了违纪，被除名……"王秋生看着丁惠仁，又以豁出来的口气说，"如果工会怕事、嫌麻烦不替咱出头，我只能雇律师，上法院打官司了。"听了王秋生的话，丁惠仁二话不说，神情严肃地拨通了顾名利的电话。

"你是顾副经理吗？听说公司除名了几十个工人，为什么不通知工

会?"丁惠仁毫不客气地质问。

"这事说起来话就长了。是这,我跟周经理在对门食堂吃泡馍,您过来,咱们边吃边聊。"电话里传来顾名利的说话声。

"我在办公室赶写材料,不能过去,你就耽误会吃饭时间行吗?"丁惠仁不耐烦地说。顾名利虽然在公司位高权重,但对性格耿直、无私无畏、工龄比他年龄还要长的丁惠仁还是心存顾忌,忙改口殷切地说:"家长辛苦,家长辛苦。咱吃饭算个屁,给家长汇报要紧。这次除名违纪人员确实没经过工会,不是瞧不起'家长',是因为周经理要求得急,没时间跟工会沟通,还请谅解。"

"这不是谅解不谅解的事,是你们工作不细,违背程序制造了冤情。"丁惠仁严正地说。

"冤情,啥冤情,是王秋生吧……"

"就是王秋生。你们除名王秋生的理由是因为他没按规定到公司、工区汇报,我问你,这些规定出自哪里?多长时间应该汇报,给谁汇报?还有,如果按这个所谓的规定,两三千下岗职工百分之九十以上都得除名。这些人在外面辛苦打拼,谁能有空不间断地来公司、工区汇报?实事求是地说,凡是经常到公司、工区来的,几乎都是有困难、需要组织帮助的。而你们却把这些人当典范,把从不给公司添麻烦、为组织排忧解难的人当违纪,这公道吗?合理吗?"丁惠仁越讲越生气,最后变成了义正词严的谴责。电话那头出现了久久的沉默。丁惠仁手握电话,黑着脸,静静等着对方答复。王秋生凝视丁惠仁庄重、严肃、愤愤不平的脸,感到吃惊。在他印象中,丁惠仁就是一位和蔼可亲、善良慈祥的长者,没想到他也有脾气,发作起来竟如此厉害、慑人,面对的还不是普通工人,而是盛气凌人、位高权重的顾名利。半分钟后,电话那头终于传来顾名利嗫嚅的声音:"除名的二十多人理由各不相同……"

"王秋生的理由是什么?"

"王秋生是无故离岗,几年不见面。你千万甭相信他的话,那小伙

子嘴上没毛，说话不牢，我咋能要求下岗职工经常到单位汇报呢？那纯粹是瞎说。"顾名利出尔反尔，巧言相辩。

"据说王秋生下岗可是你这个当年的副主任亲自谈的话。"

"人常说，空口无凭，立字为据，他王秋生得有证据。如果没有白纸黑字的东西，有人证咱也认……"顾名利突然变得理直气壮起来。

"小王，你听见了吧！人家要证据，要你下岗的手续！"丁惠仁放下电话，无奈地对王秋生说。

"唉，遇见这种无赖领导，真要黑白颠倒了。"王秋生气愤地说着，以坚定不移的眼神望着丁惠仁又道，"依我看，在公司弄不出个是非曲直，还是打官司，他总不能把胡说的那一套摆到法庭上吧！"丁惠仁看着悲悯、坚强的王秋生，同情中产生了一丝钦佩，钦佩他不屈不挠，不向命运低头。

"小王，工会是工人自己的组织，替工人说话、维权义不容辞。我身为工会主席，决不能让你请律师、单打独斗。至于得罪人，那在所难免，但咱不怕。为了坚持真理，伸张正义，该得罪的人就得得罪。再说，企业工会就是要对行政工作实施监督，特别是在维护职工权益方面。要维权就得敢于直言，不能一团和气。"丁惠仁看了眼情绪渐渐平稳的王秋生继续说，"当然喽，维权不是庇护，要主持公道、讲真理，应以法规为准绳，以事实为依据。所以，你要认真回忆回忆下岗时的情况，找出你属于下岗人员的人证、物证，譬如，顾名利通知你下岗时有没有第三者在场，他们有没有给你书面手续，还有……"

"有，有手续。你说到这儿我想起来了，当时，我对下岗的事弄不准就打电话问我爸，我爸让我一定要到劳资部门办个手续，以免以后说不清。我便办了。"王秋生兴奋地打断了丁惠仁的话。

"那手续呢？"丁惠仁焦急地问。

"应该在，不，肯定在。"

"这就好，你赶紧回去抓紧时间找到，找到了白纸黑字的东西就等于找到了胜利。到那时，他顾名利不认账也不行。"丁惠仁充满信心

意想不到

地说。

"万一他不认账呢？顾名利可是死要面子的人，为了面子，他不惜颠倒黑白，刚才就是例子。"王秋生担心地说。

"那也有办法，就按你说的，上法院，用国法惩治这个蛮不讲理的。"丁惠仁兴致勃勃，态度坚定。

顾名利志大才疏，荣升为副经理以来从未干过一件出彩事。但这一回，他亲力亲为，以改革精神，迅雷不及掩耳地处理了几十名违纪职工，迎来了一片喝彩声，得到了上级的赞誉，连周岭南也跟着沾光，多次受到卞福民的表扬，还上了建总的《简报》。现在，王秋生气势汹汹地闹上门来，丁惠仁轰轰烈烈地要维权，大有黑云压城城欲摧之势，周岭南真害怕顾名利像平时那样耍滑头，把"球"踢给他。然而，周岭南这回失算了，顾名利不仅毫不退缩逃避、耍滑耍奸，还绞尽脑汁、不择手段地要争取最终的胜利。但让周岭南意想不到的是，顾名利的坚持与努力不是为了所谓的政绩，也不是为了周岭南头上的光环，而是为了报复，为了那一箭、两箭、三箭之仇。"君子报仇十年不晚"，意思是为了复仇，一定要耐心等待、寻找时机。顾名利并非君子，却有着报仇的耐心，更会制造机会，而且心狠手辣，置人死地而后快。王秋生为涂晔晖拉票，使他与党委书记失之交臂；王秋生支持郑芹英，使堂兄的童装超市夭折，使堂弟和他进了看守所……他气愤、恼怒、憎恨，却苦于没有机会。现在，煞费苦心地创造了这个机会，岂能半途而废，轻易错过？他要毫不留情地将仇人从六建清除出去，让"王秋生"仨字从公司的花名册上彻底消失，以解心头之恨。然而，魔高一尺道高一丈，王秋生不仅找到了靠山丁惠仁，还在得到除名消息的第二天将第三施工队的下岗"通知"摆到了他面前。看到通知，顾名利倏忽一愣，瞬间冷静下来，将其丢给王秋生，脸上暴起青筋自以为是地说："这是假的，肯定是假的。第三施工队早就散伙了，你从哪儿弄的这东西？"

"现在散伙了不假，我下岗时它并没散伙呀！"王秋生认真收起

"通知",理直气壮地说。

这块巴掌大小的纸片是王秋生翻箱倒柜,用了整整一个晚上才找到的。当第一眼看到它时,简直像发现了宝藏,将其贴于胸前,流下了辛酸的泪水。六年前,他怀揣这张小纸片,无奈、无助、茫然难过地离开了工区。今天,他想凭这张纸片证明自己是一名下岗职工,顾名利竟罔顾事实,嗤之以鼻,不予认可。无奈之下,王秋生邀请丁惠仁作为代理人,将公司告上了法院。顾名利当然也不认输示弱,作为周岭南的代表(委托人)出庭应诉。

国企转型期,下岗职工如潮,职工、企业之间的矛盾时有发生,尖锐激烈,但一般都在企业内部或通过政府的仲裁机构协调、消化,闹到法院的凤毛麟角、少之甚少,在六建更是绝无仅有。王秋生和公司对簿公堂自然成为特大号外,在公司上下引起了轰动,吸引了众多人的眼球。人们怀着不同的心理翘首以待,期盼着这场官司早日开庭,以欣赏工会与行政上的巅峰对决,领略丁惠仁为王秋生维权的风采。特别是那些被各级领导呼来唤去的普通员工、迫不得已而下岗的工人们,更是拍手称快,开心向往。顾名利此时的心情不同寻常的复杂。他看似气壮如牛,并自以为是地认定王秋生的"通知"是造假,内心却异常空虚、忐忑,以各种借口拖延开庭时间。顾名利清楚,当年让谁下岗都是一句话的事情,但也保不准工区哪个部门多此一举,给人家发了"通知"。他真后悔当时感情用事,没多看一眼那个所谓的"通知"是谁写的,好亡羊补牢。现在,已失去了机会……但顾名利影影绰绰地记得,"通知"上的图章是第三施工队的。三队当年管图章的是郑芬芳。郑芬芳已神秘失踪多年,连涂晔晖费了九牛二虎之力也未找到,更别说他丁惠仁、王秋生了。顾名利同时后悔半年前为实施美人计、灌醉对手,将郑芬芳的去向告诉了涂晔晖,使"通知"有了水落石出的可能,给自己添了心事。他真希望那天提供的信息是空穴来风。想到这儿,顾名利突然有了主意。他要以假乱真,让王秋生的证据成为"伪造"。

意想不到

在顾名利密谋策划、延迟开庭的日子里，周岭南也未闲下。对王秋生状告公司，周岭南不仅十分恼火，还义无反顾、坚定不移地站在顾名利一边。他不只是因为顾名利的敢作敢为给他添了光彩，而是因为集体的荣誉，六建的形象。面对公司风调雨顺时出现的这种歪风，面对这种不顾大局，破坏公司形象的行为，作为经理、法定代表人，决不能袖手旁观，任凭事态发展，让代理人顾名利单打独斗、孤军奋战。他要助其一臂之力，努力打赢官司，将这股逆流消灭在萌芽中。周岭南不愿去找当事人王秋生，他乳臭未干，没有和他这个当叔的经理对话的资格。他要釜底抽薪，拿下代理人丁惠仁。周岭南深知，丁惠仁倚老卖老，桀骜不驯，直接面对可能会碰一鼻子灰，弄个不欢而散，打算通过涂晔晖来达到目的。他明白，涂晔晖与王秋生的关系虽然神秘，难以理清，但他相信，涂晔晖是个识大体、顾大局，有团队精神、有荣誉感的人，决不会因为那个弄不清的神秘关系看着公司坐在被告席上，看着他这个经理丢人现眼。

"涂书记，你对工会支持王秋生跟公司打官司是咋看的？"周岭南径直进入涂晔晖办公室，略去应有的繁文缛节，一屁股坐在沙发上直截了当地问。涂晔晖对弄得满城风雨的状告公司案、对王秋生的被除名当然十分清楚，但是，为了班子团结，为了维系与周岭南之间的关系，不能公开发表意见。因为，工会主席同经理是一组时而对立、时而统一的关系，工会主席作为班子成员和经理意见分歧，甚至发生矛盾可视为正常，不能判定为不团结；而党委书记与经理意见不一、出现分歧，不论是何原因，都可视为班子不睦。按传统，只要党政不和，经理、书记都得挨板子、受处罚、罪责均等。但自打实行了经理负责制之后，上级组织的评判往往是一边倒，受伤、失败的当然是党委书记。原因很简单，现在是以经济建设为中心，经理是企业生产、经营的统帅，创造效益的主角，理所应当地受到保护与偏袒。涂晔晖是个聪明人，不可能随意对这一敏感事件发表看法，人为地制造党政不和，犯低级错误。但，经理登门讨问，他不能不发表意见，更不能投其所

好、违背良心与公理。他笑着离开办公桌，取出一支烟递给怒气冲冲的周岭南说："维护职工合法权益是工会义不容辞的责任，咱们应该理解、支持。"

"维权咱不反对，但肉烂在锅里，咋能闹到法院呢！这不是被窝里放屁，自己臭自己嘛！"周岭南理直气壮地说。

"你说得很正确，谁都知道做人的三忌，其中之一就是忌打官司。我想，王秋生也不是傻瓜，如果不是公司难以满足诉求，他绝不会睁着眼去犯忌！"涂晔晖认真地说。

"公司又不是不管他的诉求，只是个时间问题嘛！"周岭南说。

"时间？什么时间？谁都清楚，他急不可耐地闹腾就是为了房子，再过几个月，即使工职问题解决了，购房也结束了。再说，公司能承认把小王除名错了？即使你承认，顾副经理能承认吗？所以，只能让法院说话，让判决证明谁是谁非。至于说打官司会影响公司声誉、降低你周经理的威信，我以为这完全是多虑。王秋生选择打官司总比个别亡命之徒对领导有意见、身藏刀刃以命相搏理智吧？总比一些人动不动就纠集气味相投者闹事、胡搅蛮缠文明吧？还有，法院原本就是调解社会矛盾、平息民间纠葛的权力机关，咱们把无法调解的纠纷提请他们解决不是丢人，而是说明六建人素质高，有法律意识……"涂晔晖无懈可击的理论虽未说服固执的周岭南，却使他理屈词穷讲不出新的理由，只好默然离开。

离开涂晔晖，周岭南又悄然来到工会主席丁惠仁的办公室。他无法做到釜底抽薪，却要在沸水中投放冰块。

"丁主席忙！"周岭南进了丁惠仁办公室，没有了刚在涂晔晖那儿的怒容与怨气，并发出了和颜悦色的问候。他清楚，丁惠仁比自己资深年长，秉性率直磊落，人称六建的魏征，如果不是把《金蛇狂舞》演奏错了地方，他也许是享誉全国的艺术家，哪能屈就于六建？历届经理均对其恭敬有加，他当然也不例外。周岭南还明白，按级别，丁惠仁是副职，经理的下属，作为领导，应该礼贤下士，不应彰显傲骨。

· 317 ·

但是，正在忙着整理文件的丁惠仁对他的谦恭并不领情，表现出意想不到的冷淡，只是通过老花镜的上沿看了他一眼，不冷不热地说了声"随便坐"，便继续忙他的事情。下来一幕便是沉默，久久地沉默。除了丁惠仁整理文件的声响，整个办公室静悄悄地。他们心照不宣，等待着对方开腔，因为，谁先开腔谁将陷入被动。周岭南已经抽完了一支烟，见丁惠仁依然面如止水没有说话的意思，终于开了口。

"丁主席，王秋生除名的事……"

"你不提我还忘了。周经理，王秋生除名这么大的事，你们为啥不通过工会？"丁惠仁没等对方提完问题，反问道。

"这是年前的事，当时，你们忙着访贫问苦，我不想打扰，就让名利他们开会定了。"周岭南解释着。

"按规定，除名职工是要经过职代会主席团讨论的，你们行政上咋能贸然决定呢？看看，现在不是出问题了？说实话，我要求经过工会并不是想争权，更不是要给行政上设卡，而是照章办事，想给你们把把关，免得惹麻烦。看看，现在闹的……"丁惠仁放下手上的活，以恨铁不成钢的语气说。

"当时，我也提出了这个问题，却遭到了大家的反对，理由是等着发集资交款通知。再就是现在不是讲改革嘛，除名违纪职工的事应当由行政上决定，不必烦劳工会。我尊重了大家意见。"周岭南理直气壮地说。

"啥大家的意见，我闭着眼都能猜到，肯定是名利的歪理邪说。是以改革为名违规破章、侵犯职工合法权益。按他的逻辑，实行改革就可以把父亲不叫爸，把母亲不叫妈？嫌城墙挡道就把它拆了，嫌钟楼叫汽车绕行就将其搬走？啥叫改革？改革就是要把事物中不合理的东西、阻碍生产力发展的生产关系改掉，而不是排斥一切、否定一切优良传统的无政府主义，更不是追求简单方便，为懒惰制造借口，为达到不可告人的个人目的瞎胡闹！"丁惠仁被众多经理冠以六建魏征，其中包含了讽刺的意味，表现出对其倔强、较真、不畏强权的不满和无

奈。但是，在广大职工心目中，他不仅是魏征，还是德高望重、慈祥可亲、疾恶如仇、为弱者说话的"家长"。让周岭南感到愕然、瞠目结舌的是，这位褒贬兼容的"魏征"、这位名副其实的"家长"，今天竟成了口若悬河，舌如利刃，挖苦、讽刺集于一身的批评家、演讲家、传教士。周岭南哪能知道，王秋生被无故除名已使这位慈眉善目的丁惠仁气愤至极，无法容忍了：无法容忍随心所欲地将家庭成员赶出家门，无法容忍家庭成员的权益被粗暴剥夺，更无法容忍给其安上莫须有的罪名。气愤，使他变得尖刻，发出了电闪雷鸣般的呐喊。与其说周岭南在涂晔晖那儿受到的是和风细雨的洗礼，在丁惠仁这儿则是狂风暴雨的冲击。面对洗礼与冲击，周岭南无话可说，也不能再说什么。他已骑虎难下，只能顽强、勇敢地走下去，竭尽全力地打赢这场官司。只有赢，才能洗刷耻辱，只有赢，才能彰显权威，说明一切。周岭南突然想起流传至今的一句古语：天下衙门朝南开，有理没钱甭进来。他是经理，掌握着公司的资源，完全可以发挥其得天独厚的条件，使冰冷的法律变得具有人情味，让证据在人情面前失去威力，从而达到赢的目的。周岭南终于露出不屑的目光，带着无声胜有声的自信，默默地离开了丁惠仁的办公室。他要去找顾名利，要用"酒肉"敲开胜诉之门。

丁惠仁透过老花镜上沿，望着愤然离去的周岭南，听着响亮的关门声，意识到了对手和自己一样坚强不屈。他打开抽屉，取出王秋生送来的"通知"，认真审视着。它是真实的、可信的、有力的。因为有了它，顾名利才如坐针毡，周岭南才登门发出了拉和的信号。然而，一向行事谨慎的丁惠仁为了使其更具说服力，更无懈可击，决心找到其出处，找到书写"通知"的人，以使这张极不起眼的物证变为鲜活的、有生命力的、能奏响凯歌的人证。他不顾老眼昏花、身体孱弱，废寝忘食地翻箱倒柜，就是要在多年来的文档堆里找到有用的东西，通过笔迹，挖出这个书写"通知"的神秘人物。丁惠仁深知，顾名利也在寻找这个人，或许有更大的阴谋，自己一定要有备无患，未雨绸缪，做好防范。丁惠仁把看过无数遍的"通知"放入抽屉，摘下老花镜，揉了揉发涩的眼睛，回想起几十年来为工友们维权的辉煌壮举，漫漫长路，感到自豪、骄傲、问心无愧。尽管他在这条路上栽了不少刺，得罪了不少人，却无怨无悔，心安理得。因为，他得到了行侠仗义的好名声，被众多工友亲切地尊为"家长"。丁惠仁一生命运多舛，道路坎坷，但老天有眼，依然给了他施展才干、行善积德的机会，让他坐上了六建工会主席的位子。这个位子虽不能左右公司的重大决策，主宰公司的前途命运，却使职工有了一定的话语权，减少了因不公正带来的灾难与委屈。丁惠仁已是五十八岁的高龄，在公司班子的七个成员中属于长者，早已不符合干部的"四化"标准，说不定这个月或下个月，明天或后天就会退下来，这更使他增加了为王秋生维权的紧迫感。在这之前，丁惠仁认为自己生命中的亮点、绝唱，是组织、编排、演唱《六建之歌》，今天突然发现又有了新的创造，那就是为王秋生打赢这场官司。丁惠仁感到兴奋、激动、劲头倍增，戴上老花镜，继续在如山的文档堆中大海捞针般地寻觅。紧张工作一个多小时后，他突然眼前一亮，发现了几页十分眼熟的文稿，急忙拉开抽屉，取出"通知"认真对比。果真是同一个人的墨迹。丁惠仁高兴极了，望着满屋狼藉的文档产生了一种成就感，对打赢这场官司充满信心。只要找到了笔者，就找到了给王秋生写"通知"的人，就会让手中的证据鲜活起来，甚至变得坚不可摧。这个神秘人是谁呢？他翻到文稿的最后一页，在落款处看到了一个熟悉的名字，她就是一年来一直折磨他、让他痛苦、愧疚的郑芬芳。文稿是1993年年初，她作为五工区第三施工队的支部书记给公司报送的贫困职工名单。丁惠仁清楚地记得，当时是涂晔晖提拔的呼声最高的时候，也是她最高兴、得意、充满憧憬的时刻。数月之后，涂晔晖因提拔落空愤然下海，公司撤销了施工队，这位好强的姑娘给组织部留下了一张请假条悄然失踪，连父母都不知其去向。后来，听人说她结婚，有了孩子。令丁惠仁愧疚懊悔的不是涂晔晖与郑芬芳的不幸遭遇，而是一年前他和黄剑屹前往特区时说了

假话。明知郑芬芳嫁人、有了孩子，却谎称其一往情深地等待着。谎言，使涂晔晖背叛了好马不吃回头草的誓言，离开了安乐窝，离开了特区，回到困难如山、云谲波诡的六建，人劳瘦了一圈，却连郑芬芳的影子也未见到。丁惠仁决心找到她，在充实证据、替王秋生打赢官司的同时给涂晔晖一个说法，即使她真的结婚生子。

丁惠仁当即拨通了王秋生的电话。王秋生刚把客人送到目的地，接到电话急忙赶到公司，三步并作两步上楼，气喘吁吁地推开丁惠仁办公室的门。

"是不是有了新发现？"王秋生由于焦急而变得失礼。

"有是有了，但这个人不好找。我叫你来就是商量这事。"

"还有您家长不好找的人，他是谁？"王秋生上气不接下气地问。

"郑芬芳。"丁惠仁一字一板地说。

"郑芬芳是谁？是我们三队的人吗？"王秋生并非孤陋寡闻连这样的名人都不认识，而是因为他一上班就下了工地，加之工地离队部较远，经常打交道的除了工友就是工长，根本接触不到队部的领导。更何况，他上班几个月便离开了单位，就更不知道谁是谁了。难怪他记不清当年是谁给他写的"通知"。

"郑芬芳是你们队当年的书记。"丁惠仁耐心介绍。

"我当时觉得队部的人都是领导，谁是队长，谁是书记实在弄不清。"王秋生不好意思地说。

"当时工地离队部远，你又刚来，不认识人很正常。但这回你必须认识她。她可是决定咱们官司输赢的关键人物。"丁惠仁把"但"字后边的词语咬得很重，态度严肃，饱含期待。

"人在哪儿咱都弄不清咋样认识呀？"王秋生面带难色。

"找，大海捞针也得找到。"丁惠仁坚定果断地说着，又把目光移到稿纸上自语道，"听说涂书记一年前曾去青木县找过她，找到没找到谁也不知道，咱也不好问……"

"涂书记也找她？他们是啥关系？"王秋生好奇地问。

"啥关系？不是一般关系。"丁惠仁简要介绍了涂晔晖同郑芬芳之间的关系后又说，"他绝不会贸然去那么远的地方寻找，说不定是得到了她的消息，也许有了结果，只不过不可告人而已。不可告人咱当然不能打听了。唉！实在太可惜了。"丁惠仁分析、判断、惋惜、感叹时，王秋生的大脑也在急速运转着，想到第一次与涂晔晖邂逅时他在郑家庄的苦苦寻觅，想到车队洪生善告知他拉着涂晔晖去青木县找人的事。王秋生断定，涂晔晖要找的人就是给他写下岗通知的郑芬芳。

"丁主席，我知道郑芬芳在哪儿。"王秋生兴奋地对丁惠仁说。

"在哪里？"丁惠仁问。

"在青木县。"王秋生详细讲了从洪生善那里听到的消息后肯定地说。

"青木县距宝山千里之遥，几乎一半是山路，趁着这两天天气好，得马上出发。说不定哪天就开庭了，不抓紧会误事。"丁惠仁焦急地说。

"好，我马上回车队，让洪师傅画张路线图，咱下午就走。您也给阿姨打声招呼，免得她操心。咱晚上肯定回不来。"

"知道了，我一会儿就给家里打电话。"丁惠仁说完，望着匆匆离去的王秋生，心情黯然，感慨万千。这么聪明懂事的孩子，却平白无故地被冤枉，命运对他实在是太不公道了。

由于有洪生善的线路图，加之春节刚过不是拉煤的高峰期，路上车少人稀，丁惠仁、王秋生天黑之前就赶到了晖晖超市。王秋生在台阶下擦车、加水，丁惠仁急不可耐地上台阶，直奔超市。六年没见了，不知她变成什么模样，是否还能认识自己。在无情的岁月面前，谁也不可能容颜不改、青春永驻，但一个人的口碑、品质、德行却是永恒而无法改变的，丁惠仁永远也不会忘记郑芬芳正直、泼辣、执着、疾恶如仇，特别是对涂晔晖的痴情和无私帮助。那一年，公司要给五工区配一名副书记，呼声较高的有两人，一是郑芬芳，二是涂晔晖。论条件，郑芬芳资历深，政治上成熟，经验丰富，又是提拔的黄金年龄。

涂晔晖虽是大学本科生，年轻、有文化，但其资历、政绩、经验却不能与郑芬芳同日而语；但郑芬芳却认为，涂晔晖有文化，有发展前途，硬是甘当人梯，极力举荐。有人说人生难得一知己，知己难得无私，特别是在改变彼此命运的关键处，也许涂晔晖能有今天，正是因为郑芬芳在"关键处"的无私帮助。丁惠仁突然觉得有关郑芬芳结婚、生子的传言不可思议，难以置信，决心在落实"证据"的同时破解这个难解之谜。

走进琳琅满目、商品如山的超市，丁惠仁第一眼就看到了正在货架前整理商品的郑芬芳。她较六年前发福了不少，脸色红润，腰身呈现出浑圆曲线。这种体形，只有经历婚姻、哺乳洗礼滋润后才会拥有。顾盼间，丁惠仁同时发现，其眉宇间依然残留着六年前的聪慧、风韵、羞涩与芬芳，尽管没有了当年的艳美与傲骨，却给人以风雨过后、骄阳下金灿灿的成熟。经验丰富的丁惠仁为涂晔晖遗憾、惋惜。因为，眼前活生生的事实验证了传言——她，已经是孩子的母亲。郑芬芳从货架旁转身时不经意间看到了丁惠仁。

"丁主席，你咋到这儿来了！"看来，漫长的时光还是厚待着丁惠仁，没有使他变得让故人忘却。看到对方惊讶地认出了自己，丁惠仁兴奋而高兴。兴奋他们的久别重逢，高兴自己还没老朽得让对方认不出来。这种高兴与兴奋犹如清洗剂，将刚才的惋惜和遗憾洗刷得无影无踪。

"有事需要你帮忙，听人说你在这儿，就来了。"丁惠仁激动得实话实说。

"丁主席，走，有话到后边说，说完正事我请你吃正宗的青木羊肉火锅。"郑芬芳热情中充满真诚，许诺中饱含着与老上级久别重逢的情怀。自打涂晔晖下海，公司改朝换代，她带着个人隐私离开宝山来到这偏远小县，丁惠仁是首位前来探望的故人，咋能不以高规格接待呢？（把丁惠仁列为首位是因为她迄今还不知道涂晔晖的到访）。丁惠仁在主人的引领下来到后边。所谓"后边"，实际上是超市后门外一间装饰得典雅漂亮、充满现代气息的老板办公室。办公室内有椭圆形的红木办公桌，高背椅，三件套真皮沙发，雪白如镜的板墙，豪华的书柜……丁惠仁被热情的主人让到舒适的沙发上，环视这间二十多平方米的办公室，情不自禁地发出了感慨："小郑啊！难怪你乐不思蜀把六建忘了，原来是事业有成，发达了。看来当年让你在队上当书记确实是大材小用了。唉，过去的那种体制确实是埋没了不少人才呀。"丁惠仁感慨之余突然哪壶不开提哪壶，谈到了涂晔晖，"就像小涂，你建总不用人家外面照样有人用，人家还把事干大了……"发现郑芬芳神情异样，丁惠仁自知失言忙改口说，"我一高兴就扯远了，对不起，实在对不起。"

"没事、没事。六年了，好不容易见一面，随便聊，随便聊。"尽管郑芬芳口口声声说没事、大开绿灯，丁惠仁依然感到大煞风景，以沉默作为回答。

"说真的，当时离开公司实在是迫不得已。小涂被逼下海，咱既不会趋炎附势，又自尊心太强，加上一些难言之隐，只能选择离开。"郑芬芳深情地说完，略带羞涩地看了丁惠仁一眼继续道，"咱人走了，心还在六建，工职还在六建，始终惦记着大家伙，连做梦都是工地、队上的事儿。常言道，情到深处人孤独，开始创业那阵儿的艰难困苦就不提了，现在守着这一堆家当，周围簇拥着十六七个员工，白天忙时还好过，一到夜里就感到十分孤单，特想工区、队上的工友……"郑芬芳说着说着，眼圈红了，晶莹的泪珠在眼眶内打转。听着郑芬芳的诉说，看着她热泪盈眶的模样，丁惠仁发现自己老了，说出的话不是煞风景，就是让对方难受、难堪、伤感，断然转变话题、言归正传："今天来一是看看你，二是有件事需要你帮忙。"

"啥事？您请讲，只要能帮上的忙我一定会努力去帮。"郑芬芳慷慨地说。

"你们三队有个王秋生的青工你有印象吧！"

"王秋生……"郑芬芳沉思自语，但最终还是摇了摇头。

"小郑，你再仔细想想王秋生这个名字，秋天的秋，出生的生，是二队王成祥工长的儿子，1992年下半年接他爸班到你们队。"丁惠仁焦虑、恳切地帮郑芬芳回忆。

"王成祥的儿子，噢！我想起来了。小伙个头不高，跟王工长一样，小鼻子小眼，蛮灵醒，上班时间不长就下岗了。"一提王秋生的父亲，郑芬芳想起来，并显得特别熟悉。

"王秋生下岗的情况你了解吗？"丁惠仁异常高兴地问。

"如果您问其他人我不一定说得清，王秋生下岗再过十年我也忘不了。当时，小涂走了，五工区班子大换血。新班子上来要烧'三把火'，要求百分之八十的工人下岗，给三队一次下达了一百多指标。王秋生接他爸班才到队上，人没认全、啥技术没学下就被列入了下岗名单，我和当时的队长想不通，觉得太不人道，太过分。但工区新班子立功心切，根本不听队上的建议，一竿子插到底，直接开会动员，亲自谈话做工作。队上只能服从。"郑芬芳说完又问，"咋咧，这孩子下岗有啥问题吗？"

"不是下岗有问题，而是有人不承认小伙下岗，说他擅自离岗，把人家除名了。"

"啥，除名了！这简直就是现代版的窦娥冤。"郑芬芳让这离奇的荒唐事气炸了，愤愤不平地说。

"我作为工会主席，绝不能对这种颠倒黑白的荒唐行为置之不理，不能让小伙蒙受冤屈，要为他维权，帮他打官司讨公道。"丁惠仁正色说。

"您做得对，我全力支持，有用得上我的地方您就吭声。"郑芬芳旗帜鲜明，语气铿锵。

"咱已把公司告到了法院，为了打赢官司，需要在你这儿了解一些情况。"

"啥情况？您说，只要我知道的就绝不保留。"郑芬芳慨然说。丁惠仁从包里取出"通知"递给郑芬芳问："这是你的字迹吧？"郑芬芳

意想不到

接过"通知",认真看了会儿说:"是的,就是我的字。"把"通知"还给丁惠仁,她沉思了会儿又补充道,"按当时工区的规定,那批下岗工人都是口头通知,但王秋生心里不踏实,找到我要书面东西,我就给写了那个通知。后来,工区再没接到工程,大家也没返岗。几个月后,公司搞内部改革,撤销了施工队,我走了,以后再发生啥事就不得而知了。"

"你的'通知'决定着官司的输赢,也拯救了小王啊!"证据终于水落石出,丁惠仁高兴地说。正在这时,丁惠仁的手机响了。

"法院来通知了,明天上午十点整开庭。"接完电话,丁惠仁说。郑芬芳一听,看了看表说:"走,咱们到城里边吃边聊。"

"不行,时间太紧,饭就免了,但你得把刚讲的情况写出来,好让'通知'更牢靠得力,更说明问题……"

2000年3月24日上午十点,宝山六建工人状告公司的官司在虹湖区民事二厅开庭。六建机关工会全体,王秋生的好友故交郑芹英、韩素清、洪生善等二三十人前来旁听。顾名利的助威阵营也不小,而且全是六建的能人,整个旁听席水泄不通。丁惠仁、王秋生、顾名利分别坐在法官席左右的原、被告位置。值得一提的是,法庭以外还有两个人,他们虽正襟危坐于各自的办公桌前,却全神贯注地聚焦着这场官司,操心着它的结果;他们不是别人,正是六建经理周岭南、党委书记涂晔晖。周岭南一心一意盼着公司赢,以证明行政决策的合法、正确,彰显自己的英明与权威。涂晔晖当然是盼着王秋生赢,盼着法律的光芒照射在无辜、善良的王秋生身上,以显示公司工会为职工维权的力量。十点不到,一位身材高大、干练、威严的执法者坐到了法官席,后边跟着一位姑娘,坐到了书记员的位置。威严的法官、书记员身后是鲜艳、庄严的国徽。威严的执法者、庄严的国徽使这间普通的房间变得肃穆而庄严。随着执法者的到来,嘈杂声戛然而止,人们屏气、张目,等待着弄得满城风雨、难解难分的王秋生除名案的判定结果。被告代理人顾名利比谁都清楚,是他,为了复仇、泄愤、整人,

欺上瞒下制造了这场官司,并要利用法律将其合法化,使"王秋生"仨字从六建的花名册上永远消失,使丁惠仁这个倔老头子一败涂地,尽快离开六建的舞台。顾名利文化不高,不知道西方的拜金主义,却深知东方人有钱能使鬼推磨的道理。他没有在寻找证据上下功夫,却在联络感情、融洽关系上做了不懈努力,不仅宴请了台上的法官、书记员,连两个副院长也未落下。酒桌上的握手言欢、推杯换盏不仅让顾名利践行了金钱万能的理论,也让他信心十足,稳操胜券,要单枪匹马不战而屈人之兵,为他敢作敢为的改革精神锦上添花,实现复仇阴谋,以泄心头之恨。在顾名利轻松必胜的情绪下,书记员宣布庭审纪律后法官宣布开庭,并由原告代理人丁惠仁陈述状告六建的理由。

丁惠仁昨天晚上是在王秋生的夏利车上度过的。颠簸、摇晃,穿山越岭的夜行使他无法养精蓄锐,一下车就赶到这里,显得疲惫不堪、精力不济。但,当他置身于庄严、肃穆的法庭,面对那枚鲜艳夺目的国徽,看到旁听席上一双双信赖、期盼的眼神时,突然来了精神。国徽是国家的象征,在这里更是公平、正义的化身,是维护一个普通工人尊严与权益的见证。丁惠仁不仅精神大振,胜利的欲望也更加强烈。他要倾诉,要呼吁,要呐喊。他把提前准备好的诉状推向一边,整了整衣领,字正腔圆,声如洪钟,即兴发言:"在座的法官、书记员,六建的工友们,我作为一名普通的企业工会干部,今天能站在庄严的法庭上、鲜亮的国徽下为下岗职工王秋生维权,倍感荣幸,深知肩头责任的重大。官司赢了,王秋生将依然是六建一名循规蹈矩、安分守己的下岗职工,输了,他不仅会丢掉老父亲提前五年退休、用城市户口变为农村户口换来的国家固定工的身份,还将以不光彩的违纪、除名载入史册,留给子孙后代。这对任何人都是难以承受的悲剧。我坚信,在我们伟大的国度,在至高无上的法律面前,绝不允许由于个人成见与复仇心理人为地制造这种悲剧,并让它合法化⋯⋯"在一阵阵掌声中,丁惠仁收获到了成功。他的煽情不是做作,更非哗众取宠、画蛇添足，而是发自内心的真情实感，是心灵的呼唤。这种呼唤虽然无法影响淡定而经验丰富的法官，却可以增强自信，扑灭对手的嚣张气焰。丁惠仁看了一眼认真倾听、神情平静的法官、书记员，心里明白，他们要的是证据，而非煽情，继续道，"我的当事人王秋生，现年二十八岁，六年前顶替父亲成为六建职工。上班不满半年遇到公司大裁员，他接到施工队的书面通知后，无奈下岗，离开单位，开始了创业自救。在漫长的下岗过程中，其他工友时不时地回单位要求安排工作、解决生活中的困难，王秋生却体谅单位困难，辛苦拼搏于自救路上，凭着勤劳的双手，创出了属于自己的一片蓝天。六年来，他未给公司添一丝一毫的麻烦，还时不时地应召踊跃参加公司组织的各项活动，并不惜耽搁生意为公司排除危机。然而，就是这样一位忠厚善良、勤奋无私的青年，竟意想不到地被单位除名了。人常说，'恶有恶报，善有善报'，王秋生多年来助人为乐，积德行善，却遭到了如此恶报，难道真的是老天患了白内障吗？但是我坚信，即使老天因白内障将灾难错误地降临于王秋生身上，强大的法律也会驱邪除魔，还他一个公道的。"丁惠仁把当年创造优美旋律的功夫用到了今天的激扬文字上，并在其动人的余音中将证据——下岗通知交给了书记员。法院对官司的判定是以事实为依据，而丁惠仁情通理顺、声情并茂的陈述，所形成的能量让证据更加鲜活有力，并使"酒肉"编织而成的关系网面临破裂。法官审视过书记员送来的"通知"后，郑重宣布："证据有效！"

"孙法官，那个'通知'是假的。"顾名利在被告席上大声疾呼。

"假的，假在哪儿？"孙法官问。

"假在公章上。"顾名利十分肯定地说。

"你有证据吗？"法官再次问。

"当然有了。"顾名利将一枚印章递过去继续道，"这才是五工区第三施工队的公章，我以组织的名义担保，它才是货真价实的。"孙法官用顾名利递过来的印章蘸饱印油，在书记员准备好的一页白纸上摁

了一下，雪白的纸上立即出现了"宝山市第六建筑工程公司五工区第三施工队"的仿宋字样。它同"通知"上的印章完全可以乱真，就是边款略大了一些。当年，政府对篆刻、制作公章的管理是极其严格的，刻制必须凭上一级组织的介绍信，并要到当地公安部门指定的篆刻部制作。孙法官几乎每年都要碰到涉及印章的案子，为了办案，他不止一次请教过篆刻大师，清楚地知道，真正的印章须具备构字美、刀趣美、章法美、边款美等特点，且要求章法平衡、醒目、精神，气韵生动，刀技自然，刀笔相融，轻重徐疾有致。摆在他面前的两枚印章，除了大小有细微差别外，几乎都具备了"真"的特点，成了难分伯仲的"真假美猴王"。而这桩民事纠纷的关键就是要分出其真伪，通过真伪判定"通知"的真实性、合法性。真实合法才能作为证据，真实有力的证据才会坚不可摧，决定谁输谁赢。这时，旁听席上出现了骚动，人们凭着各自的经验、倾向窃议谁真谁假。精明的孙法官沉思片刻有了办法，他要用书写"通知"的人来判断公章的真伪。

"原告方，你对被告的指控有无申辩？"孙法官问丁惠仁。

"有。我有书写'通知'人的证词，它可证明以下三点：一，证明她持章合法；二，证明她有权书写'通知'；三，通过字迹，证明她就是书写'通知'的人。"丁惠仁说完，将郑芬芳写的证明交给法官。孙法官认真审视着郑芬芳写的长达两页纸的"证明"，并与"通知"上的字体详细对比后向顾名利发问："被告方，郑芬芳当时是否是五工区三队的书记，有无持章权？"听到法官的询问，顾名利知道对方已经找到了郑芬芳，后悔心存侥幸，没在这个关键人物上下功夫。但，因有酒桌上的关系，他还是理直气壮地狡辩道："郑芬芳当年的确是三队的党支部书记，有持章权，但她无权给下岗职工写通知。因为，职工下岗的决定权在工区而不在施工队。还有，原告向法庭提供的郑芬芳所谓的证明是无中生有。六建人谁都知道，郑芬芳已失踪了六年，失踪六年的人突然冒出来证明能有多少可信度？请孙法官明断。"本来要用书写"通知"的人来证明印章的真伪，却被指控为证人失踪，

· 329 ·

意想不到

"证明"是假的。是啊！失踪六年的人怎么会冒出来作证呢？不仅孙法官产生了质疑，旁听席上也发出了喊喊声。他们都是六建的老人，知道郑芬芳杳无音讯多年了。难道丁惠仁找到了她，既然能找到人为什么不让出庭呢？听到顾名利的反对声，看到法官的质疑、工友们的不解，丁惠仁一阵紧张。因为，他手中一个个证据形成的证据链犹如多米诺骨牌，一个出了问题其他都得倒下。法官对郑芬芳的怀疑预示着证据链的断裂，多米诺骨牌的倾倒。而自己手中再无牌可打，无法消除法官心中的疑团。除非郑芬芳现身法庭。但，这完全是匪夷所思的幻想，郑芬芳已经给了自己需要的东西，现正在千里之外的晖晖超市忙生意，咋能知道他山穷水尽、面临尴尬需要她出庭呢！丁惠仁感到从未有过的难堪，没有了绝地反击的勇气。丁惠仁看着和自己一样沮丧的王秋生，愧疚不安。由于自己轻敌、疏忽，导致不能自圆其说，如果当时要求郑芬芳跟他一块儿回来该多好啊。丁惠仁当时确实考虑到了这一点，只因顾忌人家有隐私不好意思提及，现在只能……正当丁惠仁自我反省、听天由命时，法庭的门被轻轻推开，一位法警领着一个人走了进来。人们的目光唰地一下聚焦到了她的身上，旁听席上发出了有节制的惊呼！顾名利目光游弋、闪烁，流露出慌乱、失措与失望。丁惠仁、王秋生一扫沮丧、紧张与不安，表现出救星降临的兴奋和惊喜。

"我就是失踪六年的郑芬芳，愿意为王秋生作证。"法官惊奇地看着郑芬芳，让她坐到丁惠仁旁边的证人席上，并向顾名利投去了征询的目光。顾名利无奈地点了点头。

"郑芬芳，这份证明是你写的吗？"法官问。

"是我写的，我当时通知王秋生的依据是工区下发的第一批下岗职工花名册。"郑芬芳说着，从包里取出五页稿纸，上面是一百二十九名下岗职工的姓名和简况，王秋生名列首位。花名册的落款处盖着工区鲜红的印章，尽管饱经六年的封存，仍然字清色鲜。特别是第一页，标题上方空白处工区主管领导的签字，尤为清晰，固然"顾名利"三

· 330 ·

个字歪歪斜斜，使象征数千年文明的汉字被扭曲、丑化，却依然是历史的见证物，是对丁惠仁证据链的延续与加固，是对即将倾倒的多米诺骨牌的强势支撑。郑芬芳虽然文化程度不高，却是一位心细如丝的人，六年前当书记如此，六年中的商场生涯更让她精细缜密。昨天，丁惠仁匆匆离开后，她一直思考着自己提供的证词，总觉得有经不起推敲的地方。思考中，这份花名册浮现脑际。花名册上的人全是他们通知下岗的工友，却都是工区研究决定的。为了证明这一点，郑芬芳一直将其作为护身符珍存着。为了完善"证明"，防止万无一失，她顾不得"隐私"，驱车尾随而来，没想到雪中送炭，帮丁惠仁解了围。丁惠仁感激地看着郑芬芳，突然觉得，她虽经历了六年漫漫岁月的洗礼，失去了以往的活力与颜值，但疾恶如仇、乐于助人的侠女形象丝毫未变。正像十几年前勇敢地将患病的涂晔晖抬到家中、抢到手里一样，依然人如其名，芬芳四溢。在芬芳四溢的气氛里，法官庄重、严肃地宣布了判决结果。王秋生赢了，正义战胜了邪恶、真理战胜了谬误，好人得到了好报。顾名利及其随员们匆匆离开了法庭，旁听席上的郑芹英、韩素清、洪生善等工友蜂拥而至，为王秋生祝贺。丁惠仁急忙去找郑芬芳。他通过眼前的事实突然发现，虽然她已是一位成功的商人，但善良、真诚的本色未变，也许并没有背叛涂晔晖。丁惠仁要当面问个清楚，验证猜测，了结心病。然而，他的愿望落空了。她竟不辞而别，飘然而去，好像有意要躲避他的深究，躲避更多的故人。丁惠仁追出法院正要打电话，手机响了，是涂晔晖打来的。涂晔晖已得到王秋生胜诉的消息，想证实一下。

"是的，小王赢了。我们已出了法院的门。还有，我想告诉你……"丁惠仁要告诉的事是对郑芬芳的评价、看法，又觉得在电话中难以讲清，迟疑片刻道，"算了，算了，这事一句两句说不清，见面再说吧。"丁惠仁放弃了追寻郑芬芳的念头，加快了回公司的脚步。他要把郑芬芳在王秋生官司上的侠义之举，以及对其结婚生子方面的看法告知涂晔晖，好让他酌情处理，以消除一年前假话的折磨。

二十六、高风亮节

丁惠仁兴冲冲推开涂晔晖办公室的门，发现建总的黄剑屹书记坐在里边，急忙退出。

"丁主席，快请进。"黄剑屹热情地叫住他。

"你俩领导说事，我一会儿再来。"丁惠仁推辞。

"我刚去了趟市建筑工会，顺路上来坐坐，没啥正事，请进来吧。"黄剑屹再次邀请。丁惠仁盛情难却，进门，坐在办公桌旁的椅子上。

"从特区回来咱们还没正儿八经地交流过，很想同你聊聊。"黄剑屹客气地说。黄剑屹原本就非常赏识这位饱经风霜、多才多艺、改革开放后枯木逢春的基层工会主席，特区之行、成功说服涂晔晖，亲身领略了其智慧、为人和办事效率，不知不觉成了心仪朋友。今天，丁惠仁已不符合干部的年轻化标准，并将在自己手里下台，顶替他的就是故事开头提到、因在党校学习未能取代涂晔晖的人。现在，他已毕业，卞福民翻阅了公司一级所有领导的档案，瞅准了丁惠仁的位子。按理说，丁惠仁虽然年纪偏大，但身体健康，工作出色，政绩突出。六建工会工作不仅排在建总系统前列，六建工会还被省、市工会评为"优秀职工之家"，丁惠仁又是六建数千名职工公认的"家长"，干到六十岁退下来才是众望所归，才属正常。然而，为了让涂晔晖当上六建书记，黄剑屹已阻挡过卞福民一回，不仅未使其达到目的，还受到了市委书记的批评，这回再作梗、搞小动作，定会影响到他们的关系。尽管让丁惠仁下来黄剑屹于心不忍、思想不通，但为了建总班子的和谐、团结，只能忍痛割爱。他刚去市建筑工会就是为了沟通此事。因为，像六建这一级企业工会主席的任免，不仅要经过职工代表民主选举、建总同意，还要征得市建筑工会的批准。这是黄剑屹要打通的第

一关，也是很难打通的一关。原因很简单，多年来，不管六建兴盛还是衰落，丁惠仁都是为他们创造经验的人物，谁愿意让为自己赢得荣誉、创造政绩的部属下台呢？特别是在工会不被人们重视的形势下。黄剑屹要过的第二关就是六建党委。工会属于党委领导下的群众组织，更换主席当然要征得党委书记同意了。这不，刚和涂晔晖接上头却遇上了丁惠仁本人，使原本就重情心软的黄剑屹忆往追昔，想到了丁惠仁在邢书记面前对涂晔晖的苦荐，在特区对涂晔晖的苦劝……黄剑屹凝视满脸皱纹的丁惠仁，看着近视镜后由于缺少休息而显得混浊的眸子，以及记录着他沧桑岁月的两鬓白发，心中一阵酸楚。黄剑屹清楚，自从涂晔晖担任六建书记以来，丁惠仁如同鸟翔蓝天，鱼入大海，喜逢1980年的平反昭雪，踌躇满志，精神百倍，老骥伏枥，志在千里。而退下来就等于革命生涯的终结，就彻底失去了服务职工、尽忠六建的舞台。这对视工作如生命的丁惠仁来说不是在要他的命嘛！黄剑屹再次想到了背叛。这时，丁惠仁的手机响了，电话是市建筑工会打来的。人常说，仨有仨好，俩有俩好，而和丁惠仁相好的何止"仨""俩"？这位"潜伏"在建筑工会的来电者就是其中一位。他以为朋友两肋插刀的精神，不惜违背组织原则，将黄剑屹的"沟通"告诉了丁惠仁。丁惠仁快到知天命的年纪，更有几十年风霜雨雪的磨砺，心中纵有惊涛骇浪，却能表现出风和日丽、波澜不惊。接完电话，他半认真半开玩笑地对过度热情的黄剑屹说："黄书记今日咋这么客气？实在叫我受宠若惊。"

"有啥客气的？长时间没见，有感而发嘛。"黄剑屹看了涂晔晖一眼，饱含忏悔继续道，"咱天生多愁善感，性格懦弱，当领导却没能力保护大家，只有这点'客气'的本事。六年前对小涂，今天……"黄剑屹觉得忏悔中泄愤的成分太浓，有失身份，将即将出口的话变了一种内容，"也许今后还有对不起大家的地方，诚望理解、谅解、包涵。"涂晔晖当然听不懂黄剑屹的潜台词，更不明白针对的目标是丁惠仁，礼节性地回应道："六年前的事早已烟消云散了，黄书记不必耿耿于怀。要我说那还是件好事，没有那段插曲哪有今天？"黄剑屹表面上默认了涂晔晖的话，心里却自嘲道："我怎敢贪天之功？如果不是市委邢书记发话，也许六建党委书记的位子还空着，等着哪位挣文凭的关系户。"听了两位书记的话，丁惠仁惊涛拍岸、激荡不已的心渐渐平静下来。他久有凌云之志，却命运不济，几十年饱受打压，使风华正茂的青春年华在碌碌无为中蹉跎，让横溢的才华无法施展，满腔热血无处抛洒。现在，刚有了"抛洒热血写春秋"的机会却被刹车、下课，如同一位流血流汗、苦练多年的运动员，即将参赛夺金时却被无情地取消了比赛资格，怎能不痛心疾首，心头滴血？然而，丁惠仁不是钻牛角尖的人，更非不顾大局、只顾小我的功利主义者，他从黄剑屹的忏悔中窥视到了其内心的无奈与痛苦，决定不强人所难，把滴下的血咽到肚子里，隐藏伤痛，坦然面对组织的安排。但，当想到工会今后的工作、想到六建班子，他不免忧心忡忡，心有不甘。因为，接替他的人是个既不懂工会工作又小肚鸡肠且野心勃勃的官迷，他的到来，不仅会给工会带来不幸，还将给涂晔晖带来麻烦，给公司班子带来灾难。瞬间思考后他决定设法阻止，理由是工会主席的接班人早有人选，即使自己不符合年轻化的标准该退下来，理所当然的应由他来接替，而非那位卞总的亲信。

"黄书记，我想对您说两句话，不会打搅二位领导的正事吧？"丁惠仁笑道。

"我俩没啥正事，你有话就敞开讲。"黄剑屹扭头看了眼涂晔晖热情地说。

"公司工会已到了换届时间，我想借这个机会退下来，让孝民上（公司工会副主席）。"丁惠仁郑重、严肃地说。听了丁惠仁的话，涂晔晖愣住了。他俩两隔壁办公，关系甚密无话不谈，他从未流露过要退下来的意思，今天怎么能冷不丁地在黄书记面前冒出这种想法呢？涂晔晖感到不解、唐突。但当着领导的面又不好说啥，只能听之任之。丁惠仁无视涂晔晖的惊愕，继续说，"孝民年富力强，从事工会工作近

二十年，工作认真，头脑清楚，有创新精神，在职工中威信很高，又是公司党委培养多年的后备干部，他上来肯定比我干得好。"涂晔晖知道，孝民是人们公认的丁惠仁的关门弟子，要接班当然是最佳人选，但他还有两三年才退休，而且身体健康、劲头正盛，前两天还在拟订工会工作"三年规划"，今天咋能突然要求退下来呢？涂晔晖将惊愕的目光从丁惠仁身上移向黄剑屹。黄剑屹神情坦然、冷静，流露出习惯的、不置可否的微笑。为了"背叛"又不"殃及池鱼"，他要顺其自然、借题发挥、瞒天过海，再一次耍手段、玩谋略。他以沉默表示了对丁惠仁请辞的认同后又收住笑容郑重地说："丁主席主动让贤的高风亮节值得肯定，不过，得按程序走。六建党委得拿出意见，再报建总和市建筑工会。这里，建筑工会的意见很重要，只要人家点了头，你们就可召开'换届'大会，产生新的工会委员会和主席人选；咱们建总，自己人，好说。"黄剑屹对丁惠仁的褒扬是发自内心的。在世风日下的大环境下，无论大小领导，谁都想在位子上多待一年半载，哪怕一月俩月。因为，不管是谁，也不管你在位时何等叱咤风云、呼风唤雨、政绩显赫，一旦退下来，头上的光环会立即消逝，一切待遇将戛然而止。车收了、工资低了、奖金没了，还会遭遇人走茶凉的冷遇。丁惠仁为了公司的长远利益，为了下属的前程断然放弃数年的为官机会，不仅难能可贵，也对黄剑屹产生了一种震撼，使他在改变懦弱性格、好人主义的同时坚定了"背叛"的信念。只要六建职工选出新主席，市建筑工会又批准认可，卞福民就不得不做出让步，丁惠仁提前三年退位也算"物有所值"。黄剑屹看着欲言又止的涂晔晖，知道他要发言、要反对，碍于自己，不便直言，在默默等待时机。黄剑屹不能给其说话的机会，不能泄露内心的秘密，要同丁惠仁心照不宣、保持默契。他相信丁惠仁会说服涂晔晖让他提前退下来。但，说服的戏只能让他们私下去演。黄剑屹放弃了与涂晔晖的沟通，发出了撤离的信号。

"我该讲的都讲了，如果没别的事我先走了。"黄剑屹边说边摆出

离开的架势。

"黄书记，你咋能同意丁主席……"

"我讲了，如果有别的事可以谈，丁主席的事不是别的事。"黄剑屹打断了涂晔晖的话，起身道别。涂晔晖要送，被婉拒。他不能给其刨根问底的机会，让自己用假话掩饰假话。黄剑屹从小就铭记着父母、老师有关说老实话、做实在人的教诲，几十年身体力行、一丝不苟，为了追求公平、正义，为了六建的未来，他不得不玩阴谋、说假话，但作为初犯，总觉得脸红心跳难为情，不愿反复表演。正直忠厚的黄剑屹哪里知道，他的这种兵不厌诈是正人君子所为，是一个书记应该坚守的底线，更是韬略、智慧的表现。

黄剑屹走了，办公室只剩下涂晔晖和丁惠仁。两个志同道合的忘年交第一次发生了分歧、冲突。涂晔晖弄不懂，一直明事理、懂规矩、知礼仪的丁惠仁，咋能赤裸裸地越级请辞。生气之余，涂晔晖反省自己，是否有检点不到之处，伤了眼前的师傅，使他委屈、憋气，在上级领导面前请辞以示泄愤。涂晔晖明白，这种撒气、泄愤的事丁惠仁完全做得出，但对自己绝对不会，即使背地里训责也不会"家丑"外扬，将矛盾曝光于上级面前。

望着黄剑屹离去的背影，丁惠仁余怒未消，近视镜遮掩不住双眸中愤世嫉俗的光芒。黄剑屹的身影已消失在楼道的拐弯处，他也未将这种光芒收回。丁惠仁的横眉冷对不是针对黄剑屹，更非涂晔晖，而是针对给六建安插亲信、要抢夺他位子的卞福民。丁惠仁从小有被打入"冷宫"、列入另册的历史，视功名利禄为过眼云烟，六建工会主席虽是多年修炼的成果，在他看来依然是天上掉下的馅饼，意想不到的收获。拥有了这份收获，才使他有了为广大职工服务、说话的权利。涂晔晖当上党委书记，为他拓宽了"说话""服务"的舞台，使他鹤发童颜，浑身有一股使不完的劲。然而，当权者一句话，这一切将终止，咋能不叫他痛苦、痛心、痛惜、义愤填膺呢？在沉闷、冰冷、凝固的气氛中，丁惠仁看到了涂晔晖阴沉、冷漠的脸。这是一副从未见

过的陌生面孔，饱含着愕然、不解与抱怨。

"丁主席，难道您忘了在特区时讲过的话：'咱活是六建人，死是六建鬼，誓与六建共存亡……'这些激荡灵魂的话我一字不漏地铭记着。一年多来，它像一面旗帜，指引、鞭策、鼓舞着我，使我无时无刻地感知着咱们与六建血肉相连、生死相依的关系，让我明白，只有不离不弃我们才能共同强壮，一起长大。今天，六建到了复兴重振的关键时刻，您却要离它而去，这让我无法理解。"听着涂晔晖的"数落"，丁惠仁不知说啥好，愤懑的眸子里渗出了晶莹的泪花。

"还有，"涂晔晖凝视丁惠仁微微颤抖的双手，激情满腔地继续说，"我二返六建的一个重要因素是因为有您这个'家长'，您提前离去就等于断了我一支臂膀，实在让人无法接受。"

"你不知道内情，我……我也是迫于无奈啊！"原本口若悬河、伶牙俐齿的丁惠仁竟然结巴起来。他不愿因为这件事连累涂晔晖，让下福民恨就恨他一个人，反正他就要退下来；而涂晔晖还年轻，前边的路还很长，一旦染指必遭报复。丁惠仁决心宁愿被误解也不改变初衷，也要假戏真唱。然而，他天生就不是个善于演戏的人，下意识的哀叹与口吃已使涂晔晖看出了端倪，猜到了其中的隐情，语重心长地说："丁主席，我知道您的选择是违心的，有难言之隐，难道你以为我不成熟、靠不住、不敢讲？如果真是那样，我也无话可说。因为，信任是乞求和勉强不来的。"丁惠仁虽智勇双全，却是出了名的直性子，心中搁不下事的人，经不起涂晔晖的激将法，便竹筒倒豆子，把建筑工会朋友的电话、黄剑屹的暗示等，一五一十地告诉涂晔晖后说："只有让孝民上才能使工会的精神传承下来，才能保证党委班子的团结；换一个生人、能人，我实在不放心啊！"看着认真听他诉说的涂晔晖，丁惠仁稳了稳情绪继续道，"为了公司的大局，这次工会换届我必须下来，以迅雷不及掩耳的速度让孝民捷足先登，堵住那位'能人'的来路。只要换届完成、职工代表举了拳头，又有建筑工会认可、黄书记默许，他下总也无可奈何。"看着沉默不语的涂晔晖，他又压低声音说，"这件事只能你知我知，不能让第三个人知道，包括周经理和孝民。还有，这事由我操办，你千万别插手。"听了丁惠仁的话，涂晔晖依然无语，他不是为这种不可告人的阴谋可能承担的责任无法表态，也非对丁惠仁提出的人选不如意，而是舍不得这位师傅，离不开这位忘年交的朋友和无私无畏、兢兢业业的帮手，不忍心他这样急匆匆地离开六建的舞台，离开他钟爱的事业。因为演奏《金蛇狂舞》让他蹉跎了几十年宝贵时光，新的时代使他枯木逢春、扬眉吐气，迸发出生命的火花。想不到风雨又来，迫使他要结束这一切。这对那些为了工资工作的人也许是求之不得的美事，对他，却是噩耗、是残忍、是惩罚。但，为了公司的前途与未来，为了钟爱的事业薪火相传，为了挑战特权，丁惠仁不惧惩罚，甘愿下台。

"咱绝不是排外、没有海纳百川的容人之量，而是有些领导太霸道，来的人太差劲。"丁惠仁对依然无言的涂晔晖继续说，"据我所知，这个人年纪不大，学历不低，大学毕业已跳了三次槽，实在不好意思跳第四次了才上了党校。他跳来跳去目的何在？就是为了弄个一官半职。不知何故，咱们卞总却要帮他圆这个梦。这不是瞎胡闹吗？我就是要以提前三年'下岗'为代价，抵制这种歪风邪气。"凝视这位刚直不阿、愤世嫉俗的老政工，听着他铿锵嘹亮的表态，涂晔晖深感敬佩，知道他认准的道十头牛也拉不回来，如同宁愿得罪经理、副经理也要为王秋生打官司维权一样。作为几十年的朋友、同事，涂晔晖不能明哲保身，让快要退休的前辈单枪匹马弘扬正气、抵制歪风。无私才能无畏，无畏才能有为，如同丁惠仁勇往直前赢得了王秋生的合法权益一样，涂晔晖决心同他一起完成工会改选换届，让该上的人上来，不该上的人止步。涂晔晖心里清楚，为此，自己也许比丁惠仁付出的代价更大，却痴心不改、心安理得。因为，这是一个企业党委书记应该坚守的节操和必具的品质。

"丁主席，对不起，我不该误解您。但，要完成改选换届，党委首先得研究通过候选人，然后才能上报建筑工会和建总，这绝非你一个

人能完成的；更何况，提拔工会主席党委责无旁贷，党管干部嘛！"涂晔晖态度庄重、严肃。听了涂晔晖的话，丁惠仁异常兴奋、激动，打心里为无私仗义、肝胆相照、敢于担当的书记、徒弟叫好，但还是忧心忡忡地说："咱还是得讲究点方法，有点自我保护意识。你坐上党委书记的位子就挡了人家的路，现在又明火执仗地坏人家的事，会被忌恨、报复的。那人心狠手毒，啥阴招都使得出，不能不防啊！"

"咱行事磊落，狗偷鼠窃的事不会做。再说，作为党委书记，在提拔干部上无法回避，难以佯装糊涂、置身世外。至于说惹人、遭报复，咱'为人不做亏心事，半夜不怕鬼敲门'。"涂晔晖说着，点着一支烟吸了口接着道，"我比您年轻、资历浅，不敢妄谈经验，但对现实生活还是有一定的体会。现在，要真正办成一件事羁绊太大、掣肘太多，如果左顾右盼，'前怕老虎后怕狼'将一事难成；真的想开了，豁出去了，杀出一条血路，就会感到啥事也没发生。就说一年前咱参加歌咏比赛吧，当时有多少人反对，连个别班子成员都大唱反调。对夺名次、争前三他们就更消极了，什么想吃天鹅肉、异想天开，啥难听话都有。如果咱当时受不了闲言碎语，经受不起风浪，不就失去了扬威出名的机遇、丢掉了翻身重振的契机？所以，咱刚聊的那个事想起来诡谲、可怕，实际上没啥大不了的。"在涂晔晖的宽慰、说教下，丁惠仁终于卸下了包袱，露出了轻松的微笑。他们的话题自然而然地转到了王秋生的官司上。

"小王的官司之所以赢得漂亮、顺当，多亏了一个人。不是她在关键时出庭作证还真有点悬。"丁惠仁以夸耀的语气说。

"现在，栽花的人多，栽刺的人少，这个人冒着得罪公司经理、副经理的风险出庭作证，的确难能可贵啊！得让小王好好谢谢人家。这个人是谁，我认识吗？"涂晔晖高度评价，好奇询问。

"她是老熟人……"

"熟人，是谁？快说，别卖关子了。如果有必要，咱俩也可出面感谢感谢人家。"涂晔晖真诚地说。看到丁惠仁笑而不语，涂晔晖继续

· 339 ·

道，"人家不仅帮了小王，也支持了工会，更重要的是让行政上纠了错，懂了规矩。"丁惠仁原本是个心直口快的人，今天这般拐弯抹角玩悬念是有着良苦用心的。他是想借机谈谈对郑芬芳的看法，承认曾经诓骗过涂晔晖，了却久有的心事。

"她是郑芬芳。"在涂晔晖再三追问下，丁惠仁终于亮了底，同时将如电的目光聚焦于涂晔晖的脸上。

自从特区归来，"郑芬芳"仨字一直是丁惠仁的一块心病，也是和涂晔晖谈话的禁区，知道他辛苦寻觅，就更加追悔莫及，为说谎愧疚。虽然当时是出于好心善意，却使涂晔晖以上当受骗为代价呀！好在丁惠仁通过郑芬芳的出庭有了新发现，这种发现可能否定人们的传言，证实他不是欺骗。如果真是这样，作为"家长"，他愿意架起鹊桥让他们重归于好，使当年的姐弟恋开花结果，也让他释怀、轻松，无憾地退出六建舞台。丁惠仁注视着神情凝重、漠然不语的涂晔晖，努力地接着说，"在深圳，为了不让黄书记失望，我说了假话，诓你回来，还让你煞费苦心地一直在找她，实在是对不起。不过，通过这两天和她接触，我有了新发现，而且……"

"我们老家有句话：'过去的年景好受。'不管寻找还是思念，都已成为过去，成为历史；更何况，它也没对我带来啥损失，您千万别往心里去。"丁惠仁想用"不过"后边的新发现点燃希望之火，被涂晔晖打断了。办公室出现了久久的沉寂。丁惠仁不会抽烟，一杯一杯地喝着茶，回忆着青木县晖晖超市那间淡雅、温馨，充满着现代气息的办公室。那完全是单身女人的所在，毫无男人的痕迹，包括家具、饰品和气味。加之她未改的秉性、气质与乐于助人的精神，无可辩驳地证明一个事实——她没有背叛、亵渎那段人人羡慕的爱情。丁惠仁用一杯杯浓茶所激发的勇气想把这个不争的事实告知涂晔晖，想让他从痛苦中得以解脱，从失望中看到希望。但丁惠仁哪里知道涂晔晖亲眼看到的一切，哪里知道他不仅熬过了失恋的痛苦期，还破茧成蝶，投向另一个姑娘的怀抱，陷入了无法挣脱的情网。

此时的涂晔晖思绪复杂、纷乱，如同莽原上遮天蔽日、扬蹄狂奔的马群。当听到顾名利告知的噩耗，他借酒消愁，狂饮大醉。他翻山越岭，连夜赶往青木县，在冷风嗖嗖、雨雾蒙蒙的山口见识了其母女温情真切的对话。他，心碎了，碎得鲜血淋淋。"过去的年景好受"，但谁能知道那一刻，那一夜撕肝裂肺般的煎熬？谁能体会到当时每分每秒对他都是生与死的考验？涂晔晖实在想不通，海枯石烂的誓言竟会如此不堪一击，爱情这个神圣的东西、永恒的主题会如同股票一样急速贬值。所幸的是，他还有事业的寄托，纷繁公务的填补。肖雯婕的突然出现更使他忘却了不堪回首的往昔，抚平了滴血的伤口、让"郑芬芳"仨字渐渐淡去。现在，丁惠仁贸然提及她，他除了不想让丁惠仁追悔、愧疚，真是无话可说，更不愿听到什么新发现。

"小涂，根据这两天与郑书记的接触，凭我的经验判断，她可能还是独身。不是人们传言的结婚、生子……"老实、善良的丁惠仁并不理会涂晔晖的反应，依然道出了自己的发现，还把这种发现讲得有声有色、有鼻子有眼。但，那个孩子，那个把郑芬芳叫"妈妈"的孩子是如山的铁证。她是涂晔晖亲眼所见、亲耳所闻的，只不过是难以启齿，不能讲出而已。她不仅是背叛的铁证，也是他的奇耻大辱，更是对当年轰轰烈烈的姐弟恋的一种讽刺、亵渎。涂晔晖不愿意将这种耻辱公之于众，让曾经的相爱受到谴责，遭到非议。他对丁惠仁不能讲，对任何人也不会讲，要让它烂在肚子里，永远地烂在肚子里。看到只顾吸烟、始终无语的涂晔晖，丁惠仁似乎发现了什么，不再唠叨。办公室再次久久沉默之后，他们的话题又回到了工会的改选换届上……

六建工会改选换届在一个风和日丽、秋高气爽的日子里举行。这是六建四年中的一大盛事，让各方期待。周岭南不仅拨了可观的经费，还将简陋的会议室装修一新。涂晔晖、丁惠仁除了不时策划于密室完善"阴谋"，还一丝不苟地掌控着筹备工作的各个环节。各基层单位的领导们不管多忙，都把改选换届列为中心工作。虽然选举工会主席是由基层单位推举代表，有限体现职工意志，但总归是选举，落选或

意想不到

当选都得在严谨、复杂的过程中凭票数说话，每位与会代表的选择都举足轻重，每张选票都是神圣而不能忽视的。它要比上级任命经理前的民主测评透明、民主、公正得多，也更具吸引力。谁都想作为代表，为信得过的人投上神圣的一票。丁惠仁是这场戏的总导演，像历届选举一样，要组织召开各类大、小会议，审议《大会议程》，把关《大会报告》，去上级工会频繁汇报沟通。但，心情却与以往不同，并在堂而皇之地汇报、沟通中隐藏着他和涂晔晖的"阴谋"，还要将这一"阴谋"作为对六建的最后一次奉献。他的内心有悲哀、有豪迈，有老兵退役时的依恋，冠军离赛时的遗憾。虽然这些悲哀、依恋、遗憾是心甘情愿，是蜡炬成灰的自我牺牲、无私奉献，却依然思绪万千，百感交集。同志们早已下班，他孤独一人坐在会议室不想离去。望着"六公司工会第八次改选换届大会"的横幅，激情荡漾，心潮难平。九年前，在这条鲜艳、醒目的横幅下，他以高出对手数倍的票数当选为工会主席，并经历了两届连任的辉煌。在这段风雨兼程的岁月里，他陪伴了四任经理，三任书记，公司也经历了由计划经济向市场经济的转型、跌入低谷又从谷底奋力上爬的艰难。这一艰难的历史，赋予了工会组织特殊的使命，对丁惠仁更是严峻的考验。公司经费匮乏、职工下岗、工资拖欠、上访者络绎不断，干群矛盾尖锐激烈。工会在风口浪尖上开展民主管理、协调各种冲突、帮助职工释疑解惑、救助特困家庭，为像郑芹英、王秋生一样的下岗人员出谋划策、辛苦奔走、开展生产自救……丁惠仁凭借仁慈善良的本性，殚精竭虑的努力，创造了企业工会贴近实际、贴近职工、贴近企业热点难点问题的工作经验，深受广大职工欢迎，深得上级组织青睐。工会不仅先后被评为省、市级"模范职工之家"，丁惠仁也被授予省、市优秀工会干部等荣誉称号。然而，换届大会后，属于他的舞台将撤去，一切辉煌将成为历史，余兴未尽的表演也将戛然而止。丁惠仁像一位慈爱的母亲要永远失去哺乳孩子的权力，眼眶内浸满了依依难舍的泪水……

六建工会改选换届大会在丁惠仁极其复杂的情绪里，在雄壮的

《国歌》声中拉开了序幕。参加大会的除了三百五十八名职工代表，还有不是代表的公司班子成员、省市级劳模。为了表示对改选换届的支持，市建筑工会、市建总的领导也亲临会议。大会审议了代表资格，听取了丁惠仁的工作报告后进行分组讨论。讨论的议题有两个，一是丁惠仁的《工作报告》，二是《新一届工会委员会候选人名单》。当没有"丁惠仁"的"名单"在八个小组公布后，遭到了所有代表的质疑和强烈反对。大家无法理解，不管是《报告》，还是"民心"，均充满了工会的丰功伟绩，体现着工会就是职工信赖、依恋，温馨的"家"这一主题。也许公司是抽象、冰冷的概念，而工会却是具体、生动、温情、能惠及职工，让大家躲避风雨的港湾、家园。今天，这个"家"还在，却没有了核心人物——家长。他未到退休年龄，身体健康，更未犯错，却失去了被选举的资格。郑芹英和王秋生在一个小组参加讨论，小组长韩素清宣读了没有丁惠仁的候选人名单，他们以为听错了。

"老韩，我没听清，麻烦你再念一遍。"郑芹英用她沙哑的嗓门说。

"对、对，再念一遍，再念一遍。"王秋生瞪着小眼催促着，其余代表也都向韩素清投去诧异的目光。为了满足大家，韩素清呷了口茶，润了润喉咙，提高嗓门字正腔圆地又念了一遍。十五个候选人名单中依然没有丁惠仁。郑芹英离开座位上前一步，从韩素清手中夺过"名单"，睁着大眼认真看了两遍，大吼道："我不同意这个'名单'，它把咱的'家长'漏了。"她又郑重地对记录员说，"不是要对这个'名单'提意见吗？这就是我的意见，你一字不漏地给咱记好。"人常说，世界上没有无缘无故的爱，郑芹英的发言就是这种爱的体现。六年前，她和爱人同时下岗，为了自救四处奔波，四处碰壁……在他们沮丧而走投无路时，丁惠仁找上门，建议她凭借在工地食堂做饭、炒菜的手艺开个小饭馆，并通过当时五工区主任周岭南，让她承租了办公楼，造就了今天生意兴隆的可蒸炒、烧炸，承办结婚筵席的芹英酒店。使

意想不到

她从身无分文的下岗职工成为腰缠万贯的富婆。吃水不忘挖井人，这份情铭心刻骨，这段恩让她条件反射，下意识地为丁惠仁鸣冤叫屈。另一位因丁惠仁未进入候选人名单怒发冲冠的当数王秋生。如果不是丁惠仁，他也许还是个提着瓦刀打零工的穷后生；如果不是丁惠仁，他也许已经不是六建的职工，更不能作为职工代表参加如此盛会。虽然他首次参加这样的会议，激动程度超过郑芹英，并摆出了闹事的架势。

"不行，不行，公司领导得有个说法，候选人中为啥没有丁主席，为啥嘛！没有丁主席这改选换届还有啥意思？"王秋生站在人群中央喊。

丁惠仁未进入候选人名单的冲击波不仅在韩素清小组激荡，其他小组也有类似情况。如由石文化担任组长的离退休小组，老兵常思军担任组长的第四项目部。石文化拿到候选人名单，讨论会未开始就提出了反对意见。因为，他也是丁惠仁帮助过的人啊！下岗落魄时，是这位非亲非故的工会主席根据他勤快、真诚、热情、谦和的特点，建议他创办家政服务公司，并推荐他到市工会组织的家政培训班学习，协助他在工商管理部门办理营业执照。石文化虽然返岗，当了离退休职工服务中心总支书记，家政服务公司由妻子经营，但对丁惠仁雪中送炭的帮助没齿难忘。第四项目部的老兵常思军还未表态，肖雯婕率先表示了对候选人名单的强烈不满。两年前，她刚分到项目部就下了岗，慕名来到公司工会请求帮助。丁惠仁很同情，却爱莫能助。因为，让其下岗的胡奎勇是周岭南的拜把子兄弟，不会把他这个工会主席放到眼里，更不会听从建议让肖雯婕返岗，只能劝其去找党委书记。涂晔晖不仅帮她返岗，还同她有了恋情，让她的身份、地位发生了巨变，成为开发区工程主管业内的负责人，并被选为职工代表。饮水思源，她这个灰姑娘怎能忘记指点迷津的贵人？

"总导演"丁惠仁听取了各小组的讨论后感到了问题的复杂与严峻。他预测到大家可能对"名单"有看法，但没想到会如此激烈。怎

么办？两小时后就要选举呀！

"做工作，只能做工作。"涂晔晖对一筹莫展的丁惠仁说。

"做工作？有些话不好公开讲呀！"代表们都去餐厅吃午饭了，心事重重的涂晔晖、丁惠仁还在会议室伤脑筋。

"不仅不能明讲，也不能由您出面……"

"这不能，那不能，离选举只有俩小时了……"焦虑不安的丁惠仁看着腕上的表，打断了涂晔晖的话。

"会议可否再增加一个做工作的议程？不行、不行，议程已经安排满了。"涂晔晖一口接一口地抽着烟，自我否定后又果断地说，"对，就利用中午吃饭时间由我给代表们解释。饭后选举，这是唯一的机会了。"

星海大酒店的餐厅灯火辉煌，人头攒动，热闹非常，三十六张大餐桌座无虚席。今天是六建四年一度的盛事，与会者不仅要为六建的振兴建言献策，还要以无记名投票的方式选出新一届工会委员会，不管谁当经理，也不管财务账上钱多钱少，都要设宴招待大家。周岭南当然不会破例。他不仅慷慨解囊款待大家，还选择了宝山市一流的星海大酒店。星海大酒店豪华大气，金碧辉煌，壮观得如同皇宫，不少代表别说享受口福，连眼福也未曾享受过。今天，他们作为"上帝"、座上宾，被年轻貌美、热情殷勤、笑容可掬的姑娘们无微不至地招呼着，高兴，亢奋，激动，自豪，扬眉吐气，整个大厅激荡着欢声笑语。

"各位代表，同志们，请安静，请安静！""总导演"丁惠仁手握酒店准备好的话筒，站在餐厅中央的一张桌子旁向大家呼喊。随着丁惠仁洪钟般的声音响起，欢乐、沸腾的声浪如同大海退潮，由强变弱，由大变小，很快风平浪静。

"各位代表，在上午的讨论会上，大家对候选人提出了不少意见，现在请党委书记涂晔晖作以解答。"丁惠仁讲。听说要对代表的意见做回应，整个餐厅安静极了，同桌的代表能听到对方的心跳声。人们伸颈侧目，屏气竖耳，想听听公司领导如何解答大家百思不得其解的问题，如何让代表们满意、气顺。在掌声和期待中，涂晔晖起身向大家深鞠一躬动情地讲道："各位代表、同志们，如同没有阳光雨露就没有鲜花烂漫，如果没有广大职工就不会有六建，更不会有经理、书记、工会主席。广大职工就是公司的象征、主人、灵魂；在座的是职工们推选的代表，是七千名职工中的精英、佼佼者，当然是灵魂中的灵魂。大家的意见是真知灼见，是忠诚智慧的体现，是对众口皆碑、公道自在人心的有力诠释。作为公司党委书记，我为丁主席如此深得人心，备受职工拥戴骄傲、自豪，为公司班子有这样的优秀成员欣慰，为有你们这些高素质的代表满意、欣喜。大家对丁惠仁同志没有进入候选人名单有看法、想不通，能理解。作为代表，我也有同感。"涂晔晖的讲话不仅没有使代表们从诧异中解放出来，还使其产生了新的疑团。谁都知道候选人名单是党委研究决定的，党委书记咋会和大家一样质疑，有异议呢！涂晔晖并未理会大家的不解与疑惑，继续讲，"我之所以有这种情绪，是基于对他的了解。大学毕业到六建，丁主席是我的第一任领导、师傅；一年前，从特区归来，也是因为他的说服；今天，公司艰难爬出低谷，更有他的辛勤和汗水。"涂晔晖扫视了一遍认真倾听的代表们，继续道，"有人说，现在是'天下熙熙皆为利来，天下攘攘皆为利往'。这些话也许是对中国社会大变革、大转型时期人们精神缺失的一种写照，是不少人的一种本能反应，但在我们中间，有一个人体现出的却是另外一种境界，一种与蝇营狗苟、与名利场上争夺者们迥然不同的追求。这个人粗茶淡饭、衣着朴素，花钱锱铢必较，但他却把三年来上级奖励的一万五千元一分不剩地资助给了几十名贫困职工。"讲到这儿，餐厅里出现了骚动，人们以敬慕的口气窃窃私语，猜测这位高尚无私的人到底是谁。在当时，宝山人虽摆脱贫穷走向富裕，万元户已不像几年前那么让人垂涎、遥不可及，但一万五千元依然是个巨大的数目，是一个企业职工两年的工资。用这么多钱资助人，这个人太崇高、太伟大了，谁都想知道他的名字。

"这个人不是别人，正是各位代表'死保'的丁惠仁同志。"涂晔

晖话音未落，大家已把崇敬的目光投向了面带羞涩的丁惠仁。

"丁惠仁同志连续三年被评为省、市级优秀工会干部，每年可获得五千元的奖金。"涂晔晖深情地看了眼站在身旁的丁惠仁继续道，"这件事我也是才知道，是几个被资助的职工一大清早上门告诉我的。像这样关爱职工、情操高尚的人，我们咋能让他急匆匆提前离开岗位、离开大家呢？但是，丁惠仁同志为了公司班子的年轻化，为了工会工作后继有人、薪火相传，高风亮节主动让贤，多次要求退居二线；公司党委考虑到他的良苦用心，同意了他的请求……"餐厅里悄无声息、一片宁静，代表们热泪盈眶、默默无语，胸中激荡着"家长"的真情厚意，激荡着他为了大我牺牲小我的高风亮节，以及不可告人的抗争精神。

二十七、两情之间

四季轮回反复不仅是个时间概念，更是对人生的拓展，对诸多未知世界的解密，对人情感的催化与延续。按照当今流行的"生死有命，富贵在天"的观点，人的命运又是上苍早已安排好的，无论你咋样机关算尽，无论四季如何轮回、感情怎样催化、过程何等复杂，最终必然回归早已安排好的原点。犹如一只候鸟，为了追寻森林，翻山越岭、漂洋过海，最终会回归生命的起点、恒久的故土。但是，要实现这种回归需要机缘，需要等待一个时刻、一个未知的节点。

涂晔晖从特区二返六建，四季历经了五个轮回后的一天傍晚，这个意想不到的"时刻"同他遭遇。但，这时的涂晔晖已今非昔比，不再为政敌的暗算不安，不再为"四面楚歌"焦头烂额，不再充当"消防队员"；六建也因为这届班子的奋斗努力蒸蒸日上、欣欣向荣，有了工程、有了钱、有了人气、有了政绩，去年年底还受到了建总大张旗鼓地表彰、奖励。特别值得一提的是，矛盾突发地——五工区综合楼主体已完，正紧锣密鼓地收尾。综合楼的建成不仅根除了在这块土地上一直上演的龙争虎斗的利益纷争，解决了"筒子楼"上百户人几十年因厨厕共用引发的矛盾，涂晔晖也有幸成为拆迁户。不远的将来，他将乔迁新居，入住六建历史上第一栋有电梯的楼房，享受比特区更现代、更宽敞、更优越的居住环境。涂晔晖不仅事业有成、有了大房子，那份珍贵的爱情也有了长足的发展，和肖雯婕经过如火如荼的秘恋后，已公开了恋情，取得了双方家长的认可，正大张旗鼓地谈婚论嫁，准备新房到手后结婚。然而，老天好似处心积虑地和他作对，要为他凑够九九八十一难。正当他踌躇满志、喜气洋洋，回老家过完春节赶到过渡房要同肖雯婕约会时，手机响了，屏幕上出现了一个陌生的号码。迟疑片刻，他还是按了接听键。电话里意想不到地传来久违了十年，熟悉而让他心慌意乱的声音。

"你能听出我是谁吗？"对方冷静、从容、慢条斯理地问。

"听……听得出……"涂晔晖惴惴不安得有点结巴。

"有时间吗？如果有时间就出来一下，我有话对你说。"与其说是征询，不如说是命令。涂晔晖却平静了许多，他想到了过往，想到了背叛、违约，由突兀不安变得理直气壮。短暂犹豫后，他在"抗命"与"服从"之间，选择了"服从"。不管咋说总是有过那段历史，那段上苍赐予的缘分，缘断了，情还残留着。再说，自己即将结婚，双方开诚布公地做个了断也好。

"在哪儿见，什么时间？"他平静地问。

"我就在你的小区门口，车号最后两个数字是69……"她依然在命令，而且不容分说。

正月初五算是个小年，小区内的爆竹声此起彼伏。浓郁的火药味在初春的寒风中飘荡；厚厚的炮皮像一块块红色的地毯，在各家楼洞口铺开。虽然政府三令五申要求要在规定的地点放炮，但谁也不愿把热闹、吉祥带到陌生处，恋恋不舍地将燃放地由各自的窗户、楼道移到了楼洞口，也算是令行禁止、给了政府一个面子。涂晔晖小心翼翼

地躲避着从空中不时落下的礼花，从暮色里窜出的花炮、摔炮，踩着厚厚的炮皮，来到小区门口，钻进车号尾数为"69"的黑色小轿车。车很快开动，瞬间远离小区驶向大街。街上行人稀少，车辆寥寥，商铺关门，冷清异常；街灯孤零零地亮着，发出冰冷瘆人的光；宽阔的水泥路在街灯的照耀下茫茫一片，犹如地上霜。五天前，这里曾是宝山最繁华热闹的地段，如今，那些人头攒动、熙熙攘攘的场景早已销声匿迹，人们蜷缩在各自的安乐窝里享受胜利果实，积蓄能量，要在新的一年实现新的目标，创造新的伟业。老家归来，涂晔晖本想休整、歇息，享受宁静，约会女友潇洒浪漫一把，她的出现使其成为泡影，甚至还会带来意想不到的麻烦。涂晔晖坐在轿车后排，借助忽明忽暗、闪烁不定的街灯，凝视着专注开车、一言不发的她，心中忐忑，冥冥之中感到有事情发生。他想打破沉寂，却不知如何开口。是啊，春、夏、秋、冬十次轮回是一个多么漫长的过程呀！世界发生着变化，他们各自的故事更复杂纷呈。双方感到陌生，无话可谈当然在情理之中。汽车行进了二十多分钟依然没有停下来的意思，涂晔晖终于忍不住问："咱们这是要去哪儿？"

"马上就到，到了你就知道了。"她胸有成竹地回答。话音刚落，汽车离开了大街，穿过一条悠长的胡同，使人眼前豁然一亮。涂晔晖看到了与冷清的大街迥然不同的景象，既陌生又眼熟。汽车停到一栋典雅、古朴的建筑物旁。涂晔晖下车、环顾四周，一下子认出来了，这不就是他从特区归来时苦苦寻找的郑家庄吗？它是郑芬芳的家乡，也是又一批被城市吞噬的村落。当时，它正在建设之中，到处残垣断壁，一片狼藉，犹如母腹中尚未成型的孩子。现在，它已建设完毕，不仅成型而且降生，活蹦乱跳，充满生机，已是本市一道靓丽的风景，声名显赫的城中村。村中高楼林立，各类配套设施现代、齐全。水泥路交织如网，林荫道一望无尽，一块块、一畦畦绿草、植被花团锦簇，覆盖着楼前楼后的角角落落。新村内有学校、医院、文化馆、饭店、商铺、茶苑、休闲屋等等。顾战胜所在的城中村虽属第一批，近在咫

· 349 ·

尺，却不能与此同日而语。在外过渡数年，久违故土的村民第一年回"村"过春节，亢奋、激动、不亦乐乎，使这里全然不像城里那般清冷寂寥。人们走完亲戚，走出家门，三五成群地聊天叙旧，谈笑风生，自娱自乐，享受"新村"的优越，弥补过渡期间的孤独、困苦与失落。郑芬芳一家和其他乡邻一样，第一时间搬进新村，住进新楼。但，她并未将涂晔晖约往自己的楼房附近，而是约到距家较远的"农家乐"。在偌大的宝山，像这样的休闲场所早已关门、放假。这里不仅灯火辉煌，生意火爆，还洋溢着"农村"的特色，和如林的高楼、蛛网般的水泥路、耀眼的霓虹灯形成了强烈的反差，使人感到格格不入。它暴露了厚道、纯朴的中国农民的恋旧情怀，叶公好龙的思想观念。羡慕城里人、向往城市生活，离开黄土地成为城市中的一员，一直是众多农民兄弟不懈的追求，想圆的梦。今天，梦圆了，他们却像怕失去土地一样怕失去"农民伯伯"的称谓。正如一些"老三届"学子，耿耿于怀那段不堪回首的苦难经历，却以创办"老三届"会馆，"老三届"酒店等形式怀念它。郑家庄的农民在这里建造"东方明珠"般的农家乐，正是那种怀旧心理的反映。这栋八层高的建筑，不仅招牌一目了然、点破主题，内容更是处处体现着农家特色。大门上贴着"耕耘传家久，诗书继世长"的楹联，墙壁上是鸡鸣犬吠、驴马奋蹄牛摇尾的壁画，就连条形桌凳也是杂木做的，木纹清晰，厚重结实，颜色古朴。大楼各层播放的音乐虽各不相同，但不管是美声、民族，还是流行，也不管是红歌还是情歌，都是以怀旧为主。它不仅让人置身于农耕生活，还会使人穿越时空，返回到十年前、二十年前。这里的服务项目就是四个字，"吃""喝""玩""乐"。一、二层为餐饮，三、四层为茶秀，五、六层为棋牌、游艺，七、八层为KTV练歌房。涂晔晖在郑芬芳的引领下，穿过摩肩接踵、熙熙攘攘的人流，来到四楼茶秀，选了间僻静的包房坐下。在轿车里，涂晔晖因心中忐忑，视线昏暗，无法看清她的面容；下车、上楼，前后相随，只能看到其背影；这儿幽静、敞亮，条桌前唯有相对而坐的他俩，本可看个清楚，可惜涂晔晖情绪

复杂、内心紧张，目光本能地四处游弋，无法聚焦于她的身上、脸上。正当涂晔晖尴尬难堪时，服务员来了，殷切地问："二位，想喝什么茶？"为了回复，相互征询，双方的目光碰撞在一起。

"来一壶紫阳毛尖。"郑芬芳看着涂晔晖说。十年不见，她还记着自己爱喝的家乡茶。涂晔晖心里骤然涌动起一股暖流，没有了刚才的尴尬与难堪，目光也牢牢停留在她的身上、脸上。悠悠岁月如风掠过，吹跑了她充满青春活力的两条麻花辫，吹跑了她修长、挺拔、亭亭玉立的身段，吹跑了那高隆的胸膛、热情奔放的黑眸子；留下的是当年的轮廓，发福的腰身，夹杂着银丝的卷发，呈现于眼角的鱼尾纹，还有那对依然刚强、自信、睿智的眼睛。透过这双眼睛，涂晔晖似乎看到了她的成熟、成长与沧桑经历。茶泡好了，服务员关门离去，温馨、安静的空间只剩下了他和她。沉默良久，涂晔晖终于以关切的口吻问："你还好吧？"她没有作声，泪水唰唰落下。看到她悲怆的状态，涂晔晖纳闷；想到超市门前女童呼唤妈妈的声音、母女携手归家的身影，那是何等其乐融融的情景啊！大千世界，沧桑与幸福往往是交织在一起的。没有耕耘哪有收获？不吃苦中苦，哪有甜上甜？双手不磨出老茧哪有丰收的果实？这种正常得不能再正常的人生过往为何使她无言而泣呢？在同情心的驱使下，他忍不住问："芳芳，你怎么啦？家中有不顺心的事？"看着依然无语的她，涂晔晖又开导道，"世界上没有完美无缺的事，生活中有不如意、不理想都属正常。听说你虽历经沧桑却也算成功人士，有兴隆的生意、幸福美满的……"涂晔晖本想再讲些有关"家"与"孩子"方面的道理，却打住了。那是令他痛苦欲绝的两个概念啊！没想到的是，这些省略号却对悲伤中的郑芬芳起到了震撼与催化作用，使她由呜咽变得泣不成声。泡好的茶水未动，纸盒里的餐巾纸却抽去了一大半。涂晔晖由纳闷变为诧异，十年，好不容易见面，竟让她如此悲伤。他不知为什么，更不知说什么。安慰，适得其反，谈及其他，如见到的孩子、有关她的传说、公司的近况、自己将要结婚，又难以启齿。无奈之下，他只能眼睁睁看着她悲伤流泪。

· 351 ·

涂晔晖哪能知道，这无言的泪水都是为他而流；更不晓得，这无尽的悲伤中包含着对他大海般的深情，无法言传的委屈与苦痛。

十年前，涂晔晖仕途失败，情绪沮丧，一怒之下离开了六建，离开了郑芬芳。临别时，除了留下祭奠式的一夜情外，就是角斗失败的阴影。涂晔晖刚离开，公司新班子上台，进行大刀阔斧的改革，撤销了施工队。时任施工队党支部书记的郑芬芳面临着失业。虽然郑芬芳是"农转非"职工中的佼佼者，二十岁入党，二十二岁当上施工队党支部书记，几乎每年都是优秀党员、先进工作者，曾经参加过全系统的群英会。但，正如一首歌中唱的，"昨天，所有的荣誉，已变成遥远的回忆，辛辛苦苦，已度过半生，今夜重新走进风雨"，现实未因其辉煌的历史网开一面，给她出路。随着施工队的消亡，她和队上的二百多名工友一样，失业回家。工人师傅们有手艺，可打工挣钱，郑芬芳因为优秀，在油漆班当了半年学徒便脱产成了干部，没学下手艺、没有自救的本事。想回家种地，土地早被政府征用，只剩下孤零零、面临改造拆迁的村庄。幸运的是，她有筒子楼涂晔晖房间的钥匙，虽失业却还有立锥之处。然而，这一切并非郑芬芳漫长、艰难十年苦难的全部，令她悲苦不堪、走投无路的是另一桩意想不到的事件。

正当郑芬芳为失业饱受煎熬时，身体出现了异常反应，到附近医院看医生，医生让做尿检，化验单上竟呈现出阳性。这对郑芬芳不仅是晴天霹雳、更是难以承受的丑闻。没结婚咋能怀孕呢？她无法理解，也无法相信，认为大夫弄错了。她又去多家医院检查，结果竟然一样。说明绝非医生误诊，而是她确确实实怀孕了。她被这如铁的事实击垮了，怀揣厚厚一沓同一结果的化验单，跟跟跄跄出了最后一家医院的大门，茫然走在大街上，漫无目的……天变了，觉察不出；下雨了，感知不到；天黑了，视而不见；进入死胡同，仍不止步。滚滚惊雷、瓢泼大雨、陡峭的高墙终于使她猛醒。她首先感到的是对不起父母，羞于见人。在父母眼里，她从小就是听话、上进、自尊、自爱的孩子；在同事、熟人的印象中，她是堂堂正正的女书记，冰清玉洁、值得敬

重的好姑娘。今天却出了如此大逆不道、让人不齿的事情,有何颜面见人?淋得落汤鸡一般的郑芬芳不能回郑家庄,因为,她的身体虽暂无异样,其情绪定会让家人看出端倪,只能趁夜深人静来到筒子楼。打开门,关了门,她凝视那张熟悉的席梦思床,那个作案现场、惹祸的地方,眼前出现了那天晚上凄美、热烈、幸福、激动、流连忘返的情景。现在,那个难忘的瞬间却酿成了灾难,让她惊惧、难堪、无地自容,不知该如何处置。郑芬芳从小自立能干,又在工地摔打磨砺多年,有着处事不惊的能力,但,发生在她身上的事太特殊、太突然,让她猝不及防,束手无策。她与涂晔晖相爱、相恋多年,从未越轨撞红线,守身如玉,清清白白。为了表达离别之情,安慰失意、落魄的爱人,为多年的相爱留下印记,他们情不自禁……没想到竟有了结果。郑芬芳脱去湿漉漉的外套,站在穿衣镜前,摸着肚子,光滑、平展、细腻、柔软,没有任何异常。然而,科学断定,里边已潜藏着一个小生命。这是他们的骨血,生命的延续,未来和希望,相爱的见证与结晶。但是,他来得太不是时候了,简直是趁火打劫、乘人之危啊。趁火打劫也要把他生下来,因为,这是她与涂晔晖情爱的产物,生命的共同体。就在郑芬芳信誓旦旦的一刹那,她想到了横在眼前的诸多困难。其他不说,数月后她的身体将发生变化,而他们还未结婚……她想到了去特区,想到打电话告知他,听听他的意见……但这种种想法当即遭到了否定。郑芬芳比谁都清楚,涂晔晖一怒之下盲目下海、无奈出走,没有精神、物质上的足够准备,没带救生圈,不知哪儿有岛礁,哪儿是彼岸;他将像浮萍在无垠的大海上漂流,无法掌控方向,不能有丝毫负荷,自己的投奔只能是拖累,让他沉入海底。郑芬芳决定把所有伤痛藏于身上,将全部重负扛于肩头。如何藏,怎样扛,却难住了她这个未婚、孤独的姑娘。难得她流下了泪水,发出了呜咽。这悲切的呜咽,借助深夜的静寂,穿墙越窗,传到了打烊归来的郑芹英的耳朵里。她极度关切地驻足郑芬芳门口,轻声叫开了门。看着悲伤的郑芬芳,郑芹英还以为她因涂晔晖离去、遭遇下岗而难过,悄声安慰道："好男儿志在四方。小涂聪明能干，一定能闯出名堂来，也省得整天跟公司这帮人伤神生气。至于你，公司不安排了咱就单干，就像我，开个夜市，一家人不愁吃穿，活得比上班时还洒脱滋润。说到这事，还亏了你跟小涂把我弄到炊事班，叫我学会了做饭的手艺。"看着郑芬芳难过不减，郑芹英又说，"你如果觉得下岗回咱们村上不好看，就好歹找个事先干着。我姨妈是青川市青木县人，在当地开了个小超市，生意蛮红火，就是缺个得力的帮手，前天还打电话托我找人呢。你如果不嫌弃就上那儿去，虽然离家远了点，但远也有远的好处，长年累月不见公司那帮人，眼不见心不烦。"郑芬芳停止了哭泣，答应离开宝山去青木县，并请求郑芹英对任何人，包括自己的父母、姐妹也不能泄露自己的去向。郑芹英满口答应，说到做到，十年来不忘承诺，守口如瓶，甭说对旁人，就是对有恩于她的涂晔晖也未透露过丝毫信息。第二天，郑芬芳给公司组织部递交了一份停薪留职报告前往青木县，并在郑芹英姨妈的关照下生下了孩子。六年前，郑芹英她姨妈改行做了其他生意，将超市盘给了郑芬芳。经过苦心经营，郑芬芳不仅偿还了接收超市时的债务，还将超市由五十平方米扩大为三百多平方米，商品也由数百种扩大为两千多种，并将其更名为晔晖超市，意在思念涂晔晖。为了避免未婚生女的尴尬，她对外宣称自己已经结婚，不仅对店内的员工、店外的顾客、商场的朋友，就连父母、兄妹，偶遇的六建人也以假话搪塞（郑芹英除外）。数年前，顾名利向涂晔晖传递的信息就是这样得来的。涂晔晖在特区站稳脚跟后一直与郑芬芳联系不上，原因也在于此。

  涂晔晖被丁惠仁、黄剑屹"三顾"回宝山的当天晚上，郑芬芳就通过郑芹英知道了，高兴得一夜未合眼。终于有了他的消息，她真想插上翅膀，领着他们的孩子飞到他的身边，投入他的怀抱，告诉女儿，这就是她的爸爸、天天都在打问的亲爸爸。然而，不能呀。她清楚，他"杀"回来的使命就是要争夺六建党委书记，实现久有的梦想，而他们之间难以说清的关系——未婚生子，将让他蒙羞，成为致命的污

点。公司情况诡谲复杂，顾名利一直虎视眈眈，瞅着党委书记的位子，处心积虑地在他身上搜寻破绽，她和孩子的出现不是正中下怀、授人以柄吗？在中国这片传统观念浓重的土地上，有多少出类拔萃的人物由于生活不检点被弃用、淘汰，而自己和他之间还有着铁证如山的孩子，不更是正儿八经的道德败坏、大逆不道吗？郑芬芳与郑芹英商量之后决定，抑制激情，继续坚守，等待时机相聚相认。郑芬芳所谓的时机就是涂晔晖功成名就，地位稳固，反对派消失。为了寻找、等到这个机会，郑芬芳几乎每天夜里都要给郑芹英打电话，了解公司的形势，探听涂晔晖的处境。但得到的却是退休人员上访，停水风波，公司遭遇官司……这些，均不是郑芬芳苦等、苦盼的机会。几个月前，终于传来了六建形势逆转的佳音，随之而来的又是令她心碎的噩耗——涂晔晖谈上了女朋友，并择日结婚。郑芬芳几乎崩溃了，春节前本是超市生意最火爆的时段、一年一度揽金的旺季，她却魂不守舍，心绪不宁，无心打理。意外怀孕时，她曾经痛苦、痛心、失魂落魄、不知所措过，最终远离宝山，瞒天过海，在郑芹英的帮衬下挺了过来。今天的难题既不能回避等待，更无法求人帮助。等待，只能使对方的婚姻成为事实，让自己这个含辛茹苦等了多年，拥有了爱情结晶的人成为第三者。婚姻，本是人类纯洁爱情的寄托与归宿，更是她与涂晔晖一直努力，精心培育、呵护，期许已久的目标，只不过是命运弄人，阴差阳错耽搁至今，怎能在关键时刻被人掠夺、抢占。郑芬芳连续数天躺在床上苦思、自省，追悔自己顾虑太多，过分小心，为了名誉和他的前程用谎言欺骗世人，掩盖真相，让涂晔晖信以为真。为成全自己，他选择了退让，投入她人怀抱。说到底，这是自酿苦酒，自饮自醉。郑芬芳从小宽容大度、懂礼知义，在兄妹之间，在邻里之间，在同事之间，在朋友之间，在爱人之间。要不，咋能学徒期未满就脱产成为公司当年最年轻的施工队书记，并为了心上人的前途而甘愿受苦呢？然而，爱情是自私的，婚姻是神圣的，她决不能继续宽容、谦让；决不能使自己的孩子因无亲生父亲在成长的路上遭受坎坷。她决心奋力争夺。郑芬芳丢下心爱的超市，于大年三十晚上回到宝山。十年来，她很少春节回家，一是生意繁忙，二是怕故地重游触景生情，引发伤痛。硬是在偏僻、清冷的小县饱受孤独，和不懂事的孩子用回忆、幻想打发时光。今年，无奈归来，当家人、故人问及孩子的父亲时，她还是那句亘古不变的回答"出差了"。但今年的回答已不像过去那般心虚、底气不足，因为，她将公开尘封了十年的真相，使深藏心底的隐私呈现于光天化日之下，并要无所顾忌、想方设法地把他从另一个女人的身边夺回，叫孩子认祖归宗，向家人、故人宣告，孩子的父亲"出差回来了"，以了结多少年来的心愿。辩证法告诉我们，一切事物都有着两面性，有了情敌是坏事，而因为坏事才迫使郑芬芳丢掉包袱，消除顾虑，鼓足勇气和涂晔晖相约。

涂晔晖能顺利赴约是出于礼节，出于一个被无情抛弃、身受重伤的人的雅量与大度，并想借机倾听她的自白，领略虚情与谎言，了却多年的疑惑与委屈。他们中间虽然只隔着一张六十厘米宽的条桌，却如同隔着千山万壑。那样遥远，无法走近。虽然这个不足十五平方米的空间温暖如春，他的心却如同封冻千年的冰山，寒冷、坚硬。听了郑芬芳痛不欲生的悲切哭诉，这如石似铁的冰山顷刻间崩塌、溶解，化为滔天巨浪在胸中奔涌、激荡，悔恨、愧疚的泪珠在眼眶打转；千山万壑变为通途，两颗远离的心瞬间靠拢。

"芳，实在对不起，十年来，让你吃了那么多苦，受了那么多委屈，都是我不好。如果……"涂晔晖无法讲下去了。他的脑海中突然出现了肖雯婕美丽、动人的身姿，热情奔放的笑容。敦厚老实的郑芬芳不明白涂晔晖戛然语塞的原因，反而接住他的话茬安慰道："如果不下海，不取得成功，咋能证明你是块金子？那些当官的又咋能良心发现，千里迢迢请你回来？"郑芬芳的话让涂晔晖的思绪回到了初到特区的艰难岁月，他简单诉说了闯荡的艰辛经历后又以悲怆的口气道："最困难时，我身上只剩下了传呼机。为了填饱肚子，我忍痛割爱，把两千多元的传呼机以二百元的价钱贱卖了，使我成了与世隔绝的人。为

了坚持下来，我曾经夜宿澡堂子、火车站候车室，还同流浪汉们争夺过桥洞……"涂晔晖的泪珠终于滚落下来，滴到了胸前。郑芬芳再次呜咽起来，不是因为自己，而是因为心上人所遭的罪、所吃的苦。涂晔晖被感动了，下意识地抓住了她的双手。这是一双多么熟悉、光洁、圆润、温暖的手。十年前，无论什么时候，只要握住它，总有一股暖流遍通全身，让他心潮澎湃，激情荡漾。今天握住它，不仅没有了那股暖流、那种幸福，还使他震惊、心酸。它瘦骨嶙峋、冰冷如铁。这种冰冷、粗糙、嶙峋，饱含了十年来的辛苦与沧桑。这一切都是他造成的，而她，不仅不责怪、抱怨，还为其遭遇痛心疾首、伤心难过。涂晔晖庆幸听到孩子的消息时未要求什么，他是这场悲剧的制造者，无权充当孩子的父亲，没资格要求什么。涂晔晖后悔把自己所受的苦告诉给她，这双如同鲁迅先生笔下成年闰土的双手让自己汗颜，和她相比，自己所受的那点苦难只不过是微不足道的冰山一角啊！

"别难过了，我吃的那点苦和你这么多年受的罪无法相比。我一个人，吃饱了全家不饿，你还要养一个嗷嗷待哺的孩子啊！再说，过去的年景好受，现在咱们见面了，一切都会好起来的。"涂晔晖从口袋掏出手帕递到郑芬芳手里安慰着。也许是出于同情，或是被结婚的喜事冲昏了头脑，涂晔晖忘记了天上有两个太阳会给人类带来灾难，男人心中有两个女人绝不可能心如止水，平静如镜，会波起浪涌，会发生争夺。实际上，郑芬芳的出现已拉开这场争夺战的序幕。她的泪水、孩子，包括苦难经历，都是争夺的武器，是为了扭转颓势，赢得这场争夺战。因为善心，她已失去了机会和优势；十年的岁月又使她没有了那充满青春活力的麻花辫，红润、鲜嫩的脸庞，苗条修长的身段，多情动人的双眸。郑芬芳虽然不懂攻心为上的谋略，却娴熟地运用了心理战，除了孩子、眼泪、经历和献身精神，在选择约会地点上也煞费了苦心。这里虽然已是城市的一部分，却是郑家庄的遗址；虽被改造得面目全非，却依然残留着足以使人辨认的痕迹。为了赢，她要利用"主场"，要通过怀旧让涂晔晖勾起过往。因为，这里有过他们的欢声笑语，有过美妙的春心萌动，有过灵魂震颤的初吻，有过数不清的美好记忆。

在涂晔晖的劝慰下，郑芬芳终于收住泪水，绽放出开心的笑颜。他们兴高采烈、激情洋溢，在记忆的褶痕里寻找那些峥嵘的岁月、温馨动人的故事。他们回忆起涂晔晖到工地报到时的趣事，大风雪中奋力"抢救"安全宣传栏的壮举，还有涂晔晖高烧不退，在郑芬芳的闺床上打吊针的动人画面……天晴了，太阳出来了，他们间的冰川、雪山完全解冻、消融，化为春水，汇成江河，泛起涟漪，飞起浪花，在心中激荡。他们默默地望着窗外那栋栋灯光闪烁的高楼，欣赏着一簇簇五彩缤纷的礼花，沉浸在如诗如歌的幸福之中。

"孩子回来了吧，能不能让我见见？"涂晔晖骤然收回视线看着郑芬芳，继续道，"我知道提出这个要求有些唐突，因为，除了血缘，我跟她没有任何关系。我虽然没有尽到一个父亲应尽的责任和义务，但，还是想见到她，想弥补十年来的亏欠。"涂晔晖利用郑芬芳情绪急转直上的机会，想达到要见孩子的目的。郑芬芳明白，孩子是这场爱情、婚姻争夺战中最重要的砝码，也是她十年来，乃至十年后努力生活下去的原动力，未弄清他的选择前决不能轻易抛出。

"快十点了，说不定娃早就睡了，还是改天吧！"郑芬芳看了看腕上的表，温和诚挚地说。看着涂晔晖失望的神色，郑芬芳又话中有话地说，"你不怕娃对你们以后的生活带来麻烦？"这句貌似替他忧心的话，一针见血地击中了涂晔晖的要害，使他低下了羞愧的头。涂晔晖勉强赴约，本想清算陈年旧账，扫清与肖雯婕步入婚礼殿堂的阴影、障碍，却意想不到地出现了郑芬芳凄美、感人的故事，让他得意心喜的孩子，使他无法拨动算盘珠子，并旧情复燃，渴望亲情，要见到孩子尽做父亲的责任。郑芬芳的话刺疼了他，同时引发了亲情与爱情的激烈冲撞。婉拒，让孩子稚气的脸蛋一下子变得模糊起来，使肖雯婕姣美动人的容貌清晰可见，爱情自然而然地占了上风。这里，郑芬芳犯了个致命的错误，她在以商人的心态、作风，用交换的原则处理复

杂的情感问题，并渴望立竿见影地让心爱的人重新回归，投入怀抱，结果适得其反，让刚刚出现的热烈场面骤然冷却了下来，使两颗即将靠近的心因为纽带断裂而渐行渐远。精明的郑芬芳似乎意识到了自己的错误，产生了悔意，却又锱铢必较，不愿丢弃交换砝码，背离交换原则，犹豫了会儿说："明天吧，明天我给娃说好后给你打电话。"涂晔晖看着卷发披肩的郑芬芳寻思：说好后打电话，说不好就不打了。父亲见女儿还用做工作吗？这对孩子可是求之不得的喜事啊！涂晔晖除了再次为未尽到父亲的责任愧疚外，对郑芬芳产生了一种陌生感。是啊，时间可以改变一切，在十年漫长光阴的打磨下，她已不是那个慷慨大度、无私无畏，为了爱放弃晋升机会，为了爱的结晶背井离乡、承受苦难，让他顶礼膜拜、佩服敬重的人了。正在这时，涂晔晖的手机响了，一看号码，是肖雯婕打来的。

"对不起，我出去接个电话。"涂晔晖不好意思地对表现警觉的郑芬芳说。看着急匆匆走出包间接电话的涂晔晖，郑芬芳除了嫉妒就是后悔。这么晚了，除了那个女人还会有谁？而自己却放弃了留住他的砝码，预支给他的是模棱两可的"明天"。

"芳，对不起，我有点急事要走了，跟孩子见面的事就依你吧！"涂晔晖接完电话回来果断地说完，付了茶钱，披上大衣，未等她同意已出了包间。郑芬芳呆呆地坐在长条凳上，感到突然、难过。在她的印象中，只要她与他单独在一起，主动权始终属于她，去与留、走还是不走都是她说了算。而今天，他几乎不告而辞，扬长而去，这让她无法接受。然而，为了下一次再见面，为了十年分离的悲苦，为了取得这场"情战"的胜利，她必须委曲求全，保持商场上的耐心与容忍。她穿上蓝呢子大衣尾随到楼下，站到涂晔晖跟前。

"晖晖，我送送你吧。"郑芬芳真诚地说。

"算了，天太晚了。你送我回来会更晚的。"涂晔晖抱歉地说完，一招手，一辆出租车停到了面前。涂晔晖迅速钻进去，打开车窗，随着滚动的车轮挥手再见。郑芬芳望着渐渐远去的出租车，望着那盏血

红的尾灯消失在拐弯处，浑身冰冷，心中发凉。这就是十年来朝思暮想的他，这就是当年一见钟情、忠诚敦厚、单纯善良的那个大学生，这就是信誓旦旦要和她生死不离的人。无情的时光可以吞噬一切、改变一切，但他的改变依然使郑芬芳难以置信，无法理解，悲伤难过。看着渐渐散尽的人流，扫视一双双、一对对相互依偎的情侣，仰望悬于空中的冷月，她感到孤独、伤感、无奈。这时，"农家乐"传出了悦耳动听的情歌——《无言的结局》，伴着歌曲的旋律，郑芬芳迈着沉重的脚步，向停车场走去……

涂晔晖接听的电话的确是肖雯婕打来的。肖雯婕知道他今天从老家回来，径直来到出租屋。出租屋的门锁着，听房东讲，人回来又出去了。她焦虑地打了电话。涂晔晖接到电话后有些紧张、心虚、慌乱，他不仅在约会旧情人，还成了孩子的父亲。当父亲，原本是所有男人求之不得的事，也是人生的必经之路，涂晔晖当然毫无例外地高兴、激动、骄傲、自豪；他下岗、流浪、二返六建，漫漫十年，竟意想不到地有了下一代，而且已经九岁，上了小学。但，这对肖雯婕来说却绝非好事。她尚在闺阁，未穿婚纱便成了孩子的后妈，尽管素未谋面，也许永远不会见面，却是不可回避的客观事实，而且突如其来。涂晔晖是个见过世面、经历过风浪的人，更是忠诚老实，如玻璃般透明的正人君子，不知咋样把初恋的历史演变为一夜情、有了孩子。离开郑芬芳，他心中的恐慌虽有减轻，却后悔刚才因情绪紧张有失风度地离别。郑芬芳与肖雯婕相形见绌、优势不再这是事实，但，她真诚、执着、无怨无悔地守候了那么多年，而且养育了自己的孩子！扬长而去的离别除了让他萌生出一种负疚与心痛，就是决心下次见面时道歉补救的许诺。然而，涂晔晖哪里晓得，以后发生的故事已使他难以如愿，孩子引发的风波更让他永远失去了这个机会。

走进小区大门，涂晔晖远远望见站在出租屋楼下来回踱步的肖雯婕。

"雯雯，对不起，让你久等了。"涂晔晖急步过去抱歉地说。

"没什么，说好三十分钟赶回，提前了两分钟。"肖雯婕看着手机上的时间，继续道，"几天不在城里，大家知道你回来了事情一定不少。"

"我刚在电话中讲了，其实也没啥大事，周经理请喝茶，盛情难却。"涂晔晖借助黑夜的掩护，第一次在爱人面前用谎话掩饰谎话。

"大过年的，喝啥茶呢？"肖雯婕边随涂晔晖上楼，边疑惑地说。

"说是喝茶，实际上是谈事……"一句谎言得用十句谎言去掩饰。涂晔晖边开门，边心虚地解释。

"啥急事连收假都等不到？"肖雯婕以好奇的语气刨根问底。这也难怪，作为同事式的恋人，情爱之余总想探询单位鲜为人知的人和事，以彰显近水楼台先得月的优越，即使获得的内容与己无关，甚至是精神负担，也会乐此不疲。

"五工区新建的综合楼被一部分职工抢了，周经理着急啊！"涂晔晖既后悔说了假话，又讨厌肖雯婕喋喋不休地追问，还不得不应付，只能搬出公司人所共知的热门话题进行搪塞。

"房子被抢这么长时间了，确实得解决，要不就太没公理了。掏了钱的人被堵在屋外，没掏钱的反倒心安理得地住了进去。"肖雯婕看着忙不迭地开空调、烧开水的涂晔晖继续道，"这回分房也有你的份，假若被抢了你咋办？"

"咱的房朝向不好，没人抢……"涂晔晖不知不觉地摆脱了被动难堪的查询，精神骤然轻松，将色眯眯的目光投向肖雯婕。肖雯婕原本就是六建首屈一指的大美人，今天又是带着春节的气息、精心打扮有备而来，肤如凝霜、目似辰星，冰肌玉骨、柔情若水，婀娜多姿、光彩照人，只要是男人都会产生邪念，更别说涂晔晖。自从风雨夜开房后，他们之间的恋爱关系已心照不宣地确定下来，没有了忌讳与红线，时不时忙中偷闲，享受着当代恋人应有的浪漫与愉悦，无数次地欣赏过她的风情万种。今天，看到有备而来的她，依然激情荡漾、心动神摇，饿虎扑食般将其搂于怀中，吮吸温香、享受温情。她善解风情、宽衣解带，张开双臂，一展柔美与火热。他们心照不宣地上床，迅速进入角色。涂晔晖一如既往地被肖雯婕火一样的热情熔化、淹没、吞噬……灰飞烟灭后，出租屋恢复了平静。他裸躺在她的身旁，借助朦胧的夜色，凝视安详、满足的她，思绪飞扬，为刚刚离别的郑芬芳惋惜。她苦心经营、傻傻等待的爱人就这样失去了，躺到了别的女人身旁。为什么，这到底是为了什么？涂晔晖惋惜的同时发出追问。从理论上讲，当然是感情出了问题。他们十年离别，相见时却平静如水，没有久别重逢的兴奋，没有恋人之间的激越与冲动，更没有他和肖雯婕暴风骤雨般的痴狂热烈。时间老人是公正的，它会使所有的人老去、死去，不管是富人还是乞丐；时间老人也是无情的，它会改变一切，使男女之间坚不可摧的关系淡化、冷却，哪怕山盟海誓，蜜里调油，有了爱情结晶。涂晔晖的脑海突然出现了许多如果——如果他在晖晖超市门前未见到那个孩子，未发生误判；如果没有肖雯婕的出现；如果郑芬芳慷慨大度使他们父女相逢……然而，不管有多少如果，也不管故事如何演绎发展，他也绝不会在这一时刻躺在郑芬芳身边。这一切也许都是上天安排好的，只是在其间安插了这些意想不到的过程，好让这个世界更加神奇、神秘，丰富多彩。涂晔晖终于说服自己，心安理得地享受"美人鱼"的万种风情，接受其爱抚、拥抱与搓摩。涂晔晖凝视包裹于踏花被中流露出甜美与惬意的肖雯婕，为他有幸福的今天而欣慰。由于他们恋情的逐渐公开，她已经处于一个温暖如春的环境里。风吹不着、雨淋不到、日晒不上，就连时间老人也无法使她失去青春与活力。和涂晔晖相识三年了，她已是二十七岁的老姑娘，却依然如走出校门那般鲜嫩、朝气蓬勃，好像早晨八九点钟的太阳。不仅如此，她还意想不到地步入仕途，当上了开发区工程主管技术的副经理，成为胡奎勇的得力助手。这一职务虽不耀眼，却因开发区的特殊地位，市长亲抓、建总领导蹲点，只要是人才不小心就会被发现、重用，上升的空间很大。加之周围的人都知道她是公司领导的恋人，就更青睐有加了，连目空一切、桀骜不驯的胡奎勇也对她另眼相看。

当然，这种另眼相看绝非胡某的势利，而是因为肖雯婕的努力，为第四项目部进入开发区立下了汗马功劳。两年前，周岭南因为这个工程染上官司避祸在外，公司上百个项目经理，二十六个项目部均趋之若鹜，使尽浑身解数想挤进开发区，胡奎勇也不例外。周岭南不在，涂晔晖自然成了这场赛事的主裁判，肖雯婕利用强劲的优势，让胡奎勇如愿以偿，使这个工程不仅成就了六建，也成就了胡奎勇，使他在开发区一干就是八年。也许因为这一点，胡奎勇对肖雯婕器重有加，奉为上宾，别说是让她当副经理，如果项目部允许有两个经理，他也许会毫不犹豫地给她一个。然而，世界上任何事情有得就会有失。肖雯婕春风得意，浑身挂满光环的同时也有所失。她不再是冰清玉洁的女大学生、纯情无邪的姑娘，而是公司领导的恋人。她若与别人相恋，也许会波澜不惊，顺理成章，和领导相恋，自然是人人关注，飞短流长难以避免。好在肖雯婕处世谨慎，为人低调，从不将与领导的特殊关系作为资本招摇过市，同涂晔晖的往来也是有限、有度、讲场合。更重要的是，肖雯婕属于有知识、高素质的年轻人，清楚地知道，在拼爹的时代、在金钱万能的今天她是弱者、是乞丐，唯一拥有的是年轻与美貌。凭借这一优势，她已赢得了可以出彩的舞台，但，当配角还是当主角，演悲剧还是演喜剧就全靠自己了。更重要的是，她还要为"领导"争光、争气，是他帮自己登上了这个舞台，并成为托付终身的人。事实上，肖雯婕想到了，也做到了，特别是荣升为第四项目部技术副经理后，简直是如鱼入海，鸟翔蓝天，一身土一身泥地同工人、民工吃住在工棚、打拼在工地，春节前涂晔晖邀她回乡看望未来的公婆都被婉拒。在当时，凡有条件的大学生，无一不想尽办法，削尖脑袋进机关、坐办公室、吃轻省饭、赚省心钱，没有人想扎根工地，风餐露宿地同工人摸爬滚打。肖雯婕当属凤毛麟角。加上她年轻、漂亮、大方，犹如一道靓丽的风景出现于人们眼前，就连甲方单位的领导也给她以极高的评价。有好事者预测，说不定不远的将来，天上会掉馅饼，让她平步青云，提拔重用进入公司领导层。聪明的肖雯婕当

然也意识到这一点，明白机遇稍纵即逝、机会是专为常备不懈的人准备着的道理，默默地、不动声色地努力着，等待这一时刻的到来。在事业与爱情上，她不经意间有了新的排序——事业第一、爱情第二。这虽然是一种正确的、积极上进的良好选项，却违背了初衷，违背了和涂晔晖相恋、相爱时的宣誓。她今天上门虽姗姗来迟，却也是雪中送炭，是对以往长时分别的补偿，为事业与爱情找到平衡点。

这时，出租屋在深夜的掩护下更加温暖如春、宁静隐秘，似乎在期待，期待他们堆积如山的激情再度喷发。此刻的肖雯婕，静静地躺在心上人温暖的怀抱里，安详、惬意、幸福。她虽已经历了一场风雨洗礼，身心依然被爱情占据，置事业、未来、"鸟飞鱼跃"于脑后。涂晔晖深藏于心的烦恼一时间被肖雯婕的万种柔情淹没，生命中的活力再次被激发，雄性的狂野再次彰显，并表现出"春蚕到死丝方尽"的顽强。终于，久积的情山被削平，奔涌的爱河被凝固……

"你想破纪录，行吗？"肖雯婕感受到了挑衅，轻声细语地激励着。

"只要你能行，我绝不含糊！"在涂晔晖的刺激下，肖雯婕来了精神，铿锵应战。涂晔晖想打破纪录并非为了逞强、显示男子汉的英雄本色，更不是肖雯婕似水的柔情让他付出不止。而是为了转移视线、担心她激情过后继续追问"约会"之事，担心再用谎言掩饰谎言的难堪，更担心不留意会露出破绽。肖雯婕不知是计，一心要欣赏其破纪录的风采，转守为攻，化被动为主动。瞬息间，出租屋内烽烟再起，互不服输的俊男靓女各领风骚，再显风流……

二十八、风雨又来

经过两年的紧张建设，五工区综合楼已拔地而起，雄姿勃勃，直插云霄，巍然屹立于机场路旁，成为宝山当年首屈一指的标志性建筑。

它是五工区办公楼与涂晔晖居住的苏式筒子楼的混合体，是六建人历经风雨迈上复兴之路的见证，更是六建住房制度改革跨出的艰难一步。它凝聚着六建人的智慧与拼搏精神，饱含着六建人的汗水和泪水。它长而不冗，阔而不雍，高而不飘。它浑厚灵动，同经济开发区如林的高楼遥遥相望，堪称高度竞赛中充满活力，极具雕塑感、空间感，结构工程上出类拔萃的佳作。它傲首直视碧空苍穹，与这座古老的城市邂逅，既是当代文明与古老文化相撞之火花，又是六建人改革创新精神之结晶，风生水起之拐点。之所以被命名为"综合楼"，是因为它具备着一楼多用的功能。一层商用，由顾战胜的童装超市，郑芹英的芹英饭店，还有副食、百货、电器、烟酒、文化用品等商铺组成。二层是六建机关所在地。六建机关乔迁于此，足以证明综合楼不仅成为六建的灵魂，还宣示世人，六建人已告别了陈旧、狭窄的办公楼，拥有了充满现代色彩的工作环境；六建已迈入一个朝气蓬勃、兴旺发达的新时代。

综合楼的三至三十五层是可容纳五百零八户人家的职工住宅。如果把这栋高楼比作一首歌，这一内容便是主旋律。它不仅表明六建已进入巅峰期，还无可辩驳地说明"卖盐的喝淡汤，泥瓦匠住的简易房"的歌谣对六建人已成为遥远的过去、永不复返的历史。六建人同所有先富起来的人们一样，享有了电梯上下、自来水到家的高楼大厦。这种幸福生活不仅是党的光辉的普照、改革开放的"红利"、六建人不懈努力的结果，更是经理周岭南用智慧和心血铸就的值得骄傲、自豪的佳作。几年前，他果敢采纳了涂晔晖的建议，躲过了那场牢狱之灾，并在脑海中绘制出了综合楼的宏伟蓝图。为将蓝图变为现实、变为现在的大厦，他在"避祸"路上，在生产、经营活动之余，全身心地投入可行性调研、图纸设计、手续办理和施工建设的全过程，使八万平方米的工程不到两年竣工，刷新了当时所谓的深圳速度，创造了六建施工史上的奇迹。多年以后，依然无人突破这一记录。

然而，正当分房、发钥匙时，一百八十多套房的防盗门一夜间被撬，房子被抢占。消息传来，六建人瞠目结舌，奔走相告，谴责、讨伐声此起彼伏；六建多年的稳定、平静被打破，职工思想出现了空前混乱的局面。六建历史上曾有过竣工的家属楼被抢占的先例，但那只是少数、个别人所为，当时又是福利分房；现在的房子是个人掏了钱的，而且不是一千两千、一万两万，而是数十万元的巨资，是一家人，甚至几家人几十年的积蓄。过去，少数人、个别人占房、抢房可以做工作，即使搁置一年半载也不会影响分房。而今，抢房者近二百户，又是有预谋、有组织的不约而同，既难以解决，更不能搁置。六建再次面临风雨……

房子被抢的第一时间，周岭南便丢下所有工作，主持召开了分房领导小组会。从理论上讲，分房领导小组是公司班子领导下的临时机构，但因组长是公司行政一把手，副组长是主管物业的副经理，这个小组便和公司班子形成了并列关系。加之它主宰着五百零八套房子的归属，其威力更是举足轻重。这里特别值得一提的是，由于六建近年来政通人和，风调雨顺，职工对班子的奉承、褒奖之声也来势汹汹。作为"班长"的周岭南已呈现出昏昏然、飘飘然，整日头颅高昂，胸脯高挺，表情严肃，语气铿锵，大会小会，私下闲聊形成的口头禅是："我是公司法人代表，就按我说的办！""你的责任是服从，义务还是服从；我的义务是命令，责任还是命令。"周岭南还养成了引经据典的习惯，经常引用的是拿破仑的名言："狮子率领的绵羊的军队，能够打败绵羊率领的狮子的军队。"古人云，朋友之间可共患难，但不可同享福。周岭南、涂晔晖这对号称同志加兄弟的搭档，就应了这句古训。公司困难时，要面对来自各方的矛盾，要相互依存，他们见面有说不完的话、讨论不尽的问题，连一直追随周岭南的顾名利都十分嫉妒，却无法拆散、取代。现在，党政间虽无裂痕、矛盾，却是各自为战，各司其职，除了偶尔开会同桌而坐，几乎是鸡犬之声相闻，老死不相往来。再也没有了五工区办公楼停水、职工静坐时的挑灯夜谈，更没有周岭南避祸时风雨之夜的相互交心、相互关照、相互鼓励……作为

党委书记，涂晔晖深知加强班子建设是职责所在，党政和谐是企业的生命线，很想主动沟通，却因周岭南很忙，无法如愿。每半年的班子民主生活会虽是交心的机会，却因上级领导在场，难以敞开心扉当众提意见。抢房事件发生那天，涂晔晖第一时间得到消息，心急如焚地来到周岭南办公室。

"周经理，我在基层听说五工区综合楼被抢，给你打电话求证一直关机，给经理办打电话他们闪烁其词。到底是咋回事嘛？"好像是才散会，办公室遍地烟头、纸屑，狼藉一片，空气中弥漫着令人窒息的烟草味。看着头上沁着汗水、气喘吁吁的涂晔晖，周岭南递过一支烟，不慌不忙，以指挥若定的大将派头道："综合楼确实出事了，一百九十八套房子被抢，经理办没告诉你是我安排的。家丑不可外扬，不能八字没见一撇便四处嚷嚷，影响公司形象。"周岭南点着烟，慢条斯理地吸了两口继续道，"抢房、占房在六建也不是第一回，没啥大不了的，你就大放宽心吧。我刚召开了分房领导小组会，让名利、素清他们先摸摸情况，查查原因，春节过后再说。实在不行，我亲自召集这些人开个会。我就不信现在没王法了，更不相信他们会不给咱老周面子……"周岭南越说越上气，最后竟拍开了桌子。拍桌子的声音特别响，将正在清扫垃圾的通讯员惊得战栗了一下。周岭南自知失态，不好意思地看了涂晔晖一眼，又以和缓的语气说，"都是多年的老熟人了，他们不会六亲不认，驳咱的面子。"涂晔晖想说话，周岭南看了眼墙上的挂钟，继续道，"下班时间早过了，你这些天一直走街串户，抬米扛面给特困职工送温暖，够辛苦的，早点回家歇息吧！我晚上也闲不下，宴请几个甲方，收些工程款。马上过春节了，财务账上没个几千万这个年就过不去呀！"看着周岭南逐客的架势，涂晔晖忧心无奈地继续他的访贫问苦，并希望周岭南能凭借"面子"解决好抢房事件，使综合楼真正成为惠民工程而非麻烦工程，使其为公司二次创业锦上添花而非涂墨抹黑。

然而，抢房事件并未按着涂晔晖的美好愿望发展。刚过春节，职

意想不到

工群体上访序幕拉开，节后上班进入高潮。眼睁睁看着自己掏钱建的房被别人强住，公司领导却束手无策、无动于衷，还一如既往地走东家、串西家，喝酒、打牌，根本不把购房者的焦虑、不平与忧心当一回事。义愤填膺、急红了眼的购房者顾不得走亲访友，从农历正月初六第一天上班便成群结队如潮水般涌向公司，正月十五前后，上访者已猛增至五百多人。办公楼每日人头攒动，你拥我挤，如庙会一般；人们疯狂地找有关部门、有关领导讨说法，缠住周岭南要求对话。公司正常的工作秩序被打乱，前来检查工作的建总领导被堵在门外，造访的客户无法进入办公室，机关干部们无法投入工作。为躲避每日的上访浪潮，公司领导寻找各种借口下工地、去基层；机关干部们一大早点个到便匆匆离去，呼朋唤友，打牌、喝酒、走亲戚。周岭南为躲其锐气、怕遭纠缠，提前半小时来到办公室，仓促安排完一天的工作后便悄然离去，去施展其影响力，寻找可制服抢房者的"王法"。

涂晔晖休完假，一踏进公司大门便陷入上访者的汪洋大海。没有船、看不见岛、望不到岸，只能在冰冷的人海中努力挣扎，不小心还会喝上一口口苦涩的"海水"。有关领导、干部可以回避、逃离，可以下工地、约见客户、"施展影响力"，涂晔晖却不行。他是公司维稳第一负责人，"乘船""登岛""上岸"，不就等于人民警察见死不救吗？更何况，在他的字典里没有逃避、耍滑这些内容，即使"船""岛""岸"就在跟前也绝不会登靠、乘坐。他不是英雄，也非豪杰，只是芸芸众生中的普通一员，但却有着担当精神，有着做人起码的良知与责任心，只能别无选择地坚守着。这种坚守虽非视死如归的壮举，却像火炬，照亮了四楼的党群部门。这些部门的同志与这次分房毫无关系，对分房政策更是一无所知，无法对上访者做出解释。但，当看到书记在上访者的层层包围中不退不避地坚守，他们也毫不迟疑地冲将进去，加入说服、疏导的行列。尽管这种所谓的"万金油"治不了大病，解决不了根本问题，却是一种姿态，是对上访者愤怒与焦虑的一种开导与安抚，让他们在气急败坏时吐出一口恶气、一腔苦水，为

他们的委屈无奈开辟了一条发泄渠道。涂晔晖就这样在上访者走马灯似的轮番进攻中苦苦支撑、耐心等待，等待着周岭南施展个人影响力的效果，等待着"王法"的威慑。但，春等到夏，夏等到秋，多半年过去，依然未等到想要的结果。

在这段风起云涌、艰难漫长的日子里，周岭南并未偷懒、懈怠，一直在奋斗，在努力，废寝忘食，夜不能寐。实事求是地讲，他跑的路不比涂晔晖少，努力的程度不比涂晔晖差，受的委屈比涂晔晖更多，但却收效甚微。毫不夸张地说，除了要求他解决个人的诉求外，没有一个抢房者给面子，也没被他找来的"规矩""王法"吓住，而是变本加厉，由原来用破烂家具占房，到大摇大摆地搬入居住、过日子。这对购房者简直是火上浇油、雪上加霜，对公司班子、对周岭南更是公然挑衅。涂晔晖和党群干部组成的防线终于被突破，六百多名购房者由于对公司失去希望，先后到建总大院、市委门口集结，要求上级领导帮他们解决问题。五年前千人静坐的一幕在这里重现。虽然由于六建班子、社会各方工作及时，未使静坐过夜，但六建的党政一把手却被戴上了"金箍"，面临念"咒"的危险。唐僧念"紧箍咒"还顾及师徒情分，只是让孙猴子受受疼、认认错，而涂晔晖、周岭南一旦被人念咒，就会丢掉乌纱帽，结束政治生命。没人同情、无人怜悯，还将遭遇落井下石、被众人唾骂的可悲下场。数百人掏了钱却住不上房，能夸你、赞你，说你好吗？

2003年10月28日黄昏，聚集于市委门口的购房者刚刚散去，周岭南、涂晔晖被黄剑屹召到办公室。

"周岭南、涂晔晖同志，我代表市委领导、建总班子郑重要求，要求你们在一周内解决集资户的诉求，平息抢房事件。希望你们不要把好事办成坏事，办成大家都不愿看到的事。"讲到"都不愿看到的事"时，黄剑屹偷觑了一眼周岭南、涂晔晖，又强调说，"到那时，谁也没法替你们说话。希望你俩好自为之，千万不可掉以轻心呀！"啥叫语重心长，这就是语重心长。涂晔晖不仅受到感动，同时听到了孔明挥泪斩马谡的历史回音。涂晔晖并不惧怕完不成任务被组织处理，只是感到对不起这几百户信任公司、用全部家当甚至举债参与住房改革、参加集资建房的职工，同情他们倾其所有却久久住不进新房。涂晔晖以期待的目光看着周岭南，希望他表态。因为经理、书记虽都是公司一把手，同奖、同罚、同级别，但经理分管集资建房，始终是这台戏中当仁不让的主角。涂晔晖既非建房领导小组组长、副组长，也非一般成员，这虽是六建约定俗成的传统，却使他游弋于这项工作之外。抢房事件发生后，他几次试图涉足，都被胸有成竹的周岭南婉拒。现在，事态发展到无法收拾的地步，家丑不可外扬的禁忌被打破，建总领导要"亮红牌""念咒语"，周岭南也该改弦易辙，说句心里话了。

周岭南此刻的心情比涂晔晖更复杂纠结。他首先意识到六建已面临灾难，他的命运将逆转，将成为六建历史上又一位悲剧性的经理。但他问心无愧，因为他尽了力。周岭南想到召开抢房者大会时遭到的围攻、遭受的屈辱，更觉心安理得。抢房者中，大部分人是他的老下级，曾经的业务骨干，六建的有功之臣，无话不谈的朋友、工友。这些人工龄长、资格老，完全有条件参与集资。但，他们凭工资吃饭，手头上有俩钱也是从牙缝里挤出来用于救急、预防不测的，不舍得拿出来花出去；不放心公司、不愿参与集资。他们的退缩几乎使集资建房搁浅。为了使集资建房这一改革取得成功，公司不得已放宽条件，让一大批条件相对较差的青工挤了进来，像王秋生。现在，楼房意想不到地建起来了，不仅雄伟壮观，还有电梯；面积、朝向、布局、设施都比几十年前的筒子楼好上十倍百倍。在物质并不丰富的今天，在房价暴涨的形势下，这些老资格们为错估形势、错误选择追悔莫及，无奈之下揭竿而起，抢房、占房，企图迫使公司将集资建房政策恢复到过去，使他们得到应得的那杯羹。在利益至上，人情如纸的价值观下，周岭南的老面子理所当然地被既得利益击得粉碎。一狠心，周岭南去找"王法"——找派出所、法院。得到的回答是：上级有规定，这类纠纷由企业自行处置，公检法不能介入。周岭南意识到了问题的

猫，逮住老鼠就是好猫！'只要能让掏钱的人住进新楼就是妙计高招。"听到涂晔晖有办法，周岭南像吃了兴奋剂，一下子来了劲，靠近涂晔晖继续道，"在黄书记办公室，我就看出你怀揣锦囊，否则也不敢撂大话，明天拿出'切实可行'的方案。走，咱们找个僻静的地方喝两杯，暖暖身子详谈。"言罢，他又对蹲在不远处抽烟的小刘喊，"小刘，我跟涂书记有事，你回家去吧，需要车时给你打电话。"

二十九、占房风波

　　小刘走了，周岭南和涂晔晖来到综合楼对面开发区内的龙腾酒店。依照涂晔晖的建议，他们要了间可容纳二十人的大包间。他们不仅要在这儿喝酒密谈，可能还要开会、决策，指挥平息抢房事件。找了个靠窗的位子坐下，他们不约而同地将目光投向机场路对面的综合楼。黑夜里，楼内流淌出星星点点、依稀可见的亮光。那些聪明的抢房者，坚信法不治众，断定六建领导不会、也不敢来硬的，强迫他们离开所占的房子，购房者本人更没权赶他们走。所以，尽管公司断了电，他们竟然私自接上，心安理得地过开了日子。周岭南遥望闪烁不定的灯光，气愤至极、屈辱难当，深感对不起那些用全部家当支持公司房改的购房者，为他们掏了钱却久久住不上房愧疚自责。

　　"据我了解，不少抢房者也在诉苦，自认为资历深、工龄长、贡献大却没买上房，而让那些资历浅、名不见经传的青工占了先机，心气不顺、怨气很盛。他们抢房不是想占为己有，而是为了发泄不满。当然，有些人也另有目的，想让公司恢复原来的集资建房政策。"涂晔晖对阴沉着脸的周岭南说。

　　"想恢复到原来的政策？那是绝不可能的事。想当初公司多次开会、动员，做工作，人家死活不参与，认为楼盖不起钱会打水漂。现在，楼盖好了，心动了，眼红了。如果依照他们的意愿，不是亏了那些信任、支持咱们的人吗？我宁肯不当这个经理也不能做违背良心的事！"周岭南目视窗外，态度坚定。

"要我说，什么都不怪，就怪大家当时不富裕、手头紧。如果这些人是百万富翁，或是像现在这样手头宽松，决不会畏首畏尾不敢出手，导致吃后悔药，有失尊严地抢占不可能属于自己的房子。"也许涂晔晖的话使周岭南萌发了恻隐之心、消了气，他没有了刚才的怨恨，指着桌子上的酒菜说："民以食为天，先吃饭、先吃饭。"随即操起筷子夹了口菜放进嘴里，边嚼边继续道，"唉，抢房的、遭抢的都是咱的职工，手心手背都是肉，事情闹到这一步你让咱咋办？就是神仙也不可能做到不偏不倚，两全其美。"

"咋办？很简单，咱只能对事不对人、向理不向人了。"涂晔晖斟满一杯酒，递给周岭南说。周岭南接过酒杯喝了一口，并未沿着涂晔晖的思路回应，而是以抒情的语气说："涂书记，咱俩快一年没单独坐在一起喝酒了吧？今日难得碰到一起却满肚子心事。啥时候，咱无忧无虑了，痛痛快快地喝上一次，来个不醉不归。"在涂晔晖的记忆中，跟周岭南搭班子四年多来，还未不带心事、痛快淋漓地在一起喝过酒。歌咏大赛夺冠庆祝时，本可心情舒畅地喝一回，自己却心存隐私，操心着肖雯婕，别说喝好，连酒的味道都没印象。开发区工程到手后也算一次机会，却要招呼客人，中途又冒出芹英饭店被砸、周岭南遭传讯。这回鬼使神差地凑到一起，更是坐在火山口上，只感到焦虑，尝不出酒味。

"占房的事折腾快一年了，我确实不想把你书记扯进来，没想到还是扯进来了，还可能陪我受处分……"情到深处难诉说，周岭南再未讲下去，而是将一杯酒一滴不剩地倒进嘴里。

"党、政本来就是一家，经理、书记虽分工不同目标却只有一个，那就是把公司的两个文明搞好。书记参与行政工作天经地义，无须道什么麻烦。说句难听话，咱们就是一根绳上的蚂蚱。"听了涂晔晖的话，周岭南的负疚感减轻了不少。

"你刚说的对事不对人、向理不向人我非常赞同,关键是如何'对',咋样'向'?"周岭南把斟满酒的杯子递到涂晔晖手中,羞涩讨教。

"要平息抢房事件,公司必须转换角色。"

"转换角色?"周岭南疑惑不解。

"对,转换角色。"涂晔晖将酒杯放下,打开了锦囊,"现在,公司和抢房者都是运动员,同在赛场较劲、博弈却没有裁判。公安局不介入,上级组织不插手,无人评判是非,形成胶着状态。咱们迫在眉睫要做的,就是把运动员的身份交给购房者,让他们和抢房者角逐,咱来当裁判。其结果必然是购房者胜利,因为,他们是正义之师,是房子的主人,是掏了钱的,而且有咱们这个裁判的支持!"

"你的意思是让购房的和抢房的闹。但房子没分、钥匙没发,购房者师出无名呀?"周岭南似乎听出了"转换角色"隐含的玄机,兴致盎然地提出了问题。

"房子一分不就师出有名了,不就成了参赛者?不就可以理直气壮地取代我们去参赛!现在关键要看分房条件是否成熟。"涂晔晖胸有成竹地说。

"真是当局者迷,旁观者清;一窍不得,少挣几百。我就知道你书记的锦囊中装有妙计。'转换角色'让购房户出来和抢房者斗,咱们坐收渔人之利。"周岭南赞不绝口,端起酒杯高兴地继续道,"涂书记,来,为了咱们能当上裁判干杯!"碰完杯、喝完酒、吃了口菜,周岭南满怀信心地继续说,"分房的条件早就成熟了,咱今日就当机立断连夜分,明天就能见效。"周岭南看了看表又道,"现在还不到十点,给黄书记打电话,汇报咱们的方案,省得领导睡不着觉,替咱操心。"

"暂时不能汇报。"涂晔晖果断地说。

"'转换角色',多好的方案呀,他保准赞同,咋能不汇报呢?"周岭南放杯停箸,瞪大眼睛坚信不疑地说。涂晔晖将酒杯放下,认真耐心地说:"咱们的办法好归好,却有一定风险,就是你刚说的,有挑动

· 377 ·

群众斗群众的嫌疑，弄不好会失控、引火烧身。如果咱有更好的办法绝不走这步险棋。黄书记是个谨慎小心、追求完美的人，对可能引发恶果的方案决不会同意。一旦领导表态不同意，咱再硬着头皮干，不出事也落不下好，出了事更是罪加一等。咱给他的汇报时间是明天，明天早上、晚上都在期限以内。事情成了，明晚汇报也不迟。"一听"转换角色"的办法会产生风险，周岭南刚才的高兴、兴奋劲儿不见了，陷入忧虑、沉思之中。他原本就是个四平八稳、墨守成规、因循守旧的人，因为改革大潮的影响，使他有了一定的勇敢、冒险精神，在六建生死存亡关头挺身而出，当上了经理，在企业被兼并时又胆大包天地组织千人之众去市委门口静坐。然而，承揽开发区工程，为了那笔垫资款差点成为阶下囚的沉痛教训使他至今心有余悸。尽管在涂晔晖的努力下化险为夷，安全无恙，却让身上那点冒险、勇敢精神消失殆尽，恢复了谨小慎微、循规蹈矩的老作风，要打退堂鼓。涂晔晖发现了周岭南态度的变化，也清楚为什么会产生这种变化，决心说服他，使"转换角色"的方案顺利实施，让抢房事件尽快平息，即使越轨、以个人的政治生命为代价也在所不惜。

"周经理，我刚分析的后果只是一种可能，万一，只要咱措施得力，防患于未然，就不会有这个万一出现。"看着愁眉不展，只顾抽烟的周岭南，涂晔晖继续道，"还有一种情况，不知道你了解不……"

"还有情况，啥情况？"一听说还有情况，周岭南更紧张了，急于知道详情。

"抢房者的情况。"

"抢房者的情况咱当然了解了，共一百九十八户，上岗的五十五户，下岗的八十五户，退休的五十八户……"周岭南松了口气，像小学生背书般介绍着。

"我所说的是另外一种状况，是各自不同的抢房原因。"涂晔晖说着，从包里取出笔记本，翻开继续道，"以抢房要挟公司解决子女安排、药费报销、工资拖欠的三十八户；本人是购房者，怕分不到好楼

层参与抢占的五十二户；真正想要房子的二十三户，其余二十三户是因其他原因。一旦分了房、发了钥匙，担心楼层不好的几十户有多一半会放弃所占的房子，因为，他们分到手的房子也许就是理想的，即使有差异，也不会劳神费力地与别人争夺不属于自己的东西。还有，近一年来公司经济状况逐步好转，药费报销、拖欠工资的旧账已清理了不少，其中就有抢房的人，这些人已陷入骑虎难下的窘境，房子的主人一旦找上门，正好有台阶可下。其余那些人虽然气壮如牛、态度强硬、有侥幸心理，但没掏钱想住房总是理亏心虚，对公司可以耍赖、讲条件，对那些志在必得、掏了钱的房主还能耍赖、讲条件吗？只会乖乖地腾房。"涂晔晖有理有据，俨然就是一位理直气壮的购房者。看到周岭南愁容渐渐消退，涂晔晖继续道，"历史告诉我们，实力悬殊的国家打不起仗，实力悬殊的人打不起架……"

"你说的有一定道理，但实力大小是抢房者和购房者的事，咱身为裁判，如何制造悬殊，决定谁强谁弱？"周岭南不解地问。

"正义本身就是一种不可抗拒的力量，购房者的分房通知、房门钥匙就代表了这种力量。还有，这些掏了钱却久久不能入住的购房者犹如充满了气的蒸馍锅，分房通知如同揭开了锅盖，其力量可以带动发动机，可摧枯拉朽，排山倒海。即使虎踞龙盘，他们也会降龙伏虎，夺回自己的房子。再有，咱们是在高度保密的情况下采取行动，等于给了购房者以'备战'的机会，也是对抢房者的突然袭击。这种以强对弱的袭击必然会不战而屈人之兵。为了预防不测，咱们还可以发挥政工干部的作用，组织一支'消防队'，为购房者顺利入住保驾护航，化解夺房时可能出现的冲突，彰显咱这个'裁判'的威力。当然，这些人不是帮助打架，而是宣传、评理、劝和、仲裁。"看着依然心存疑虑的周岭南，涂晔晖继续说，"我以为，这是摆平抢房事件唯一有效的方法，成功率在百分之九十五以上。如果万一失败了，一切不良后果由我承担。"一句承担责任的话击中了周岭南的要害，让他惭愧万分。他举棋不定，迟疑不决，甚至提出异议，根本原因就是害怕重蹈芹英饭店"打、砸、占"事件的覆辙，怕承担责任，怕被公安机关传讯。尽管涂晔晖细致入微，把可能出现的状况都考虑到了，但，百密一疏，万一发生打架斗殴，持械伤人咋办？那么多抢房者、购房者分布在几十层楼、几百套房子里，谁能管得了谁呀！周岭南越想越害怕，越想越担心，甚至不寒而栗。真乃"一朝被蛇咬，十年怕井绳"啊！然而，涂晔晖铁骨铮铮的表态，无所畏惧的浩然正气，勇于承担一切风险的精神深深打动了他，使他不得不重新做出选择。

"一切不良后果由你一个承担？涂书记，你说这话不是打我周岭南的脸吗？咱的为人你还不了解？五年前市委门口静坐示威咱尿过吗？三年前公安局叫去问话，咱怯过吗？如果不是为了让你有活动时间，咱绝不会逃避。这回能叫你一个人承担责任？简直是笑话！"周岭南把正抽着的烟掐灭，丢入烟缸，端起面前的酒一饮而尽，抹了把嘴，透过窗玻璃，遥望横卧于茫茫苍穹下的综合楼，又深有感触地说，"咱当经理多年，没长啥见识，却养成了虱多不咬、账多不愁的毛病。但综合楼被抢占使我明白了一个道理，那就是谁的账都可以欠，职工的账千万不能欠！其他不说，光唾沫星子就把你淹死了。房子分不出去得罪了五百多户，现在又要和这一百九十八户明争暗斗，你知道，咱在工区时可不是这般狼狈，如此大面积地讨人嫌。唉！为了还清大家的账，咱只能公事公办了。我身为经理，主管集资建房，今晚的事由我打前锋，你打后卫。一旦出现芹英饭店那样的事，咱一如既往，同甘共苦，同舟共济！"周岭南扫视一眼餐桌上几乎未动的饭菜，对站在门外的服务生喊，"喂！劳驾给咱把饭菜热一下。"

草草吃完饭，他们在龙腾酒店开始现场办公。为了夜战需要，他们又包了一间客房，一间会议室。客房作为经理、书记的指挥室，会议室用于召集基层领导开会，现在他们吃饭的餐厅供分房办公室使用，首批招来的就是他们。这些人午夜零时接到通知，火速赶到这里，听了经理、书记的保密纪律后紧锣密鼓地开始工作。分房本来是一件极其复杂棘手的事，但由于抢房事件为他们留下了足够的时间，使复杂

棘手变得简单容易、水到渠成。不到两个小时，五百零八套房子各得其主，连分房通知和钥匙都准备得妥妥当当。

分房办公室的人们紧张忙碌时，各基层单位的党政一把手已聚集于龙腾酒店一楼会议室，与会者在紧张、神秘、肃穆的气氛中等待着谜底的揭开。二十分钟前，公司经理、书记联合发信息通知召开紧急会议，让他们感到不解而稀奇。几十年前，公司曾召开过这样的紧急会议，但，十多年来早已没有了这种情况。他们的神秘、紧张心情可想而知。他们从睡梦中、牌桌、酒桌旁匆匆赶来，顾不上欣赏豪华阔气的会议室，便充满好奇地交头接耳、窃窃私语，想弄清领导三更半夜召他们到此的目的。人们测猜、密议、煎熬，等待了一个多小时后，周岭南、涂晔晖终于出场了。他们的身后是副经理兼集资建房办公室主任顾名利、手提大包小包的分房办工作人员。虽说时间已是夜里两点，因想弄清"谜底"，与会者依然毫无倦意，抬头挺胸、精神抖擞、全神贯注。

"同志们，今天请大家来议题只有一个，就是分房。"一听要分房，与会者由神秘、好奇变为惊疑、兴奋。惊疑的是，二百套房被抢占，咋分？这不是火上浇油吗？兴奋的是，领导在购房者静坐、上访的敦促下终于有所作为，要啃抢房、占房这块硬骨头了！他们中多一半是购房者，咋能不欢欣鼓舞兴奋异常呢？

"同志们，"周岭南扫视了一眼会场继续道，"一会儿把分房通知和钥匙发给各单位，各单位领导务必在天亮之前发给每一位购房者。告诉大家，拿到钥匙这房子就是他们的，任何人不得阻拦入住，更不得非法占有。如果有人抢占，要坚决地、毫不留情地予以驱逐。公司坚定不移地支持他们！"周岭南又对身后的顾名利吼道，"名利，把通知、钥匙发给在座的各位……"就这样，一个不知对手是谁的战役于深秋的夜晚悄然打响。一年前，抢房者以突然袭击的方式对综合楼实施了抢占；今天，公司以牙还牙，反其道而行之，要借助购房者积压已久的求房欲、迫不及待的入住心情平息久拖不决的抢房事件，渡过

问责难关。抢房者说啥也不会料到，他们正为公司领导们的无为沾沾自喜，为周岭南、涂晔晖被诫勉谈话幸灾乐祸时，购房者竟手执钥匙，率领"援兵"杀气腾腾地反扑夺房。

　　王秋生拿到"通知"和钥匙时已凌晨五点，他依然精神亢奋，激动不已。这串钥匙对他而言实在是太来之不易了，除了和所有购房者一样经历了漫长的等待外，还撕破脸皮与公司对簿公堂。现在，钥匙终于到手了，不仅可以阖家团圆，完完全全变为城里人，还将向世人证明他这个"庄稼娃"的功成名就。王秋生断定，自己的房子一定被人抢占，却猜不出被谁所占。但，手中的钥匙告诉他，就是再难缠的对手也要把他撵出去，即使屋内堆满炸药，也要义无反顾、毫不退缩地入住。虽然跑了十几个小时的车，疲惫不堪，但，对房子的渴望使他等不到天亮，拿到"通知"半个小时后便赶到了综合楼下。发现房内灯火通明，他立即警觉起来。王秋生虽文化程度不高，年轻气盛，却思维缜密，有自知之明，深知自己个小力薄、孤军深入成功率不高，必须求援。他知道洪生善和几个师傅就在这一带等客，立即拨通了电话。不到十分钟，十多辆清一色的夏利停到了综合楼下，还有七八辆车正在向这里聚集。

　　"钥匙到手了？"洪生善从车里钻出来，兴致勃勃地问。

　　"钥匙到手了却被人抢占着。"王秋生指了指顶层亮灯的房子说。

　　"公司卖给你的房子他凭啥占？撵走不就完了。"的哥们纷纷说。

　　"我打电话请各位师傅来就是为了这事。"王秋生抱拳在胸道。

　　"咱们谁跟谁，你就甭客气了。走，上楼！"的哥们七嘴八舌，摩拳擦掌，争先恐后拥向院内。快到电梯口时，王秋生对热心的的哥说："占房的说不定是工友、熟人，甚至是咱的师傅，还是先礼后兵，点到为止，不需要大家都出面。"随后，他和洪生善选了五位年轻力壮、块头大的跟他一块坐电梯来到三十五楼。随着响亮的门铃声，门开了。王秋生他们一拥而入，以迅雷不及掩耳的速度占据了客厅。

　　"你们想干啥？吃了豹子胆，竟敢私闯民宅！"屋内四个人正在麻

将桌前酣战,一时间被王秋生的突袭弄蒙了,数秒钟后,一个瘦骨嶙峋、麻秆般的汉子站起身厉声道。那位开门的和其余两个年轻人也怒形于色,紧握拳头,摆出动武的架势。王秋生认得说话的"麻秆",他是这一带赫赫有名的"碰瓷王",曾在菜市场找过涂晔晖的麻烦。他和自己一样,十年前下岗,因好吃懒做、游手好闲、不务正业,日子过得艰难。为了改变生存现状,他要求"内退",被拒绝后,便成了这次抢房的组织、发起者之一。这套房成了他的"战果"、一年来的赌场。王秋生发现"麻秆"并未认出自己,便佯装陌生人,逼近他正色道:"这套房是你抢占的?"

"是我抢的,咋咧?"对方瞪着黄眼珠子直言不讳。

"走走走,快把你的东西搬走!"王秋生命令。

"好大的口气,凭啥要我搬走?""麻秆"毫不示弱,挺了挺单薄的胸膛,溅着唾沫星子吼道。

"凭啥?就凭这!"王秋生右手扬起分房通知,左手抖着那串钥匙,理直气壮地说。"麻秆"在明亮的灯光下看到了分房通知,还有落款处鲜红的印章。他明白,公司终于灵醒过来了,要用一纸通知让购房者与抢房者鹬蚌相争,他们坐山观虎斗、坐收渔翁之利。看来自己的"内退"是彻底泡汤了。"麻秆"及其抢房者们号称六建的高智商能人,认为公司让他们下岗亏欠着他们,他们有权抢占其财产。而工友们不欠他们,房子都是掏了钱的,难以与之相争。"麻秆"整天干着走钢丝的营生,为了自我保护,比一般人更懂得这些。但,他不能轻易失败,要努力地搏一搏,迫使对方知难而退,使公司的阴谋不能得逞,让矛盾回归原点。他狂傲地扫视了一眼三位身怀绝技、严阵以待的铁哥儿们,毫不示弱。

"我还以为是皇上的圣旨呢,原来是狗屁通知。在我眼里,它还不如擦尻子的手纸!""麻秆"不屑地对矮小的王秋生说。

"今日就要凭这块'手纸'让你滚蛋,你信不信!"魔高一尺,道高一丈,王秋生的铮铮铁骨与其低矮的身体形成强烈反差。"麻秆"

意想不到，暗暗吃惊。他哪里明白，为了这套房子王秋生所受的磨难，所经历的坎坷，他不仅不会放弃，还会以命相搏。

"我不滚你又能咋？难道想动武？""麻秆"指了指仨同伙，咬牙切齿继续道，"真要动手，我这仨小兄弟可就有了用武之地了。"站在牌桌前的三个年轻人听到恭维，脸上流露出傲气，拳头握得嘎巴作响。这时，王秋生身后的哥们早已失去耐心，按捺不住怒火，大声说："秋生，甭跟他废话，把东西扔出去再说。"未等王秋生表态，他们已冲上去搬麻将桌。三个小伙也不示弱，伸手奋力抢夺，却连同桌子一起被拖到门口。"麻秆"的小兄弟们确实练过几天拳脚，但纯属花拳绣腿，岂能是整日抢方向盘的的哥们的对手。令"麻秆"他们心惊肉跳的是，门开了，走道里拥满了"援兵"，张张脸上写满愤怒。"麻秆"见状，知道抢房的闹剧该结束了，却仍不愿"滚出去"，不能空手而归。他如同川剧中的"变脸"，瞬间换了一副面孔。

"兄弟，你是高人，厉害，老哥佩服、认栽。但老哥也是这一带的知名人士、有头有脸的人，闹腾了快一年咋能扛着麻将桌、钢丝床走出这栋大楼呢？把它留给你、留给你……"王秋生知道省略号后边的意思，二话未说，从腰袋里拿出五百元钱塞到"麻秆"手里，看着他们手提麻将，挤出人群，匆匆离去。

郑芹英拿到钥匙、"通知"后便成了全世界最忙的人，作为基建办的临时工作人员，她不仅要协同分房办的同事给各基层单位分发"通知"、钥匙，操心一楼的门面房，还要组织人争夺被占的房子。尽管她是老板，手下有的是人，但却不愿烦劳大家，只能等到天亮求助亲戚。郑芹英兄弟姐妹共五人，关系处得都很不错，听到她要夺房，人人积极踊跃，个个奋勇争先，不到八点已在过渡房内聚集了一屋子人。有兄弟姐妹，姐夫妹夫，侄子侄女，加上她一家三口，总共十二员大将。八点刚过，他们便披挂整齐、浩浩荡荡地来到了综合楼下。此时的综合楼已不像王秋生捷足先登时悄无声息、寂静冷清，而是人声鼎沸，人头攒动，连悬于空中的太阳也没有了深秋时节的冰冷，变

得温暖如春。然而，人们的表情却与春色相反，无论男女老少、实力强弱，个个面冷如霜，人人神情凝重。他们步履匆匆，如临大敌，从四面八方汇集于此，通过月亮门进入电梯，寻找各自的战场与对手。郑芹英的队伍虽和大家一样剑拔弩张，却精神振奋，毫不怯懦，有一种无形的力量在体内凝聚，在胸中沸腾。这种力量就是手中的钥匙和"通知"，就是多年龙争虎斗练就的心理素质。在如潮的夺房者中，别人只有住房，她除了住房还有门面房，总投资近二百万。这些钱除了她的全部积蓄，还有亲戚朋友的资助。然而，盼着、看着大楼一层层离开地面，升到空中，竣工、交工，却被人长期抢占，无法入住，不能营业。今天，公司终于发了钥匙，自己焉能懈怠，坐失良机？为了让"队伍"整齐划一，统一上楼，他们等了两趟电梯后来到二十五层251号房子门前。门关着。十二个人屏住呼吸，悄然围堵在门口，犹如围捕凶悍异常的猎物。人高马大的郑芹英站在最前面，紧随其后的是她的丈夫。郑芹英沉住气，开始敲门，一下，两下，三下，一下比一下重，一下比一下响，却依然没有回音。郑芹英拿出钥匙开门，却发现锁被换了。她愤然道："榔头！"身后的丈夫将早就准备好的榔头递过去。郑芹英招呼大家后退两步，将榔头高高举起。正在这千钧一发之际，门开了，屋内出现了一位身着花格子睡衣、睡眼惺忪、慵懒倦怠的胖汉。真是冤家路窄，他不是别人，正是带人打砸过她饭店的顾明亮。郑芹英先是一愣，瞬间镇静下来，心想，手下败将，谁怕谁呀。顾明亮被门外的冷风一吹清醒了，发现叫门的并非给他送吃喝的酒肉朋友，而是最不愿看到的宿敌，想关门，可惜晚了。高大魁梧的郑芹英已经冲了进去，后边的人一拥而入，将顾明亮挤到了客厅的墙角。人们也许会问，这个顾家老三，曾经是声名显赫的工区主任，咋会参与抢房，并不偏不倚地抢占了老对手的房？要回答这个问题故事还得回到几年前。当时，顾战胜用一千万换取了芹英饭店的经租权，并要求周岭南为顾明亮安排工作。周岭南安排了，却不是其想要的级别，顾明亮心存不满，一直不去上班，整日游手好闲、海吃海喝于战胜酒楼，还隔三岔五地为三朋四友们埋单。时间一长，顾战胜受不了了，对其做了限制。顾明亮一气之下离开了战胜酒楼，参与了抢房队伍，首当其冲地抢占了自认为最好的房子，换锁入住，过起了逍遥自在的日子。顾明亮之所以如此从容不迫、心安理得是因为他也属购房者，更有公司分房小组副组长顾名利做后台。郑芹英的突然袭击，使他愕然不解，紧张异常。在房子问题上，他是消息最灵通的，堂兄吩咐过，有啥情况会第一时间告诉他。昨天购房者去市委静坐上访，顾明亮及其同伙们曾产生过恐慌，专门向其请教，得到的消息是："自古到今法不治众，天王老子也没法对付这么多抢房的，你就放心住吧。"王秋生一小时前夺房响动不小，顾明亮关门狂赌一无所知。天亮了，整个综合楼人声鼎沸，他却在沉睡之中。看着郑芹英气势汹汹地闯入，他还以为要报几年前打砸饭店的一箭之仇，站在客厅的角落战战兢兢地说："冤家宜解不宜结，咱们的事已过去多年，没必要这样兴师动众吧？"

"姓顾的，你太小看人了，今日我们不是追究那些陈芝麻烂谷子的事，而是请你从这儿搬出去。因为，这间房子是公司分给我的！"郑芹英理直气壮地说。顾明亮一听是为房子的事，坦然了许多。心想，这些人，缠不过瓜缠蔓呢，昨天上访没捞到甜头，今日找到这儿来了，真是瞎子挟了块毡乱铺呢。

"我在这儿住了快一年了，咋就成你的了？你看上这套房早干啥去了，现在想要，迟了。"顾明亮挺着宽厚的胸膛说。

"不迟，不迟，一点也不迟，你看看这。"郑芹英以揶揄的口气说着，把分房通知展示到顾明亮眼前。

"郑芹英同志：经公司分房领导小组研究决定，现将综合楼251号房分给你，请务必在接到通知一日内入住。"顾明亮不仅看到了这些挑战性的文字，还看到了那枚鲜红的公章。但是，他不相信这是真的，因为，这么重要的情报堂兄不会不告诉他。顾明亮哪里知道，和他一路之隔的堂兄被严格的纪律约束着，望楼兴叹，不敢轻举妄动，无法给他传递信息。

"分房通知是假的，绝对是假的！造假可是犯法的事！"顾明亮断定六建没人有本事让二百户抢房者无条件离开，再说，他也是购房者，咋没接到通知？不相信通知，他当然不会背弃抢房时的誓言，服软退让。

"你的通知在顾副经理手里，分房办联系不上你，只能给他。听说房子的位置、楼层都还不错。"郑芹英扫视了眼被这位懒汉遭贱得不堪入目的房子，又以强硬的口气说，"你还是快找你哥要通知，公司对入住可是有时限的，不要逼得我们动手。"听了郑芹英的话，顾明亮心里踏实了许多，但仍很纠结，而且怕自己的房子被人占着，与同伙反目；其次，他还得和"麻秆"他们沟通，免得事后遭骂。这些心事无法明言，他只能有失身份地胡搅蛮缠，拖延时间。郑芹英虽说是公司的厉害人，是顾家兄弟望而生畏、闻风丧胆的悍妇，但顾明亮曾经是她的领导，又是因她下台，心存歉疚与同情，尽管手有通知、人多势众，恻隐之心使她如同关云长在华容道上遇见了曹孟德，耍不了泼、玩不起悍、下不去手。双方在和风细雨中僵持了个把小时后，顾明亮的牌友回来了。他们不仅给顾明亮带来了吃的、喝的，还带来了一封密信。由于五个牌友的加入，十五平方米的客厅变得水泄不通，双方的力量也变得势均力敌。按人头计算，郑家人要比顾家多一倍，但战斗力却远不如对手；更重要的是，那封密信给了顾明亮以力量，让他不像刚才心里没底，孤立无助。顾明亮借助窗外投射过来的亮光将"密信"看完，装入口袋，捋了捋谢顶上的几根头发，以昔日当主任时的语气道："你掏了钱我也掏了钱，公司给你发通知为啥不给我发？没通知凭啥证明262号房是我的？"

"没发通知你去找公司、找你哥，关我们啥事？"郑芹英见顾明亮变了脸，态度立即强硬起来。

"对，没拿通知是你的事，与我们屌不相干！"郑芹英身后的子弟兵七嘴八舌，喊成一团。

"找公司得有个过程。要不你们先出去，等我亮哥去公司拿到通知

意想不到

再说。"给顾名亮送密信的同伙说着还做出推的动作。一看对方动了手，郑家军当然不会示弱。就这样，一场太极推手在这个狭小的空间展开，流血冲突在瞬息之间。莽撞而夺房心切的郑芹英哪里知道，如若冲突，令冲突蔓延升级，涂晔晖"转换角色"的谋略将功亏一篑。这种结果正是有些人需要的。

凌晨五点多，周岭南及其分房办的人都各讨方便，在客房、餐厅进入梦乡；会议室的基层领导们早已冒着寒风去执行任务。静悄悄的龙腾酒店只有俩人"今夜无眠"。他们像鹰，睁着警惕的眼睛，凝望着窗外一路之隔的综合楼，竖耳捕捉着对面的响动。他们便是住在二楼客房的涂晔晖和坐在一楼餐厅的顾名利。他们夜不能寐的同一原因是操心着综合楼的"战况"。但期望的结果却完全相反。涂晔晖盼望"转换角色"的计谋成功见效，使久拖不决的抢房事件早日结束，让六建尽快恢复正常。顾名利当然盼着抢房的赢，希望抢房事件升级蔓延，让上级把对周岭南、涂晔晖的诫勉谈话变为对六建班子的调整、改组，使他宏图再展，人生目标得以实现。顾名利甚至想借助抢房事件让堂兄顾战胜与六建签订的"综合楼门面房的合同"泡汤，将门面房改建为住宅，匀给他们这些抢房的。为了参加集资建房，顾名利曾满怀信心地向顾战胜伸手借钱。他是堂弟，为其童装超市的扩张坐过牢，别说借钱，就是补偿也得送给他一套房啊。没想到竟被拒绝了，让他没弄上房，成了抢房者的后台、高参。昨晚，就在顾名利和几个抢房骨干们庆贺涂晔晖、周岭南被诫勉谈话的胜利时，意想不到地被召到这儿。害怕泄密，周岭南竟将与会者的手机集中保管，使他与外界失去了联系。让顾名利更气愤、想不通的是，他到酒店时，分房办的人已全部到齐，连各基层单位的主任、书记也一个不缺地在会议室整装待命。足以证明，他已不属这次行动的核心人物，连个骨干都算不上。这更加深了他的逆反心理和搅局的决心。

顾名利和绝大多数抢房者一样，完全有购房资格，只因手头紧、对公司缺乏信心、堂兄又不资助，没参与购房。当看到综合楼从地平

线上升起，最后竟顺利竣工，而且比他现在的蜗居宽敞、明亮、现代、阔气十倍百倍。这使一直坚持吃小亏占大便宜、好胜心与上进心并举的顾名利追悔莫及，非常无奈。正在他无助无奈、心理严重失衡时，"麻秆"他们四处串联，紧锣密鼓地企图抢房。顾名利得到消息，不仅不向经理汇报，还毫不犹豫地参与其中，充当了后台、高参，成了潜伏于公司班子的"内鬼"。人常说，"要想人不知，除非己莫为"，顾名利凭着高超的演技骗过了周岭南和分房小组的其他成员，却没有骗过身在局外、聪明机警的涂晔晖。涂晔晖不仅从其神秘的举动中看出了蛛丝马迹，还从韩素清、石文化、常思军等洞察秋毫的基层书记那里掌握了其与抢房者密谋、勾搭的确凿证据。涂晔晖策划"转换角色"行动并规定了如此严实的保密措施，就是为了提防顾名利这个"内鬼"。然而，百密一疏，他们集中保管手机，杜绝了由内向外联络的通道，却无法限制外边人进入酒店传递信息。就在夺房战役进入白热化的第二天早晨，与顾明亮通宵鏖战的牌友来龙腾酒店吃饭，正巧遇上顾名利。顾名利犹如大海中奄奄一息的泅渡者抓住了一根稻草，兴奋至极，匆匆将指令传出，使251号房内呈现出胜败难料的胶着状态，让夺房战役出现了变故。顾名利望着综合楼下川流不息、怒形于色的人们，在纷杂的喧闹声中听到楼内的争吵、詈骂，感到了满足，看到了希望。

兵法云，"兵来将挡，水来土掩"。对于顾名利的"兵"与"水"，涂晔晖早就准备好了"将"和"土"。他就是几年前被火线提拔的石文化。当年，石文化突然玉带缠腰，锦袍加身，公司上下颇有微词，认为一个中层副职，又下岗多年，突然成为正职不合适，有违论资排辈的传统，担心他"不服水土"。然而，令人们意想不到的是，石文化不仅适应了离退休职工管理中心党总支书记的工作，还创造了该部门三年无一起群体上访的记录，连续数年被建总奖励、表彰。人们不仅认同了其聪明才智，还不知不觉地把他列入六建能人的名单。涂晔晖平息抢房事件需要"打后卫"、保驾护航的人，自然想到了这个能

意想不到

人，让他连夜组织、率领公司的政工干部开进综合楼，掌握信息，捕捉动向，化解矛盾。要让激烈的利益争夺兵不血刃、和平落幕。如同篮球比赛，"后卫"虽不像"前锋"那般抢眼，容易赢得掌声与点赞，但其顽强阻止敌方进攻，为"前锋"创造得分条件依然功不可没。在这里，攻打四平的将士是英雄，坚守负责打援的战士照样是英雄。石文化扮演的就是这种英雄的角色。石文化的房子虽被抢占，当接到"打后卫"的密令后毅然将分房通知交予家人，天不亮便召集、率领自己的团队——三十二名基层书记、工会主席赶赴综合楼，潜伏于各楼层。石文化刚安排大家潜伏好，听到楼顶有动静，循声来到三十五层楼。一出电梯门，碰到了大败而归、垂头丧气等电梯下楼的"麻秆"。

"麻哥，你咋在这儿？"石文化好奇、热心地问。石文化和"麻秆"都是五工区的工人，同龄、同工种，同在一个施工队，一前一后下岗，私交甚好。石文化到公司离退休人员管理中心后，他们的关系就更亲近了。"麻秆"的父母都是退休职工，每月领工资、报销药费等都是他出面，少不了和石文化打交道。石文化知道"麻秆"下岗后状况不佳，"碰瓷"得手时充大款、当老大，豪吃、豪赌，一旦失手，不仅受辱、当孙子，还要挨揍、受罚，实是悲惨。所以，常给一些力所能及的方便。都是多年的工友，没有这点同情怜悯心还算人嘛。"麻秆"侠肝义胆，对石文化一直很友善，见面点头哈腰，临别时总要豪气十足地说一声："兄弟，有事吭声。"这会儿见到石文化，"麻秆"立即从颓败中走出来，对身后的仨年轻人说："你们找个地方咥一顿，难得见到石兄弟，我们要好好谝谝。"言罢，从上衣口袋掏出两张老人头，交给其中的一位。

"麻哥，今日咋这么大方，发了？"看着缓缓下行的电梯，石文化对"麻秆"说。

"发屎呢！栽了。""麻秆"垂头丧气地说。

"咋，'碰瓷'碰到石头上了？"石文化开玩笑说。

"唉！比那还惨。""麻秆"哭丧着脸。

"啥事比碰到石头上还惨？"石文化不解地问。

"看见人家抢房，咱也弄了套，还是顶层没人要的。快一年了，一直平安无事，没想到刚冒出来个生生货，拿着公司的条子，说房子是他的。""麻秆"扭头看了眼楼道顶头那间灯火通明的房子继续道，"那小子年龄不大，势头不小，不知从哪儿雇了几十个帮手，我刚那仨小兄弟都不是平地里卧的吧？一伸手全被人家拿下了。嘿！好汉不吃眼前亏，咱只能认栽。"

"栽了还那么大方？"石文化笑说。

"白拾的钱当然大方喽。"

"白拾的钱？"石文化感到疑惑。

"哼！咱栽了也得宰他一刀。一张破八仙桌，一个烂钢丝床，弄了他五百元。那小子还算识时务，没还价。"石文化又好奇又纳闷，是谁能把这条地头蛇摁住，让其甘拜下风、口服心服呢？

"那人是几区的，叫啥？"石文化认真问。

"面生，不认得。应该比咱小一拨。对，我想起来了，分房通知上写着，叫王秋生。""麻秆"手拍脑袋恍然大悟说。

"唉，你真是美国人不知道华盛顿，法国人不知道拿破仑，竟然连大名鼎鼎的王秋生都不认得。甭看他年纪轻轻，貌不惊人，可是个闹天宫的孙猴子，闹龙宫的小哪吒。"看着"麻秆"惊异的神色，石文化绘声绘色、声情并茂地继续说，"你知道当年是谁把顾明亮撂到看守所去的？是王秋生。又是被谁捞出来的？还是王秋生。还有，为了买房子，他还跟公司打了场官司，竟然把公司赢了。"石文化发现"麻秆"由惊异变为钦佩，继续吹嘘道，"你甭看王秋生跟咱一样是个粗人，但人家有一帮文化界的哥儿们，想叫谁上报纸、上《焦点访谈》只是一句话的事儿……"石文化装出神秘的样子向楼道两头瞅了瞅又压低声音说，"前不久，因为芹英饭店的事儿就差点把周经理弄上了报纸。为了摆平这个事儿，公司涂书记还请他吃饭、托他去了趟北京。说不定这次夺房的事儿也是他找的上头。人家上头领导一点头，咱们

· 391 ·

意想不到

2004年的第一场雪,却并未降低机关干部们搬家的热情,阻挡其乔迁的脚步。他们满怀对新的、现代化办公室环境的热切向往,夜以继日地打包、装箱,连星期天也不放过,好像稍有懈怠就会被人再度抢占似的。要求一周搬完,三天不到便完成了任务。就在大家热情洋溢、如火如荼地乔迁时,涂晔晖却在风雪严寒的陪伴下奋笔疾书,创作着他的长诗《腾飞吧,宝山六建》。涂晔晖不是诗人,却要创造出能抒发心志的诗句,正如不是作曲家,创造出了脍炙人口、旋律美妙的《六建之歌》一样。公司党政班子研究决定,要以机关乔迁为契机,举办一场规模空前的联谊会,答谢支持、帮助过六建的建设单位、上级领导和各界朋友,以展示六建的软实力,增强六建的知名度,为六建的腾飞、发展做好铺垫。这是六建在新形势下对外公关的一种创新,一大手笔,涂晔晖焉能被机关乔迁的热潮干扰,被优越的现代化办公环境吸引?他除了组织、安排各基层单位排练节目外,决定用诗的形式彰显六建人搏击市场、奋起腾飞的艰难历程,展现其继往开来、与时俱进、勇攀高峰的雄心壮志。涂晔晖伫立窗前,远望飞扬呼啸的风雪,银装素裹的屋舍,看着同志们乔迁留下的车辙、脚窝,思绪如潮,情似波涛。他一根接一根地抽着烟,回味着在这片土地上,在这栋即将消失的办公楼内,那一桩桩精彩的故事、那一幅幅动人画面、那一个个熟悉的身影。这些人物、故事画面让他感动,让他刻骨铭心,使他深刻认识到生活的伟大、神圣。叫他这个与诗无缘的人诗兴大发。为了防止灵感消失、思路中断,他拔掉办公室的电话,关闭了手机,拉下窗帘,锁了门,让自己处于与世隔绝的状态。他要趁热打铁,排除一切干扰,将如歌的生活、蕴藏心底的情怀,幻化为情真意切的动人诗句:

腾飞吧!宝山六建

宝山六建

诞生于开国大典的炮声里

职工——

年龄不一

经历各异

却个个身怀绝技

他们日出而作

日落而息

用布满硬茧的双手

让无数栋摩天大楼拔地而起

也许——

他们的事迹并不惊天撼地

但——

那斧削刀刻般的深皱

记录了他们的艰辛

不再挺拔的腰身

留下了各人的沧桑经历

他们

有的已经退役

有的已经逝去

有的仍在默默耕耘、奋斗不息

今天——

我们乔迁新楼

欢聚漂亮的大厦内

怎能忘记他们

忘记他们的创业经历、丰功伟绩……

改革的春风吹遍神州大地

对外开放

对内搞活

建立市场经济

一场新的革命风暴

意想不到

摧枯拉朽，势如破竹

令人回肠荡气

国门开了！

省门开了！

市门开了！

呼啦啦——

成百上千家同行在宝山拥撞

在有限的市场搏击……

六建——

长期生活在计划经济的温床上、襁褓里

那样稚气

那么无能为力

她在期盼

期盼政策改变

她在等待

等待政府关爱

她

没有遵循规律

想要规律适应自己

她在期盼、等待中

蹉跎了岁月

丧失了良机……

终于有一天

厄运降临

六建面临兼并危机

这是优胜劣汰

这是事物发展之规律

但对六建人却如同晴天霹雳

他们群体上访

表达忠贞

宣示重新奋起的决心

上级顺从民意

答应给六建一次机会

唯一一次机会……

一个春光明媚的日子里

水还是那么清

天还是那么篮

地球依然匀速运转

然而

它却成了六建的里程碑

起死回生的拐点

它告诉历史——

六建有了新的领导集体

百废待兴

百业待举

七千儿女呐喊、呼吁

失败

不属于六建——

誓言震寰宇……

雄关漫道真如铁,

而今迈步从头越。

五年过去

六建

告别了亏损

连续三年盈利

告别了落后

意想不到

  名列系统第一

  告别了贫穷

  职工收入翻了五倍

  围绕经济抓党建

  抓好党建促经济

  精神文明硕果累累

  一切为了集体

  一切为了社会

  六建人充满魅力

  凭着这一魅力

  六建振兴、崛起

  凭着这一魅力

  六建奋起腾飞……

  当涂晔晖为最后一行诗画上标点符号时，已经是翌日清晨。他翻阅一页页稿纸，欣赏着经过精心打磨的诗句，自豪、得意。它不仅抒发了他堆积于胸的情怀，成为有生以来的第一部诗作，还悟出了一个道理——奇迹往往是逼出来的。如果没有公司即将举行的联谊会，他也许永远也写不出这些诗句。涂晔晖沾沾自喜地将诗作装入包内，打开手机，想看看与世隔绝二十个小时后会有什么事情发生。手机刚打开，铃声响了，打电话的是周岭南。

  "你在哪儿？我都快把电话打爆了……"

  "我在老楼办公室写个东西，怕干扰，关了会儿机。"听到焦急的抱怨声，涂晔晖忙带着歉意解释。

  "关了会儿机？不会吧！我从昨天下午打到今天上午，一直是关机。不说了，你在那儿等着，我过来接你。黄书记又要召咱去训话。"

  "抢房的事早都结了，怎么还揪住不放？星期天都不让人消停。"涂晔晖说完，放下电话，突然觉得饥肠辘辘，赶忙取出一盒方便面，

以最快的速度泡开、下肚。这么大的雪领导召见，也许真有要事，说不定又是啥突发事件，或是更麻烦的事，咋能饿着肚子前往。吃完方便面，一根烟未抽完，楼下传来汽车喇叭声。周岭南到了。涂晔晖匆忙下楼，发现彻夜的落雪已使整个城市银装素裹，茫茫一片。洁白无瑕的厚雪亮光粼粼，刺目耀眼；西北风猛烈瘆人，刮到脸上如刀割一般；双脚着地，如同陷入厚厚的绵团，发出咯吱咯吱的声响。尽管这是人们久盼的、入冬以来的第一场雪，涂晔晖却感到不尽人意，用了数倍于平时的时间才从道沿上进入车内。

"写啥重要材料呢？连办公室都顾不上搬。"周岭南坐在副驾驶室，透过倒车镜，向尚未坐稳的涂晔晖发问。

"在老办公室写惯东西，换个地方就没了灵感，就如同睡觉择铺一样。"涂晔晖笑着说。

"写啥呢？值得下那么大的功夫，通宵达旦，夜不归宿。"周岭南同眼前搭档的长期合作中已发现，其智慧与阴谋共存、善与恶共存。解决抢房事件，他不惜群众斗群众；平息离退休职工缠访，巧妙运用了交换的原则，同石文化交换，也同他这个经理交换；为了扩大势力范围，替郑芹英、韩素清这些忠诚的老下级办事，他更是无所不用其极，利用停水事件排除了顾明亮这个异己……这一切，确实为周岭南排了忧、解了难，也不可否认地给他添了心事，使他在见贤思齐的同时产生了妒意，有了想法。周岭南原本是个固执而痴心不改的人，心中最理想的搭档并非眼前的强人、智者，而是早就设定好的顾名利。他们之间有着根深蒂固、牢不可破的同盟关系。他对他有着天高地厚之恩，他对他言听计从，情同手足。然而，命运却将他与涂晔晖捆绑在一起。每年责任状上同时签字，大会小会亲密无间地坐在一起。由于一荣俱荣、一损俱损的关系，他们虽同床异梦却不得不如影随形，虽心存芥蒂又不得不亲如兄弟。上级每年都要考核班子建设，党政一把手的关系是班子和谐与否的标志，再愚蠢的经理也不会露出这一致命的硬伤，大煞风景、自贬自毁。更何况，周岭南还是个外阳内阴的智者，明白人和人相逢靠缘分、了解靠耐心、相处靠包容的道理，虽委曲求全，却努力做到了在群众眼中，他们是同志加兄弟的黄金搭档；在领导眼中，他们是团结合作的典范、党政和谐的标杆。然而，几十年的人生阅历造就了他"害人之心不可有，防人之心不可无"的做人基准。特别是那个始终不渝的搭档标准，让他一直保持着卧榻之侧岂容他人酣睡的机警心理。随着抢房风波的平息，周岭南自信心的日趋下降，他对涂晔晖的警惕性更是与日俱增，并非常在意对方不愿告人的秘密。譬如，涂晔晖昨天下午、晚上到底在干啥？写材料，写什么材料？与自己有关吗？周岭南虽然操心着上级召见的吉凶，依然不忘对此煞费苦心地琢磨……

　　这时，涂晔晖的眼睛已适应了雪的亮光，怀着一种成就感，观赏着大自然在投下寒冷、带来不便的同时展现出独有的美。随着地球渐渐变暖，这座历史悠久的古城已多年没见过如此疯狂的雪天。所以，尽管大雪纷飞、北风呼啸、寒冷袭人，依然难以阻挡人们对雪的钟爱、向往与好奇。老人们全副武装，悠然自得地在林荫道上漫步、在环城公园的丛林中晨练；三五成群的学生享受着难得的周日，在雪道上追逐、打闹、奔跑；幼童们钻出温暖的被窝，在家长的监护下，蹒跚学步于如绵的雪地上。树杈上结满了洁白的"花"，任麻雀踩踏，散落在游人的头上、脸上、身上。如镜似毡的雪路已被过往的行人、车辆辗踏得面目全非、满目疮痍，凝为冰、化成水，失去了固有的皎洁与靓丽。然而，因为有"瑞雪兆丰年"的说辞，因为久别重逢，因为对大地的营养与滋润，人们仍对它一如既往地亲近。涂晔晖坐在车内，欣赏着这如同《清明上河图》般的巨画，忘记了因不便产生的成见，同车外的人一样兴奋、开心。当然喽，涂晔晖的兴奋、开心远不止雪的原因，还有诸多理由——抢房事件顺利平息、与肖雯婕择日成亲、诗作顺利完成，还有那个素未谋面的孩子……他尽管不知道郑芬芳是否愿意让他跟孩子见面、相认，但，孩子属于自己不可改变。想到孩子，涂晔晖的情绪变得复杂起来，兴奋中夹杂着忧伤，高兴里隐含着

愧疚。如果郑芬芳早早出现，如果没有那个雨夜的误判，他的爱情轨迹也许不会改变，郑芬芳将是他坚定不移地唯一选择。然而，现在说什么都晚了。从古到今，英雄难过美人关，涂晔晖不是英雄，只是芸芸众生中的一员，却有着英雄的共性，自然过不了美人关。在农家乐，他尝试过；在无数个夜深人静时，他挣扎、纠结、抉择，结果只有一个——肖雯婕是他无法撼动的唯一。她无与伦比的美无时无刻不在左右着他、征服着他，她的风情万种，使他无法自拔。人常说，睿智不只是给别人指点迷津，还应为自己做出正确的选择。他却无能为力，最终只能随心所动。也许旁人会将他的选择视为离经叛道的苟且与猥琐，但，在他的世界里却永远是冰清玉洁的高尚、白璧无瑕的纯粹、海枯石烂的忠贞、矢志不渝的美德。"皇冠"顶风冒雪辗压着地上的残冰发出嚓嚓的声响，透过雪雾，涂晔晖看到了依稀可见的建总办公楼，思绪又回到领导为何召见的问题上……涂晔晖曾凭着聪明的脑瓜，准确无误地预测、判断过六建诸多的未知与疑团，但对领导今天为啥召见却满头雾水，百思不解，更不知道他将迎来命运的又一个拐点。汽车驶进建总大院，在如镜的雪地上留下了深深的辙痕，犹如舰艇在大海中划开的水沟。大院里很安静，除了六建人带来的响动，几乎是悄无声息。今天，建总的门专为六建的经理、书记开启，楼内的公务人员也专为涂晔晖、周岭南服务。上台阶、进楼洞、入电梯，他们来到三楼黄剑屹办公室的门口。

"请进。"随着敲门声，屋内传来客气的回应。涂晔晖、周岭南相随而入。

"二位领导辛苦了，快请坐、快请坐。"建总组织部吉部长热情招呼，忙不迭地泡茶、让烟。周岭南、涂晔晖坐在离黄剑屹办公桌最近的一张双人沙发上。

"二位领导牺牲休息天接待我俩，真是辛苦啊！"周岭南奉承说。

"这么冷的天叫你们来，不骂我们就不错了，何谈辛苦？周经理也学会口是心非、说恭维话了。"黄剑屹笑着，一针见血地说。

"咱可是出了名的实在人，说的可都是真心话。"周岭南的假话被戳穿，显得有点尴尬。

"真心话，真心话，周经理讲的全是真心话。"黄剑屹发现了周岭南的难堪，忙改口说。吉部长和涂晔晖都心照不宣地笑了。

"吉部长，你陪涂书记在组织部坐会儿，我和周经理谈件事儿。"看着吉部长、涂晔晖出门，黄剑屹离开办公桌，关了门转身对周岭南说，"这几天，建总党委接连收到几封反映涂晔晖同志生活作风方面的匿名信，想让你谈谈看法。"看着周岭南吃惊的样子，黄剑屹表情严肃地继续说，"你是六建经理，又是党委副书记，一定要抱着对同志负责、对组织负责的态度，实事求是地把你所了解的情况谈清楚。"

"涂书记生活作风有问题？我们整天在一起，从未听说过呀！是谁无中生有、乌鸦嘴瞎掰掰？"听了周岭南的话，黄剑屹流露出满意的神色。哪一位顶头上司也不希望手下犯错啊，特别是他的心腹骨干。但为了心里更踏实，黄剑屹依然不放心地继续说："你可想好，反映信上写得有鼻子有眼。"

"有鼻子有眼……"周岭南摸着满头华发，重复着那五个关键字，抽了口烟依然肯定地说，"涂书记和一个女干部谈恋爱是事实，但人家可是正大光明的恋人，正计划结婚，不应是生活作风问题。"

"这当然不算生活作风问题，但人家反映的不只是这些啊！"

"不只是这些，还有啥？"周岭南质疑道。黄剑屹不动声色地走到办公桌旁，拿出一沓打印的东西，看了看说："多年前，五工区三队有位党支部书记叫郑芬芳，你认识不？"

"认识。这个人十年前就下岗了。"周岭南说。

"这个人和涂书记是什么关系？"黄剑屹问。

"涂书记参加工作时就跟郑芬芳在一个队，听说他们还有一段恋情。但自打涂书记去南方后就断了。听说姓郑的已经结婚有了孩子。"周岭南再次手抓头发，想了会儿说。

"匿名信上说郑芬芳有孩子，但并未结婚……"

"没结婚咋能有孩子,这不是胡说嘛!"性急的周岭南打断了黄剑屹的话。

"匿名信上讲,这孩子是涂书记的,还反映他私生活糜烂,占着一个老情人,恋着一个新情人。"黄剑屹毫不掩饰地亮出了底牌。

"看不出涂书记竟有如此魅力,真是人不可貌相,海水不可斗量呀!咱自愧不如,自愧不如。"听了黄剑屹的话,周岭南先是一愣,倏尔羡慕地说。

"你相信这是真的吗?"黄剑屹看着匿名信,严肃认真地问。

"乍一听是真的,可仔细一想,不太可能。"周岭南不加思索地说。

"为什么?"

"涂书记平日很自律,是大家公认的正人君子,绝不会干出那些下三烂的事。"周岭南看着一筹莫展的黄剑屹,深思片刻又说,"与其咱们在这儿瞎猜,倒不如问问涂书记本人。一问不就真相大白了?"黄剑屹看了眼周岭南,没有吭声。他不是没想到去问当事人,而是担心如果匿名信反映的问题子虚乌有将怎样收场。还有,按照总经理卞福民的意见,如果反映的问题属实,涂晔晖就要挪窝,离开六建。这是他说啥也不愿看到的;不愿看到涂晔晖重复十年前的不幸,不愿看到卞福民安插的"能人"去六建,给六建的未来带来变数。黄剑屹在未设计好预案之前不愿贸然与本人见面,而是要试探周岭南的态度,以便在真相不利于涂晔晖时周岭南能主动挽留。只要周岭南挽留,他就有了为涂晔晖说话的机会。当听到周岭南对涂晔晖的评价,黄剑屹心里的一块石头落了地,决定摊牌。为了让预案具有百分之一百的成功率,他要三头对案,让周岭南在涂晔晖当面提出挽留,让其亲身体验"搭档"在自己命运转折的关键时刻所表现出的真情。

"吉部长,你陪涂书记过来吧。"黄剑屹回到办公桌旁的圈椅内和隔壁组织部的吉部长通话后,神情庄重严肃地拉开了办案的架势。涂晔晖随吉部长再次走进办公室,端着茶杯坐在周岭南身旁。吉部长坐

意想不到

在办公桌顶头的椅子上，扶了扶近视镜，执笔、展纸，严阵以待，要记录下从三个不同角色嘴里冒出的每一个字，要记录下这场"会审"的全过程。

"涂书记，最近我们收到不少匿名信，内容涉及你。"黄剑屹凝视着涂晔晖的脸，发现其神色自然，全神贯注，继续道，"反映你生活作风不够检点……"涂晔晖是个聪明人，从"生活作风"四个字中已预测到领导下面要讲的内容，知道了今天冒雪顶风被召见的全部意义。但，他不愿将与郑芬芳曾经的纯贞爱情用"生活作风""不正当两性关系"亵渎、抹黑，更不愿因为过度炒作影响其声誉，影响她们母女今后的命运。同时为那天晚上的一夜情追悔莫及，为造成此刻难以自圆其说的困局痛心疾首，也愈加悔恨那个雨夜在晖晖超市门前的粗心误判。涂晔晖又想到肖雯婕，想到他们刻骨铭心的恋情。是她治愈了他因失恋导致的内伤，是那段温暖的恋情让他从黑夜中走出来，进入了一个鲜花盛开、美轮美奂的世界，让生命再次充满渴望。尽管他已陷入困局，面临身败名裂，依然要痴心不改、义无反顾、无怨无悔地让爱的世界永恒，即使倾其所有。

"匿名信用词不当。我虽未婚有子，但生活作风一贯清白。至于'吃着碗里看着锅里'诸如此类的话，就更是无稽之谈。因为，十年前和现在我的心里只有一个人，只爱一个人，要细讲能写一本书。但我不愿浪费领导时间，也不想让写匿名信的人失望，敬请组织处理，不管怎样处理我都不会有异议。"黄剑屹为了低调而悄无声息地结束这件事，并想给涂晔晖以充分申辩的机会，故意选了个星期天与他见面，万没想到他竟如此坦然、潇洒，毫不辩解地要求组织处理，而且什么结果也不在乎。听着吉部长的笔尖在稿纸上的嚓嚓声，看着周岭南发现新大陆般惊诧的表情，黄剑屹不知说啥好。办公室除了吉部长笔尖与稿纸的摩擦声再无任何声响。随着沉寂的延续，黄剑屹感到尴尬，不知所措；无奈中，他将目光投向周岭南，决定实施"预案"，让这位经理救急。黄剑屹是个求才若渴的人，实在不愿意因这件事使涂晔

晖离开六建，辜负五年前与丁惠仁千里迢迢的辛苦相邀，不想让六建落到他人手里重蹈覆辙。但，作为上司，作为组织的化身，他该说的话还得说，该讲的理还得讲。

"从爱情的角度评价，你讲的有一定道理。但是，我们身处传统观念主导的环境中，你跟前女友未婚生子，又去和另一个姑娘恋爱，明显地触撞了道德底线。即使不考虑两位姑娘的态度，社会舆论也是值得关注的，更何况我们又处在领导岗位上。所以，建总班子经过认真研究，要对你做严肃处理。"黄剑屹讲到这儿，有意停下，再次将目光投向周岭南，想看看这个搭档的态度。

"现在讲恋爱自由，'严肃'二字有点过头。再说，人家女方又没意见。"周岭南说。

"为了消除影响，给写信人一个回应，涂书记要离开六建，另行安排。"黄剑屹发现周岭南真诚地为涂晔晖说话，毫无保留地讲了建总的处理意见。当看到委屈、失望的涂晔晖，他又补充道，"由于所犯错误未造成不良结果，属于平级调动，不带处罚性质。"对涂晔晖而言，并不在乎什么处罚与级别，哪怕当个科长、工区主任，只要能继续留下来，亲眼看着六建成长壮大、繁荣昌盛，并为其繁盛壮大献上微薄之力就心满意足了。然而，组织却不顾及这些，要他离开。如果把这一遭遇放到十年前，他早就暴跳如雷了，也许会再次选择下海。但，漫长、沧桑的岁月使他凤凰涅槃、浴火重生，面对委屈挫折已不再激烈、意气用事、表现过度，只能心有不甘地将委屈遗憾艰难吞咽。

"我服从组织安排，啥时候去新单位报到请领导发话。"他讲过服从组织，自然不会反悔。这会儿，周岭南的内心要比涂晔晖复杂、纠结得多。当听到"严肃处理"四个字，他确实为"搭档"担心、叫屈、不平，不知道"严肃"到开除还是开除留用。周岭南是个善良的人，不愿看到"搭档"因恋爱而失去太多、输得太惨。当得知处理结果是平级调动，他突然发现组织是在应付那些写匿名信的人，是在玩政治游戏。更重要的是，一想到涂晔晖要离开，他的心动了，野心与权欲一拥而上，甚至喜不堪言。涂晔晖一走，党委书记的位子自然空下，稍加努力便可"一肩挑"，六建就完全姓周了。即使不能"一肩挑"，让顾名利上来，也算满足了长久以来的意愿，兑现了对下属的承诺，自己依然可以享有经理的绝对权力。至于工作，当然会顺风顺水。机关一搬、联谊会一开，就等同于一个新世纪的开始。清平世界，莺歌燕舞，绝不可能再出现群体上访、静坐堵路、占房抢房，自己完全可以当一个甩手掌柜、和平经理。在这里，周岭南忽略了重要的一点——只要有人类存在矛盾就必然存在的规律，而且不以人的主观愿望为转移；周岭南更不晓得，涂晔晖的位子早就有人虎视眈眈，垂涎欲滴，十八层毛毛雨也轮不到他和顾名利头上……

"周经理，不要只顾抽烟喝茶，你和涂书记也算是黄金搭档、哥俩好，谈谈你对组织处理的意见或看法。"黄剑屹一直等待着周岭南的态度——求情、挽留、向组织发难，却始终不见动静，甚至连个离别感言也没有，只好命题。听到提问，周岭南慌忙停止了憧憬与遐想。

"让涂书记挪窝离开六建，我当然舍不得，我们搭档五年多，刚知己知彼合作顺手了呀。但，咱身为党员，只能无条件服从。我真心希望涂书记不管在哪儿高就，都不要忘了六建，忘了咱老周，忘了咱们的交情，常回来看看。"周岭南讲得真切、动情，眼圈红红的，不小心便会滴下伤感的泪珠。但却让黄剑屹大失所望，并为涂晔晖难过、痛心。周岭南不仅未挽留，还在逐客啊！这不是对"搭档"的背叛吗？黄剑屹突然对眼前这位厚嘴唇、小眼睛、眸子里终日投射着忠诚、敦厚、善良的长者产生了陌生感，弄不清他是敬畏组织、坚持原则、违心服从还是另有所图。这位机关算尽的建总书记的预案落空了，失去了挽留涂晔晖的理由与借口，只能公事公办了。他无奈地把目光从周岭南身上移向涂晔晖，整理好思路，以同情的语气说："关于对涂书记的安排，建总班子讨论过，有两个去处：一是到兄弟公司，二是建总最近承揽了个'援非'工程，急需组建项目班子。涂书记如果同意，可作为项目经理前往。出国，特别是去非洲，那可是远离故土、听不

到乡音的苦差事，不仅代表建总、宝山，更代表着国家，责任重大呀！当然喽，在国外工作要比国内待遇高……"

"我选二。组织不是要求消除影响吗，消除影响莫过于出国了。再说，出国待遇高，千里路上做官，就是图个吃穿，谁不看重这个？"涂晔晖未等黄剑屹说完，果断地表了态，并慷慨激昂地讲了其优越性。既是赌气、叫黄剑屹听，更是让周岭南听。当黄剑屹"命题"向周岭南要态度时，涂晔晖已明白了这位书记的良苦用心，也看到了自己留下来的希望，凭着和周岭南的关系，他定会极力挽留，甚至会犯上力争。没料到的是，周岭南不仅如绵羊般顺从，还讲了那么些政策、原则，下了逐客令。涂晔晖是个好强的人，在失望、不解、愤懑的同时必须表现乐观，显示尊严。周岭南听出了涂晔晖的弦外之音，看出了黄剑屹对自己的冷漠与不满，却并不后悔。因为，他不能始终在一个庞大的阴影下工作。他是经理，"经理负责制"给了他至高无上的权力，应当名正言顺、理直气壮地站在聚光灯下，而不是忽隐忽现。然而，令周岭南意想不到的是，他的美梦在涂晔晖离开后不久就破灭了。卞福民举荐的"能人"不仅当上了六建党委书记，并以膨胀的权欲，倚仗卞总这座靠山，使他五十八岁不到便退居二线。再后来，六建重蹈覆辙，最终被人收购。

黄剑屹听了涂晔晖的铿锵选择，沉默了一会儿，以建设性的口气说："十年前，你千里迢迢去特区失去了郑芬芳，援建出国可是万里之遥，你不担心小肖再飞了？"

"属于你的再远也跑不了，不属于你的再近也保不住，这就是宿命、缘分。"涂晔晖自信、坚定地说。黄剑屹从其语气、态度中听到了无奈、委屈与悲伤。是啊，"大丈夫有泪不轻弹"不是说大丈夫没有泪，而是不能轻易流出，黄剑屹比十年前更加同情涂晔晖。同情他的无助、无奈和无法摆脱的情感纠葛。

"涂书记，如果你决心已定就办理交接手续，建总国际工程部办好护照后便可出发。"黄剑屹咬了咬嘴唇说。

意想不到

"当书记的没啥手续。六建不欠咱，咱也不欠六建，办公室、办公桌的钥匙一交完事。"涂晔晖说话间从包里掏出一沓稿纸，又对周岭南说，"要说有手续就是它了。这是我刚为公司联谊会赶写的长诗《腾飞吧，宝山六建》，原打算作为秘密武器为大会助兴，现在看来不行了，只能拜托周经理找人代劳了。"涂晔晖把诗稿交到周岭南手中，又郑重地叮嘱道，"它原本是我对六建的又一首赞歌，没想到成了临别遗言，请你找个普通话讲得好的同志朗诵。"周岭南伸出双手接过稿纸，思绪万千，羞愧不已。一个小时前，他因他"失踪"疑神疑鬼，现在，真相大白了。他不是在搞阴谋、玩诡计，而是夜以继日、废寝忘食地在旧楼内为联谊会准备节目。让周岭南更愧疚、难堪的是，由于误解与私欲，没有在危难时伸出援手挽留他，还毫不客气地下了逐客令。周岭南追悔难堪的同时脑海中浮现出离退休职工群体缠访时他的担当，五工区租房户堵路静坐时他的无畏，歌咏大赛时他的出彩，平息抢房事件中他的运筹帷幄……周岭南下意识地打开稿纸，一行行激情洋溢的诗句映入眼帘："一个春光明媚的日子里／水还是那么绿／天还是那么蓝／地球依然匀速运转／然而／它却成了六建的里程碑／起死回生的拐点／它告诉历史／这一天六建有了新的领导集体……"现在，这个集体因为自己的狭隘、自私，随着涂晔晖的无奈离去而解体。周岭南突然良心发现，要亡羊补牢留住这位搭档。他不好意思地看了涂晔晖一眼，真诚地对黄剑屹说："黄书记，我代表六建党政班子和七千名职工请求不要调走涂书记。几年来我们合作的一直很好，六建能有今日涂书记功不可没……"听了周岭南煽情地表态，重新燃起了黄剑屹要留住涂晔晖的希望。他对涂晔晖高兴地说："涂书记，周经理的话你听见了吧，他舍不得你这个搭档，六建也离不开你这个书记。你再考虑考虑，留下来吧。至于建总党组，我可以做工作。"

"谢谢周经理的评价和挽留。但，我不会留下。"涂晔晖淡淡地看了周岭南一眼，又对黄剑屹说，"黄书记，我感谢你，感谢你的信任、真诚和良苦用心，从十年前提拔失败到二返六建的盛情相邀，再到今

天的真诚挽留,都让我十分感动。但,好马不吃回头草,我已经吃了一回,不想再吃第二回了。"

"留下不能算是吃回头草,你并未离开呀!"黄剑屹笑着说。

"黄书记,你是个聪明人,咱们三头对案把话说到那个份上,吉部长已记录在案,能不算离开?"涂晔晖瞥了眼如坐针毡以抽烟掩饰窘态的周岭南,话中有话地说。黄剑屹明白,涂晔晖是条硬折不弯的汉子,绝不会接受周岭南迟到的挽留,只能改变思路,另辟蹊径。

"涂书记啊,有些话我不知该说不该说。"

"你是领导,老大哥,该说的要说,不该说的更要说。"涂晔晖对黄剑屹的故弄玄虚不屑一顾。

"作为一个敢于担当、有责任心的男人,不仅要考虑自己,也得顾及所爱的人,爱你的人。难道你想让小肖步郑芬芳的后尘?"黄剑屹向丁惠仁学习,试图用女人打动倔强的涂晔晖,用肖雯婕将其留到六建。

"我刚说了,不属于你的近在咫尺也保不住,属于你的远隔万水千山也跑不了。有首诗写得好:是梅花历经风雪严寒依然艳丽夺目,是勇士出入枪林弹雨依然威仪风流,是真爱又何惧亚洲非洲。我坚信,爱可以超越时空、穿越国界、穿越千山万水……"涂晔晖乐观、浪漫中透露出坚定不移。

三十一、女复仇者

涂晔晖被调离的消息作为特大号外、爆炸性新闻,通过现代传媒工具被疯传、被狂炒、被热议。调离的原因则是核心、焦点。"吃着碗里看着锅里""跟旧情人有了孩子又热恋着其他女人……"匿名信上成段成段的文字被好事者奉为经典,像空气一样弥漫于六建的角角落落。人脉一直很好的涂晔晖瞬间声名狼藉,成为大家口诛笔伐的对象,成为人人喊打的过街老鼠。没有人对他所犯错误发出质疑、提出异议;

没有人为他鸣冤叫屈；没有人认为组织的处理有失偏颇；没有人追究是谁写的匿名信；更没有人关心他此刻的处境与情绪。然而，在六建之外，在远离宝山的青木县晖晖超市的老板办公室，有一个人因其不幸遭遇陷入了极度痛苦、万分悔恨、异常愤怒之中。她不是别人，正是涂晔晖的老情人郑芬芳。她在涂晔晖被宣布调离的当天晚上就通过电话从郑芹英那儿得到了消息。那个调离的原因让她震惊、不平、懊悔。她断定，是自己让孩子认祖归宗害了他，打破了他的梦，断送了他的前程。

自从得知涂晔晖回宝山后，郑芬芳就如饥似渴地想见到他，要倾诉离别之情，告诉他，他们已有了孩子。但，她深知这样做必然给他带来负面影响，影响到他六建党委书记的位子，影响到他的仕途。为了仕途，涂晔晖努力、奋斗、拼搏了多少年，十年前就是因为这方面的失败才背井离乡去了特区。今天，终于如愿以偿，咋能为了儿女私情横生枝节，使其梦寐以求的东西得而复失呢？所以，她强忍万般思念与孤枕难眠，不惜继续欺骗世人和孩子，不让郑芹英透露自己的踪迹，不与他相见。春节期间，郑芬芳得到了他准备结婚的噩耗，预感到再这样下去必将失去他，不得已相约见面。约会，使郑芬芳意识到他们之间的关系已毫无色彩、寡淡如水、形同路人；所幸的是，他还记着那个悲喜交加的一夜情，相信孩子是他们共有的，并要急切相见。然而，因自己意气用事婉拒了他。为了补救，春节收假她去过公司几次。但人山人海的上访者使五层办公楼水泄不通，她只能无功而返。后来，再找机会，已经没有了。一星期前的周末，郑芬芳带着孩子回宝山看母亲，听郑芹英讲公司领导都在五工区对面的龙腾酒店现场办公，解决抢房事件。龙腾酒店距她居住的城中村只有两站路，郑芬芳一时心血来潮，来到龙腾酒店，想让孩子看看父亲的真面目，哪怕看上一眼也算了却了她多年来的心愿。意想不到的是，她们在龙腾酒店大厅等了两三个小时，没遇到想见的人却碰到了顾名利。老同志偶遇不能不搭话，不幸的是，孩子童言无忌，讲出了来酒店的目的，讲出

了父亲的姓名。数天后，发生了涂晔晖被调离的事，调离的原因是有人写了匿名信，匿名信的内容是懵懂的孩子透露的郑芬芳煞费苦心保守了十年的秘密。这咋能不让这个痴心、好强、可怜、可悲的女人痛心疾首、追悔莫及？又咋能不使她对那个连小孩子都要利用的顾名利咬牙切齿、恨之入骨呢？郑芬芳独自一人坐在老板桌前的圈椅内，凝视窗外铺天盖地的暴风雪，远望被冰雪覆盖得严严实实的峰峦沟壑，心驰神往，思绪万千，归心似箭。想见到心爱的人说声对不起，声明是自己害了他。她还要复仇，要用对小人的报复求得心灵的慰藉，回敬爱人的失败。郑芬芳瞬间产生了一股力量、一股激情，离开老板桌，打开了窗子。呼啸的风雪凶猛地冲进这间漂亮、精致的空间，使制热设备一时间失去了作用。桌椅、沙发、地板上的落雪使房子的温度降到了冰点。郑芬芳清楚，像这种恶劣的气候条件，很少有人驾车穿越秦岭，即使那些无奈的远交客车，也得挂上链子，像蜗牛般蠕动。然而，再险峻的山路也要冒险、挑战。因为，山外有失败的爱人，因为，她心里装着仇恨。十年漫长的光阴不仅将郑芬芳造就为一名精明的商人，还把她打磨成为疯狂、冷酷的复仇者。她要在"爱"与"恨"的武装下，穿越千里冰封的秦岭，放弃春节前超市的揽金拾银，达到报仇雪恨的目的。郑芬芳当过多年支部书记，深谙官场的潜规则，知道涂晔晖下台，党委书记的位子将成为野心家、政客们蜂拥争夺的目标，而顾名利这个觊觎已久的小人定会首当其冲，利用春节这一传统节日拉关系、走门子，行贿塞钱。只要下功夫在这个时间节点抓住其黑手，别说他妄想当书记，就连副经理的位子也保不住。想到这儿，热血奔涌、激情难抑的郑芬芳关窗子、锁门，把孩子、超市交于手下的姐妹，给车加满油，带上简单的行囊，冒着呼啸浩荡的风雪，驾车上了茫茫崎岖的山道。

芹英酒店在六建机关迁至综合楼的第三天就隆重开业了。新开的酒店不仅面积增加了一百多平方米、员工增加了一倍，饭菜的品种也增添了不少，而且更具特色、更有档次……然而，面对开业的炮声、亲朋好友的祝贺、日日攀升的营业额，郑芹英却一点也高兴不起来。因为，就在酒店开业当天，涂晔晖突然被宣布下台了，原因是郑芬芳及其孩子。这一"绝密"只有她知道，且始终守口如瓶，没有告诉过任何人，包括涂晔晖。组织咋会知道？又咋能不调查了解就调离涂晔晖呢？郑芹英不仅是替他们保守秘密的媒人，又是受过其恩惠的人，忘不了涂晔晖在她危难时的帮助，忘不了这个新开的酒店凝聚着他的智慧与心血。然而，他连个开业酒也未喝上，连一丝一毫的喜悦也没分享。涂晔晖和郑芹英虽然都在综合楼居住，但自打调离的消息传出后他就神秘失踪了，手机打不通，房门上着锁。没人知道他的去向。郑芹英曾多方打听、寻找，依然无果。在这风雪交加的夜晚，酒店打烊、员工下班、凌晨的钟声已经敲响，郑芹英还坐在吧台，时而发愣发呆，时而悲伤难过，冥冥之中预感到可能有事发生。她下意识地等待着，等待着……突然，传来咚咚的敲门声。她慌乱地走出吧台，三步并作两步赶到门口，警觉地问："谁？"

"我，芳芳。"一听是郑芬芳，郑芹英赶紧开了门。随着店门的开启，一副冻僵的身体携着刺骨的风雪扑入郑芹英宽厚的怀中。郑芹英感到倒在怀中的不是鲜活的肉体，而是冰冷如铁的石人。是啊，不吃不喝，连续三十六个小时的山路行车，已使这个心力交瘁的女人接近生命的极限。平时十多个小时走完的路程，她硬是耗费了数倍的时间硬闯了过来，没有强大的精神力量的支撑是无法创造这个奇迹的。郑芹英关门，把郑芬芳搀扶到就近一张餐桌前的椅子上，将空调开到最高档，端来一杯热茶递到她手中。

"你一定饿了，米饭是现成的，我去炒俩菜……"

"太麻烦，也太慢，泡一包方便面就行。"郑芬芳有气无力地说。郑芹英知道，几十个小时的雪路行车，顾不上休息、吃饭，已到了饥寒交迫的程度，快是第一需要。她赶忙打开一盒康师傅，浇上滚烫的开水，捂了会端到她面前。郑芬芳放下喝干了的茶杯，端起方便面，不声不响囫囵吃完，脸上渐渐泛出了红润，双目显现亮光，气息也充

沛了许多。人是铁饭是钢，真是一点不假呀。看着郑芬芳精神恢复过来，郑芹英端过一把椅子坐到她面前关切地说："这种鬼天气，你翻山越岭太危险了，有啥要紧的事打个电话，给我招呼一声不就完了。"

"他的遭遇因我而起，我不做点啥心里难受，那种罪比翻山越岭更难熬。我一定要回来，要见到他当面道歉。我不回家，直接到你这儿就是为了商量这事儿。"

"你说涂书记被调离是因为你？啥意思？我听不懂。"郑芹英十分不解地问。郑芬芳愧疚地看着郑芹英，讲了她和孩子在马路对面的龙腾酒店遇到顾名利的事，悔恨地发出了抽泣声。看着痛哭流涕的郑芬芳，郑芹英眼前出现了十年前筒子楼的蜗居里那悲切的哭泣，辛酸的泪水。所不同的是，十年前是因为肚子里怀着涂晔晖的孩子，今天是孩子失言断送了涂晔晖的前程，急需表白、忏悔，以安抚悲悔交加的灵魂。郑芹英又想到涂晔晖特区归来，心急如焚地寻觅郑芬芳的情景，当时，他是那样真诚、热切、急不可待。然而，命运弄人，一个阴差阳错的误会，让这对含辛茹苦、痴痴互等多年的情侣擦肩而过，并被小人操弄，造成了双方的不幸与痛苦。

"我也在千方百计地寻找他。酒店开业，他是第一个要请的人，但说啥也找不见。手机打不通，家里没人……"

"是不是在姓肖的那儿？"郑芬芳努力地打断了郑芹英的话。

"没在、没在，我叫秋生去第四项目部明察暗访过两三趟，人家像没事一样，还装模作样地说她也在托人找。"郑芬芳同情地看着郑芹英接着道，"现在的人都势利得很，谁像你这样真心待人。"

"找不见人也罢，要说的话放在心里也不会发霉，咱就先办另一件事。"郑芬芳没接郑芹英的话茬，恶狠狠地说。

"另一件事，啥事？"郑芹英不解。

"报仇。"

"报仇，报啥仇？"郑芹英更加不解。

"顾家老二连不懂事的娃都要利用，我不能对他心慈手软，必须以

413

牙还牙。他削尖脑袋想当公司党委书记，我就叫他当不成！"

"那个瞎尿是头顶生疮脚底下流脓，坏透了。两年前断水叫我停业，这次又煽动人抢房，还写匿名信害涂书记，是该修理修理了。你说咋个修理法，来明的还是来暗的？"郑芬芳的话激起了郑芹英的愤怒，赞同地诅咒道。

"小涂一走书记的位子就空下了，顾名利是第一个要争的人。论条件、拼本事他连公司中层的水平都没有，唯一的本事就是巴结人、拉关系。现在，拉关系、巴结人跟以前不一样了，全靠金钱，只要咱抓住塞钱的黑手，告他个行贿买官，保证叫他的书记梦玩完，连副经理的位子也保不住。"郑芬芳胸有成竹、咬牙切齿地说。

"我看到报纸、电视上整天喊买官卖官，咱却从没见过。顾名利滑得跟鱼一样，塞钱能让咱看见？"郑芹英皱着眉头说。

"毛主席说过，世界上怕就怕'认真'二字。只要咱认真、肯下功夫，一定会抓住他的狐狸尾巴。春节快到了，正是买官卖官的旺季，咱们就守株待兔盯住他，一有情况就录像、拍照，然后朝有关部门一交，保管叫他插翅难逃。"郑芬芳信心十足。

"你说这我信，咱这小饭店也常有客人相互塞钱，我也看到过。但顾名利啥时塞，在哪儿塞，给谁塞，咱就弄不清了。"

"从明天开始，你我四只眼睛盯住他，总能发现蛛丝马迹。"仇恨不仅会生根、开花、发芽，还会让人发疯发狂，使懦弱者变得勇敢，使实在人变得诡诈，使善良者变得凶狠，使敬业的老板变得忘记挣钱。郑芬芳和郑芹英就是这样的人。

她们冒着零下十多度的严寒在综合楼下轮番守候，在顾名利的办公室周围徘徊、侦察，终于于第五天中午下班后等到了机会。顾名利破天荒地不坐专车，挡了辆出租回家，引起了郑芬芳的注意。她开车伙同郑芹英紧随其后，发现了"新大陆"。顾名利没有回家，出租车来到市委大门口，拉了两个衣冠楚楚的中年男人来到龙腾酒店，要了个僻静的包间。拿破仑说过：世界上没有永久的朋友，只有永久的利益。顾家兄弟竟不幸被言中。按理说，顾名利赶走了强劲的对手涂晔晖，升迁有望要做最后冲刺，一定离不开堂兄顾战胜、离不开战胜酒楼。但，由于顾名利集资买房伸手向顾战胜借钱被拒，对其心怀不满，唆使"麻秆"、顾明亮等抢占综合楼，延迟了顾战胜童装超市的开业，双方结下了梁子，他只能单打独斗，并放弃了惯用的场地。顾名利认为，龙腾酒店是块福地，在这里，意外地发现了涂晔晖的秘密，轻而易举地将其撵走；他坚信，在这块福地上，一定能完成买官交易，顺利登上六建党委书记的宝座，实现久有的梦想。让周岭南对他刮目相看，让顾老大为不借钱给他懊悔。但，让他意想不到的是，两个仇恨的身影紧随其后，两双仇恨的眼睛牢牢监控着他。

进入龙腾酒店，郑芬芳简单地化了装——雪白的口罩遮住了半张脸，蓝色的鸭舌帽模糊了她的性别，鼻梁上的蛤蟆镜使她变得不伦不类。她要的就是这种效果，要的就是站在顾名利当面让他认不出来的效果。郑芹英体形粗壮，特点突出，实在无法化妆、变相，只能在暗处见机行事。

郑芬芳尾随顾名利一行三人到二楼，看着他们进了包间，关了门。这间包间僻静、严实，用数块屏风拼装而成，虽然顶部没有封闭，依然让郑芬芳无法靠近，甚至连他们的说话声也难以捕捉到。郑芬芳在走道徘徊多时始终无法得手，怕引起怀疑，只得下楼，向躲在车内的郑芹英请教。她是开饭店的，应该能破解此类难题。

"你上三楼，居高临下，照相、录像绝对没问题，就是恐怕听不见声音。"郑芹英拿出手机，边拨电话边充满希望地继续道，"只要这娃今日当班，咱的事就成了。"说话间，电话通了。

"喂，你是小红吗？你这会儿在哪儿？"

"是郑姐呀，有啥事？我在二楼当班。"电话里传来小红热情洋溢的回应。

"姐的一个朋友有事需要帮忙，她马上来找你，你按她的要求办就是了。今年春节不回家可甭忘了在姐这儿过年！"放下电话，郑芹英高

兴地说，"这个小红是四川姑娘，原来一直在咱的酒店干，办公楼拆迁我把她介绍到这儿。这娃灵醒能干，就在二楼当班，别说录音、录像，就是拍电影也没麻达。"

"真有你的，郑老板。"郑芬芳高兴、诙谐地夸赞着，拉开车门，踩着厚厚的积雪奔向二楼……

在小红的热心帮助下，郑芬芳不费吹灰之力地录了音、摄了像，并给影像、录音附上长长的文字说明，第二天亲自送到了市检察院、建总纪监处。顾名利的下场正如郑芬芳预料的那样，不仅没捞上六建的党委书记，连副经理的乌纱也丢了。要不是行贿的金额少了点，还会再次进入看守所。

三十二、比翼双飞

涂晔晖离开黄剑屹办公室要做的第一件事就是见自己的孩子。那天与郑芬芳相约时想见而未见成，后因忙着处理占房矛盾再没找到机会。涂晔晖真后悔四年前在晖晖超市门前未靠近她，没看清其眉眼，看到她和自己的相像之处。今天，匿名信已使其真相大白于天下，无须再对肖雯婕保密，自己也无官一身轻，不用怕影响仕途，更渴望见到她。涂晔晖明白，此次援建出国不知何时才能回来，也许三年五年，也许十年八年。那时，孩子已长大成人，自己也年老形枯，不能再尽义务不说，连与他的相像之处也无法找到了。涂晔晖没有同周岭南回公司，那里已不是他为之奋斗、安身立命的地方了，他要再赴青木县。涂晔晖也不想与肖雯婕联络，担心她受不了噩耗的打击。或许未出建总大门她就知道了，知道了离奇而意想不到的调动原因，知道了自己意想不到的失败。他不愿看到她惊悚而不信任的目光，更不愿解释什么。因为，任何解释也无法让她相信自己的冰清玉洁。涂晔晖与周岭南无声告别后来到出租屋，将有限的家当归拢整理，带上简单的行囊，

直奔长途汽车站。

　　风雪肆虐下的车站旅客稀少，涂晔晖在冰窖般的车内等了近两个小时，大轿车才勉强满座。弯腰曲背、缩头耸肩，如虾米般的司机提着暖水瓶，懒洋洋地坐进驾驶室，有气无力地转动早已嵌在锁孔内的车钥匙。大轿车喘着粗气，碾压着厚厚的积雪，不慌不忙、慢条斯理地离开了车站，上了白雪皑皑的公路，驶向灰蒙蒙、雾腾腾、原驰蜡象般的秦岭山麓。望着窗外狂舞的飞雪，看着雨刮器忙不迭地划拨，凝视司机瘦小的背影，扫视车厢内男男女女们焦虑期盼的神情，涂晔晖感受到做人的艰辛。他们同自己一样，都是为了各自的使命——团聚、尽孝、尽责，在如此恶劣的气候条件下出行。涂晔晖突然和这群素不相识、容貌各异的人们产生了一种惺惺相惜、同病相怜的感觉。涂晔晖并非为了团聚、尽孝、尽责，而是为了治愈那段因为爱造成的伤痕，接纳一夜情留下的血缘，承受那晚误判导致的阴差阳错。"忘掉旧恋情的最好办法就是开始一段新恋情"，当时，他就是在这句话的激励下毅然改变初衷，坠入了肖雯婕的爱河情海，开始了如火如荼的恋爱里程。肖雯婕的魅力与万种风情打开了他多年紧锁的心扉，让他彻底忘记了往昔，再也无法回归过去，留下的只能是对郑芬芳及其孩子深深的愧疚与情债。她含辛茹苦地苦等、苦守了十年，明知自己归来并发生了新的恋情，却因为自己的事业和抱负，以无比的信任不动声色地厮守，直到恋情将变为婚姻，孩子将失去父亲。十年，在人生中只是一个阶段，对爱情也许更加短暂，但它对郑芬芳却是极其重要的。更要命的是她不仅为他生下了孩子，还在他的阴影中、在世俗的目光下背井离乡，瞒着家人、朋友苦苦挣扎，将孩子养大。这种深情厚德涂晔晖一定要在离别前当面致谢。但，他与她注定是情深缘浅，此时此刻，竟不约而同地在千里冰封，万里雪飘的旅途中相对而行，擦肩而过。

　　涂晔晖同郑芬芳一样，以穿林海、跨雪原、气冲霄汉的精神，用了平时数倍的时间终于到达目的地，来到晖晖超市。临近春节，加之

意想不到

沿山一带没有一家像样的商铺，这里便成了人们趋之若鹜的购物地；门里门外你拥我挤，水泄不通。涂晔晖本想等顾客稀少后温文尔雅地进入，但从四面八方赶来的购物者像流不尽的江河水，也许等到晚上也不会有个头。为了尽快见到她、见到孩子，他只能有失风范地汇入人流，挤进店内，踮起脚尖匆匆搜寻。他看到了满头大汗的收银员，看到了面带微笑、忙忙活活的导购，就是不见那张熟悉的面孔。

"同志，你们郑老板在吗？"不得已，他只得伸长脖子向收银员打问。

"回宝山去了。"收银员忙不迭地给顾客找钱，看也未看他一眼回答。涂晔晖的心一下子凉了，想问她啥时回来，孩子在哪所学校，几点放学……当看到人家手忙脚乱的模样，改变了主意，随人流出了超市。

风还在刮，雪还在下，天气愈加寒冷。涂晔晖虽大衣裹身，围巾缠脖，脚蹬巡洋舰（一种军用棉皮鞋），依然瑟瑟发抖。涂晔晖望着银装素裹的秦岭群峰，渐渐暗淡的苍穹，焦急万分。恶劣的天气把他一大半时间耽搁到了旅途中，郑芬芳又回了宝山，他精心设计的计划完全被打乱了。真是人倒霉时喝凉水都会塞牙缝。时不待人，现在唯一的希望就是能见到孩子。他只有这点时间了，明天一早还得回宝山，约见新同事，与肖雯婕见面。她应该知道自己被"流放"的消息了，也许会难过、失望、后悔，或者让他们之间的关系发生变数……想到这一切，涂晔晖思绪如麻，归心似箭，更加急切地想见到孩子。

"同志，请问岭北小学在哪儿？"涂晔晖莽撞地拦住一位从超市出来的中年男人问。

"下坡顺沟端向西，学校就把你挡住了。"中年男子虽肩背手提沉甸甸的年货，见他焦虑的样子，望着超市西边的方向说。涂晔晖道了谢，匆忙下坡，进入沟道，沿着弯弯曲曲、凸凹不平的山路向西跋涉。四十多分钟后，他终于来到岭北小学门口。这儿与其说是小学，不如说是大户人家的宅院。校门窄小、低矮，透过门可以将坐落在院内的

几间教室一览无余。涂晔晖还清楚地看到了教室后边、插在石缝里的旗杆。虽然因风雪杆上没有猎猎飘扬的国旗，但它和岭北小学的牌子一样，是这所学府的标志。涂晔晖回望那条蜿蜒曲折，雪掩雾罩的山路，阵阵心酸，更加觉得对不起郑芬芳，对不起将要见到的女儿。因为他，才使这对母女陷入如此艰难的境地，日复一日、年复一年，没有尽头地在这片荒凉落后的山区小县隐藏。自己的下海"流放"与她们日复一日、年复一年的辛苦相比又算得了什么呢？涂晔晖正在被懊悔折磨时，腰间的手机发出了强烈的震颤。打开一看，是建总组织部发来的信息，在追寻他的去向，催促他到预定的地方集结。人常说，十年磨一剑，涂晔晖历经十年沧桑、十年风霜雪雨的打磨，已从率性而为、不计后果的愣头青成长为能受胯下之辱、善于隐忍、有着极强组织观念的政工干部，手机上十多个字的信息犹如战争时期的集结号，让他恨不得立即见到女儿，再变作一只苍鹰，飞越秦岭雪山，立马赶到集结地。

"同志，我从宝山来，想见涂娜娜。"涂晔晖不再触景生情、愧疚懊悔，走到传达室窗前急切客气地央求。

"娃刚上课，下了课就放学咧，你等着吧。"坐在传达室火炉旁的老人放下正看的报纸，摘掉眼镜说。

"我急着赶车，想现在就见到孩子，说两句话就走，请帮帮忙。"涂晔晖以更加恳切的语气说。大雪天，翻山越岭从千里之外赶来就是为了见到孩子，给孩子说两句话，老传达疑惑不解。

"你是涂娜娜的啥人，大老远地来就是为了给娃说两句话？"老传达戴上花镜，看着涂晔晖警惕地问。

"我是孩子……"涂晔晖想说他是孩子的爸爸，几经努力却无法启齿。

"学校有制度，上课时间谁也不能见娃。"看到涂晔晖吞吞吐吐的样子，老传达怀疑地盯着他又补充道，"就是放学，娃也不能跟生人说话，这是学校的规定，要见娃得等家长来。涂娜娜她妈回老家了，接

· 419 ·

她的是超市的阿姨。"涂晔晖面对警惕的老传达，意识到想马上见女儿是不可能了，即使等到放学也不会如愿，说不定还会把他当坏人防范，就是超市的阿姨也不会相信他。这时，他的手机又一次发出了震颤，"集结号"再次吹响。涂晔晖只得放弃与女儿见面的念头，从背包内取出一个新书包，书包里装着钢笔、文具盒等学习用具；又从上衣口袋掏出一张银行卡，卡内是在特区打拼五年的全部积蓄。他只能以此弥补对女儿的亏欠和对郑芬芳的感情债了。二十万元也许会改变一个人、一个家庭的命运，但对拥有百万资产的郑芬芳只能是锦上添花，对他也只是良心安慰而已。涂晔晖从随身携带的日记本上撕下一页，提笔写道："芳，密码是我的生日。请原谅，我只能做到这些。"他用它包着银行卡，放入文具盒内，把文具盒装入书包，拉好拉链。此时，校门口已聚集了十多位家长。看着在墙角、崖畔、屋檐下躲避风雪的家长们，涂晔晖想，说不定其中就有超市的阿姨，如果被机警的老传达看见，将会给自己带来尴尬。他赶忙收回视线，靠近传达室。

"老同志，我急着回县城赶车，请把这个书包交给涂娜娜。"涂晔晖将书包放在传达室窗口，客气地说。老传达摘下眼镜，为自己坚持原则使涂晔晖知难而退露出歉意。

"你放心走吧，这点小忙咱一定帮到、一定帮到。"老传达接过书包殷勤答应。

涂晔晖鞍马劳顿，心急火燎地按要求赶到了建总海外工程部，却因为一个同事的出境手续未办妥需要推迟一天出发，这让他喜出望外。为了赶时间未见上女儿，但老天有眼，却留下足够的时间让他有机会见到亲爱的肖雯婕，能和她做一个庄重的告别。自从接到调离的通知，涂晔晖一直忙于清理感情旧账，身处风雪茫茫、没有手机信号的山道，无法接到肖雯婕的电话。现在，终于回到宝山，有了喘息的机会，他想到的第一件事就是和肖雯婕见面。她肯定知道了自己的遭遇，也在设法和自己联系。然而，让涂晔晖意想不到的是，肖雯婕的手机处于关机状态。电话打到家里，无人接听，打到项目部，因天气寒冷工地

已经放假。涂晔晖马不停蹄地赶到出租屋，房子已空空如也。听房东讲，有位姑娘领着人一天前就搬家了。涂晔晖一阵激动，心想，肯定是她在自己忙得焦头烂额时善解人意地完成了乔迁大事，发挥了贤内助的作用。涂晔晖冰冷的肌体霎时有了暖意，并对见到她、对遥远的将来充满了希望。几天来，他身处艰苦卓绝、饱受折磨的风雪路上，不仅肉体经受着从未有过的摧残，内心更承受着无尽的煎熬与痛苦，其症结就是如何处理与肖雯婕的关系。肖雯婕，年轻、美貌、有文化，却缺乏坚强的意志与成熟、丰富的人生底蕴，不像郑芬芳能承受漫长的离别之苦，她能否实现爱的誓言、追求不变？这是他几天来一直纠结不已的。现在，心中的一块石头落了地，"搬家"已说明了一切。涂晔晖不仅如释重负，甚至热血沸腾，激情荡漾，忘记了她关着机，再次拨打电话，结果是仍然关机。涂晔晖近乎失态地跑下出租小楼，奔向大街，挡了辆出租车，驶向综合楼。他断定心爱的人正在窗明几净、温馨舒适的屋里等着自己。出租车顶风辗雪停到了综合楼下。涂晔晖付钱、下车，用长长的围巾包着脸，匆匆找到单元门，进了电梯。在这块熟悉的土地上，他用智慧创造过辉煌，用汗水谱写过人生，却落了个意想不到的悲惨结局——十年中两次失败，两次背井离乡。人的一生有几个十年啊！别说涂晔晖无颜见到故人，即使西楚霸王再生，依然会演绎出不愿见江东父老、自刎乌江的悲剧。

　　实际上，涂晔晖是多虑了。这会儿，综合楼已是万人空巷，就连一楼的芹英酒店、战胜童装超市也破天荒地停业关门，组织员工上二楼参加六建的联谊会去了。人常说，这个世界离开谁地球照转。这场联谊会是涂晔晖精心策划的公关活动、商业契机，他走了，联谊会照开不误。但，让人意想不到的是，联谊会上依然洋溢着他的精神、思想与信念。《六建之歌》《腾飞吧，宝山六建》成了夺人眼球、贯穿联谊会始终的主旋律。涂晔晖上电梯时，《六建之歌》刚刚唱响，并穿墙透壁，一直陪着他进入三楼新屋。涂晔晖的新家和联谊会会场——大礼堂仅隔一层楼板，虽关门闭户，歌声依然真切、嘹亮，回响耳畔。

并未出现。他凝视墙上的挂钟，再次陷入痛苦与绝望，并感到心力交瘁。他明白，自己虽然年轻力壮，但生命总有极限，不能过度消耗，几小时后还要乘机远航完成新的使命呀！在世俗眼里，在顾名利心目中，自己是落荒、失败者。但，对他而言，却是老天给了又一次机会，为他搭建了更为广阔的舞台，让他在九百六十万平方公里以外去施展才华、创造业绩。涂晔晖突然意识到《六建之歌》中"我们要走出国门省境/我们要拼搏要竞争/为了人类文明/我们要勇敢攀登高峰"这些激扬的文字，不仅是在写六建，也是为自己设计的未来。想到这些，他即将死去的心慢慢复活，快要凝固的血液重新奔流。卞福民作为一种惩罚，让他离开钟爱的事业、离开六建，他却"塞翁失马"，跨出国门走向世界，去创造新的辉煌，就如同十年前下海闯特区一样。然而，"月有阴晴圆缺，此事古难全"。下海，让他失去了郑芬芳，这一回又将失去肖雯婕。也许这就是卞福民"惩罚"二字仅存的全部内含。涂晔晖悲悯地看了眼餐桌上唯一一盘飘着香味的炒青菜，望着虚掩着的户门，明知她已不会回来了却依然痴痴等待，期盼着奇迹出现。

然而，奇迹并未出现，当手机的铃声将沉睡中的涂晔晖惊醒时，已经是早晨九点钟，是他前往机场的时候了。电话是与他有着同样命运的新同事们打来的。涂晔晖匆忙整装、洗漱、关灯、锁门，手提着行李急步下楼。由于是星期天，公司未上班，加之大雪封门人们宅居家中享受温暖，楼上很安静。电梯悄无声息地载着他缓缓下行，进入二楼的一刹那，涂晔晖的心产生了针扎的感觉。综合楼的建成彻底结束了六建"泥瓦匠住草房"的历史，让老一代建设者意想不到，让同行羡慕，让卞福民嫉妒，更是六建班子智慧、汗水的结晶。但是，作为班子成员之一的他却无缘享受，只能在电梯里隔墙聆听大家的欢歌笑语，无声无息地悄然离去。涂晔晖眼圈一热，阵阵酸楚荡漾心头。

出了电梯、楼洞，涂晔晖信步来到大街，驻足综合楼前。首先映入他眼帘的是雪雾中的芹英饭店、战胜童装超市等一排长长的店铺，它们与机场路对面的经济开发区遥相呼应，将这片荒凉、冷落、沉睡千年

的土地装点得红红火火，并成为这座城市的主旋律，成为商贾云集的繁华地段，成为宝山的"上海滩"。几年以前，这里曾演绎过诸多龙争虎斗的大戏，顾战胜、郑芹英的博弈就是其中的一幕。现在，这对冤家已握手言和，以不同特色的招牌证明存在，突显豪气。望着两家独具匠心的门头、牌匾，涂晔晖萌生了一丝得意与自豪。是他运用以和为贵的儒家思想将曾经剑拔弩张的事态平息，让一对仇家化干戈为玉帛，让六建转危为安，使周岭南、顾战胜化险为夷，使顾明亮、顾名利走出了看守所……涂晔晖恋恋不舍地将目光移开，迈步走向接他去机场的面包车。

突然，芹英饭店、战胜童装超市的卷闸门哗啦啦先后打开，从里边涌出一群热情洋溢的人们。他们顶风冒雪，迅速向涂晔晖簇拥、围拢。为首的是周岭南、丁惠仁、郑芹英，紧随其后的有韩素清、王秋生、顾战胜、石文化……值得一提的是，在这四十多人欢送的群体里，竟然还有"麻秆"。他曾被顾名利收买，为阻拦涂晔晖参加书记竞选玩过"碰瓷"。今天，这位不务正业的冤家对头竟向一位离任的党委书记投资感情，实在不符合物以类聚、人以群分的逻辑。那么，到底因啥原因使这位感情吝啬的人慷慨解囊呢？众所周知，"麻秆"虽声名狼藉、人烦狗嫌以"碰瓷"为生，却非十恶不赦，良心泯灭，有着本能的爱恨标准和有恩不报非君子的义气，而有恩于他的人就是涂晔晖。两年前，"麻秆"因"碰瓷"被抓，面临劳教，公安机关前来单位听取意见。当时，公司班子一口腔支持公安机关的劳教决定，只有涂晔晖提出了异议，并作为担保人将其从看守所领回。以后的日子里，"麻秆"虽未成为堂堂正正、自食其力的人，还组织、参与抢占综合楼，但，总归金盆洗手，再未重操旧业，也算改邪归正有了进步。昨晚，听说曾帮过他的书记要离开，硬是加入到欢送的人群。在这支热情的队伍里还有一个"重量级"的人物，那就是顾家老大顾战胜。他在这部书中一出场便是涂晔晖的对手。他利欲熏心、唯利是图，曾与堂弟顾名利沉瀣一气，不遗余力地对涂晔晖玩阴谋、耍诡计，为顾名利的野心提供支持，为一己私利参与"打砸"芹英饭店，险些让周岭南锒铛入狱使六建陷入险境。然而，当吞并芹英饭店失败，顾明亮、顾名利被抓，他自己也面临牢狱之灾时，是涂晔晖通宵达旦，艰苦周旋，以坦诚宽容的胸襟，远见卓识的聪明才智，使矛盾各方偃旗息鼓，齐心协力，共建综合楼，达到一箭三雕的效果。现在，综合楼已为各方带来了利益，仅童装超市的营业面积就较前扩大了三倍，效益更是日进斗金。不远的将来，他将从暴发户、土地主，跃居全国童装大亨，身价过亿。是这座城市成就了他这个闯入者；是现代文明熏陶了他这个精明、粗鲁的汉子；是这里的人教会了他如何做人、如何做一个好人。教他的有各方人士，更有被堂弟顾名利的匿名信攥出六建的涂晔晖。听说涂晔晖要离开六建，顾战胜昨晚就和周岭南取得了联系，要来送一程。他同"麻秆"一样，心存尴尬，无颜挤到最前边，只能躲到郑芹英、韩素清、王秋生、石文化他们身后，羞怯地尽上一份情意。

与顾战胜相比，周岭南就成熟、老练、大方、世故多了。生意场上，他与顾战胜的狡黠、精明差之千里；交际场上，他历经时光打磨，已青出于蓝而胜于蓝，比顾战胜高出许多。顾战胜做了亏心事，愧疚、羞怯，不好意思，而周岭南就不一样了，他比谁都清楚，涂晔晖的离开完全是因为他在黄剑屹面前的那个表态，如果当时不是逐客而是挽留，黄剑屹精心设计的预案也会成功，涂晔晖就不会重蹈覆辙再次背井离乡。从这个意义上讲，是他攥走了涂晔晖，攥走了这位忠诚的搭档。在场的人，除了涂晔晖谁也不清楚这一真相，他当然可以毫无忌惮地表演，装出恋恋不舍、深情依依、愤愤不平、疾恶如仇的模样。他冲在最前面，抓住涂晔晖冰冷的双手动情地说："涂书记啊，建总领导处理问题太不公、太武断了，这分明是挖咱六建的墙角嘛。咱们刚知己知彼，合作顺手了，却要叫你走，真让人舍不得啊！唉——谁叫咱都是共产党员呢？要不，咱就不走，看他能咋样？"周岭南似乎感到大家的反应冷淡，为了调动众人的情绪，表现自己的侠肝义胆，他接着道，"你还记得三年前吧？当时，明亮给咱捅下那个娄子，公安局找

咱的事，是你深更半夜冒雨送我上了出租车。车开了，看见你穿着单衣站在冷瘆瘆的风雨里，别提我心里有多难受了。今日你要走了，陪伴咱的是比秋风秋雨更加寒冷的冰天雪地……"周岭南竟破天荒地谈到了他最忌讳的"走麦城"。也许这件事让他最难忘，最伤心，一提及，情感的闸门打开了，眼圈里溢出了晶莹的泪花，喉咙里发出感人的哽咽，他无法再表演下去。人们终于被周岭南的精彩表演感染了，神情凄然地欣赏着他的泪花，感受着他的哽咽。好像不是来送行，而是来看戏。站在周岭南身旁的丁惠仁当然也被感动了。退居二线刚两年丁惠仁就正式退休了，听说涂晔晖要离开专程赶来，他有好多话要讲，而周岭南冗长的表演让他无法表达心语。他不想破坏周岭南营造出的悲凄动人的场面，只好擦了擦潮湿的眼睛，用沧桑低沉的声音说："小涂，对不起，也许我不该硬把你拽回来，请原谅！"简短的话语，已表达了这位经历坎坷、忠厚善良老人的全部心声。心有灵犀的涂晔晖自然读懂了它，笑着坦然地说："工作调动很正常。再说，人的命天注定，一切顺其自然吧！您也保重身体。"说完，他又将目光转向周岭南。在涂晔晖的印象里，这位比他年长十多岁的经理曾是个敦厚耿直、不坚持、不执着、识时务、极富安全感的人。在黄剑屹面前的那个表态，与其说是居心叵测，不讲义气，不如说是不自信的安全观的反应。涂晔晖能理解，也能谅解，哪个经理愿意同威胁、挑战自己绝对权威的书记搭档呢？但是，令涂晔晖意想不到、无法理喻的是，周岭南今天的感情秀太惟妙惟肖、淋漓尽致了，弄得满场凄然，就连他也信以为真，怦然心动。更为吃惊的是，为了调动情绪，刺激内分泌，他竟然将当年的"走麦城"作为抓手，大肆渲染、极力张扬。这可是他一直以来的禁区、污点、隐私啊！涂晔晖哪里晓得，眼前这位貌似忠厚、诚实的汉子，历经岁月洗礼、打磨、物化，已面目全非，连灵魂也不是他的了。涂晔晖松开丁惠仁嶙峋、冰凉的双手，再次抓住周岭南伸过来肉墩墩的厚手，激动地说："谢谢你还记着咱们合作共事的日子……"

意想不到

在新同事的呐喊、催促声中，涂晔晖不得不丢下周岭南，眼含热泪在欢送的人群中聚焦、搜寻。他要把这一张张热情、真诚的脸记录下来，他要看到望眼欲穿、魂牵梦绕的爱人肖雯婕。然而，让他失望、遗憾的是，第一个目的达到了，第二个目的落空了。

"同志们，谢谢大家，谢谢了……"涂晔晖挥手，大声向欢送的人们致谢，随后奔向不远处的丰田牌面包车。

"头儿，真看不出来，这六建人还蛮有人情味的。"面包车开动了，望着窗外的人群，有人以羡慕的口气说。

"这叫投桃报李，说明涂书记在六建投的桃一定不少。"又有人说。

"对有良知的人而言，滴水之恩会涌泉相报，对没良知的人，你就是给他一片桃林他还会恩将仇报，用桃核砸你……"涂晔晖坐在副驾驶室，回头清点着人数，对同事的评论一句也未听进去。按计划，这支十八人的队伍中有两个负责人，一个是涂晔晖，另一位是八建的一名副经理。那位副经理家中有事，暂时离不开，千斤重担便落到了涂晔晖一人身上。所以，他一上车便心无旁骛地进入了角色。

"老吴，怎么少了位半边天？"涂晔晖连数两遍，发现少了一个人。

"您说小李啊，她提前走了，在候机厅等咱。"负责内勤的老吴讳莫如深地笑着说。

"不是少一个人，而是少两个。"坐在后排的小贺附和着老吴大声道。

"我从小数学成绩差，但二十以内的加减法还是没出过错，应到十八人，实到十七人，差应是一，绝非二。"涂晔晖是个善于忍耐的人，一上车便把此前的一切恩怨情仇、悲悯颓丧消化在肚子里，抛撒于风雪中，变成了又说又笑的乐天派。

"咱这叫新'哥德巴赫猜想'，不相信，到机场您就知道了。"小贺的话引来满车欢笑。这一行人中，除了涂晔晖属于公司一级领导，

其余几乎都是各兄弟公司的中层，他们加入这个集体的原因各异，年龄、性格、爱好也不尽相同，却都是原单位公认的能人，怀才不遇的智者。涂眒晖虽与他们未有深交，但因同是天涯沦落人，惺惺相惜、意气相投，加之临行前集中培训过两次，已是可谈天说地的熟人，整个车厢自然是欢声笑语。

这会儿，寒冷虽未减退却已风停雪止。雪光掩映着城市、村落，天地间豁亮了许多，道路也宽敞了不少，不知不觉，面包车已到了宝山机场。大家收住欢笑，认真、紧张地行动起来，手提肩扛，鱼贯而入，进入机场营业厅。在老吴的指挥下，他们放置好各自的行囊。看着大箱、小箱被传送带拖走，又上二楼接受"安检"后匆匆进入候机大厅。半个足球场大小的候机大厅由四根闪闪发光的大理石圆柱支撑着，宽敞、明亮、温馨，虽人头攒动，却如同阅览室般宁静。一个个不同肤色、穿戴讲究的男男女女，行走在大厅的走廊、稳坐在登机牌前的花椅上，或交头接耳，或左顾右盼，或目视手机，或昏昏欲睡……涂眒晖一行如溪流入海、鹧入丛林，瞬间便被淹没。他们中的大部分人不止一次出入过机场候机、登机，却依然神情专注，严肃认真，小心翼翼，一丝不苟。原因很简单，以往来这儿最多是出省，而这回可是出国啊！再有个把小时，飞机到达首都机场签证后将越洋过境，进入异国领空，这是何等浪漫、神秘、新奇的事呀，能不认真对待吗？

涂眒晖正跟老吴全神贯注地寻找208次航班的登机牌，打前站的小李突然笑嘻嘻地出现了，身后还跟着一位姑娘。她不是别人，正是涂眒晖朝思暮想、苦苦思念的肖雯婕。涂眒晖愕然地站住脚，揉了揉眼睛，痴痴望着缓步向他走来的心上人，以为在做梦。当看到周围同事狡黠、戏谑的神情，想起他们在车上讳莫如深的谈吐、小贺的新"哥德巴赫猜想"，他意识到眼前发生的不是梦。她就是自己追寻多日、梦寐以求的肖雯婕。她玩失踪竟是干着让人意想不到的惊天大事，是为了给自己带来意想不到的惊喜。他太感动、太高兴了，同时对昨晚的误判深感懊悔……有人说，在爱的漫漫旅程中，要使双方一如既

· 429 ·

往地走下去，不是要看着彼此，而是要看着同一方向。肖雯婕不仅看着涂晔晖前往的方向，并义无反顾地紧紧跟随，而且，通往这一方向的路上没有鲜花、地毯，只有坎坷、荆棘、艰难险阻、组织的惩罚与流放。她，太了不起、太难能可贵，太让涂晔晖五体投地、顶礼膜拜了。涂晔晖丢下手中的包，不顾一切地冲过去，将肖雯婕紧紧搂于怀中，久久地搂于怀中，像是害怕她再次"失踪"。肖雯婕更是乐极而悲，依偎在涂晔晖的怀抱泣声不止。老吴和小贺他们已经从黄剑屹那里得知眼前这对恋人的动人故事、艰难处境，为其比翼双飞、幸福团聚出了不少力，看到他们重逢相拥，打心里高兴。

"离登机还有半个小时，你跟涂书记说说话，我们先去登机口了。"为了让他俩诉说衷肠，弥补分别之苦，老吴走近肖雯婕低声说。

同事们离开了，过道里只剩下相互依偎的恋人和周围旅客们羡慕的目光。涂晔晖搀扶着泪水涟涟的肖雯婕找了个位子坐下，目不转睛地凝视着她，凝视着她白嫩、漂亮的脸颊，凝视着那双浸在泪水中晶莹动人的眸子，说不出话来。

"雯雯，你不该为我做如此的牺牲，你应该有新的生活，或者等我回来……"半分钟后，涂晔晖终于真诚、怜惜地说。

"离开六建，陪你浪迹天涯就是我的追求与向往，也是我的新生活。等你回来？不，我不会像郑芬芳那么傻，那么天真，含辛茹苦一场空。"肖雯婕抹去泪水，果敢地打断了涂晔晖的话。有人说，真爱的第一征兆，表现在男孩身上是胆怯，表现在女孩身上是大胆，涂晔晖和肖雯婕已非少男少女，却依然饱含着青春元素，残留着花季时节的烙印，难以超脱人类情意流淌的规律，特别是刚刚过了二十八岁生日的肖雯婕。听了肖雯婕不容分说的铿锵表白，看着她胸有成竹、出人意料的冷静与自信，涂晔晖眼前再次出现了美丽邂逅时那身朴素无华的双排扣猎装，朝气蓬勃的马尾辫，单纯稚气的黑眸子……五年后的今天，她已是脚蹬黑色长靴、身穿灰色牛仔裤、长发披肩、目光坚定、不屈不挠的"巾帼英雄"，再也不是那个无助彷徨、艰难择业、偷偷